원전으로 읽는 우리 고전 4

이씨 집안 이야기

이씨세대록

13

원전으로 읽는 우리 고전 4

이씨 집안 이야기

이씨세대록

13

장시광 옮김

이담북스

역자 서문

<쌍천기봉>을 2020년 2월에 완역, 출간했는데 이제 그 후편인 <이씨세대록>을 번역해 출간한다. <쌍천기봉>을 완역한 그때는 역자가 학교의 지원을 받아 연구년제 연구교수로 유럽에 가 있을 때였다. 연구년은 역자에게 부담 없이 번역에만 전념할 수 있는 환경을 만들어 주었다. 덕분에 역자는 <쌍천기봉>의 완역 이전부터 이미 <이씨세대록>의 기초 작업을 동시에 수행할 수 있었다. 이 번역서 2부의 작업인 원문 탈초와 한자 병기, 주석 작업은 그때 어느 정도 되어 있었다. <쌍천기봉>의 완역 후에는 <이씨세대록>의 기초 작업에 박차를 가했다. 당시에 유럽에 막 퍼지기 시작한 코로나19는 작업에 속도를 내도록 했다. 한국에 우여곡절 끝에 귀국한 7월 중순까지 전염병 덕분(?)에 집안에만 틀어박혀 있을 기회가 많았기 때문이다.

<쌍천기봉>이 역사적 사실에 허구를 덧붙인 연의적 성격이 강한 소설이라면 <이씨세대록>은 가문 내의 부부 갈등에 초점을 맞춘 가문소설이다. 세세한 갈등 국면은 유사한 면이 적지 않지만 이처럼 서술의 양상은 차이가 난다. 조선 후기의 독자들이 각기 18권, 26권이나 되는 연작소설을 흥미롭게 읽을 수 있었던 데에는 이처럼 작품마다 유사하면서도 특징적인 면이 있기 때문이었을 것으로 짐작된다.

역자가 대하소설에 흥미를 가지게 된 것도 이러한 면과 무관하지 않다. 흔히 고전소설을 천편일률적이라고 알고 있는데 꼭 그렇지만은 않다. 같은 유형인 대하소설이라 해도 <유효공선행록>처럼 형제 갈등이 두드러진 작품이 있는가 하면, <완월회맹연>이나 <명주보월빙>처럼 종법제로 인한 갈등을 다룬 작품도 있다. 또한 <임씨삼대록>처럼 여성의 성욕이 강하게 부각되어 있는 작품도 있다. <쌍천기봉> 연작만 해도 전편에는 중국의 역사적 사실을 토대로 군담이 등장하고 <삼국지연의>와의 관련성도 서술되는 가운데 남녀 주인공이 팔찌를 매개로 하여 갖은 갈등 끝에 인연을 맺는 과정이 펼쳐져 있다면, 후편에는 주로 가문 내에서 발생할 수 있는 다양한 부부 갈등이 등장함으로써 흥미의 제고와 함께 가부장제 사회의 질곡이 더욱 적나라하게 드러나게 하는 효과를 내고 있다.

이 책은 현대어역과 '주석 및 교감'의 2부로 구성되어 있다. 책의 순서로는 현대어역이 먼저지만 작업은 주석 및 교감을 먼저 했다. 주석 및 교감 부분에서는 국문으로 된 원문을 탈초하고 모든 한자어에는 한자를 병기했으며 어려운 어휘나 고유명사에는 주석을 달고 문맥이 이상하거나 틀린 부분은 이본을 참조해 바로잡았다. 이 작업은 현대어역을 하는 것보다 훨씬 공력이 많이 든다. 이 작업이 다 이루어지면 현대어역은 한결 수월해진다.

역자는 이러한 토대 작업이 누군가에 의해서는 반드시 이루어져야 한다고 생각한다. 물론 미흡한 점도 있을 것이다. 그러나 이러한 작업이 많아질수록 연구는 활성화하고 대중 독자들은 대하소설에 어렵지 않게 접근할 수 있을 것이다. 일은 고되지만 보람을 찾는다면 바로 그러한 이유에서일 터이다.

<쌍천기봉>을 작업할 때와 마찬가지로 이 작업도 여러 분에게서

도움을 받았다. 해결되지 않은 병기 한자와 주석을 상당 부분 해소해 주신 황의열 선생님께 고마운 마음을 전한다. <쌍천기봉> 작업 때도 많은 도움을 주셨는데 어려운 작업임에도 한결같이 아무 일 아니라는 듯이 도움을 주셨다. 연구실의 김민정 군은 역자가 해외에 있을 때 원문을 스캔해 보내 주고 권20 등의 기초 작업을 해 주었다. 대학원생 남기민, 한지원 님은 권21부터 권26까지의 기초 작업을 해 주었다. 감사드린다. 대학원 때부터 역자를 이끌어 주신 이상택 선생님, 한결같이 역자를 지켜봐 주시고 충고를 아끼지 않으시는 정원표 선생님과 박일용 선생님께는 늘 빚진 마음을 지니고 있다. 못난 자식을 묵묵히 돌봐 주시고 늘 사랑으로 대해 주시는 양가 부모님께 감사드린다. 끝으로 동지이자 아내 서경희에게 사랑과 감사의 마음을 전한다.

차례

제1부

현대어역

✽ 일러두기 ✽

1. 번역의 저본은 제2부에서 행한 교감의 결과 산출된 텍스트이다.
2. 원문에는 소제목이 없으나 내용을 고려하여 권별로 적절한 소제목을 붙였다.
3. 주석은 인명 등 고유명사나 난해한 어구, 전고가 있는 어구에 달았다.
4. 주석은 제2부의 것과 중복되는 것은 가급적 삭제하거나 간명하게 처리하였다.

이씨세대록 권25

위홍소의 시재가 뛰어나니 남편 이경문 등이 탄복하고 이몽창은 사형당할 위기에서 위홍소 덕분에 살아나다

이때 왕이 아들들을 거느려 집안에 이르렀다. 형문 등이 뜻을 펼치자 각 부모의 기쁨은 헤아릴 수 없을 정도였고 승상은 기뻐하는 가운데 집안이 너무 번성한 것을 두려워했다. 연왕이 사위들을 거느리고 들어와 사람들에게 보이자 승상이 흔쾌히 기뻐하며 정생의 손을 잡고 즐거운 빛으로 일렀다.

"너의 기상이 비범한 것은 안 지 오래되었으나 이처럼 쉬 이름을 떨치는 것이 빠를 줄을 알았겠느냐?"

개국공 등이 일제히 연왕을 향해 치하하고 말했다.

"형님이 귀신처럼 밝으신 것은 우리가 미칠 바가 아니라 마음으로 복종할 수밖에 없습니다."

왕이 손으로 수염을 다듬으며 웃고 말했다.

"이런 까닭에 형산(荊山)의 벽옥(璧玉)1)을 잘 아는 사람이 없으니 내가 아니었다면 정생을 누가 알아보았겠느냐?"

---

1) 형산(荊山)의 벽옥(璧玉): 중국 춘추시대 초(楚)나라 형산(荊山)에서 난 화씨벽(和氏璧)을 이름. 초나라의 변화(卞和)라는 이가 박옥(璞玉)을 발견하여 초나라 왕인 여왕(厲王)과 무왕(武王)에게 차례로 바쳤으나 왕들이 그것을 돌멩이로 간주하여 각각 변화의 왼쪽 발과 오른쪽 발을 자름. 이후 문왕(文王)이 즉위하자 변화가 왕에게 갈 수 없어 통곡하니, 문왕이 그 소문을 듣고 옥공(玉工)을 시켜 박옥을 반으로 가르게 해 진귀한 옥을 얻고 이를 화씨벽(和氏璧)이라 칭함.

남공이 이에 웃으며 말했다.

"아우가 사위를 잘 얻었으나 참으로 어리석은 자라는 말은 면하지 못하겠구나. 남이 이를 사이도 없이 자부하고 있으니 가소로운 일이 아니냐?"

왕이 크게 웃고 대답했다.

"형님의 논박이 가장 옳으시니 제가 후회하나이다."

이에 좌우의 사람들이 통쾌하게 웃었다.

이윽고 자리를 파해 능후 등이 정생과 함께 모친 침소로 갔다. 이때는 이미 등불을 켜 놓고 왕이 소후와 함께 정생의 기이함에 기뻐하고 딸은 신이한 모습으로 봉관옥패(鳳冠玉佩)2)를 하고 시좌(侍坐)3)하고 있었는데 그 휘황찬란한 얼굴이 더욱 특출났으므로 부모가 기뻐하는 마음을 헤아리지 못할 정도였다.

이윽고 왕이 일어난 후에 광릉후가 미소하고 정생을 향해 말했다.

"그대가 오늘 만인(萬人)을 업신여기고 금방(金榜)4)에 이름을 걸어 장원이 되었으니 기상이 시원해 참으로 기운을 떨칠 만하구나. 그러나 그 근본을 생각하면 참으로 용렬하니 시원하다 못할 것이다."

정생이 미처 대답하지 않아서 제남후가 먼저 말을 이어 꾸짖었다.

"내가 오늘 너에게 절을 받겠다 했다면서 괜히 사람들이 가득한 자리에서 웃음을 일으킨 것이냐?"

장원이 웃으며 말했다.

"형의 고집도 괴이합니다. 수고를 안 들이고 치사를 받았으니 이보다 더 통쾌한 일이 있을까 싶습니까?"

---

2) 봉관옥패(鳳冠玉佩): 봉황의 장식이 있는 예관(禮冠)과 옥으로 만든 패물.
3) 시좌(侍坐): 웃어른을 모시고 앉음.
4) 금방(金榜): 과거에 급제한 사람의 이름을 써서 거리에 붙이던 글.

남후가 꾸짖었다.

"나는 본디 공손하고 삼가는 사람이니 그런 것은 원하지 않는다."

그리고 몸을 돌려 소저에게 말했다.

"네가 상유5)의 절을 받아야 옳은데 내가 액운이 있는지 형님들도 계시건마는 나를 밉게 여기셔서 내게 짐을 지우셨구나. 정 씨 어르신이 나에게 괴로움을 이기지 못하게 하고 사람들의 비웃음을 받게 해 나를 몸 둘 곳이 없게 했으니 어찌 원통하지 않으냐?"

소저가 큰 소매로 얼굴을 가리고 낭랑하게 웃으며 말했다.

"누이 덕에 신방(新榜)6) 장원의 절을 받으셨고 더욱이 정 씨 어르신은 재상의 반열에 계실 정도로 존귀하고 아버님과는 벗이시니 형에게는 정 씨 어르신이 귀중한 분이라 할 것인데 그 분에게서 두루두루 사례를 받으셨으니 통쾌한 일이 이 외에 없을 것입니다. 그런데 도리어 저를 꾸짖으시는 것은 어째서입니까?"

남후가 말했다.

"장원의 절을 안 받아도 나는 살 것이요, 너의 시아버지에게 사례를 안 받아도 관계없다. 그런데 나는 정말 괴롭고 끔찍하구나. 네가 상유의 사부인 줄을 설파하려 했는데 두 형님이 하도 말리시기에 함구했단다. 그런데 내 액운이 심한지 두루 우스운 일을 당하며 속았구나."

정생이 말했다.

"내 어리석어 영매(令妹)에게 수학해 급제를 했어도 남자로서 관계가 없을 것인데 이런 말을 남이 듣는다면 어찌 영매를 비웃지 않겠습니까?"

---

5) 상유: 정희의 자(字).
6) 신방(新榜): 과거에 새로 급제한 사람의 성명을 써 붙여 발표하는 방.

남후가 크게 웃으며 말했다.

"남이 누이를 기리고 너를 나무랄까 두려워하는 것이구나. 누가 들어도 그 여자가 기특하다 하고 너를 용렬하다 할 것이니 내가 부디 두루 전파해 억울함에서 벗어날 것이다."

정생이 말했다.

"자기만 못한 제자도 두는 법이니 내 사부라 했다 해서 이토록 노하는 것입니까? 참으로 괴이합니다."

남후가 말했다.

"내 본디 용렬해 장원의 스승 되는 것이 같잖은 중에 더욱이 한 일도 없이 사부인 체하는 것이 어울리지 않고 우습지 않으냐?"

광릉후가 미소하고 말했다.

"운보는 잡담을 그치고 상유로 하여금 누이에게 절을 하도록 시키라."

남후가 크게 웃고는 옳다고 일컬으며 정생을 재촉하자 정생이 웃으며 말했다.

"내 영매(令妹)를 친히 맞아 혼례를 지낸 지 오래되었으니 이제 다시 교배(交拜)7)를 할 일은 없습니다."

남후가 어지럽게 보채며 절을 하라 하자 정생이 다시 일렀다.

"내 이미 영매에게 할 절을 형님에게 했으니 형님이 영매에게 내 대신에 절을 하는 것이 옳습니다."

이에 생들이 일시에 웃고 정생의 말이 능란함을 꾸짖었다. 소후가 이에 천천히 잠시 웃고 말했다.

"사위가 뜻을 얻은 것은 팔자와 운수 때문이니 어찌 딸아이의 공

---

7) 교배(交拜): 혼인 때, 신랑 신부가 서로 절하는 예.

이겠느냐? 남이 듣는다면 괴이하게 여길 것이니 너희는 입을 병마개 막듯이 꼭 닫고 있는 것이 옳다."

초후 등이 이에 명령을 들었다.

정생이 소저와 침소로 돌아가 새로운 은정이 산과 바다 같아 서로 즐거움을 이기지 못했다.

사람들이 삼일유가(三日遊街)[8]를 마치자 다 한림원(翰林院)[9]에 발탁돼 쓰였다. 다섯 사람이 당대의 재주 있는 선비로서 조정에서 일을 보니 맑은 명망이 조정 안팎에 진동했다. 사람들이 이에 칭찬하고 각 부모가 기쁨을 이기지 못했다.

그 가운데 왕생이 삼 년을 괴로이 기다리다가 이미 황제의 삼년상이 지나자 기쁨을 이기지 못했다. 그러던 중에 뜻밖에 금방(金榜)에 참여해 조정의 명망 있는 선비가 되었으니 숙녀를 맞이하는 것이 더욱 빛나는 일이 되었다. 기쁨과 즐거움을 이기지 못해 급히 택일하고 두 집안에서 혼례를 준비했다.

남공이 비록 마땅찮게 여겼으나 일의 형세가 미주 때 일과 달랐으므로 고집을 부리는 것이 옳지 않아 흔쾌히 혼수를 차렸다. 장 부인이 또한 공의 명령을 어기지 못해 혼수 물품을 다스려 혼례일을 맞았다. 필주 소저가 비록 입으로 말을 하지는 않았으나 마음속으로 왕생을 다시 대하는 것을 무섭고 흉하게 여겨 마음이 초조했으나 할 수 있는 일이 없었다.

정해진 날에 왕생이 전아한 풍채에 혼례복을 바르게 한 채 음악하는 무리를 거느려 이씨 집안으로 갔다. 전안(奠雁)[10]을 마치고 신부

---

8) 삼일유가(三日遊街): 과거 급제자가 광대를 데리고 풍악을 울리면서 시가행진을 벌이고 삼 일 동안 시험관, 선배 급제자, 친척 등을 찾아보던 일.
9) 한림원(翰林院): 중국 당나라 중기 이후에 주로 조서(詔書)를 기초하는 일을 맡아보던 관아.
10) 전안(奠雁): 혼인 때 신랑이 신부 집에 기러기를 가져가서 상위에 놓고 절하는 예.

가 가마에 오르기를 재촉했다. 일가 사람들이 남궁에 모여 있다가 한결같이 신랑이 준수하고 빼어남을 일컬었다. 연왕이 남공을 향해 말했다.

"형님의 다복(多福)하심은 저희가 미칠 바가 아닙니다. 얻은 사위마다 특이한 가운데 왕랑의 기특함은 위로 철, 남 등[11]보다 배나 더하니 이를 하례하나이다."

남공이 이에 미소하고 대답하지 않았다.

이윽고 신부가 온갖 보석으로 꾸미고 곱게 화장한 채 문채 있는 가마에 올랐다. 왕생이 사람들에게 하직하고 소저와 함께 자기 집으로 돌아가 쌍쌍이 교배를 마치고 합환주(合歡酒)를 마셨다. 신부가 폐백을 받들어 시부모에게 올렸다. 왕 공 부부가 잔치를 크게 열고 빈객을 무수히 모았는데 신부를 본 빈객들이 어찌 평범한 미색으로 의논할 수 있겠는가. 이는 참으로 하주(河洲)[12]의 숙녀가 남교(藍橋)[13]를 건너며 달의 궁전에 있는 항아가 인간 세상을 희롱하는 듯했다. 특이한 용모와 영롱한 자태가 빛나 사람들의 이목을 어지럽게 하고 모습이 사방의 벽에 쏘였으니 시부모가 매우 기뻐해 크게 칭찬하며 말했다.

"이 늙은이가 한 아들을 늘그막에 얻어 사랑이 가득한 가운데 어진 며느리를 얻어 종사를 번창하게 할까 바랐는데 조상의 덕으로 이런 기특한 며느리를 얻었으니 어 어찌 우리 집안의 행운이 아니겠는가? 이는 다 내 자식의 공이니 마땅히 상을 줄 만하구나."

---

11) 철, 남 등: 하남공 이몽현의 첫째딸 이미주의 남편 철수와 둘째딸 이초주의 남편 남관을 이름.
12) 하주(河洲): 하수(河水)의 모래톱이라는 뜻으로 부부 사이가 좋음을 이르는 말. 『시경』, <관저(關雎)>에 나오는 말임.
13) 남교(藍橋): 중국 섬서성(陝西省) 남전현(藍田縣) 동남쪽에 있는 땅. 배항(裴航)이 남교역(藍橋驛)을 지나다가 선녀 운영(雲英)을 만나 아내로 맞고 뒤에 둘이 함께 신선이 되었다는 이야기가 배형의 『전기』에 실려 있음.

이에 객들이 일시에 치하하며 말했다.

"우리가 일찍이 여러 곳 잔치 자리에 다녀 미색을 흔히 보았으나 오늘날 존문(尊門)의 신부 같은 사람은 처음 보았습니다. 참으로 반평생 무딘 눈이 시원해지는 것을 이기지 못하겠습니다."

왕 공 부부가 더욱 즐거워하며 사람들의 치하를 조금도 사양하지 않고 생에게 명령해 쌍으로 술을 올리라 하고 기뻐하며 사랑하는 마음이 도리를 잃는 데에 가까웠다. 이에 왕 소저가 웃고 아뢰었다.

"신부가 만일 다른 가문의 여자였다면 혹 아름답다 해도 이 정도 같지는 않을 것입니다. 시댁의 여자들은 이 소저뿐 아니라 다 절색입니다."

왕 공이 또 말했다.

"네 말이 옳다. 광평후로부터 모든 이생이 다 한결같이 특이하고 시원한 것이 신선 같으니 만일 사위와 며느리를 구한다면 이곳을 버리고 어디에서 구하겠느냐? 천행으로 내 일생에 바라던 바와 부합하니 참으로 기쁘구나."

소저가 이에 낭랑히 웃었다.

종일토록 즐거움을 다하고 해는 지고 길은 멀어 뭇 손님이 각각 흩어지고 잔치를 파했다. 신부 침소를 서녘의 큰 누각 홍춘당을 깔끔히 치워 정하고 부인이 일생 장만한 살림살이와 옷, 화장품 등을 갖추어 소저를 거처하게 했다. 금빛 벽이 휘황하고 자리가 화려한데 금향로에 울금향(鬱金香)[14]을 피워 향내가 가득했다. 소저가 일찍이 천한 집에서 자라나 사치를 배척했으므로 이러한 모습을 더욱 기뻐하지 않아 눈썹 사이를 찡그리고 단정하게 앉아 있었다.

---

14) 울금향(鬱金香): 백합과 튤립속의 여러해살이풀을 이르는 말. 튤립.

이윽고 왕생의 신 끄는 소리가 낭자하며 주렴 앞 시녀가 왕생이 왔다고 아뢰었다. 소저가 새로이 마음이 서늘하고 등에 찬 땀이 흐르는 줄을 깨닫지 못한 채 몸을 일으켰다. 한림이 이르러 흔쾌히 소저에게 앉기를 청하고 팔을 들어 자리를 밀었다. 소저가 겨우 앉자 유모와 시녀가 다 물러났다. 한림이 이에 눈을 들어 소저를 바라보니 구름 같은 쪽 찐 머리는 푸른 기운을 머금었고 가지런한 눈썹은 채색 붓의 수고를 더하지 않을 만했다. 두 쪽 보조개는 붉은 연꽃이 소나기를 마신 듯했고 단사(丹沙)15) 같은 입 시울에는 온갖 자태를 머금었다. 찬란하고 아리따운 기질이 어찌 접때 헌 옷 가운데 눈물이 얼굴에 가득했을 때와 비기겠는가. 왕생이 새로이 눈이 황홀하고 심신이 어릿해 안색에 웃음을 가득 머금고 칭찬해 말했다.

"소생이 어리석어 지난날에 부인께 죄를 얻은 것이 많았는데 지금에 이르러 감히 부끄러움을 참을 수 있겠소? 비록 그러하나 부인은 소생의 어리석음을 괘념치 마시고 어진 도로써 내조를 빛내 주소서."

소저가 정색한 채 대답하지 않고 두 눈을 낮추었으니 냉담한 기질이 더욱 절세했다. 한림이 이에 황홀한 은정이 구름이 모이듯 했다. 이에 등불을 물리고 소저의 손을 이끌어 침상 위에 나아갔다. 소저가 비록 생을 완강하게 물리쳤으나 일개 아녀자가 건장한 군자를 당해 낼 수 있겠는가. 끝내 면치 못했으니 분노와 한이 새로웠다. 반면에 한림은 마음에 맺힌 소원을 오늘 풀었으므로 희희낙락한 마음을 헤아릴 수 없을 정도였다.

소저가 이로부터 시가에 머무르며 시부모 섬기는 도리와 아침저녁 문안의 때를 어기지 않아 일마다 현명한 부인, 성녀와 흡사했다.

---

15) 단사(丹沙): 수은으로 이루어진 황화 광물. 진한 붉은 색을 띠며 다이아몬드 광택이 남. 붉은 색의 안료나 약재로 씀.

왕 공 부부가 이에 소저에게 푹 빠져 소저를 사랑했으며 한림의 사랑도 더욱 비할 데가 없었다. 왕 소저의 우애가 두터워 매양 두 집안에 쌍으로 왕래하니 왕, 이 양쪽 집안의 영화와 부귀를 미칠 사람이 없었다.

이때 천자께서 선제(先帝)의 삼년상을 지내고 황후와 함께 채색 의복을 갖추고 크게 잔치를 베풀어 친척과 인척을 모으셨다. 그리고 조서를 내리셔서 황후의 일가를 다 입궐하라고 하셨다.

이씨 집안에서 모두 천자의 명령을 어기지 못할 줄 알았다. 그러나 소후는 본디 성품이 남달리 맑아 번화와 사치를 독사와 전갈처럼 싫어했다. 그래서 황후께서 입궐하신 후에 끝내 한 번도 나아가지 않았던 터였다. 그런데 지금에 이르러 이 명령에 더욱 내키지 않아 병을 핑계하고 밖에 나가지 않았다. 왕이 이를 옳게 여겼으나 너무 고집한다 이르고 황후의 사정을 살펴 궁궐에 들어가라 하니 소후가 대답했다.

"이는 군께서 이르지 않으셔도 잘 알고 있습니다. 첩은 미세한 몸으로 존귀함이 일세에 희한한데 또 황후의 어미로 궐내에 들어가 폐하의 존경을 마저 받으면 복이 없어질 것이라 궁에 들어가지 못하는 것입니다."

왕이 소후의 말을 듣고는 다시 이르지 않았다.

황후께서 그 모친이 들어오지 않은 데 크게 실망해 글월을 보내 말씀하셨다.

'불효녀 일주는 피눈물을 흘리고 삼가 모친께 올리나이다. 소녀가 일찍이 모친 품을 벗어나지 않은 지 13년 만에 대궐에 잠겨 이제 10년이 거의 되었습니다. 그런데 모친이 고집을 하셔서 늘 출입을 하지 않으시니 봄 제비가 주렴에 춤출 때와 가을에 잎이 떨어질 때 제가 어머님의 얼굴을 그리워하는 마음이 장차 목숨을 잃기에 가까웠습니다. 이제 다행히 좋은 기회가 왔는데 핑계하고 오지 않으려 하시니 소녀의 마음을 어디에 두겠나이까? 원컨대, 모친께서는 소녀의 불쌍한 사정을 살피셔서 귀한 가마를 굽혀 찾아 주시기를 진심으로 바라나이다.'

소후가 다 보고는 슬픈 빛으로 눈물을 머금고 즉시 답서를 써서 말했다.

'어미 정이 황후만 못 한 것이 아니요, 내가 또 황후를 보고 싶지 않은 것이 아니나 신의 평소 굳은 마음을 황후께서 또한 아실 것입니다. 황후의 사정 때문에 이를 고치지는 못할 것이니 황후께서는 안심하고 다시 베풀지 마소서.'

이 글이 궐내에 이르자 황후가 할 수 없어 슬피 눈물이 흘러내렸다. 임금께서 밖에서 들어와 말씀하셨다.

"황후께서 일생 어버이를 그리워하시는 눈물이 마를 적이 없더니 연왕비께서 이번에는 들어오실 것이오."

황후께서 천천히 사례해 말씀하셨다.

"성은이 망극하시니 신이 죽어도 그 은혜를 다 갚지 못할 것입니다. 그러나 신의 어미가 어려서부터 성품이 세속에서 벗어난 까닭에 그 뜻이 이와 같으니 신이 새로이 슬픈 마음을 면치 못하겠습니다."

말을 마치고서 소후의 서간을 받들어 드리니 황제께서 다 보시고는 놀라며 칭찬하셨다.

"연왕비가 기특하신 것은 안 지 오래되었으나 이토록 하신 줄은 알지 못했소. 비록 그러하나 연왕비가 너무 고집하시고 황후의 사정이 측은하니 짐이 계교로 연왕비가 입궐하시도록 하겠소."

황후께서 이에 절하고 사양해 말씀하셨다.

"천자의 은혜가 이와 같으시나 신이 일찍이 어버이께 효도를 못 했는데 그 뜻조차 위엄으로 앗으실 수 있겠나이까? 이미 물이 엎어진 것 같으니 폐하께서는 억지로 권하지 마소서."

황제께서 웃으며 말씀하셨다.

"황후께서 이 무슨 말씀이시오? 짐이 만승천자(萬乘天子)[16]로서 여염집 사위의 도리를 하지는 못해도 구태여 연왕비를 야박하게 대한 일이 없거늘 연왕비가 완고하게 궐내에 이르지 않으니 그 깨끗한 마음에는 복종하나 연왕비가 설마 자식을 보고 싶은 마음이야 없겠소? 그 하나를 생각하면 참으로 모진 여자시니 장인께서 장모를 잘 제어하시는지 알지 못하겠소."

황후께서 다 듣고는 문득 온화한 기운이 없어져 한참 동안 말씀을 안 하셨다. 그러자 황제께서 크게 웃고 말씀하셨다.

"황후께서 짐의 말에 노하시나 연왕비가 마음이 단단해 일생 사랑하시던 그대를 보려 하지 않고 번화함을 피할 줄만 아시니 짐의 말이 그르지 않을 것이오. 그러나저러나 그대는 연왕비가 짐도 이기시는가 보는 것이 옳소."

이튿날 임금께서 조회를 파하신 후에 연왕을 조용히 불러 물으셨다.

"짐의 덕이 부족하나 황후가 자리를 이어 이제 조정의 모든 명부(命婦)[17]들이 다 모이오. 그런데 연왕비 소 씨가 너무 야박해 황후가 입궐한 지 10년이 되어도 끝내 궐내에 발자취를 임하지 않았소. 이는 체면에 참으로 마땅하지 않아 짐이 그윽이 취하지 않는데 장인은

---

16) 만승천자(萬乘天子): 만 대의 수레를 징발할 수 있는 천자.
17) 명부(命婦): 봉작을 받은 부인의 통칭.

어떻게 여기시오? 듣고자 하오."

왕이 머리를 조아려 다 듣고는 대답했다.

"폐하께서 미미한 신에게 이처럼 하시니 황공함을 이기지 못하겠나이다. 제 아내가 어려서부터 고초를 자주 겪고 구중궁궐을 꺼려 나아오지 못하는 가운데 지금 질병이 위독해 침상을 떠나지 못하고 있습니다. 그래서 폐하의 은혜를 받들지 못하는 것입니다. 만일 까닭 없이 그랬다면 폐하께서 이르지 않으셨어도 신이 폐하의 명령을 어기겠나이까?"

임금께서 미소하고 말씀하셨다.

"짐이 현명하지 못하나 장모의 뜻을 다 알고 있소. 병들었다 한 것은 핑계를 댄 것이오. 생사가 달린 것이 아니라면 이번에는 면치 못할 줄 장인께서 이르셔서 황후의 사정을 살펴 주소서."

왕이 명령을 듣고 집으로 돌아가 소후를 대해 이 말씀을 이르고 대궐에 들어갈 것을 권했다. 그러나 소후는 더욱 불쾌해 안색을 고치고 말했다.

"어찌 된 인생이 매사에 좋은 일이 없어 자식을 두고서 살뜰하게 앞에 두지 못하고 이런 괴로운 지경을 만난단 말입니까? 첩이 황후를 덜 그리워하는 것이 아니나 이미 황후를 죽은 사람으로 헤아려 생전에는 발자취를 대궐 중에 들이지 않으려 했더니 이 어찌 된 일입니까? 군께서 또한 첩의 뜻을 거의 아실 것인데 힘써 사양하지 않으신 것입니까?"

말을 마치자 왕이 소후가 일생 침묵한 성품에 갑자기 말이 괴이한 것에 놀라고 또한 이에 불쾌해 발끈 낯빛을 바꿔 말했다.

"그대가 젊지 않은 나이에 오늘 한 말이 무슨 도리에 맞는단 말이오? 집 안에서 매사에 과인을 수중에서 농락하나 천자의 말씀이 이와 같으신데 신하가 되어 장차 무엇이라고 소소한 곡절을 다 아뢰어 그대 뜻을 받겠소? 한 조각 괴이한 고집을 부리는 것은 구중궁궐의 사치를 꺼려 해서가 아니라 황태후 조 씨 마마를 꺼려 해서일 것이오. 사람의 마음이 이토록 바르지 못한 것이오?"

말을 마치자 소후가 어이없어 두 눈을 낮추고 정색한 채 단정히 앉아 대답하지 않았다. 그러자 왕이 드디어 소매를 떨치고 나갔다.

자식들이 곁에 있다가 부모가 힐난하는 것에 놀라고 민망해 서로 돌아보고 감히 말을 못 했다. 소후가 한 번 길게 탄식하고 베개를 내어와 조용히 눕고 시녀가 저녁밥 드시기를 고했으나 또한 응하지 않았다. 자식들이 송구해 물러가지 않고 초후가 나직이 앞에 나아가 식사하실 것을 청하자 소후가 천천히 일렀다.

"내 마음이 평온하지 않으니 너희는 물러가라. 내 조용히 조리해야겠다."

광릉후가 앞에 나아가 간했다.

"아버님 말씀이 비록 쌀쌀맞으시나 한때 희롱하시는 말씀이니 어머님은 괘념치 않으시는 것이 옳거늘 무슨 까닭에 마음을 상하게 하시는 것입니까?"

소후가 잠시 웃고는 대답하지 않고 돌아누워 끝내 말을 안 했다. 초후 등이 마음이 매우 급해 불이 켜질 때까지 곁에서 모시고 있었다. 밤이 적이 깊은 후 소후가 홀연히 몸을 돌려 일어나 앉으며 손으로 딸을 불러 머리를 받치라 하고 또 위 씨를 불러 그릇을 내어오라 해 그릇이 앞에 겨우 이르자 피를 말이나 토하고 혼절해 거꾸러졌다.

원래 소후가 어려서부터 슬픔을 서리담아 드디어 세상의 변고를 무궁히 지내고 근심 가운데 애를 써 폐간(肺肝)이 다 재가 된 터였다. 그래서 만일 마음을 잠깐이라도 쓰면 병이 났으나 마침 영화와 복을 두루 갖춰 흠할 것이 없었으므로 대단히 마음을 졸이는 일이 없었다. 그런데 오늘 왕이 자기 생각도 아닌 말로 자신을 헐뜯어 꾸짖는 것을 보고는 부끄러움과 애달픔이 함께 나와 자연히 옛 병이 다시 생긴 것이다. 왕이 구태여 소후를 그처럼 안 것이 아니었으나 그 불가한 일에 고집을 너무 세워 중도(中道)를 행하지 않는 것을 민망하게 여겨 일부러 소후를 격발시켜 병을 일으켰으니 어찌 괴이하지 않은가.

이때 초후 등이 무망중에 이 모습을 보고 매우 놀라 낯빛이 바뀐 채 급히 소후를 붙들고 좌우에 회생할 약을 가져오라 하며 어머니의 손발을 주물러 깨웠다. 왕이 서헌에 있다가 낭문이 어지럽게 나오며 약상자를 찾기에 놀라서 연고를 묻자 문이 울면서 대답했다.

"모친께서 아까 불의에 피를 많이 토하시고 인사를 모르시나이다."

왕이 놀라 급히 몸을 일으켜 정전으로 갔다. 소후가 베개에 누워 인사를 모르는 가운데 아들과 딸 들은 소후를 붙들고서 눈물을 강물처럼 흘리고 있었다. 왕이 속으로 매우 놀라 바삐 나아가니 그릇에는 붉은 피가 가득했다. 더욱 놀라 아들들에게 요란히 굴지 말라 하고 그 손을 빼어 맥을 보며 약을 풀어 입에 쳤으나 조금도 생기가 없고 점점 맥이 차가워지는 것이었다. 자식들이 넋이 몸에 붙어 있지 않아 근심스럽게 탄식을 하는 가운데 능후가 더욱 마음을 졸인 채 간장이 무너져 낯빛이 찬 재와 같고 눈에서는 눈물이 샘솟듯 해 모친의 손을 굳게 붙들어 정신을 진정하지 못했다. 왕이 또한 마음이 급해 다만 연이어 따뜻한 물에 청심환을 갈아 흘려 들여보내고 소후를 구호했다.

이렇게 하며 삼경(三更)[18]에 이르렀다. 소후가 홀연히 숨을 길게 내쉬고 눈을 떠 보니 초후와 남후는 발을 만지고 능후와 딸은 좌우의 손을 붙든 채 눈물이 옷깃을 적시고 있는 것이었다. 소후가 속으로 자식들을 가련히 여겨 길이 한숨짓고 말했다.

"네 어미가 어리석어 하루도 마음을 펴고 살지 못하다가 남이 더럽게 욕하는 것이 오늘날 없지 않아 여러 해 뭉친 화증이 크게 발발한 것이다. 만일 내가 아주 죽는다면 너희가 다 몸을 보전하지 못하겠구나."

그러고서 딸과 아들의 눈물을 손으로 닦아 주었다. 이에 자녀들의 기쁨이 황홀해 능히 말을 못 하고 왕이 놀라고 기뻐 나아가 물었다.

"후가 무슨 일로 불의에 혼미해 자녀의 애를 쓰게 하는 것이오?"

후가 문득 돌아보고 즉시 벽을 향해 누워 잠자코 움직이지 않으니 왕이 정색하고 말했다.

"지난번에 과인이 무심코 어리석은 말을 했으나 그대가 어린 사람도 아닌데 이토록 화를 내고 심지어 피를 토하기까지 하는 것이오?"

말을 마치고는 아들들에게 불을 들게 하고 딸에게 미음을 갖고 오게 해 소후에게 미음을 권했으나 소후는 눈길을 낮추고 움직이지 않았다. 이에 왕이 정색하고 두어 번 타이르자 소후가 겸손히 사양하며 말했다.

"첩이 민첩하지 못하나 군의 꾸짖으심에 노했겠습니까? 마침 옛 병이 다시 발발해 한 몸이 혼미해졌으나 대단하지는 않으니 염려하지 마소서. 미음을 먹으면 갓 피를 토하는 데 이르니 먹을 마음이 없습니다. 그러니 천천히 먹는 것이 해롭지 않을 것입니다."

18) 삼경(三更): 밤 11시에서 1시 사이.

왕이 위로해 말했다.

"비록 피를 많이 토했으나 속이 허하면 더 어려울 것이니 억지로라도 미음을 드시오."

소후가 다시 말을 안 하고 두어 번 미음을 마시다가 홀연 그릇을 내던지고 피를 무궁히 토하고 또 혼절했다. 자식들이 이에 간장이 다 타 재가 될 듯했다. 왕이 심란해 이 밤을 겨우 새워 새벽에 외당에 나가 태의를 불러 진맥하게 하고 묘방(妙方)[19]으로 힘써 다스렸다.

시부모와 숙당들, 동서와 조카 들이 잇달아 문병해 불의에 병이 든 연고를 물었다. 초후 등이 이에 우연히 조리를 잘 못해 그런 것이라 대답하자, 시부모가 매우 근심하고 광평후 등은 우려하는 것이 친어머니에 대한 것보다 덜하지 않았다. 여러 첩 먹는 약을 쓰자 잠깐 진정되어 다시 피를 토하는 일은 없었다. 그러나 이로부터 침상에 오래 누워 있으면서 증세가 가볍지 않으니 자식들과 며느리들이 밤낮으로 곁에서 모시면서 근심을 이기지 못했다.

대궐의 황후께서 이 소식을 듣고 매우 놀라 상궁을 시켜 문안하셨다. 천자께서 중사(中使)[20]와 어의를 보내 간병하게 하시니 크나큰 영광이 천 년에 한 번 있는 일이었다. 초후 등이 이에 황제의 명령에 감사하고 사자(使者)를 밖에서 대접해 보냈다.

태의가 들어가 병의 증세가 매우 위중하다고 자세히 아뢰자 황후께서 크게 슬퍼해 수라(水剌)[21]를 물리치고 번뇌하셨다. 황제께서 이에 황후를 위로해 말씀하셨다.

"장모께서 한때 찬 기운 때문에 병이 생겨 병세가 좋지 않으시나

---

19) 묘방(妙方): 효험이 있는 처방.
20) 중사(中使): 왕명을 전하던 내시.
21) 수라(水剌): 궁중에서, 황제나 황후에게 올리는 밥을 높여 이르던 말.

나이가 장년이신데 자연히 낫지 않을 것이라고 이토록 염려를 더하는 것이오?"

황후께서 울며 대답하셨다.

"폐하의 말씀이 옳으시나 신의 어미가 어려서부터 고초를 두루 겪어 구사일생한 몸으로 폐간이 삭으셨는데 이제 큰 병이 다시 생겼으니 어찌 염려가 적겠나이까?"

황제께서 재삼 위로하시고 어의와 내시를 시켜 소후를 하루 세 번씩 간병하도록 하셨다.

소후가 십여 일 후에 적이 나으니 황후께서 크게 기뻐하셨다. 초후 등이 매우 기뻐해 밤낮으로 모시고서 온화하고 즐거운 말로 그 마음이 화평해지기를 원했다. 소후가 또한 구태여 마음을 쓰는 일이 없었으나 왕이 들어오면 안색이 매우 엄숙해 한마디 말을 하지 않았다. 왕이 그것을 불쾌하게 여겼으나 소후의 병이 깊고 자녀들이 목 놓아 울며 애쓰는 것을 보고는 다시 가혹하게 꾸짖는 일이 없이 소후의 냉정한 태도를 모르는 척했다.

하루는 왕이 조회를 마치고 내전에 가니 마침 아들들은 오랫동안 맡은 일을 폐했으므로 다 조정에 가고 소후가 홀로 딸과 손자들을 앞에 두어 담소하고 있었다. 왕이 이에 나아가 병의 상태를 묻자 소후가 자약히 대답했다.

"천한 병이 오늘은 다 나았으니 너무 염려하지 마소서."

왕이 문득 정색하고 말했다.

"후가 이제 이칠삼오의 어린아이도 아닌데 과인의 말에 분노해 피를 토하며 병이 드는 데까지 이르고 날이 지날수록 분노를 더 드러내니 이 무슨 도리요? 그대가 자식들 보기에 스스로 부끄럽지 않소?"

소후가 대답하지 않자 왕이 기색이 엄숙한 채 대답을 재촉했다. 소후가 이에 천천히 한참을 생각하다가 탄식하고 말했다.

"운명이 기박한 인생이 한 몸에 병조차 얽매여 이러하나 어찌 군의 말씀에 유감을 두겠습니까? 첩의 사람됨이 본디 어리석은 것을 군이 잘 알고 계실 것이니 첩이 비록 슬기롭지 않으나 탄식할 것이 있겠습니까?"

왕이 다 듣고는 미소하고 나직이 소후의 잘못을 일컬으며 기색이 온화하고 말이 은근하니 소후가 다시 대답하지 않았다.

이러구러 궐내 진연(進宴)22) 날이 다다르자 소후가 병이 채 낫지 않았으나 병을 무릅쓰고 대궐에 들어가려 했다. 자식들이 이에 모두 간하며 들어가지 못하게 막았으나 소후가 끝내 듣지 않고 며느리와 딸 들을 거느려 입궐했다.

황후께서 황홀하게 반가운 마음에 중간 계단에 내려가 모친을 맞이하셨다. 당에 올라가 모친의 손을 붙들고 눈물이 샘솟듯 하시니 소후가 역시 슬픈 빛으로 다만 일렀다.

"서로 만난 것이 다행한데 어찌 심사를 태워 어미 슬픔을 도우시는 것입니까?"

황후께서 이 말을 들으시고는 즉시 눈물을 거두고 몸을 원래대로 펴셨다. 소후가 눈을 들어 황후를 자세히 보니 신장과 행동이 이미 태평 국모의 기상이 있었다. 적의(翟衣)23)와 면류(冕旒)24) 가운데 엄숙하고 시원한 기질이 가을 달 같았다. 소후가 반갑고 애련한 마음이 아울러 나와 다만 황후의 손을 잡아 탄식할 뿐 여느 말을 안 했

---

22) 진연(進宴): 나라에 경사가 있을 때, 궁중에서 베풀던 잔치.
23) 적의(翟衣): 청색의 꿩을 수놓아 만든 의복으로 중요한 예식 때 황후나 귀부인이 입던 예복.
24) 면류(冕旒): 면류관의 앞뒤에 늘어뜨린 구슬꿰미.

다. 황후께서 그동안 사모하던 소회며 10년을 못 뵌 것을 이르면서 슬퍼하기를 마지않으셨다. 그리고 여 씨 등을 만나 반기고 기뻐하시는 것이 헤아릴 수 없을 정도였다. 화 씨와 오 씨를 보고는 더욱 기뻐하며 모후(母后)에게 고하셨다.

"위로 세 언니의 특이하심은 이를 것도 없고 아래로 두 아우가 좋은 짝을 잘 얻었으니 어찌 기쁘지 않습니까? 백문이가 이제는 단정한 선비가 되었는가 싶으니 그것이 더욱 다행한 일입니다."

연왕비가 탄식하며 대답하지 않고 태자를 찾아보았다. 이때 태자는 여덟 살이고 아래로 두 황자(皇子)는 여섯 살, 네 살이었다. 한결같이 영리하고 빼어나 참으로 용과 봉황 같은 자태와 하늘의 해와 같은 모습이 있었다. 연왕비가 즐거움과 기쁨을 이기지 못해 눈썹 사이에 기쁜 기운이 영롱하고 정 한림 부인 월주는 체면을 잊고 태자의 등을 두드리며 말했다.

"우리 형님이 아니라면 태자께서 어찌 이처럼 기이하시겠습니까?"

이에 좌우의 사람들이 웃고 황후께서 또한 그 손을 놓지 않고 말씀하셨다.

"내가 너와 함께 지내며 한때를 못 떠날까 했더니 어찌 내가 하루아침에 깊은 궁궐에 들어가, 너를 머리가 눈썹 위에 질 때 떠나 어른이 되어도 못 볼 줄 알았겠느냐?"

말이 끝나지 않아서 궁녀가 급히 아뢰었다.

"황제께서 들어오시나이다."

이에 사람들이 모두 주렴 밖으로 피했다. 황제께서 들어와 앉으시고 상궁을 시켜 연왕비 등을 다 부르셨다. 연왕비가 이에 딸과 며느리 들을 거느리고 들어가 두 손을 들고 만세를 부르며 절하는 예를 마치고 고개를 조아려 땅에 엎드렸다. 임금께서 이에 연왕비를 향해 공경하는 빛으로 말씀하셨다.

"황후가 입궐하신 후에 존후(尊后)는 짐과는 장모와 사위의 분수
가 있으나 존후(尊后)가 완강하게 궁궐을 꺼려 발자취를 들이지 않
으셔서 일찍이 뵙지 못했습니다. 그런데 오늘은 어찌 들어오신 것입
니까?"

소후가 엎드려 은혜에 감사하며 말했다.

"신첩이 어린 딸을 지존(至尊)의 짝으로 삼게 한 후에 밤낮으로
두려워 깊은 못과 얇은 얼음을 디디는 것 같았으니 구구한 사정(私
情)에 딸을 보려는 마음이 없었겠나이까? 다만 몸에 병이 밤낮으로
떠나지 않아 마음 같지 못한 것을 한탄하고 있었더니 폐하의 말씀이
이와 같으시니 황공하옵니다."

임금께서 웃고 지극히 공경하며 눈으로 잠깐 비스듬히 보셨다. 그
성스러운 자태와 빛나는 모습은 이를 것도 없고 얼굴에 눈썹이 영롱
하고 엄정함이 가을 하늘 같아서 자연히 사람에게 공경하는 마음이
일어나도록 했다. 임금께서 크게 놀라 속으로 칭찬을 마지않으셨다.
이어서 여 씨 등을 보시니 한결같이 국색이었다. 그 가운데 여 씨와
위 씨가 무리 중에서 뛰어나 그 시어머니에게 지지 않았으니 더욱
놀라고 의아하셔서 소후를 향해 그 겨레와 차례를 물으셨다. 소후가
두 손으로 여 씨를 가리키며 대답했다.

"이 사람은 신의 총부(冢婦)[25]니 시랑 여현의 손녀요, 소사 여현
기의 딸입니다."

그리고 임 씨를 가리켜 말했다.

"이 사람은 성문의 재실이니 승상 임자명의 손녀요, 상서 임계운

---

25) 총부(冢婦): 종자(宗子)나 종손(宗孫)의 아내. 곧 종가(宗家)의 맏며느리를 이름.

의 딸입니다."

위 씨를 가리켜 말했다.

"이 사람은 각로 위광보의 손녀요, 승상 위공부의 딸이니 신의 둘째아들 경문의 아내입니다. 셋째 사람은 전 절도사 화영의 손녀요, 현재 상서 화진의 딸이니 신의 셋째아들 백문의 아내입니다. 넷째 사람은 전 상서 오문의 손녀요, 원외랑 오단의 딸이니 황이(皇姨)[26] 조 씨의 아들 낭문의 아내입니다. 다섯째 사람은 신의 딸이니 상서 정이의 아들인 한림 정광의 아내입니다."

말을 마치자 임금께서 길이 탄식하고 말씀하셨다.

"부인에게 복이 많은 것은 다른 사람이 미칠 바가 아닙니다. 아들들이 일찍이 특출나 일세에 뛰어나고 며느리와 딸 들이 다 각각 주옥 같으니 어찌 곽영공(郭令公)[27]을 부러워하겠습니까?"

소후가 나직이 사은하니 임금께서 은근히 말씀하시다가 이윽고 일어나시며 여러 날 머물라고 이르셨다.

소후가 이에 미앙궁에 나아가 태후께 조회하니 조 태후께서 또한 흔쾌히 보아 그 거룩한 자태와 빛나는 모습을 부러워하며 탄복하셨다. 그리고 며느리와 딸 들이 하나하나 기이한 것을 보고 그 유복함을 더욱 부러워하시고 그 아우 대조 씨의 운명이 기박한 것을 새로이 한심하게 여겨 이에 말씀하셨다.

"예전부터 경이 녹록하지 않다는 소문이 있어 서로 보기를 원했으나 뜻과 같지 못했네. 그런데 황후가 입궐한 후에도 경이 소부(巢

---

26) 황이(皇姨): 황후의 자매. 여기에서는 대조 씨를 이름.
27) 곽영공(郭令公): 곽자의(郭子儀, 697-781)를 높여 부른 이름. 곽자의는 중국 당(唐)나라 현종(玄宗), 숙종(肅宗) 때의 명장(名將). 안록산(安祿山)의 난을 평정하고 분양왕(汾陽王)에 봉해졌으므로 흔히 곽분양(郭汾陽)이라고 불림. 당나라 최대의 공신으로 평가받으며, 장수하고 부귀하며 자손들을 많이 두었음.

父)와 허유(許由)[28]의 고고한 절개를 가져 궁궐의 사치를 극히 배척하기에 한 번을 만나지 못했네. 그런데 오늘은 무슨 행운인지 선녀의 모습을 보게 되었으니 평생의 영광이로다."

소후가 이에 공손히 자리에서 일어나 절하고 말했다.

"신이 본디 질병이 있어 밤낮으로 앓아 침상에 누워 있었으므로 구구한 자취가 궁궐을 더럽히지 못해 그랬던 것입니다. 어찌 맑은 절개를 자랑하려 해 대궐을 피했겠나이까? 가르치심이 이와 같으시니 황공함을 이기지 못하겠나이다."

태후께서 잠시 웃고 조 씨의 말을 일컫지 않으셨으니 조금이라도 도량이 넓다면 불초한 아우의 죄를 용서해 가문에 용납한 것을 사례하지 않으셨겠는가. 계양 공주가 또한 입시(入侍)[29]하고 있다가 조 태후의 무례함을 개탄했다.

이튿날 임금께서 황후와 함께 예복을 갖추고 태후를 모시고 앉으셨다. 이에 제왕, 공주, 육궁(六宮)[30]의 비빈(妃嬪)[31]이 차례로 자리를 정하고 앉았다. 그 복색이 황홀하고 음악 소리가 드날렸으니 참으로 천고에 한 번 있는 때였다.

임금께서 태후께 잔을 올리는 일을 마치고는 친척과 인척을 크게 모아 종일토록 즐기셨다. 이날 육궁의 비빈과 외명부(外命婦)[32] 등

---

28) 소부(巢父)와 허유(許由): 모두 중국 요임금 때의 은사(隱士). 소부는 요임금이 천하를 주려 했으나 거절하고 요성(聊城)에서 은거하며 방목(放牧)하면서 일생을 마침. 산속에 숨어 세상의 이익을 돌아보지 않고 나무 위에 집을 지어 그곳에서 잤다고 하여 소부(巢父)라 불림. 허유는 자(字)가 무중(武仲)으로 요임금이 천하를 그에게 물려 주려 했으나 거절하고 기산(箕山)에 들어가 은거함. 요임금이 또 그에게 관직을 주려 하자 그 말이 자기의 귀를 더럽혔다며 곧 영수(潁水) 가에서 귀를 씻음.
29) 입시(入侍): 궁궐에 들어가 임금을 뵙던 일.
30) 육궁(六宮): 중국의 궁중에 있었던 황후의 궁전과 부인 이하의 다섯 궁실.
31) 비빈(妃嬪): 비(妃)와 빈(嬪)을 아울러 이르는 말. 비는 임금이나 황태자의 아내이고 빈은 후궁을 이름.
32) 외명부(外命婦): 황족·종친의 딸과 아내 및 문무관의 아내로서 남편의 직품(職品)에 따라 봉작(封爵)을 받은 부인을 통틀어 이르던 말.

이 수풀 같아 경국지색이 많았으나 여 씨 등의 찬란한 용모에 다 빛을 잃었다. 그리고 다 나이가 어렸으나 작위가 높아 그 위차를 겨룰 사람이 없었으니 궁중의 여러 사람들 중에 누가 칭찬하고 공경하지 않겠는가. 태후께서 더욱 기뻐하지 않으셔서 떠나는 시간이 되었으나 각별히 상을 내리시는 것이 없고 홀로 오 씨에게만 비단과 기이한 보배를 많이 주셨으니 그 편협하신 것이 이와 같았다.

소후가 이튿날 즉시 하직하고 나올 적에 황후께서 울고 슬픔을 이기지 못하셨다. 이에 연왕비가 큰 의리로 타이르고 삼모(三母)[33]의 덕(德)으로써 경계하니 말마다 흉금을 시원하게 했다. 이에 황후께서 절해 명령을 받으셨다. 임금께서 또한 소후를 보고 만류하셨으나 연왕비가 자신이 병들었다 대답하니 임금께서 하릴없어 온갖 비단과 옷감을 상으로 내려 주셨다.

소후가 임금께 사은해 절하고 집에 돌아가 어른을 뵈었다. 모두 황후의 안부를 묻자 소후가 황후는 건강하다고 대답했다.

이때 창문 공자의 혼인 날짜가 임박했으므로 양쪽 집안에서 혼수를 차렸다. 공자가 정해진 날에 행렬을 거느려 장씨 집안에 이르러 신부를 맞이해 돌아왔다. 공자의 준수한 외모와 신부의 절세한 미모가 차등이 없었으므로 부모가 크게 기뻐했다. 공자가 속으로 다행으로 여겨 신부를 헤아릴 수 없을 정도로 소중히 대우하고 신부 곁을 잠시도 떠나지 않으니 형제들이 기롱하며 웃었다. 공자가 이를 매우 괴롭게 여겨 만일 평후 등을 만나면 돌아가기를 못 미칠 듯이 하니

---

33) 삼모(三母): 세 어머니. 중국 주(周)나라의 세 어머니로 태강(太姜), 태임(太妊), 태사(太姒)를 이름. 태강은 태왕(太王)의 비(妃)로서 왕계(王季)의 모친이고, 태임(太任)은 왕계의 비로서 문왕(文王)의 모친이며, 태사(太姒)는 문왕의 비로서 무왕(武王)의 모친임. 모두 현명한 어머니라는 칭송을 받음.

생들이 따라가며 생을 잡아 끼고 희롱했다.

정 한림 부인이 친정에 오래 있으니 자연히 여기저기 언니들을 찾아 장기와 바둑을 두고 담소하며 지냈다.

하루는 봉성각에서 위 씨와 조용히 말하고 있었다. 이때는 삼춘이라 꽃잎이 어지럽게 떨어지고 경치가 매우 아름다웠다. 소저가 시흥(詩興)을 이기지 못해 붓을 들어 한 수 시를 짓고 위 씨를 향해 차운(次韻)[34]하라 했다. 그러자 위 씨가 소저의 글 짓는 재주가 신묘하다 칭찬하며 말했다.

"첩은 본디 재주가 없고 바탕이 둔하니 어찌 소저의 식견을 감당하겠습니까?"

소저가 웃으며 대답했다.

"언니가 어찌 이런 마음에도 없는 말씀을 하시는 겁니까? 제가 부끄러워 낯 둘 땅이 없습니다."

위 씨가 웃고 끝내 짓지 않자 소저가 탄식하며 말했다.

"언니가 저를 더럽게 여기셔서 이처럼 야박하게 구니 제가 무슨 면목으로 여기 앉아 있겠습니까?"

말을 마치고는 얼굴을 붉히고 일어나려 했다. 그러자 위 씨가 급히 머무르도록 하고 대답했다.

"첩처럼 재주 없고 바탕이 둔한 사람이 사람들이 모인 곳에서 시 짓는 것을 부끄러워해서 그런 것이었는데 소저께서 이토록 노하실 줄 알았다면 어찌 벌써 짓지 않았겠습니까?"

말을 마치고 붓을 들어 칠언절구(七言絶句) 한 수를 지었다. 붓을 놀리는 것이 눈이 날리는 듯해 순식간에 붓을 놓고 소저에게 시를

---

34) 차운(次韻): 남이 지은 시의 운자(韻字)를 따서 시를 지음. 또는 그런 방법.

주었다. 소저가 급히 받아서 보니 진실로 필법은 용사비등(龍蛇飛騰)35)하고 시의 내용은 무산(巫山) 협곡36)의 물을 거스르며 장강(長江) 큰 바다를 헤친 듯해 글자마다 시원하고 엄숙함이 비할 데가 없었다. 소저가 속으로 새로이 놀라 이에 탄복하며 말했다.

"제가 언니의 신묘한 재주를 안 지 오래되었으나 이와 같으실 줄은 미처 알지 못했습니다. 오늘날 저의 어리석은 흉금이 시원해져 막힌 것이 트이는 것 같습니다."

위 씨가 말리며 말했다.

"첩의 성정이 이런 일을 매우 배척하나 소저께서 하도 과도히 노하셔서 마지못해 지었습니다. 영형(令兄)이 보신다면 괴이하게 여길 것이니 소저께서는 깊이 간수해 주기를 바랍니다."

소저가 사례하고 재삼 시를 읊었다. 그런데 다 읊지 않아서 광릉후가 옥 같은 얼굴에 술기운이 젖어 금관(金冠)과 조복(朝服) 차림으로 아홀(牙笏)37)을 비스듬히 들고 문을 열고 들어오는 것이었다. 소저가 보던 것을 급히 소매에 넣고 광릉후를 맞이하자 후가 관복을 다 벗고 위 씨를 돌아보아 홑옷을 내어오라 해 입고는 누이를 돌아보아 말했다.

"어떤 글을 보다가 나를 보고 감추는 것이냐?"

소저가 미소하고 대답했다.

"오라버니는 눈 밝은 체도 하십니다. 저는 아무것도 감춘 것이 없습니다."

---

35) 용사비등(龍蛇飛騰): 용이 살아 움직이는 것같이 아주 활기 있는 필력을 비유적으로 이르는 말.
36) 무산(巫山) 협곡: 무산은 사천성(四川省) 무산현(巫山縣)에 있는 산으로, 험하기로 이름 높은 곳임.
37) 아홀(牙笏): 관직이 높은 벼슬아치가 가지는 물소뿔이나 상아로 만든 홀. 홀은 조복(朝服)을 입고 임금을 뵐 때에 오른손에 쥐던 패.

후가 웃으며 말했다.

"내가 아까 분명히 보았으니 네가 시전(詩箋)[38] 같은 것을 보다가 소매에 넣었다. 그런데 어찌 이처럼 야박하게 속이는 것이냐?"

소저가 잠시 웃고 대답하지 않고 위 씨는 민망해 옥 같은 얼굴빛이 자주 변한 채 눈으로 소저를 보았다. 능후가 자못 기미를 알고 문득 소저를 잡고 소매를 뒤져 시 적은 종이를 얻었다. 소저가 매우 급했으나 후의 굳센 힘을 어디에 가 막을 수 있겠는가. 이미 종이 빼앗기는 것을 면치 못했으니 후가 빼앗아서 한번 보고는 문득 놀라 말했다.

"이 시는 누가 지은 것이냐? 글은 위 씨의 필법이니 네 언니의 수단이냐?"

소저가 속이지 못해 말했다.

"아까 우연히 심심해서 언니와 시를 창화(唱和)[39]한 것이어요."

후가 본디 위 씨의 글재주에 탄복해 한번 시 짓는 것을 보려 했으나 위 씨가 하도 단엄하기에 청하기가 어려워 보지 못하던 터였다. 그런데 오늘 기회를 타 시를 보니 필법과 시재(詩才)가 이백(李白)과 두보(杜甫)[40]를 업신여기고 종요(鍾繇)와 왕희지(王羲之)[41]보다 뛰어나 과연 천만고에 비할 사람이 없을 정도였다. 후가 속으로 놀라움을 이기지 못해 다만 웃고 말했다.

---

38) 시전(詩箋): 시나 편지 따위를 쓰는 종이.
39) 창화(唱和): 한쪽에서 시나 노래를 부르고 다른 쪽에서 화답함.
40) 이백(李白)과 두보(杜甫): 모두 중국 성당(盛唐) 때의 시인. 중국의 최고 시인들로 꼽히며 이백 (701-762)은 시선(詩仙)으로, 두보(712-770)는 시성(詩聖)으로 칭하여짐.
41) 종요(鍾繇)와 왕희지(王羲之): 모두 서예가 뛰어난 사람. 종요는 중국 삼국시대 위(魏)나라의 대신 · 서예가(151-230). 자는 원상(元常). 조조를 도운 공으로 위나라 건국 후 태위(太尉)가 됨. 해서(楷書)에 뛰어나 후세에 종법(鍾法)으로 일컬어짐. 왕희지는 중국 동진(東晉)의 서예가 (307-365)로 자는 일소(逸少)이고 우군 장군(右軍將軍)을 지냈으며 해서 · 행서 · 초서의 3체를 예술적 완성의 영역까지 끌어올려 서성(書聖)이라고 불림.

"누이는 한가하기도 하구나. 좋은 집에서 시를 짓고 읊는 것으로 소일하니 호화롭게 보이기는 하나 여자의 도리에서는 벗어났는가 한다."

소저가 웃으며 대답했다.

"제가 위 형께 죄를 얻었으니 오라버니는 이렇게 말하지 마세요. 아까 언니가 안 지으려 하시는 것을 제가 심하게 권해 부득이하게 시를 지으신 것이어요. 그런데 뜻밖에도 오라버니에게 발각되었으니 어찌 놀랍지 않겠어요?"

후가 잠시 웃고 말했다.

"친한 사람으로는 부부 같은 이가 없다. 나는 위 씨에게 외인(外人)이 아니니 그 글씨를 못 보도록 할 수 있겠느냐?"

말을 마치자, 홀연 시녀가 왕이 명령해 부르신다 하니 후가 문득 시 적은 종이를 소매에 넣고 일어났다. 그러자 위 씨가 민망해 나직이 청했다.

"규중의 졸렬한 문필을 족히 보실 만하지 않고 또 외인에게 드러나는 것은 더욱 옳지 않으니 청컨대 가져가지 마시기를 바랍니다."

위 씨가 속으로 뉘우치기를 마지않아 옥 같은 얼굴이 붉게 물들었다. 정 학사 부인이 속으로 또한 무안해 즉시 일렀다.

"오라버니가 가져가셨으나 다른 사람에게 보여 주지는 않으실 것이니 제가 가서 가져다 드릴게요."

그러고는 일어나 내당으로 갔다. 후가 이곳에 있다가 누이를 보고는 밖으로 나갔다. 소저가 기미를 알고 속으로 그윽이 웃으며 민망하게 여겼다.

후가 서당에 나가 좌우가 고요한 틈을 타 위 씨의 글을 다시 꺼내 보고 그 글재주에 탄복하고 칭찬해 스스로 헤아렸다.

'내가 다섯 살 때부터 부지런히 글을 읽어 글재주가 다른 사람의 아래 있지 않더니 이 사람에게는 미치지 못하겠으니 탄식할 만하구나.'

이처럼 읊으며 글재주가 기특한 것을 재미 삼아 보았다. 그런데 홀연히 문소리가 나며 평후와 초후가 위 어사 중량과 함께 들어오는 것이었다. 후가 놀라서 일어나 맞이해 자리를 정하자 광평후가 웃으며 물었다.

"아우가 무엇을 보다가 우리를 보고 그리 급히 감추는 것이냐?"

후가 대답했다.

"우연히 옛 시를 보고 있었습니다."

평후가 웃으며 말했다.

"아니다. 어느 옛 시가 작은 종잇조각에 서너 구 써졌겠느냐? 어쨌거나 한번 보자."

능후가 머뭇거리며 내려고 하지 않자 초후가 정색하고 말했다.

"무슨 비밀스러운 일이기에 형제지간에 숨길 일이 있는 것이냐?"

광릉후가 황공해 즉시 내어 평후를 주고 말했다.

"아까 누이가 가지고 있기에 빼앗아서 보고 있었습니다."

평후가 다 보고는 크게 놀라 말했다.

"이것을 누가 지었느냐?"

능후가 말했다.

"위 씨가 지은 것이라 합니다."

평후가 크게 칭찬해 말했다.

"위 씨 제수의 글재주를 안 지 오래되었으나 시문(詩文)이 이토록 특출나신 줄은 알지 못했구나."

또 웃고 말했다.

"이 시문이 비록 좋으나 어느 대신이 암실에 들어앉아 시를 짓고 읊는단 말이냐? 행실에 해로움이 있으니 남이 본다면 어찌 비웃지 않겠느냐?"

능후가 잠시 웃고 말했다.

"제가 어리석으니 시를 지으라 한들 어찌 위 씨가 짓겠습니까? 아까 누이와 함께 이를 지어 서로 보기에 빼앗아 온 것이니 누이가 저를 따라다니며 '위 씨에게 죄를 얻었으니 달라.'고 했으나 일부러 안 주었습니다."

평후가 크게 웃고는,

"너도 생각나느냐? 네가 옛날에 위 씨 제수에게 바둑과 장기 두고, 글 짓자고 하지 않았더냐?"

라고 말했다.

재설. 천자께서 자리에 오르신 후에 황후와 사이 좋게 지내시는 것이 교칠(膠漆)[42]보다 더하셨다. 황후를 공경하고 소중히 대하시는 것이 남달라 비록 육궁(六宮)[43]이 있으나 구태여 염두에 두지 않으셨다. 황후께서 천자께 여자를 한쪽에 치우쳐 사랑하시는 것을 매양 간하셨다. 그래도 천자의 뜻을 거역하지 못하고 이따금 후궁들에게 모시게 했으나 천자께서는 한 사람도 사랑하는 이가 없으셨다. 그래서 저마다 아름다운 얼굴에 눈물이 어려 반비(班妃)[44]의 비단부채[45]

---

42) 교칠(膠漆): 아교와 옻칠이라는 뜻으로 매우 친밀하여 서로 떨어질 수 없는 사이를 이르는 말.
43) 육궁(六宮): 옛 중국의 궁중에 있었던 황후의 궁전과 부인 이하의 다섯 궁실.
44) 반비(班妃). 중국 한(漢)나라 성제(成帝)의 궁녀인 반첩여(班婕妤). 시가(詩歌)에 능한 미녀로 성제의 총애를 받다가 궁녀 조비연(趙飛燕)의 참소를 받고 물러나 장신궁(長信宮)에서 지내며 <원가행(怨歌行)>, <자도부(自悼賦)> 등을 지어 자신의 처지를 하소연함.
45) 비단부채: 반첩여가 지은 <원가행(怨歌行)>에 등장하는 부채. 작품 중에 화자가 흰 비단을 마름질해 부채 합환선을 만드는 내용이 나옴.

를 벗했다.

귀비 조 씨는 이에 앞서 황후와 함께 입궐해 태자비의 자리를 다투었다. 당시에 태자비가 되지 못해 원망과 분노가 세월이 오랠수록 없어지지 않았으나 능히 베풀 계교가 없고 황제께서 이간하는 말을 받아들이지 않으셨다. 황제께서 자기를 대수롭지 않게 여기셨으므로 참소(讒訴)[46]할 틈이 없어 밤낮으로 애타는 간장이 끊어지는 듯했다.

세월이 훌쩍 흘러 황후께서 태자를 낳으신 후에 옥동자를 쌍쌍이 낳으시자 조 귀비가 더욱 투기를 이기지 못해 심복 궁녀를 시켜 절마다 향을 사르도록 해 자기가 아들을 낳도록 축원(祝願)[47]하도록 했다.

이때는 성화(成化)[48] 3년 4월이었다. 재일(齋日)[49]을 맞아 조 귀비가 심복 궁녀를 시켜 궁녀들을 흩어 보내 경사의 크고 작은 사찰에 재(齋)를 올리도록 했다. 이 가운데 궁인 여숙경은 전부터 보응암에 다녔다. 이날도 이르러 향불과 지전(紙錢)을 주지 비구니에게 맡기고 잠깐 머물러 말하다가 홍영을 보고 놀라서 일렀다.

"저 선사(禪師)는 일찍이 보지 못하던 사람이니 근본을 알고 싶네."

홍영이 이때 돌아갈 곳이 없어져 출가했으나 한 조각 요망한 마음이 있었으니 그것은 이씨 집안에 원한을 갚는 것이었다. 그러다가 저 궁인을 보고 마음이 동해 이에 눈썹을 찡그리고 대답했다.

"소첩은 서촉 땅의 서인(庶人)으로 어버이는 본디 큰 장사꾼이었습니다. 북경에 물건을 매매하러 자주 이르렀는데 소첩이 경성의 번

---

46) 참소(讒訴): 남을 헐뜯어 없는 죄를 있는 것처럼 꾸며 고해 바침.
47) 축원(祝願): 희망하는 대로 이루어지기를 마음속으로 원함.
48) 성화(成化): 중국 명(明)나라 제8대 황제인 헌종(憲宗) 때의 연호(1465~1487). 헌종의 이름은 주견심(朱見深)임.
49) 재일(齋日): 성대한 불공을 지내거나 죽은 이를 천도(薦度)하는 법회를 여는 날.

화함을 구경하러 왔다가 불행히도 아비가 타향에서 객사했습니다. 소첩이 고향에 돌아가지 못하고 생계가 절박해 몸이 비구니들과 벗하고 있으나 본디 원한 것은 아닙니다. 여쭙습니다. 귀인께서는 제가 보니 궁궐에서 모시는 분 같은데 어느 궁전의 상궁이십니까?"

여숙경이 이 사람의 얼굴이 아름답고 복숭아꽃 같은 두 뺨은 삼색도(三色桃)⁵⁰⁾가 이슬을 마신 듯하며 날랜 모습이 신선 같은 것을 보고 마음으로 복종해 사랑했다. 그러던 중 그 말이 낭랑해 꽃가지에 꾀꼬리가 한가하게 있는 것 같았으므로 이에 흔쾌히 대답했다.

"나는 현경전 조 귀비 마마 으뜸상궁 여 씨라네. 마마께서 늦도록 황자(皇子)를 낳지 못하시므로 후사를 염려하셔서 산천에 기도를 정성으로 하시는 까닭에 이곳에 이른 것이네."

홍영이 이 말을 듣고 어찌 조 귀비를 모르겠는가. 속으로 기뻐해 문득 몸을 절에서 빼낼 생각을 하고 공경하는 빛으로 대답했다.

"원래 귀인께서는 조 귀비 마마를 모시는 분이로군요. 조 귀비 마마의 어지신 이름이 사방에 들리니 어찌 조상의 덕이 없겠나이까? 다만 그윽이 생각건대, 관상의 좋고 나쁨을 알지 못하니 탄식할 만합니다."

숙경이 놀라서 물었다.

"아니, 선사가 관상을 보는가?"

홍영이 말했다.

"빈도(貧道)가 스스로 자랑하는 것이 아니라 촉 땅은 명승지요, 청성산은 이인(異人)이 흔한 곳입니다. 빈도가 잠깐 관상을 배워 사람의 빈부와 귀천을 압니다."

---

50) 삼색도(三色桃): 한 나무에서 세 가지 빛깔의 꽃이 피는 복숭아나무.

숙경이 일렀다.

"우리 마마께서 어려서부터 이런 사람을 얻어서 보고 싶어 하셨으나 얻지 못하고 있었네. 그런데 오늘날 무슨 행운인지 선사를 만났으니 이는 하늘이 점지해 주신 것이네. 선사가 홀로 왕래하는 것은 불편함이 많을 것이니 나와 함께 잠깐 가는 것이 어떠한고?"

홍영이 거짓으로 사양하다가 선뜻 허락하고 뭇 비구니들에게 하직하고 숙경과 함께 궐내로 갔다.

이때 여러 곳으로 갔던 궁녀들이 이르러 알현했다. 숙경이 또한 귀비 앞에 나아가 예를 마치고 고했다.

"제가 보응사에 가 한 이승(異僧)을 데려왔는데 마마께서는 보고 싶으십니까?"

조 씨가 이 말을 듣자 크게 기뻐해 빨리 부르라 했다. 홍영이 탐스러운 고깔과 흰 가사(袈裟)[51]를 떨치고 나아와 산호만세(山呼萬歲)[52]를 부르고 고개를 조아리고 땅에 엎드렸다. 귀비가 그 재기 넘치는 얼굴을 보고 태반이나 마음이 기울어 이에 물었다.

"과인이 깊은 궁에 있어 선사의 빛나는 명성을 듣지 못하다가 이제 선사가 어렵사리 과인을 찾아왔으니 참으로 다행이로다. 내 일찍이 초방(椒房)[53]에서 폐하의 은혜를 입어 벼슬이 육궁(六宮)의 으뜸이요, 귀한 것이 겨룰 자가 없으나 일찍이 후사가 없어 밤낮으로 근심을 이기지 못했도다. 그러니 그대는 마음에 있는 바를 속이지 말라."

---

51) 가사(袈裟): 승려가 장삼 위에, 왼쪽 어깨에서 오른쪽 겨드랑이 밑으로 걸쳐 입는 법의.
52) 산호만세(山呼萬歲): 나라의 큰 의식에 황제나 임금의 축수를 빌기 위해 신하들이 '만세(萬歲)' 또는 '천세(千歲)'를 부르던 일을 말함. 중국 한나라 무제가 숭산(嵩山)에서 제사 지낼 때 신민(臣民)들이 만세를 삼창한 데서 유래함.
53) 초방(椒房): 초방. 후춧가루를 바른 방이라는 뜻으로, 황후가 거처하는 방이나 궁전 따위를 이르는 말. 후추나무는 온기가 있고 열매가 많은 식물로서, 자손이 많이 퍼지라는 뜻에서 황후의 방 벽에 발랐음.

홍영이 옷깃을 여미고 낯을 우러러보다가 자리를 가지런히 해 가만히 일렀다.

"마마께서 비록 존귀하신 것이 육궁에서는 으뜸이시나 천하에서는 으뜸이 아니시니 일컬을 것이 있겠나이까? 얼굴을 보니 온화한 기운이 당당해 태평 국모의 관상이 가득하시니 그윽이 항복합니다. 그러나 아직 황후의 자리에 오르시기 전에는 후사가 없을 것입니다."

말이 끝나지 않아서 조 씨가 놀라고 기뻐했으나 좌우에 이목이 많았으므로 다만 미미하게 고개를 끄덕이고 술과 안주로 융숭하게 대접한 후 여숙경의 방에 가 있으라고 했다.

원래 홍영이 어찌 관상을 알겠는가마는 조 씨에게 아첨해 자기 뜻을 어서 이루기 위해 거짓으로 부리를 놀려 말을 꾸며 좋게 한 것이니 어찌 괘씸하지 않은가. 조 씨가 홍영의 말을 들은 후에 마음이 동해 밤든 후에 여숙경을 시켜 홍영을 불러오게 했다. 그리고 암실에서 조용히 물었다.

"어젯밤에 선사의 말이 매우 모호해 내 깨닫지 못했으니 밝게 가르쳐 주는 것이 어떠한가?"

홍영이 고개를 조아리고 말했다.

"마마처럼 총명하신 분이 어찌 알지 못하십니까? 옛말에 하늘이 주는 것을 받지 않으면 도리어 그 재앙을 받는다고 했습니다. 천명(天命)이 마마께 있으신데 너무 겸손히 물러나셔서 지금껏 대위(大位)에 오르지 못하신 것입니다. 그래서 하늘이 밉게 여기셔서 자손의 경사가 없었으나 만일 자리에 오르신다면 즉시 아드님을 낳는 경사가 있으실 것입니다."

조 씨가 한참을 생각하다가 대답했다.

"그대 말이 옳으나 지금 황후의 기세가 당당하니 내가 어떻게 하겠는가? 내가 만일 번희(樊姬)[54)처럼 황후의 자리를 사양하는 일이 있다면 하늘이 그릇되게 여기실 것이나 이 일은 그렇지 않은가 하노라."

홍영이 손으로 고깔을 가지런히 정돈하며 웃고 말했다.

"마마께서는 일찍이 제갈량(諸葛亮)[55)의 말을 듣지 않으셨습니까? 일을 도모하는 것은 사람에게 있고 이루는 것은 하늘에 있다 했으니 가만히 앉아 계시면 어찌 일이 되겠나이까? 빈승이 아까 고한 말씀은 이것을 이른 것입니다."

조 씨가 두려워하다가 문득 칭찬하며 말했다.

"선사의 가르침이 아니었다면 내 안갯속의 사람이 되었을 것이네. 비록 그러하나 소견이 어리석어 온갖 계책이 다했으니 선사가 묘한 계책으로 도모해 뜻을 이룬다면 땅을 베어 봉해 주는 일이 있을 것이네."

홍영이 대답했다.

"마마께서 만일 물리치지 않으신다면, 빈승(貧僧)이 계교를 베풀겠습니다. 그리하면 내일이라도 마마께서 황후의 자리에 오르시게 할 것입니다."

조 씨가 이에 매우 기뻐해 급히 그 계교를 물었다. 홍영이 귀에 대고 은밀히 여러 말을 하니 조 씨가 손뼉을 치며 말했다.

---

54) 번희(樊姬): 중국 춘추시대 초(楚)나라 장왕(莊王)의 비(妃). 장왕이 사냥을 즐기자 간하였으나 듣지 않자 고기를 먹지 않으니 왕이 잘못을 바로잡아 정사에 힘씀. 왕을 위해 첩들을 모아 주고 왕이 현인(賢人)으로 일컫은 우구자(虞丘子)가 현인의 진로를 막는다고 간함. 초 장왕이 이 말을 우구자에게 전하자 우구자가 부끄러워하고 손숙오(孫叔敖)를 추천하니 손숙오가 영윤(令尹)이 되어 삼 년 만에 장왕을 패왕(霸王)으로 만듦.

55) 제갈량(諸葛亮): 중국 삼국시대 촉한 유비의 책사(181-234). 별호는 와룡(臥龍)이고 자(字)는 공명(孔明)임. 유비를 도와 오(吳)나라와 연합하여 조조(曹操)의 위(魏)나라 군사를 대파하고 파촉(巴蜀)을 얻어 촉한을 세웠음. 유비가 죽은 후에 무향후(武鄕侯)로서 남방의 만족(蠻族)을 정벌하고, 위나라 사마의와 대전 중에 오장원(五丈原)에서 병사함.

"이 계책은 양평(良平)56)이 살아 돌아온다 해도 미치지 못할 것이네. 내 선사의 은혜를 무엇으로써 갚을 수 있겠는가?"

홍영이 이에 사례했다.

홍영이 일찍이 노 씨와 함께 일생 간사한 계교를 행해 수단이 익었다. 그래서 정궁(正宮)의 궁인들에게 뇌물을 주어 마음을 같이해 황후의 글씨를 얻어 본뜨고 연왕의 글씨를 본받아 드디어 일을 행했다. 일이 비밀스럽고 그윽해 아무도 아는 사람이 없으니 슬프다, 간악한 정황을 누가 속속들이 밝힐 수 있겠는가.

하루는 임금께서 정궁에 이르셨는데 황후는 미앙궁에 가시고 침전이 비어 있었다. 임금께서 홀로 안석(案席)57)에 기대 계셨는데 문득 궁녀가 외조(外朝)의 공무를 받들어 올렸다. 임금께서 일일이 보고 비답(批答)58)하려고 하여 연갑(硯匣)59)을 여셨다. 그런데 연갑 안에 두 봉의 화전(華箋)60)이 있으므로 우연히 펴서 보셨다. 하나는 연왕이 황후에게 쓴 글월이었다. 편지의 내용은, 자기 집이 이처럼 번성하니 앞날에 임금께서 마음이 변하신다면 멸족하는 일이 있을 것이라 먼저 미래를 위한 계책을 세우는 것이 옳다고 했다. 그리고 태자가 이미 장성했으므로 자기가 주공(周公)61)의 섭정(攝政)62)을 행할 것이니 비밀리에 황제를 없애자고 했다. 이처럼 편지에 가득한 글이 참으로 흉악하고 참혹했으며 황후의 답서가 또한 마찬가지였다.

---

56) 양평(良平): 중국 한(漢)나라 유방(劉邦)을 도와 그가 천하를 통일할 수 있도록 도운 장량(張良, ?-B.C.168)과 진평(陳平, ?-B.C.178)을 이름. '양평지지(良平之智)'라는 말이 생길 정도로 둘 다 뛰어난 지혜를 지닌 인물로 여겨짐.
57) 안석(案席): 벽에 세워 놓고 몸을 기대는 방석.
58) 비답(批答): 상소에 대한 임금의 대답.
59) 연갑(硯匣): 벼루, 먹, 붓, 연적 따위를 넣어 두는 납작한 상자.
60) 화전(華箋): 남의 편지를 높여 이르는 말.
61) 주공(周公): 중국 주(周)나라 문왕(文王)의 아들이자 성왕(成王)의 숙부인 주공단(周公旦)을 이름. 조카인 성왕을 잘 보필한 것으로 유명함.
62) 섭정(攝政): 임금을 대신하여 정치함.

임금께서 다 보시고 터럭이 쭈뼛해 즉시 편지를 접어 소매에 넣고 속으로 어찌할 줄을 모르셨다. 이는 대개 연왕이 일편단심으로 전후에 국가에 큰 공을 이루고 벼슬이 왕의 작위에 이르렀으나 조금도 교만함이 없었으므로 오늘의 일이 진실로 허언인 듯해서였다. 그러나 필적이 분명해 사정을 헤아리지 못했다.

이러는 사이에 황후가 장복(章服)⁶³⁾에 옥패(玉佩) 차림으로 이에 들어와 자리를 잡으셨다. 임금께서 매우 불쾌해 눈길을 낮추고 묵묵히 있다가 이에 물으셨다.

"황후는 일찍이 옛글을 널리 읽어 잘 알 것이니 지아비와 아비 중에 누가 더 중하오?"

황후가 얼굴을 가다듬고 대답했다.

"삼강오륜에 여자에게는 지아비가 으뜸이니 물어 아실 바가 아닙니다."

임금께서 미소하고 정색해 말씀하셨다.

"황후는 짐을 아는 것이 연왕과 비교해 어떠하오?"

황후께서 이에 두 눈을 들어 임금의 기색을 보시고 문득 의아해 눈길을 낮추고 대답하지 않으셨다. 이에 임금께서 정말인가 의심하고 노하셨으나 황후의 안색이 온화해 조금도 잡마음이 붙어 있다고 할 수 없어 발언하는 것을 어렵게 여겨 문득 소매를 떨치고 돌아가셨다.

황후께서 본디 총명이 남보다 뛰어나 사람을 한번 보아 어질고 그렇지 않음을 낱낱이 아시고 기색을 보아 마음속에 있는 것을 짐작하셨다. 그래서 오늘 임금의 뜻을 태반이나 미리 헤아리시고 또 때때

---

63) 장복(章服): 직품을 가진 부인의 예복.

로 복희씨(伏羲氏)[64]의 팔괘(八卦)[65]를 점치셔서 이번에 큰 액운이 있을 줄 아셨으므로 문득 눈썹 사이를 찡그리셨다. 태자께서는 이때 여덟 살이었으나 매우 영리했으므로 이에 물으셨다.

"어머님께서는 어찌 즐기지 않으시나이까?"

황후께서 천천히 탄식하고 말씀하셨다.

"네 어미가 어리석은 위인으로서 만민의 머리가 되어 밤낮으로 두려움이 많았다. 그런데 근래에 잠깐 헤아리니 반드시 부모님께 불효를 끼치는 일이 있을까 두렵구나."

태자께서 웃으며 말씀하셨다.

"어머님께서는 어찌 이런 부질없는 말씀을 하십니까? 국가가 태평하고 성상(聖上)께서 총명하고 영민하시니 외할아버님께 불효를 끼칠 일은 없을까 하나이다."

황후께서 이에 대답하지 않고 태자께 경계해 말씀하셨다.

"네 나이가 10살이 거의 되었으니 참으로 아비가 중요하고 어미가 가벼운 줄을 알 것이다. 앞날에 만일 뜻과 같지 못한 일이 있어도 염려를 하지 말고 성상 곁을 떠나지 말거라."

또 좌우를 시켜 두 황자(皇子)의 유모를 불러 하교하셨다.

"짐이 덕이 부족한 위인으로 황후의 자리에 외람되게 있으니 두려움이 많고 기쁨이 적지 않다. 그런데 이제 불길한 징조가 있어 짐이 이곳에 있지 못할 것이다. 일찍이 황자(皇子)를 위한 너희의 정성은 이르지 않아도 내가 알고 있다. 그래도 옛사람을 본받아 마침내

---

64) 복희씨(伏羲氏): 중국 고대 전설상의 제왕. 삼황(三皇)의 한 사람으로, 팔괘를 처음으로 만들고, 그물을 발명하여 고기잡이의 방법을 가르쳤다고 함.
65) 팔괘(八卦): 중국 상고 시대에 복희씨가 지었다는 여덟 가지의 괘. <주역>에서 세상의 모든 현상을 음양을 겹치어 여덟 가지의 상으로 나타낸 ☰[건(乾)], ☱[태(兌)], ☲[이(離)], ☳[진(震)], ☴[손(巽)], ☵[감(坎)], ☶[간(艮)], ☷[곤(坤)]을 이름.

끝이 있도록 한다면 짐이 지하에 가서도 은혜를 갚는 일이 있을 것이다."

말을 마치고는 태자와 황자를 어루만지면서 두 줄기 눈물이 마구 흘러내렸다. 이에 좌우의 사람들이 놀라고 으뜸상궁인 조 상궁과 가 상궁이 꿇어앉아 여쭈었다.

"마마께서 옥후(玉候)[66]가 반석(盤石)[67] 같으시고 성상께서 예로써 소중히 대하시는 것이 가볍지 않으신데 어찌 이런 불길한 말씀을 하시는 것입니까?"

황후께서 탄식하고 말씀하셨다.

"인생이 백 년을 살지 못하고 자리가 높으면 조물주가 꺼리는 법이니 내가 어찌 매양 누리기를 바라겠느냐?"

좌우의 사람들이 다시 아뢰었다.

"비록 그러하나 지레 근심하시는 것은 옳지 않은가 하나이다."

황후가 탄식하고 대답하지 않으셨다.

임금께서 이날부터 태자를 동궁에 따로 두셔서 황후전 문안을 막으시고 입으로 이르시기로는 태자가 학업이 부족하니 착실히 공부하도록 하기 위해서라 하셨다. 그리고 두 황자를 각각 유모와 상궁에게 맡겨 별택에 두셨으니 황후의 신명하심이 이와 같았다.

이후에 임금께서 비록 입으로 말은 안 하셨으나 연왕과 황후를 흉악하게 여기셨다. 연왕이 입조하면 전에는 만면에 온화한 빛으로 말씀하셨으나 지금은 묵묵한 채 낯빛이 불안하셨다. 연왕이 또한 총명했으므로 자못 의심해 이후에는 궁에 출입을 안 했다.

조 씨가 이 기미를 알고 기쁨을 이기지 못해 홍영에게 사례를 많

---

66) 옥후(玉候): 임금이나 황후의 건강상태를 이르는 말.
67) 반석(盤石): 넓고 평평한 큰 돌을 이르는 말로 아주 견고하고 안전함을 비유적으로 이르는 말.

이 했다. 내시 추현은 늘 가까이 신임하는 인물이었으므로 황금을 뇌물로 주고 같이 모의해 계교를 알려 주었다. 추현은 한낱 소인으로 이씨 집안이 번성해 무리를 짓는 것을 꺼렸으므로 흔쾌히 승낙하고 계교를 좇았다.

그래서 밤을 타 어전에 나아가 머리를 두드리며 크게 울었다. 이때 임금께서는 궁전에서 홀로 두어 태감과 한림학사 만염을 데리고 말씀하시고 있었다. 이 만염은 귀비 만 씨의 오라비로 또한 간신이었다. 추현의 행동을 보고 모두 괴이하게 여기니 만 학사가 물었다.

"네가 어찌 황제께서 계신 데에 와 이처럼 당돌하게 구는 것이냐?"

현이 울면서 말했다.

"성상께 망극한 변이 생겼으니 자연히 울음이 난 것입니다."

만 학사가 크게 놀라 말했다.

"무슨 일이냐?"

추현이 임금 앞에 나아가 엎드려 울고 아뢰었다.

"소신이 미천한 몸으로 폐하께서 어여삐 여기셔서 외람되게 내시를 하게 되었습니다. 황은이 망극해 그 은혜 갚을 것을 생각하며 다만 한 조각 충성스러운 마음을 지니고 폐하의 만수무강을 기원하고 있었습니다. 그런데 이제 황제 폐하의 장인 연왕 이몽창이 대역부도(大逆不道)[68]해 주 씨 왕실의 종사(宗社)[69]를 빼앗으려 합니다. 이에 신이 놀라움을 이기지 못해 감히 죽음을 무릅쓰고 고변(告變)[70]하나이다."

---

68) 대역부도(大逆不道): 임금이나 나라에 큰 죄를 지어 도리에 크게 어긋나 있음. 또는 그런 짓.
69) 종사(宗社): 종묘와 사직을 이르는 말로, 나라를 뜻함.
70) 고변(告變): 반역 행위를 고발함.

말을 마치자 좌우의 사람들이 낯빛이 흙과 같이 되었고 임금께서도 몹시 놀라 이에 물으셨다.

"연왕이 역모를 꾀할 때 네가 직접 보았느냐?"

현이 대답했다.

"어젯밤에 연왕이 사람을 시켜 신을 불렀습니다. 신이 이유를 알지 못한 채 가니 연왕이 사람들을 치우고 신을 밀실에 불러들여 가만히 이르기를, '이제 나의 부귀가 신하 중에 지극하나 집안이 너무 번성하니 앞날에 임금께서 마음이 변하신다면 우리 집안이 멸족할까 두렵다. 이것을 정전(正殿)에 묻는다면 몇 달 내에 천자께서 안가(晏駕)71)하실 것이요, 돌아가신다면 태자가 설 것이다. 태자는 나의 외손자니 나를 해치지 못할 것이다. 일을 이룬다면 너를 제후에 봉하겠다.'라 하고 불망기(不忘記)72)를 만들어 주었습니다."

말을 마치고는 품에서 한 봉한 것을 꺼내 임금 앞에 바쳤다. 임금께서 보시니 요망하고 더러운 물건이 무수해 보기에 흉악하고 참혹했다. 불망기에는 다음과 같이 써져 있었다.

'모년 월일에 연왕 황제의 장인 이몽창은 내시 추현에게 써 준다. 지금 후궁이 번성하고 정궁에 태자께서 비록 계시나 그 형세가 매우 외롭고 약하므로 내가 왕망(王莽)73)의 찬역(簒逆)74)을 본받으려 한다. 그래서 내가 너에게 큰 일을 맡기니 만일 일을 이룬다면 너를 대국의 제후에 봉할 것이다.'

임금께서 다 보고는 어이없으셔서 용안(龍顔)에 붉은빛을 띠고 묵

---

71) 안가(晏駕): 임금이 세상을 떠남.
72) 불망기(不忘記): 뒷날에 잊지 않기 위하여 적어 놓은 글. 또는 그런 문서.
73) 왕망(王莽): 중국 전한(前漢)의 정치가(B.C.45-A.D.23). 자는 거군(巨君). 자신이 옹립한 평제(平帝)를 독살하고 제위를 빼앗아 국호를 신(新)으로 명명함. 한(漢)나라 유수(劉秀)에게 피살됨.
74) 찬역(簒逆): 임금의 자리를 빼앗으려고 반역함.

묵히 계셨다. 이때 만염이 아뢰었다.

"이몽창이 역모를 꾀한 것이 이처럼 분명하니 장차 신문(訊問)을 해야 할 것이옵니다."

임금께서 대답하지 않으시고 즉시 조서(詔書)를 대리시(大理寺)[75]에 내려 이씨 온 집안 사람을 노소를 막론하고 다 금의옥(錦衣獄)[76]에 가두라 하셨다. 위사(衛士)[77]가 달려 이씨 집안에 이르러 전지(傳旨)를 전했다. 모두 무심중에 변이 났으므로 크게 놀라 낯빛이 변해 어찌할 줄을 모르고 집안에서 높고 낮은 사람 할 것 없이 정신이 없어 물이 끓듯 했다. 승상이 홀로 안색을 고치지 않은 채 말했다.

"물이 많으면 넘치는 것이 예삿일이다."

드디어 태연히 유 부인에게 하직하고 아들, 손자 들과 함께 감옥 안으로 들었다. 일가 사람들이 통곡하는 소리가 하늘에 가득한 채 어찌할 줄을 모르고 유 부인은 손으로 땅을 치며 말했다.

"만일 옥사(獄事)가 가볍다면 이러하겠느냐? 반드시 역모에 개입했으므로 하나도 벗어나지 못한 것이다. 죽지 않고 겨우 붙어 있는 목숨이 죽지 못하고 살아 있다가 오늘 이런 망극한 시절을 볼 줄 어찌 알았겠느냐?"

말을 마치고는 목이 쉬도록 통곡하니 정 부인이 힘써 붙들어 너그럽게 위로하고 모든 여자들이 한곳에 모여 어찌할 줄을 몰랐다.

다음 날 아침에 임금께서 건극전에서 조회를 여시고 신하들에게 연왕의 밀서와 더러운 물건을 주면서 보라 하고 말씀하셨다.

"예로부터 난신적자(亂臣賊子)[78]가 없지 않으나 흉포하고 간악

---

75) 대리시(大理寺): 형옥(刑獄)을 맡아보던 관아.
76) 금의옥(錦衣獄): 명나라 때 금위군(禁衛軍)의 하나인 금의위(錦衣衛)에 딸린 감옥으로, 특히 정치범을 가두는 곳으로 유명함.
77) 위사(衛士): 대궐, 능, 관아, 군영 따위를 지키던 장교.

하기로는 왕망과 이몽창 같은 자가 없도다. 짐이 일찍이 이자를 장인이라 해 남과 같지 않게 대접했고, 또 정궁(正宮)의 권세가 태산 같거늘 어찌 이런 흉악한 일을 한 것인가? 마땅히 목을 베어 죽여 뒤의 사람을 경계하고 삼족을 다스릴 것이다."

말을 마치고 용안에 노기가 등등하셨다. 신하들이 매우 놀라 서로 낱낱이 돌아보고 감히 말을 못 했다. 이때 위 승상과 양 각로가 함께 아뢰었다.

"이제 국가에 막중한 대역(大逆)을 당해 신 등이 감히 저 사람을 구하려고 하는 것이 아닙니다. 그러나 한 가지 일이 분명하지 않습니다. 몽창이 어려서부터 남쪽을 치고 북쪽을 벌해 국가에 큰 공이 잦았으나 끝내 제후에 봉해지는 것을 사양하고 엄동설한에 천 리를 홀로 가 선제를 구했으며79) 동쪽으로 주빈을 무찌르고80) 남쪽으로 떠돌아다니는 도적을 소탕했으며 우태양을 잡아81) 공적이 만고에 희한하나 조금도 말을 하지 않고 자랑하지 않았습니다. 그리고 이제 성모(聖母) 마마께서는 이모(李某)의 딸로서, 정황상 역모를 꾀하지 못할 것입니다. 이런 일이 참으로 맹랑하니 성상께서는 살피소서."

임금께서 이에 낯빛이 변한 채 말씀하셨다.

"경 등이 역적의 사돈이라 말을 이처럼 시원하게 하는 것인가?"

말을 마치고서 두 사람을 파직하시고, 즉시 신문 기구를 차리라 해 왕을 올려 신문하셨다.

---

78) 난신적자(亂臣賊子): 나라를 어지럽히는 불충한 무리.
79) 엄동설한에-구했으며: 이몽창이 에센에게 붙잡힌 정통 황제를 구하기 위해 간 일을 이름. 전편(前篇) <쌍천기봉>에 나오는 일임.
80) 동쪽으로-무찌르고: 이몽창이 동오군을 무찌르고 주빈을 죽인 일을 이름. 전편인 <쌍천기봉>에 나오는 일임.
81) 남쪽으로-잡아: 이몽창이 유적을 무찌르고, 그 뒤에 우태양을 잡은 일을 말함. 두 가지 일 모두 <이씨세대록> 앞부분에 나오는 내용임.

이처럼 굴 적에 황후께서 이 소식을 듣자 면류관을 벗고 작은 방에서 처벌 받기를 기다리셨다. 그리고 곡기를 끊고 밤낮으로 통곡하시니 그 모습이 구슬펐다.

연왕이 묶여 대궐에 이르자 임금께서 그를 보시고 더욱 분노해 기색이 엄숙하셨다. 좌우의 사람들이 숨을 나직이 하고 두려워하며 모시고 있더니 황제께서 이에 물으셨다.

"경은 일찍이 선제(先帝) 때부터 국가의 대신으로 있었고 더욱이 짐의 장인이라 짐이 경을 평소에 주석(柱石)[82]처럼 믿었도다. 그런데 무슨 까닭에 도리를 잃고 역모를 꾀해 짐을 해치려 한 것인가? 형벌이 이르기 전에 실상을 바로 고하라."

연왕이 평안한 모습으로 냉소하고 천자의 낯을 우러러보며 아뢰었다.

"신은 일찍이 선덕 황제[83]께서 신을 알아보고 뽑아 주신 덕분에 약관 때로부터 경연(經筵) 자리에서 폐하를 가까이 모셨습니다. 그리고 병부(兵部)의 큰 권세를 잡고 이부(吏部)의 으뜸자리에 위치했으나 폐하께서 역모를 의심하지 않으셔서 이제 세 조정을 모시기에 이르렀습니다. 그런데 폐하께 다다라 이렇듯 의심을 입으니 이른바 하늘을 우러러보아도 부끄럽지 않고 땅을 내려다보아도 부끄럽지 않습니다. 신의 충성스러운 마음은 푸른 하늘이 밝게 비추시고 신령이 임하시니 폐하께 조금도 고할 잘못이 없나이다. 신이 여러 번 경영병(京營兵)[84]을 거느리고 천하대원수가 되어 경사를 떠났으나 모반하지 않았는데 이제 무슨 까닭에 반역을 도모해 멸망의 화를 취하

---

82) 주석(柱石): 가장 중요한 자리에 있거나 구실을 하는 사람을 비유적으로 이르는 말.
83) 선덕 황제: 중국 명나라 제5대 황제인 선종(宣宗)의 연호(1425-1435). 선종은 시호가 순효(純孝)이고 이름은 주첨기(朱瞻基)임.
84) 경영병(京營兵): 수도의 병영에 있는 병사.

겠나이까?"

말이 늠름하니 가을 서리가 뿌리는 듯하고 기운이 엄숙하니 그 곧은 절개가 소나무와 잣나무 같았다. 임금께서 원래 액운에 가리셔서 이전의 총명함이 다 없어지고 안갯속에 계셨으므로 연왕의 말이 명백했으나 조금도 그 말을 곧이듣지 않으셨다. 그래서 연왕이 기색을 지어 자신을 업신여겨 제어하는 것으로 알아 발끈 대로해 눈썹을 찡그리고 꾸짖으셨다.

"경이 말을 잘해 변명하는 것이 자세하나 증거가 명백한데 어찌 짐을 속이는 것인가? 역대를 헤아려 난신적자가 많으나 흉포하고 간악하기로는 왕망과 경이 일류로다."

왕이 웃고 대답했다.

"폐하께서 이처럼 밝게 알고 계시니 빨리 신을 죽여 천하 후세를 경계하소서."

임금께서 더욱 노해 추현을 연왕과 대질시키시니 왕이 물었다.

"내 일찍이 궁궐에 출입할 때 너를 본 적은 있으나 각별히 내 문하에 너를 부르지 않았다. 그런데 무슨 까닭에 턱없이 허망한 말을 지어내 나를 구렁에 빠뜨린 것이냐? 사람이 한 번 나서 한 번 죽는 것은 예삿일이다. 너를 사주한 자가 필시 있을 것이니 어서 자세히 이르라."

추현이 소리 질러 말했다.

"어르신이 정말로 소인을 그날 밤에 불러 이리이리 안 하셨으며 밀서를 써 주시지 않았단 말입니까? 소인이 신하로서의 절개를 다해야 하기에 어르신을 돌아보지 못하니 구천(九泉)에 돌아가셔도 소인을 원망하지 마소서."

왕이 탄식하고 말했다.

"오관(五官)[85]과 칠정(七情)[86]이 각별히 다른 사람과 다르지 않을 텐데 곁에 신명이 계시고 위에 신령이 계시거늘 너는 스스로 두려워하지 않고 나의 백옥처럼 흠이 없는 몸을 이처럼 모해하는 것이냐? 내 벼슬이 신하로서 맨 위에 있고 부귀와 영총(榮寵)[87]이 분수 밖이라 조물주가 꺼리는 것이 심할 것을 밤낮으로 근심해 오늘날 이러한 광경이 있을 줄 알았다. 그러니 너를 편벽되게 한스러워하겠느냐? 다만 네가 다른 사람의 사주하는 말을 듣고 나와 원한 없이 이처럼 하고 있으니 홀로 하늘의 재앙이 없겠느냐?"

추현이 크게 소리 질러 말했다.

"역적을 잡아 국가의 해를 없애는 것이 천하에 제일가는 공인데 어찌 하늘의 재앙이 있겠습니까?"

왕이 분개해 웃고 몸을 돌려 임금께 아뢰었다.

"폐하께서 저 한 내시의 말을 듣고 신을 미워하셔서 곧바로 신을 가루로 만들려고 하시니 신의 한 목숨이 구차히 사는 것이 죽는 것만 같지 못합니다. 그러니 빨리 죽이소서. 신이 충성스러운 마음을 지니고 넋이 정처 없이 헤매다가 구천에 가 선제(先帝)를 뵙고 저의 마음을 드러내는 것이 지극한 소원입니다."

임금께서 즉시 왕을 옥에 가두시고 조서를 내려 말씀하셨다.

'국가가 불행해 나의 장인 이몽창이 도리를 잃고 역모를 꾀해 그 죄악이 태산과 같으니 극형으로 다스려야 할 것이다. 그러나 앞서 세운 공을 생각해 극형을 감해 사약을 내리고 그 아들 셋은 다 절도

---

85) 오관(五官): 오감을 맡은 기관, 즉 눈, 코, 귀, 혀, 살갗을 가리킴.
86) 칠정(七情): 사람의 일곱 가지 심리 작용으로 곧 기쁨(喜)·노여움(怒)·슬픔(哀)·즐거움(樂)·사랑(愛)·미움(惡)·욕심(欲) 또는 기쁨(喜)·노여움(怒)·근심(憂)·생각(思)·슬픔(悲)·놀람(驚)·두려움(恐)을 가리킴.
87) 영총(榮寵): 임금의 특별한 사랑.

(絕島)[88]에 귀양 보내고 그 나머지 삼족을 다 거두어 변방에 내칠 것이니 모두 이를 알라.'

그러자 조정 안팎의 사람들이 크게 놀라 다 각각 상소를 올려 그 억울함을 다투는 글이 끊이지 않았다. 그러나 임금께서 허락하지 않으시고 그 가운데 소두(疏頭)[89]는 다 귀양 보냈다.

연왕이 내옥(內獄)으로 돌아가 글을 지어 집안에 보내니, 부모에게 부친 편지의 내용은 다음과 같다.

'불초자가 도리를 알지 못해 어려서부터 부모님께 효도를 하지 못하고 불효를 매우 심하게 하더니 말년에 끝내 신하로서 망극한 죄목을 몸에 실어 목숨이 약 그릇을 붙드는 지경에 이르렀습니다. 죽는 것을 서러워하는 것이 아니나 부친께서 연로하신데 외딴 지역에서 고초를 무릅써 마디마디 애를 태우며 전전반측하실 것을 생각하니 마음이 부서지는 듯합니다. 비록 그러하나 물이 엎어진 것과 같으니 부모님께서는 저를 생각하지 마시고 천수를 누리소서. 하늘이 살피신다면 끝내 은사(恩赦)[90]가 없겠습니까. 오늘 한 글자 글로 하직하니 불효를 탄식할 따름입니다.'

그리고 뭇 형제들에게 편지를 부쳤으니 그 내용은 다음과 같다.

'죄지은 아우 백달[91]은 피눈물을 흘려 형님과 세 아우 안전에 올립니다. 액운이 비할 데 없이 크고 운수가 불행해 일이 이에 이르렀으니 한탄한들 어찌하겠습니까. 죄인의 일을 형님과 아우들은 본받지 말고 어쨌거나 양친을 보호해 불초한 죄인을 생각하지 마소서. 슬프다! 죽는 것은 돌아가는 것과 같으니 제가 죽는 것을 슬퍼하는

---

88) 절도(絕島): 육지에서 아주 멀리 떨어져 있는 외딴섬.
89) 소두(疏頭): 연명(連名)하여 올린 상소문에서 맨 먼저 이름을 적은 사람.
90) 은사(恩赦): 나라에 경사가 있을 때에, 죄과가 가벼운 죄인을 풀어 주던 일.
91) 백달: 이몽창의 자(字).

것이 아닙니다. 다만 부모님께 불효가 가볍지 않으니 간장(肝腸)이 눈이 녹는 듯해 지하에서도 눈을 감지 못할 것입니다. 예전에 어머님 앞에서 형제가 항렬을 갖춰 채색옷을 입고 춤추던 일이 봄꿈처럼 아련하니 인생이 풀잎의 이슬 같음을 과연 깨닫습니다. 다시금 바라니 양친을 모셔 만수무강하소서.'

세 아들에게 부친 편지의 내용은 다음과 같다.

'네 아비가 어리석어 나라에 죄를 얻어 죽는 것이 빠르구나. 내가 소년 시절부터 국가의 은혜를 크게 입어 부귀영화를 많이 누렸으니 이제 또 국가로부터 죽임을 당하는 것을 상관하지 않는다. 그러니 너희는 과도하게 슬퍼하지 말고 각각 환란 중에 몸을 보전해 아비 후사를 생각하라. 네 어미는 본디 세속의 녹록한 여자가 아니다. 내가 흉하게 죽는다면 세상에서 괴로이 구차하게 살지 않을 것이니 네 어미에게는 부칠 말이 없구나. 너희는 끝까지 부모를 생각지 말고 몸을 보호해 훗날 은사(恩赦)를 기다리라.'

이 글이 본부에 이르자 정 부인이 글을 안고 자주 혼절했다. 초후 등이 임시 숙소에서 머무르다가 부친의 글을 보고 천지가 아득해 하늘을 부르짖다가 기운이 다했다. 등문고를 울리고 싶었으나 몸이 감옥에 갇혀 할 수 있는 방법이 없었으므로 한갓 같이 죽을 것을 생각하고 있었다. 능후가 더욱 굳이 죽을 마음을 정해 부친의 시체를 간수하는 날 스스로 죽으려 했으므로 기색이 태연했다.

소후는 집안에서 이 소식을 듣고 먼저 자결하려 서둘렀다. 이에 며느리들이 망극해 밤낮으로 소후를 붙들어 지켰다. 그리고 정 학사 부인이 슬피 울며 모친을 안고 마지막을 볼 것을 슬피 고하니 소후가 자기 마음대로 못 했다. 그러나 소후가 목숨은 붙어 있었으나 왕이 죽는 날 어찌 살겠는가. 집안 안팎에 통곡 소리가 진동해 저마다 한 몸을 버려 연왕을 대신하려 하니 그 부자(父子)의 뜻이야 이를 필요가 있겠는가.

이때 위 씨가 이미 큰 뜻을 먹고 생각했다.

'만일 등문고를 울려 시아버님께서 살 방도를 얻지 못하신다면 또한 따라 죽는 것이 옳으니 어찌 죽고 사는 것을 염려하겠는가.'

그리고서 선뜻 손을 깨물어 혈표(血表)를 짓고 두어 명의 여종과 함께 대궐로 향할 적에 소후 앞에 가 소리를 삼키고 울며 고했다.

"세상일이 이처럼 망극하니 소첩 등인들 어찌 살 마음이 있겠나이까? 소첩이 그윽이 헤아리건대 시아버님께서 불행해지시는 날에는 가군이 또한 살지 않을 것이니 가군이 그릇되는 날 첩인들 어찌 인간 세상을 마음에 두겠나이까? 죽음이 목전에 있으니 구태여 두려워할 것이 없고 가군과 서방님 등이 다 감옥에 있어 뜻을 펴지 못하니 첩이 당돌히 제영(緹縈)92)의 효(孝)를 이어 대궐에서 원통한 상황을 하소연하려 합니다. 그러니 오늘이 소첩이 죽기 전에 어머님께 아주 하직하는 날입니다."

소후가 눈물이 낯에 가득한 채 다만 말했다.

"한 번 죽어 충신과 열녀가 되는 것은 역시 기쁘니 내가 할 말이 없구나."

위 씨가 두 줄기 눈물을 드리운 채 소후의 말을 듣고는 물러나 여씨를 보고 울며 말했다.

"제가 이제 대궐에 나아가 대궐의 옥에 머리를 부딪치려 하니 미처 자녀를 돌아보지 못합니다. 원컨대 부인은 세 아이를 불쌍히 여

---

92) 제영(緹縈): 중국 한(漢) 문제 때의 효녀. 아버지인 순우공(淳于公)이 죄를 얻자 천자에게 편지를 써 자신이 관비(官婢)가 되어서 아버지의 죄를 대신하겠다고 하니 천자가 감동해서 형벌을 면하게 해 주었음.

기고 사랑하셔서 가군의 후사가 끊어지지 않게 하소서."

여 씨가 울며 말했다.

"즐거운 일이 다하면 슬픈 일이 온다 한들 우리 집 일이 이토록 할 줄 어찌 알았겠습니까? 참으로 바라니, 부인의 지성을 하늘이 감동하시기를 바라나이다."

위 씨가 눈물을 흘리고 이에 대궐에 나아가 등문고를 쳤다.

임금께서는 이때 편전(便殿)93)에서 노기를 참지 못하고 계셨는데, 황후께서 임금께 피로 쓴 상소를 올려 스스로 죽어 아비의 죽음과 바꾸고 싶다 하셨다. 글에 나타난 간절한 형상이 차마 보지 못할 정도였으나 임금께서 사나운 소리로 꾸짖어 물리치셨다.

시각이 넘지 않아서 북소리가 나니 산이 울리는 듯했다. 임금께서 속으로 놀라고 노하셔서 좌우를 시켜 북 친 사람을 잡아들이라 하셨다. 이윽고 한 여자가 머리를 풀어 낯을 가리고 빛이 엷은 푸른 옷을 끌고서 한 장 상소를 받들고 천천히 걸어 대궐 아래에 이르는 것이었다. 옥 같은 낯에는 피눈물 자취가 처량한데 검은 구름 같은 머리를 풀어 얼굴을 가렸으니 보름달이 수운(岫雲)94)에 싸인 듯 슬프고 참담한 모습이 사람들의 이목(耳目)을 놀라게 했다. 몸이 날래고 양 어깨가 위엄이 있으니 의심컨대 보통 사람이 아닌 듯했고 달에 사는 항아가 인간 세상을 희롱하는 듯했다. 임금께서 크게 놀라 다시 보시니 얼굴이 어렴풋한데 미처 깨닫지 못하셨다. 그 여자가 섬돌에 머리를 두드려 옥 같은 소리를 높여 아뢰었다.

"신첩은 죄인 이몽창의 둘째아들 대사마 광릉후 경문의 처입니다. 오늘 시아비가 원통한 죄상을 무릅써 죽기를 면치 못하게 되었기에

---

93) 편전(便殿): 임금이 평상시에 거처하는 궁전.
94) 수운(岫雲): 골짜기의 바위 구멍에서 일어나는 것처럼 보이는 구름.

감히 규방의 자취를 번거롭게 해 폐하께 글을 올리나이다."

말이 끝나지 않아서 내시가 봉한 상소를 받아 한림학사가 받아 읽었다. 임금께서 말씀을 미처 못 하시고 귀를 기울여 들으시니 그 상소의 내용은 다음과 같았다.

'전 병부상서 대사마 복야 태자태부 이경문의 처 위홍소는 죽음을 잊고 진실로 황공하게도 머리를 두드리고 백 번 절해 만세 황제 앞에서 아룁니다. 오늘 국가의 큰 옥사를 당해 신의 시아비가 역모를 꾀한 큰 죄를 범해 사사(賜死)하라 하신 명령을 내리셨습니다. 국법이 지엄하고 신이 역적의 며느리로서 죄가 또한 같으므로 대궐을 소란스럽게 하는 것은 백 번 죽어도 아깝지 않습니다. 다만 나무하는 아낙네의 말도 성인께서 용납하셨으니 신이 어찌 원통하고 분한 소회가 있으면서 한번 천지 부모께 고하고 죽는 것을 아끼겠나이까.

엎드려 들으니, 폐하께서는 신의 시아비가 대역(大逆)의 죄를 지었다 해 죽음을 내리시기까지 하셨습니다. 범사에 작은 일도 국가의 체면상 증거가 없으면 안 될 것인데 하물며 막중한 대역이야 이를 것이 있겠나이까. 신의 시아비가 일찍이 약관에 과거에 급제해 선덕 황제 때부터 경연(經筵)에 출입하며 큰 소임을 맡은 것이 한두 번이 아닙니다. 열렬한 충심이 소나무와 잣나무 같아서 조정에 든 지 30여 년에 조금도 예법 아닌 일을 하지 않았습니다. 어두운 방에서 더욱 조심하는 것이 곽광(霍光)[95]보다 더하고 때때로 천자의 은혜가 망극한 것을 외람되게 여겨 자손에게 충효를 이르며 경계하기를 밤

---

95) 곽광(霍光): 중국 전한(前漢)의 정치가(?-B.C. 68)로 자는 자맹(子孟)임. 한 무제(武帝)의 고명(顧命)을 받아 소제(昭帝)를 보필하고, 소제가 죽은 후 창읍왕(昌邑王) 하(賀)를 옹립했는데, 창읍왕이 실덕(失德)하자 다시 폐하고 선제(宣帝)를 옹립함. 후에 황후 허씨(許氏)를 독살하고 자신의 딸을 황후로 만들어 권세를 강화했으나, 그가 죽은 후 선제는 그의 일족을 반역죄로 몰아 몰살함.

낮으로 폐하지 않았습니다. 이제 중도에 다다라 신하로서 차마 듣지 못할 누명을 무릅써 몸이 감옥에 갇혀 목숨이 경각에 있으니 이 어찌 하늘을 부르고 땅을 두드려 통곡하는 것을 참을 수 있겠나이까.

슬픕니다! 신의 시가(媤家)가 폐하의 은혜를 대대로 편벽되게 입어 번성한 것이 지금 겨룰 집안이 없으므로 조정에서 신의 시가를 미워하는 사람이 있다는 것은 안 지 오래되었습니다. 그러나 신의 시아비처럼 충성스러운 마음과 사람됨을 가지고 한 내시에게 고변(告變)[96]을 당해 천대에 더러운 이름을 실을 줄 알았겠나이까. 신의 시아비에게 죄가 정말로 있었어도 정통 황제 때 천 리를 홀로 가서 중흥한 공이 역대에 희한하고 단서(丹書)[97]와 철권(鐵券)[98]이 있으니 폐하께서 마음대로 죽이지 못하실 것입니다. 한 몸이 백옥처럼 흠이 없어 신명께 물어도 부끄럽지 않을 것이니 하루아침에 애매함이 분명한 채로 죽으면 이는 천하에 원통한 일이 아니겠나이까.

신의 시아비에게 만일 역모하려는 마음이 있었다면 당초에 정통 황제를 북쪽 오랑캐[99]로부터 영접할 때 대군이 손에 쥐어져 있었으니 그런 쉬운 틈에 역모를 하지 않았겠습니까. 그 나머지, 동쪽으로 주빈을 무찌를 적에 수군 칠십만이 손바닥에 있어도 모반하지 않았습니다. 강주의 유적(流賊)[100]을 소탕하고 그 군대를 돌릴 적에 모반을 못 했겠습니까. 작년에 형주의 초적(草賊)[101]을 무찌를 적에 남방 뭇 고을의 군대 생살(生殺)을 수중에서 마음대로 할 때 모반을 하지

---

96) 고변(告變): 반역 행위를 고발함.
97) 단서(丹書): 공신을 표창하던 문권(文券).
98) 철권(鐵券): 공신에게 수여하던 상훈 문서.
99) 북쪽 오랑캐: 오이라트족의 에센을 말함.
100) 유적(流賊): 떠돌아다니며 사람을 해치고 재물을 빼앗는 도둑.
101) 초적(草賊): 통치자들이 주로 산간 지대에서 장기적으로 항거하며 투쟁하는 사람들을 낮잡아 이르던 말.

못했겠습니까. 이제 이르러 이름이 폐하와는 장인과 사위이고 황후 마마가 신 시아비의 딸이거늘 차마 반역을 꾀할 수 있겠나이까. 이는 신의 시아비가 미쳤어도 하지 않을 일입니다. 폐하께서 너무 곧이들으셔서 국가 체면에 고소한 사람에게는 마땅히 묻지 않으시고 편벽되게 신의 시아비만 죽이려 하십니다. 아! 신의 시아비가 일찍이 국가를 터럭 끝만큼도 저버린 일이 없고 한 조각 충성스러운 마음이 옛사람을 부러워하지 않거늘 폐하의 미움이 이 지경에 이른 것입니까.

하물며 성모 마마께서는 입궐하신 지 여러 해가 바뀌었는데 꽃다운 덕은 이비(二妃)[102]를 본받으셨습니다. 또 태자의 기이하심은 천하의 근본이시거늘 폐하께서는 조금도 괘념치 않으시고 신의 시아비 한 사람의 목숨을 용서하지 않으십니다. 신첩은 규방의 녹록한 소견을 지니고 있으나 그윽이 폐하를 위해 이러한 점은 취하지 않나이다.

안타깝습니다! 고금을 헤아려도 그와 같은 충신이 흔치 않은데 신의 시아비는 사리가 밝은 문관으로서 전후에 국가에 세운 큰 공이 여상(呂尙)[103]보다 낫고 북쪽으로 천 리를 사신으로서 엄동설한에 홀로 간 것은 천지가 생긴 이후로 다툴 사람이 없습니다. 그런데 지금에 이르러 모역이 정말로 있었어도 너그러운 은전을 쓰시는 일이 없으니 이것이 참으로 폐하께서 선제(先帝)의 뜻을 이으신 것이라 하겠나이까. 폐하의 진노가 엄하셔서 간하는 관리를 다 내쫓으시고

---

102) 이비(二妃): 순임금의 두 왕비로, 아황(娥皇)과 여영(女英)을 말함. 황영(皇英)이라고도 함. 두 사람 모두 요임금의 딸로 함께 순임금의 아내가 되어 매우 사이좋게 지냈음.

103) 여상(呂尙): 주(周) 왕조의 제후국인 제(齊)나라의 시조 강태공(姜太公)을 이름. 성은 강(姜)이고 이름은 상(尙)임. 위수(渭水)에서 낚시를 하던 중, 훗날 주(周)나라 문왕(文王)이 되는 희창의 방문을 받아 등용되었음. 무왕(武王)을 도와 은(殷)나라 주왕(紂王)을 멸망시켜 천하를 평정하였으며, 그 공으로 제(齊)나라에 봉함을 받아 그 시조가 됨.

육부(六部), 대리시(大理寺)[104], 삼공육경(三公六卿)의 작위를 다 신의 시가에서 가졌다가 모두 옥중에 든 후에 조정에 그것을 맡을 사람이 없게 되었습니다. 신이 그 사람의 자식이 되어 차마 시아버지가 원통하게 죽는 것을 목도하지 못해 죽기를 무릅써 폐하께 아뢰었습니다. 원컨대 폐하께서 추현을 엄히 신문해 간사한 정황을 밝히 캐물으신다면 신의 시아비가 억울함에서 벗어날 것입니다. 엎드려 통곡하며 감히 표를 올리나이다.'

임금께서 다 들으시니 그 말이 조리가 있고 옳고 그름이 분명해 한 자 한 말이 구차하지 않고 그 고상함을 따를 자가 없어 진실로 규방의 소소한 여자가 지은 것 같지 않았다. 그런데 흰 깁에 혈흔이 낭자했으므로 속으로 적이 깨달으셔서 이에 흔쾌히 위로해 말씀하셨다.

"경이 이르지 않아도 연경의 충성과 희한한 대공을 짐이 모르지 않도다. 그런데 지금 연공이 역모하려는 마음이 뚜렷해 짐의 눈에 보인 지 오래되었도다. 왕의 법은 사사로움이 없으므로 국법으로 용서하지 못해 형세상 부득이하게 사사(賜死)하라는 명령을 내렸으니 짐의 마음이 참으로 편안하지 못하노라."

위 씨가 머리를 두드려 말했다.

"신의 시아비가 일찍이 조금도 외람된 일을 한 적이 없었으니 모역하려는 마음이 있는 줄을 어찌 아셨나이까?"

임금께서 문득 좌우를 시켜 두 봉의 서간을 내려보내며 말씀하셨다.

"어느 날에 짐이 황후 정침에서 이 서간을 얻었으니 그때 놀라움

---

104) 대리시(大理寺): 형옥(刑獄)을 맡아보던 관아.

과 괘씸함을 이기지 못했도다. 그러나 진실로 태자의 낯을 보아 이 일을 제기하지 않았더니 이제 연왕의 일이 크게 드러난 후에야 어찌 용서할 수 있겠느냐?"

위 씨가 서간을 다 보고는 매우 흉하고 참혹하게 여겨 식은땀이 등에 흥건한 채 다만 머리를 두드려 말했다.

"신의 시아비의 한 조각 충성스러운 마음은 태양이 비추고 하늘이 묵묵히 도우시나 서간의 증거가 이처럼 분명하니 성상께서 곧이 들으시는 것이 옳습니다. 그러나 예전에 강충(江充)이 저주(咀呪)한 일[105]이 있고 왕왕 소인이 비밀스럽게 일을 지어내 어진 사람을 모해한 일이 많았습니다. 지금 육궁(六宮)이 번성해 기틀과 틈을 얻어 황후를 해하는 일이 없지 않을 것이니 편벽되게 신의 시아비만 의심하시는 것입니까? 신의 집에 일어난 변란을 보면 예전 희한한 시절에는 공교로움이 이보다 더해 광평후 이흥문과 백문의 처 화 씨가 다 위태로운 일을 겪은 적이 있습니다. 그러다가 끝내는 억울함을 풀어 버린 일이 있었습니다. 간악한 사람이 지금 어진 사람을 모해하고 뜻을 편 것을 자랑하나 수삼 년 내에 자취가 드러날 것이니 폐하께서는 다만 추현을 신문해 물으소서. 이 글씨가 비록 신의 시아비 글씨와 비슷하나 자세히 보면 신의 시아비 글은 굳세기가 산악과 같고 빛나고 높은 것이 가을 하늘 같은데 이 글씨는 지극히 용렬해 보입니다. 옛날 소왕(昭王) 궁중에서 호백구(狐白裘)[106]를 도적하던 일[107]을 생각하지 못하시는 것입니까? 추현을 엄히 물으시면 본래의

---

105) 강충(江充)이 저주(咀呪)한 일: 강충이 저주를 해 한(漢) 무제(武帝)와 여태자(戾太子)를 이간한 일을 말함. 강충은 원래 조(趙)나라 한단(邯鄲) 사람으로 참소로 조나라 태자를 죽게 하고 한나라에 들어가 무제의 총애를 받음. 강충이 여태자와 사이가 벌어졌는데, 태자가 황제가 되면 자신에게 불리할 것이라 생각해 태자를 저주(咀呪)하자 이에 분개한 태자가 강충을 죽이고 무제는 태자를 제압해 죽임. 이후에 무제가 태자의 억울함을 알게 되어 태자를 복권시킴.
106) 호백구(狐白裘): 여우 겨드랑이의 흰 털이 붙은 부분의 가죽으로 만든 갖옷.

자취를 아실 것입니다."

임금께서 다 듣고는 크게 깨달으셔서 이에 칭찬해 말씀하셨다.

"경의 기특함을 안 지 오래되었으나 이토록 한 줄은 알지 못했도다. 마땅히 경의 말대로 할 것이니 경은 안심하고 물러가라. 잘 처리하도록 할 것이다."

위 씨가 고개를 조아려 절하고 물러났다.

임금께서 이에 크게 군대를 무장시키시고 추현을 잡아 신문하려 하셨다.

이때 추현은 자기 집에 물러가고 조 귀비는 연왕이 사사(賜死)되는 것에 크게 기뻐해 홍영을 불러 크게 사례하고 있었다. 그런데 홀연 위 씨가 북을 쳐 임금께 아뢰고 천자께서 추현을 다시 신문하려 하신다는 말을 듣고 크게 놀라 급히 심복 내시에게 계교를 알려 주었다.

추현이 잡혀 대궐 문에 다다르자 태감 여태집이 한 그릇 쌀죽을 들고 와 일렀다.

"조 마마께서 그대가 여러 번 수고하는 것을 불쌍히 여기셔서 이것으로써 놀란 것을 진정하고 마침내 끝이 있게 하기를 바란다고 하셨다네."

추현이 받아 마시고는 절하고 말했다.

"신이 처참하게 죽는다 해도 마마의 큰 은혜는 저버리지 않을 것입니다."

---

107) 옛날-일: 중국 전국시대 제(齊)나라의 맹상군(孟嘗君)과 관련한 고사. 맹상군이 진(秦)나라 소왕(昭王)의 부름을 받자 소왕에게 호백구를 선물하고 소왕은 그를 재상에 임명하려 했으나 신하들의 반대로 오히려 맹상군을 옥에 가둠. 이에 맹상군이 소왕의 총희에게 자신을 빼져나가게 해 달라 부탁하자 총희가 호백구를 요구하니 개 흉내를 내 도둑질을 하는 사람이 호백구를 훔쳐 옴.

말을 마치고 대궐에 이르자 임금께서 엄한 형벌로 친히 신문하셨다.

"연왕은 사직지신(社稷之臣)[108]이니 천 사람이 권해도 도리를 잃지 않고 반역을 꾀하지 않을 것이다. 누가 너를 사주해 저 사람을 해치라고 하더냐? 마땅히 바른대로 고하라."

추현이 큰 소리로 울고 아뢰었다.

"신이 한 내시의 몸으로써 어찌 대신을 턱없이 구렁에 넣어 신명(神明)의 그릇 여기심을 받겠나이까? 하늘에서 재앙을 지금 내리시나 신은 폐하께 거짓말을 고한 일이 없으니 만일 신이 연왕을 잡는 일이 있다면 하늘이 신을 지금 바로 죽이실 것입니다."

말이 끝나지 않아서 홀연 추현이 얼굴의 일곱 구멍[109]에서 피를 흘리고 거꾸러져 즉사했다. 그 말이 마치 맞은 것 같았으니 어찌 우습지 않은가. 대강 아까 먹은 것이 독약 섞은 미음이었으므로 시각이 넘지 않아 죽은 것이다.

임금께서 더욱 놀라셔서 연왕의 무죄를 헤아리시고 이 일이 몹시 한스러워 다시 조서를 내려 말씀하셨다.

'연왕 이몽창의 죄가 비록 깊으나 그 공을 감안해 삭탈관직(削奪官職)[110]하여 시골로 내치라.'

이에 조정 안팎의 사람들이 기뻐했다. 이씨 집안에서는 장차 하늘이 무너진 듯해 망극함을 이기지 못하고 집의 높고 낮은 사람들이 울음을 지으려는 낯빛이다가 위 씨가 한번 큰 뜻을 움직여 대궐을 향해 가자 더욱 위 씨의 생사를 알지 못해 일가 사람들이 애통함을

---

108) 샤직지신(社稷之臣): 사직지신. 나라의 안위(安危)와 존망(存亡)을 맡은 중신(重臣).
109) 얼굴의 일곱 구멍: 귀, 눈, 코 각 두 개와 입을 이름.
110) 삭탈관직(削奪官職): 죄를 지은 자의 벼슬과 품계를 빼앗고 벼슬아치의 명부에서 그 이름을 지우던 일.

이기지 못했다. 그러다가 다행히 은사(恩赦)가 내려 연왕이 무사히 살게 되자 일가 사람들의 환성이 진동해 도리어 꿈인가 의심했다.

위 씨의 작은 가마가 돌아오자 정 부인이 위 씨를 급히 붙들고 목이 쉬도록 오열하며 말했다.

"며느리의 큰 덕이 특출함을 알았으나 오늘 나의 은인이 될 줄 어찌 알았겠느냐?"

위 씨가 옷깃을 가다듬고 눈물을 흘리며 말했다.

"소첩이 당당히 큰 절의(節義)를 잡아 시아버님을 구한 것을 어르신께서 어찌 치사하실 일이겠습니까?"

말이 끝나지 않아서 연왕과 하남공 등이 자제들과 함께 일시에 들어와 유 부인을 뵙고 자리를 이루었다. 정 부인이 왕의 옷을 붙들고 목이 쉬도록 눈물을 흘리고 하남공 등은 눈물이 비 오듯 했다. 초후 등이 오열하며 슬피 우니 좌우 사람들 중에 누가 눈물을 흘리지 않겠는가. 통곡하는 소리가 자못 요란하니 왕이 또한 심사가 매우 좋지 않았으나 억지로 참고 안색을 온화하게 해 위로하며 말했다.

"소자가 불초해 몸이 죽을 땅에 떨어져 살기를 바라지 않았다가 천행으로 다시 살아 돌아왔는데 어머님께서는 어찌 이토록 슬퍼하시는 것입니까?"

부인이 크게 통곡하며 말했다.

"너처럼 충성스러운 사람이 하루아침에 더러운 이름을 몸에 실어 죽을 곳에 빠졌으니 늙은 어미가 망극한 마음에 너를 따라 죽으려 했다. 그런데 효성스러운 며느리의 정성에 힘입어 네가 겨우 살아났으니 사람이 나무나 돌이 아니라 어찌 슬프지 않겠느냐?"

승상이 정색하고 꾸짖어 말했다.

"아이가 비록 죽을 곳에서 벗어났으나 위로 어르신이 계시는데 이처럼 체면 없이 구는 것이오?"

정 부인이 이 말을 듣고 억지로 참아 눈물을 거두니 왕이 아버지 앞에서 길이 사죄해 말했다.

"제가 아버님의 밝은 가르치심을 저버려 국가에 죄를 얻었으니 한 몸이 부끄러워 죽으려 해도 죽을 땅이 없는 것은 이를 것도 없고 선조에 욕이 가볍지 않고 아버님께 불효를 많이 끼쳤으니 무슨 마음으로 살려는 뜻이 있었겠나이까? 다만 임금께서 죽을죄를 용서하셨으나 부모님께 불효 끼치는 것이 두려워 스스로 자결하지 못했으니 참으로 용렬하다 하겠나이다."

승상이 탄식하고 말했다.

"가문이 너무 번성하고 우리가 금자(金紫)[111]와 옥띠 차림으로 너무 누렸으니 끝이 마침내 같기를 어찌 바라겠느냐? 태양이 간담을 비추니 훗날 누명을 벗는 날이 있을 것이다. 그러니 아이는 조급한 말을 다시 하지 마라."

왕이 두 번 절해 명령을 듣고 두 눈을 들어 위 씨를 향해 울며 사례했다.

"늙은 시아비가 오늘날 양친을 뵙게 된 것은 전혀 어진 며느리의 덕이니 천륜의 대의(大義)라 한들 감격한 마음이 없겠느냐?"

위 씨가 급히 머리를 숙이고 울며 대답했다.

"대인께서 불의에 눈앞에 급한 재앙을 만나셔서 조정에서의 화가 참혹하기에 소첩이 어린 마음에 등문고를 울렸습니다. 그러나 성상의 큰 은혜가 깊어서 이렇게 된 것인데 아버님의 말씀을 들으니 두렵고 떨린 마음을 이기지 못하겠습니다."

---

111) 금자(金紫): 금인(金印)과 자수(紫綬)로, 금인(金印)은 관직의 표시로 차고 다니던 금으로 된 조각물이고 자수는 고위 관료가 차던 호패(號牌)의 자줏빛 술임.

말을 이어 하남공 등이 일제히 칭송하고 위 씨의 절개가 열렬함을 일컬었다. 좌우에서 칭찬하며 은혜를 사례하자 위 씨가 진정으로 민망함을 이기지 못해 자리에서 물러났다. 사람들이 그 겸손히 물러나는 것을 더욱 요란하게 칭찬하니 승상이 탄식하고 말했다.

"이 사람의 절개가 이렇듯 늠름하고 이처럼 심지가 크고 넓은데 어찌 남아가 되지 못한 것이냐? 비록 효성스러운 마음으로 등문고를 울렸으나 상소 가운데 말을 잘 못했다면 폐하의 분노를 더욱 돋웠을 것이요, 유익함이 없었을 것인데 글자마다 옳고 그름을 분명히 해 폐하의 분노를 늦췄으니 이 어찌 평범한 무리이겠느냐?"

남공이 머리를 숙여 대답했다.

"아버님의 가르치심이 자못 온당하십니다. 천고에 반소(班昭)[112]와 소혜(蘇蕙)[113]를 재주 있는 여자로 일컬은 것 외에는 참으로 기특한 여자가 없더니 지금과 같은 말세에 이렇듯 기특한 여자가 있으니 어찌 소소한 일을 이르겠나이까?"

개국공이 슬픈 빛으로 탄식하며 말했다.

"위 씨가 진실로 생겨난 것을 이처럼 하고서 세상의 변란을 두루 겪었으니 하늘이 밝다 하겠습니까?"

이 말에 모두 탄식했다.

이윽고 초후 등이 몸을 일으켜 숙현당에 나아가 모부인을 뵈었다. 이때 소후는 몸을 베개에 던진 채 있었는데 몸이 몰라보게 달라지고

---

112) 반소(班昭): 중국 후한(後漢) 때 여인으로 자는 혜희(惠姬)임. 반고(班固)와 반초(班超)의 여동생으로, 남편이 죽은 후 궁중에 초청되어 황후와 귀인의 스승이 되었으며, 조대가(曹大家)로 불림. 반고의 유지(遺志)를 이어 『한서』를 완성하였으며, 저서에 『조대가집』이 있음.
113) 소혜(蘇蕙): 중국 남북조시대 전진(前秦)의 시인. 자(字)는 약란(若蘭). 시를 빼어나게 잘 지은 것으로 유명함. 남편인 장군(將軍) 두도(竇滔)가 양양으로 부임하면서 총희인 조양대를 데리고 가자, 상심하여 그를 그리워하는 회문시(回文詩)를 비단에 수놓았는데 두도는 이 시를 받고서 조양대를 돌려보내고 소약란을 다시 맞아들였다 함.

기운이 곧 끊어질 듯해 며칠 사이에 한 해골이 되어 있었다. 이에 자식들이 간장이 베어지는 듯했으나 기운을 낮추고 나아가 안부를 물으니 소후가 길이 한숨짓고 말했다.

"네 어미가 좋은 집에서 반석같이 있으나 구태여 어떠하겠느냐? 그런데 너희야말로 여러 날 감옥 속에서 고생했으니 오죽들 하겠느냐?"

초후가 절하고 말했다.

"구태여 대단하지 않으니 염려를 더하지 마소서."

드디어 자리를 둘러보아 두 줄기 눈물을 흘리고 위 씨를 향해 말했다.

"망극한 시절을 당해 소생 등의 몸이 감옥에 갇혀서 자식의 도리를 못 하고 한갓 속수무책으로 하늘이 무너지는 변을 기다리고 있어 간장이 일만 조각이나 베어지는 듯했습니다. 제수씨가 규방의 여자로서 선뜻 혐의를 피하지 않으시고 우리에게 하늘의 해를 보게 하셨으니 이 은혜는 참혹한 죽음을 당하고 구사일생한다 한들 어찌 다 갚을 수 있겠습니까? 다만 행동이 마음과 같지 못하니 두어 가지 말로 마음속에 감동한 은혜의 뜻을 밝히나이다."

말을 마치자 세 사람의 옥 같은 눈에서 눈물이 줄줄 흘러내렸다. 위 씨 역시 맑은 눈물이 어지럽게 흐르는 채 다만 대답했다.

"지난 일을 언급하려 하니 가슴이 꺾어지고 메이는 듯합니다. 원컨대 서방님은 다시 일컫지 마시기를 바라나이다. 첩이 대인을 구한 것은 마땅한 큰 절개와 윤리를 붙들어서이니 서방님이 예의를 아시면서 이것이 치사하실 일이겠습니까?"

초후가 사례해 말했다.

"소생이 또한 아는 일이지만 사정상 천지가 뒤집히는 듯하던 바로 오늘을 맞아 마음이 어린 듯 취한 듯하니 사리를 돌아보지 못하나이다."

위 씨가 겸손히 사례했다.

외당에 하객이 메여 연왕이 다시 살아난 것을 치하할 적에 연왕이 위 승상에게 사례해 말했다.

"학생이 어리석고 사리에 밝지 못해 성스러운 조정에 죄를 얻어 한 목숨이 한 그릇 독주(毒酒)에 마칠 뻔했는데 며느리의 큰 뜻과 기특한 지혜로 다시 살아나게 되었으니 치사할 바를 알지 못하겠네."

위 공이 당황하며 사양해 말했다.

"딸아이가 예법에 의거해 큰 절개를 붙들어 그렇게 한 것인데 왕이 어찌 사례할 일이겠는가?"

왕이 잠시 웃고 말했다.

"학생은 한낱 죄수로 조정에서 관직을 다 거두었으니 왕으로 일컬어지는 것이 옳지 않네. 그러니 형은 그 말을 다시 쓰지 말게."

위 공이 묵묵히 있고 여 소사, 양 각로 등이 위 씨의 기특함을 일컬어 침이 마르고 혀가 닳을 듯하니 위 공이 길이 겸손해 했다.

일가 사람들이 급히 행장을 차려 모두 고향으로 돌아갈 적에 철 학사 부인 오 형제와 정 학사 부인 등이 망극함을 이기지 못해 일시에 집안에 모여 먼 이별을 매우 서러워하니 눈물이 다해 피가 될 정도였다. 이에 남공과 연왕이 의리로 경계하고 각각 모친이 눈물을 뿌려 타이르니 떠나보내는 마음에 연연해 하는 정을 헤아릴 수 없었다.

며느리들이 다 친정으로 돌아가 부모와 이별하니 눈물이 흘러 푸른 바다가 작아 보일 정도였고 서러워하는 마음은 천지에 하소연할 만했다. 일가의 부귀와 번화함이 봄꿈과 같고 슬픈 빛이 날마다 가득히 일어나 집안의 높고 낮은 사람들이 있는 곳마다 느꺼워하는 소리와 슬픈 울음이 계속되었으니 흥이 다하면 슬픔이 온다는 말이 이를 이르는 것이 아니겠는가. 여 씨와 위 씨, 화 씨가 다 부모의 외동딸이라 여 공, 위 공, 화 공이 다 사랑하던 사위와 천금같이 여기던 딸을 하루아침에 천 리 밖에 멀리 이별해 만날 기약이 없는 것을 뼈에 사무치도록 슬퍼해 차마 떠나지 못했다. 위 승상은 이미 삭직(削職)[114]당했고 본디 편벽된 뜻에 한 딸을 기약 없이 떠나보내는 것을 차마 못 해 문득 선뜻 행장을 간략히 차려 부인과 세 아들로 뒤를 따르게 하니 위 씨는 어버이를 떠나는 근심이 없으나 그 나머지야 누가 서러워하지 않겠는가.

승상과 공들은 훗날 임금께서 깨달으셔도 다시 올라오지 않을 뜻을 굳게 정해 범사를 단단히 차려 삼 일 만에 길을 나섰다. 모두 아들과 며느리 들을 거느리고 어른과 가묘(家廟)[115]를 받들어 길을 나서니 벗들이 다 십 리 장정(長亭)[116]에 가 송별했다. 양 각로와 임 상서 등이 눈물을 뿌리며 남공 등의 손을 잡아 말했다.

"성상께서 한때 참소에 빠지셔서 형 등이 멀리 떠나가게 되었으나 만일 깨달으신다면 쉬 상봉할 것이네."

남공 등이 사례해 대답했다.

"우리가 본디 어리석어 형들의 지우(知遇)[117]를 갚지 못하고 이처럼 훌쩍 떠나니 옛날 일이 의구한 봄꿈 같네. 우리는 이제 돌아가니 금주의 흙이 될 것이네. 다시 돌아오기를 어찌 바라겠는가?"

양 공이 말했다.

"비록 그러하나 훗날 성상께서 부르신다면 어찌 거슬러 윗사람의

---

114) 삭직(削職): 죄를 지은 자의 벼슬과 품계를 빼앗고 벼슬아치의 명부에서 그 이름을 지우던 일.
115) 가묘(家廟): 한 집안의 사당.
116) 장정(長亭): 먼 길을 떠나는 사람을 전송하던 곳. 과거에 5리와 10리에 정자를 두어 행인들이 쉴 수 있게 했는데, 5리에 있는 것을 '단정(短亭)'이라 하고 10리에 있는 것을 '장정'이라 함.
117) 지우(知遇): 남이 자신의 인격이나 재능을 알고 잘 대우함.

뜻을 받들지 않을 수 있겠습니까?"

연왕이 머리를 흔들며 말했다.

"내 어려서 과거에 급제해 벼슬길을 탐하다가 이런 일이 있게 되었으니 머리에 도끼가 닥친다 해도 다시 경사에는 오지 않을 것이네."

양 공이 웃으며 말했다.

"훗날 성상께서 깨달으시고 황후와 태자께서 네 마리 말이 끄는 편안한 수레로 맞으실 적에 오늘 형의 말이 꿈속 같을 것이네."

그러고서 드디어 피차 손을 나누니 서로 눈물을 뿌렸다.

일행이 곧장 떠나 무사히 길을 가 금주 옛집에 이르렀다. 다시 집 안을 정돈하고 옛집을 수습하며 집을 정리했다. 그러나 집이 좁아 며느리들이 곳곳에 거처할 곳이 없었다. 그래서 처처에 초가집을 지어 여자는 다 한결같이 나무 비녀에 삼베 치마를 입고 남자는 다 거친 베로 만든 두건과 베옷 차림으로 어른과 부모를 모셔 한가히 세월을 보냈다. 그러니 어찌 옛날처럼 화려한 집에서 채색옷과 붉은 치마를 입고 부귀를 누리며 즐기는 일이 있겠는가.

남공 등이 부모를 받들어 모시고 아들들을 거느려 집 앞 냇가에서 고기를 낚고 뒷산에서 쟁기를 들어 묵은 밭을 갈았다. 때때로 대지 팡이를 짚고 높은 봉우리와 험준한 고개에 올라 강산을 유람하고 소리가 맑은 칠현금(七絃琴)을 어루만져 답답한 마음을 푸니 이 참으로 태평성대의 한가한 백성이요, 강호의 일 없는 손님이었다. 그리고 예전에 부귀를 누리며 벼슬 자리에 있던 것을 꿈처럼 여겼으니 생들의 뜻이 또한 같았다.

각각 여자들이 치마를 안고 뜰에서 나물을 깨어 받드는 밥을 다 먹으면 부친을 모시고 막대와 신을 받들어 두루 경치를 유람했다.

본디 남녘은 형초(荆楚)[118]의 맑은 기운이 모여 명승지요, 금주 대별산과 청룡강은 이름 있는 곳이었다. 일찍이 조정의 일에 분주해 이곳을 완전히 버려두었다가 다시 아침과 낮으로 두루 유람하니 흥금이 트이고 기운이 시원해져 엄자릉(嚴子陵)[119]이 곡식을 안 먹고 대추 등을 먹다가 하늘로 오른 것을 본받을 뜻이 나고 다시 경사에 나아가 금자(金紫)[120]를 띠고 나랏일에 분주할 생각이 없어졌다. 이백(李白)[121] 시에 이른바 '물과 산을 보니 집을 잊는다.'라 한 것이 옳다.

위 공이 남창에 이르러 부모 선영에 허배(虛拜)[122]하고 숙부를 뵈어 며칠을 묵다가 연왕이 있는 곳에 이르니 연왕이 별채를 잡아 머무르게 했다. 광릉후는 한 조각 효심을 지녀 부친이 죽는 날에는 자기도 마땅히 따르려고 마음먹었다. 그러다가 부친이 다시 살아나자 위 씨의 덕이라고 입으로 말하며 사례하는 일은 없었으나 속으로 그 은혜를 헤아릴 수 없어 뼈에 새길 정도였다. 그래서 자연히 위 씨의 뜻에 영합하려 해 인정에 마지못해 위 공을 극진히 대접하고 음식을 공급하며 자주 모시고 친하게 지내며 공경하는 것이 이전의 태도와 판이했다. 이는 대개 천 리 밖으로 자기 부부를 따라온 마음을 측은히 여겼기 때문이다. 위 공이 사위를 매우 사랑해 만사가 자기 뜻과 같았고, 위 씨도 바야흐로 마음에 걸린 깊은 한(恨)이 없으므로 눈썹

118) 형초(荆楚): 중국 초나라 형주(荆州). 서주(西周) 때 초나라가 형산 일대에서 나라를 세웠으므로 이와 같이 불림.
119) 엄자릉(嚴子陵): 중국 후한(後漢) 광무제(光武帝) 때의 인물로, 본명은 엄광(嚴光)이고 자릉은 그의 자(字). 광무제는 어릴 적에 엄자릉과 친구였는데 황제가 된 후 은거하던 엄자릉을 불러 간의대부(諫議大夫)라는 벼슬을 주었으나 엄자릉이 사양하고 다시 산에 돌아가 은거하였다 함.
120) 금자(金紫): 금인(金印)과 자수(紫綬)로, 금인은 관직의 표시로 차고 다니던 금으로 된 조각물이고 자수는 고위 관료가 차던 호패(號牌)의 자줏빛 술임.
121) 이백(李白): 중국 성당(盛唐) 때의 시인(701-762). 자(字)는 태백이고 호는 청련(靑蓮)임. 젊어서 여러 나라에 만유(漫遊)하고, 뒤에 출사(出仕)하였으나 안녹산의 난으로 유배되는 등 불우한 만년을 보냄. 칠언절구에 특히 뛰어났으며, 이별과 자연을 제재로 한 작품을 많이 남겼음. 시성(詩聖) 두보(杜甫)에 대하여 시선(詩仙)으로 칭하여짐.
122) 허배(虛拜): 신위에 절함.

을 떨쳐 즐기는 것이 봄바람 같았다.

이때 경사에서 이씨 집안 사람들을 다 내치고서 황후를 자리에 두지 못할 일로 헤아려 황후를 친정에 위리안치(圍籬安置)[123]하라 명령하셨다. 이에 황후께서 비실(卑室)[124]에서 벌을 기다리며 부친의 목숨이 끊기는 것을 망극해 하시다가 부친이 요행히 무사히 시골로 돌아가니 다행한 마음을 이기지 못하셨다. 그래서 다른 일은 마음에 두지 않아 공손히 조정의 명령을 받들어 물러났다.

그러자 조정의 신하들이 매우 놀라 일시에 상소를 올렸으나 임금께서 듣지 않으셨다. 한림학사 왕선이 격분을 이기지 못해 대궐에 나아가 상소해 일렀다.

'예로부터 국가에서 황후를 폐하는 것은 비상한 변고였습니다. 한나라 때 광무제(光武帝)는 곽후(郭后)를 폐할 적에[125] 대악(大惡)의 죄가 드러난 후에 폐했고, 한나라 선제(宣帝)는 곽현후(霍顯后)가 역모를 꾀한 죄 때문에 황후를 폐한 적이 있었습니다[126]. 이제 폐하께서 이모(李某)를 승복시키기 전에 어찌 황후를 폐할 수 있겠나이까? 이는 옛날 어리석은 임금이 하던 짓이었으니 신이 하늘을 우러러 통곡해 국가의 존망이 곧 있을까 서러워하나이다. 대궐의 마마께서는 일찍이 선제(先帝)께서 간선(揀選)[127]하신 분으로서 폐하와 어려서

---

123) 위리안치(圍籬安置): 유배된 죄인이 거처하는 집 둘레에 가시로 울타리를 치고 그 안에 가두어 두던 일.
124) 비실(卑室): 누추하고 작은 집.
125) 한나라 때-적에: 중국 후한(後漢)의 광무제가 황후인 곽후를 폐위시키고 귀인(貴人)이었던 음여화(陰麗華)를 황후의 자리에 올린 일을 말함.
126) 한나라-있었습니다: 곽현후는 한 선제의 계후(繼后) 곽 씨를 이르며 이름은 현(顯)임. 그 아버지 곽광(霍光)이 실권을 쥐고 선제(宣帝)를 옹립했는데 당시 황후 허 씨를 독살하고 자신의 딸을 황후로 만들었으나, 선제는 곽광이 죽은 후 그의 일족을 반역죄로 몰아 모두 죽이고 곽후는 폐위함.
127) 간선(揀選): 가려서 뽑음.

혼인하셨고 더욱이 태자와 두 대왕을 두셨습니다. 이모(李某)에게 역모의 죄가 있어 중한 법률로 다스리시더라도 황후의 자리는 비우지 못할 것인데 하물며 밖으로 내치신단 말입니까? 원컨대 폐하께서는 중도(中道)를 생각하셔서 황후의 자리를 흔들지 마소서.'

임금께서 보시고 머뭇거리며 결정하지 못하셨다. 이때 조 태후께서 때를 틈타 임금을 꾸짖으셨다.

"사직(社稷)의 안위는 지극히 막중한데 임금이 어찌 편벽된 사사로운 정 때문에 역모를 꾀한 신하의 딸을 국모 자리에 두려 하는 것입니까? 빨리 황후를 폐하고 후궁 중에서 덕을 갖춘 이를 황후로 세우세요. 왕선은 이 씨 사촌의 남편[128]이라 사사로운 정 때문에 임금의 위엄을 범했으니 참으로 괘씸합니다."

임금께서 그럴듯하게 여기셔서 왕 한림을 먼 곳에 귀양 보내라 하시고 왕선의 말을 듣지 않으셨으니 그 나머지 대간(臺諫) 중에 누가 입을 열겠는가. 전임 태학사 양세정이 격분을 이기지 못해 친히 만언소(萬言疏)[129]를 지어 대궐에 나아가 힘써 간했다. 상소 중의 말이 강개해 헐뜯는 것이 많았으니 임금의 분노가 진첩(震疊)[130]하셨다. 이에 하교해 말씀하셨다.

"우리나라가 생긴 이래로 황후를 폐하고 세우는 것은 예로부터 떳떳한 예법이었도다. 이제 죄인 이몽창이 무도해 반역을 꾀했으니 법으로는 삼족을 다스리는 것이 옳으나 전날의 공로가 매우 크기에 특별히 너그러운 은전을 드리웠도다. 그런데 이미 역모가 뚜렷이 드러났거늘 그 딸을 어찌 만민의 머리로 삼을 수 있겠는가? 이런 까닭

---

128) 이 씨 사촌의 남편: 왕선은 이필주 남편으로서 이필주는 이몽현의 셋째딸이고 황후 이일주는 이몽창의 첫째딸이라 서로 사촌지간이므로 이렇게 칭한 것임.
129) 만언소(萬言疏): 장문의 상소.
130) 진첩(震疊): 존귀한 사람이 성을 내어 그치지 아니함.

에 그 딸을 폐하는 것이 국법에 마땅하거늘 각로 양세정이 감히 일의 형세를 모르고 짐을 능욕했도다. 참으로 괘씸하니 변방에 원찬(遠竄)하라."

이렇게 말씀하시니 그 나머지 조정의 신하들이야 누가 입을 열겠는가.

성화(成化)[131] 3년 가을 7월에 황후 이 씨를 폐해 서인으로 삼아 본가에 위리안치시켰다. 황후께서 교자에 실려 현무문으로 나가실 적에 궁인이 겨우 서넛은 하고 광경이 을씨년스러웠으니 백성들 가운데 서러워하지 않는 이가 있겠는가.

황후께서 본가에 이르셔서 낮은 집을 가려 거처하시니 무사와 장졸이 좌우 문을 여러 겹으로 엄히 지켰다.

후께서 이튿날 억지로 집을 둘러보셨다. 예전에 어르신과 부모를 모시고 채색옷으로 춤추던 일이 엊그제 같은데 주렴 앞의 꽃다운 봄풀은 푸르러 슬픔을 돕고 임자 없는 앵무새는 슬피 울어 옛 주인을 반기는 듯했으며 수풀 사이에 꾀꼬리는 낭랑히 지저귀니 곳곳이 슬픈 마음을 부추겼다. 후께서 스스로 감회에 젖어 슬픈 마음이 요동쳐 눈물을 비처럼 흘리며 남녘을 바라보고는 목이 쉬도록 통곡하고 말씀하셨다.

"슬프구나! 전생에 무슨 죄를 지었기에 부모님이 길러 주신 은혜를 갚지 못하고 어려서 슬하를 떠나 한 몸이 깊은 궁궐에 잠겨 밤낮으로 부모님을 그리워해 병이 되었다가 어찌 끝내는 천대에 더러운 이름을 실으시게 할 줄 알았겠는가? 하늘이 밝게 살피신다면 나에게 어찌 재앙이 없겠는가?"

---

131) 성화(成化): 중국 명(明)나라 제8대 황제인 헌종(憲宗) 때의 연호(1465-1487). 헌종의 이름은 주견심(朱見深)임.

이렇게 종일토록 통곡하다가 기운이 다하고 음식을 드시지 않으니 좌우의 궁인들이 다 눈물을 흘렸다.

황후전 궁녀가 수없이 많았으나 임금께서 명령해 친정에서 뽑아간 시녀 몇 사람만 주어 보내셔서 적적했으므로 후께서 더욱 마음을 진정하지 못하셨다.

며칠 후에 정 학사 부인이 가만히 들어와 황후를 뵈었다. 형제가 만나 참담한 마음이 가슴에 가득해 서로 붙들고 한바탕 통곡한 후 정 부인이 눈물을 흘리며 말했다.

"운수가 불행하고 조물이 시기해 마마께서 이 지경에 이르시고 부모님이 천 리 밖으로 돌아가셨으니 이 서러운 한을 장차 어디에 고할 수 있겠습니까? 아버님의 망극한 환난을 입에 올리려 하면 구곡간장이 먼저 막히니 차마 어찌 다시 이를 수 있겠나이까? 위 형의 절의에 힘입어 아버님께서 회생하셨으나 남녘 한 가에 돌아가셔서 뵐 기약이 없으니 이 마음을 장차 어디에 부칠 수 있겠습니까? 제가 벌써 와서 마마를 뵐 것이었으나 수문장이 엄히 지키고 있어서 들어올 수 없었나이다."

후께서 통곡하며 말씀하셨다.

"사람의 자식이 되어 효도를 하지는 못할망정 나 같은 사람이 어디에 있겠느냐? 아버님께서 반평생 충의(忠義)를 지니고 불초한 딸 때문에 신하로서 차마 듣지 못할 더러운 이름을 몸에 실은 채 수도를 떠나셨으니 이는 다 나의 죄 때문이라 무슨 면목으로 훗날 부모님을 뵐 수 있겠느냐?"

정 부인이 오열하며 말했다.

"아버님의 액운을 생각하면 슬픔이 끝이 없거니와 마마와 같이 큰 덕을 지닌 분이 하루아침에 장신궁(長信宮)의 비단부채를 벗하고132) 가을바람을 슬퍼하실 법한데 이제 의연하시니 하늘이 어찌 이토록 매몰차단 말입니까? 알지 못하겠습니다만, 이번 화란을 빚어낸 자가 어떤 사람입니까?"

후께서 탄식하고 말씀하셨다.

"어려서 부모를 떠나 하루아침에 태자비의 자리에 올라 육궁(六宮)133)의 시기하는 낯빛을 밤낮으로 대하는 것이 괴로운 것은 이를 것도 없고, 화려함과 부귀가 만인의 위에 있게 되니 밤낮으로 조심하며 삼가 마음을 놓지 못했단다. 그런데 지금에 이르러 이름은 죄인이나 옛집에 돌아와 부모님의 옛 자취를 보아 한 몸이 안정되고 세상 물욕을 벗어나게 되었으니 기쁨이 지극한데 다시 구중궁궐을 마음에 두겠느냐? 훗날 성상께서 깨달아 나를 찾으셔도 결단코 내가 다시 자취를 번거롭게 안 할 것이니 아우는 괴이하게 여기지 마라. 그건 그렇고 해로운 짓을 한 자를 내가 어찌 알겠느냐?"

정 부인이 울며 말했다.

"마마께서 이 무슨 말씀이십니까? 뜬구름이 빛에 가려지는 날에는 마마께서 다시 자리를 이으실 것이니 무익한 사양이 부질없지 않겠습니까? 해로운 짓을 한 자를 알지 못한다는 말씀은 신을 내외하는 것이니 다시 하교를 듣고 싶습니다."

후께서 한숨을 쉬고 탄식하며 말씀하셨다.

"설사 의심 가는 사람이 있으나 눈으로 보지 않은 일을 지목할 수 있겠느냐? 아우는 거의 나의 마음을 짐작할 것이니 번거롭게 일러 무엇 하겠느냐? 스스로 말을 조심하는 것은 내가 평생 굳게 먹은 뜻

---

132) 장신궁(長信宮)의-벗하고: 중국 한나라 성제(成帝)의 후궁 반첩여(班婕妤)가 총애를 잃고 장신궁에 머무르며 <원가행(怨歌行)>을 지어 자신을 가을이 되어 쓸모없게 된 비단부채에 비유한 일을 말함.
133) 육궁(六宮): 옛 중국의 궁중에 있었던 황후의 궁전과 부인 이하의 다섯 궁실.

이니 저 푸른 하늘이 살피시기를 기다리는 것 외에는 입 밖에 내지 않는 것이 옳다."

부인이 황급히 사죄해 말했다.

"신이 어리석어 헤아리지 못했는데 하교가 지극하시니 어찌 받들지 않겠나이까?"

후께서 탄식하시니 부인이 또한 탄식하고 형제가 서로 의지해 세월을 보냈다. 철 학사 부인[134] 등이 또한 가만히 들어와 뵈니 피차 흉금이 막혀 서로 붙들고 오랫동안 슬피 울었다. 후께서 철 부인을 향해 인사하고 사례해 말씀하셨다.

"죄인이 불초해 부모님께서 모욕을 받도록 한 것은 이를 것도 없고 숙부모께 연좌가 되었으니 형이 부모를 떠나 그리워하는 마음을 갖게 된 것은 다 저의 죄 때문입니다. 그러니 어찌 부끄럽지 않겠습니까?"

철 부인이 울고 아뢰었다.

"마마께서 이 어찌 된 말씀입니까? 부모님께서 천 리 밖으로 돌아가신 것은 작은 일이요, 마마께서 폐출되신 것은 큰 불행이니 하늘을 우러러 신하와 백성들이 망극함을 하소연하려 한들 미칠 수 있겠나이까?"

후께서 탄식하고 대답하셨다.

"제가 불초해 황후의 자리를 감당하지 못해서 벌어진 일이니 어찌 한스러워하겠습니까? 지난 일은 일러 쓸데없고 이렇게 나와서 형제가 서로 만난 것이 다행이니 형은 다시 일컫지 마소서."

철 부인이 그 도량이 크고 너그러운 것에 탄복하고 칭송하며 조용

---

134) 철 학사 부인: 이몽현의 첫째딸, 철수의 아내인 이미주를 이름.

히 머물러 삼사일 서로 회포를 여니 슬픈 마음이 흘러넘쳤다.

임금께서 황후를 폐하시고 귀비 만 씨를 세우려 하셨는데 조 태후께서 개인적인 감정을 두어 말씀하셨다.

"만 씨는 뒤에 들어온 사람이요, 조 씨는 선제께서 이 씨 여자와 함께 간선하신 여자니 어찌 차례를 건너뛸 수 있겠습니까?"

이에 임금께서 거역하지 못하고 여혜를 책봉해 황후로 삼으셨다. 조 씨가 기뻐 날뛰며 금은을 많이 들여 보응사를 손질하도록 하고 홍영에게 금과 비단을 후하게 상으로 내려 주고 큰 절을 지어 머무르게 하려 했다. 그러나 홍영은 이씨 집안을 모조리 없애지 못해 원망하는 마음이 뱃속에 가득했으므로 절에 가는 것을 사양하고 궁중에 있기를 원했다. 이에 조 씨가 흔쾌히 허락했다. 조 씨가 황후 자리에 올라 궁중의 크고 작은 일을 다 거느리게 되자 호령이 드날려 생사를 마음대로 처단하니 저마다 원망하는 마음을 품었으나 감히 내색하지 못했다.

태자께서는 동궁에 계셔서 모후께 문안을 못 하고 마음이 울적한 채 계셨다. 그런데 홀연 연왕이 죽게 되었다가 시골로 돌아가고 모후께서 폐출되시자 망극한 마음을 이기지 못해 비단 옷을 벗고 밤낮으로 통곡하셨다. 그러자 얼굴에 생기가 사라지고 모습이 크게 변해 기운이 곧 끊어질 듯했다. 동궁 사람들이 크게 우려해 급히 황제께 고했다. 황제께서 매우 못마땅하게 여기고 내시를 시켜 태자를 부르셨다. 이에 태자께서 상소해 처벌을 기다리고 조정에 들어가지 않으셨다.

... .

이씨세대록 권26

홍영의 계교가 발각되어 이씨 집안 사람들이 복귀하고 유 부인의 죽음에 이씨 집안 사람들이 매우 슬퍼하다

이때 조 귀비가 홍영과 함께 꾀해 황후를 폐위시키고 연왕을 시골로 내친 후 태후의 힘으로 황후의 자리에 오르자 마음이 더욱 방자해져 태자와 황자(皇子)를 도모할 마음이 급해 홍영을 대해 말했다.

"사부의 큰 은혜로 이에 이르렀으니 이 은혜는 생전에 다 갚기 어렵도다. 그런데 속담에 '풀을 베었으면 뿌리를 없애라.'고 했네. 태자와 두 황자가 있으니 훗날에 큰 화근이 될 것이네. 사부는 공교한 꾀를 생각해 내 어서 그자들을 없애도록 하게."

홍영이 웃고는 귀비의 귀에 대고 공교한 꾀를 알려 주자 귀비가 손등을 치고 크게 웃으며 말했다.

"나에게는 공명(孔明)[1]이 있으니 무슨 근심이 있겠는가?"

그러고서 기회가 오기를 기다렸다.

하루는 임금께서 와 주무시려 하다가 이후(李后)를 생각하고는 심사가 불안해 술을 가져오라 해 서너 잔이나 기울이고 안식(案息)[2]에

---

1) 공명(孔明): 중국 삼국시대 촉한 유비의 책사 제갈량(諸葛亮, 181-234)의 자(字). 별호는 와룡(臥龍)임. 유비를 도와 오(吳)나라와 연합하여 조조(曹操)의 위(魏)나라 군사를 대파하고 파촉(巴蜀)을 얻어 촉한을 세웠음. 유비가 죽은 후에 무향후(武鄕侯)로서 남방의 만족(蠻族)을 정벌하고, 위나라 사마의와 대전 중에 오장원(五丈原)에서 병사함.
2) 안식(案息): 벽에 세워 놓고 앉을 때 몸을 기대는 방석. 안석(案席)

기대어 계셨다. 이때 홍영이 외면단(外面丹)3)을 삼켜 태자가 되어 비수를 들고 침전의 문에서 큰 소리로 꾸짖어 말했다.

"간악한 귀비는 들으라. 황후의 자리를 빼앗으려 해 흉계로 나의 외조부를 사지(死地)에 넣고 어머님을 폐출시키려 하니 너 요망한 년을 이 칼로 죽이고 다음으로 어리석은 임금을 도모할 것이다."

그리고서 달려드는 체하니 조 씨가 크게 소리 지르고 임금 앞으로 달려들었다. 홍영이 태자의 얼굴을 임금께서 보시게 하려 해 따라 들어갔다. 임금께서 의외의 큰 변란을 보고 크게 화를 내 말씀하셨다.

"불초한 반역의 자식을 어서 잡으라."

그러자 홍영이 급히 달아나 숨으니 누가 참과 거짓을 알겠는가. 귀비가 거짓으로 놀라고 두려워해 몸을 떨고 눈물을 흘리며 말했다.

"신첩이 일찍이 폐하께 황후 마마를 폐하자는 말씀을 아뢴 일이 없었는데 오늘 태자의 말을 들으면 신첩이 황후 마마를 폐하자는 줄로 알고 신첩을 죽이려 했습니다. 신첩이 만일 황후의 자리에 있다가는 긴 목숨이 칼끝의 놀란 넋이 될 뿐 아니라 그 해가 폐하께 미치게 될 것입니다. 엎드려 바라건대 폐하께서는 이후(李后)를 도로 황후의 자리에 올리시고 신첩은 서궁(西宮)에 편히 있게 하시기를 바라나이다."

황제가 위로해 말씀하셨다.

"황후는 마음을 진정해 짐의 처치를 보라."

그리고서 즉시 외전(外殿)에 나와 시위(侍衛)4) 내관을 시켜 태자를 잡아 오라 하셨다. 이에 내관이 명령을 받들어 동궁으로 향했다.

이때 태자는 작은 집에서 처벌을 기다리며 밤낮으로 울고 계셨다.

---

3) 외면단(外面丹): 먹으면 다른 사람의 얼굴이 되도록 하는 약.
4) 시위(侍衛): 임금이나 어떤 모임의 우두머리를 모시어 호위함. 또는 그런 사람.

그런데 대전(大殿) 내관이 이르러 조명(詔命)[5]을 전하고 어서 가시기를 고하는 것이었다. 태자께서 듣고 놀라 즉시 내시를 좇아 외전에 다다라 섬돌 아래에 엎드려 처벌 주기를 기다리셨다. 임금께서 태자를 보고 더욱 노해 꾸짖으셨다.

"네 어미가 장인 이몽창과 뜻을 같이해 역모를 꾀했으니 이몽창에게 마땅히 사약을 내려야 할 것이나 전에 세운 공로가 아까워 사형을 감해 시골로 내치고 네 어미는 쫓아냈다. 그런데도 네가 은혜에 감동하는 마음이 없이 도리어 짐을 어리석은 임금이라 하고 정궁을 칼을 빼어 죽이려 했으니 이는 만고에 으뜸가는 죄다. 임금을 죽이고 어미를 죽이려는 패륜의 자식이 너 한 사람뿐이니 너 같은 자가 또 있겠느냐? 내일 조회에서 신하들에게 반포한 후에 널 사사(賜死)할 것이니 내옥(內獄)에 갇혀 있으라."

그러자 태자께서 울며 말씀하셨다.

"외조부와 어머님께서 역모를 꾀한 죄수로 있어 그 누명이 벗겨지기 전에는 신 역시 죄수로 있으므로 일찍이 조회하지 못하고 처벌을 기다리고 있었사온데 신이 어찌 그런 패륜의 죄를 범했겠나이까?"

임금께서 서안(書案)을 박차며 크게 꾸짖으셨다.

"짐이 친히 본 일을 네 어찌 변명하려 하는 것이냐?"

태자께서 피눈물을 흘리고 머리를 두드리며 말씀하셨다.

"폐하께서 친히 보셨다 하오니 이는 하늘이 신을 죽게 하려 하는 것입니다. 그러니 어서 죽기를 원하나이다."

임금께서 태감에게 명령해 태자를 내옥에 엄히 가두라 하시니 구하는 이가 누가 있겠는가. 태자가 옥에 이르러 거적을 이끌어 엎드

5) 조명(詔命): 임금의 명령을 일반에게 알릴 목적으로 적은 문서.

려 통곡하니 동궁 소속 관료들이 목이 쉬도록 울며 하늘이 살펴 주
시기만을 바랐다.

다음 날 아침에 임금께서 건극전(建極殿)에 전좌(殿座)[6]하시고 신
하들의 조회를 받으신 후 전날 밤에 태자가 변을 일으킨 일을 이르
시고 한편으로는 태자를 폐위해 사사(賜死)한다고 반포하셨다. 이에
신하들이 크게 놀라 울며 아뢰었다.

"태자 전하의 거룩한 덕과 큰 효성은 증삼(曾參)[7]을 본받거늘 태
자 전하께서 어찌 이러한 패륜의 일을 저질렀겠나이까? 이는 필시
태자 전하를 해치려 하는 무리가 태자 전하의 모습을 도적해 폐하의
총명을 가린 것이니 엎드려 바라건대 폐하께서는 살피소서."

임금께서 정색하고 말씀하셨다.

"짐이 친히 보았거늘 그대들은 태자를 붙들고 짐을 허망한 사람
으로 돌리는 것인가?"

그러고서 조회를 파한 후 내전으로 들어 전교하셨다.

'신하들 중에 태자를 붙드는 이가 있으면 역률(逆律)[8]로 다스릴
것이니 중서성(中書省)[9]에서 상소 받는 신료는 모두 시행할 것이다.'

그러자 조정 안팎이 흉흉해 대신들이 백관을 거느려 대궐 아래에
서 기다리며 태자를 구하려 했다.

이때 태주의 은사(隱士) 익진관이 하루는 우러러 건상(乾象)[10]을
살피니, 살기가 궁궐에 덮인 가운데 익성(翼星)이 급히 검은 기운이

---

6) 전좌(殿座): 임금 등이 정사를 보거나 조하를 받으려고 정전(正殿)이나 편전(便殿)에 나와 앉던
   일. 또는 그 자리.
7) 증삼(曾參): 중국 춘추시대 노(魯)나라의 유학자. 자는 자여(子輿). 공자의 덕행과 사상을 조술
   (祖述)하여 공자의 손자인 자사(子思)에게 전함. 효성이 깊은 인물로 유명함.
8) 역률(逆律): 역적을 처벌하는 법률.
9) 중서성(中書省): 일반 행정을 심의하던 중앙 관아.
10) 건상(乾象): 하늘의 현상이나 일월성신이 돌아가는 이치.

둘린 채 거의 떨어질 듯한 것이었다. 이에 크게 놀라 말했다.

"익성이 변을 일으켜 태자를 해치려 하니 내가 안 가면 요망한 중을 잡지 못할 것이요, 태자를 구하지 못할 것이다."

그러고서 선뜻 도복을 입고 연경(燕京)11)을 향해 은신법(隱身法)12)을 해 들어가 다음 날 조회하기를 기다렸다.

다음 날에 임금께서 건극전에 전좌하시고 조회를 받으신 후 태자의 죄목을 밝혀 사사(賜死)하려 하셨다. 이때 황문 시랑이 들어와 고했다.

"조정 문 밖에 한 도인이 와 폐하께 조회하기를 청하나이다."

황제께서 들으시고 괴이하게 여겨 들어오라 하셨다. 이에 익진관이 도복을 바르게 하고 들어와 산호배무(山呼背舞)13)했다. 임금께서 보시니 골격이 비범해 속세의 사람이 아니었다.

이에 임금께서 말씀하셨다.

"경을 일찍이 본 일이 없는데 들어와서 짐을 보니 무슨 가르쳐 줄 일이 있는 것인가? 듣고 싶구나."

익진관이 두 번 절하고 대답했다.

"빈도(貧道)14)는 태주 익진관이니 신 또한 폐하의 신하라 나라의 변란을 만나 그냥 보지 못해 잠깐 들어와 폐하의 의심을 풀어 드리려 하나이다. 이제 태자께서 강상을 범한 큰 죄에 걸려 생사를 알 수 없게 되셨습니다. 태자께서는 천하의 큰 근본이신데 한 요망한 계집

---

11) 연경(燕京): 중국 북경(北京)의 옛 이름. 옛날 연(燕)나라의 도읍이었던 데서 이렇게 부름.
12) 은신법(隱身法): 몸을 숨기는 법.
13) 산호배무(山呼背舞): 산호만세(山呼萬歲)와 배무. 산호만세는 나라의 중요 의식에서 신하들이 임금의 만수무강을 축원하여 두 손을 치켜들고 만세를 부르던 일. 중국 한나라 무제가 숭산(嵩山)에서 제사 지낼 때 신민(臣民)들이 만세를 삼창한 데서 유래함. 배무는 엎드려 절하고 춤을 추는 행위로서 조정에서 절을 하는 예식임.
14) 빈도(貧道): 승려나 도사(道士)가 자기를 낮추어 일컫는 말.

이 폐하의 총명을 가려 흉악한 꾀를 내어 충신을 모해하고 황후가 쫓겨나게 한 데다 나중에는 근본을 없애려 태자 전하를 강상(綱常)을 범한 큰 죄에 넣은 것이니 어찌 하늘의 재앙이 없겠나이까? 폐하께서 이제 조 황후 침전을 두루 뒤져 요망한 중을 얻어 내신다면 옥석을 분간하실 것입니다."

황제께서 듣고는 반신반의하시고 이에 친히 내전에 들어가 좌우 시녀를 시켜 정궁의 침전과 협실을 뒤지라고 하셨다.

이때 조 씨는 홍영과 함께 태자가 사사(賜死)되기를 바라고 있었다. 그런데 황제께서 내전에 드신다는 말을 듣고 홍영을 협실로 피하라고 했는데 천만뜻밖에도 침전을 뒤지란 말을 듣고 천둥이 떨어진 듯했으니 그 놀라움을 어찌 헤아릴 수 있겠는가. 시녀가 정침으로 들어와 협실을 뒤지려 하자 조 씨가 막으며 말했다.

"협실은 제석(帝釋)[15]을 위한 곳이니 감히 열지 못할 것이다."

임금께서 들으시고 더욱 의심하셔서 궁인을 거느려 조 씨를 물리치고 협실을 친히 열어 보셨다. 옷장 뒤에 한 젊은 여승이 서 있으니 이에 잡아내어 결박했다. 이에 조 씨가 울며 말했다.

"첩이 일찍이 비구니와 무슨 기도할 일을 의논하려고 청해 왔더니 무슨 까닭에 이처럼 구박하시는 것입니까?"

임금께서 들은 체도 안 하시고 외전으로 여승을 잡아내 형틀을 배설하고 여승을 올려 물으셨다.

"너 요망한 중이 감히 금궐(禁闕)에 들어와 변란을 낭자히 일으켜 심지어 황후와 황장(皇丈)을 사지에 넣고 또 태자를 도모했으나 짐이 현명하지 못해 하마터면 인륜을 어지럽힐 뻔했으니 어찌 놀랍지

---

15) 제석(帝釋): 무당이 모시는 신의 하나. 제석신(帝釋神).

않으냐? 중형을 더하기 전에 바른대로 고하라."

홍영이 뜻밖에 변을 만나 머리에 벼락이 떨어진 듯, 망망대해에 큰 바람을 만난 듯했다. 그러나 홍영 요망한 사람은 담력이 센 사람이었다. 이에 안색을 바꾸지 않은 채 말했다.

"신첩은 보응암 비구니이온데 해마다 조 마마께서 폐암(弊庵)에 공양을 드리고 기도하시기에 올해도 택일하려 신승(臣僧)을 불러 입궁하라시기에 들어온 것입니다. 그러니 변란을 지었다 하신 말씀은 참으로 억울합니다."

황제께서 대로해 형벌을 재촉하셨다. 집금오(執金吾)[16]가 매우 치라고 외치니 건장한 사예(使隷)[17]들이 힘을 다해 쳤다. 한 대를 치지 않아서 살갗이 문드러지고 뼈가 부서졌다. 좌우의 병졸들이 바로 아뢰라며 옆구리를 찔렀으나 홍영은 끝까지 억울하다고 변명하는 것이었다. 황제께서 더욱 노해 말씀하셨다.

"네 변란을 저지른 일을 내가 명백히 알고 묻는 것인데 끝까지 아뢰지 않는구나. 화형(火刑)을 내어 오도록 하라."

이에 좌우에서 숯불을 피우고 쇠를 달궈 화형을 하려 하자 아무리 악한 종자인들 어찌 잘 견디겠는가. 소리를 높여 외쳤다.

"화형을 늦추시면 바로 아뢰겠나이다."

요망한 중의 초사(招辭)[18]가 어찌 되었을꼬. 다음 회를 마저 살피시라.

이에 임금께서 명령하셨다.

"형벌을 아직 늦추어라."

---

16) 집금오(執金吾): 대궐 문을 지켜 비상사(非常事)를 막는 일을 맡아보던 벼슬.
17) 사예(使隷): 부리는 종.
18) 초사(招辭): 죄인이 자기의 범죄 사실을 진술하던 말.

그러고서 초사를 받으시니 내용은 다음과 같았다.

'제가 당초에 보응암에 있을 때 상궁 숙경이 암자에 이르러 진향(進香)19)하고 돌아갈 적에 우연히 소승을 보고 정담(情談)20)하다가 조 귀비께서 일생 저와 같은 이를 구하신다 하고 함께 궁궐에 들어가기를 간청했습니다. 소승이 그 청을 물리치지 못해 함께 궁으로 들어와 조 마마를 뵈오니 마마께서 소승을 매우 정성껏 대접하시고 황후 자리를 찬탈할 꾀를 물으셨습니다. 소승이 그 은혜를 저버리지 못해 황후 마마 필적을 널리 구해 글씨를 본떠 역모를 꾀한 일로 서첩(書帖)을 만들어 황후전 시녀를 달래 황후께서 미앙전에 문안하러 가신 때를 틈타 연갑(硯匣)21)에 넣어 황상께서 보시게 했습니다. 또 내관 추현을 신문하려 하시기에 상궁을 보내 죽에 독약을 넣어 먹여 즉시 죽도록 했습니다. 조 귀비께서 황후가 되신 후 후환을 두려워해 태자와 두 황자를 마저 없애려 해 지난 밤에 성상께서 정침에 드신 때 신첩이 외면단을 먹고 태자가 되어 칼을 들고 돌입했나이다.'

이처럼 일일이 바로 고하니 좌우에 있던 신하들 가운데 놀라지 않는 이가 없고 임금께서 한심함을 이기지 못해 신하들을 돌아보아 말씀하셨다.

"짐이 현명하지 못해 간사한 후궁이 변란 지은 것을 깨닫지 못하고 황후의 진실된 마음과 맑은 덕, 황장의 진정한 충성과 큰 절의를 모르고 의심해 내쫓아 안치(安置)까지 하고 태자를 의심해 사사(賜死)하려 했도다. 이 일을 생각하면 어찌 한심하지 않은가? 만일 익진관이 아니었다면 어찌 오늘 죄를 발각했을 것이며 태자를 어찌 구했

---

19) 진향(進香). 향을 올림.
20) 정담(情談): 정답게 이야기함.
21) 연갑(硯匣): 벼루, 먹, 붓, 연적 따위를 넣어 두는 납작한 상자.

겠는가?"

그러고서 익진관에게 매우 사례하시니 익진관이 겸손히 사양하며 절하고 말했다.

"이것이 다 하늘의 운수이니 폐하께서 현명하지 못하셔서 일어난 일이 아닙니다. 그러니 오늘날 일이 발각된 것은 폐하의 큰 복입니다. 요승 홍영을 엄히 가두었다가 연왕의 셋째아들 이백문이 오거든 보이시면 근본을 자세히 아실 것입니다. 신의 길이 바쁘니 하직하나이다."

이에 문득 두어 걸음을 옮기며 간 데 없으니 좌우 사람들이 다 기특히 여겼다.

임금께서 좌우를 시켜 태자를 부르라 하시고 홍영과 숙경 등 죄인을 옥에 엄히 가두라 하셨다.

이때 태자께서 의외의 액운을 만나 해명할 방법이 없어 내옥에서 거적을 깔고 엎드려 밤낮으로 통곡하시니 그 광경이 참담하고 매우 슬펐다. 그리고 죽기를 기다리며 어머니를 다시 만나 이별하지 못하고 원혼이 되는 것을 뼈에 사무치도록 슬퍼하고 계셨다.

그런데 홀연 옥문이 열리며 사명(赦命)[22]이 이르렀음을 고하는 것이었다. 태자께서 더욱 놀라 기운을 수습하지 못하시니 내관이 홍영의 초사를 일일이 아뢰었다. 이에 태자께서 더욱 놀라시더니 이윽고 정신을 진정해 문득 탄식하고 말씀하셨다.

"천하의 일이 어찌 이처럼 공교로운가?"

그러고서 내관을 따라 건극전으로 향하시니 아직 조회를 끝내지 않은 상태였다. 이에 태자께서 섬돌 아래에 엎드려 죄를 청하셨다.

---

22) 사명(赦命): 임금이 죄인을 용서한다는 명령.

달 같은 얼굴에 근심 어린 빛을 띠고 계시니 보름달이 구름에 싸인 듯, 푸른 머리털이 흐트러졌으니 깃이 거슬러진 봉황 같으셨다. 황제께서 이에 길이 탄식하고 말씀하셨다.

"신하들의 충언을 듣지 않고 만일 너를 사사했다면 어찌 국가가 무사하기를 바랐겠느냐?"

그러고서 바삐 태자를 붙들어 올리라 하셨다. 그리고 그 손을 잡고 슬피 눈물을 흘리며 말했다.

"짐이 현명하지 못해 인륜을 무너뜨릴 뻔했으니 뉘우친들 미칠 수 있겠느냐? 비록 그러하나 내 간악한 여자에게 속아서 그런 것이니 너는 한스러워하지 말라."

태자께서 일어나 두 번 절하고 말씀하셨다.

"요망한 사람이 폐하의 총명을 가려 그렇게 된 것이니 어찌 아버님의 잘못이겠나이까? 발각이 빨리 되었으니 이는 폐하의 큰 복입니다."

황제께서 이에 신하들을 보아 말씀하셨다.

"짐이 어리석어 후비(后妃)가 재앙을 빚어낸 것을 깨닫지 못했도다. 황장(皇丈)을 저버리고 부자지간에 참혹한 변란이 일어난 것을 생각하면 어찌 부끄럽지 않은가? 이제 예부상서 여박은 사명(赦命)과 절월(節鉞)23)을 가지고 금주에 가 승상과 연왕 부자를 호송해 오라."

그러고서 태자에게 어림군(御臨軍)24)을 거느려 연왕부에 가 황후를 맞아오라 하셨다. 이에 신하들이 만세를 불러 하례하고 동궁을

---

23) 절월(節鉞): 절부월(節斧鉞). 관리가 지방에 부임할 때에 임금이 내어 주던 물건. 절은 수기(手旗)와 같이 만들고 부월은 도끼와 같이 만든 것으로, 군령을 어긴 자에 대한 생살권(生殺權)을 상징함.
24) 어림군(御臨軍): 황제의 호위 군대.

모셔 연왕부로 향했다.

차설. 폐황후(廢皇后) 이 씨가 친정으로 쫓겨나 정 학사 부인, 철 상서 부인과 함께 한가히 세월을 보내고 있었으나 한 마음에 잊히지 않는 것은 태자와 두 황자였다. 호랑이 동굴에 던져졌으니 나중이 무사하지 못할 줄 기미를 알아 눈물이 줄줄 흐르고 탄식하는 소리가 그치지 않았다. 이에 정 부인이 위로해 말했다.

"마마의 정성된 마음은 하늘과 귀신이 잘 알고 있을 것이니 얼마 지나면 뜬구름이 걷혀 맑은 하늘을 보실 수 있을 것입니다. 그러니 옥처럼 깨끗하고 얼음처럼 맑은 마음을 상하게 하지 마소서."

이에 황후가 탄식하고 대답하지 않았다. 이때 시녀가 바삐 들어와 고했다.

"동궁 전하께서 문에 와 계십니다."

황후께서 동궁 한 글자를 듣자 안색에 반기는 빛이 뚜렷이 드러나 중당(中堂)으로 나가셨다. 태자께서는 벌써 중간 계단에 이르셔서 어머니를 뵙고 반갑고 슬픈 마음이 생겨 바삐 당(堂)에 올라 무릎 아래 네 번 절하고 목이 쉬도록 슬피 우셨다. 이에 황후께서 바삐 태자의 손을 잡고 눈물이 줄줄 흐르는 채 말씀하셨다.

"네 어찌 황상의 곁을 떠나 이에 이른 것이냐?"

태자께서 슬픔을 진정해 전후의 사정을 다 고하고 홍영의 초사를 받들어 드렸다. 황후께서 보시니 먼저 일은 이미 짐작하신 일이었으나 태자의 목숨이 위급하던 일을 보시고는 눈물을 계속 흘리며 말씀하셨다.

"만일 익진관이 아니었다면 어찌 너를 오늘날 또다시 볼 수 있었 겠느냐?"

그러고서 슬픔을 이기지 못하셨다. 정 부인이 역시 슬피 울며 말했다.

"이는 다 하늘의 운수니 태자께서 무사하시고 누명을 옥같이 벗겼으니 이처럼 기쁜 일이 없나이다."

태자께서 일어나 정 부인에게 절하시니 부인이 답배(答拜)하며 기쁜 일을 치하했다. 그리고 태자가 성숙해 그사이에 어른의 풍채가 된 것을 크게 기뻐했다.

태자께서 물어 모후(母后)께 환궁하시기를 청하니 황후께서 정색하고 말씀하셨다.

"네 어미의 누명을 벗기는 것이 무엇이 통쾌하며 내 덕이 부족해 이러한 지경에 미쳤거늘 내가 다시 만민의 어미가 될 염치가 있겠느냐? 내 다시 황후의 자리에 앉아 백성들을 보는 것이 참으로 부끄럽다. 이러하므로 내가 이후에는 부모 곁을 떠나지 않고 한가히 세월을 보내며 여생을 마치려 하니 너는 다시 이르지 말고 어서 돌아가라."

태자께서 다시 일어나 두 번 절하고 말씀하셨다.

"나라 체면에 하루도 황후의 자리를 비우지 못할 것이니 어서 환궁하셔서 번거로움을 더하지 마소서."

황후께서 정색하고 말씀하셨다.

"내 이미 일렀거늘 네가 감히 다시 청하느냐? 어서 물러가라."

안색이 추상같으시니 태자께서 하릴없어 두 번 절해 하직하고 환궁하셨다. 임금께서 태자가 홀로 돌아오는 이유를 물으시자 태자께서 무릎을 꿇고 모후와의 전후 문답을 아뢰었다. 임금께서 묵묵히 한참을 있다가 말씀하셨다.

"짐의 전후 일을 생각하면 후회해도 소용이 없으니 황후의 뜻이 어찌 그러하지 않겠는가? 짐이 친히 가야겠다."

그러고서 명령을 내리셨다.

황후께서 태자를 보내시고 매우 서운해 하시니 정 부인이 위로해 말했다.

"누명을 벗은 후에는 국가 체면에 물러나 있지 못하실 것이니 내일 환궁하지 않으시면 신하들이 어찌 그저 있겠나이까? 그리하면 번거로움이 적지 않을 것인데 어찌 일찍이 이를 생각지 못하시는 것입니까?"

황후께서 묵묵히 대답하지 않으시니 그 생각을 헤아리지 못했다. 이윽고 시녀가 급히 아뢰었다.

"황상께서 친히 오셨다 하나이다."

이에 황후께서 두 눈썹을 찡그려 낯빛이 좋지 않으셨다. 정 부인이 위로하고 중당에 자리를 배설한 후 자신은 협실로 피했다.

이윽고 풍악 소리가 하늘에 울려 퍼지고 봉연(鳳輦)25)이 중문에 이르렀다. 임금께서 연(輦)에서 내리시자 사지시녀(事知侍女)26)가 인도해 중당에 오르시도록 했다. 황후께서 체면상 앉아 있지 못해 중간 계단에 내려가 죄를 청하셨다. 임금께서 상궁을 시켜 황후를 붙들어 오르시게 하라 하시자 황후께서 마지못해 당에 올라 네 번 절하셨다. 임금께서 보시니 몇 년 사이에 황후의 옥 같은 얼굴이 더욱 살져 금 화분의 모란과 같았다. 이에 임금께서 반기고 한편으로는 슬퍼해 황후를 위로해 말씀하셨다.

"짐이 어리석어 어진 황후의 맑은 덕과 밝은 행실, 그리고 황장(皇丈)의 순수한 충성과 큰 절의를 의심해 몇 년 고초를 겪게 하다가 오늘 황후를 보게 되었으니 어찌 부끄럽지 않겠소? 그러나 요망

---

25) 봉년(鳳輦): 임금이나 왕비 등이 타는 가마. 봉여(鳳輿)라고도 함.
26) 사지시녀(事知侍女): 일을 맡은 시녀.

한 계집과 중의 변화를 헤아릴 수 없어 속은 것이니 한때 액운이 너무 심해 일어난 일이라 한갓 짐을 한하지 마오."

황후께서 공손히 일어나 사례해 말씀하셨다.

"신첩의 덕이 부족해 괴이한 누명을 쓴 것이니 어찌 남을 원망할 것이며 폐하를 한스러워하겠나이까? 엎드려 바라건대 전하께서 신첩으로 하여금 부모의 곁을 의지해 남은 생을 마치게 하신다면 오늘 죽어도 한이 없을까 하나이다."

황제께서 웃고 말씀하셨다.

"짐이 황후의 뜻을 받으려 한들 신하들이 어찌 그 말을 듣겠소? 되지 못할 말씀을 마시고 어서 환궁하시오."

그러고서 사지상궁(事知尙宮)에게 명령해 황후의 장복(章服)[27]을 갖추도록 하셨다. 그 후에 봉연(鳳輦)을 중계(中階)에 놓으니 황후께서 사양해서 될 일이 아닐 줄 아시고 정 부인과 서로 이별했다. 서로 눈물을 흘리며 연연한 마음을 이기지 못하고 황후께서 연에 오르셨다. 황후께서 연에 드신 후에 임금께서 친히 황금 자물쇠를 가져 봉하고 환궁하실 적에 뒤에서는 풍악 소리가 하늘을 울리고 황상께서 친히 곁에서 따라 궁으로 돌아가니 그 행렬의 거룩함을 참으로 알 수 있을 것이다.

황후께서 환궁하신 후에 태후께 문안하고 진하(進賀)[28]를 받으셨다.

이때 연왕은 승상을 모시고 형제와 아들, 조카와 함께 꽃 피는 아침과 달 뜨는 저녁에 한가히 즐기고 있었다. 하루는 봄 경치가 화려하기에 이를 즐기러 술과 안주를 가지고 뒷산에 올라 원근의 봄빛을

---

27) 장복(章服): 옛날 벼슬아치들의 공복(公服).
28) 진하(進賀): 나라에 경사가 있을 때, 백관(百官)이 임금에게 축하를 올리던 일.

구경하며 위 승상과 함께 시를 지었다. 그러다가 우연히 큰길을 바라보니 티끌이 자욱한 가운데 절월(節鉞)이 나부끼며 한 대관(大官)이 백마에 금 채찍을 들고 나아오는 것이었다. 괴이하게 여겨 한참을 보니 그 대관이 길 가까이 집을 향해 오고 있었다. 속으로 놀라 술과 안주를 물리고 내려오니 절월이 벌써 문 앞에 와 있었다.

연왕이 서헌에 들어가 향안(香案)29)을 베풀고 관복을 입고 서 있으니 예부상서 여박이 서헌에 올라와 사문(赦文)30)을 향안에 모신 후 조서를 읽었다. 연왕이 꿇어 들으니 조서의 내용은 다음과 같았다.

'짐이 재주 없고 덕이 부족한데 큰 자리에 오른 후에 항상 조심하고 삼갔으나 덕이 사방에 행해지지 않았도다. 그런데 여러 경들이 어질게 도운 데 힘입어 임금과 신하가 길이 수어지락(水魚之樂)31)을 할까 했더니 도리어 경을 죄에 몰아넣을 줄 누가 알았겠는가. 짐이 어리석어 해를 꿰뚫을 만한 경의 충성을 깨닫지 못하고 경을 저버림이 많더니 천우신조로 요망한 사람을 잡아 초사를 받으니 경 등의 억울함이 옥과 같이 벗겨졌도다. 경은 짐의 어리석음을 허물치 말고 짐이 경을 서서 기다리는 마음을 저버리지 않기를 바라노라. 오늘 보낸 사자를 따라 길을 떠나오되 짐이 잘못을 뉘우치고 자책하는 줄을 알지어다.'

또 말씀하셨다.

'요망한 여자 홍영의 초사를 보내니 상황을 알지어다.'

연왕이 이에 북쪽을 향해 네 번 절한 후 승상에게 들어가 조서와

---

29) 향안(香案): 향로나 향합(香盒)을 올려놓는 상.
30) 사문(赦文): 나라의 기쁜 일을 맞아 죄수를 석방할 때에, 임금이 내리던 글.
31) 수어지락(水魚之樂): 물과 물고기의 즐거움. 물과 물고기의 관계처럼 신하와 어진 임금이 서로 이해하고 돕는 즐거움을 비유한 말. <삼국지연의>에서 유비가 자신과 제갈량을 두고 한 말에서 비롯됨.

홍영의 초사를 다 아뢰니 승상이 받아본 후 말했다.

"너의 누명이 벗겨진 것은 기쁘다 하겠으나 태자가 변을 만났던 일을 생각하면 마음이 서늘하구나. 폐하의 명령이 이와 같으시니 신하가 되어 어찌 황송하지 않으냐? 어서 행장을 차려 떠나도록 하라. 어찌 거역해 사신을 번거롭게 할 수 있겠느냐?"

왕이 두 번 절해 명령을 듣고 외헌에 나와 여 상서를 보았다. 여상서가 무릎을 꿇고 그사이의 안부를 물은 후 임금의 명령을 전할 적에 이번에 응하지 않으면 황상께서 친히 오시려 한다는 사연을 전했다. 이에 왕이 탄식하고 말했다.

"과인이 비록 누명을 벗었으나 다시 벼슬길에 분주할 마음이 없더니 일의 형세가 이와 같으니 어찌할 수가 없구나."

그리고서 행장을 차려 온 집안 사람들이 일제히 길을 나니 당초 내려올 때의 행색과 지금의 화려한 행렬은 천지처럼 차이가 컸다.

길을 떠난 지 한 달 남짓해 무사히 경사에 이르렀다. 이러한 선성(先聲)32)이 들리자 친구와 친척 들 가운데 십 리 장정(長亭)33)까지 나와 술을 가지고 맞이하는 자가 그 수를 헤아리지 못할 정도였다. 내행(內行)34)은 먼저 친정으로 가고 승상이 자식과 손자 들을 거느려 대궐에 나아가 벌주시기를 기다렸다. 임금께서 중사(中使)35)를 연이어 보내 바삐 조정에 들어오라 하시니 승상과 연왕이 마지못해 건극전에 들어가 머리를 두드려 죄를 청했다. 임금께서 바삐 환관을 시켜 붙들어 전(殿)에 올린 후 수돈(繡墩)36)을 밀어 앉으라 청하신

---

32) 선성(先聲): 미리 보내는 기별.
33) 장정(長亭): 먼 길을 떠나는 사람을 전송하던 곳. 과거에 5리와 10리에 정자를 두어 행인들이 쉴 수 있게 했는데, 5리에 있는 것을 '단정(短亭)'이라 하고 10리에 있는 것을 '장정'이라 함.
34) 내행(內行): 부녀자가 여행길에 오름. 또는 그 부녀자.
35) 중사(中使): 궁중에서 왕명을 전하던 내시(內侍).
36) 수돈(繡墩): 수놓은 돈대. 임금이 앉은 자리에 신하가 앉도록 바닥에서 조금 돋운 의자.

후에 말씀하셨다.

"짐이 어리석어 요망한 여자가 변란 지은 것을 깨닫지 못하고 경을 의심해 몇 년 고초를 겪게 했으니 후회해도 미치지 못하겠도다. 오늘날 경을 보니 어찌 부끄럽지 않겠는가? 그러나 경 등은 짐을 원망하지 말고 안심하고 직무를 살피라."

연왕이 고개를 조아려 사례해 말했다.

"이는 모두 신의 액운이 심해서 그런 것이니 어찌 폐하께서 어리석어 일어난 일이겠나이까? 신이 일찍이 벼슬이 신하로서의 분수에 지나쳐서 조물주가 꺼려 해 일어난 일입니다. 엎드려 바라건대 폐하께서 신의 벼슬을 갈아 주시면 도읍 안에서 한가히 있으면서 노년의 부모를 봉양할까 하나이다."

임금께서 슬픈 빛으로 말씀하셨다.

"경의 아뢰는 말이 짐을 깊이 한스러워해 나온 말이니 짐이 어찌 부끄럽지 않겠는가? 경은 너무 고집부리지 말고 부모를 봉양한 여가에 짐을 생각하라."

그러고서 술을 내려 주시니 왕이 은혜에 감동해 눈물을 머금어 두 번 절해 사은하고 물러나 집으로 돌아갔으나 황후를 찾아보지는 않았다.

이때 사문(赦文)[37]이 팔방(八方)에 퍼지니 폐모(廢母)할 때 상소했던 충신과 열사가 다 귀양을 풀고 돌아왔다. 양 각로, 위 승상 등이 다 복직해 돌아오고 왕 한림이 이부시랑으로 승진해 돌아와 부모를 뵙고 부부가 상봉해 즐기는 것이 봄바람 같으니 왕래가 끊임없어 꿈인 듯했다.

---

37) 사문(赦文): 나라의 기쁜 일을 맞아 죄수를 석방할 때에, 임금이 내리던 글.

임금께서 신하들에게 벼슬을 더하시고 두터이 위로하시며 이백문을 대리시(大理寺)38) 상관을 시켜 모든 옥사를 잘 다스리라 하고 말씀하셨다.

"태주 익진관이, 요망한 중 홍영의 근본을 경이 알 것이라 말했으니 참으로 괴이하도다."

참정이 의아해 이튿날 좌기(坐起)39)를 베풀고 모든 죄인을 올리라 해 보니 이는 곧 노 씨의 시비 홍영이었다. 참정이 놀라움을 이기지 못해 말했다.

"네 어디에 가 숨어 있다가 궁중에 들어가 재앙을 크게 빚은 것이냐?"

홍영이 참정을 만나 전의 일을 숨길 길이 없어 낱낱이 아뢰자 참정이 새로이 분함과 한스러움을 이기지 못해 즉시 계사(啓辭)40)했다.

'요망한 중 홍영을 보니 이자는 곧 천하의 악인이자 사나운 여자로서 강상을 범한 죄인 노몽화의 시비입니다. 이에 신이 놀라움을 이기지 못하겠습니다. 그리고 신이 전날 지은 죄가 새로이 생각나니 폐하께서 신을 벌주시기를 기다리나이다."

임금께서 크게 놀라 남후의 말을 기특히 여겨 하교하셨다.

"슬프도다. 예로부터 악인이 해로운 짓을 하는 것이 간간이 있었으나 노 씨 여자 같은 이가 어디 있겠는가? 짐이 속은 것을 보면 예전에 그대가 속은 것이 그르지 않으니 어찌 죄를 청하는가? 귀비 조씨가 음흉한 계교로 요망한 중을 청해 황후를 해치고 짐을 그른 곳에 빠지게 했으니 그 죄는 반역한 신하와 같도다. 참으로 참(斬)하는

---

38) 대리시(大理寺): 형옥(刑獄)을 맡아보던 관아.
39) 좌기(坐起): 관아의 으뜸 벼슬에 있던 이가 출근하여 일을 시작함.
40) 계사(啓辭): 논죄(論罪)에 관하여 임금에게 올리던 글.

것이 옳으나 태후의 조카딸임을 감안해 감옥에 내려 사사(賜死)하고 홍영 등 모든 죄인은 법대로 처형하라."

조 태후께서 사사로운 마음에 참혹한 마음을 이기지 못했으나 말을 못 하고 한갓 경황이 없으실 뿐이었다. 황후께서 이에 더욱 마음이 불안해 임금을 용납하지 않으셨다. 임금께서 매우 민망해 온갖 방법으로 애걸하시고 잠시도 정궁을 떠나지 않고 공주와 뭇 황자(皇子)를 무릎 위에 두어 어루만지는 사랑이 지극하시니 자연히 구차함을 벗어나지 못하셨다.

연왕이 이 소식을 듣고 즉시 글을 닦아 황후를 크게 꾸짖고 임금께서 덕을 잃으신 것을 한탄했다.

황후께서 연왕의 명을 거역하지 못해 전처럼 온순하도록 힘쓰니 임금께서 이에 매우 기뻐해 지난 일을 재삼 사죄하셨다. 이후에는 잠시도 황후 곁을 떠나지 않으시며 이씨 집안에 물건을 내려보내시는 은덕이 길에 이어졌다.

승상이 노년이라 치사(致仕)[41]하니 임금께서 사직을 허락하셨다. 그리고 특별히 명령해 광평후 이흥문을 승상 추밀사로 올리시고, 초후 이성문에게 각로 초국공 벼슬을 더하시고 광릉후 이경문을 승상 진국공 병부상서 대사마에 임명하시니 세 사람이 벼슬이 지나친 것을 크게 불안하게 여겨 상소해 굳이 사양했으나 뜻을 이루지 못했다. 마지못해 나아가 공직에 있게 되니 세 사람이 다 청춘이 저물지 않았고 옥 같은 얼굴이 복숭아꽃 같아 참으로 지상의 신선 같은데 나라의 큰 일을 잡아 일을 분명하게 하는 것이 한나라 때 곽광(霍光)[42]과 당나라 때의 위징(魏徵)[43]보다 나은 것이 있었다. 이에 조정

---

41) 치사(致仕): 나이가 많아 벼슬을 사양하고 물러남.
42) 곽광(霍光): 중국 전한(前漢)의 정치가(?-B.C. 68)로 자는 자맹(子孟)임. 한 무제(武帝)의 고명

안팎의 사람들이 마음으로 복종하고 공경해 갓난아이가 부모를 바라보듯 했다. 세 사람의 부모도 기뻐했으나 임금의 총애가 지나친 것을 불안해 했다.

임금께서 정 학사 부인이 황후를 모시고 3년을 누추한 방에서 고초를 겪었다 해 정희를 각로 광서후로 벼슬을 돋우셨다. 정희가 어린 나이에 임금의 총애와 부귀를 얻은 것이 다른 사람이 미칠 바가 아니어서 사람들이 연왕의 사람 보는 감식안을 탄복하지 않는 이가 없었다. 또 이씨 집안의 유생들은 모두 정생을 대해 치하하고 기롱하며 말했다.

"지금 처자의 덕을 입은 사람 중에 상유44) 같은 이가 어디에 있겠는가? 여자가 비록 눈을 읊는 재주45)를 지닌 사도온(謝道蘊)46) 같은들 남편을 재상의 자리에까지 오르게 만들었으니 그것이 작은 공로이겠는가? 아내를 잘 얻은 것도 좋은 일이지만 사람의 입신양명하는 길이 그리도 구차하고 번거로운가?"

정생이 이에 웃고 말했다.

"내 영매(令妹)에게 청해 각로를 하겠다고 한 것이 아니라 일의 형세가 이렇게 된 것이니 장차 어찌하겠는가?"

(顧命)을 받아 소제(昭帝)를 보필하고, 소제가 죽은 후 창읍왕(昌邑王) 하(賀)를 옹립했는데, 창읍왕이 실덕(失德)하자 다시 폐하고 선제(宣帝)를 옹립함. 후에 황후 허씨(許氏)를 독살하고 자신의 딸을 황후로 만들어 권세를 강화했으나, 그가 죽은 후 선제는 그의 일족을 반역죄로 몰아 몰살함.

43) 위징(魏徵): 당나라 태종 때의 재상. 수(隋)나라 말기 혼란기에 이밀(李密)의 군대에 참가하였으나 곧 당고조(唐高祖)에게 귀순하여 고조의 장자를 도움. 황태자 건성이 아우 세민(世民, 후의 太宗)과의 경쟁에서 패하였으나 위징의 인격에 끌린 태종의 부름을 받아 후에 재상이 됨. 직간(直諫)한 신하로 유명함.

44) 상유: 정희의 자(字).

45) 눈을 읊는 재주: 영설(詠雪). 여자의 글재주를 이름. 사도온이 어렸을 때 숙부 사안이 눈이 내리는 것이 무엇을 닮았는가 묻자, 사도온이 버들개지가 바람에 흩날리는 것 같다고 답해 사람들을 탄복시켰다 함.

46) 사도온(謝道蘊): 중국 위진남북조 시기 동진(東晉) 때의 여류 시인. 재상 사안(謝安)의 조카딸이자 왕희지(王羲之) 아들 왕응지(王凝之)의 아내.

참정이 웃으며 말했다.

"글 배우는 것도 청하지 않은 것이냐? 천하에 저런 용렬한 토구(土狗)[47]의 것이 어디에 있다가 우리 옥 같은 누이를 맞아 금자(金紫)[48]와 옥띠를 헌신짝처럼 여기는구나. 저렇게 잘난 체하는 것이 겉 위엄에는 좋겠으나 참으로 구차하고 가소로우니 너는 가만히 들어 있으라."

이에 사람들이 크게 웃고 광평후가 웃으며 말했다.

"상유는 운보에게 다시 술로 사죄하는 것이 어떠하냐?"

정생이 웃으며 말했다.

"운보 형이 또 먹고 싶다고 하면 무엇이 어렵겠습니까?"

참정이 부채로 등을 치며 말했다.

"한 번 받았을 때도 너를 괴롭게 여겼는데 내가 또 놀라운 모습을 보겠느냐? 빨리 네 집으로 돌아가라."

승상 이경문이 미소하고 말했다.

"네가 겸손한 것이 옳으나 네 본디 재주가 없어 남을 가르칠 수단이 없는데 운이 통해 수고를 안 들이고 재상에게 축하주를 받으니 오죽 영광이 아니냐?"

참정이 웃고 대답했다.

"형님이 부질없는 일을 저에게 미루고 이처럼 말씀을 통쾌하게 하시니 만일 형님이 당했다면 이렇게 안 하셨을 것입니다."

광평후가 말했다.

"이보[49]는 본디 간사하고 편협하기 남달라 부디 남은 안 되게 하

---

47) 토구(土狗): 전설 속에 나오는, 땅에 사는 괴물.
48) 금자(金紫): 금인(金印)과 자수(紫綬)로, 금인은 관직의 표시로 차고 다니던 금으로 된 조각물이고 자수는 고위 관료가 차던 호패(號牌)의 자줏빛 술임.
49) 이보: 이경문의 자(字).

려 하고 자기는 좋은 사람인 것처럼 착한 체하며 남을 조롱하니 도리를 모르는 위인이다."

승상이 미소하고 말했다.

"형은 평생에 저를 일마다 사람 아닌 것으로 아시니 유감이 없지 않습니다."

말을 마치자 좌우에서 유 추밀이 이르렀음을 고하니 모두 크게 반겨 맞이해 인사를 마쳤다. 이 추밀의 이름은 전날 유주 자사인 유홍이다. 위인이 현명하고 통달해 광평후 등이 문경(刎頸)의 사귐[50]을 허여하는 가운데 승상 이경문은 본디 이 사람에게 은혜를 많이 입었으므로 마음을 터놓는 친구로서 친분이 진번(陳蕃)[51]을 본받았다. 다만 추밀 부인 가 씨는 투기가 천하에 유명해 추밀이 본디 집 밖에서 여자를 범한 일이 없어도 조금이라도 마음이 불편하면 호령하기를 노예에게 하듯 했다. 이런 까닭에 추밀이 집 밖에서 놀지 못했다. 그래서 승상이 상경한 지 오래되었으나 오늘에서야 이른 것이다. 승상 등은 다 짐작하고 한갓 이별 후의 회포를 이를 따름이었다. 그 가운데 세문이 더욱 가 씨의 행실을 자세히 알았으므로 추밀을 약하게 여겨 이에 물었다.

"우리가 온 지 달이나 된 후에 형이 오늘에서야 와서 본 것은 무

---

50) 문경(刎頸)의 사귐: 친구를 위해 자기 목을 베어 줄 정도의 깊은 교분. 문경지교(刎頸之交). 중국 전국(戰國)시대 조(趙)나라 염파(廉頗)와 인상여(藺相如)의 고사. 인상여(藺相如)가 진(秦)나라에 가 화씨벽(和氏璧) 문제를 잘 처리하고 돌아와 상경(上卿)이 되자, 장군 염파(廉頗)는 자신이 인상여보다 오랫동안 큰 공을 세웠으나 인상여가 자기보다 높은 지위에 앉았다 하며 인상여를 욕하고 다님. 인상여가 이에 대해 대응하지 않자 제자들이 그 까닭을 물으니, 두 사람이 다투면 국가가 위태로워지고 진(秦)나라에만 유리하게 되므로 대응하지 않은 것이었다 하니 염파가 그 말을 전해 듣고 가시나무로 만든 매를 지고 인상여의 집에 찾아가 사과하고 문경지교를 맺음.

51) 진번(陳蕃): 중국 후한(後漢) 때의 인물. 진번이 예장(豫章) 태수(太守)로 있을 적에 다른 빈객은 맞지 않고 오직 서치(徐稚)만을 위해서 걸상 하나를 준비하여 서치가 와 담소를 하고 떠나면 걸상을 다시 위에 올려놓았다는 고사가 전함.

슨 뜻인가? 전날에 마음을 터놓고 지내던 벗이 아니로구나."

이에 추밀이 웃으며 말했다.

"한 몸에 병이 떠나지 않아 출입을 마음대로 못 해 즉시 이르지 못했으니 형들이 꾸짖을 줄 알았네."

청후 이세문이 박장대소하고 말했다.

"내가 벌써 알았다. 십여 일 전에 그대가 서당에서 차를 가져오라 하자 계집종이 가져갔는데 천천히 돌아갔다는 죄로 가 씨 처남댁이 대로해 한바탕 크게 싸우고 그대를 방에 가둬 못 나가게 하셔서 그대가 출입을 못 했다고 하더라."

이에 모두 웃음을 머금으니 추밀이 웃고 말했다.

"그대가 누이에게서 허언(虛言)을 듣고 이처럼 말을 꾸미니 누가 곧이듣겠는가?"

광평후가 웃으며 말했다.

"우리는 본디 거짓말하는 법을 배우지 않았고 더욱이 둘째아우는 부언(浮言)52)을 안 해 평소에 남이 체면 잃은 일을 이르니 어찌 허언을 하겠느냐?"

추밀이 미소하고 대답하지 않자 철 상서 수가 말했다.

"그대가 집안 다스리는 것을 우리가 알지는 못하나 그렇다 한들 여자에게 그토록 용렬한 지경에 가깝게 행동한단 말인가? 소견이 괴이하니 이후에는 가다듬는 것이 어떠한가?"

추밀이 웃고 대답했다.

"존형의 말씀이 옳으시나 형포(荊布)53)는 부모님께서 맡기신 여자

---

52) 부언(浮言): 아무 근거 없이 널리 퍼진 소문.
53) 형포(荊布): 가시나무 비녀와 베치마라는 뜻으로 아내를 이름. 중국 한(漢)나라 때 은사인 양홍(梁鴻)의 아내 맹광(孟光)이 남편의 뜻을 받들어 이처럼 검소하게 착용한 데서 유래함.

로 어려서 혼인했고 투기는 여자가 마땅히 할 만한 천박한 일이니 따져서 무엇 하겠습니까? 당나라 때 승상 위징(魏徵)[54]의 부인이 남편의 낯을 상하게 했으나 어리석다고 안 했으니 저에게는 그런 일이 없나이다."

좌우 사람들이 박장대소하고 철 상서가 웃으며 말했다.

"그대 말을 들으니 참으로 영수(令嫂)[55]께서 기특하시구나. 아직 그대의 낯을 상하게 하지 않으셨으니 옛사람만 못하신 것을 안타까워하네."

추밀이 웃고 대답하지 않았다.

이때 홀연 안에서 한 동자가 나왔는데 검은 구름 같은 머리를 하고 몸에는 푸른 비단 도포를 입었으며 허리에는 붉은 실로 만든 띠를 두르고 『소학(小學)』을 옆에 끼고서 승상 이경문 앞에 와 글 배우기를 청하는 것이었다. 얼굴은 잘생긴 것이 금과 옥이 빛이 없고 해와 달이 빛을 잃을 정도여서 다만 형산(荊山)의 좋은 옥(玉)[56]을 단련해 공교롭게 다듬은 듯했다. 추밀이 이에 크게 놀라 물었다.

"이 아이가 어느 형의 공자인고?"

승상이 천천히 대답했다.

"나의 천한 자식이라네."

추밀이 고개를 끄덕이고 공자에게 나아오라 해 손을 잡고 말했다.

---

54) 위징(魏徵): 당나라 태종 때의 재상. 수(隋)나라 말기 혼란기에 이밀(李密)의 군대에 참가하였으나 곧 당고조(唐高祖)에게 귀순하여 고조의 장자를 도움. 황태자 건성이 아우 세민(世民, 후의 太宗)과의 경쟁에서 패하였으나 위징의 인격에 끌린 태종의 부름을 받아 후에 재상이 됨. 직간(直諫)한 신하로 유명함.

55) 영수(令嫂): 남의 아내를 높여 이르는 말.

56) 형산(荊山)의 좋은 옥(玉): 중국 춘추시대 초(楚)나라 형산(荊山)에서 난 화씨벽(和氏璧)을 이름. 초나라의 변화(卞和)라는 이가 박옥(璞玉)을 발견하여 초나라 왕인 여왕(厲王)과 무왕(武王)에게 바쳤으나 왕들이 그것을 돌멩이로 간주하여 각각 변화의 왼쪽 발과 오른쪽 발을 자름. 이후 문왕(文王)이 즉위하자 변화는 왕에게 갈 수 없어 통곡하니, 문왕이 그 소문을 듣고 옥공(玉工)을 시켜 박옥을 반으로 가르게 해 진귀한 옥을 얻고 이를 화씨벽(和氏璧)이라 칭함.

"참으로 범의 새끼가 개가 되지 않는다 하는 말이 옳구나. 이보의 기이함을 더욱 깨달으니 이른바 아들이 아비보다 낫구나. 나이가 얼마나 하는고?"

웅린이 공손한 자세로 대답했다.

"여덟 살입니다."

추밀이 더욱 사랑해 문득 책을 펴고 말했다.

"오늘은 내게 배우거라."

그러고서 한 번을 내리 가르치니 공자가 물이 솟듯이 읽어 다시 가르칠 것이 없었다. 이에 추밀이 칭찬해 말했다.

"기이하고 기이하구나. 어찌 이렇듯 총명하고 빼어나단 말인가?"

광평후가 웃고 말했다.

"형이 글은 가르치더라도 그 악한 것은 가르치지 말게."

추밀이 웃으며 말했다.

"다 각각 장점이 다르니 이 아이가 이씨 집안 어린아이로서 어찌 내 성품을 배웠겠는가?"

드디어 승상을 대해 말했다.

"내 본디 형과 문경(刎頸)의 사귐이 심상치 않아 피차 마음을 비출 정도여서 조금도 속이는 일이 없네. 이제 내 한마디 말을 청하려 하는데 그대의 뜻을 알지 못해 발설하지 못하겠네."

승상이 공수(拱手)[57]하고 말했다.

"내가 일찍이 형이 지기로 허여함을 입어 벗으로서 외람되게 함께한 지 해가 오래되어 마음이 동기에 지지 않으니 무슨 말을 하려 하시는 겐가? 마땅히 명심해 받들겠네."

---

57) 공수(拱手): 왼손을 오른손 위에 놓고 두 손을 마주 잡아 공경의 뜻을 나타냄.

추밀이 웃고 말했다.

"내가 청하는 바는 다른 일이 아니네. 내게 한 딸이 있는데 나이
는 일곱 살이요, 용모와 기질이 숙녀의 모습이 많이 있어 내가 손안
의 보물처럼 사랑한다네. 그런데 오늘 영랑(令郎)을 보니 그 쌍이 아
니라고 못 해 동상(東床)58)의 결승(結繩)59)을 맺을 뜻이 생겼는데
이보는 어떻게 여기는가?"

승상이 미처 대답하지 않아서 광평후가 말을 막아 말했다.

"형이 이런 생각 없는 말을 하나 그런 것은 바라지도 말게. 웅린
이는 세상의 기특한 남자니 그 쌍은 임사(姙姒)60)의 도량과 번월(樊
越)61)의 덕이 있는 사람이라야 참으로 그 짝이 될 수 있을 것이네.
영애(令愛)는 부인이 사랑하는 아이로서 투기가 천하제일일 것이니
어찌 남의 옥동에게 못할 일을 하려 하는 겐가?"

이에 자리에 있던 사람들이 크게 웃고 추밀이 웃으며 말했다.

"형은 나를 과도하게 조롱하지 말게. 딸아이가 비록 나이는 어리
나 성질이 유순해 어미의 어리석음을 닮지 않았고 내가 비록 약해
딸을 가르치지 못했으나 존문(尊門)에 들어간 후에 딸아이가 스스로

---

58) 동상(東床): 동쪽 평상이라는 뜻으로 사위를 이르는 말. 중국 진(晉)나라의 태위 극감이 사윗감
을 고르는데 왕도(王導)의 집 동쪽 평상 위에 엎드려 음식을 먹고 있는 왕희지(王羲之)를 골랐
다는 고사에서 온 말.
59) 결승(結繩): 끈을 묶는다는 뜻으로 남녀의 혼인을 이르는 말. 월하노인(月下老人)이 혼인할 운
명인 남녀의 발에 붉은 끈을 묶으면, 남녀는 후에 반드시 혼인하게 된다고 하는 데서 유래함.
60) 임사(姙姒): 중국 고대 주(周)나라 문왕(文王)의 어머니 태임(太姙)과, 문왕의 아내이자 무왕(武
王)의 어머니인 태사(太姒)를 아울러 이르는 말로 이들은 현모양처로 유명함.
61) 번월(樊越): 번희(樊姬)와 월희(越姬). 번희는 중국 춘추시대 초(楚)나라 장왕(莊王)의 비(妃). 장
왕이 사냥을 즐기자 간하였으나 듣지 않자 고기를 먹지 않으니 왕이 잘못을 바로잡아 정사에
힘씀. 왕을 위해 첩들을 모아 주고 왕이 현인(賢人)으로 일컫은 우구자(虞丘子)가 현인의 진로
를 막는다고 간함. 초 장왕이 이 말을 우구자에게 전하자 우구자가 부끄러워하고 손숙오(孫叔
敖)를 추천하니 손숙오가 영윤(令尹)이 되어 삼 년 만에 장왕을 패왕(霸王)으로 만듦.
월희는 중국 춘추시대 초(楚)나라 소왕(昭王)의 첩으로 월왕(越王) 구천(句踐)의 딸. 소왕이
연회를 즐기자 선군인 장왕(莊王)의 예를 들면서 좋은 정치를 펴라 조언하고, 소왕이 전쟁터에
서 병에 걸리자 대신 죽겠다며 자결함. 소왕의 아우들이 왕위 계승자를 정할 적에 어머니가 어
질면 자식도 어질 것이라 하여 월희의 아들을 후왕으로 세우니 이가 혜왕(惠王)임.

시가의 가풍을 따른다면 어찌 숙녀가 못 될까 근심하겠는가? 웅린이는 옥동이라 이르지 않아도 내가 모르겠는가?"

평후가 웃으며 말했다.

"옥동이라 한 것은 본디 이보가 지은 이름이니 옥동의 짝을 그리 어설프게 정할 것이라고 형이 앉아서 그 딸을 기린다 한들 누가 곧 이듣겠는가? 여자가 나대면 남자가 아무리 착해도 제어할 수 없는 법이라네."

자리에 있던 사람들이 후의 말에 박장대소하고 승상을 보니 승상은 다만 웃음을 머금은 채 말을 안 했다. 이에 철 상서가 웃고 말했다.

"이보야, 옥동이 자라 어느 사이에 구혼하는 이가 구름이 모이듯 하니 기쁜 마음을 일러 알 바가 아니구나. 어서 시원하게 허락해 유 추밀의 급한 심장을 터 놓으라."

승상이 미소하고 말했다.

"제 아이가 본디 용렬한데 유 형이 한눈에 마음에 들어해 구혼하니 그 은혜를 잊기 어렵거늘 어찌 다른 마음이 있겠습니까? 마땅히 정혼해 두 아이가 자란 후에 혼례를 이룰 것입니다."

말을 마치자 추밀이 크게 기뻐하며 급히 사례해 말했다.

"형이 이와 같은 기이한 아들을 두고 내 한마디 말에 쉽게 허락하니 참으로 지기(知己)라 하는 것이 이를 이른 것이로다."

좌우의 사람들이 일시에 승상을 그르다 하며 말했다.

"유 형 딸의 투기와 악함은 보지 않아도 알 것인데 총부(冢婦)[62]를 어리석은 사람을 얻어 일생 괴로운 꼴을 어찌 보려 하는가?"

승상이 이에 웃으며 말했다.

---

62) 총부(冢婦): 종자(宗子)나 종손(宗孫)의 아내. 곧 종가(宗家)의 맏며느리.

"여자가 비록 투기하나 남자가 유하혜(柳下惠)[63]를 본받는다면 여자가 어찌 투기를 하겠는가? 마땅히 아들을 가르쳐 굳센 사내가 되게 할 것이니 이제 미리 염려하는 것이 부질없네."

평후가 크게 웃으며 말했다.

"이보가 옥동의 기특함을 믿고 이렇듯 통쾌한 말을 하나 어려서부터 두고 보니 여자의 투기는 괴롭더구나. 규방에서 난을 일으키는 것이 가득하고 남편의 옷이 남아나지 않으니 내가 무섭게 보았다."

추밀이 웃고 말했다.

"형은 괴이하게 굴지 말게. 내가 비록 민첩하지 못하나 딸아이가 만일 불초하다면 차마 이보의 종사를 그르게 하겠는가? 이보는 내가 마음을 터놓고 사랑하는 벗이니 밝히 내 마음을 알아 한 말도 안 하고 허락했으니 그 신명함을 칭송한들 미치겠는가?"

평후가 천천히 웃으며 물었다.

"유 형의 딸은 내가 어려서부터 익히 알고 있으니 그 외모와 행동은 따를 사람이 없어 참으로 웅린이의 쌍이네. 그런데 적이 자란 후에 가 씨 제수의 소임을 배운다면 이보가 아무리 웅린이를 굳센 남자로 가르치더라도 어려울까 하네. 나는 이따금 보아도 가 씨 제수의 행동을 무섭게 여겨 그 생각만 해도 몸이 떨리는 것을 면치 못하겠네. 유 형의 행동을 이른다면 포복절도할 것이니 그려 두고서 기이한 광경을 만대에 전하는 것이 묘하지 않겠는가? 가 부인이 주먹을 쥐고 내달아 옷을 잡아 뜯으며 호령을 산악같이 하면 유 형은 두 눈이 둥그레져 입도 벙끗 못하고 쫓겨 나올 적에 그 광경은 한 입으

---

63) 유하혜(柳下惠): 중국 춘추시대 노나라의 대부로 성은 전(展)이고 이름은 획(獲). 식읍(食邑)인 유하(柳下)와 시호인 혜(惠)를 붙여 쓴 이름으로 더 유명함. 공자는 그가 예절에 밝다며 칭송하였고, 맹자는 더러운 임금을 섬기면서도 화해를 이룬 성인으로 평가하였음.

로 말하기 어려우니 헤아려 이를 수 있겠는가?"

이에 승상은 미소하며 대답하지 않고 자리에 있던 사람들은 유 추밀을 용렬하다며 꾸짖기를 마지않았다. 추밀은 다만 웃고 웅린을 쓰다듬으며 사랑하기를 마지않다가 오랜 후에야 돌아갔다.

초공이 청후를 대해 물었다.

"유씨 집의 여자가 정말로 어떠합니까?"

청후가 말했다.

"내가 또 사람을 본 것이 적지 않은데 사람의 우열을 모르겠느냐? 얼굴은 웅린이의 채를 잡을 만하고 성정이 넓고 커 기쁨과 분노를 마음대로 드러내지 않으니 이로써 본다면 그 모친을 닮지는 않았는가 한다."

평후가 말했다.

"이보는 정말 알지 못할 인물이다. 유씨 집 아이가 실로 숙녀라 한들 세문이에게 묻지도 않고 가 씨 제수의 소행을 알면서 그리 쉽게 허락한 것이냐?"

승상이 대답했다.

"형님 말씀이 옳으시나 유 추밀은 저를 다시 살려 준 은인이라 죽을 땅에 가더라도 그 말을 거스르는 것은 은혜를 배반하는 것입니다. 하물며 추밀은 현명하여 아랫사람도 속이지 않는 위인이니 제 자식을 보고 구혼하는데 제가 어찌 거절해 저 사람의 지우(知遇)[64]를 저버리겠습니까? 원래 남자가 단정하면 부인의 투기를 용납하는 법이니 그윽이 옳은 일입니다. 구태여 요란스럽게 해 여자의 졸렬함을 드러내겠습니까? 웅린이가 만일 잡마음을 먹는다면 제가 마땅히

---

64) 지우(知遇): 남이 자신의 인격이나 재능을 알고 잘 대우함.

부자의 의리를 끊어 경계할 것입니다. 이 아이가 만일 불초한 패륜아가 아니라면 아비 말을 거역하지 않을 것입니다."

평후가 칭찬해 말했다.

"이보의 금석(金石) 같은 의논은 우리가 미치지 못할 것이니 신의가 굳음을 감탄한다."

청양후가 말했다.

"가 부인의 얼굴과 행동이 고금의 뛰어나니 유 공이 비록 웅혼한 기상을 가졌으나 그 손에 쥐이는 것은 마지못할 것입니다. 유 씨 아이는 그 어머니보다 백 배는 나으니 웅린이가 자라 마음이 군세 적이 기운이 승하다면 모르겠지만 만일 이보와 같다면 반드시 그 손에 쥐일 것입니다."

승상이 웃고 말했다.

"저는 처자에게 쥐인 적이 없으니 형님 말씀을 참으로 알지 못하겠습니다."

평후가 웃으며 말했다.

"네 이리 이르지 마라. 위 씨 제수께서 마침 온순하고 부드러운 것이 남다르셔서 네가 착한 체해 호령을 못 미칠 듯이 하지만 만일 가 부인 같으셨다면 네가 이루 제어하지 못할뿐더러 그 정을 가지고서 참을 수 있을 것 같으냐? 부부는 한 몸 같으니 불쾌한 일이 있다 한들 매양 꾸짖는단 말이냐?"

승상이 잠시 웃고 말했다.

"저를 이리 용렬히 보시나 저는 처자에게 쥐일 자가 아닌 줄을 하마 알지 못하시는 것입니까?"

평후가 말했다.

"처자의 투기는 막지 않을 것이지만 며느리는 어찌하려 하느냐?"

승상이 말했다.

"제가 알 바가 아니라 아들에게 달려 있으니 만일 마장(魔障)65)이 없다면 자연히 잘 살지 않겠습니까?"

모두 크게 웃고 말했다.

"그대가 이르지 않아도 옥동이 잘 살지, 못 살겠느냐?"

승상이 웃고 내당에 들어가 사람들에게 유 추밀의 말을 고하니 연왕과 소후가 마땅히 여겨 매우 기뻐했다.

원래 유 추밀의 자는 자현으로, 그 부친 유 태상이 본디 출세한 인물로서 가세(家勢)가 펴져 천순(天順)66) 황제가 복위하자 벼슬이 재상에 이르고 복록이 거룩했다. 유 태상이 자녀가 희소해 일자일녀가 있는데 딸은 청양후 이세문의 부인이요, 남아가 추밀이었다. 자식 사랑을 손바닥의 보물같이 하더니 중간에 태상이 죽은 후 추밀이 과도히 슬퍼하고 남매가 우애를 더욱 두터이 해 우애가 다른 사람들과 달랐으므로 청양후와의 정도 형제보다 덜하지 않았다.

그 부인 가 씨는 태학사 가흥의 첫째딸이니 얼굴은 서시(西施)67)와 옥진(玉眞)68)을 비웃고 행동은 소사(蘇謝)69)보다 위였다. 추밀이 어려서 만나 과도하게 가 씨를 사랑해 잠시도 떨어지지 않고 가 씨의 말이라면 사지(死地)라도 거스르지 않았다. 그러자 가 씨가 드디어

---

65) 마장(魔障): 귀신의 장난이라는 뜻으로, 일의 진행에 나타나는 뜻밖의 방해나 해살을 이르는 말.
66) 천순(天順): 중국 명(明)나라 제6대 황제인 영종(英宗)이 복위한 후의 연호(1457-1464). 영종의 이름은 주기진(朱祁鎭, 1427-1464)으로, 복위 전의 연호는 정통(正統, 1435-1449)임.
67) 서시(西施): 중국 춘추시대 월(越)나라의 미인. 완사녀(浣紗女)로도 불림. 월왕 구천(句踐)이 오(吳)나라 부차(夫差)에게 패하자 미녀로써 오나라 정치를 혼란하게 하기 위해 범려(范蠡)를 시켜 서시를 오나라에 바침. 오왕 부차(夫差)가 서시를 좋아해 정사에 소홀하자 구천이 전쟁을 벌여 부차에게 승리하고 부차는 이에 자결함.
68) 옥진(玉眞): 중국 당(唐) 현종(玄宗)의 후궁인 양귀비(楊貴妃)를 말함. 백거이(白居易)의 <장한가(長恨歌)>에 양귀비가 죽어 옥진(玉眞)이라는 선녀가 되었다고 하는 내용이 등장함.
69) 소사(蘇謝): 소혜(蘇蕙)와 사도온(謝道蘊). 모두 중국 위진남북조 시기 동진(東晉) 때의 여류 시인. 소혜는 자(字)인 약란(若蘭)으로 더 잘 알려져 있는데, 남편 두도(竇滔)에게 보낸 회문시(回文詩)인 <직금시(織錦詩)>로 유명함. 사도온은 재상 사안(謝安)의 조카딸로, 문장으로 유명함.

방자해져 추밀을 주머니 속에서 물건을 건네듯이 하고 호령이 집 안 팎을 억누르니 남녀 종들이 부인이 있는 줄은 알았으나 어른이 있는 줄은 몰라 무릇 물건의 크고 작은 출납이 부인 손에 있게 되었다.

이자일녀를 두었으니 첫째아들의 이름은 세장이요, 둘째아들은 세강이요, 딸은 현옥이니 세 아이가 다 공산(空山)의 구슬 같았으나 현옥이 홀로 그 가운데 뛰어났다. 얼굴은 초산(楚山) 형옥(荊玉)[70]을 다듬은 듯하고 맑은 눈길에 아리따운 모습이 천하의 경국지색이었다. 비록 나이가 어렸으나 성품이 단엄하고 정직하며 총명하고 빼어나 기쁨과 분노를 마음대로 드러내지 않았다. 또 그 모친의 경박함과 편협함, 지나친 투기를 개탄해 마음을 닦고 행동을 가다듬어 심신을 맑은 얼음과 깨끗한 옥처럼 했다. 그래서 집안의 종들 가운데 그 얼굴을 본 사람은 있으나 말소리를 들은 사람은 드물었으니 과연 천 년에 얻기 어려운 숙녀였다. 그래서 유 공이 매양 일컬어 일렀다.

"이 아이가 제 어미보다 백배는 더 나으니 자식이라 하는 것이 아깝구나. 그러나저러나 너의 쌍을 어디에 가 얻을 수 있겠느냐?"

그러자 부인이 일렀다.

"내 사위는 반드시 위 승상,[71] 사 승상[72] 같은 이를 얻을 것입니

---

70) 초산(楚山) 형옥(荊玉): 중국 춘추시대 초(楚)나라 형산(荊山)에서 난 화씨벽(和氏璧)을 이름. 초나라의 변화(卞和)라는 이가 박옥(璞玉)을 발견하여 초나라 왕인 여왕(厲王)과 무왕(武王)에게 바쳤으나 왕들이 그것을 돌멩이로 간주하여 각각 변화의 왼쪽 발과 오른쪽 발을 자름. 이후 문왕(文王)이 즉위하자 변화가 왕에게 갈 수 없어 통곡하니, 문왕이 그 소문을 듣고 옥공(玉工)을 시켜 박옥을 반으로 가르게 해 진귀한 옥을 얻고 이를 화씨벽(和氏璧)이라 칭함.

71) 위 승상: 중국 당나라 태종 때의 재상이자 학자인 위징(魏徵, 580-643)을 이름. 자는 현성(玄成). 수(隋)나라 말기 혼란기에 이밀(李密)의 군대에 참가하였으나 곧 당고조(唐高祖)에게 귀순하여 고조의 장자를 도움. 황태자 건성이 아우 세민(世民, 후의 太宗)과의 경쟁에서 패하였으나 위징의 인격에 끌린 태종의 부름을 받아 후에 재상이 됨. 직간(直諫)한 신하로 유명함.

72) 사 승상: 중국 동진(東晉) 효무제(孝武帝) 때의 재상(宰相)인 사안(謝安, 320-385)을 이름. 자(字)는 안석(安石). 전진(前秦) 부견(苻堅)의 백만 군을 격파해 평정하였고, 또 진나라 왕실을 찬탈하려던 대사마(大司馬) 환온(桓溫)의 음모를 깨뜨려 이루지 못하게 함으로써 진나라를 보호함. 사안이 권세와 자리에 연연하지 않아 후세 사람들이 사안을 어진 재상의 대명사로 듦.

다."

이에 추밀이 말했다.

"천고에 위사(魏謝) 두 사람이 쉽지 않은데 지금 세상에 어찌 쉽겠소? 부인이 요행히 학생 같은 이를 얻었으나 이 아이조차 그것이 쉽겠소?"

그러더니 이날 희천[73]을 보고 돌아가 크게 기뻐하며 부인을 대해 정혼 한 가지 일을 이르자 부인이 기뻐하지 않으며 말했다.

"이씨 집안이 번성하니 딸아이가 들어가 어찌 잘 견딜 수 있겠습니까?"

추밀이 말했다.

"이씨 집안이 번성하나 이경문은 한 명의 높은 선비요. 일생 부인을 사랑한 것으로 유명하고 한 명의 첩이 없는 것은 이를 것도 없으며 그 재실 부인 조 씨를 끝까지 홀대하다가 조 씨가 죽은 후에는 집 밖에서 미색을 범한 일이 없으니 그 두 아들도 극진히 가르쳤을 것이오. 또 이생의 풍채가 기특하니 딸아이와는 당대의 좋은 짝이라 그대가 어찌 이런 부질없는 염려를 하는 것이오?"

부인이 이에 아무 말 없이 대답하지 않았다.

하루는 추밀이 친구 여박의 집 잔치 자리에 갔다가 석양에 취해 돌아왔는데 그 잔치는 여박이 예부상서에 올라 소사 부부의 장수를 축하하는 자리였다. 여박이 가 부인의 투기를 알고 있었으므로 짐짓 보채려 해 일등 창녀 한 사람을 이튿날 보내며 말했다.

"형이 어제 가사(歌詞)를 지어 주고 정을 통한 자이네. 형에게 보내니 나의 덕을 마음에 새겨 잊지 말게."

---

73) 희천: 앞에서는 '옹린'으로 나와 있으나 뒤에서도 계속 이와 같이 나오고 사촌들의 항렬자도 '희'로 나오므로 그대로 둠.

이때 마침 추밀은 조회에 가고 없었으므로 사내종이 부인에게 아뢰었다. 부인이 이 광경을 보고 대로해 분한 기운이 열화 같았다. 그래서 미처 체면을 돌아보지 않고 무수한 종들을 시켜 여씨 집안에서 보낸 사람들과 창녀를 큰 매로 중히 쳐서 쫓아내고 노기가 분분한 채 앉아 있었다.

추밀이 청양후와 함께 집안에 이르러 조복(朝服)을 벗으러 내당에 들어가자 가 씨가 한번 추밀을 보고는 매우 노하고 분해 자신도 깨닫지 못하는 사이에 추밀에게 내달아 옷을 붙들고 발악하며 말했다.

"그대가 어제 여박의 집에 가 의구히 창녀 요물을 천거해 나에게 한심한 광경을 보게 했으니 내 차라리 죽어 그대 뜻을 시원하게 할 것입니다."

그러자 추밀이 무심중에 이 광경을 보고 어이없어 다만 일렀다.

"그대가 비록 분한 가운데나 이 무슨 행동이오? 내 여박의 집에 가 첩을 얻은 일이 없으니 누가 이런 말을 했단 말이오?"

부인이 사나운 소리로 말했다.

"그대가 나를 속이나 내 어찌 모르겠습니까?"

말을 마치고서 옷을 찢으려 했다. 그러자 현옥 소저가 옆에서 나와 모친의 손을 잡고 간해 말했다.

"『예기(禮記)』에 이르기를, '여자는 유순함이 귀하다.'라 했으니 아버님께서 첩을 얻으셨어도 모친 도리로 이러시는 것은 옳지 않습니다. 하물며 아버님은 정대하신 것이 금석과 같으시니 어찌 여씨 집안 잔치에 가 천한 창녀를 마음에 두었겠습니까? 모친의 한때 과도하신 행동을 온 성안 사람들이 모르는 이가 없어 여 상서께서 부친을 보채려 일부러 그리하신 것 같습니다. 그런데 모친께서 전혀 체면을 생각지 않으시니 만일 이런 소문이 퍼진다면 소녀 등이 무슨

낮으로 세상에 다니겠나이까? 모친께서 어려서부터 옛일을 널리 아시니 태임(太姙), 태사(太姒)[74]가 삼천 후궁을 정성껏 대접하시던 큰 덕을 본받지 못하실망정 오늘날 광경은 다른 사람에게 들리게 할 만하지 않습니다. 청양후 부인께서 들으신다면 무엇이라 하실 것이며 저희가 무슨 면목으로 사람을 대할 수 있겠습니까? 원컨대 널리 생각하시기를 바라나이다."

말을 마치자, 부인이 대로해 소저를 바로 밀치고 꾸짖었다.

"너 강보의 아이가 어디에 가 이렇듯 언변이 좋은 것을 배운 것이냐? 너나 자라서 지아비에게 예쁜 첩을 얻어 주고 외람된 소리를 어미에게 말거라."

추밀이 바야흐로 여 상서의 희롱인 줄 알고 부인 손을 잡고 말했다.

"내 여씨 집안에 가 그리한 일이 없으니 그대는 곧이듣지 마오."

부인이 바야흐로 추밀을 놓고 물러앉으니 공이 억지로 참고 밖으로 나왔다.

청양후가 내당이 요란함을 듣고 들어와 휘장 밖에서 전후의 모습을 다 보고 참으로 놀라워 유 공의 약함을 개탄했다. 추밀이 이에 청양후를 보고 놀라서 말했다.

"형이 어찌 여기에 온 것인가?"

청양후가 미소하고 말했다.

"그대의 기이한 광경이 볼 만하지 않았다면 어찌 들어왔겠는가?"

추밀이 말을 안 하고 청양후의 소매를 이끌어 밖으로 나오니 청양후가 말했다.

"그대가 오늘 무슨 사람이 된 것인가?"

---

74) 태임(太姙), 태사(太姒): 태임은 중국 고대 주(周)나라 문왕(文王)의 어머니이고, 태사는 문왕의 아내이자 무왕(武王)의 어머니로서 이들은 현모양처로 유명함.

추밀이 잠시 웃고 말했다.

"저 사람이 강포하니 새로이 따져 무엇 할 것이며, 낳은 자녀는 내 자식이라 다 어린아이를 면치 못했으니 내 그 어머니를 책망해 울적하게 한다면 자식들이 슬퍼하지 않겠는가?"

청양후가 어이없어 웃고 말했다.

"그대는 과연 비위 좋은 남자로다. 말하면 속이 좋지 않으니 가겠네."

말을 마치고는 집으로 돌아가 내당으로 갔다. 숙부들과 형제들이 열을 지어 있으니 청양후가 자리에 나아가 승상을 향해 말했다.

"이보야, 웅린이를 오늘로부터 단정한 선비로 만들어야겠다."

승상이 대답했다.

"이 말이 무슨 연유에서 나온 말입니까?"

청양후가 가 부인의 행동을 자세히 이르니 자리에 있던 사람들 가운데 놀라지 않는 이가 없었다. 승상이 잠시 웃고 말하지 않으니 소부가 말했다.

"경문아, 네 다만 두 자식을 두고서 저런 괴이한 집과 결혼하려 하는 것이냐?"

승상이 공수한 채 대답했다.

"만 권의 책을 달통한 남자도 공명(功名)과 권세를 다투는데 하물며 여자는 남편 한 사람뿐이라 어찌 다른 사람을 용납하고 싶겠나이까. 이는 책망할 일이 아닙니다."

이에 자리에 있던 사람들이 크게 웃고 소부가 또한 웃으며 말했다.

"네 진실로 괴이한 성품 된 것을 면하지 못했구나. 만일 며느리가 가 씨와 같다면 네가 견딜 수 있겠느냐?"

승상이 웃고 말했다.

"며느리가 그러하면 참으로 기쁠 것입니다. 여자의 투기는 전혀 남편을 아끼는 것이 등한하지 않아서 나오는 것이기 때문입니다."

노승상이 말했다.

"경문이의 말이 옳으니 남의 부녀의 투기를 시비하는 것은 옳지 않은가 하구나."

소부가 이에 공손히 명령을 들었다. 청양후가 현옥의 말을 옮기고 칭찬하며 말했다.

"이는 어른도 생각지 못할 말인데 강보의 아이가 했으니 어찌 기특하지 않습니까? 이는 경문이의 복입니다."

이에 좌우의 사람들이 소리를 모아 칭찬하고, 광릉후는 옥 같은 얼굴에 기쁜 빛을 띠고 단사(丹沙)처럼 붉은 입술 사이에 옥 같은 이를 드러내 말했다.

"형님 말씀이 만일 헛됨이 없다면 이는 곧 저의 큰 행운이니 중매의 공을 사례하지 않을 수 있겠습니까?"

청양후가 웃고 말했다.

"나는 구태여 희천이를 위해 중매한 일이 없으니 네게 축하주를 받을 일이 없다. 다만 앞으로 좋은 소리나 내 귀에 들리면 좋을 것이나 혹 괴로운 광경이 있을까 두렵구나."

능후가 웃으며 말했다.

"앞으로 형에게 무슨 괴로운 광경이 있겠나이까?"

청양후가 말했다.

"가 씨는 사리를 분변하지 못하는 여자다. 희천이가 만일 너와 달리 단정한 일이 없어 여자들을 모은다면 필시 나에게 묻는 일이 있을 것이니 그때 괴롭지 않겠느냐?"

능후가 대답했다.

"희천이에게 만일 그런 뜻이 있다면 제가 비록 후사를 끊는 한이 있어도 용서하지 않을 것입니다."

초후가 미소하고 말했다.

"희천이의 기상이 빼어나니 어려서 아이들과 장난치고 놀 때 말 끝에 이르기를, '남아 되어 번월(樊越) 같은 여자를 얻어 일생을 흐 뭇하게 함께 즐기고 초아(楚娥)75) 같은 여자가 있어도 천거하는 이 는 인면수심이다.'라 했습니다."

이에 집안 사람들이 모두 웃었다.

이렇듯 무궁히 즐기며 세월을 보내니 노승상의 복록은 만석군(萬 石君)76)과 곽자의(郭子儀)77)보다 더해 수많은 아들과 손자가 집안에 메고 금자옥대(金紫玉帶)78)가 집안에 가득해 번성하고 거룩함이 만 고에 비할 자가 없었다. 황제께서 특별히 어필로 그 문에 현판하셔 서 '충렬복덕지가(忠烈福德之家)'라 하시니 임금의 총애와 부귀가 일 세에 으뜸이었다.

이때 유 부인이 갑자기 병이 들어 침상에서 위독하니 승상 부부가 밤낮으로 띠를 풀지 않고 정성껏 구호했으나 조금도 차도가 없어 병 이 점점 심해졌다. 이에 승상과 소부(少傅)가 망극해 어찌할 줄을 몰

---

75) 초아(楚娥): 초나라의 미인이라는 뜻으로 무산(巫山) 신녀(神女)를 이름. 중국 초나라의 회왕(懷 王)이 꿈속에서 만나 잠자리를 같이 한 여자로서, 그 여인이 떠나면서 아침에는 구름이 되고 저녁에는 비가 되어 양대(陽臺) 아래에 있겠다고 한 고사가 있음.

76) 만석군(萬石君): 유방(劉邦)을 도와 한나라 건국에 이바지한 석분(石奮)을 이름. 석분의 장자 건(建), 차자 갑(甲), 삼자 을(乙), 사자 경(慶)이 모두 효성스럽고 행실을 삼갔는데 녹봉이 이천 석에 이름. 이에 경제(景帝)가 석군(石君)과 네 아들의 녹봉이 모두 이천 석씩 있으니 석분을 만석군이라 부르겠다 한 데서 유래함.

77) 곽자의(郭子儀): 중국 당(唐)나라 현종(玄宗), 숙종(肅宗) 때의 명장(697-781). 안록산(安祿山)의 난을 평정하고 분양왕(汾陽王)에 봉해져 이름 대신 곽분양으로 더 유명함. 당나라 최대의 공신으 로 평가받으며, 장수하고 부귀하며 자손들을 많이 두었음.

78) 금자옥대(金紫玉帶): 금자(金紫)는 금인(金印)과 자수(紫綬)로, 금인(金印)은 관직의 표시로 차 고 다니던 금으로 된 조각물이고 자수는 고위 관료가 차던 호패(號牌)의 자줏빛 술임. 옥대(玉 帶)는 임금이나 관리의 공복(公服)에 두르던, 옥으로 장식한 띠임.

랐다. 유 부인이 스스로 살지 못할 줄 알고 정신을 억지로 차려 손자들을 모으고 승상에게 나아오라 해 그 손을 잡고 말했다.

"내 본디 잡초 같은 미천한 몸으로 네 부친을 열세 살에 만나 허다한 역경을 두루 겪고 다시 시어머님과 가군을 섬겨 40여 년 부귀를 누리고 수많은 자손의 영화를 받으니 스스로 복됨이 비길 자가 없었다. 그래서 조물주의 꺼림을 만나 시어머님과 선군(先君)을 여읜 후 괴롭게 세상에서 목숨을 이어왔으나 사는 재미가 없었다. 다만 세 자녀의 낯을 생각해 스스로 자결하지 못했더니 한성79)이 참혹하게 죽어 남편이 죽은 고통에 서하지탄(西河之歎)80)을 겸했으니 사람이 돌이나 나무가 아니라 차마 인간 세상에 머물 뜻이 없었다. 당초에 남편이 죽었을 때 자결하지 못했는데 자식이 죽어 자결하는 것이 도리와 경중(輕重)이 달랐으므로 쇠잔해 간신히 숨이 붙어 있는 몸을 겨우 지탱했단다. 그러나 설 씨81)를 볼 때면 때때로 간장이 시들고 골절이 녹는 듯했다. 너의 효성이 출천(出天)하므로, 꽃 피는 봄에 좋은 풍경을 대하나 즐거운 줄 모르고 가슴 가운데 한 뭉치 열화가 되어 있는 줄을 일찍이 너에게 이른 적이 없었다. 오늘날 장차 내 목숨이 다해 지하로 돌아가게 되니 이제 선군(先君)과 아들을 만날 수 있겠구나. 그래서 슬픔이 없고 수많은 자손을 두어 사람이 얻지 못할 영화와 복을 누렸으니 나쁜 것이 없다. 또한 사람이 겪지 못할 환난과 얻지 못할 영화를 두루 보았으니 또한 희한하지 않으냐?

---

79) 한성: 유 부인의 둘째아들 이한성을 이름. 이한성은 전편 <쌍천기봉>에서 전쟁터에 나갔다가 죽는 인물로 등장한 바 있음.
80) 서하지탄(西河之歎): 서하(西河)에서의 탄식이라는 뜻으로 부모가 자식을 잃고 하는 탄식을 이름. 서하(西河)는 지금의 섬서성(陝西省) 한성현(韓城縣)에서 화음현(華陰縣) 일대. 중국 춘추시대 공자의 제자 자하(子夏, B.C.508?-B.C.425?)가 공자가 죽은 후 서하(西河)에 은거하고 있었는데 그 자식이 죽자 슬피 울어 눈이 멀었다는 데서 유래함.
81) 설 씨: 이한성의 아내를 이름.

네 또한 쇠잔한 나이니 얼마 지나면 세상을 떠나겠느냐? 몸을 돌아보아 즐겁게 돌아가는 어미의 영혼을 슬프게 말거라."

말을 마치고 소부와 정 부인, 설 씨를 불러 허다한 유언을 마치고 죽으니 이때 나이가 87세였다. 승상 형제가 모친이 죽는 것을 보고 황급히 모친의 손을 붙들고 목이 쉬도록 길이 통곡하며 피를 토하고 정신을 못 차렸다. 이에 하남공 등이 일시에 관(冠)을 벗고 부모를 붙들어 구호하며 발상(發喪)[82]했다. 일가 노소의 곡성이 천지를 움직이는 듯하고 승상 형제가 과도히 애통해 미음도 내어오지 않고 슬피 울어 기운이 끊어지는 듯해 아득히 어머니를 따르려 하고 높이 날 뜻이 있었다. 연왕 등이 이에 근심을 이기지 못하고 의리로 간해 상중(喪中)에 쓸 물품들을 차렸다. 승상이 정신을 바로 차리고 모친을 염습(殮襲)[83]해 이미 입관을 마치자 더욱 어머니를 잃은 고통에 인간 세상에 머물 마음이 없었다. 그러나 조정의 모든 관료가 집안에 와 떠들썩하게 조문하니 그 수가 몇 천 명인 줄 알겠는가. 웅장하고 거룩한 모습은 천 년에 한 번 볼 만한 것이었다.

천자께서 유 부인이 죽었다는 소식을 들으시고 예관을 시켜 초상을 다스리도록 하시고 내시를 시켜 승상에게 죽을 권하셨다. 황후께서 상궁을 보내 조모에게 죽을 권하시니 영광이 매우 커 진실로 복을 잃는 것에 가까웠다. 당시에 손자 등이 다 금띠를 몸에 더해 육부(六部)의 권세를 수중에 쥐고 있었으니 호상(護喪)[84]의 웅장하고 화려함이 비길 데가 없었다.

이미 성복(成服)[85]을 마치고 관을 붙들어 정침에 빈소(殯所)를 차

---

82) 발상(發喪): 상례에서, 죽은 사람의 혼을 부르고 나서 상제가 머리를 풀고 슬피 울어 초상난 것을 알림. 또는 그런 절차.
83) 염습(殮襲): 시신을 씻긴 뒤 수의를 갈아입히고 염포로 묶는 일.
84) 호상(護喪): 초상 치르는 데에 관한 온갖 일을 책임지고 맡아 보살핌.

리니 주비(朱妃)와 소후 등이 시누이들과 함께 정 부인을 모셔 아침 저녁 제사를 받들고 밤낮 곁에서 모시고 위로했다. 연왕 등이 부친을 모셔 한때도 떠나지 않으니 승상이 뼈에 사무치는 한을 가지고 죽지 못하는 것을 한스러워했다. 그러나 또한 예의를 알았으므로 하루 네 때 곡읍(哭泣)을 그치지 않아 피눈물이 상복을 적셨다. 물러나면 자식들의 지성에 감동해 채소밥과 채솟국으로 기갈을 면하고 소부와 함께 마음을 너그럽게 해 지냈다.

이에 택일해 금주로 갈 적에 연왕 등이 상소해 아비의 노년을 위로하겠다 하고 광평후 등은 회장(會葬)[86] 말미를 청하니 임금께서 허락하시고 강남의 40 고을에 명령해 영장(永葬)[87]을 도우라 하시며 지나는 바 각 관청에서 호송하라 하셨다. 그리고 유 부인을 현숙부인에 추증하시니 생사에 영광이 거룩했다.

남공 등이 대궐을 바라보아 사은하고 각각 부인을 거느려 행장을 차렸다. 공주가 양 씨와 며느리들을 집에 머무르게 해 집안일을 맡기고 소후가 여 씨 등 며느리들을 머무르게 해 궁중의 크고 작은 일을 맡기니 떠나는 마음이 슬픈 것이 서로 끝이 없었다.

날이 이미 다다르자 승상 형제가 영구(靈柩)를 붙들어 앞서고 연왕 등 다섯 사람과 광평후 등 생들이 상복에 흰 띠를 차고 뒤를 따르니 행렬이 화려하고 수레와 추종(騶從)[88]이 30리에 벌여 있었다. 길가의 사람들이 걸음을 멈춰 그 광경을 구경하고 떠들썩하게 유 부인의 복록을 일컫지 않는 이가 없었다.

승상이 한 길에 무사히 길을 가 금주에 이르러 선산에 태사와 유

---

85) 성복(成服): 초상이 나서 처음으로 상복을 입음. 보통 초상난 지 나흘 되는 날부터 입음.
86) 회장(會葬): 장례를 지내는 자리에 참여함.
87) 영장(永葬): 시신이나 유골을 편안하게 모시기 위하여 예를 갖추어 장례를 치름. 안장.
88) 추종(騶從): 윗사람을 따라다니는 종.

부인을 합장했다. 승상 형제가 더욱 어버이를 잃은 슬픔이 지극해 밤낮으로 통곡을 그치지 않고 묘소 아래에 초막을 짓고 밤낮으로, 한겨울 서리와 눈에도 제사를 폐하지 않아 네 번 절하니 온 고을의 사람들이 그 지극한 효성을 탄복하지 않는 이가 없었다.

광평후 등이 부모에게 네 번 절하고 경사로 돌아올 적에 생들이 처음으로 부모를 떠나는 마음이 슬퍼 각각 눈물이 비와 같이 흐르니 남공 등이 의리로 경계하며 집안을 부탁하자 사람들이 명령을 들어 겨우 손을 나눴다.

생들이 경사로 돌아와 대궐에 인사를 마치고 집안으로 돌아가 각각 맡은 직책에 나아갔다. 사람들의 맑은 명망이 그 부친에게 지지 않고 사촌 30여 명이 화목하고 우애롭기를 힘쓰며 자주 남녘을 바라보아 어버이를 그리워하는 눈물이 아침에 볕이 나고 저녁에 달이 뜰 때마다 그치지 않았다.

세월이 빠르게 흘러 삼년상이 얼핏 지나니 천자께서 중사(中使)를 금주에 보내 승상을 부르는 명령이 성화같으셨다. 승상이 모친 삼년 상을 덧없이 지내고서 뼈에 사무치도록 슬퍼하고 서러워하는 마음을 헤아릴 수 없어 다시 경사에 나아갈 마음이 사라져 고향에 고요히 있으려 했다. 그러나 천자의 은혜로운 명령이 지극하시고 자식들이 다 조정의 대신으로서 오래 맡은 일을 버리고 시골에 있는 것이 불안했다. 또 자기가 안 간다면 자식들이 안 갈 것이므로 마지못해 슬피 눈물을 흘리며 말했다.

"충성을 한다면 목숨을 바칠 것이요, 효도를 한다면 마땅히 힘을 다해야 할 것이다. 이미 부모께서 안 계시니 임금의 명령을 거스를 수 있겠는가?"

그러고서 자식들을 거느려 길을 날 적에 부모 분묘에 나아가 머리를 두드려 통곡하니 눈물이 다해 피 나고 소리가 자주 그쳐져 슬픈 소리가 간절했다. 이에 좌우의 날짐승과 들짐승 들이 슬퍼하는 듯, 산천초목이 움직이는 듯했다.

연왕 등이 각각 슬퍼해 근심 어린 빛으로 눈물을 뿌리고 부모를 권유하고 위로해 경사로 돌아갔다. 임금께서 삼년상을 무사히 지낸 것을 위로하시고 다시 집안에서 늙은 몸을 돌볼 것을 허락하셨다.

승상이 사은하고 옛집에 돌아와 모친이 거처하시던 곳을 보자 더욱 슬픔이 간절하고 집안 곳곳을 보면 슬픔이 한층 더해 만사에 흥이 없어 다만 소부와 세월을 보내고 부인과 남은 일월을 보냈다.

연이어 금 같은 남자아이와 옥 같은 여자아이가 장성하니 한결같이 공산(空山)의 아름다운 옥 같았다. 그런데 그 가운데 기이한 아이는 광평후, 광릉후, 초후 자녀였다.

좌승상 추밀사 형제 광평후 이흥문의 자는 성보니 부인 양 씨에게 사자삼녀를, 소실 홍선에게 일자일녀를 두었다. 좌참정 청양후 이세문의 자는 차보니 부인 유 씨에게 이자일녀를 두었고, 예부상서 도어사 기문의 자는 경보니 부인 교 씨에게 일자일녀를 두었으며, 남경 병부시랑 유문의 자는 흥보니 부인 오 씨에게 삼자(三子)를 두었고, 동궁직사 진문의 자는 계보니 부인 조 씨에게 삼녀(三女)를 두고 아들이 없어 도어사 기문의 둘째아들을 양자로 들였다. 중서시랑 관문의 자는 연보니 부인 대 씨에게 일자(一子)를 두었고, 시어사 형문의 자는 자보니 부인 왕 씨에게 오자일녀를 두었고, 한림학사 수문의 자는 영보니 부인 요 씨에게 사자(四子)를 두었고, 동궁시독 주문의 자는 필보니 부인 위 씨에게 일자일녀를 두었고, 철 상서 부인 미주가 사자삼녀요, 남 학사 부인 초주가 삼자일녀요, 명주가 일자일녀요, 왕 승상 부인 필주가 육자사녀니 하남공의 내외 손자가 오십

명이 넘으니 그 복록이 만고에 겨룰 사람이 없었다.

각로 초국공 이성문이 상원부인 여 씨에게 삼자일녀를, 차비 임 씨에게 이자일녀를 두었고, 좌승상 겸 구석 참지정사 광릉후 이경문의 자는 이보니 부인 위 씨에게 이자일녀를 두었고, 죽은 아내 조 씨에게 일자를 두었으며, 상서 추밀사 제남후 신국공 백문의 자는 운보니 부인 화 씨에게 사자이녀를 두었다. 병부상서 창문의 자는 유보니 부인 장 씨에게 삼자일녀를 두었고, 좌복야 추밀사 필문의 자는 희보니 부인 한 씨에게 십자이녀를 두었으며, 황후께서 삼자이녀를 두셨고 정 승상 부인이 팔자칠녀를 두었으니 연왕이 소후 한 사람과 함께 지내 이처럼 번성했으니 어찌 기특하지 않은가.

연왕의 재실인 임 씨의, 첫째아들 취문이 칠자오녀를 낳고 둘째아들 서문이 오자(五子)를 낳고, 빙주가 사자(四子)를 낳았다. 그런데 연왕의 또 다른 아내 대조 씨의 한 아들 낭문이 공부상서로 자식이 없어 늦게야 딸 하나를 낳고 아들이 없자 일가 사람들이 매우 안타까워하고 낭문이 더욱 슬퍼하는 가운데 하릴없어 조 씨의 아들 희성을 양자로 들였다. 원래 낭문이 허다한 아이들 가운데 희성을 양자로 삼은 것은 그 어머니의 뜻을 받들고 그 표매(表妹)가 젊은 나이에 죽은 것에 느꺼워하고 자기는 자녀가 없으므로 아내 오 씨에게 정을 오롯하게 하려 해서였다. 승상 이경문이 죽은 조 씨가 한 명의 골육을 끼치고 죽은 것을 매양 안타까워해 희성에 대한 사랑이 다른 아이들보다 넘쳤다. 또 동기라도 양자를 두는 것은 절박한 일이었으나 대조 씨가 간절히 권했으므로 거역하지 못해 희성을 낭문에게 주었으니 그사이에 벌어진 허다한 곡경(曲境)에 사연이 있다. 최 상서 백만의 부인 벽주가 이자삼녀를 낳으니 대강 조 씨가 하도 사나워 후손이 끊겼으나 벽주는 최생의 음덕(蔭德)[89]으로 자녀를 둔 것이다.

개국공 이몽원의 첫째아들 형부상서 원문의 자는 인보니 부인 김 씨에게 오자일녀를 두었고, 병부상서 영양후 팽문의 자는 희보니 부인 소 씨에게 팔자일녀를 두었으며, 셋째아들 청문의 자는 은보니 부인 순 씨에게 일자(一子)를 두었다. 첫째딸 영주는 요생의 처니 일자(一子)를 두었고, 둘째딸 경 시랑 부인이 육자(六子)를 두었다. 개국공이 최 부인과 평범한 부부 사이가 아닌데 자손이 또 이처럼 번성했으니 참으로 기특한 일이다.

안두후 이몽상의 첫째아들 최운의 자는 영보니 부인 장 씨가 사자(四子)를 낳고, 둘째아들 인문의 자는 우보로 벼슬이 간의태부니 부인 두 씨에게 이자이녀를 두었고, 셋째아들 춘방학사 천문의 자는 안보니 부인 여 씨에게 일자이녀를 두었으며, 넷째아들 종문은 유생이니 처 설 씨에게 삼자(三子)를 두었으니 자식들마다 옥나무와 구슬가지 같아 사람들 가운데 뛰어났다.

강음후 이몽필의 첫째아들 추밀부사 협문의 자는 숭보니 부인 맹 씨에게 칠자일녀를 두었고, 둘째아들 급사 장문의 자는 구보니 부인 유 씨에게 이자(二子)를 두었으며, 셋째아들 한문의 자는 미보로 벼슬이 동궁시독이니 부인 계 씨에게 일자사녀를 두었고, 넷째아들 형부상서 현문의 자는 상보니 어려서부터 과거를 안 보고 도연명(陶淵明)[90]의 자취를 따라 자연 속에서 한가히 지내며 아내 홍 씨에게 이자일녀를 두었다. 다섯째아들 동궁저작 희문의 자는 중보니 부인 고

---

89) 음덕(蔭德): 조상의 덕.
90) 도연명(陶淵明): 중국 동진의 시인(365~427). 이름은 잠(潛)이고, 호는 오류선생(五柳先生)이며 연명은 그의 자(字)임. 405년에 팽택현(彭澤縣)의 현령이 되었으나, 80여 일 뒤에 <귀거래사>를 남기고 관직에서 물러나 귀향함. 자연을 노래한 시가 많으며, 당나라 이후 육조(六朝) 최고의 시인이라 불림.

씨에게 일자(一子)를 두었고, 여섯째아들 금문박사 오문의 자는 빙보니 부인 소 씨에게 일자일녀를 두었으며, 일곱째아들 삼문의 자는 장보니 부인 강 씨에게 일자일녀를 두었고, 여덟째아들 사문의 자는 원보니 아내 오 씨에게 사자일녀를 두었다. 첫째딸 경주는 중서시랑 위한의 아내니 삼자(三子)를 두었고, 둘째딸 위주는 처사 소겸의 아내가 되어 오자이녀를 두었으니 승상의 자손이 이처럼 허다하되 자손들마다 기특해 한결같이 남보다 빼어났다.

이들 가운데 광평후의 자식 희원 등과 초후의 자식 희연 등과 광릉후의 자식 희천 등이 승상의 신출귀몰한 재주를 이어 어린 나이에 과거에 급재해 크게 현달해 출장입상하고 공덕이 사방에 뚜렷했다. 이는 곧 광평후가 백옥 같은 몸으로 중간에 참혹한 액운을 겪고, 초후의 아내 여 씨가 규방의 여자로서 허다한 간고를 겪었으며, 광릉후 부부가 사람이 겪지 못할 역경을 두루 지내었으므로 하늘이 불쌍히 여기셔서 복록을 특별히 점지하신 것이다. 그러니 하늘이 높으나 어찌 살피는 것이 밝지 않다고 하겠는가. 희원 등의 사적이 많으나 이 전(傳)이 너무 길어 다시 잇지 못하고 따로 전(傳)을 묶어 내니 이름을 '이씨후대인봉쌍계록'이라 한다.

아, 예로부터 사람이 자손이 많고 현달한 사람으로 이 승상 정국공 집안 같은 곳이 없으니 천추에 기이한 일이 아닌가. 원래 사람이 자기 좋으려고 자비로운 마음이 전혀 없는 이는 후손이 끊기는 일이 반드시 있다. 그러나 정국공과 이 태사 충무공의 나라 위한 한 조각 충성스러운 마음은 이를 것도 없고 전후에 자기 집의 대공(大功)이 희한하며 자비 한 마음이 뚜렷이 사람들 사이에 솟아나 전후에 혼인이나 초상을 못 치르는 이를 도운 것과 적선한 덕이 수없었다. 그러니 자연히 하늘이 감동해 응하셔서 무궁한 복을 내려 대대로 벼슬이 그치지 않았으니 당나라 때 곽영공(郭令公)91)의 복록이 거룩했으나 이 승상에게는 미치지 못할 것이다.

허다한 자손이 낱낱이 재주가 특출난 가운데 광평후 이흥문이 호방한 백문 때문에 큰 환난을 보아 한 목숨을 부지하지 못할 뻔했으나 끝내 한 번의 희롱이라도 백문에게 섭섭한 말을 안 했으니 그 위인의 호탕함이 만고를 기울여 의논해도 비슷한 사람이 없었다. 광릉후 이경문은 불행히 유영걸에게 길러져 허다한 고초를 겪은 후 본부모를 찾았으나 끝내 원망을 하는 일이 없어 일생 유영걸 봉양을 효자의 도리로써 극진히 하며 현애를 끝까지 잊지 않아 현애가 죽은 후에 지성으로 슬퍼했다. 위 부인을 어려서 만나 큰 덕이 일세에 빼어날 뿐 아니라 자기 때문에 위 부인이 고초와 환난을 두루 겪은 것을 마음속으로 안타까워했다. 광릉후가 그리 졸렬한 사람이 아니었으나 일생 집 밖에서 색을 범하는 일이 없어 오로지 위 부인과 함께 지냈다.

슬프다, 중원 사람이 본디 값을 받기 위해 아주 근본 없는 말로 책을 엮어 뒤의 무식한 여자들의 눈을 밝히니 이씨 집안 사람들의 행적이 역사책에 오른다면 천추에 아름답지 않겠는가. 다만 간신이 사사로운 혐의 때문에 온갖 그릇된 수단으로 술책을 부려 오르지 못했다. 그래서 이처럼 기록한 사연이 없어지는 것을 안타까워해 나 유문장은 삼가 쓴다. 희원이 한미 만난 사연과 희천이 유흥의 딸 현옥을 맞아 곡절을 겪은 사연이며 그 누이 옥소의 사적이 <인봉쌍계록>에 있다.

---

91) 곽영공(郭令公): 곽자의(郭子儀, 697-781)를 높여 부른 이름. 곽자의는 중국 당(唐)나라 현종(玄宗), 숙종(肅宗) 때의 명장(名將). 안록산(安祿山)의 난을 평정하고 분양왕(汾陽王)에 봉해졌으므로 흔히 곽분양(郭汾陽)이라고 불림. 당나라 최대의 공신으로 평가받으며, 장수하고 부귀하며 자손들을 많이 두었음.

제2부

주석 및 교감

니시셰디록(李氏世代錄) 권지이십오(卷之二十五)

...

1면

어시(於時)의 왕(王)이 제주(諸子)를 거느려 부듕(府中)의 니르러 눈 이씨 형문 등(等)이 득의(得意)ᄒ미 각각(各各) 부모(父母)의 깃거 ᄒ미 측냥(測量)업고 승샹(丞相)이 희열(喜悅)ᄒᆫ 가온디 셩만(盛滿)[1] ᄒ믈 두려ᄒ더니, 연왕(-王)이 녀셔(女壻)[2]를 거느려 드러와 모든 디 뵈미 승샹(丞相)이 흔연(欣然)이 두긋겨 명싱(-生)의 손을 줍고 유열(愉悅)[3]이 닐오디,

"너의 긔샹(氣像)[4]이 비범(非凡)ᄒ믄 아ᄅᆫ 지 오리나 이러틋 수이 양명(揚名)[5]ᄒ미 쾌(快)홀 줄 아라시리오?"

개국공(--公) 등(等)이 일제(一齊)히 연왕(-王)을 향(向)ᄒ야 티하(致賀)ᄒ고 골오디,

"형댱(兄丈) 신명(神明)ᄒ시믄

...

2면

아등(我等)의 미출 비 아니라 항복(降伏)ᄒ믈 결을치 못홀쇼이다."

---

1) 셩만(盛滿): 성만. 넘치도록 가득 참.
2) 녀셔(女壻): 여서. 사위.
3) 유열(愉悅): 유쾌하고 기쁨.
4) 긔샹(氣像): 기상. 사람이 타고난 기개나 마음씨. 또는 그것이 겉으로 드러난 모양.
5) 양명(揚名): 이름을 드날림.

왕(王)이 손으로 슈염(鬚髯)을 두드므며 쇼왈(笑曰),

"추고(此故)로 형산(荊山)의 벽⁶⁾옥(璧玉)⁷⁾을 알 니 업亽니 니 아니
런들 명주(-子)롤 뉘 알니오?"

남공(-公)이 쇼왈(笑曰),

"현뎨(賢弟) 샤회롤 줄 어덧거니와 가(可)히 우쟈(愚者)론 말은 면
(免)치 못ㅎ리로다. 주부(自負)ㅎ기롤 눔이 니롤 亽이 업시 ㅎ니 가쇼
(可笑]) 아니냐?"

왕(王)이 크게 웃고 디왈(對曰),

"형댱(兄丈) 논박(論駁)ㅎ시미 ㄱ장 올흐시니 츄회(追悔)⁸⁾ㅎ느이다."

좌위(左右]) 쾌(快)히 웃고 이윽고 파(罷)ㅎ야 능후(-侯) 둥(等)이
명싱(-生)으로 더브러 모친(母親) 침쇼(寢所)의 드러가니,

이

. . .

3면

씨 임의 촉(燭)을 혓눈지라 왕(王)이 후(后)로 더브러 명싱(-生)의 긔
이(奇異)ㅎ믈 두굿기고 녀이(女兒]) 신이(神異)혼 틱도(態度)의 봉관
옥피(鳳冠玉佩)⁹⁾로 시좌(侍坐)¹⁰⁾ㅎ여시니 휘황(輝煌)혼 용치(容采)¹¹⁾

---

6) 벽: [교] 원문에는 '비'로 되어 있고, 규장각본(25:1)과 연세대본(25:2)에는 '바'로 되어 있으나 문
맥을 고려해 이와 같이 수정함.

7) 형산(荊山)의 벽옥(璧玉): 중국 춘추시대 초(楚)나라 형산(荊山)에서 난 화씨벽(和氏璧)을 이름.
초나라의 변화(卞和)라는 이가 박옥(璞玉)을 발견하여 초나라 왕인 여왕(厲王)과 무왕(武王)에게
차례로 바쳤으나 왕들이 그것을 돌멩이로 간주하여 각각 변화의 왼쪽 발과 오른쪽 발을 자름.
이후 문왕(文王)이 즉위하자 변화는 왕에게 갈 수 없어 통곡하니, 문왕이 그 소문을 듣고 옥공
(玉工)을 시켜 박옥을 반으로 가르게 해 진귀한 옥을 얻고 이를 화씨벽(和氏璧)이라 칭함. 『한비
자(韓非子)』, 「화씨(和氏)」.

8) 츄회(追悔): 추회. 지난 일을 뉘우침.

9) 봉관옥피(鳳冠玉佩): 봉관옥패. 봉황의 장식이 있는 예관(禮冠)과 옥으로 만든 패물.

10) 시좌(侍坐): 웃어른을 모시고 앉음.

더욱 특츌(特出)훈지라 부뫼(父母ㅣ) 두굿기믈 측냥(測量)치 못훈더니,

이윽고 왕(王)이 니러는 후(後) 광능휘(--侯ㅣ) 미소(微笑)훈고 뎡싱(-生)을 향(向)후야 골오디,

"그디 오눌 만인(萬人)을 묘시(藐視)12)후고 금방(金榜)13)의 일홈을 거러 장원(壯元)이 되니 의긔(意氣)14) 쾌활(快闊)15)후미 가(可)히 양미토긔(陽眉吐氣)16)홀 비나 그 근본(根本)을 싱각후미 가(可)히 용녈(庸劣)훈지라 쾌(快)투 못 후리로다."

뎡싱(-生)이 미쳐 답(答)지 못후야셔 제룸휘(--侯ㅣ)

· · ·

4면

몬저 몰숨을 니어 쭈지져 골오디,

"니 오눌 네게 절 븟다지라 후엿관디 공연(空然)이 만좌(滿座) 듕(中) 우음을 니릇혀뇨?"

장원(壯元)이 소왈(笑曰),

"형(兄)의 집심(執心)17)도 고이(怪異)후도다. 슈고 아니 드리고 치샤(致謝)18) 바드니 더 아니 쾌(快)홀가 시브냐?"

놈휘(-侯ㅣ) 즐왈(叱曰),

"누는 본디(本-) 공근(恭謹)19)후니 원(願)치 아닛노라."

---

11) 용치(容采): 용채. 용모.
12) 묘시(藐視): 업신여기어 깔봄.
13) 금방(金榜): 과거에 급제한 사람의 이름을 써서 거리에 붙이던 글.
14) 의긔(意氣): 의기. 사람이 타고난 기개나 마음씨. 또는 그것이 겉으로 드러난 모양.
15) 쾌활(快闊): 성격이 시원스럽고 마음이 넓음.
16) 양미토긔(陽眉吐氣): 양미토기. 눈썹을 치켜세우고 기운을 펼침.
17) 집심(執心): 흔들리지 않게 한쪽으로 마음을 잡고 열중함.
18) 치샤(致謝): 치사. 고맙다는 뜻을 나타냄.
19) 공근(恭謹): 공손하고 조심성 있음.

도라 소저(小姐)드려 굴오디,

"네 샹유[20]의 절을 브다야 올흘디 니 유익(有厄)[21]던가 ᄒᆞ야 제형(諸兄)도 계시건ᄆᆞᄂᆞᆫ 놀을 무이[22] 너기샤 니게 지우시니 뎡 노빅(老伯)[23]의 거지(擧止) 여ᄎᆞ여ᄎᆞ(如此如此)ᄒᆞ야 놀노뻐 괴로오믈 이긔지 못ᄒᆞ게 ᄒᆞ고 만좌(滿座)의 치소(嗤笑)[24]를 니르혀 놀

. . .

5면

로써 티신무디(置身無地)[25]ᄒᆞ게 ᄒᆞ니 엇지 통원(痛冤)[26]치 아니리오?"

쇼제(小姐ㅣ) 홍수(洪袖)[27]로 ᄎᆞ용(遮容)[28]ᄒᆞ고 낭낭(朗朗)이 우어 왈(曰),

"누의 덕(德)의 신방(新榜)[29] 쟝원낭(壯元郞)의 절을 브드시고 더옥 존귀(尊貴ㅣ) 지녈(宰列)[30]이시고 부친(父親) 븡위(朋友ㅣ)시니 형(兄)의게ᄂᆞᆫ 존듕(尊重)타 ᄒᆞ려든 가초가초 샤례(謝禮)를 브드시니 쾌ᄉᆞ(快事ㅣ)이 밧긔 업거ᄂᆞᆯ 도로혀 쇼ᄆᆡ(小妹)를 칙(責)ᄒᆞ시믄 엇지오?"

남휘(-侯ㅣ) 왈(曰),

---

20) 샹유: 상유. 정희의 자(字).
21) 유익(有厄): 유액. 재앙이 있음.
22) 무이: 밉게.
23) 뎡 노빅(老伯): 정 노백. 정 씨 어르신. 정희의 아버지 정광을 이름.
24) 치소(嗤笑): 빈정거리며 웃음.
25) 티신무디(置身無地): 치신무지. 몸을 둘 곳이 없음.
26) 통원(痛冤): 원통함.
27) 홍수(洪袖): 큰 소매.
28) ᄎᆞ용(遮容): 차용. 얼굴을 가림.
29) 신방(新榜): 과거에 새로 급제한 사람의 성명을 써 붙여 발표하는 방.
30) 지녈(宰列): 재열. 재상의 반열.

"쟝원낭(壯元郞)의 절 아니 바다도 누는 술 거시오, 너의 존구(尊舅)긔 샤례(謝禮) 아니 바다도 관겨(關係)치 아냐 크게 괴롭고 졈즉ᄒ니[31] 네 샹유의 스빈(師傅ㅣ) 줄 셜파(說破)ᄒ려 ᄒ더니 냥형(兩兄)이 하 말과뎌 ᄒ시니 함구(緘口)[32]ᄒ고 니 익(厄)

. . .

6면

이 굿던지 가쵸 우소온 형샹(形狀)을 당(當)ᄒ야 속앗노라."

명싱(-生) 왈(曰),

"니 불민(不敏)[33]ᄒ야 녕미(令妹)게 수훅(修學)ᄒ야 급뎨(及第)를 ᄒ야셔도 남지(男子ㅣ)니 관겨(關係)티 아니려니와 ᄎ언(此言)을 놈이 드룰진디 엇지 녕미(令妹)룰 웃지 아니리오?"

남휘(-侯ㅣ) 디쇼(大笑) 왈(曰),

"놈이 쇼미(小妹)룰 기리고 너룰 놈으룰가 두리미라. 아뫼 드러도 그 녀지(女子ㅣ) 긔특(奇特)다 ᄒ고 너룰 용녈(庸劣)ᄐ 훌 거시니 니 브디 두로 푼푸[34]ᄒ야 니 이미ᄒᆞᆷ믈 버셔나리라."

명싱(-生) 왈(曰),

"놀만 못혼 뎨ᄌ(弟子)도 두ᄂ니 니 스뷔(師傅ㅣ)라 ᄒ여든 더디도록 노(怒)ᄒ리오? 극(極)히 고이(怪異)토다."

남휘(-侯ㅣ) 왈(曰),

"ᄂ는 본디(本-) 용

---

31) 졈즉ᄒ니: 부끄러우니.
32) 함구(緘口): 입을 다묾.
33) 불민(不敏): 어리석고 둔하여 재빠르지 못함.
34) 푼푸: '전파'의 의미로 보이나 미상임.

녈(庸劣)ᄒ니 장원낭(壯元郎) 스싱 되미 블ᄉ(不似)[35]ᄒ 듕(中) 더옥 히온 일 업시 ᄉ뷘(師傅ᆫ) 톄ᄒ미 아니 블ᄉ(不似)코 우으냐?"

광능휘(--侯ㅣ) 미쇼(微笑) 왈(曰),

"운보ᄂ 잡담(雜談)을 긋치고 샹유로 ᄒ여곰 쇼미(小妹)의게 절을 ᄒ게 ᄒ라."

남휘(-侯ㅣ) 크게 웃고 올흐믈 일카라 명싱(-生)을 지쵹ᄒ니 명싱(-生)이 쇼왈(笑曰),

"니 녕미(令妹)로 더브러 친영(親迎)[36] 디례(大禮)[37]롤 지니연 지 오러니, 이제 두시 교ᄇᆡ(交拜)[38]홀 일이 업ᄂ니라."

남휘(-侯ㅣ) 어즈러이 보쳐여 절을 ᄒ라 혼ᄃᆡ, 명싱(-生)이 두시 닐오ᄃᆡ,

"니 임의 녕미(令妹)게 홀 졀을 그디게 ᄒ여시니 그디 녕미(令妹)게 니 디신(代身)의 절을 ᄒ

미 가(可)ᄒ니라."

제싱(諸生)이 일시(一時)의 웃고 명싱(-生)의 언ᄉ(言辭ㅣ) 능녀(凌厲)[39]ᄒ믈 ᄭ짓더니 쇼휘(-后ㅣ) 눌호여 ᄌᆞᆷ쇼(暫笑)ᄒ고 굴오ᄃᆡ,

---

35) 블ᄉ(不似): 불사. 어울리지 않음.
36) 친영(親迎): 신랑이 신부 집에 가서 신부를 맞이하여 신랑 집에 돌아오는 의례.
37) 디례(大禮): 대례. 혼인을 치르는 큰 예식.
38) 교ᄇᆡ(交拜): 교배. 혼인 때, 신랑 신부가 서로 절하는 예.

"현셔(賢壻)의 득의(得意)ᄒᆞ미 팔즈(八字)와 운쉬(運數ㅣ)라 엇지 녀ᄋᆞ(女兒)의 공(功)이리오? 놈이 드롤진ᄃᆡ 고이(怪異)히 너기리니 이등(爾等)40)은 슈구여병(守口如瓶)41)ᄒᆞ미 가(可)ᄒᆞ도다."

초후(-侯) 등(等)이 썌니 슈명(受命)ᄒᆞ더라.

졍싱(-生)이 쇼져(小姐)로 더브러 침쇼(寢所)의 도라와 시로온 은졍(恩情)이 여산여슈(如山如水)42)ᄒᆞ야 피치(彼此ㅣ) 환낙(歡樂)ᄒᆞ믈 이긔지 못ᄒᆞ더라.

제인(諸人)이 숨일유가(三日遊街)43)룰 ᄆᆞᄎᆞ미 두 한님원(翰林院)44)의 탁용(擢用)45)ᄒᆞ니, 오(五) 인(人)이 일ᄃᆡ(一代) 지ᄉᆞ(才士)46)로 ᄉᆞ됴(事朝)47)ᄒᆞ미 쳥망(淸望)48)이 됴야(朝野)49)의 진

. . .

9면

동(震動)ᄒᆞ니 인인(人人)이 탄복(歎服) 칭션(稱善)ᄒᆞ고 각각(各各) 부뫼(父母ㅣ) 두굿기믈 이긔지 못ᄒᆞ고,

기듕(其中) 왕싱(-生)이 삼(三) 년(年)을 괴로이 영ᄃᆡ(永待)50)ᄒᆞ야

---

39) 능녀(凌厲): 능려. 기세가 강해 당해 내기 어려움.
40) 이등(爾等): 너희.
41) 슈구여병(守口如瓶): 수구여병. 입을 병마개 막듯이 꼭 막는다는 뜻으로, 비밀을 다른 사람이 알지 못하도록 함을 이르는 말.
42) 여산여슈(如山如水): 여산여수. 태산처럼 높고 하수처럼 깊음.
43) 숨일유가(三日遊街): 삼일유가. 과거 급제자가 광대를 데리고 풍악을 울리면서 시가행진을 벌이고 삼 일 동안 시험관, 선배 급제자, 친척 등을 찾아보던 일.
44) 한님원(翰林院): 한림원. 중국 당나라 중기 이후에 주로 조서(詔書)를 기초하는 일을 맡아보던 관아.
45) 탁용(擢用): 많은 사람들 가운데서 뽑아 씀.
46) 지ᄉᆞ(才士): 재사. 재주 있는 선비.
47) ᄉᆞ됴(事朝): 사조. 조정에서 일을 봄.
48) 쳥망(淸望): 청망. 맑고 높은 명망.
49) 됴야(朝野): 조야. 조정과 민간.
50) 영ᄃᆡ(永待): 영대. 길이 기다림.

임의 국휼(國恤)[51] 삼년(三年)이 디ᄂᆞ니 희힝(喜幸)ᄒᆞ믈 이긔지 못ᄒᆞ던 듕(中) 의외(意外)의 금방(金榜)의 참녜(參預)ᄒᆞ야 옥당(玉堂) 명ᄉᆡ(名士ㅣ) 되니, 슉녀(淑女)ᄅᆞᆯ ᄆᆞᄌᆞ미 더옥 빗나미 이실지라 환희쾌락(歡喜快樂)ᄒᆞ믈 이긔지 못ᄒᆞ야 밧비 턱일(擇日)ᄒᆞ야 냥개(兩家ㅣ) 혼녜(婚禮)ᄅᆞᆯ 쥰비(準備)ᄒᆞ니,

남공(-公)이 비록 맛당이 못 넉이나 이ᄂᆞᆫ ᄉᆞ셰(事勢) 미쥬 적과 ᄃᆞᄅᆞᆫ 고(故)로 견집(堅執)ᄒᆞ미 가(可)치 아냐 흔연(欣然)이 혼슈(婚需)[52]ᄅᆞᆯ 출히고 댱 부인(夫人)이 ᄯᅩᄒᆞᆫ 공(公)의 명(命)

...

10면

을 위월(違越)[53]치 못ᄒᆞ야 범구(凡具)[54]ᄅᆞᆯ ᄃᆞᄉᆞ려 길일(吉日)을 영ᄃᆡ(迎待)[55]ᄒᆞᆯ ᄉᆡ 필주 쇼제(小姐ㅣ) 비록 입으로 발(發)ᄒᆞ미 업ᄉᆞ나 심하(心下)의 왕ᄉᆡᆼ(-生)을 ᄃᆞ시 ᄃᆡ(對)키ᄅᆞᆯ 무셔이 너기고 흉(凶)히 너겨 심졍(心情)이 초죠(焦燥)ᄒᆞᄃᆡ 시러곰 ᄒᆞᆯ 일이 업더니,

정일(定日)의 왕ᄉᆡᆼ(-生)이 헌아(軒雅)[56]ᄒᆞᆫ 풍도(風度)의 길복(吉服)[57]을 졍(正)히 ᄒᆞ고 고악(鼓樂)[58]과 ᄉᆡᆼ쇼(笙簫)[59]ᄅᆞᆯ 거ᄂᆞ려 니부(李府)의 니ᄅᆞ러 뎐안(奠雁)[60]을[61] ᄆᆞᆺ고 신부(新婦)의 샹교(上轎)[62]

---

51) 국휼(國恤): 백성 전체가 상복을 입던 황실의 초상. 국상.
52) 혼슈(婚需): 혼수. 혼인에 드는 물품.
53) 위월(違越): 어김.
54) 범구(凡具): 여러 물품.
55) 영ᄃᆡ(迎待): 영대. 맞이해 기다림.
56) 헌아(軒雅): 너그럽고 전아함.
57) 길복(吉服): 혼인 때 신랑 신부가 입는 옷.
58) 고악(鼓樂): 북과 음악.
59) ᄉᆡᆼ쇼(笙簫): 생소. 생황과 퉁소,
60) 뎐안(奠雁): 전안. 혼인 때 신랑이 신부 집에 기러기를 가져가서 상위에 놓고 절하는 예.
61) 안을: [교] 원문에는 '좌ᄅᆞᆯ'로 되어 있으나 문맥을 고려해 규장각본(25:7)과 연세대본(25:10)을

룰 지촉ㅎ니 일개(一家ㅣ) 남궁(-宮)의 모둣는 고(故)로 ㅎ갈가치 신낭(新郞)의 총준불월(聰俊發越)[63]ㅎ믈 일ㅋ더니, 연왕(-王)이 남공(-公)을 향(向)ㅎ야 골오디,

"형댱(兄丈)의 두복(多福)ㅎ시믄 쇼졔(小弟) 등(等)

...

11면

의 미츨 비 아니라 사회룰 어드시니ᄆ다 특이(特異)ᄒ 듕(中) 왕낭(-郞)의 긔특(奇特)ㅎ믄 우흐로 텰, 남[64] 등(等)의 비(倍)ㅎ니 하례(賀禮)ㅎᄂ이다."

남공(-公)이 미쇼(微笑) 브답(不答)이러니,

이윽고 신뷔(新婦ㅣ) 칠보응[65]쟝(七寶凝粧)[66]으로 치교(彩轎)[67]의 오루미 왕싱(-生)이 모든 디 하직(下直)고 쇼져(小姐)로 더브러 부듕(府中)의 도라가 ᄬ썅(雙雙)이 교비(交拜)룰 뭇고 합환주(合歡酒)룰 파(罷)ㅎ미 폐빅(幣帛)을 븟드러 구고(舅姑)긔 딘졍(進呈)[68]ㅎ니 왕공(公) 부뷔(夫婦ㅣ) 디연(大宴)을 개댱(開張)[69]ㅎ고 무슈(無數) 빈긱(賓客)을 모핫더니 밋 신부(新婦)룰 보미 이 엇지 범간(凡間) 미식(美色)으로 의논(議論)ㅎ리오. 이 가(可)히 하쥐(河洲)[70] 숙녜(淑女ㅣ)로

따름.

62) 상교(上轎): 상교. 가마에 오름.

63) 총준불월(聰俊發越): 총준발월. 총명하고 용모가 깨끗하고 훤칠함.

64) 텰, 남: 철, 남. 하남공 이몽현의 첫째딸 이미주의 남편 철수와 둘째딸 이초주의 남편 남관을 이름.

65) 응: [교] 원문과 규장각본(25:7), 연세대본(25:11)에 모두 '옹'으로 되어 있으나 문맥을 고려해 이와 같이 수정함.

66) 칠보응장(七寶凝粧): 칠보응장. 온갖 보석으로 꾸미고 화려하게 화장함.

67) 치교(彩轎): 채교. 채색을 하거나 채색 비단으로 꾸민 교자.

68) 딘졍(進呈): 진정. 나아가 올림.

69) 개댱(開張): 개장. 열어 베풂.

남교(藍橋)71)룰 건너며 월뎐(月殿) 흥이(嫦娥ㅣ)72)

· · ·

12면

인셰(人世)룰 희롱(戲弄)ㅎᄂᆞᆫ 돗 특이(特異)ᄒᆞᆫ 용광(容光)과 녕농(玲瓏)ᄒᆞᆫ 션ᄌᆞ광휘(鮮姿光輝)73) 이목(耳目)의 홀ᄂᆞᆫ(焜爛)74)ᄒᆞ고 ᄉᆞ벽(四壁)의 쏘이니 구괴(舅姑ㅣ) 디열(大悅)ᄒᆞ야 크게 칭찬(稱讚) 왈(曰),

"노뷔(老夫ㅣ) ᄒᆞᆫ 놋 아ᄃᆞᆯ을 만뉘(晚來)75)의 어더 ᄉᆞ랑이 뎨뎨(棣棣)76)ᄒᆞᆫ 가온디 어진 며ᄂᆞ리룰 어더 종ᄉᆞ(宗嗣)룰 챵(昌)77)ᄒᆞᆯ가 ᄇᆞ라더니 죠션여경(祖先餘慶)78)으로 이런 긔특(奇特)ᄒᆞᆫ 현부(賢婦)룰 어드니 이 엇지 오문(吾門)의 만힝(萬幸)이 아니리오? 이 다 돈ᄋᆞ(豚兒)의 공(功)이라 당당(堂堂)이 샹(賞)ᄒᆞ염 죽ᄒᆞ도다."

졔긱(諸客)이 일시(一時)의 치하(致賀) 왈(曰),

"우리 등(等)이 일죽 여러 곳 연ᄎᆞ(宴次)79)의 ᄃᆞ녀 미ᄉᆡᆨ(美色)을 흔히 보와시나 오ᄂᆞᆯ눌 존문(尊門) 신부80)(新婦) ᄀᆞᇀ81)니ᄂᆞᆫ 본82) ᄇᆞ

---

70) 하쥬(河洲): 하주. 하수(河水)의 모래톱이라는 뜻으로 부부 사이가 좋음을 이르는 말.『시경』, <관저(關雎)>에 나오는 말임.
71) 남교(藍橋): 중국 섬서성(陝西省) 남전현(藍田縣) 동남쪽에 있는 땅. 배항(裴航)이 남교역(藍橋驛)을 지나다가 선녀 운영(雲英)을 만나 아내로 맞고 뒤에 둘이 함께 신선이 됨. 당나라 배형(裴鉶)의『전기(傳奇)』에 이야기가 실려 있음.
72) 흥이(嫦娥ㅣ): 항아. 달에 산다고 하는 선녀.
73) 션ᄌᆞ광휘(鮮姿光輝): 선자광휘. 선명하고 빛나는 자태.
74) 홀ᄂᆞᆫ(焜爛): 혼란. 눈부시게 아름다움.
75) 만뉘(晚來): 만래. 늘그막.
76) 뎨뎨(棣棣): 체체. 성대하고 지극함.
77) 챵(昌): 창. 창성함.
78) 죠션여경(祖先餘慶): 조선여경. 조상들이 덕을 쌓아 물려 준 경사.
79) 연ᄎᆞ(宴次): 연차. 잔치 자리.
80) 부: [교] 원문에는 '보'로 되어 있으나 문맥을 고려해 규장각본(25:8)과 연세대본(25:12)을 따름.
81) ᄐᆞ: [교] 원문에는 지워져 있으나 문맥을 고려해 규장각본(25:9)과 연세대본(25:12)을 따름.
82) 본: [교] 원문에는 '보'로 되어 있으나 문맥을 고려해 규장각본(25:9)과 연세대본(25:12)을 따름.

쳐엄이라

가(可)히 반싱(半生) 무된 눈이 쾌(快)ᄒ믈 이긔지 못ᄒᆞᆯ쇼이다.”

왕 공(公) 부뷔(夫婦ㅣ) 더옥 쾌락(快樂)ᄒ야 치하(致賀)를 조곰도 ᄉ양(辭讓)치 아니코 싱(生)을 명(命)ᄒ야 ᄡᅡᆼ(雙)으로 헌쟉(獻爵)[83]을 시겨 두굿김과 ᄉ랑ᄒ미 실도(失道)[84]ᄒ미 갓가오니 왕 쇼졔(小姐ㅣ) 웃고 ᄉᆞᆯ오ᄃᆡ,

“신뷔(新婦ㅣ) 만일(萬一) 투문(他門) 녀질(女子ㄹ)진ᄃᆡ 혹(或) 미려(美麗)ᄒᄂ 이디도록디 아니리니 구가(舊家) 녀ᄌ(女子)돌은 이(李) 쇼져(小姐)분 아냐 다 졀식(絶色)이니이다.”

왕 공(公)이 우왈(又曰),

“네 물히 올흔지라. 광평후(--侯)로브터 모돈 니싱(李生)이 다 ᄒᆞ굴ᄀᆞᆺ치 특이쇄락(特異灑落)[85]ᄒ미 신션(神仙) 갓ᄐ니 만일(萬一) ᄉ회와 며ᄂᆞ리ᄅᆞᆯ 구(求)ᄒᆞᆯ진ᄃᆡ 이곳을 ᄇ

리고 어디ᄅᆞᆯ 구(求)ᄒ리오? 텬힝(天幸)으로 ᄂᆡ 일싱(一生) 소원(所願)과 암합(暗合)[86]ᄒ니 가장 깃브도다.”

---

83) 헌쟉(獻爵): 헌작. 잔을 올림.
84) 실도(失道): 도리를 잃음.
85) 특이쇄락(特異灑落): 인품이 특출나고 속된 기운이 없음.
86) 암합(暗合): 우연히 맞음.

쇼제(小姐ㅣ) 낭낭(朗朗)이 웃더라.

종일(終日) 진환(盡歡)[87]ᄒ고 일모도원(日暮途遠)[88]ᄒᄆᆡ 듕빈(衆賓)[89]이 각산(各散)[90]ᄒ고 파연(罷宴)ᄒ니 신부(新婦) 침쇼(寢所)ᄅᆞᆯ 셧녁(西ㅅ-) 큰 누(樓) 홍춘당(--堂)을 셔렷고 부[91]인(夫人)이 일싱(一生) 댱만ᄒᆞᆫ 긔용즙[92]믈(器用什物)[93]과 의복ᄌᆞ장(衣服資粧)[94]을 가쵸와 쇼저(小姐)ᄅᆞᆯ 거처(居處)ᄒ게 ᄒ니 금벽(金壁)이 휘황(輝煌)ᄒ고 포진(鋪陳)[95]이 화려(華麗)ᄒᆞᆫᄃᆡ ᄌᆞ금향노(紫金香爐)[96]의 울금향(鬱金香)[97]을 픠워 향ᄎᆔ(香臭) 옹울(蓊鬱)[98]ᄒ니 쇼제(小姐ㅣ) 일즉 쳔가(賤家)의 ᄌᆞ라나 샤치(奢侈)ᄅᆞᆯ 비쳑(排斥)ᄒᄂᆞᆫ 고(故)로 이러ᄒᆞᆷ믈 더옥 깃거 아냐 미우(眉宇)ᄅᆞᆯ 찡긔고 단좌(端坐)ᄒ엿더니,

* * *

15면

이윽고 왕싱(-生)이 신 쓰으ᄂᆞᆫ 쇼ᄅᆡ 낭ᄌᆞ(狼藉)[99]ᄒ며 념젼(簾前) 시ᄋᆡ(侍兒ㅣ) 신보(申報)[100]ᄒᄂᆞᆫ지라. 쇼제(小姐ㅣ) 시로이 심골(心

---

87) 진환(盡歡): 흥을 다함.
88) 일모도원(日暮途遠): 날은 저물고 갈 길은 멂.
89) 듕빈(衆賓): 중빈. 많은 손님.
90) 각산(各散): 각각 흩어짐.
91) 부: [교] 원문에는 '분'으로 되어 있으나 문맥을 고려해 규장각본(25:10)과 연세대본(25:14)을 따름.
92) 즙: [교] 원문에는 '즙'으로, 규장각본(25:10)과 연세대본(25:14)에는 '잡'으로 되어 있으나 문맥을 고려해 이와 같이 수정함.
93) 긔용즙믈(器用什物): 기용집물. 일상생활의 용품.
94) 의복ᄌᆞ장(衣服資粧): 의복자장. 의복과 여자가 화장하는 데 쓰는 물건들.
95) 포진(鋪陳): 바닥에 깔아 놓는 요, 돗자리, 방석 등을 총칭하여 이르는 말.
96) ᄌᆞ금향노(紫金香爐): 자금향로. 자금색 향로. 자금은 검붉은 색이 나는 도자기 잿물의 빛깔.
97) 울금향(鬱金香): 백합과 튤립속의 여러해살이풀을 이르는 말. 튤립.
98) 옹울(蓊鬱): 본래는 초목이 매우 무성하다는 뜻이나, 여기서는 향기가 가득하다는 의미로 쓰임.
99) 낭ᄌᆞ(狼藉): 낭자. 왁자지껄하고 시끄러움.
100) 신보(申報): 고하여 알림.

骨)이 경한(硬寒)[101]ᄒ고 등의 ᄎᆞᆫ ᄯᆞᆷ이 흐ᄅᆞᆯ 씨둣지 못ᄒᆞ야 몸을 이러셧더니, 한림(翰林)이 다ᄃᆞ라 흔연(欣然)이 안ᄌᆞᆷ을 쳥(請)ᄒ고 풀ᄒᆞᆯ 드러 좌(座)ᄅᆞᆯ 미니 쇼졔(小姐ㅣ) 계유 안ᄌᆞ미 유모(乳母)와 시녜(侍女ㅣ) 다 믈너나니 한님(翰林)이 이의 눈을 드러 쇼져(小姐)ᄅᆞᆯ ᄇᆞ라보니 구름 ᄀᆞᄐᆞᆫ 운환(雲鬟)[102]은 프른 닉ᄅᆞᆯ 먹음엇고 졔졔(齊齊)[103]ᄒᆞᆫ 봉황미(鳳凰眉)[104]ᄂᆞᆫ 치필(彩筆)[105]의 슈고ᄅᆞᆯ 더으디 아냠 즉ᄒ고 두 ᄲᅥᆨ 보죠기ᄂᆞᆫ 홍년(紅蓮)이 ᄎᆔ우(驟雨)[106]ᄅᆞᆯ ᄆᆞ신 듯 ᄃᆞᆫᄉᆞ(丹沙)[107] ᄀᆞᄐᆞᆫ 입 시우리 일쳔(一千) ᄌᆞᄐᆡ(姿態)ᄅᆞᆯ 먹음

· · ·

16면

어시니 쟉쟉노뇨(灼灼嫋嫋)[108]ᄒᆞᆫ 긔질(氣質)이 엇지 낭일(曩日)[109] 헌 옷 가온ᄃᆡ 눈믈이 만면(滿面)ᄒᆞ여실 적과 비기리오. 시로이 눈이 황홀(恍惚)ᄒ고 심신(心身)이 어려 안식(顔色)의 ᄀᆞ득ᄒᆞᆫ 우음을 먹음고 칭샤(稱謝)ᄒᆞ야 굴오ᄃᆡ,

"쇼싱(小生)이 블민(不敏)ᄒᆞ야 왕일(往日)의 부인(夫人)긔 죄(罪) 어드미 만흐니 도금(到今)ᄒᆞ야 감히(敢-) ᄎᆞᆷ괴(慙愧)[110]ᄒᆞᆷ믈 ᄎᆞᆷ으리잇가? 수연(雖然)이나 부인(夫人)은 쇼싱(小生)의 블쵸(不肖)ᄒᆞᆷ믈 개

---

101) 경한(硬寒): 놀라서 몸과 마음이 굳는 듯하고 싸늘해짐.
102) 운환(雲鬟): 여자의 탐스러운 쪽 찐 머리.
103) 졔졔(齊齊): 가지런함.
104) 봉황미(鳳凰眉): 봉황의 눈썹처럼 아름다운 눈썹.
105) 치필(彩筆): 채필. 눈썹을 치장하는 데 쓰이는 채색 붓.
106) ᄎᆔ우(驟雨): 취우. 소나기.
107) ᄃᆞᆫᄉᆞ(丹沙): 단사. 수은으로 이루어진 황화 광물. 진한 붉은 색을 띠며 다이아몬드 광택이 남. 붉은 색의 안료나 약재로 씀.
108) 쟉쟉노뇨(灼灼嫋嫋): 작작요요. 찬란하고 아리따움.
109) 낭일(曩日): 지난번.
110) ᄎᆞᆷ괴(慙愧): 참괴. 부끄러워함.

회(介懷)치 무르시고 어진 도(道)로 니죠(內助)를 빗니쇼셔."

쇼제(小姐 ㅣ) 정식(正色) 브답(不答)ᄒ고 썅안(雙眼)을 ᄂ쵸와시니 넝담(冷淡)ᄒ 긔질(氣質)이 더옥 졀셰(絕世)ᄒ지라 한림(翰林)이 황혹(恍惑)[111]ᄒ 은졍(恩情)이 구롬 못ᄃᆺ ᄒ야

17면

이의 쵹(燭)을 믈니고 옥슈(玉手)를 잇그러 샹상(牀上)의 나아가니 쇼졔(小姐 ㅣ) 비록 디단이 믈니치나 일개(一介) ᄋ녀지(兒女子 ㅣ) 쟝셩(壯盛)ᄒ 군ᄌ(君子)를 당(當)ᄒ리오. ᄆᆷ니 면(免)치 못ᄒ니 분훈(憤恨)[112]이 시롭고 한림(翰林)은 일념(一念)의 미친 원(願)을 금일(今日) 쇼헐(消歇)ᄒ지라 희희낙낙(喜喜樂樂)ᄒ 뜻이 측냥(測量)업더라.

쇼졔(小姐 ㅣ) 인(因)ᄒ야 머무러 구고(舅姑) 셤기ᄂᆫ 도(道)와 신셩혼명(晨省昏定)[113]의 씨를 어그릇지 아냐 일일ᄆ다 텰부셩녀(哲婦聖女)[114]로 흡ᄉ(恰似)ᄒ니 왕 공(公) 부뷔(夫婦 ㅣ) 혹(惑)히[115] ᄉ랑ᄒ고 한림(翰林)의 은이(恩愛)ᄂᆫ 더옥 비(比)홀 곳이 업ᄉ며 왕 쇼뎌(小姐)의 우이(友愛) 두터워 ᄆᆡ양 냥가(兩家)의 썅(雙)으로 왕니(往來)ᄒ니 왕 · 니(李) 냥

---

111) 황혹(恍惑): 황홀하고 혹함.
112) 분훈(憤恨): 분한. 분함과 한스러움.
113) 신셩혼명(晨省昏定): 신성혼정. 이른 아침에는 부모의 밤새 안부를 묻고 밤에는 부모의 잠자리를 보아 드린다는 뜻으로, 부모를 잘 섬기고 효성을 다함을 이르는 말. 혼정신성.
114) 텰부셩녀(哲婦聖女): 철부성녀. 현명한 부인과 성인 여자.
115) 혹(惑)히: 홀딱 반하거나 빠져서 정신을 못 차리게.

가(兩家)의 영화(榮華) 부귀(富貴) 미추리 업더라.

이씨 텬지(天子ㅣ) 션졔(先帝) 삼년(三年)을 지너시고 후(后)로 더브러 치복(彩服)을 가초시미 크게 준치를 베프샤 황친국쳑(皇親國戚)[116]을 모호실 시 됴셔(詔書)[117]ᄒᆞ샤 황후(皇后)의 일가(一家)를 두 입궐(入闕)ᄒᆞ라 ᄒᆞ시니,

니부(李府)의셔 다 위월(違越)[118]치 못ᄒᆞᆯ 줄노 아ᄅᆞ디 쇼휘(-后ㅣ) 본디(本-) 셩졍(性情)이 쳥한(淸閑)[119]ᄒᆞ기 뉴(類)달나 번화(繁華) 샤치(奢侈)를 샤갈(蛇蝎)[120]가치 너기미 황휘(皇后ㅣ) 입궐(入闕)ᄒᆞ신 후(後)로 죵시(終是) ᄒᆞᆫ 번(番)도 나아가지 아냣더니 도금(到今)ᄒᆞ야 더옥 즐겨 아냐 칭질블츌(稱疾不出)[121]ᄒᆞ니, 왕(王)이 뼈 곰 올히 너기나 너모 고집(固執)ᄒᆞ믈 니ᄅᆞ고 후(后)의 졍ᄉᆞ(情事)[122]를 술펴 드러가

라 ᄒᆞ니 휘(后ㅣ) 디왈(對曰),

"이ᄂᆞᆫ 군휘(君侯ㅣ)[123] 니ᄅᆞ지 아냐도 아ᄂᆞᆫ 비로디, 쳡(妾)이 일즉

---

116) 황친국쳑(皇親國戚): 황친국척. 황제의 친척과 인척.
117) 됴셔(詔書): 조서. 임금의 명령을 일반에게 알릴 목적으로 적은 문서.
118) 위월(違越): 어김.
119) 쳥한(淸閑): 청한. 맑고 깨끗하며 한가함.
120) 샤갈(蛇蝎): 사갈. 뱀과 전갈. '매우 싫어함'을 비유적으로 이르는 말.
121) 칭질블츌(稱疾不出): 칭질불출. 병을 핑계하고 나가지 않음.
122) 졍ᄉᆞ(情事): 정사. 사정.
123) 군휘(君侯ㅣ): 제후의 존칭.

미셰(微細)호 몸으로 존귀(尊貴)호미 일셰(一世)의 희한(稀罕)호거놀
또 황후(皇后)의 어미로 디니(大內)[124]의 드러가 샹(上)의 존경(尊敬)
호시믈 무즈 벗줍고 손복(損福)[125]홀 거시니 드러가지 못호누이다."

왕(王)이 텽파(聽罷)의 두시 니루지 아니터니,

황휘(皇后ㅣ) 그 모친(母親)의 아니 드러오시믈 크게 실망(失望)호
샤 글을 기쳐 골오샤디,

'블효녀(不孝女) 일주는 읍혈(泣血)[126]호고 삼가 모친(母親)긔 올
리누이다. 쇼녜(小女ㅣ) 일즉 모친(母親) 품을 써누디[127] 아년 디 십
삼(十三) 년(年)의 궁금(宮禁)[128]의 줍겨 이제 십(十) 년(年)이 거의

. . .

20면

로디 모친(母親) 고집(固執)호시미 무샹(無常)[129] 출입(出入)을 아니
시니 봄 져비 주렴(珠簾)의 춤출 적과 가을 써러지는 닙히 주안(慈
顔)[130]을 스렴(思念)[131]호는 심시(心思ㅣ) 장츠(將次ㅅ) 샹명(喪
命)[132]호미 갓가올너니 이제 다힝(多幸)이 긔회(機會) 됴흣거놀 추모
칭툭(稱託)[133]호고 아니 오려 흐시니 쇼녀(小女)의 무음을 어디 두리
잇가? 원(願)컨디 모친(母親)은 쇼녀(小女)의 존잉훈 졍수(情事)를 술

---

124) 디니(大內): 대내. 임금이 거처하는 곳.
125) 손복(損福): 복을 전부 또는 일부 잃음.
126) 읍혈(泣血): 피눈물을 흘림.
127) 디: [교] 원문에는 '다'로 되어 있으나 문맥을 고려해 규장각본(25:13)과 연세대본(25:19)을 따름.
128) 궁금(宮禁): 궁궐.
129) 무샹(無常): 무상. 늘.
130) 주안(慈顔): 자안. 어머니의 얼굴. 여기서는 황후 이일주의 어머니인 소월혜를 이름.
131) 스렴(思念): 사념. 마음속으로 깊이 생각함.
132) 샹명(喪命): 상명. 목숨을 잃음.
133) 칭툭(稱託): 칭탁. 어떠하다고 핑계를 댐.

피샤 귀가(貴駕)¹³⁴)롤 왕굴(枉屈)¹³⁵)ㅎ시믈 쳔만(千萬) 부라ᄂᆞ이다.'

휘(后ㅣ) 보기롤 묫고 쳐연(悽然)¹³⁶)이 흠누(含淚)ㅎ고 즉시(卽時) 답셔(答書)ㅎ야 굴오ᄃᆡ,

···

21면

'어믜 졍(情)이 후(后)만 묫ᄒᆞ미 아니오, 니 ᄯᅩ 후(后)롤 보고져 아니미 아니로ᄃᆡ 신(臣)의 평ᄉᆡᆼ(平生) 뎡심(貞心)을 휘(后ㅣ) ᄯᅩᄒᆞᆫ 아ᄅᆞ실지니¹³⁷) ᄉᆞ졍(私情)으로 능히(能-) 고치지 못ᄒᆞ니 안심믈진(安心勿陳)¹³⁸)ㅎ쇼셔.'

이 글이 ᄃᆡ닉(大內)의 니르미 휘(后ㅣ) ᄒᆞᆯ 일이 업셔 상연(傷然)¹³⁹)이 눈믈이 ᄂᆞ리오시더니 샹(上)이 붓그로조ᄎᆞ 드러오샤 굴ᄋᆞ샤ᄃᆡ,

"휘(后ㅣ) 일ᄉᆡᆼ(一生) ᄉᆞ친(思親)¹⁴⁰)ㅎ시ᄂᆞᆫ 눈믈이 ᄆᆞ롤 적이 업더니 연왕비(-王妃) 이번(-番)은 드러오실쇼이다."

휘(后ㅣ) 눌ㅎᆞ혀 샤례(謝禮) 왈(曰),

"셩은(聖恩)이 망극(罔極)ㅎ시니 신(臣)이 간뇌도디(肝腦塗地)¹⁴¹)ㅎ나 다 갑ᄉᆞᆸ지 못ᄒᆞ려니와 신(臣)의 어미 주

---

134) 귀가(貴駕): 귀한 가마.
135) 왕굴(枉屈). 남이 자기 있는 곳으로 찾아옴을 높여 이르는 말.
136) 쳐연(悽然): 처연. 슬퍼하는 모양.
137) 니: [교] 원문에는 이 뒤에 '니'가 있으나 부연으로 보아 규장각본(25:14)와 연세대본(25:21)을 따라 삭제함.
138) 안심믈진(安心勿陳): 안심물진. 안심하고 다시 베풀지 맒.
139) 상연(傷然): 슬퍼하는 모양.
140) ᄉᆞ친(思親): 사친. 어버이를 그리워하며 생각함.
141) 간뇌도디(肝腦塗地): 간뇌도지. 참혹한 죽임을 당하여 간장(肝臟)과 뇌수(腦髓)가 땅에 널려 있다는 뜻으로, 나라를 위하여 목숨을 돌보지 않고 애를 씀을 이르는 말.

쇼(自少)로¹⁴²⁾ 셩졍(性情)이 믈외(物外)의 버셔나온 고(故)로 그 쯧이 여추여추(如此如此)ᄒ니 신(臣)의 슬프미 시로오믈 면(免)치 못ᄒᆞ쇼이다."

셜파(說罷)의 쇼후(-后)의 셔간(書柬)을 븟드러 드리니 뎨(帝) 보시기를 뭇고 놀나며 칭찬(稱讚)ᄒᆞ샤디,

"연비(-妃)의 긔특(奇特)ᄒ시믈 아론 지 오러나 이디도록 ᄒ시믄 아지 못거이다. 슈연(雖然)이나 너모 고집(固執)ᄒ시고 현후(賢后)의 ᄉ졍(事情)이 측은(惻隱)ᄒ지라 딤(朕)이 계규(計巧)¹⁴³⁾로 입궐(入闕)ᄒ시게 ᄒ리이다."

휘(后ㅣ) 비ᄉᆞ(拜辭)¹⁴⁴⁾ 왈(曰),

"텬은(天恩)이 여추(如此)ᄒ시나 신(臣)이 일즉 어버의게 효도(孝道)를 못 ᄒ고 그 쯧조차 위엄(威嚴)으로 아ᄉᆞ리잇가? 임의 믈 업침 ᄀᆞ투니 폐

하(陛下)는 강권(强勸)치 무르쇼셔."

뎨(帝) 쇼왈(笑曰),

"현휘(賢后ㅣ) 이 엇진 말숨이뇨? 딤(朕)이 만승텬ᄌ(萬乘天子)¹⁴⁵⁾로

---

142) ᄌ쇼(自少)로: 자소로. 어려서부터.
143) 계규(計巧): 계교.
144) 비ᄉᆞ(拜辭): 배사. 웃어른에게 삼가 사양함.
145) 만승텬ᄌ(萬乘天子): 만승천자. 만 대의 수레를 징발할 수 있는 천자.

녀염가(閭閻家)146) 옹셔(翁婿)147)의 도리(道理)를 흐지 못흐나 구틱
야 박(薄)히 흐미 업거눌 연비(-妃) 고집(固執)히 궐닉(闕內)의 니르
지 아니흐니 그 쳥졍(淸靜)148)흔 쓰디 항복(降伏)되나 현무 주식(子
息)을 보고주 무옴이 업스리오? 흐누흐로 싱각흔죽 크게 모진 녀지
(女子ㅣ)라 황댱(皇丈)149)이 능히(能-) 뎨어(制御)흐시눈가 아지 못홀
쇼이다."

휘(后ㅣ) 듯기를 뭇고 믄득 혜풍화긔(惠風和氣)150)를 쇼삭(消
索)151)흐야 믹믹(脉脉)152)히 말을 아니시니 뎨(帝) 딕쇼(大笑) 왈(曰),
"현휘(賢后ㅣ) 딤(朕)의 말슴을 노(怒)흐시나 연비(-妃)의 돈돈흐시
미 일싱(一生) 죵

‥‥

24면

이(鍾愛)153)흐시던 그딕를 보고주 아니시고 번화(繁華)를 피(避)홀
줄만 아르시니 딤(朕)의 말이 그르지 아닐지라. 슈연(雖然)이나 연비
(-妃) 딤(朕)도 이긔시눈가 보미 올토다."

휘(后ㅣ) 무춤닉 답(答)디 아니시니 샹(上)이 흔연(欣然)이 우으실
뿐이러라.

이튼놀 샹(上)이 파됴(罷朝) 후(後) 연왕(-王)을 죠용이 인견(引

---

146) 녀염가(閭閻家): 여염가. 일반 백성의 살림집.
147) 옹셔(翁婿): 옹서. 장인과 사위를 아울러 이르는 말.
148) 쳥졍(淸靜): 청정. 욕심이 없고 마음이 깨끗함.
149) 황댱(皇丈): 황장. 황제의 장인. 연왕 이몽창을 이름.
150) 혜풍화긔(惠風和氣): 혜풍화기. 봄바람 같은 온화한 기운.
151) 쇼삭(消索): 소삭. 점점 줄어들어 다 없어짐.
152) 믹믹(脉脉): 맥맥. 잠자코 오래.
153) 죵이(鍾愛): 종애. 총애를 독차지함.

見)154)ᄒᆞ샤 무러 글ᄋᆞ샤ᄃᆡ,

"딤(朕)이 박덕(薄德)ᄒᆞ나 휘(后ㅣ) 곤위(坤位)155)룰 니어 만됴(滿
朝) 명뷔(命婦ㅣ)156) 두 못거눌 연국비(-國妃) 소 시(氏) 너모 박졀
(迫切)157)ᄒᆞ야 휘(后ㅣ) 입궐(入闕)ᄒᆞ온 지 십(十) 년(年)이 되여시ᄃᆡ
종시(終是) 궐ᄂᆡ(闕內)의 발ᄌᆞ최 님(臨)치 아니ᄒᆞ니 극(極)히 톄면(體
面)의 맛당치 아닌지라 그윽이 췸(取)치 아

25면

니ᄒᆞᄂᆞ니 황댱(皇丈)은 엇덧투 ᄒᆞ시ᄂᆞ니잇고? 가(可)히 듯고ᄌᆞ ᄒᆞᄂᆞ
이다."

왕(王)이 고두(叩頭)158)ᄒᆞ야 듯기룰 뭇고 ᄃᆡ왈(對曰),

"셩지(聖旨)159) 미신(微臣)의게 이러툿 ᄒᆞ시니 황공(惶恐)ᄒᆞᄆᆞᆯ 이
긔지 못ᄒᆞᆯ쇼이다. 폐쳬(弊妻ㅣ)160) ᄌᆞ쇼(自少)로 풍샹(風霜)을 ᄌᆞ로
겻거 구듕금궐(九重禁闕)161)을 져허 능히(能-) ᄂᆞ아오지 못ᄒᆞᄂᆞᆫ 가온
ᄃᆡ 즉금(卽今) 질병(疾病)이 위둔(委頓)162)ᄒᆞ야 샹셕(牀席)을 쩌ᄂᆞᄃᆡ
못ᄒᆞᆸ기로 텬은(天恩)을 승슈(承受)163)치 못ᄒᆞ미라 만일(萬一) 무고
(無故)ᄒᆞᆯ딘ᄃᆡ 신(臣)이 니ᄅᆞᄃᆡ 아니투 위월(違越)ᄒᆞ리잇고?"

---

154) 인견(引見): 윗사람이 아랫사람을 불러 만나봄.
155) 곤위(坤位): 황후의 지위.
156) 명뷔(命婦ㅣ): 봉작을 받은 부인의 통칭.
157) 박절(迫切): 인정이 없고 쌀쌀함.
158) 고두(叩頭): 머리를 조아려 경의를 나타냄.
159) 셩지(聖旨): 성지. 임금의 뜻.
160) 폐쳬(弊妻ㅣ): 자기 아내를 낮추어 이르는 말.
161) 구듕금궐(九重禁闕): 구중금궐. 겹겹이 문으로 막은 깊은 궁궐이라는 뜻으로, 임금이 있는 대
    궐 안을 이르는 말.
162) 위둔(委頓): 위돈. 병이 들어 쇠약함.
163) 승슈(承受): 승수. 아랫사람이 윗사람의 명령을 받들어 이음.

샹(上)이 미쇼(微笑) 왈(曰),

"딤(朕)이 블명(不明)ᄒ나 취모(娶母)164)의 뜻을 다 아ᄂ니 병(病)드다 ᄒ믄 칭탁(稱託)ᄒ미

· · ·

26면

라. 스싱지듕(死生之中)이 아닌 후(後)ᄂ 이번(-番)은 면(免)치 못홀줄 황댱(皇丈)은 니ᄅ샤 황후(皇后)의 ᄉ졍(事情)을 슬피쇼셔."

왕(王)이 슈명(受命)ᄒ야 믈너 집의 도라와 후(后)를 디(對)ᄒ야 ᄎ언(此言)을 니ᄅ고 드러가믈 권(勸)ᄒ디, 휘(后ㅣ) 더옥 블열(不悅)ᄒ야 안ᄉ(顔色)을 고치고 굴오디,

"어인 인싱(人生)이 ᄉ사(事事)165)의 됴흔 일이 업셔 ᄌ식(子息)을 두미 죵요로이166) 앏히 두디 못ᄒ고 이런 괴로온 디경(地境)을 만나뇨? 쳡(妾)이 황후(皇后)를 덜 ᄉ렴(思念)ᄒ미 아니로디 임의 죽으니로 혜여 싱젼(生前)의 발ᄌ최 금듕(禁中)의 아니 니ᄅ려 ᄒ엿더니 이 엇던 일이뇨? 군휘(君侯ㅣ) ᄯ호 쳡(妾)의 뜻을 거의

· · ·

27면

아ᄅ실 거시어ᄂ 힘뼈 ᄉ양(辭讓)치 아니시뇨?"

셜파(說罷)의 왕(王)이 후(后)의 일싱(一生) 침믁(沈默)ᄒ므로 졸연

---

164) 취모(娶母): 취모. 장모.
165) ᄉ사(事事): 사사. 이 일 저 일이라는 뜻으로, 모든 일을 이르는 말.
166) 죵요로이: 없어서는 안 될 정도로 매우 긴요하게.

(猝然)167)이 언시(言辭ㅣ) 고이(怪異)ᄒ믈 경아(驚訝)168)ᄒ고 ᄯᅩ흔
블쾌(不快)ᄒ야 불연(勃然) 변식(變色) 왈(曰),

"그디 이모디년(二毛之年)169)의 금일(今日) 언시(言辭ㅣ) 무슴 도
리(道理)의 당(當)ᄒ엿ᄂᆞ뇨? 집 안히셔 미ᄉᆞ(每事)의 과인(寡人)을 슈
듕(手中)의 농낙(籠絡)170)ᄒ나 텬ᄌᆞ(天子)의 몰숨이 여ᄎᆞ여ᄎᆞ(如此如
此) ᄒ시ᄂᆞᆫ디 신ᄌᆞ(臣子ㅣ) 되야 장ᄎᆞᆺ(將次ㅅ) 무어시라고 쇼쇼곡졀
(小小曲折)171)을 ᄃᆞ 주(奏)ᄒ야 그디 ᄯᅳᆺ을 부드리오? 일편(一片) 고
이(怪異)흔 집심(執心)이 구듕(九重) 샤치(奢侈)ᄅᆞᆯ 염(厭)ᄒ미 아냐
황ᄐᆡ후(皇太后) 됴 낭낭(娘娘)을 ᄶᅥ려 ᄒ미라 사ᄅᆞᆷ의 심졍(心情)이
이디도록 샤곡(私曲)172)ᄒ리오?"

셜

28면

파(說罷)의 휘(后ㅣ) 어히업셔 ᄡᅢᆼ셩봉목(雙星鳳目)173)을 ᄂᆞ쵸고 졍식
(正色) 단좌(端坐)ᄒ야 답(答)지 아니니 왕(王)이 드디여 ᄉᆞ미ᄅᆞᆯ 썰치
고 나가ᄂᆞᆫ지라.

제ᄌᆞ(諸子ㅣ) ᄌᆡ측(在側)이러니 부모(父母)의 샹힐(相詰)174)ᄒ시믈
놀나고 민망(憫惘)ᄒ야 셔로 도라보고 감히(敢-) 물을 못 ᄒ니 휘(后

---

167) 졸연(猝然): 갑자기.
168) 경아(驚訝): 놀랍고 의아하게 여김.
169) 이모디년(二毛之年): 이모지년. 흰 머리털이 나기 시작하는 나이라는 말.
170) 농낙(籠絡): 농락. 남을 교묘한 꾀로 속여 제 마음대로 놀리거나 이용함.
171) 쇼쇼곡졀(小小曲折): 소소곡절. 자질구레한 여러 가지 복잡한 사정.
172) 샤곡(私曲): 사곡. 사사롭고 마음이 바르지 못함.
173) ᄡᅢᆼ셩봉목(雙星鳳目): 쌍성봉목. 별 같고 봉황 같은 두 눈.
174) 샹힐(相詰): 상힐. 서로 힐난함.

l) 훈 번(番) 길게 툰식(歎息)고 벼개롤 느와 줌연(潛然)이 누어 시
녜(侍女l) 셕식(夕食)을 고(告)ᄒ나 ᄯ호ᄒ 응(應)치 아니ᄒ니, 제지
(諸子l) 숑구(悚懼)ᄒ야 믈너가지 아니코 쵸휘(-侯l) 느죽이 앏히
나아가 진식(趁食)175)ᄒ시믈 쳥(請)ᄒ디 휘(后l) 놀호여 닐오디,

"니 심시(心思l) 블평(不平)ᄒ니 여등(汝等)은 믈너가라. 조용이
조셥(調攝)176)ᄒ리라."

광능휘(--侯l)

    · ·

29면

진젼(進前) 간왈(諫曰),

"야야(爺爺) 말숨이 비록 디단ᄒ시나 일시(一時) 희언(戲言)이시니
틱틱(太太)177)논 믈시(勿施)178)ᄒ시미 올거놀 엇진 고(故)로 심ᄉ(心
思)를 샹(傷)히오시ᄂᆞ니잇고?"

휘(后l) 잠179)쇼(暫笑) 브답(不答)ᄒ고 도라누어 ᄆᆞᄎᆞ니 믈을 아
니니 쵸후(-侯) 등(等)이 축급(着急)180)ᄒ야 블을 혀기의 니ᄅ디 시
측(侍側)ᄒ엿더니, 밤이 져기 깁흔 후(後) 휘(后l) 홀연(忽然) 번신
(翻身)181)ᄒ야 니러 안ᄌ며 손으로 녀ᄋ(女兒)를 블너 머리롤 부치라
ᄒ고 ᄯ오 위 시(氏)를 블너 그ᄅᆞᆯ슬 느오라 ᄒ야 앏히 겨유 니ᄅᆞ며 피

---

175) 진식(趁食): 밥을 먹을 생각을 함.
176) 조셥(調攝): 조섭. 조리.
177) 틱틱(太太): 태태. 어머니를 예스럽게 이르는 말.
178) 믈시(勿施): 물시. 하려던 일을 그만둠.
179) 잠: [교] 원문과 연세대본(25:29)에는 '답'으로 되어 있으나 문맥을 고려해 규장각본(25:19)을
    따름.
180) 축급(着急): 착급. 매우 급함.
181) 번신(翻身): 몸을 뒤집음.

룰 몰이나 토(吐)ᄒ고 혼졀(昏絶)ᄒ야 구러지니,

원ᄂᆡ(元來) 쇼휘(-后ㅣ) ᄋᆞ시(兒時)로

. .

30면

브터 슬프믈 셔리담아 드듸여 셰샹(世上) ᄉᆞ변(事變)을 무궁(無窮)히
지니고 슈듕(愁中)182)의 근노(勤勞)ᄒ야 폐간(肺肝)이 다 ᄉᆞ히여183)
만일(萬一) ᄆᆞᄋᆞᆷ을 줌간(暫間) 쁜즉 병(病)이 나디 ᄆᆞᄎᆞᆷ 영화복녹(榮
華福祿)이 제미(齊美)184)ᄒ야 흠(欠)홀 거시 업ᄉᆞ무로 디단이 초젼
(焦煎)185)ᄒᆞᄂᆞᆫ 일이 업더니, 금일(今日) 왕(王)이 ᄌᆞ긔(自己) 의ᄉᆞ(意
思)도 아닌 몰로 헐쁘려186) 칙(責)ᄒᆞ믈 보니 붓그럽고 이돌오미 병
츌(竝出)187)ᄒ야 ᄌᆞ연(自然)이 구병(舊病)이 복불(復發)188)ᄒ고 왕
(王)은 구ᄐᆞ야 후(后)룰 이리 알미 아냐 그 고집(固執)이 블가(不可)
ᄒᆞᆫ 디 너모 셰워 듕도(中道)룰 ᄒᆡᆼ(行)치 아니믈 민망(憫惘)ᄒ야 짐즛
격동(激動)ᄒᆞ미 후(后)의 병(病)을 니ᄅᆞ혀니 엇지 고

. .

31면

이(怪異)치 아니리오.

---

182) 슈듕(愁中): 수중. 시름 속.
183) ᄉᆞ히여: 사위어. 재가 되어.
184) 제미(齊美): 모두 아름다움.
185) 초젼(焦煎): 마음을 졸이고 애를 태움.
186) 헐쁘려: 헐뜯어.
187) 병츌(竝出): 아울러 나옴.
188) 복불(復發): 복발. 병이나 근심, 설움이 다시 일어남.

이씨 초후(-侯) 둥(等)이 무망듕(無妄中)[189] 이 거조(擧措)롤 보고 실식디경(失色大驚)[190]ᄒ야 급(急)히 붓드러 회싱(回生)홀 약(藥)을 가져오라 ᄒ며 슈족(手足)을 쥬믈너 씨올 시 왕(王)이 셔헌(書軒)의 잇더니 낭문이 분분(紛紛)[191]이 나오며 약상(藥箱)을 ᄎ거놀 놀나 연고(緣故)롤 무르니 문이 읍디(泣對) 왈(曰),

"모친(母親)이 앗가 블의(不意)에 토혈(吐血)[192]을 만히 ᄒ시고 인ᄉ(人事)롤 모르시ᄂ이다."

왕(王)이 놀나 급(急)히 몸을 니러 정뎐(正殿)의 니르니 휘(后ㅣ) 벼개의 누어 인ᄉ(人事)롤 모로고 제ᄌ(諸子)와 녀이(女兒ㅣ) 붓드러 눈믈이 하슈(河水) ᄀᆺ거놀 심하(心下)의 ᄎ악(嗟愕)[193]ᄒ야 밧비 나아가니

· · ·

32면

그ᄅ시 블근 피 ᄀᆮ득ᄒ엿ᄂ지라 더옥 놀ᄂ 제ᄌ(諸子)롤 금지(禁止)ᄒ야 요론(擾亂)이 구지 몰나 ᄒ고 그 손을 ᄲᅡ혀 믹(脈)을 보며 약(藥)을 프러 입의 치디 죠곰도 싱긔(生氣) 업고 점점(漸漸) 믹(脈)이 ᄎ니 제지(諸子ㅣ) 혼블니톄(魂不離體)[194]ᄒ야 읍읍(悒悒)[195] 툰성(歎聲)ᄒᄂ 듕(中) 능휘(-侯ㅣ) 더옥 쵸젼(焦煎)[196]ᄒᄂ 간댱(肝腸)이

---

189) 무망듕(無妄中): 무망중. 별 생각이 없이 있는 상태.
190) 실식디경(失色大驚): 실색대경. 매우 놀라 낯빛이 변함.
191) 분분(紛紛): 어지러운 모양.
192) 토혈(吐血): 피를 토함.
193) ᄎ악(嗟愕): 차악. 몹시 놀람.
194) 혼블니톄(魂不離體): 혼불이체. 넋이 몸에 붙어 있지 않음.
195) 읍읍(悒悒): 근심하는 모양.
196) 쵸젼(焦煎): 초전. 마음을 졸이고 애를 태움.

붕절(崩絶)[197]ᄒᆞ야 신식(神色)[198]이 춘 지 ᄀᆞᆺ고 봉안(鳳眼)의 눈믈이 쉽솟듯 ᄒᆞ야 모친(母親) 손을 구지 붓드러 정신(精神)을 정(定)치 못ᄒᆞ니 왕(王)이 ᄯᅩᄒᆞᆫ 탹급(着急)ᄒᆞ야 다만 년(連)ᄒᆞ야 온슈(溫水)의 쳥심환(淸心丸)을 가라 흘녀 드려보니고,

구호(救護)ᄒᆞ기 삼경(三更)[199]의 니르러 휘(后ㅣ) 홀연(忽然) 숨을 길게 니

33면

쉬고 눈을 ᄯᅥ 보니 쵸후(-侯)와 남후(-侯)ᄂᆞᆫ 발을 ᄆᆞᆫ지고 능후(-侯)와 녀ᄋᆞ(女兒)ᄂᆞᆫ 좌우(左右) 슈(手)ᄅᆞᆯ 붓드러 누슈(淚水ㅣ) 옷기슬 적셧거ᄂᆞᆯ, 휘(后ㅣ) 심하(心下)의 가련(可憐)이 너겨 기리 한숨지고 왈(曰),

"여뫼(汝母ㅣ) 블민(不敏)ᄒᆞ야 ᄒᆞ로도 ᄆᆞᄋᆞᆷ 펴 사지 못ᄒᆞ고 ᄂᆞᆷ의 더러이 욕(辱)ᄒᆞ미 오늘놀의 업지 아니니 격년(隔年) 뭉킨 심홰(心火ㅣ) 디발(大發)[200]ᄒᆞᆫ지라 만일(萬一) 아죠 죽더면 여등(汝等)이 다 보젼(保全)치 못홀듯다."

인(因)ᄒᆞ야 녀ᄋᆞ(女兒)와 ᄋᆞᄌᆞ(兒子)의 눈믈을 옥슈(玉手)로 ᄡᆞ스니 ᄌᆞ녜(子女ㅣ) 깃브미 황홀(恍惚)ᄒᆞ야 능히(能-) 믈을 못 ᄒᆞ고 왕(王)이 경희(驚喜)ᄒᆞ야 ᄂᆞ아가 문왈(問曰),

"현휘(賢后ㅣ) 무ᄉᆞ 일노 블의(不意)에 혼미(昏迷)ᄒᆞ야 ᄌᆞ녀(子女)의

---

197) 붕절(崩絶): 끊어질 듯함.
198) 신식(神色): 신색. 안색의 높임말.
199) 삼경(三更): 밤 11시에서 1시 사이.
200) 디발(大發): 대발. 크게 일어남.

이롤 쓰이ᄂ뇨?"

휘(后ㅣ) 믄득 도라보고 즉시(卽時) 향벽(向壁)ᄒ야 누어 줌연(潛然)이 동(動)치 아니ᄒ니 왕(王)이 졍ᄉᆨ(正色) 왈(曰),

"향ᄀᆨ(向刻)[201]의 과인(寡人)이 무심(無心)코 블쵸(不肖)ᄒ 물을 ᄒ여시나 그ᄃ 쇼년(少年)이 아니어놀 이디도록 은노(隱怒)[202]ᄒ야 지어(至於)[203] 토혈(吐血)가지 ᄒᄂ뇨?"

언파(言罷)의 졔ᄌ(諸子)로 블 들나 ᄒ고 녀ᄋ(女兒)로 미음(米飮)을 갓ᄃ가 권(勸)ᄒ니 휘(后ㅣ) 봉안(鳳眼)을 ᄂ쵸고 동(動)치 아닌디 왕(王)이 졍ᄉᆨ(正色)고 ᄀᆡ유(開諭)[204]ᄒ기 두어 번(番)의 휘(后ㅣ) 손샤(遜辭) 왈(曰),

"쳡(妾)이 블민(不敏)ᄒ니 군(君)의 ᄎᆨ(責)ᄒ심을 노(怒)ᄒ리오? 무춤 구병(舊病)이 복발(復發)ᄒ야 일신(一身) 혼침(昏沈)[205]ᄒ나 디단치 아니ᄒ니 쇼려(消慮)[206]ᄒ쇼셔. 지어(至於) 미음(米飮)을 먹으믄 갓 토혈(吐血)ᄒ고

먹을 ᄯ이 업ᄉ니 죠용이 먹으미 ᄒᆡ(害)롭지 아니ᄒ이다."

---

201) 향ᄀᆨ(向刻): 향각. 지난번.
202) 은노(隱怒): 분노를 감춤.
203) 지어(至於): 심지어.
204) ᄀᆡ유(開諭): 개유. 사리를 알아듣도록 타이름.
205) 혼침(昏沈): 정신이 아주 흔미함.
206) 쇼려(消慮): 소려. 근심을 없앰.

왕(王)이 위로(慰勞) 왈(曰),

"비록 토혈(吐血)을 ᄆᆞᆫ히 ᄒᆞ여시나 속이 허(虛)ᄒᆞᆫ즉 더 어207)려오
리니 강잉(强仍)ᄒᆞ야 진(趁)208)ᄒᆞ라."

휘(后 |) 다시 믈을 아니코 두어 번(番) 무시더니 홀연(忽然) 그ᄅ
슬 ᄂᆡ여 더지고 토(吐)키를 피죠추 무궁(無窮)히 ᄒᆞ고 ᄯᅩ 혼미(昏迷)ᄒᆞ
니 제ᄌᆞ(諸子 |) 간댱(肝腸)이 다 ᄐᆞ ᄌᆞ 될 ᄃᆞᆺᄒᆞ고 왕(王)이 심난(心
亂)ᄒᆞ야 이 밤을 겨유 시와 평명(平明)의 외당(外堂)의 나와 ᄐᆡ의(太
醫)ᄅᆞᆯ 블너 진믹(診脈)ᄒᆞ고 묘방(妙方)209)으로 힘ᄡᅥ ᄃᆞᄉᆞ리고,

구고(舅姑)와 제숙(諸叔), 금댱(錦帳)210), 제딜(諸姪)이 니음ᄃᆞ라211)
문병(問病)ᄒᆞᆯ ᄉᆡ 블의(不意)에 침병(侵病)212)ᄒᆞᆫ 연고(緣故)ᄅᆞᆯ 무ᄅᆞ

36면

니 쵸후(-侯) 등(等)이 위연(偶然)이 실셥(失攝)213)ᄒᆞ므로 ᄃᆡ(對)ᄒᆞ니
구괴(舅姑 |) ᄀᆞ장 근심ᄒᆞ고 광평후(--侯) 등(等)이 우려(憂慮)ᄒᆞ미
친모(親母)긔 누리지 아니터라. 복약(服藥)214)을 여러 텹(貼) ᄡᅳ니 졉
간(暫間) 진뎡(鎭靜)ᄒᆞ야 ᄃᆞ시 토혈(吐血)ᄒᆞᄂᆞᆫ 일은 업스나 인(因)ᄒᆞ
야 샹요(牀-)의 침면(沈綿)215)ᄒᆞ야 증셰(症勢) 비경(非輕)216)ᄒᆞ니 제

---

207) 어: [교] 원문에는 'ᄒ'로 되어 있으나 문맥을 고려해 규장각본(25:23)과 연세대본(25:35)을 따름.
208) 진(趁): 밥을 먹을 생각을 함.
209) 묘방(妙方): 효험이 있는 처방.
210) 금댱(錦帳): 금장. 동서.
211) 니음ᄃᆞ라: 연이어.
212) 침병(侵病): 병이 듦.
213) 실셥(失攝): 실섭. 몸조리를 잘하지 못함.
214) 복약(服藥): 먹는 약.
215) 침면(沈綿): 병이 오랫동안 낫지 않음.
216) 비경(非輕): 가볍지 않음.

주(諸子), 제뷔(諸婦ㅣ) 듀야(晝夜) 시측(侍側)ᄒ야 우민(憂悶)[217]ᄒ믈 이긔지 못ᄒ고,

디궐(大闕)셔 황휘(皇后ㅣ) 이 쇼식(消息)을 드르시고 디경(大驚)ᄒ샤 샹궁(尙宮)으로 문안(問安)ᄒ시며 텬ᄌ(天子ㅣ) 듕ᄉ(中使)[218]와 어의(御醫)로 간병(看病)ᄒ시니 호호(浩浩)[219]ᄒ 영광(榮光)이 쳔지일시(千載一時)[220]라. 초후(-侯) 등(等)이 은명(恩命)을 숙샤(肅謝)[221]ᄒ고 ᄉᄌ(使者)ᄅ 밧그로셔 디졉(待接)ᄒ야 보니니,

티의(太醫)

. . .

37면

드러가 병증(病症)[222]을 ᄌ시 주(奏)ᄒ미 극(極)히 듕(重)ᄒ지라 휘(后ㅣ) 크게 슬허 슈라(水刺)[223]ᄅ 믈니치시고 번뇌(煩惱)ᄒ시니 뎨(帝) 위로(慰勞) 왈(曰),

"취뫼(娶母ㅣ)[224] 일시(一時) 쵹샹(觸傷)[225]ᄒ야 병셰(病勢) 위악(危惡)[226]ᄒ시나 년긔(年期) 쟝년(壯年)이시니 ᄌ연(自然) 아니 회두(回頭)[227]ᄒ 거시라 이디도록 셩녀(聖慮)[228]ᄅ 더으시ᄂ뇨?"

---

217) 우민(憂悶): 근심하고 번민함.
218) 듕ᄉ(中使): 중사. 왕명을 전하던 내시.
219) 호호(浩浩): 한없이 넓고 큼.
220) 쳔지일시(千載一時): 천재일시. 천 년에 한 번 있음.
221) 숙샤(肅謝): 숙사. 예전에, 임금의 은혜에 감사하며 공손하고 경건하게 절을 올리던 일. 사은 숙배(謝恩肅拜).
222) 병증(病症): 병의 증상.
223) 슈라(水刺): 수라. 궁중에서, 황제나 황후에게 올리는 밥을 높여 이르던 말.
224) 취뫼(娶母ㅣ): 취모. 장모.
225) 쵹샹(觸傷): 촉상. 찬 기운이 몸에 닿아서 병이 생김.
226) 위악(危惡): 병세가 나빠져 위태로움.
227) 회두(回頭): 병이 호전됨.
228) 셩녀(聖慮): 성려. 임금의 염려를 높여 이르는 말. 여기서는 황후의 염려를 높여 이름.

휘(后ㅣ) 읍디(泣對) 왈(曰),

"폐하(陛下) 물슴이 올흐시나 신(臣)의 어미 주쇼(自少)로 풍샹(風霜)을 구쵸 겻거 구ᄉ일싱(九死一生)혼 몸으로 폐간(肺肝)이 ᄉ히여숩거눌229) 이제 디병(大病)이 복불(復發)230)ᄒ미 엇지 념녜(念慮ㅣ) 적으리잇고?"

샹(上)이 지삼(再三) 위로(慰勞)ᄒ시고 어의(御醫)와 니시(內侍)로 ᄒ로 셰 슌(巡)식 간병(看病)ᄒ시더니,

십여(十如) 일(日) 후(後) 져기

⋯

38면

나은지라 황휘(皇后ㅣ) 크게 깃거ᄒ시고 쵸후(-侯) 등(等)이 디희(大喜)ᄒ야 듀야(晝夜) 뫼셔 화담미어(和談美語)231)로 그 ᄆ음이 화평(和平)ᄒ시믈 요구(要求)ᄒ니 휘(后ㅣ) 쏘흔 구퇴야 심ᄉ(心思) 쓰는 일이 업ᄉ디 왕(王)이 드러온죽 안식(顏色)이 심(甚)히 싁싁ᄒ야 일어(一語)룰 블기(不開)ᄒ니 왕(王)이 미온(未穩)232)이 너기나 그 병(病)이 듕(重)ᄒ고 모든 주녜(子女ㅣ) 호읍(號泣)233)ᄒ야 이쓰믈 보니 ᄃ시 가칙(苛責)234)ᄒ는 일이 업셔 뎌의 닝졍(冷情)ᄒ믈 모르는 듯ᄒ더니,

일일(一日)은 왕(王)이 됴회(朝會)로죠추 니뎐(內殿)의 니르미 ᄆ

---

229) ᄉ히여숩거눌: 삭았삽거늘.
230) 복불(復發): 복발. 병이 한꺼번에 일어남.
231) 화담미어(和談美語): 정답게 주고받는 아름다운 말.
232) 미온(未穩): 평온하지 않음.
233) 호읍(號泣): 목 놓아 큰 소리로 욺.
234) 가칙(苛責): 가책. 가혹하게 꾸짖음.

춤 제저(諸子]) 오러 임스(任事)235)롤 폐(廢)호여시므로 드 공당(公堂)236)의 가고 휘(后]) 홀노 녀♀(女兒)와 제손(諸孫)을 앒히 두어 담쇼(談笑)호

· ·

39면

거놀 나아가 문병(問病)훈디 휘(后]) 조약(自若)237)히 디왈(對曰),

"천질(賤疾)238)이 오늘은 드 나아시니 과려(過慮)239)치 므르쇼셔."

왕(王)이 믄득 정식(正色) 왈(曰),

"현휘(賢后]) 이제 이칠삼오(二七三五) 쇼이(小兒]) 아니어놀 과인(寡人)의 말을 노(怒)호야 지어(至於) 토혈(吐血)240) 침병(侵病)241)호고 눌이 포될스록242) 가지록 은노(隱怒)243)호믈 더으니 이 엇던 도리(道理)뇨? 그디 제조(諸子) 보기도 스스로 붓그럽지 아니냐?"

휘(后]) 답(答)지 아니커놀 왕(王)이 긔식(氣色)이 식식호야 디답(對答)을 지촉호니 휘(后]) 눌호여 침음(沈吟)244) 툰식(歎息) 왈(曰),

"박명(薄命) 인싱(人生)이 일신(一身)의 병(病)조추 얽미여 이러호나 엇지 군(君)의 말솜을 유감(遺憾)호미리오? 첩(妾)의

---

235) 임스(任事): 임사. 맡은 일.
236) 공당(公堂): 공무를 맡아 보던 곳.
237) 조약(自若): 자약. 큰일을 당해서도 놀라지 아니하고 보통 때처럼 침착함.
238) 천질(賤疾): 천질. 천한 병이라는 뜻으로 자신의 병을 낮추어 이르는 말.
239) 과려(過慮): 너무 염려함.
240) 토혈(吐血): 피를 토함.
241) 침병(侵病): 병이 듦.
242) 포될스록: 거듭될스록.
243) 은노(隱怒): 분노를 감춤.
244) 침음(沈吟): 말없이 속으로 깊이 생각함.

우인(爲人)이 본디(本-) 블쵸(不肖)ᄒ니 군(君)의 아ᄅ시미 올커눌 쳡
슈블혜(妾雖不慧)245)ᄒ오나 탄(嘆)홀 거시 이시리오?"

왕(王)이 쳥파(聽罷)의 미쇼(微笑)ᄒ고 ᄂ죽이 그릇ᄒᄆ를 일ᄏ라 긔
식(氣色)이 화열(和悅)246)ᄒ고 언에(言語ㅣ) 은근(慇懃)247)ᄒ니 휘
(后ㅣ) ᄃ시 답(答)지 아니ᄒ더라.

이러구러 궐ᄂ니(闕內) 진248)연(進宴)249) 놀이 다ᄃᄅᄆ미, 쇼휘(-后ㅣ)
치 쇼셩(蘇醒)250)치 못ᄒ여시ᄃ 강질(强疾)251)ᄒ야 드러가려 ᄒ니
졔ᄌ(諸子ㅣ) 일시(一時)의 간(諫)ᄒ야 드러가지 못ᄒ게 막으ᄃ 휘
(后ㅣ) ᄆ츰ᄂ 듯지 아니ᄒ고 졔부(諸婦)와 녀ᄋ(女兒)를 거ᄂ려 입
궐(入闕)ᄒᄆ,

황휘(皇后ㅣ) 반가오시미 황홀(恍惚)ᄒ샤 듕계(中階)의 ᄂ려 모친
(母親)을 ᄆᄌ샤 당(堂)의 올나 손을 븟들고 눈믈

이 십솟ᄃ ᄒ시니 쇼휘(-后ㅣ) 역시(亦是) 참연(慘然)ᄒ야 다만 닐오ᄃ,
"셔로 만나미 다ᄒᆡᆼ(多幸)커눌 엇지 심ᄉ(心思)를 술와 어믜 슬프믈

---

245) **쳡슈블혜(妾雖不慧)**: 첩수불혜. 첩이 비록 슬기롭지 않으나.
246) 화열(和悅): 온화함.
247) 은근(慇懃): 겉으로 나타내지는 아니하지만 속으로 생각하는 정도가 깊고 간절함.
248) 진: [교] 원문과 연세대본(25:40)에는 '지'로 되어 있으나 문맥을 고려해 규장각본(25:27)을 따름.
249) 진연(進宴): 나라에 경사가 있을 때, 궁중에서 베풀던 잔치.
250) 쇼셩(蘇醒): 소성. 중병을 치르고 난 뒤에 다시 회복함.
251) 강질(强疾): 병을 무릅씀.

도으시ᄂ뇨?"

휘(后ㅣ) 추언(此言)을 드루시고 즉시(卽時) 눈믈을 거두시고 평신(平身)[252]ᄒ시미 쇼휘(-后ㅣ) 눈을 드러 황후(皇后)를 ᄌ시 보니 신댱(身長)과 거지(擧止) 임의 퇴평국모(太平國母)의 긔샹(氣像)이 이러 뎍의면뉴(翟衣冕旒)[253] 가온더 식식 쇄락(灑落)[254]ᄒ 긔질(氣質)이 ᄀ을 둘 굿톤지라 반가옴과 이련(哀憐)[255]ᄒ미 병출(並出)[256]ᄒ야 다만 옥수(玉手)를 잡아 탄식(歎息)ᄒ 분이오 녀ᄂ 믈을 아니니 휘(后ㅣ) 종ᄂ(從來)[257] ᄉ모(思慕)ᄒ던 소회(所懷)며 십(十) 년(年)을 못 뵈오믈 닐너 슬허ᄒ믈 ᄆ지아

. .

42면

니시며 녀 시(氏) 등(等)을 만ᄂ 반기시고 희힝(喜幸)ᄒ시미 측냥(測量)업셔 ᄒ시고 화 시(氏), 오 시(氏)를 보시고 더옥 깃그샤 모후(母后)긔 고왈(告曰),

"우흐로 삼(三) 져져(姐姐)의 특이(特異)ᄒ시믄 니ᄅ도 몰고 아릭로 두 아이 호구(好逑)[258]를 줄 어더 계신지라 엇지 깃브지 아니리잇고? 빅문이 이제ᄂ 단시(端士ㅣ)[259] 되엿ᄂ가 시브니 긔 더옥 다힝(多幸)ᄒ이다."

---

252) 평신(平身): 엎드려 절한 뒤 몸을 본디대로 폄.
253) 뎍의면뉴(翟衣冕旒): 적의면류. 적의와 면류. 적의는 청색의 꿩을 수놓아 만든 의복으로 중요한 예식 때 황후나 귀부인이 입던 예복이고 면류는 면류관의 앞뒤에 늘어뜨린 구슬꿰미임.
254) 쇄락(灑落): 인품이 깨끗하고 속된 기운이 없는 것을 말함.
255) 이련(哀憐): 애련. 가엽고 애처롭게 여김.
256) 병출(並出): 아울러 나옴.
257) 종ᄂ(從來): 종래. 이전부터 지금까지.
258) 호구(好逑): 좋은 짝.
259) 단시(端士ㅣ): 단사. 품행이 바른 선비.

연비(-妃) 탄식(歎息) 브답(不答)ᄒ고 티ᄌ(太子)ᄅᆞᆯ 츠ᄌ보미, 이ᄢᅵ 티ᄌ(太子)ᄂᆞᆫ 팔(八) 세(歲)오, 아리로 두 황ᄌ(皇子)ᄂᆞᆫ 뉵(六) 세(歲), ᄉᆞ(四) 세(歲)라 ᄒᆞᆫ굴ᄀᆞᆺ치 영오(英悟)[260] 블월(發越)[261]ᄒᆞ미 진짓 농봉지ᄌ(龍鳳之姿)[262]와 텬일지푀(天日之表ㅣ)[263]라. 연비(-妃) 두굿김과 깃브믈 니긔지 못ᄒᆞ야 미

. . .

43면

우(眉宇)의 희긔(喜氣) 녕농(玲瓏)ᄒ고 뎡 한림(翰林) 부인(夫人) 월뒤 톄면(體面)을 닛고 티ᄌ(太子)ᄅᆞᆯ 등을 두두려 왈(曰),

"우리 형(兄)이 아니실진디 티지(太子ㅣ) 엇지 이러툿 긔이(奇異)ᄒᆞ리오?"

ᄒᆞ니 좌위(左右ㅣ) 웃고 휘(后ㅣ) ᄯᅩᄒᆞᆫ 그 손을 노치 아니시고 굴ᄋᆞ샤디,

"널노 더브러 일시(一時)ᄅᆞᆯ 못 ᄯᅥᄂᆞᆯ가 ᄒᆞ더니 엇지 니 일됴(一朝)의 심궁(深宮)의 드러 너ᄅᆞᆯ 머리 눈섭 우히 딜 제 ᄯᅥ나 어룬이 되디 못 볼 줄 아라시리오?"

언미필(言未畢)[264]의 궁녜(宮女ㅣ) 급보(急報) 왈(曰),

"황애(皇爺ㅣ) 드러오시ᄂᆞ이다."

제인(諸人)이 일시(一時)의 주렴(珠簾) 밧긔 피(避)ᄒᆞ엿더니 샹(上)

---

260) 영오(英悟): 용모가 뛰어나고 총명함.
261) 블월(發越): 발월. 용모가 깨끗하고 훤칠함.
262) 농봉지ᄌ(龍鳳之姿): 용봉지자. 용과 봉황 같은 자태. 『구당서(舊唐書)』, 「태종본기상(太宗本紀上)」에 나오는 구절임.
263) 텬일지표(天日之表): 천일지표. 하늘의 해와 같은 모습. 『구당서(舊唐書)』, 「태종본기상(太宗本紀上)」에 나오는 구절임.
264) 언미필(言未畢): 말이 끝나지 않음.

이 드러와 안주시고 샹궁(尙宮)으로 연비(-妃) 등(等)을 다 명툐(命
招)²⁶⁵⁾ᄒ시니

. . .

44면

연비(-妃) 녀²⁶⁶⁾부(女婦)롤 거ᄂ려 드러가 산호비무(山呼背舞)²⁶⁷⁾롤
못고 고두복지(叩頭伏地)²⁶⁸⁾ᄒ미 샹(上)이 흔연(欣然)이 연비(-妃)롤
향(向)ᄒ야 공경(恭敬)ᄒ야 굴오샤ᄃᆡ,

"황휘(皇后ㅣ) 입궐(入闕)ᄒ신 후(後) 존후(尊后)로 옹셔지분(翁婿
之分)²⁶⁹⁾이 이시ᄃᆡ 존비(尊妃) 고집(固執)히 쵸방(椒房)²⁷⁰⁾ 금궐(禁
闕)을 염(厭)²⁷¹⁾ᄒ샤 불주최 님(臨)치 아니시니 일죽 보옵지 못ᄒ엿
더니 금일(今日)은 엇디 드러오시니잇고?"

쇼휘(-后ㅣ) 부복(俯伏)²⁷²⁾ 샤은(謝恩) 왈(曰),

"신쳡(臣妾)이 어린 ᄯᆞᆯ노ᄡᅥ 지존(至尊)긔 비(配)ᄒ온 후(後) 듀야
(晝夜) 황숑(惶悚)ᄒ미 심연박빙(深淵薄氷)²⁷³⁾ ᄀᆞᆺᄌᆞ오니 구구(區區)
ᄒᆞᆫ 수정(私情)의 보옵고져 ᄡᅳ지 업ᄉ리잇가마ᄂᆞᆫ 쳔질(賤疾)이 듀야
(晝夜) 미류(彌留)²⁷⁴⁾

---

265) 명툐(命招): 명초. 임금의 명령으로 신하를 부름.
266) 녀: [교] 원문에는 '나'로 되어 있으나 문맥을 고려해 규장각본(25:29)과 연세대본(25:44)을 따름.
267) 산호비무(山呼背舞): 산호배무. 두 손을 들고 만세를 부르며 절함. 산호는 임금의 축수(祝壽)
　　　를 위해 두 손을 들고 만세를 부르는 것이고 배무는 절하는 예식을 행할 때 춤추는 것.
268) 고두복지(叩頭伏地): 머리를 조아리고 땅에 엎드림.
269) 옹셔지분(翁婿之分): 옹서지분. 장인과 사위의 관계. 여기서는 장모와 사위의 관계를 이름.
270) 쵸방(椒房): 초방. 왕비를 달리 이르는 말로, 여기에서는 궁궐을 이름.
271) 염(厭): 꺼림.
272) 부복(俯伏): 고개를 숙이고 엎드림.
273) 심연박빙(深淵薄氷): 깊은 못과 얇은 얼음을 대한다는 뜻으로, 매우 조심함을 이르는 말.
274) 미류(彌留): 병이 오래 낫지 아니함.

ᄒ오미 ᄯᅳᆺ ᄀᆺ지 못ᄒ오믈 혼탄(恨歎)ᄒ옵더니 셩괴(聖敎ㅣ) 이 ᄀᆺ
시니 황공(惶恐)ᄒ여이다."

샹(上)이 우으시고 극(極)히 공경(恭敬)ᄒ샤 줍간(暫間) 눈으로 비
숙이²⁷⁵⁾ 보시다, 그 셩ᄌ광휘(聖姿光輝)²⁷⁶⁾는 니르도 몰고 면모(面
貌)의 팔치(八彩)²⁷⁷⁾ 녕농(玲瓏)ᄒ고 엄졍(嚴正) 싁싁ᄒ미 츄텬(秋天)
ᄀᆺ튀야 ᄌ연(自然) 사롬으로 긔경(起敬)²⁷⁸⁾ᄒ게 ᄒᄂ지라. 샹(上)이
크게 놀나샤 심하(心下)의 칭찬(稱讚)ᄒ믈 무지아니시고 조초 녀 시
(氏) 등(等)을 보시미 ᄒᆞᆫ갈ᄀᆺ치 국식(國色)인 듕(中) 녀 시(氏), 위 시
(氏) 듕듕(衆中)의 ᄲᅱ여ᄂ 고모(姑母)²⁷⁹⁾긔 지디 아니ᄒ니 더옥 경아
(驚訝)ᄒ샤 쇼후(-后)를 향(向)ᄒ야 그 족피(族派ㅣ)²⁸⁰⁾와 ᄎ례(次例)
를 무르시니, 휘(后ㅣ) ᄲᅡᆼ

슈(雙手)로 녀 시(氏)를 ᄀᆞᆯ쳐 딘왈(對曰),

"이ᄂ 신(臣)의 툥뷔(冢婦ㅣ)²⁸¹⁾니 시랑(侍郎) 녀현의 손(孫)이오

---

275) 비숙이: 비삭이. 한쪽으로 약간 기울어진 정도로.
276) 셩ᄌ광휘(聖姿光輝): 성자광휘. 거룩한 자태와 빛나는 모습.
277) 팔치(八彩): 팔채. 여덟 빛깔의 눈썹이라는 뜻으로, 제왕의 얼굴을 찬미하는 말. 중국 고대 요
임금의 눈썹에 여덟 가지 색채가 있었다는 데서 유래함. 여기서는 소후의 남다른 모습을 이
르는 표현으로 쓰임.
278) 긔경(起敬): 기경. 공경하는 마음이 일어남.
279) 고모(姑母): 시어머니.
280) 족피(族派ㅣ): 족파. 씨족의 파계(派系).
281) 툥뷔(冢婦ㅣ): 총부. 종자(宗子)나 종손(宗孫)의 아내. 곧 종가(宗家)의 맏며느리를 이름.

쇼᷃(少師) 녀현긔 녜(女ㅣ)오."

임 시(氏)를 ᄀ᷃ᄅ쳐 왈(曰),

"ᄎ᷃(此)는 셩문의 지실(再室)이니 승상(丞相) 임ᄌ᷃명의 손(孫)이오 샹셔(尙書) 임계운의 녀(女)오."

위 시(氏)를 ᄀ᷃ᄅ쳐 왈(曰),

"이는 각노(閣老) 위광보의 손(孫)이오 승상(丞相) 위공부의 녀(女)이니 신(臣)의 ᄎ᷃ᄌ(次子) 경[282]문의 쳐(妻)오, 셋지는 젼(前) 졀도᷃(節度使) 화영의 손(孫)이오 시임(時任)[283] 샹셔(尙書) 화진의 녜(女ㅣ)니 신(臣)의 삼ᄌ(三子) 빅문의 쳐(妻)오, 넷지는 젼(前) 샹셔(尙書) 오문의 손(孫)이오 원외랑(員外郎) 오단의 녜(女ㅣ)니 황이(皇姨)[284] 됴 시(氏)의 일ᄌ(一子) 낭문의 쳐(妻)오, 다ᄉ᷃지는 신(臣)의 ᄯ᷃ㄹ이니 샹셔(尙書) 뎡광[285]의

. .

47면

ᄌ(子) 한림(翰林) 뎡희 체(妻ㅣ)로쇼이다."

셜파(說罷)의 샹(上)이 기리 탄식(歎息)ᄒ᷃샤 ᄀ᷃ᄅ익샤ᄃ᷃,

"부인(夫人)의 다복(多福)ᄒ᷃믄 ᄐ᷃인(他人)의 미츨 비 아니로쇼이다. 제ᄌ(諸子ㅣ) 일ᄌ᷃ 특츌(特出)ᄒ᷃미 일셰(一世)의 ᄶ᷃여ᄂ᷃고 ᄌ부(子婦ㅣ) 다 각각(各各) 주옥(珠玉) ᄀ᷃ᄐ니 엇지 곽녕공(郭令公)[286]을 불

---

282) 경: [교] 원문에는 '셩'으로 되어 있으나 앞의 예를 따라 이와 같이 수정함.

283) 시임(時任): 현임.

284) 황이(皇姨): 황후의 자매. 여기에서 황이는 전 황후였던 조 태후의 여동생으로 이몽창의 재실인 조 씨를 이름.

285) 광: [교] 원문에는 '이'로 되어 있으나 앞의 예를 따라 이와 같이 수정함.

286) 곽녕공(郭令公): 곽영공. 곽자의(郭子儀, 697-781)를 높여 부른 이름. 곽자의는 중국 당(唐)나라 현종(玄宗), 숙종(肅宗) 때의 명장(名將). 안록산(安祿山)의 난을 평정하고 분양왕(汾陽王)

우리오?"

휘(后ㅣ) 누죽이 샤은(謝恩)ㅎ니 샹(上)이 은근(慇懃)이 말솜ㅎ샤
이윽고 니러누시며 여러 날 머믈믈 니르시니,

휘(后ㅣ) 이의 미양궁(未央宮)의 나아가 틴후(太后)긔 됴회(朝會)
ㅎ미 됴 틴휘(太后ㅣ) 또흔 흔연(欣然)이 인견(引見)ㅎ샤 그 셩ㅈ광
휘(聖姿光輝)룰 흠탄(欽歎)[287]ㅎ시고 ㅈ부(子婦)의 개[288]개(箇箇)히
긔이(奇異)ㅎ믈 안도(眼睹)[289]ㅎ미 유복(有福)ㅎ믈

• • •

48면

더옥 블워ㅎ시고 그 아이[290] 박명(薄命)ㅎ믈 시로이 한심(寒心)ㅎ야
이의 닐너 굴ㅇ샤디,

"젼일(前日)노븟허 경(卿)은 소문(所聞)이 서의(鉏鋙)[291]치 아니ㅎ
니 샹견(相見)ㅎ믈 원(願)ㅎ디 능히(能-) 뜻 갓지 못ㅎ더니 황휘(皇后
ㅣ) 입궐(入闕)혼 후(後)도 경(卿)이 쇼허(巢許)[292]의 고졀(孤節)[293]
을 가져 금듕(禁中)[294] 샤치(奢侈)룰 비쳑(排斥)ㅎ미 틴심(太甚)ㅎ야

에 봉해졌으므로 흔히 곽분양(郭汾陽)이라고 불림. 당나라 최대의 공신으로 평가받으며, 장수
하고 부귀하며 자손들을 많이 두었음.
287) 흠탄(欽歎): 흠탄. 흠모하고 감탄함.
288) 개: [교] 원문에는 '계'로 되어 있으나 문맥을 고려해 규장각본(25:32)과 연세대본(25:47)을 따름.
289) 안도(眼睹): 눈으로 직접 봄.
290) 아이: 아우. 조 태후의 아우인, 이몽창의 재실 조 씨를 이름.
291) 서의(鉏鋙): 서어. 익숙하지 아니하여 서름서름함.
292) 쇼허(巢許): 소허. 소부(巢父)와 허유(許由). 모두 중국 요임금 때의 은사(隱士). 소부는 요임금
이 천하를 주려 했으나 거절하고 요성(聊城)에서 은거하며 방목(放牧)하면서 일생을 마침. 산
속에 숨어 세상의 이익을 돌아보지 않고 나무 위에 집을 지어 그곳에서 잤다고 하여 소부(巢
父)라 불림. 허유는 자(字)가 무중(武仲)으로 요임금이 천하를 그에게 물려 주려 했으나 거절
하고 기산(箕山)에 들어가 은거함. 요임금이 또 그에게 관직을 주려 하자 그 말이 자기의 귀
를 더럽혔다며 곧 영수(潁水) 가에서 귀를 씻음.
293) 고졀(孤節): 홀로 깨끗하게 지키는 절개.
294) 금듕(禁中): 금중. 궁궐.

일(一) 슌(旬)을 만나지 못ᄒ엿더니 금일(今日)은 하힝(何幸)으로 션풍(仙風)을 보니 평싱(平生) 영힝(榮幸)이로다."

쇼휘(-后ㅣ) 피셕(避席) 비샤(拜謝) 왈(曰),

"신(臣)이 본디(本-) 질병(疾病)이 침곤(侵困)²⁹⁵⁾ᄒ야 듀야(晝夜) 샹요(牀-)의 위둔(萎頓)²⁹⁶⁾ᄒ미 구구(區區)ᄒ 주최 금듕(禁中)을 더러이지 못ᄒ미라 엇지 쳥절(淸節)²⁹⁷⁾을 주랑코주 ᄒ야 금듕(禁中)을 피(避)ᄒ리잇가? 셩괴(聖敎ㅣ) 이 가ᄐ시니 블승

. .

49면

황공(不勝惶恐)ᄒ여이다."

휘(后ㅣ) 잠쇼(暫笑)ᄒ고 됴 시(氏)의 말을 일ᄏ지 아니시니 져그나 냥(量)이 너ᄅ신죽 블쵸(不肖)ᄒ 아이²⁹⁸⁾ 죄(罪)를 샤(赦)ᄒ야 용납(容納)ᄒ믈 샤례(謝禮)치 아니시리오. 계양 공듀(公主ㅣ) ᄯ호 입시(入侍)²⁹⁹⁾ᄒ엿더니 됴후(-后)의 무단(無斷)³⁰⁰⁾ᄒ시믈 개탄(慨嘆)ᄒ더라.

이튼놀 샹(上)이 후(后)로 더브러 녜복(禮服)을 가쵸시고 틱후(太后)를 뫼셔 좌(坐)ᄒ시미 제왕(帝王), 공주(公主), 뉵궁(六宮)³⁰¹⁾ 비빙(妃嬪)³⁰²⁾이 추례(次例)로 좌(座)를 일워시니 복식(服色)이 황홀(恍惚)ᄒ고 가관금슬(笳管琴瑟)³⁰³⁾이 드레여³⁰⁴⁾ 정히(正-) 쳔고일시(千

---

295) 침곤(侵困): 몸에 병이 들어 피곤함.
296) 위둔(萎頓): 위돈. 앓아서 정신이 없음.
297) 쳥졀(淸節): 청절. 맑고 깨끗한 절개.
298) 이: [교] 원문에는 '히'로 되어 있으나 문맥을 고려해 규장각본(25:33)과 연세대본(25:49)을 따름.
299) 입시(入侍): 궁궐에 들어가 임금을 뵙던 일.
300) 무단(無斷): 무례함.
301) 뉵궁(六宮): 육궁. 옛 중국의 궁중에 있었던 황후의 궁전과 부인 이하의 다섯 궁실.
302) 비빙(妃嬪): 비빈. 비(妃)와 빈(嬪)을 아울러 이르는 말. 비는 임금이나 황태자의 아내이고 빈은 후궁을 이름.

古一時)305)러라.

샹(上)이 티후(太后)긔 헌쥭(獻爵)을 ᄆ치시고 황친국쳑(皇親國
戚)306)을 ᄃᆡ회(大會)ᄒ샤 종일(終日)토록 즐기시미 이놀 뉵궁(六宮)
비빙(妃嬪)과 외명부(外命婦)307) 등(等)이 수플 ᄀᆞ투야 경국식308)(傾
國色)309)

· · ·

50면

이 만흐나 녀 시(氏) 등(等)의 출는(燦爛)ᄒ 용광(容光)310)의 두 툴식
(奪色)311)ᄒ고 두 나히 쇼년(小年)이로ᄃᆡ 죽품(爵品)312)이 고ᄃᆡ(高大)
ᄒ야 위계(位階)313)룰 결우리 업스니 궁듕(宮中) ᄃᆡ소인(大小人)이
뉘 아니 닐ᄏᆞ고 공경(恭敬)ᄒ리오. 티휘(太后ㅣ) 더옥 블열(不悅)ᄒ
샤 님긔314)(臨期)315)의 각별(各別) 샹ᄉᆞ(賞賜)316)ᄒ시ᄂᆞ 거시 업고
홀노 오 시(氏)룰 치단(綵緞)317) 이보(異寶)318)룰 만히 주시니 그

---

303) 가관금슬(笳管琴瑟): 피리와 금, 슬. 관악기와 현악기를 이름.
304) 드레여: 떠들썩해.
305) 천고일시(千古一時): 천고일시. 천고에 한 번 있는 때.
306) 황친국쳑(皇親國戚): 황친국척. 황제의 친척과 인척.
307) 외명부(外命婦): 황족·종친의 딸과 아내 및 문무관의 아내로서 남편의 직품(職品)에 따라 봉
    작(封爵)을 받은 부인을 통틀어 이르던 말.
308) 식: [교] 원문에는 '샹'으로 되어 있으나 문맥을 고려해 규장각본(25:33)과 연세대본(25:50)을
    따름.
309) 경국식(傾國色): 경국색. 임금이 푹 빠져 나라를 무너지게 할 만큼 아름다운 여자.
310) 용광(容光): 빛나는 얼굴.
311) 툴식(奪色): 탈색. 빛을 잃음.
312) 죽품(爵品): 작품. 벼슬과 품계.
313) 위계(位階): 벼슬의 품계.
314) 긔: [교] 원문에는 '시'로 되어 있으나 문맥을 고려해 규장각본(25:34)과 연세대본(25:50)을 따름.
315) 님긔(臨期): 임기. 떠나는 시간이 됨.
316) 샹ᄉᆞ(賞賜): 상사. 임금이 칭찬하여 상으로 물품을 내려 줌.
317) 치단(綵緞): 채단. 온갖 비단을 통틀어 이르는 말.
318) 이보(異寶): 기이한 보배.

편319)벽(偏僻)ᄒ시미 여ᄎ(如此)ᄒ더라.

쇼휘(-后ㅣ) 이튼놀 즉시(卽時) 하딕(下直)고 ᄂᆞ올 시 황휘(皇后ㅣ) 울고 슬프믈 이긔지 못ᄒ시니 연비(-妃) 디의(大義)로 기유(開諭)ᄒ고 삼모(三母)320)의 덕(德)으로 경계(警戒)ᄒᄆᆡ 언언(言言)이 흉금(胸襟)이 샹쾌(爽快)ᄒ니 휘(后ㅣ) 절ᄒ야 명(命)을 ᄇᆞᄃᆞ시고 샹(上)이 ᄯᅩᄒᆞᆫ 인견(引見)ᄒ샤 말뉴(挽留)ᄒ신ᄃᆡ 연비(-妃) 병(病)들므로 디답(對答)ᄒ시

. . .

51면

니 샹(上)이 훌일업스샤 치돈표리(綵緞表裏)321)로 샹샤(賞賜)ᄒ시니,

쇼휘(-后ㅣ) 샤은(謝恩) 비샤(拜謝)ᄒ고 집의 도라와 존당(尊堂)의 뵈오미 모다 황후(皇后)의 존문(存問)322)을 무르니 휘(后ㅣ) 무양(無恙)323)ᄒ므로 디(對)ᄒ더라.

이ᄯᅵ 창문 공ᄌᆞ(公子)의 길긔(吉期) 님븍(臨迫)ᄒ엿ᄂᆞᆫ지라 냥개(兩家ㅣ) 혼수(婚需)를 출혀 공지(公子ㅣ) 뎡일(定日)의 위의(威儀)324)를 거ᄂᆞ려 댱부(-府)의 니ᄅᆞ러 신부(新婦)를 ᄆᆞᄌ 도라오미 공주(公子)의 듄아(俊雅)325)ᄒᆞᆫ 표치(標致)326)와 신부(新婦)의 절셰미뫼(絶世美

---

319) 편: [교] 원문에는 '변'으로 되어 있으나 문맥을 고려해 규장각본(25:34)과 연세대본(25:50)을 따름.
320) 삼모(三母): 세 어머니. 중국 주(周)나라의 세 어머니로 태강(太姜), 태임(太姙), 태사(太姒)를 이름. 태강은 태왕(太王)의 비(妃)로서 왕계(王季)의 모친이고, 태임(太任)은 왕계의 비로서 문왕(文王)의 모친이며, 태사(太姒)는 문왕의 비로서 무왕(武王)의 모친임. 모두 현명한 어머니라는 칭송을 받음.
321) 치돈표리(綵緞表裏): 채단표리. 온갖 비단과, 임금이 신하에게 내리거나 신하가 임금에게 올리던 옷의 겉감과 안찝.
322) 존문(存問): 안부.
323) 무양(無恙): 몸에 병이나 탈이 없음.
324) 위의(威儀): 위엄이 있고 엄숙한 태도나 차림새.

貌ㅣ) 츠등(差等)치 아니ᄒ니 부뫼(父母ㅣ) 크게 깃거ᄒ고 공지(公子
ㅣ) 심하(心下)의 희힝(喜幸)ᄒ야 듕디(重待)³²⁷⁾ 측냥(測量)업셔 슈유
블니(須臾不離)³²⁸⁾ᄒ니 모돈 형뎨(兄弟) 긔롱(譏弄)³²⁹⁾ᄒ야 우슨³³⁰⁾
디 공지(公子ㅣ) 심(甚)히 괴로이 너겨 만일(萬一) 평후(-侯) 등(等)을
만논죽 도라가기를 못 미³³¹⁾츨 ᄃ

· ·

52면

시 ᄒ니 제싱(諸生)이 ᄯ라ᄀᆞ며 즙아 삐고 희롱(戲弄)ᄒ더라.

뎡 한림(翰林) 부인(夫人)이 본부(本府)의 오러 이시미 ᄌᆞ연(自然) 동
셔(東西)로 제형(諸兄)을 츠ᄌᆞ 박혁(博奕)³³²⁾ 담쇼(談笑)로 지내더니,

일일(一日)은 봉셩각(--閣)의 위 시(氏)로 조용이 말ᄉᆞᆷᄒᆞᆯ ᄉᆡ 이ᄢᅵ
슘츈(三春)이라 화³³³⁾엽(花葉)³³⁴⁾이 분분(紛紛)이 ᄯᅥ러지고 경믈(景
物)이 ᄀᆞ장 ᄀᆞ려(佳麗)³³⁵⁾ᄒ니 쇼제(小姐ㅣ) 시흥(詩興)을 이긔지 못
ᄒ야 붓을 드러 ᄒᆞᆫ 수(首) 시(詩)를 일우고 위 시(氏)를 향(向)ᄒ야
츠운(次韻)³³⁶⁾ᄒ라 ᄒ니 위 시(氏) 그 지죠(才藻)³³⁷⁾의 신묘(神妙)ᄒ

---

325) 듄아(俊雅): 준아. 준수하고 전아함.
326) 표치(標致): 아름다운 얼굴.
327) 듕디(重待): 중대. 진중하게 대우함.
328) 슈유블니(須臾不離): 수유불리. 잠시도 떨어져 있지 않음.
329) 긔롱(譏弄): 기롱. 실없는 말로 놀림.
330) 우슨: [교] 원문과 연세대본(25:52)에는 '웃고'로 되어 있으나 문맥을 고려해 규장각본(25:35)을 따름.
331) 미: [교] 원문에는 '밀'로 되어 있으나 문맥을 고려해 규장각본(25:35)과 연세대본(25:52)을 따름.
332) 박혁(博奕): 장기와 바둑.
333) 화: [교] 원문에는 '황'으로 되어 있으나 문맥을 고려해 규장각본(25:35)과 연세대본(25:53)을 따름.
334) 화엽(花葉): 꽃잎.
335) ᄀᆞ려(佳麗): 가려. 아름답고 화려함.
336) 츠운(次韻): 차운. 남이 지은 시의 운자(韻字)를 따서 시를 지음. 또는 그런 방법.

믈 칭찬(稱讚)ᄒ고 왈(曰),

"첩(妾)은 본디(本-) 부지둔질(不才鈍質)[338]이라 엇지 쇼저(小姐)의 식견(識見)를 당(當)ᄒ리오?"

쇼제(小姐ㅣ) 답쇼(答笑) 왈(曰),

"져제(姐姐ㅣ) 엇지 이런 정외지언(情外之言)[339]을 ᄒ시ᄂ뇨? 쇼제(小姐ㅣ) 붓그려 ᄂᆺ 둘 ᄯᅡ히

...

53면

업도쇼이다."

위 시(氏) 웃고 ᄆᆞᄎᆞ니 짓지 아닌디 쇼제(小姐ㅣ) 탄식(歎息) 왈(曰),

"져제(姐姐ㅣ) 쇼미(小妹)를 더러이 너기샤 이럿튻 박절(迫切)히 ᄒ니 쇼미(小妹) 무ᄉᆞ 면목(面目)으로 여긔 안ᄌᆞ시리오?"

셜ᄑᆞ(說罷)의 옥안(玉顔)을 붉히고 니러ᄂᆞ려 ᄒ니 위 시(氏) 년망(連忙)히 머무르고 답ᄉᆞ(答謝) 왈(曰),

"첩(妾)의 부지둔질(不才鈍質)이 듕인(衆人) 공회(公會)의 붓그려 ᄒ미라 쇼제(小姐ㅣ) 이디도록 노(怒)ᄒ실 줄 아더면 엇지 발셔 짓지 아니리오?"

셜파(說罷)의 붓을 드러 칠언절구(七言絶句) 일(一) 슈(首)를 성편(成篇)[340]ᄒ미 휘쇄(揮灑)[341]ᄒ미 눈 놀니둣 ᄒ야 경긱(頃刻)[342]의

---

337) 지죠(才藻): 재조. 시문을 짓는 재능.

338) 부지둔질(不才鈍質): 부재둔질. 재주가 없고 성질이나 기질이 둔함.

339) 정외지언(情外之言): 정외지언. 인정에 벗어나는 말이라는 뜻으로, 가까이 지내는 사람에게 버성기게 구는 말.

340) 성편(成篇): 성편. 시문을 지어 한 편을 완성함.

341) 휘쇄(揮灑): 붓을 휘두른다는 뜻으로, 글씨를 쓰거나 그림을 그리는 것을 이르는 말.

342) 경긱(頃刻): 경각. 눈 깜빡할 사이. 또는 아주 짧은 시간.

붓을 노코 쇼져(小姐)를 주니 쇼제(小姐ㅣ) 년망(連忙)이 부다 보미
진실노(眞實-) 필법(筆法)이 룡시(龍蛇ㅣ) 비등(飛騰)343)ᄒ고 ᄉ의(辭
意) 산협수(山峽水)344)

...

54면

를 것구로치고 댱강(長江) 디히(大海)를 헤쳐 ᄌᄌ언언(字字言言)이
쇄락식식(灑落--)345)ᄒ미 비(比)ᄒᆞᆯ 곳이 업ᄉ니 심하(心下)의 시로이
놀ᄂᆞ 이의 탄복(歎服) 왈(曰),

"쇼미(小妹) 형(兄)의 묘지(妙才)346)를 아른 지 오리디 이디도록
ᄒ시믄 미쳐 아지 못ᄒ엿더니 오늘놀 모347)식(茅塞)348)ᄒᆞᆫ 흉금(胸襟)
이 활연349)(豁然)350)ᄒ야 막힌 거시 틔이ᄂᆞ이다."

위 시(氏) 말녀 왈(曰),

"쳡(妾)의 성졍(性情)이 심(甚)히 이런 일을 비351)쳑(排斥)ᄒᆞ디 쇼
제(小姐ㅣ) 하 과도(過度)히 노(怒)ᄒᆞ야 ᄒ시미 무지못ᄒᆞ야 지어시나
녕형(令兄)이 보신죽 고이(怪異)히 너기352)리니 쇼져(小姐)는 깁히

---

343) 룡시(龍蛇ㅣ) 비등(飛騰): 용사비등. 용이 살아 움직이는 것같이 아주 활기 있는 필력을 비유
적으로 이르는 말.
344) 산협수(山峽水): 산협수. 무산(巫山) 협곡의 물. 무산은 사천성(四川省) 무산현(巫山縣)에 있는
산으로, 험하기로 이름 높은 곳임.
345) 쇄락식식(灑落--): 시원스럽고 엄숙함.
346) 묘지(妙才): 묘재. 신묘한 재주.
347) 모: [교] 원문과 규장각본(25:37), 연세대본(25:55)에 모두 '무'로 되어 있으나 문맥을 고려해
이와 같이 수정함.
348) 모식(茅塞): 모색. 길이 띠로 인하여 막힌다는 뜻으로, 마음이 물욕에 가리어 어리석고 무지함
을 비유적으로 이르는 말.
349) 연: [교] 원문에는 '열'로 되어 있으나 문맥을 고려해 규장각본(25:37)과 연세대본(25:55)을 따름.
350) 활연(豁然): 환하게 터져 시원한 모양.
351) 비: [교] 원문에는 '빅'으로 되어 있으나 문맥을 고려해 규장각본(25:37)과 연세대본(25:55)을
따름.
352) 기: [교] 원문에는 없으나 문맥을 고려해 규장각본(25:37)과 연세대본(25:55)을 따라 삽입함.

간수353)호믈 브라노라.”

쇼제(小姐ㅣ) 치샤(致謝)호고 지삼(再三) 음영(吟詠)호야 뭋지 못호야셔 광능휘(--侯ㅣ) 옥면(玉面)의 듀긔(酒氣) 져저 금관

‥

55면

됴복((金冠朝服)으로 아홀(牙笏)354)을 빗기 들고 문(門)을 열고 드러오니 쇼제(小姐ㅣ) 년망(連忙)히 보던 거술 스미의 너코 니러 무즈미휘(侯ㅣ) 관복(冠服)을 두 벗고 위 시(氏)롤 도라보아 돈의(單衣)롤 니라 호야 입고 쇼미(小妹)롤 도라보와 굴오디,

“엇던 글을 보다가 눌을 보고 감쵸느뇨?”

쇼제(小姐ㅣ) 미쇼(微笑) 디왈(對曰),

“거거(哥哥)는 눈 붉은 톄도 호시느이다. 쇼미(小妹)는 아모것도 곰촌 비 업느이다.”

휘(侯ㅣ) 쇼왈(笑曰),

“니 앗가 분명(分明)히 보니 네 시뎐(詩箋)355) 가톤 거술 보두가 스미의 녀턴 거시어놀 엇지 이럿툿 준절(峻截)356)이 쇼기눈다?”

쇼제(小姐ㅣ) 줌쇼(暫笑) 부답(不答)호고 위 시(氏) 민망(憫惘)호야 옥면(玉面)이 주로 변(變)호야 눈으로 쇼저(小姐)롤 보니 능휘(-侯ㅣ) 주못 지긔(知機)357)호고 믄득 쇼

---

353) 간수: 물건 따위를 잘 보호하거나 보관함. 간수.
354) 아홀(牙笏). 관직이 높은 벼슬아치가 가지는 물소뿔이나 상아로 만든 홀. 홀은 조복(朝服)을 입고 임금을 뵐 때에 오른 손에 쥐던 패.
355) 시뎐(詩箋): 시전. 시나 편지 따위를 쓰는 종이.
356) 준절(峻截): 매우 위엄 있고 정중함.
357) 지긔(知機): 지기. 낌새를 알아차림.

미(小妹)를 줍고 수미를 뒤여 어드니 쇼제(小姐 |) 축급(着急)358)ᄒ
ᄂ 후(侯)의 당(肸)혼 힘의 어디 가 발뵈리오359). 임의 아이를 면(免)
치 못혼지라 휘(侯 |) 아ᄉ 혼번(-番) 보미 믄득 놀ᄂ 왈(曰),

"이 쇼죽(所作)이 뉘 거시뇨? 문톄(文體) 위 시(氏) 셔법(書法)이니
너의 져저(姐姐)의 수단(手段)360)가?"

쇼제(小姐 |) 긔이지 못ᄒ야 굴오디,

"앗가 우연(偶然)이 심심커눌 저저(姐姐)로 챵화(唱和)361)ᄒ엿ᄂ이
다."

휘(侯 |) 본디(本-) 위 시(氏)의 지조(才藻)를 튼복(歎服)ᄒ야 혼번
(-番) 죽시(作詩)ᄒ믈 보고즈 ᄒ디 제 하 단엄(端嚴)ᄒ니 쳥(請)키 어
려워 보지 못ᄒ니 금일(今日) 긔회(機會)를 틋 보미 필법(筆法)과 시
지(詩才) 니두(李杜)362)를 묘시(藐視)363)ᄒ고 종왕364)(鍾王)365)의 지
나 과연(果然) 쳔만고(千萬古)의 비(比)ᄒ리 업순지라 심하(心下)의
놀ᄂ믈 이긔지 못ᄒ야 다만 웃고 왈(曰),

---

358) 축급(着急): 착급. 몹시 급함.
359) 발뵈리오: 발보이리오. 잠깐 드러내 보이리오.
360) 수단(手段): 어떤 일을 처리하는 솜씨.
361) 챵화(唱和): 창화. 한쪽에서 시나 노래를 부르고 다른 쪽에서 화답함.
362) 니두(李杜): 이두. 이백(李白, 701-762)과 두보(杜甫, 712-770). 모두 중국 성당(盛唐) 때의 시
인. 중국의 최고 시인들로 꼽히며 이백은 시선(詩仙)으로, 두보는 시성(詩聖)으로 칭하여짐.
363) 묘시(藐視): 업신여기어 깔봄.
364) 왕: [교] 원문에는 '꽝'으로 되어 있으나 문맥을 고려해 규장각본(25:39)과 연세대본(25:58)을
따름.
365) 종왕(鍾王): 종요(鍾繇)와 왕희지(王羲之). 종요는 중국 삼국시대 위(魏)나라의 대신·서예가
(151-230). 자는 원상(元常). 조조를 도운 공으로 위나라 건국 후 태위(太尉)가 됨. 해서(楷書)
에 뛰어나 후세에 종법(鍾法)으로 일컬어짐. 왕희지는 중국 동진(東晉)의 서예가(307-365)로
자는 일소(逸少)이고 우군 장군(右軍將軍)을 지냈으며 해서·행서·초서의 3체를 예술적 완
성의 영역까지 끌어올려 서성(書聖)이라고 불림.

"쇼미(小妹)는 한가(閑暇)ᄒ도다. 고당(高堂)

의셔 죽시음영(作詩吟詠)으로 쇼일(消日)ᄒ니 호화(豪華)는 ᄒ여 뵈
거니와 녀도(女道)의는 버셔ᄂ도다."

쇼제(小姐ㅣ) 답쇼(答笑) 왈(曰),

"쇼미(小妹) 위 형(兄)긔 득죄(得罪)ᄒ여시니 거거(哥哥)는 이러ᄐ
시 ᄆᆞᆯ쇼셔. 앗가 저제(姐姐ㅣ) 아니 지으시ᄂ 거술 쇼미(小妹) 디단
이 권(勸)ᄒ야 겨유 셩편(成篇)ᄒ여 계시더니 의외(意外)의 거거(哥
哥)긔 피루(敗漏)³⁶⁶)ᄒ니 엇지 놀ᆸ지 아니리잇고?"

휘(侯ㅣ) 줍쇼(暫笑) 왈(曰),

"친(親)ᄒ미 부부(夫婦) 갓ᄐ니 업ᄉ니 닉 위 시(氏)의게 외인(外
人)이 아니라 그 수필(手筆)³⁶⁷)을 못 보도록 ᄒ리오?"

셜파(說罷)의 홀연(忽然) 시녜(侍女ㅣ) 왕(王)의 명(命)으로 브ᄅ니
휘(侯ㅣ) ᄆᆞᆺ득 ᄉ미의 녀코 니러ᄂ니 위 시(氏) 민망(憫憫)ᄒ야 ᄂ즉
이 쳥(請)ᄒ야 굴오디,

"규듕(閨中) 졸(拙)ᄒᆞᆫ 문필(文筆)이 족히(足-) 보셤 즉지 아니코 쏘

외인(外人)의게 현누(顯漏)³⁶⁸)ᄒᆞᆷ믄 더옥 가(可)치 아니ᄒ니 쳥(請)컨

---

366) 피루(敗漏): 패루. 드러남. 탄로 남.
367) 수필(手筆): 자기가 직접 글씨를 씀. 또는 그 글씨.

디 가져가지 무릇시믈 브라ᄂ이다."

휘(侯ㅣ) 답(答)지 아니코 ᄂ가니,

위 시(氏) 심하(心下)의 뉘웃기믈 무지아니ᄒ야 옥안(玉顔)이 담홍(淡紅)[369]ᄒ니 뎡 혹ᄉ(學士) 부인(夫人)이 심니(心內)의 ᄯᅩ호 무류(無聊)[370]ᄒ야 즉시(卽時) 니로ᄃ,

"거거(哥哥) 가저시나 ᄐ인(他人)을 뵈든 아니시리니 쇼미(小妹) 가셔 ᄀᆺ다가 드리리이다."

ᄒ고 니러ᄂ 니당(內堂)으로 가니 휘(侯ㅣ) 이의 잇다가 소미(小妹)를 보고 븟그로 ᄂ가니 쇼제(小姐ㅣ) 지긔(知機)ᄒ고 심하(心下)의 그윽이 우으며 민망(憫惘)히 너기더라.

휘(侯ㅣ) 셔당(書堂)의 ᄂ가 좌위(左右ㅣ) 고요ᄒᆷ믈 닌(因)ᄒ야 위 시(氏)의 글을 두시 니여 보고 그 지조(才藻)를 탄복(歎服) 칭샹(稱賞)[371]ᄒ야 스ᄉ로 혜오ᄃ,

'니 오(五) 세(歲)붓터 독셔(讀書)ᄒ

. . .

59면

믈 브즈런이 ᄒ야 지죄(才藻ㅣ) 사름의 아릭 잇지 아니ᄒ디 ᄎ인(此人)의게 능히(能-) 밋지 못ᄒᆯ 거시니 가ᄐᆫ(可嘆)[372]이로다.'

이럿ᄐᆺ 음영(吟詠)ᄒ야 지조(才藻)의 긔특(奇特)ᄒᆷ믈 ᄌ미 니여 보더니, 홀연(忽然) 문(門) 쇼릭 ᄂ며 평후(-侯)와 초휘(-侯ㅣ) 위 어ᄉ

---

368) 현누(顯漏): 현루. 드러남.
369) 담홍(淡紅): 엷은 붉은색이 됨.
370) 무류(無聊): 무료. 부끄럽고 열없음.
371) 칭샹(稱賞): 칭상. 칭찬하며 찬양함.
372) 가ᄐᆫ(可嘆): 가탄. 탄식할 만함.

(御史) 등냥으로 더브러 드러오거눌 놀누 니러 무즈 좌(座)롤 뎡(定)
ᄒᄆᆡ 광평휘(--侯ㅣ) 쇼이문왈(笑而問曰)373),

"현뎨(賢弟) 무어슬 보다가 아등(我等)을 보고 그리 급(急)히 곰초
ᄂᆞᆫ다?"

휘(侯ㅣ) 디왈(對曰),

"위연(偶然)이 녯 시(詩)롤 보더니이다."

평휘(-侯ㅣ) 쇼왈(笑曰),

"아니라. 어ᄂᆞ 녯 시(詩) 쳑지(尺紙)374)의 서너 귀(句) ᄢᅵ여시리오?
아모커나 보즈."

능휘(-侯ㅣ) 유유(儒儒)375)ᄒᆞ야 즐겨 ᄂᆡ지 아니커눌, 초휘(-侯ㅣ)
졍ᄉᆡᆨ(正色) 왈(曰),

"무슴 비밀지ᄉᆞ(秘密之事ㅣ)완ᄃᆡ 형뎨지간(兄弟之間)의

...

60면

은휘376)(隱諱)377)ᄒᆞᆯ 일이 이시리오?"

광능휘(--侯ㅣ) 황공(惶恐)ᄒᆞ야 즉시(卽時) ᄂᆡ여 평후(-侯)롤 주고
ᄀᆞᆯ오ᄃᆡ,

"앗가 쇼ᄆᆡ(小妹) 가젓거눌 아ᄉᆞ 보더니이다."

평휘(-侯ㅣ) 보기롤 ᄆᆞᆺ고 디경(大驚) 왈(曰),

---

373) 쇼이문왈(笑而問曰): 소이문왈. 웃고서 물음.
374) 쳑지(尺紙): 척지. 작은 종잇조각.
375) 유유(儒儒): 어물어물함.
376) 휘: [교] 원문과 규장각본(25:41), 연세대본(25:61)에 모두 '회'로 되어 있으나 문맥을 고려해
　　이와 같이 수정함.
377) 은휘(隱諱): 꺼리어 감추거나 숨김.

"이 뉘 지으뇨?"

능휘(-侯ㅣ) 왈(曰),

"위 시(氏)의 소죽(所作)이라 ᄒ더이다."

평휘(-侯ㅣ) 디찬(大讚) 왈(曰),

"위수(-嫂)의 지조(才藻)룰 아ᄅ 지 오라나 시문(詩文)이 이디도록 특출(特出)ᄒ신 줄 아지 못ᄒ엿닷다."

ᄯᅩ 웃고 ᄀᆞᆯ오디,

"이 시문(詩文)이 비록 조ᄒ나 어늬 디신(大臣)이 암실(闇室)의 드러 죽시음영(作詩吟詠)ᄒ리오? 힝실(行實)의 유ᄒᆡ(有害)ᄒ니 눔이 볼진디 엇지 웃지 아니리오?"

능휘(-侯ㅣ) 좀쇼(暫笑) 왈(曰),

"쇼뎨(小弟) 블민(不敏)ᄒ야 지으라 ᄒᆞᆫ들 엇지 위 시(氏) 지으리잇가? 앗가 쇼미(小妹)로 더브러 이룰 지어

· ·

61면

셔로 보거눌 아ᄉ 오니 쇼미(小妹) 쇼뎨(小弟)룰 ᄯᅩᆯ와ᄃᆞ니며 '득죄(得罪)ᄒᆞ여시니 둘ᄂᆞ.' ᄒ디 짐짓 아니 주엇ᄂᆞ이다."

평휘(-侯ㅣ) 디소(大笑) 왈(曰),

"너도 싱각ᄒᆞᄂᆞᆫ다? 셕년(昔年)의 네 부독 쟝긔(將棋) 글 짓ᄌᆞ 아닌다?"

ᄒ더라.

지셜(再說). 텬지(天子ㅣ) 군[378]위(君位)[379]의 오ᄅ신 후(後) 황후

---

378) 군: [교] 원문과 규장각본(25:42)에는 '교'로 되어 있고, 연세대본(25:63)에는 '곤'으로 되어 있

(皇后)로 관관(關關)380)혼 화락(和樂)이 교칠(膠漆)381)의 더으시고 경듕(敬重)382)ᄒ시미 뉴(類)드르샤 비록 뉵궁(六宮)383)이 이시나 구ᄐ야 개렴(介念)384)ᄒ시미 업ᄉ미 황휘(皇后ㅣ) 편쉭(偏色)385)ᄒ시믈 미양 간(諫)ᄒ시디 능히(能-) 거역(拒逆)지 못ᄒ야 잇ᄃ감 샹딕(上直)386)게 ᄒ시나 일(一) 인(人)도 총힝(寵幸)387)ᄒ시ᄂ니 업ᄉ니 져므다 홍안(紅顔)의 눈믈이 어리여 반비(班妃)388)의 환선(紈扇)을 비(配)ᄒᄂ 듕(中)389),

귀비(貴妃) 됴 시(氏)ᄂ 션시(先時)의 황후(皇后)와 ᄒ가지로 입궐(入闕)ᄒ야

∴

62면

곤위(坤位)390)롤 ᄃᆺ토던 비라 앙앙분분(怏怏忿憤)391)ᄒ미 셰월(歲月)

으나 문맥을 고려해 이와 같이 수정함.

379) 군위(君位): 황제의 자리.

380) 관관(關關): '물수리가 끼룩끼룩 우는 소리'라는 뜻으로, 부부 사이가 좋음을 비유하는 말. 『시경』, <관저(關雎)>에 나오는 말.

381) 교칠(膠漆): 아교와 옻칠이라는 뜻으로 매우 친밀하여 서로 떨어질 수 없는 사이를 이르는 말.

382) 경듕(敬重): 경중. 공경하고 소중하게 여김.

383) 뉵궁(六宮): 육궁. 옛 중국의 궁중에 있었던 황후의 궁전과 부인 이하의 다섯 궁실.

384) 개렴(介念): 개념. 마음에 두고 생각하거나 신경을 씀.

385) 편쉭(偏色): 편색. 여자를 치우치게 사랑함.

386) 샹딕(上直): 상직. 집 안에 살면서 시중을 듦.

387) 총힝(寵幸): 총행. 특별히 총애함.

388) 반비(班妃): 중국 한(漢)나라 성제(成帝)의 궁녀인 반첩여(班婕妤). 시가(詩歌)에 능한 미녀로 성제의 총애를 받다가 궁녀 조비연(趙飛燕)의 참소를 받고 물러나 장신궁(長信宮)에서 지내며 <원가행(怨歌行)>, <자도부(自悼賦)> 등을 지어 자신의 처지를 하소연함.

389) 반비(班妃)의 환선(紈扇)을 비(配)ᄒᄂ 듕(中): 반비의 환선을 배하는 중. 반비의 비단부채를 짝하는 중. 반첩여가 성제의 총애를 잃은 후 <원가행(怨歌行)>을 짓는데 그 내용 중에 자신이 흰 비단을 마름질해 부채 합환선을 만드는 내용이 나옴. 자신의 처지를 가을이 되면 쓸모없게 되는 부채에 빗댐. 합환선이 나오는 원문의 부분은 다음과 같음. "제나라 흰 비단을 새로 잘라내니 희고 깨끗하기가 서리와 눈 같구나. 마름질해 합환선을 만든다. 新裂齊紈素, 皎潔如霜雪, 裁爲合歡扇." 『문선(文選)』.

390) 곤위(坤位): 황후의 자리. 여기에서는 태자비의 자리를 말함.

이 오릴ᄉ록 업지 아니ᄒ디 시러곰 베플 모칙(謀策)이 업고 뎨(帝)
간언(間言)392)을 치립(採納)393)지 아니ᄒ시ᄂ 듕(中) ᄌ가(自家)롤
디ᄉ(大事)로이394) 아니 너기시ᄂ 듕(中)이미 춤쇼(讒訴)395)홀 틈이
업셔 듀야(晝夜) 초전(焦煎)396)ᄒᄂ 간댱(肝腸)이 긋쳐지더니,

광음(光陰)397)이 훌홀398)ᄒ야 휘(后ㅣ) 튀ᄌ(太子)롤 싱(生)ᄒ신 후
(後) 옥동(玉童)을 ᄶᵕᄶᵕ(雙雙)이 탄(誕)ᄒ시니 더옥 츅급(着急)혼 투
긔(妬忌)롤 니긔지 못ᄒ야 심복(心腹) 궁인(宮人)으로 절무다 진향
(進香)399)ᄒ야 아돌 ᄂ키롤 튝원(祝願)400)ᄒ더니,

ᄎ시(此時) 셩화(成化)401) 삼(三) 년(年) ᄉ월(四月) 지일(齋日)402)
을 당(當)ᄒ야 심복(心腹) 궁인(宮人)으로 졔(諸) 궁녀(宮女)롤 흐터
경듕(京中) 디쇼(大小) ᄉ출(寺刹)의 지(齋)롤 올닐 시 궁인(宮人) 녀

. . .

63면

슉경이 뎐(前)붓허 보응403)암(--庵)의 단니던디라, 이ᄂᆯ도 니루러 향
쵹(香燭) 지뎐(紙錢)404)을 쥬지(住持)405) 니고(尼姑)롤 ᄆᆺ지고 좁간

---

391) 앙앙분분(怏怏忿憤): 불만스럽고 분하며 원통하게 여김.
392) 간언(間言): 이간하는 말.
393) 치립(採納): 채납. 의견을 받아들임.
394) 디ᄉ(大事)로이: 대수로이.
395) 춤쇼(讒訴): 참소. 남을 헐뜯어 없는 죄를 있는 것처럼 꾸며 고해 바침.
396) 초전(焦煎): 마음을 졸임.
397) 광음(光陰): 해와 달, 즉 낮과 밤. 시간이나 세월을 이르는 말.
398) 훌홀: 재빠름.
399) 진향(進香): 향을 사름.
400) 튝원(祝願): 축원. 희망하는 대로 이루어지기를 마음속으로 원함.
401) 셩화(成化): 성화. 중국 명(明)나라 제8대 황제인 헌종(憲宗) 때의 연호(1465-1487). 헌종의
　　　이름은 주견심(朱見深)임.
402) 지일(齋日): 재일. 성대한 불공을 지내거나 죽은 이를 천도(薦度)하는 법회를 여는 날.
403) 응: [교] 원문에는 '엄'으로 되어 있으나 앞의 예를 따라 이와 같이 수정함.
404) 지뎐(紙錢): 지전. 종이돈.

(暫間) 머무러 말슴ᄒ더니 홍영을 보고 놀나 닐오ᄃᆡ,

"뎌 션ᄉᆞ(禪師)ᄂᆞᆫ 일즉 보지 못ᄒ던 비라 근본(根本)을 알고ᄌᆞ ᄒ
노라."

홍영이 이ᄯᅵ 도라갈 곳이 궁진(窮盡)[406]ᄒ야 출가(出家)ᄒ여시나
ᄒᆞᆫ 죠각 요괴(妖怪)로온 ᄯᅳᆺ은 니문(李門)을 보슈(報讎)[407]코ᄌᆞ ᄒᆞᆫ
지라 뎌 궁인(宮人)을 보고 ᄆᆞ음이 동(動)ᄒ여 이의 아미(蛾眉)[408]ᄅᆞᆯ
ᄢᅵᆼ긔고 ᄃᆡ왈(對曰),

"쇼쳡(小妾)은 셔쵹(西蜀) ᄯᅡ 셔인(庶人)으로 어버이 본ᄃᆡ(本-) 큰
샹괴(商賈ㅣ)[409]러니 븍경(北京)의 믈화(物貨)ᄅᆞᆯ 미미(賣買)ᄒ라 ᄌᆞ
로 니ᄅᆞ미 경셩(京城) 번화(繁華)ᄅᆞᆯ 구경코ᄌᆞ 왓

. . .

64면

다가 블ᄒᆡᆼ(不幸)ᄒ야 아비 타향(他鄕)의 긱ᄉᆞ(客死)ᄒ니 능히(能-) 도
라가지 못ᄒ고 싱계(生計) 냥박(兩迫)[410]ᄒ야 몸이 승니(僧尼)[411]의
벗ᄒ나 본ᄃᆡ(本-) 원(願)ᄒ미 아니로쇼이다. 뭇ᄂᆞ니 귀인(貴人)은 보
오미 금달(禁闥)[412] 시인(侍人)이신 ᄃᆞᆺᄒ지라 어니 뎐(殿) 샹궁(尙宮)
이시니잇가?"

녀숙경이 뎌의 용안(容顔)[413]이 미려(美麗)ᄒ고 도화(桃花) 냥협

---

405) 쥬지(住持): 주지. 절을 주관하는 승려.
406) 궁진(窮盡): 다하여 없어짐.
407) 보슈(報讎): 보수. 남이 저에게 해를 준 대로 저도 그에게 해를 줌.
408) 아미(蛾眉): 누에나방의 눈썹이라는 뜻으로, 가늘고 길게 굽어진 아름다운 눈썹을 이르는 말.
409) 샹괴(商賈ㅣ): 상고. 장사하는 사람.
410) 냥박(兩迫): 양박. 몹시 가난하여 구차함. 궁박(窮迫).
411) 승니(僧尼): 비구니.
412) 금달(禁闥): 궐내에서 임금이 평소에 거처하는 궁전의 앞문.
413) 용안(容顔): 얼굴.

(兩類)이 삼식되(三色桃ㅣ)414) 이슬을 무신 듯ㅎ야 표연(飄然)415)이
신션(神仙) ㄱ투믈 보고 칭복(稱服)ㅎ야 소랑ㅎ더니 밋 그 물숨이 낭
ㄴ(朗朗)ㅎ야 화지(花枝)416)의 꾓고리 흔ㄱ(閑暇)홈 ㄱ툰지라 이의
흔연(欣然)이 디왈(對曰),

"나는 현경뎐(--殿) 됴 귀비(貴妃) 낭ㄴ(娘娘) 웃듬상궁(--尙宮) 녀
시(氏)러니 ㄴ낭(娘娘)이 늣도록 황즈(皇子)를 툰싱(誕生)치 못ㅎ시므
로 후ᄉ(後嗣)를

* * *

65면

넘녀(念慮)ㅎ샤 산쳔(山川)의 긔도(祈禱)ㅎ시믈 졍셩(精誠)으로 ㅎ시
는 고(故)로 이의 니루럿노라."

홍영이 드루미 엇지 됴 귀비(貴妃)를 모루리오. 심하(心下)의 깃거
믄득 툴신(脫身)417)홀 의ᄉ(意思)를 니여 믄득 공경(恭敬) 디왈(對曰),

"원너(元來) 귀인(貴人)이 됴 낭낭(娘娘) 탑하(榻下)418) 시인(侍人)
이룻다. 됴 낭낭(娘娘) 현명(賢名)419)이 ᄉ린(四隣)420)의 들니시니
엇지 음덕(蔭德)421)이 업ᄉ리오무는 그윽이 싱각컨디 샹(相)의 호블
(好不)을 아지 못ㅎ니 가툰(可嘆)이로다."

숙경이 경문(驚問) 왈(曰),

---

414) 삼식되(三色桃): 삼색도. 한 나무에서 세 가지 빛깔의 꽃이 피는 복숭아나무.
415) 표연(飄然): 가볍고 날랜 모양.
416) 화지(花枝): 꽃이 달린 가지.
417) 툴신(脫身): 탈신. 몸을 뺌.
418) 탑하(榻下): 왕의 자리 앞.
419) 현명(賢名): 어질다는 명성.
420) ᄉ린(四隣): 사린. 사방의 이웃.
421) 음덕(蔭德): 조상의 덕.

"션시(禪師ㅣ) 아니 샹(相)을 보누냐?"

홍영 왈(日),

"빈되(貧道ㅣ) 스스로 주랑ᄒᆞ미 아니라 촉디(蜀地)ᄂᆞᆫ 명승(名勝)이오, 쳥셩산(靑城山)422)은 이인(異人)이 흔흔 곳이므로 빈되(貧道ㅣ) 줌간(暫間) 비화 사ᄅᆞᆷ의

· ·

66면

빈부귀쳔(貧富貴賤)을 아ᄂᆞ이다."

숙경이 닐오디,

"우리 낭낭(娘娘)이 주쇼(自少)로 이런 사ᄅᆞᆷ을 어더 보고주 ᄒᆞ시디엇지 못ᄒᆞ더니 오ᄂᆞᆯᄂᆞᆯ 하힝(何幸)으로 션ᄉᆞ(禪師)ᄅᆞᆯ 만누니 하ᄂᆞᆯ이가라치시미로다. 션시(禪師ㅣ) 홀노 왕ᄂᆡ(往來)ᄒᆞ시믄 비편(非便)423)ᄒᆞ미 만흘 거시니 놀노 더브러 줌간(暫間) 가미 엇더ᄒᆞ뇨?"

홍영이 거줏 ᄉᆞ양(辭讓)ᄒᆞ두가 ᄀᆞ연이424) 허락(許諾)고 졔승(諸僧)을 향(向)ᄒᆞ야 하직(下直)고 숙경으로 더브러 궐ᄂᆡ(闕內)의 니르미.

이씨 여러 곳으로 갓던 궁녜(宮女ㅣ) 니르러 춤알(參謁)425)ᄒᆞᄂᆞᆫ고(故)로 숙경이 또 귀비(貴妃) 면젼(面前)의 ᄂᆞ아가 녜수(禮數)426)ᄅᆞᆯ 맛고 고(告)ᄒᆞ야 ᄀᆞᆯ오디,

"비지(婢子ㅣ) 보응427)샤(--寺)의 가 여ᄎᆞ여ᄎᆞ(如此如此)ᄒᆞᆫ 이

---

422) 쳥셩산(靑城山): 청성산. 지금의 사천성 도강언(都江堰)에 있는 산으로 도교 명산 중 하나임.
423) 비편(非便): 편리하지 않음.
424) ᄀᆞ연이: 선뜻.
425) 춤알(參謁): 참알. 본래는 새로 임명된 벼슬아치가 감독 관아를 돌아다니며 인사하던 일을 뜻하는 말이나 여기서는 만나서 아룀의 의미로 쓰임.
426) 녜수(禮數): 예수. 명성이나 지위에 알맞은 예의와 대우 또는 서로 만나 인사함의 의미.
427) 응: [교] 원문에는 '은'으로 되어 있으나 앞의 예를 따라 이와 같이 수정함.

숭(異僧)을 ᄃ려왓시니 눙낭(娘娘)이 가(可)히 보고ᄌ ᄒ시ᄂ니잇가?"

됴 시(氏) 텽파(聽罷)의 디희(大喜)ᄒ야 ᄲᆞᆯ니 브르라 ᄒ니 홍영이 쇼담⁴²⁸⁾ᄒᆫ 곳갈과 흰 가사(袈裟)⁴²⁹⁾ᄅᆞᆯ 썰쳐 ᄂ아와 산호만셰(山呼萬歲)⁴³⁰⁾ᄅᆞᆯ 브르고 고두(叩頭) 복디(伏地)ᄒ미 귀비(貴妃) 그 지용(才容)⁴³¹⁾을 보고 퇴반(太半)이ᄂ ᄆᆞᄋᆞᆷ이 기우러 이의 문왈(問曰),

"과인(寡人)이 심궁(深宮)의셔 션ᄉ(禪師) 셩화(聲華)⁴³²⁾ᄅᆞᆯ 듯지 못ᄒ엿더니 이제 신근(辛勤)⁴³³⁾이 ᄎᄌᄅᆞᆯ 닙으니 극(極)히 힝(幸)이로다. ᄂ 일죽 초방(椒房)⁴³⁴⁾의 승은(承恩)⁴³⁵⁾ᄒ야 벼슬이 눅궁(六宮)의 읏듬이오 귀(貴)ᄒ미 결우리 업ᄉ디 일죽 뎌시(儲嗣)⁴³⁶⁾ 업스니 숙야(夙夜)⁴³⁷⁾ 근심ᄒ야 이긔지 못ᄒᄂ니 그디 ᄆᆞᄋᆞᆷ의 잇ᄂ ᄇ

ᄅᆞᆯ 긔이지 말나."

---

428) 쇼담: 생김새가 탐스러움.
429) 가사(袈裟): 가사. 승려가 장삼 위에, 왼쪽 어깨에서 오른쪽 겨드랑이 밑으로 걸쳐 입는 법의.
430) 산호만셰(山呼萬歲): 산호만세. 나라의 큰 의식에 황제나 임금의 축수를 빌기 위해 신하들이 '만세(萬歲)' 또는 '천세(千歲)'를 부르던 일을 말함. 중국 한나라 무제가 숭산(嵩山)에서 제사 지낼 때 신민(臣民)들이 만세를 삼창한 데서 유래함.
431) 지용(才容): 재용. 재기 넘치는 용모.
432) 셩화(聲華): 성화. 세상에 널리 알려진 명성.
433) 신근(辛勤): 어렵사리.
434) 초방(椒房): 초방. 후춧가루를 바른 방이라는 뜻으로, 황후가 거처하는 방이나 궁전 따위를 이르는 말. 후추나무는 온기가 있고 열매가 많은 식물로서, 자손이 많이 퍼지라는 뜻에서 황후의 방 벽에 발랐음.
435) 승은(承恩): 여자가 임금의 총애(寵愛)를 받아 임금을 밤에 모심.
436) 뎌시(儲嗣): 저사. 황태자.
437) 숙야(夙夜): 숙야. 이른 아침과 깊은 밤.

홍영이 념임(斂衽)[438]ᄒᆞ야 우러러 ᄂᆞᆾᄎᆞᆯ 치미러 보다가 좌(座)ᄅᆞᆯ 가ᄌᆞᆨ이[439] ᄒᆞ야 ᄀᆞᄆᆞ니 닐오ᄃᆡ,

"낭낭(娘娘)이 비록 존귀(尊貴)ᄒᆞ시미 뉵궁(六宮)의ᄂᆞᆫ 읏듬이시나 텬하(天下)의ᄂᆞᆫ 읏듬이 아니시니 족(足)히 닐ᄏᆞᄅᆞ리오? 면샹(面相)을 보온즉 화긔(和氣) 당당(堂堂)ᄒᆞ야 ᄐᆡ평국모(太平國母)의 샹(相)이 의연(嶷然)[440]ᄒᆞ시니 그윽이 항복(降伏)ᄒᆞ오나 아직 곤위(坤位)의 오ᄅᆞ시지 아닌 뎐(前)의ᄂᆞᆫ 뎌ᄉᆡ(儲嗣ㅣ) 업ᄉᆞᆯ쇼이다."

언미필(言未畢)[441]의 됴 시(氏) 경희(驚喜)ᄒᆞ나 좌우(左右) 이목(耳目)이 만흔 고(故)로 다만 미미(微微)히 고ᄀᆡᄅᆞᆯ 좃고 주찬(酒饌)으로 관ᄃᆡ(寬待)[442]ᄒᆞ야 녀숙경의 방(房)의 가 이시라 ᄒᆞ다.

원ᄂᆡ(元來) 홍영이 제 어이 샹(相)을 알니오ᄆᆞᄂᆞᆫ 됴 시(氏)의게 아쳠(阿諂)ᄒᆞ

69면

야 ᄌᆞᆨ용(作用)을 수히 놀니려 ᄒᆞ여 거ᄌᆞᆺ 부리ᄅᆞᆯ 놀니믈 니언(利言)[443]이 ᄒᆞ니 엇지 통ᄒᆡ(痛駭)[444]치 아니리오. 됴 시(氏), 홍영의 말을 드ᄅᆞᆫ 후(後)ᄂᆞᆫ ᄆᆞ음이 동(動)ᄒᆞ야 밤든 후(後) 녀숙경으로 홍영을 불너와 암실(闇室)의셔 종용(從容)이 무러 ᄀᆞᆯ오ᄃᆡ,

"ᄌᆞᆨ셕(昨夕)의 션ᄉᆞ(禪師)의 말이 심(甚)히 모호(模糊)ᄒᆞ니 ᄭᆡ닷지

---

438) 념임(斂衽): 염임. 옷깃을 여밈.
439) 가ᄌᆞᆨ이: 가지런히.
440) 의연(嶷然): 단정하고 엄숙한 모양.
441) 언미필(言未畢): 말이 끝나지 않음.
442) 관ᄃᆡ(寬待): 관대. 너그럽게 대접함.
443) 니언(利言): 이언. 말을 좋게 함.
444) 통ᄒᆡ(痛駭): 통해. 몹시 이상스러워 놀람.

못홀지라 붉히 フ라치미 엇더흐뇨?"

홍영이 고두(叩頭) 왈(曰),

"낭낭(娘娘)의 총명(聰明)흐시므로 엇지 아지 못흐시리오? 고어(古語)의 '천여블췸(天與不取)면 반수기앙(反受其殃)[445]'이라 흐니 텬명(天命)이 낭낭(娘娘)의게 이시딘 낭낭(娘娘)이 너모 겸퇴(謙退)[446]흐샤 지금(只今)것 딘위(大位)의 오르지 못흐여 계신 고(故)로 하놀

· · ·

70면

이 무이 너기샤 주손(子孫)의 경시(慶事ㅣ) 업수딘 만일(萬一) 위(位)의 올으신즉 즉시(卽時) 농장(弄璋)[447]의 경시(慶事ㅣ) 계시리이다."

됴 시(氏) 침음(沈吟) 답왈(答曰),

"그딘 말히 올흐나 지금(只今)의 황휘(皇后ㅣ) 긔셰(氣勢) 당당(堂堂)흐니 닌 엇지흐리오? 닌 만일(萬一) 번희(樊姬)[448]의 위(位)를 수양(辭讓)흐는 일곳 이시면 하놀이 외오[449] 너기시려니와 이는 그럿치 아닌가 흐노라."

홍영이 옥슈(玉手)로 곳굴을 념졍(斂整)[450]흐며 웃고 골오딘,

---

445) 천여블췸(天與不取)면 반수기앙(反受其殃): 천여불취면 반수기앙. 하늘이 주신 것을 받지 않으면 도리어 그 재앙을 받음.

446) 겸퇴(謙退): 겸손히 사양하고 물러남.

447) 농장(弄璋): 아들을 낳은 즐거움. 예전에, 중국에서 아들을 낳으면 규옥(圭玉)으로 된 구슬의 덕을 본받으라는 뜻으로 구슬을 장난감으로 주었다는 데서 유래함.

448) 번희(樊姬): 중국 춘추시대 초(楚)나라 장왕(莊王)의 비(妃). 장왕이 사냥을 즐기자 간하였으나 듣지 않자 고기를 먹지 않으니 왕이 잘못을 바로잡아 정사에 힘씀. 왕을 위해 첩들을 모아 주고 왕이 현인(賢人)으로 일컬은 우구자(虞丘子)가 현인의 진로를 막는다고 간함. 초 장왕이 이 말을 우구자에게 전하자 우구자가 부끄러워하고 손숙오(孫叔敖)를 추천하니 손숙오가 영윤(令尹)이 되어 삼 년 만에 장왕을 패왕(霸王)으로 만듦. 유향, 『열녀전(列女傳)』, <초장번희(楚莊樊姬)>.

449) 외오: 그릇.

450) 념졍(斂整): 염정. 가지런히 정돈함.

"낭낭(娘娘)이 일즉 제갈냥(諸葛亮)[451]의 말슴을 보지 아냐 계시니잇가? 일을 도모(圖謀)ᄒ믄 사름의게 잇고 일우믄 하늘의 잇다 ᄒ니 엇지 가마니 안주 일이 되리잇고? 빈승(貧僧)의 앗가 고(告)ᄒᆫ 말슴이 이룰 니르미니이다."

됴

· ·

71면

시(氏) 구연(懼然)[452]ᄒ야 믄득 칭샤(稱謝) 왈(曰),

"션ᄉ(禪師)의 가르침곳 아니면 니 연무(煙霧)[453] 듕(中) 사름이 되여시리로다. 수연(雖然)이나 쇼견(所見)이 암미(暗昧)[454]ᄒ여 빅계궁칙(百計窮策)[455]ᄒ니 션시(禪師ㅣ) 묘계(妙計)로 도모(圖謀)ᄒ야 ᄠᅳᆺ을 닐울진디 ᄯᅡᄒᆞᆯ 버혀 봉(封)ᄒ미 이시리라."

홍영이 디왈(對曰),

"낭낭(娘娘)이 만일(萬一) 믈니치지 아니실진디 빈승(貧僧)의 베프미 명일(明日)이라도 낭낭(娘娘)이 곤위(坤位)의 오르시게 ᄒ리이다."

됴 시(氏) 이에 디희(大喜)ᄒ야 밧비 그 계교(計巧)룰 무르니 홍영이 귀의 두혀 밀밀(密密)이[456] 여러 말ᄒ미 됴 시(氏) 손벽 쳐 굴오디,

"ᄎᆞ계(此計)ᄂᆞᆫ 냥평(良平)[457]이 싱환(生還)ᄒᆞᄂ 밋지 못ᄒ리니 니

---

451) 제갈냥(諸葛亮): 제갈량. 중국 삼국시대 촉한 유비의 책사(181-234). 별호는 와룡(臥龍)이고 자(字)는 공명(孔明)임. 유비를 도와 오(吳)나라와 연합하여 조조(曹操)의 위(魏)나라 군사를 대파하고 파촉(巴蜀)을 얻어 촉한을 세웠음. 유비가 죽은 후에 무향후(武鄕侯)로서 남방의 만족(蠻族)을 정벌하고, 위나라 사마의와 대전 중에 오장원(五丈原)에서 병사함.
452) 구연(懼然): 두려워하는 모양.
453) 연무(煙霧): 연기와 안개.
454) 암미(暗昧): 암매. 못나고 어리석어 생각이 어두움.
455) 빅계궁칙(百計窮策): 백계궁책. 온갖 계책이 다함.
456) 밀밀(密密)이: 비밀히.

선ᄉᆞ(禪師)의 은혜(恩惠)를 엇지 뼈 갑흐

. . .

리오?"

홍영이 칭샤(稱謝)ᄒᆞ더라.

홍영이 일즉 노 시(氏)로 더브러 일ᄉᆡᆼ(一生) 간계(奸計)⁴⁵⁸⁾를 힝⁴⁵⁹⁾(行)ᄒᆞ야 슈단(手段)이 닉은지라 뎡궁(正宮)⁴⁶⁰⁾ 궁인(宮人)을 납뇌(納賂)⁴⁶¹⁾ᄒᆞ고 동심(同心)ᄒᆞ야 황후(皇后)의 글시를 어뎌 모ᄯᅳ고⁴⁶²⁾ 연왕(-王)의 슈필(手筆)을 본(本)ᄇᆞ드미 드듸여 힝ᄉᆞ(行事)ᄒᆞ니 비밀(秘密)ᄒᆞ고 그윽ᄒᆞ야 아모도 알 니 업ᄉᆞ니 슬프도다! 간졍(姦情)⁴⁶³⁾을 뉘 궁힉(窮覈)⁴⁶⁴⁾ᄒᆞ리오.

일일(一日)은 샹(上)이 졍궁(正宮)의 니ᄅᆞ시미 휘(后ㅣ) 미앙궁(未央宮)의 가시고 침뎐(寢殿)이 븨엿ᄂᆞᆫ지라. 홀노 안셕(案席)⁴⁶⁵⁾의 지혀 계시더니 믄득 궁녜(宮女ㅣ) 외조(外朝) 공샤(公事)⁴⁶⁶⁾를 븟드러 드리니 일일히(一一-) 보시고 비답(批答)⁴⁶⁷⁾고ᄌᆞ ᄒᆞ샤 연갑(硯匣)⁴⁶⁸⁾

---

457) 냥평(良平): 양평. 중국 한(漢)나라 유방(劉邦)을 도와 그가 천하를 통일할 수 있도록 도운 장량(張良, ?-B.C.168)과 진평(陳平, ?-B.C.178)을 이름. '양평지지(良平之智)'라는 말이 생길 정도로 둘 다 뛰어난 지혜를 지닌 인물로 여겨짐.

458) 간계(奸計): 간악한 계교.

459) 힝: [교] 원문에는 '샹'으로 되어 있으나 문맥을 고려해 규장각본(25:50)과 연세대본(25:75)을 따름.

460) 뎡궁(正宮): 정궁. 왕비나 황후를 후궁에 상대해 일컫던 말.

461) 납뇌(納賂): 납뢰. 뇌물을 줌.

462) 모ᄯᅳ고: 그대로 흉내 내어 본뜨고.

463) 간졍(姦情): 간정. 간사한 정황.

464) 궁힉(窮覈): 궁핵. 원인을 속속들이 캐어 찾음.

465) 안셕(案席): 안석. 벽에 세워 놓고 몸을 기대는 방석.

466) 공샤(公事): 공사. 공문.

467) 비답(批答): 상소에 대한 임금의 대답.

468) 연갑(硯匣): 벼루, 먹, 붓, 연적 따위를 넣어 두는 납작한 상자.

을 여르시니 두 봉(封) 화뎐(華箋)[469]이 잇거놀 우연(偶然)

· ·

73면

이 펴 보시니 ᄒᆞᄂᆞᆫ 연왕(-王)이 후(后)의게 ᄒᆞᆫ 글월이라. 셔듕ᄉᆞ의
(書中辭意)[470] ᄌᆞ개(自家ㅣ) 이럿툿 셩만(盛滿)[471]ᄒᆞ니 젼두(前頭)[472]
의 샹(上)의 변(變)ᄒᆞ시미 이실진디 멸족(滅族)ᄒᆞ미 이시리니 몬져
구원지계(久遠之計)[473]룰 ᄒᆞ미 올흐니 틱지(太子ㅣ) 임의 댱셩(長成)
ᄒᆞ여시니 닉 주공(周公)[474]의 셥졍(攝政)[475]ᄒᆞᆷ을 힝(行)ᄒᆞᆯ 거시니 셜
셜이[476] 뎨(帝)룰 업시츠, ᄒᆞ야 만편ᄉᆞ에(滿篇辭語ㅣ)[477] 극(極)히
흉춤(凶慘)[478]ᄒᆞ고 후(后)의 답간(答簡)이 ᄯᅩᄒᆞᆫ ᄒᆞᆫ가지라.

샹(上)이 보시기룰 ᄆᆞᆺ고 모골(毛骨)이 송연(悚然)[479]ᄒᆞ샤 즉시(卽
時) 졉어 ᄉᆞ미의 녀ᄋᆞ시고 심하(心下)의 아ᄆᆞ리 ᄒᆞᆯ 줄 모르시니 디개
(大槪) 연왕(-王)이 일편(一片)[480] 튱심(忠心)으로 젼후(前後) 국가(國
家) 디공(大功)을 닐우고 위과왕쥭(位過王爵)[481]ᄒᆞ

---

469) 화뎐(華箋): 화전. 남의 편지를 높여 이르는 말.
470) 셔듕ᄉᆞ의(書中辭意): 서중사의. 편지의 내용.
471) 셩만(盛滿): 성만. 집안이 번창함.
472) 젼두(前頭): 전두. 지금부터 다가오게 될 앞날.
473) 구원지계(久遠之計): 먼 미래를 내다본 계책.
474) 주공(周公): 중국 주(周)나라 문왕(文王)의 아들이자 성왕(成王)의 숙부인 주공단(周公旦)을 이름.
    조카인 성왕을 잘 보필한 것으로 유명함.
475) 셥졍(攝政): 섭정. 임금을 대신하여 정치함.
476) 셜셜이: 설설히. 비밀리에.
477) 만편ᄉᆞ에(滿篇辭語ㅣ): 만편사어. 편지에 가득한 말.
478) 흉춤(凶慘): 흉참. 흉악하고 참혹함.
479) 송연(悚然): 두려워 몸을 옹송그릴 정도로 오싹 소름이 끼치는 듯함.
480) 일편(一片): 한 조각.
481) 위과왕쥭(位過王爵): 위과왕작. 벼슬이 왕의 벼슬을 넘음.

디 츄호(秋毫)도 넘느미 업스므로 금일시(今日事ㅣ) 만만허언(萬萬虛言)482)인 듯ᄒ나 수적(手迹)483)이 분명(分明)ᄒ야 능히(能-) 측냥(測量)치 못홀 스이의,

휘(后ㅣ) 댱복옥피(章服玉佩)484)로 이의 드러오샤 좌뎡(坐定)ᄒ시미 샹(上)이 십분(十分) 미온(未穩)485)ᄒ샤 봉안(鳳眼)을 ᄂ쵸시고 믁믁(默默)ᄒ여 계시더니 이의 문왈(問曰),

"현휘(賢后ㅣ) 일죽 녯글을 너비 아라시니 지아비와 아비 어니 듕(重)ᄒ뇨?"

휘(后ㅣ) 념용(斂容)486) 디왈(對曰),

"오륜삼강(五倫三綱)의 녀ᄌ(女子)의게ᄂ 지아비 읏듬이라 무러 아ᄅ실 비 아니니이다."

샹(上)이 미쇼(微笑) 졍식(正色) 왈(曰),

"현휘(賢后ㅣ) 딤(朕) 아ᄅ믄 연왕(-王)으로 엇더ᄒ뇨?"

휘(后ㅣ) ᄡᅡᆼ안(雙眼)을 드러 샹(上)의 긔식(氣色)을 보시고 믄득 의아(疑訝)ᄒ샤 츄ᅲ(秋波)487)룰

---

482) 만만허언(萬萬虛言): 허언임이 분명함.
483) 수적(手迹): 손수 쓴 글씨.
484) 댱복옥피(章服玉佩): 장복옥패. 직품을 가진 부인의 예복과 옥으로 만든 패물.
485) 미온(未穩): 불쾌함.
486) 념용(斂容): 염용. 용모를 바르고 단정하게 함.
487) 츄ᅲ(秋波): 추파. 미인의 맑고 아름다운 눈길.

나초시고 답(答)지 아니신디 샹(上)이 실(實)노뻐 의심(疑心)ᄒ고 노
(怒)ᄒ시나 후(后)의 안싴(顏色)이 유열(柔悅)⁴⁸⁸⁾ᄒ야 일호(一毫)도
줍무음(雜--)이 븟접지⁴⁸⁹⁾ 못홀지라 발언(發言)ᄒᄆ를 어려이 너기샤
믄득 ᄉ미를 썰치고 도라가시니,

휘(后ㅣ) 본디(本-) 총명(聰明)이 과인(過人)⁴⁹⁰⁾ᄒ샤 사ᄅᆷ을 ᄒ번(-
番) 보아 현우(賢愚)를 눗눗치 아ᄅ시고 긔싴(氣色)을 보와 심듕(心
中)의 잇ᄂ 브를 짐쟉(斟酌)ᄒ시ᄂ 고(故)로 금일(今日) 샹의(上
意)⁴⁹¹⁾를 퇴반(太半)이나 예툭(豫度)⁴⁹²⁾ᄒ시고 ᄯᅩ 시시(時時)로 복희
시(伏羲氏)⁴⁹³⁾ 팔괘⁴⁹⁴⁾(八卦)⁴⁹⁵⁾를 츄졈(推占)⁴⁹⁶⁾ᄒ시미 디익(大
厄)⁴⁹⁷⁾이 잇ᄂ 줄 아ᄅ시던 고(故)로 믄득 미우(眉宇)를 ᄲᅵᆼ긔신디 퇴
지(太子ㅣ) 이ᄶᅵ 팔(八) 셰(歲)시나 극(極)히 영오(英悟)ᄒ시더니 뭇
ᄌ와 글오디,

"낭

---

488) 유열(柔悅): 유순하고 온화함.
489) 븟접지: 따르지.
490) 과인(過人): 남보다 뛰어남.
491) 샹의(上意): 상의. 임금의 마음.
492) 예툭(豫度): 예탁. 미리 헤아려 짐작함.
493) 복희시(伏羲氏): 복희씨. 중국 고대 전설상의 제왕. 삼황(三皇)의 한 사람으로, 팔괘를 처음으
로 만들고, 그물을 발명하여 고기잡이의 방법을 가르쳤다고 함.
494) 괘: [교] 원문에는 '쾌'로 되어 있으나 문맥을 고려해 규장각본(25:52)과 연세대본(25:79)를 따름.
495) 팔괘(八卦): 중국 상고 시대에 복희씨가 지었다는 여덟 가지의 괘. <주역>에서 세상의 모든
현상을 음양을 겹치어 여덟 가지의 상으로 나타낸 ☰[건(乾)], ☱[태(兌)], ☲[이(離)], ☳[진
(震)], ☴[손(巽)], ☵[감(坎)], ☶[간(艮)], ☷[곤(坤)]을 이름.
496) 츄졈(推占): 추점. 앞으로 닥칠 일을 미루어서 점을 침.
497) 디익(大厄): 대액. 큰 재앙.

76면

낭(娘娘)이 엇지 즐겨 아니시ᄂ니잇가?"

휘(后ㅣ) 눌호여 툰왈(嘆曰),

"네 어미 블쵸(不肖)ᄒ 위인(爲人)으로 만민(萬民)의 머리 되미 듀야(晝夜) 두려오미 만터니 근니(近來) 즘간(暫間) 헤아리미 반두시 부모(父母)긔 블효(不孝)를 깃치미 잇실가 두리노라."

티지(太子ㅣ) 쇼왈(笑曰),

"낭낭(娘娘)이 엇지 이런 브절업슨 말숨을 ᄒ시ᄂ니잇고? 국개(國家ㅣ) 티평(太平)ᄒ고 셩상(聖上)이 총명(聰明) 영무(英武)⁴⁹⁸⁾ᄒ시니 외조(外祖)의 블효(不孝) 기치올 일이 업슬가 ᄒᄂ이다."

휘(后ㅣ) 브답(不答)ᄒ시고 경계(警戒)ᄒ야 굴ᄋ샤디,

"네 나히 십(十) 셰(歲) 거의 되여시니 가(可)히 아비 듕(重)ᄒ고 어미 경(輕)ᄒ 줄 알지라. 젼두(前頭)의 만일(萬一) 뜻 곳지 못ᄒ 일이 이셔도 심녀(心慮)를 ᄒ

77면

지 물고 셩상(聖上) 겻틀 ᄯᄂ지 말나."

ᄯ 좌우(左右)로 두 황주(皇子)의 유모(乳母)를 블너 하교(下敎)⁴⁹⁹⁾ᄒ야 굴ᄋ샤디,

"딤(朕)이 박덕(薄德)ᄒ 위인(爲人)으로 곤위(坤位)의 모텸⁵⁰⁰⁾(冒

---

498) 영무(英武): 영민하고 용맹스러움.
499) 하교(下敎): 명령을 내림 또는 그 명령.

添)501) ㅎ미 두려오미 만코 깃브미 젹지 아니니 이502)제 블길(不吉)
ㅎ미 잇는 고(故)로 딤(朕)이 능히(能-) 이곳의 잇지 못ㅎ리니 여등
(汝等)이 일즉 황즈(皇子)룰 위(爲)흔 졍셩(精誠)은 니 아니 닐너도
알녀니와 그러나 고인(古人)을 효측(效則)503)ㅎ야 무춤니 시죵(始終)
이 잇게 홀진더 딤(朕)이 디하(地下)의 가도 결쵸(結草)504)ㅎ미 이시
리라."

셜파(說罷)의 티즈(太子)와 황즈(皇子)룰 어루만져 썅뉘(雙淚ㅣ)
죵힝(縱行)505)ㅎ시니 좌위(左右ㅣ) 놀나 웃듬샹궁(--尙宮) 묘 샹궁(尙
宮), 가 샹궁(尙宮)이 꾸러 뭇즈와 굴오더,

"낭낭(娘娘)이

· ·

78면

옥휘(玉候ㅣ)506) 반셕(盤石)507) 그 투시고 셩샹(聖上)의 녜듕(禮重)508)
ㅎ시미 가부얍지 아니시거놀 엇지 이런 블길(不吉)흔 말솜을 ㅎ시ᄂ
니잇고?"

---

500) 텸: [교] 원문에는 '길'로 되어 있으나 문맥을 고려해 규장각본(25:53)과 연세대본(25:80)을 따름.
501) 모텸(冒添): 모첨. 외람되게 은혜를 입음.
502) 이: [교] 원문에는 이 글자가 없으나 문맥을 고려해 규장각본(25:53)과 연세대본(25:80)을 따라 삽입함.
503) 효측(效則): 효칙. 본받음.
504) 결쵸(結草): 결초. 풀을 묶는다는 뜻으로 죽어서도 은혜를 갚음을 이름. 중국 춘추시대 진(晉)나라 때 위과(魏顆)가 아버지 위무자의 죽기 전 유언 대신 평소에 한 말씀을 따라, 위무자가 죽은 후에 자신의 서모(庶母)를 순장시키지 않고 개가시켰는데 후에 위과가 진(秦)나라와 전투를 벌일 적에 서모의 망부(亡父)가 나타나 풀을 맺어 위과를 도왔다는 이야기에서 유래함. 결초보은(結草報恩). 『춘추좌씨전(春秋左氏傳)』에 전함.
505) 죵힝(縱行): 종행. 줄줄 흘림.
506) 옥휘(玉候ㅣ): 임금이나 황후의 건강 상태를 이르는 말.
507) 반셕(盤石): 반석. 넓고 평평한 큰 돌을 이르는 말로 아주 견고하고 안전함을 비유적으로 이르는 말.
508) 녜듕(禮重): 예중. 예법으로 소중히 대우함.

휘(后ㅣ) 탄식(歎息) 왈(曰),

"인싱(人生)이 빅(百) 년(年)을 수지 못하고 위(位) 놉흔즉 조믈(造物)이 쩌리느니 니 엇지 미양 누리믈 부라리오?"

좌위(左右ㅣ) 다시 주왈(奏曰),

"비록 그러나 즈레 근심하시믄 가(可)치 아닌가 하느이다."

휘(后ㅣ) 툰식(歎息) 브답(不答)하시더라.

샹(上)이 이놀브터 팁주(太子)를 동궁(東宮)의 쓰로 두샤 황후뎐(皇后殿)의 문안(問安)을 막으시고 닙으로 니루시기는 팁직(太子ㅣ) 혹공(學工)이 미평(未平)509)하니 축실(着實)이 공부(工夫)하게 하노라 하시고 두 황주(皇子)를 각각(各各) 유모(乳母)와 샹궁(尙宮)을 맛져 별틱(別宅)의 두시니

. . .

79면

후(后)의 신명(神明)510)하시미 이럿톳 하더라.

추후(此後) 샹(上)이 비록 입으로 말을 아니시나 연왕(-王)과 후(后)를 흉(凶)이 너기샤 연왕(-王)이 입됴(入朝)하면 젼(前)의는 만면(滿面) 화식(和色)으로 몰숩하시더니 도금(到今)하야는 묵묵(默默)하샤 어식(御色)511)이 블안(不安)하시니 연왕(-王)이 쏘훈 총명신긔(聰明神氣)훈 고(故)로 주못 의심(疑心)하야 추후(此後)는 궁(宮)의 출입(出入)기를 아니하더니,

됴 시(氏) 이 긔미(幾微)를 알고 깃브믈 니긔지 못하야 홍영의게

---

509) 미평(未平): 안정되지 않음.
510) 신명(神明): 신령스럽고 이치에 밝음.
511) 어식(御色): 어색. 임금의 낯빛.

만만스레(萬萬謝禮)ㅎ고 니시(內侍) 츄현은 샹시(常時) 갓ᄀ이 신임
(信任)ㅎᄂ 고(故)로 황금(黃金)을 납뇌(納賂)ㅎ고 동모(同謀)ㅎ야 계
교(計巧)를 가라치니 츄현이 본디(本-) 혼ᄂ 쇼인(小人)으로 니부(李
府) 셩당(成黨)⁵¹²⁾

80면

ㅎᄆᆯ 쩌리던 고(故)로 흔연(欣然)이 눅종(諾從)⁵¹³⁾ㅎ고,

  밤을 타 어뎐(御殿)의 나아가 머리를 두ᄃᆞ려 크게 운디, 샹(上)이
뎐(殿)의 홀노 두어 틱감(太監)⁵¹⁴⁾과 한림혹ᄉ(翰林學士) 만염을 두
리고 물숨ㅎ시더니 이 만염은 귀비(貴妃) 만 시(氏)의 거게(哥哥ㅣ)
라 ᄯᅩ혼 간신(奸臣)이러니 츄현의 거동(擧動)을 보고 모다 고이(怪
異)히 너겨 만 혹시(學士ㅣ) 무러 왈(曰),

  "네 엇지 텬위지쳑지디(天威咫尺之地)⁵¹⁵⁾의 와 이럿툿 당돌(唐突)
이 구ᄂ뇨?"

  현이 읍왈(泣曰),

  "셩샹(聖上)긔 망극(罔極)혼 변(變)이 이시니 ᄌ연(自然) 우롬이 ᄂ
이다."

  만 혹시(學士ㅣ) 디경(大驚) 왈(曰),

  "무슴 일이뇨?"

  츄현이 샹뎐(上前)의 ᄂ아가 업디여 울고 주(奏)ㅎ디,

---

512) 셩당(成黨): 성당. 집단을 이룸.
513) 눅종(諾從): 낙종. 응낙하여 좇음.
514) 틱감(太監): 태감. 중국 명나라·청나라 때에, 환관의 우두머리.
515) 텬위지쳑지디(天威咫尺之地): 천위지척지지. 천위지척의 곳. 천위지척은 천자의 위광이 지척
    에 있다는 뜻으로, 임금과 매우 가까운 곳 또는 제왕의 앞을 이르는 말.

"쇼신(小臣)이 미쳔(微賤)흔 몸으로 폐하(陛下)의 어엿비 너기시믈 닙

...

81면

수와 니시(內侍)의 모텸(冒添)ㅎ오니 황은(皇恩)을 망극(罔極)ㅎ와 갑습기룰 싱각ㅎ오미 다만 일편(一片) 젹516)심(赤心)517)으로 폐하 (陛下)의 빅셰(百歲)룰 근심코즈 ㅎ옵더니 이제 황댱국구(皇丈國 舅)518) 연왕(-王) 니몽챵이 디역부도(大逆不道)519)ㅎ야 주실(朱 室)520) 종사(宗祀)521)룰 앗고즈 ㅎ옵는디라 신(臣)이 놀눈믈 니긔지 못ㅎ야 감히(敢-) 죽으믈 무릅쓰고 고변(告變)522)ㅎ누이다."

셜파(說罷)의 좌위(左右ㅣ) 낫빗치 흙 굿고 샹(上)이 쏘흔 경히(驚 駭)523)ㅎ샤 이의 문왈(問曰),

"연왕(-王)이 모역(謀逆)홀 씨 네 본증(本證)524)이냐?"

현이 디왈(對曰),

"죽야(昨夜)의 연왕(-王)이 사룸으로 ㅎ야곰 신(臣)을 브르거놀 신 (臣)이 연고(緣故)룰 아지 못ㅎ야 가온즉 사룸을 칙오고 밀실(密室) 의 블녀드려 フ마니 닐오디, '니 이제 부귀(富貴) 인신(人臣)의

516) 젹: [교] 원문에는 '셕'으로 되어 있으나 문맥을 고려해 규장각본(25:56)과 연세대본(25:85)을 따름.
517) 젹심(赤心): 적심. 거짓이 없는 참된 마음.
518) 황댱국구(皇丈國舅): 황장국구. 황제의 장인.
519) 디역부도(大逆不道): 대역부도. 임금이나 나라에 큰 죄를 지어 도리에 크게 어긋나 있음. 또는 그런 짓.
520) 주실(朱室): 주 씨 황실. 곧 명나라 황실을 이름.
521) 종사(宗祀): 종사. 종묘와 사직을 이르는 말로, 나라를 뜻함.
522) 고변(告變): 반역 행위를 고발함.
523) 경히(驚駭): 경해. 몹시 놀람.
524) 본증(本證): 사실을 증명하는 증거.

극(極)ᄒ디 너모 셩만(盛滿)ᄒ니 젼두(前頭)의 샹(上)의 변(變)ᄒ미 계실진디 우리 제녀(齊女)[525]의 멸[526]족(滅族)ᄒ미 이실가 두리ᄂ니 이거슬 졍뎐(正殿)의 무든죽 수월(數月) 니(內)의 텬ᄌ(天子ㅣ) 안가(晏駕)[527]ᄒ실 거시오, 붕(崩)ᄒ신죽 퇴ᄌ(太子ㅣ) 셔리니 퇴ᄌ(太子)ᄂ 나의 외손(外孫)이라 놀을 가(可)히 히(害)치 못홀 거시니 일을 닐울진디 너룰 뻐 봉후(封侯)[528]ᄒ리라.' ᄒ고 블망긔(不忘記)[529]룰 민두러 주더이다."

셜파(說罷)의 품으로조ᄎ ᄒ 봉(封)ᄒ 거슬 니여 뎐샹(殿上)의 헌(獻)ᄒ니 샹(上)이 보시미 무수(無數) 요예지믈(妖穢之物)[530]이 보기의 흉춤(凶慘)ᄒ고 블망긔(不忘記)의ᄂ 굴와시디,

'모년(某年) 월일(月日)의 연왕(-王) 황댱국구(皇丈國舅) 니몽챵은 니시(內侍) 츄현의게 셔(書)ᄒᄂ니 당금(當今)의 후궁(後宮)이 셩(盛)ᄒ

고 졍궁(正宮)의 퇴ᄌ(太子ㅣ) 비록 계시나 그 셰(勢) 심(甚)히 고약(孤弱)[531]ᄒ 고(故)로 니 왕망(王莽)[532]의 찬역(簒逆)[533]ᄒ믈 본(本)

---

525) 제녀(齊女): 중국 제(齊)나라 왕후가 억울하게 죽은 뒤에 매미로 변해서 궁정 앞의 나무에 올라 애달프게 울었다는 전설에서 기인하여, 후비(后妃)나 궁녀(宮女)의 비원(悲怨)을 뜻함. 『고금주(古今注)』, 「문답석의(問答釋義)」.
526) 멸: [교] 원문에는 '별'로 되어 있으나 문맥을 고려해 규장각본(25:57)과 연세대본(25:86)을 따름.
527) 안가(晏駕): 임금이 세상을 떠남.
528) 봉후(封侯): 제후에 봉함.
529) 블망긔(不忘記): 불망기. 뒷날에 잊지 않기 위하여 적어 놓은 글. 또는 그런 문서.
530) 요예지믈(妖穢之物): 요예지물. 요망스럽고 더러운 물건.

붓고즈 ᄒᆞ야 너의게 디ᄉᆞ(大事)를 붓치ᄂᆞ니 만일(萬一) 일을 일울진디 너를 ᄡᅥ 디국(大國)의 봉후(封侯)ᄒᆞ리라.'

ᄒᆞ엿ᄂᆞᆫ지라.

샹(上)이 보기를 못고 어히업시 너기샤 룡안(龍顔)의 홍광(紅光)534) 을 ᄯᅴ이고 믁믁(默默)ᄒᆞ시더니 만염이 주왈(奏曰),

"니몽챵의 모역(謀逆)이 이럿툿 젹실(的實)535)ᄒᆞ니 댱ᄎᆞᆺ(將次ㅅ) 져주기536)를 무지못ᄒᆞ실쇼이다."

샹(上)이 브답(不答)ᄒᆞ시고 즉시(卽時) 됴셔(詔書)를 디리시(大理 寺)537)의 ᄂᆞ리와 니가(李家) 합문(閤門)538) 노쇼(老少)를 두 금의옥 (錦衣獄)539)의 가도라 ᄒᆞ시니,

위ᄉᆞ(衛士ㅣ)540) 돌녀 니부(李府)의 니르러 뎐디(傳旨)를 뎐(傳)ᄒᆞ미 모다 무심듕(無心中) 변(變)이 낫ᄂᆞᆫ지

· · ·

84면

라 디경실ᄉᆡᆨ(大驚失色)ᄒᆞ야 아모리 홀 줄 모로고 샹ᄒᆡ(上下ㅣ) 황황 (遑遑)541)ᄒᆞ야 믈 ᄭᅳᆯ툿 ᄒᆞ디 승샹(丞相)이 홀노 안ᄉᆡᆨ(顔色)을 고치지

---

531) 고약(孤弱): 외롭고 약함.
532) 왕망(王莽): 중국 전한(前漢)의 정치가(B.C.45-A.D.23). 자는 거군(巨君). 자신이 옹립한 평제(平 帝)를 독살하고 제위를 빼앗아 국호를 신(新)으로 명명함. 한(漢)나라 유수(劉秀)에게 피살됨.
533) 찬역(簒逆): 임금의 자리를 빼앗으려고 반역함.
534) 홍광(紅光): 붉은빛.
535) 젹실(的實): 틀림이 없이 확실함.
536) 져주기: 신문(訊問)하기.
537) 디리시(大理寺): 대리시. 형옥(刑獄)을 맡아보던 관아.
538) 합문(閤門): 온 집안.
539) 금의옥(錦衣獄): 명나라 때 금위군(禁衛軍)의 하나인 금의위(錦衣衛)에 딸린 감옥으로, 특히 정치범을 가두는 곳으로 유명함.
540) 위ᄉᆞ(衛士ㅣ): 위사. 대궐, 능, 관아, 군영 따위를 지키던 장교.
541) 황황(遑遑): 갈팡질팡 어쩔 줄 모르게 급함.

아니코 골오디,

"믈이 만흐미 넘으믄 녜시(例事ㅣ)라."

드디여 투연(妥然)542)이 뉴 부인(夫人)긔 하직(下直)호고 졔즈졔손(諸子諸孫)으로 더브러 옥듕(獄中)의 들미 일가(一家)의 곡셩(哭聲)이 챵텬(漲天)543)호야 아모리 홀 줄 모로고 뉴 부인(夫人)이 손으로 꼿흘 쳐 골오디,

"만일(萬一) 옥시(獄事ㅣ) 경(輕)홀진디 이러호리오? 반드시 역모(逆謀)의 간셥(干涉)호야시미 호느토 버셔나지 못호미라 미망잔쳔(未亡殘喘)544)이 죽지 못호고 사랏드フ 금일(今日) 이런 망극(罔極)호 시졀(時節)을 볼 줄 어이 알니오?"

셜파(說罷)의 실셩통곡(失聲慟哭)호니 뎡 부

· · ·

85면

인(夫人)이 힘뼈 븟드러 관위(寬慰)545)호고 모든 녀지(女子ㅣ) 호곳의 모다 아모리 홀 줄 모로더라.

평명(平明)의 샹(上)이 됴회(朝會)를 건극뎐(建極殿)의 여르시니 졔신(諸臣)의게 연왕(-王)의 밀셔(密書)와 흉예지믈(凶穢之物)546)을 주어 보라 호시고 골오샤디,

"즈고(自古)로 논신젹지(亂臣賊子ㅣ)547) 업지 아니나 흉포간악(凶

---

542) 투연(妥然): 타연. 편안한 모양.
543) 챵텬(漲天): 창천. 하늘에 퍼져 가득함.
544) 미망잔쳔(未亡殘喘): 미망잔천. 아주 죽지 않고 겨우 붙어 있는 숨.
545) 관위(寬慰): 너그러이 위로함.
546) 흉예지믈(凶穢之物): 흉예지물. 흉하고 더러운 물건.
547) 논신젹지(亂臣賊子ㅣ): 난신적자. 나라를 어지럽게 하는 신하와 부모의 뜻을 거스르는 자식.

暴奸惡)호믄 왕망(王莽)과 니몽창 곳톤 재(者ㅣ) 업논지라. 딤(朕)이 일쥭 저룰 황댱(皇丈)이라 호야 디졉(待接)호미 타류(他類)와 곳지 아니호고 졍궁(正宮)의 셰(勢) 타산(泰山) 곳거놀 엇지 이런 흉<(凶事)룰 호리오? 당당(堂堂)이 쳐참(處斬)548)호야 후인(後人)을 징계(懲戒)호고 삼족(三族)을 이(理)549)호리라."

언파(言罷)의 룡안(龍顔)의 노긔등등(怒氣騰騰)550)호시니 졔신(諸臣)이 디경(大驚)호야

. . .

86면

셔로 눗눗치 도라보고 감히(敢-) 말을 못 호더니 위 승샹(丞相), 양 각뇌(閣老ㅣ) 흠긔 주왈(奏曰),

"이졔 국가(國家)의 막듕(莫重)호 디역(大逆)을 당(當)호와 신(臣) 등(等)이 감히(敢-) 뎌룰 구(救)코쟈 호미 아니로디 그러느 쇼실(所實)이 명명(明明)치 아닌지라. 몽챵이 즈쇼(自少)로 남졍븍벌(南征北伐)551)호와 국가(國家)의 디공(大功)이 즈즈디 마춤니 봉후(封侯)룰 사양(辭讓)호고 엄동샹텬(嚴冬霜天)552)의 쳔(千) 니(里)룰 독힝(獨行)호야 션졔(先帝)룰 구(救)호오며553) 동(東)으로 쥬빈을 파(破)호고554)

---

548) 쳐참(處斬): 처참. 목을 베어 죽이는 형벌에 처함.
549) 이(理): 다스림.
550) 노긔등등(怒氣騰騰): 노기등등. 노하거나 성난 기운이 얼굴에 가득함.
551) 남졍븍벌(南征北伐): 남정북벌. 남쪽을 정복하고 북쪽을 토벌함.
552) 엄동샹텬(嚴冬霜天): 엄동상천. 몹시 추운 겨울, 서리가 내리는 밤의 하늘.
553) 엄동샹텬(嚴冬霜天)의-구(救)호오며: 엄동상천의 천 리를 독행하야 선제를 구하오며. 엄동설한에 천 리를 홀로 가 선제를 구했으며. 이몽창이 에센에게 붙잡힌 정통 황제를 구하기 위해 간 일을 이름. 전편(前篇)인 <쌍천기봉>에 나오는 일임.
554) 동(東)으로 쥬빈을 파(破)호고: 동으로 주빈을 파하고. 동쪽으로 주빈을 무찌르고. 이몽창이 동오군을 무찌르고 주빈을 죽인 일을 이름. 전편인 <쌍천기봉>에 나오는 일임.

남(南)으로 뉴적(流賊)555)을 쇼텽(掃淸)556)ᄒ며 우틱양을 즙아557) 공적(功績)이 만고(萬古)의 희한(稀罕)ᄒ딕 죠곰도 봉인(封印)558)ᄒ야 ᄌᆞ랑치 아녓거늘 이제 셩모(聖母) 낭낭(娘娘)이 니모(李某)의 ᄯᆞᆯ노 일의 모역(謀逆)

・ ・ ・

87면

을 못 ᄒᆞ올 거시여늘 이런 일이 심(甚)히 밍낭(孟浪)ᄒ온지라 셩샹(聖上)은 술피쇼셔."

샹(上)이 변식(變色) 왈(曰),

"경(卿) 등(等)이 역적(逆賊)의 린친(姻親)559)으로 몰이 이럿툿 쾌(快)ᄒ뇨?"

셜ᄑᆞ(說罷)의 냥인(兩人)을 ᄑᆞ직(罷職)ᄒ시고 즉시(卽時) 츄국(推鞫)560) 제구(諸具)를 출히샤 왕(王)을 올녀 저주시니.

이러 굴 제 황후(皇后ㅣ)이 쇼식(消息)을 드ᄅᆞ시고 면관(冕冠)561)을 버스시고 쇼실(小室)의 딕죄(待罪)ᄒᆞ샤 곡긔(穀氣)를 긋치시고 주야(晝夜) 통곡(慟哭)ᄒᆞ시니 경샹(景狀)이 수참(愁慘)562)ᄒ더라.

연왕(-王)이 ᄆᆞ이여563) 뎐하(殿下)의 니ᄅᆞ미 샹(上)이 뎌를 보시고

---

555) 뉴적(流賊): 유적. 이리저리 떠돌아다니며 사람을 해치고 재물을 빼앗는 도둑.
556) 쇼텽(掃淸): 소청. 휩쓸어 죄다 없애 버림.
557) 남(南)으로-즙아: 남으로 유적을 소청하며 우태양을 잡아. 남쪽으로 유적을 쓸어 없애며 우태양을 잡아. 이몽창이 유적을 무찌르고, 그 뒤에 우태양을 잡은 일을 말함. 두 가지 일 모두 <이씨세대록> 앞부분에 나오는 내용임.
558) 봉인(封印): 밀봉한 자리에 도장을 찍음. 여기에서는 말을 하지 않음을 이름.
559) 린친(姻親): 인친. 혼인으로 맺어진 관계.
560) 츄국(推鞫): 추국. 임금의 특명에 따라 중한 죄인을 신문하던 일.
561) 면관(冕冠): 정복에 갖추어 쓰던 관. 면류관.
562) 수참(愁慘): 수참. 을씨년스럽고 구슬픔. 또는 몹시 비참함.
563) ᄆᆞ이여: 묶여.

더옥 노(怒)ᄒ샤 긔식(氣色)이 엄엄(嚴嚴)564)ᄒ시니 좌위(左右ㅣ) 숨을 누죽이 ᄒ고 숑연(悚然)ᄒ야 뫼셧더니 뎨(帝) 이에 무러 굴ᄋ샤ᄃᆡ,

"경(卿)은 일즉 션뎨(先帝)로붓터 국가(國家)의 ᄃᆡ신(大臣)이

오, 더옥 딤(朕)의 국귀(國舅ㅣ)라 평셕(平昔)565)의 미ᄃᆞᆷ믈 주셕(柱石)566)ᄀᆞᆺ치 ᄒᆞ엿더니 엇진 고(故)로 모역브도(謀逆不道)ᄒ야 딤(朕)을 히(害)코ᄌ ᄒᆞ느뇨? 가(可)히 형댱(刑杖)이 니르지 아냐셔 실ᄉ(實事)를 직초(直招)567)ᄒ라."

연왕(-王)이 안연(晏然)568)이 넝쇼(冷笑)ᄒ고 ᄂᆞᆺ출 우러러 주왈(奏曰),

"신(臣)이 일즉 션덕569)(宣德) 황뎨(皇帝)570) 지우(知遇)571) 간발(簡拔)572)ᄒ시믈 닙ᄉ와 약관(弱冠)573)으로붓터 경악(經幄)574)의 근시(近侍)575)ᄒ고 병부(兵部) ᄃᆡ권(大權)을 좁으며 니부(吏部) 텬관(天

---

564) 엄엄(嚴嚴): 매우 엄함.
565) 평셕(平昔): 평석. 이전부터.
566) 주셕(柱石): 주석. 가장 중요한 자리에 있거나 구실을 하는 사람을 비유적으로 이르는 말.
567) 직초(直招): 지은 죄를 사실대로 바로 말함.
568) 안연(晏然): 편안한 모양.
569) 션덕: [교] 원문에는 '효션'으로 되어 있으나 명나라 황제 중에 이러한 황제는 없으므로 문맥을 고려해 이와 같이 수정함. 전편 <쌍천기봉>에서 이몽창이 선덕 황제 때 과거에 급제한 일이 있음.
570) 션덕(宣德) 황뎨(皇帝): 선덕 황제. 중국 명나라 제5대 황제인 선종(宣宗)의 연호(1425~1435). 선종의 시호는 순효(純孝)이고 이름은 주첨기(朱瞻基)임.
571) 지우(知遇): 남이 자신의 인격이나 재능을 알고 잘 대우함.
572) 간발(簡拔): 여러 사람 가운데 골라 뽑음.
573) 약관(弱冠): 남자 나이 20세를 일컬음.
574) 경악(經幄): 임금이 학문이나 기술을 강론·연마하고 더불어 신하들과 국정을 협의하던 일. 또는 그런 자리. 경연.
575) 근시(近侍): 임금을 가까이에서 모심.

官)576)의 거(居)ᄒ디 모역(謀逆)으로 의심(疑心)치 아니ᄒ샤 이제 숨
됴(三朝)577)의 니ᄅᆞ럿ᄉᆞᆸ더니 폐하(陛下)긔 다ᄃᆞ라 니럿툿 의심(疑心)
ᄒ시믈 닙ᄉᆞ오니 닐온ᄇᆞ 앙블괴텬(仰不愧天)이오, 부578)블괴디(俯不
愧地)579)로쇼이다. 신(臣)의 적심(赤心)580)은 창공(蒼空)이 ᄇᆞᆰ히 비최
시고 신기(神祇)581) 님(臨)ᄒ시

· · ·

89면

니 조곰도 고(告)ᄒᆞᆯ 쇼실(所失)이 업ᄂᆞ이다. 신(臣)이 여러 번(番) 경
영병(京營兵)582)을 거ᄂᆞ려 텬하디원슈(天下大元帥ㅣ) 되여 년곡(輦
轂)583)을 ᄯᅥᆺ시디 반(叛)치 아냣거ᄂᆞᆯ 이제 무슨 연고(緣故)로 모역
(謀逆)을 도모(圖謀)ᄒ야 멸망지화(滅亡之禍)584)를 취(取)ᄒ리오?"
　말ᄉᆞᆷ이 늠늠(凜凜)ᄒ야 구츄(九秋) 셔리 ᄲᅮ리ᄂᆞᆫ 돗ᄒᆞ고 긔운이 싁
싁ᄒ야 딕졀(直節)585)이 송빅(松柏) ᄀᆞᆺᄐᆞᆫ지라. 샹(上)이 원ᄂᆡ(元來) 운
익(運厄)의 ᄀᆞ리샤 이젼(以前) 총명(聰明)이 다 쇼숙(蕭索)586)ᄒ시고
연무(煙霧) 듕(中)의 계신 고(故)로 연왕(-王)의 ᄆᆞᆯᄉᆞᆷ이 명빅(明白)ᄒ

576) 텬관(天官): 천관. 육부 중의 으뜸이라는 뜻으로 이부(吏部)를 일컬음.
577) 숨됴(三朝): 삼조. 삼 대의 조정. 제5대인 선종(宣宗), 제6대인 영종(英宗), 현 황제인 제8대인
　　헌종(憲宗)을 이름.
578) 부: [교] 원문과 규장각본(25:62), 연세대본(25:93)에 모두 '무'로 되어 있으나 문맥을 고려해
　　이와 같이 수정함.
579) 앙블괴텬(仰不愧天)이오, 부블괴디(俯不愧地): 앙불괴천이오, 부불괴지. 하늘을 우러러 보아도
　　부끄러움이 없고 땅을 내려다보아도 부끄러움이 없음.
580) 적심(赤心): 거짓이 없는 참된 마음.
581) 신기(神祇): 천신과 지기를 아울러 이르는 말. 곧 하늘의 신령과 땅의 신령을 이름.
582) 경영병(京營兵): 수도에 있는 병영에 있는 병사.
583) 년곡(輦轂): 연곡. 임금이 타는 수레라는 뜻으로 임금 곁, 즉 서울을 의미함.
584) 멸망지화(滅亡之禍): 망하여 없어지는 큰 재앙.
585) 딕졀(直節): 직절. 곧은 절개.
586) 쇼숙(蕭索): 소삭. 다 사라짐.

믈 조곰도 고지듯지 아니시고 긔식(氣色)을 지어 업수이 너겨 관속
(管束)587)ᄒ민가 아ᄅ샤 불연(勃然)588) 디로(大怒)ᄒ샤 룡미(龍
眉)589)룰 거ᄉ리고 즐왈(叱曰),

"경(卿)의 니언(利言)590)ᄒ 발명(發明)591)이 ᄌ

...

90면

셔(仔細)ᄒᄂ 증춤(證參)592)이 명빅(明白)ᄒ거ᄂᆯ 엇지 딤(朕)을 쇼기
ᄂ뇨? 녁디(歷代)를 헤아려 난신적지(亂臣賊子ㅣ) 만흐ᄂ 흉포간악
(凶暴奸惡)ᄒ믄 왕망(王莽)과 경(卿)이 일류(一類ㅣ)로다."

왕(王)이 쇼이디왈(笑而對曰),

"폐히(陛下ㅣ) 아ᄅ시미 이럿툿 붉으시미 ᄲᆯ니 신(臣)을 죽이샤 텬
하(天下) 후세(後世)룰 징계(懲戒)ᄒ쇼셔."

샹(上)이 익노(益怒)593)ᄒ샤 츄현으로 연왕(-王)과 면질594)(面質)595)
ᄒ시니 왕(王)이 무러 굴오디,

"니 일즉 룡뎐(龍殿)의 츌입(出入)ᄒᆯ ᄉᆡ 너룰 보미 이시나 각별(各
別)이 니 문하(門下)의 너룰 브ᄅ지 아녓거ᄂᆯ 엇진 고(故)로 빅지(白
地)596) 허망(虛妄)ᄒ 믈을 지어 놀을 깅춤(坑塹)597)의 흠닉(陷溺)598)

---

587) 관속(管束): 제약하여 구속함.
588) 불연(勃然): 발연. 왈칵 성을 내는 태도나 일어나는 모양이 세차고 갑작스러움.
589) 룡미(龍眉): 용미. 용의 눈썹이라는 뜻으로 임금의 눈썹을 이르는 말.
590) 니언(利言): 이언. 말을 좋게 함.
591) 발명(發明): 죄나 잘못이 없음을 말하여 밝힘. 또는 그런 말.
592) 증춤(證參): 증참. 참고가 될 만한 증거(證據).
593) 익노(益怒): 더욱 성이 나거나 성을 냄.
594) 질: [교] 원문과 연세대본(25:95)에는 '디'로, 규장각본(25:63)에는 '지'로 되어 있으나 문맥을
고려해 이와 같이 수정함.
595) 면질(面質): 양쪽을 대면시켜 심문함.
596) 빅지(白地): 백지. 아무 턱도 없이.

호눈다? 사룸이 혼 번(番) 누미 혼 번(番) 죽기눈 녜시(例事ㅣ)라. 너
룰 지쵹(指嗾)599)훈 재(者ㅣ) 필연(必然) 이시리니 섈니 주시 니르라."

츄

· ·

91면

현이 쇼리 딜너 왈(曰),

"노애(老爺ㅣ) 일졍(一定)600) 쇼인(小人)을 기야(其夜)의 블너 여츠
여츠(如此如此) 아니시며 밀셔(密書)룰 아니 뼈 주시니잇가? 쇼인(小
人)이 신졀(臣節)601)을 다호미 밋쳐 노야(老爺)룰 도라보지 못호누니
구원(九原)602)의 도라가셔도 쇼인(小人)으른 원(怨)치 무르쇼셔."

왕(王)이 툰왈(嘆曰),

"오관칠졍(五官七情)603)이 각별(各別) 사룸으로 두르지 아니커놀
겻히 신명(神明)이 지방(在傍)604)호고 우히 신기(神祇)605) 지샹(在上)
호야시니 스스로 두립지 아냐 나의 빅옥무하(白玉無瑕)606)훈 몸을
이럿툿 모회(謀害)호눈다? 니 위극인신(位極人臣)607)호고 부귀영툥

---

597) 깅춤(坑塹): 갱참. 깊고 길게 판 구덩이.
598) 홈닉(陷溺): 함닉. 물속으로 빠져 들어감.
599) 지쵹(指嗾): 지주. 사주함.
600) 일졍(一定): 일정. 정말.
601) 신졀(臣節): 신하가 지켜야 할 절개.
602) 구원(九原): 사람이 죽은 뒤에 그 혼이 가서 산다고 하는 세상. 저승.
603) 오관칠졍(五官七情): 오관칠정. '오관'은 오감을 맡은 기관, 즉 눈, 코, 귀, 혀, 살갗을 가리키고
'칠정'은 사람의 일곱 가지 심리 작용으로 곧 기쁨(喜)·노여움(怒)·슬픔(哀)·즐거움(樂)·사
랑(愛)·미움(惡)·욕심(欲) 또는 기쁨(喜)·노여움(怒)·근심(憂)·생각(思)·슬픔(悲)·놀람
(驚)·두려움(恐)을 가리킴.
604) 지방(在傍): 재방. 곁에 있음.
605) 신기(神祇): 하늘의 신령과 땅의 신령.
606) 빅옥무하(白玉無瑕): 백옥무하. 백옥처럼 아무런 티나 흠이 없음.
607) 위극인신(位極人臣): 직위가 신하의 극에 이름.

(富貴榮寵)이 분(分) 밧기니 조믈(造物)의 써리미 막듕(莫重)홀 줄 듀
야(晝夜) 근심ᄒ야 오놀놀 이 거죄(擧措ㅣ) 이실 둘 아라시니 너를
일편도이 훈(恨)ᄒ리오마는

...

92면

네 사룸의 지쵹(指嗾)을 듯고 놀노 더브러 은원(恩怨)[608]이 업시 이
럿틋 ᄒ니 홀노 텬앙(天殃)[609]이 업ᄉ랴?"

츄현이 디언(大言) 왈(曰),

"역젹(逆賊)을 줍아 국가(國家)의 히(害)를 업시 ᄒ미 텬하(天下)의
제일(第一) 공(功)이어늘 엇지 텬앙(天殃)이 이시리오?"

왕(王)이 가연(慨然)[610]이 웃고 도라 샹뎐(上前)의 주왈(奏曰),

"폐히(陛下ㅣ) 뎌 흔 환쟈(宦者)[611]의 물숨으로 신(臣)을 절치(切
齒)ᄒ시미 미[612]긔(未幾)[613]에 분(粉)을 믿돌고쟈 ᄒ시니 신(臣)의
일명(一命)이 구챠(苟且)ᄒ미 죽음만 갓지 못ᄒ지라 썰니 죽이쇼셔.
신(臣)의 젹심(赤心)으로 넉시 유유탕탕(悠悠蕩蕩)[614]ᄒ야 구쳔(九
泉)의 가 션뎨(先帝)를 뵈옵고 표(表)ᄒ미 지원(至願)[615]이로쇼이다."

샹(上)이 즉시(卽時) 왕(王)을 옥(獄)을 ᄂ리오시고 죠셔(詔書)ᄒ야
굴ᄋ샤디,

---

608) 은원(恩怨): 은혜와 원한.
609) 텬앙(天殃): 천앙. 하늘이 내린 재앙.
610) 가연(慨然): 개연. 분개한 모양.
611) 환쟈(宦者): 환자. 내시.
612) 미: [교] 원문과 규장각본(25:65), 연세대본(25:98)에 모두 이 글자가 없으나 문맥을 고려해 삽
입함.
613) 미긔(未幾): 미기. 동안이 얼마 길지 않음.
614) 유유탕탕(悠悠蕩蕩): 정처 없이 헤맴. 탕탕유유.
615) 지원(至願): 지극한 소원.

'국개(國家ㅣ)

...

93면

블힝(不幸)ᄒ야 국구(國舅) 니몽챵이 모역부도(謀逆不道)[616]ᄒ야 죄
악(罪惡)이 여산(如山)ᄒ니 가(可)히 극뉼(極律)[617]노 두스릴 거시로
ᄃ 그 젼공(前功)을 뉴렴(留念)ᄒ야 감수(減死)[618]ᄒ야 사수(賜死)[619]
ᄒ고 그 아돌 셰흘 다 졀도(絕島)[620] 뉴찬(流竄)[621]ᄒ고 기여(其餘)
숨족(三族)을 다 거두워 시외(塞外)의 니치리니 모다 지실(知悉)[622]
ᄒ라.'

ᄒ시니 됴얘(朝野ㅣ)[623] 디경(大驚)ᄒ야 다 각각(各各) 쇼댱(疏
章)[624]을 올녀 이미(曖昧)ᄒ믈 ᄃ토와 긋치지 아니ᄒᄃ 샹(上)이 블
윤(不允)ᄒ시고 기듕(其中) 쇼두(疏頭)[625]는 다 원찬(遠竄)[626]ᄒ시니,

연왕(-王)이 니옥(內獄)의 도라와 글을 지어 부듕(府中)의 보너니
부모(父母)긔 븟친 셔(書)의 왈(曰),

'블쵸지(不肖子ㅣ) 무샹(無狀)ᄒ야 쇼년(少年)으로븟허 부모(父母)
긔 효(孝)

---

616) 모역부도(謀逆不道): 도리를 알지 못해 역모를 꾀함.
617) 극뉼(極律): 극률. 극형.
618) 감수(減死): 감사. 죽을죄를 지은 죄인의 죄를 감해 주는 일.
619) 사수(賜死): 사사. 죽일 죄인을 대우하여 임금이 독약을 내려 스스로 죽게 하던 일.
620) 졀도(絕島): 육지에서 아주 멀리 떨어져 있는 외딴섬.
621) 뉴찬(流竄): 유찬. 유배.
622) 지실(知悉): 모든 형편이나 사실 따위를 자세히 앎.
623) 됴얘(朝野ㅣ): 조야. 조정과 민간.
624) 쇼댱(疏章): 소장. 상소하는 글.
625) 쇼두(疏頭): 소두. 연명(連名)하여 올린 상소문에서 맨 먼저 이름을 적은 사람.
626) 원찬(遠竄): 먼 곳으로 귀양을 보냄.

룰 닐위지 못ᄒ고 블효(不孝)룰 터심(太甚)히 기치더니 말년(末年)의
ᄆ춤니 신ᄌ(臣子)의 망극(罔極)ᄒ 죄명(罪名)을 몸의 시러 목숨이
약(藥) 그릇슬 븟드는 디경(地境)의 니ᄅ럿습ᄂ지라 죽기룰 셜워ᄒ
미 아니로디 부친(父親)이 년노(年老)ᄒ신디 절역풍상(絶域風霜)627)
을 무릅뻐 촌촌뎐뎐(寸寸輾轉)628)ᄒ시믈 싱각ᄒ니 ᄆ음이 ᄇ ᄋ지는
듯ᄒ거이다. 슈연(雖然)이ᄂ 물이 업침 ᄀ ᄐ니 블쵸(不肖)룰 뉴렴(留
念)치 ᄆᄅ시고 뎐수(天壽)룰 누리쇼셔. 하놀이 슬피실진디 ᄆ춤니
은시(恩赦ㅣ)629) 업스리잇가. 금일(今日) ᄒ ᄌ(字) 글노 하직(下直)
ᄒ오미 블효(不孝)룰 튼(嘆)홀 ᄯ롬이로쇼이다.'

　제(諸) 형뎨(兄弟)의게 븟친 셔(書)의630) 왈(曰),
　'죄뎨(罪弟) 빅달631)은 혈누(血淚)룰 흘녀 형댱(兄丈)과 삼뎨(三弟)
안뎐(案前)의 올니ᄂ니 운익(運厄)이 듕비(重比)632)ᄒ고 시운(時運)
이 블힝(不幸)ᄒ야 일이 이의 니ᄅ럿시니 탄(嘆)ᄒᄂᆫ들 엇지ᄒ리오. 죄
인(罪人)의 일을 형댱(兄丈)과 제졔(諸弟)ᄂ 본(本)밧지 몰고 아모려

---

627) 절역풍상(絶域風霜): 절역풍상. 멀리 떨어져 고난을 겪음.
628) 촌촌뎐뎐(寸寸輾轉): 촌촌전전. 마디마디 잊지 못해 잠을 이루지 못함.
629) 은시(恩赦ㅣ): 은사. 나라에 경사가 있을 때에, 죄과가 가벼운 죄인을 풀어 주던 일.
630) 셔의: [교] 원문과 규장각본(25:67), 연세대본(25:101)에 모두 '시'로 되어 있으나 문맥을 고려
　　해 이와 같이 수정함.
631) 빅달: 백달. 이몽창의 자(字).
632) 듕비(重比): 중비. 무겁고 거듭됨.

ᄂ 냥친(兩親)을 보호(保護)ᄒ야 블초(不肖) 죄인(罪人)을 싱각지 마
ᄅ쇼셔. 슬프다! 죽으미 도라감 가ᄐ니 쇼뎨(小弟) 죽기롤 슬허ᄒ미
아니라 부모(父母)긔 블회(不孝ㅣ) 비경(非輕)[633]ᄒ니 간댱(肝腸)이
눈 스ᄂ 듯ᄒᆫ지라 디하(地下)의 눈을 감지 못홀 거시오 셕일(昔日)
훤당(萱堂)[634]의 형뎨(兄弟) 안항[635](雁行)[636]을

· · ·

96면

가초와 치의(彩衣)롤 춤추던 일이 봄 꿈이 얼픗ᄒᆫ지라 인싱(人生)이
초로(草露)[637] ᄀᄐᄆᆯ 과연(果然)이 쌔ᄃᆺᄂ이다. 다시옴 ᄇ라ᄂ니 냥
친(兩親)을 뫼셔 쳔추안강(千秋安康)[638]ᄒ쇼셔.'

삼ᄌ(三子)의게 붓친 셔(書)의 왈(曰),

'네 아비 블민(不敏)ᄒ야 나라의 죄(罪)롤 어더 죽으미 쌘ᄅᆫ지라
니 쇼년(少年)으로붓허 국은(國恩)을 퇴듕(泰重)이 입ᄉ와 영화부귀
(榮華富貴)롤 만히 누려시니 이제 죽기롤 ᄯ 국가(國家)의 어드미 ᄯ
관곗(關係ㅅ)치 아닌지라 여등(汝等)은 과도(過度)히 샹회(傷懷)[639]
치 물고 각각(各各) 환난(患亂) 듕(中) 몸을 보젼(保全)

---

633) 비경(非輕): 가볍지 않음.
634) 훤당(萱堂): 원래 남의 어머니를 높여 이르는 말이나 여기서는 자신의 어머니를 이르는 말로
    쓰임.
635) 항: [교] 원문에는 '당'으로 되어 있으나 문맥을 고려해 규장각본(25:68)과 연세대본(25:102)을
    따름.
636) 안항(雁行): 기러기의 행렬이란 뜻으로, 자신과 형제들을 이르는 말.
637) 초로(草露): 풀잎의 이슬.
638) 쳔추안강(千秋安康): 천추안강. 오래도록 평안하고 건강함..
639) 샹회(傷懷): 상회. 마음속으로 애통히 여김.

제2부 | 주석 및 교감 211

ᄒᆞ야 아븨 후ᄉᆞ(後嗣)ᄅᆞᆯ 싱각ᄒᆞ라. 네 어믜 본ᄃᆡ(本-) 셰속(世俗) 녹녹(碌碌)640)ᄒᆞᆫ 녀ᄌᆡ(女子ㅣ) 아니라 ᄂᆞ의 흉종(凶終)641)ᄒᆞᄆᆞᆯ 인(因)ᄒᆞ야 괴로이 셰샹(世上)의 투ᄉᆡᆼ(偸生)642)치 아니리니 븟칠 ᄆᆞᆯ이 업도다. 너희ᄂᆞᆫ ᄆᆞ춤ᄂᆡ 부모(父母)ᄅᆞᆯ 싱각지 말고 몸을 보호(保護)ᄒᆞ야 투일(他日) 은샤(恩赦)ᄅᆞᆯ 기ᄃᆞ리라.'

ᄒᆞ엿더라.

이 글이 본부(本府)의 니ᄅᆞᄆᆡ 뎡 부인(夫人)이 글을 안고 혼절(昏絕)ᄒᆞ기ᄅᆞᆯ ᄌᆞ로 ᄒᆞ고 쵸후(-侯) 등(等)이 햐쳐(下處)643)의셔 부친(父親) 글을 보고 텬지(天地) 아득ᄒᆞ야 호텬(呼天) 운절(殞絕)644)ᄒᆞ야 등문고(登聞鼓)ᄅᆞᆯ 울니고ᄌᆞ ᄒᆞᄂᆞ 몸이 니옥(內獄)의 가쳐 용납(容納)ᄒᆞᆯ 길이 업ᄉᆞ니 ᄒᆞᆫ갓 ᄀᆞ치 죽기ᄅᆞᆯ 싱각ᄂᆞᆫ 듕(中) 능

휘(-侯ㅣ) 더욱 굿이 죽기ᄅᆞᆯ 뎡(定)ᄒᆞ야 부친(父親) 시톄(屍體)ᄅᆞᆯ 간ᄉᆞᄒᆞᄂᆞ 놀 ᄌᆞ문(自刎)645)ᄒᆞ려 ᄒᆞᄆᆡ 긔식(氣色)이 투연(妥然)646)ᄒᆞ고, 쇼휘(-后ㅣ) 부듕(府中)의셔 이 쇼식(消息)을 듯고 몬저 결(決)ᄒᆞ랴

---

640) 녹녹(碌碌): 녹록. 평범하고 보잘것없음.
641) 흉종(凶終): 흉하게 죽음.
642) 투ᄉᆡᆼ(偸生): 투생. 구차하게 산다는 뜻으로, 죽어야 마땅할 때에 죽지 아니하고 욕되게 살기를 꾀함을 이르는 말.
643) 햐쳐(下處): 하처. 임시로 머무는 숙소.
644) 운절(殞絕): 기운이 다함.
645) ᄌᆞ문(自刎): 자문. 스스로 자기 목을 찌름. 또는 그렇게 죽음을 이르는 말.
646) 투연(妥然): 타연. 평안한 모양.

셔도니 제뷔(諸婦ㅣ) 망극(罔極)ᄒ야 듀야(晝夜) 붓드러 딕희고 녕흑ᄉ(學士) 부인(夫人)이 이이(哀哀)⁶⁴⁷⁾이 울며 모친(母親)을 안아 필경(畢竟)⁶⁴⁸⁾을 보시믈 이고(哀告)⁶⁴⁹⁾ᄒ미 쇼휘(-后ㅣ) 욕독(欲獨)⁶⁵⁰⁾을 못 ᄒ야 목숨이 붓허시나 왕(王)이 졸(卒)ᄒᄂᆫ 놀 어이 술니오. 부(府) 니외(內外)의 곡셩(哭聲)이 진동(震動)ᄒ야 저무두 ᄒᆫ 몸을 ᄇ려 연왕(-王)을 디신(代身)코ᄌ ᄒ니 그 부ᄌ(父子)의 ᄠᅳᆺ을 니ᄅ리오.

위 시(氏) 임의 큰 ᄠᅳᆺ을 먹고 싱각ᄒᄃᆡ,

'만일(萬一) 격고등문(擊鼓登聞)ᄒ야 존구(尊舅)의 싱도(生道)를 엇지 못ᄒᆯ진ᄃᆡ 쏘

. . .

99면

ᄒᆫ ᄯᆞᆯ와 죽으미 올ᄒ니 엇지 ᄉᆞ싱(死生)을 념녀(念慮)ᄒ리오.'

ᄒ고 개연(慨然)이 손을 ᄭᅢ여 혈표(血表)⁶⁵¹⁾를 짓고 두어 ᄎᆞ환(叉鬟)⁶⁵²⁾으로 더브러 궐하(闕下)의 ᄂᆞ아갈 ᄉᆡ 쇼후(-后) 앏히 가 튼셩읍하(呑聲泣下)⁶⁵³⁾ᄒ야 고(告)ᄒᄃᆡ,

"시ᄉᆞ(時事ㅣ) 이럿툿 망극(罔極)ᄒ니 쇼쳡(小妾) 등(等)인들 엇지 살 ᄠᅳ시 이시리오? 쇼쳡(小妾)이 그윽이 혜아리건ᄃᆡ 존귀(尊舅ㅣ) 블힝(不幸)ᄒ시ᄂᆫ 놀은 가군(家君)이 ᄯᅩᄒᆫ 사지 아니ᄒ리니 가군(家君)이 그릇되는 놀 쳡(妾)인들 엇지 인셰(人世)를 뉴렴(留念)ᄒ리오? 죽

---

647) 이이(哀哀): 애애. 매우 슬픔.
648) 필경(畢竟): 마지막.
649) 이고(哀告): 애고. 슬피 고함.
650) 욕독(欲獨): 자기 마음대로 함.
651) 혈표(血表): 피로 쓴 표. 표는 임금에게 올리는 글.
652) ᄎᆞ환(叉鬟): 차환. 주인을 가까이에서 모시는 젊은 계집종.
653) 튼셩읍하(呑聲泣下): 탄성읍하. 소리를 삼키고 눈물을 흘림.

으미 목젼(目前)의 이시니 굿ᄒ야 두릴 거시 업고 가군(家君)과 숙슉
(叔叔) 등(等)이 다 니옥(內獄)의 잇ᄉ와 뜻을 펴지 못ᄒ옵ᄂ지라 쳡
(妾)이 당돌(唐突)이 제영(緹縈)654)의 효(孝)롤 니

··

100면

어 뎐졍(天廷)655)의 원통(冤痛)ᄒ 졍샹(情狀)을 홀고즈656) ᄒ옵ᄂ니
금일(今日)이 ᄉ싱(死生)의 아조 하직(下直)이로쇼이다."

쇼휘(-后ㅣ) 눈믈이 ᄂ치 가득ᄒ야 다만 골오딕,

"ᄒ 번(番) 죽으미 튱신(忠臣)과 녈녜(烈女ㅣ) 되믄 역시(亦是) 깃
분지라 니 능히(能-) 홀 믈이 업ᄂ지라."

위 시(氏) 雙톄(雙涕)657)롤 드리와 수명(受命)ᄒ고 믈너나 녀 시
(氏)롤 딕(對)ᄒ야 울며 골오딕,

"쇼뎨(小弟) 이제 궐하(闕下)의 ᄂ아가 익뎡(掖庭)658)의 머리롤 ᄇ
아치려 ᄒ미 미쳐 ᄌ녀(子女)롤 도라보지 못ᄒ미 부인(夫人)은 원
(願)컨딕 삼아(三兒)롤 무휼(撫恤)659)ᄒ샤 가군(家君)의 혈속(血
屬)660)을 굿게 무른쇼셔."

녀 시(氏) 우러 골오딕,

---

654) 제영(緹縈): 중국 한(漢) 문제 때의 효녀. 아버지인 순우공(淳于公)이 죄를 얻자 천자에게 편
지를 써 자신이 관비(官婢)가 되어서 아버지의 죄를 대신하겠다고 하니 천자가 감동해서 형
벌을 면하게 해 주었음.
655) 뎐졍(天廷): 천정. 대궐.
656) 홀고즈: 하소연하려.
657) 雙톄(雙涕): 쌍체. 두 줄기 눈물.
658) 익뎡(掖庭): 액정. 궁궐의 옥. 액정옥(掖庭獄)을 이르는 말임. 액정옥은 한나라 때 궁궐 안에
있던 비밀 옥임.
659) 무휼(撫恤): 어루만지며 불쌍히 여김.
660) 혈속(血屬): 피붙이.

"흥진비릭(興盡悲來)661)라 흔들 우리 집 인시(人事ㅣ) 이디도록

···

101면

홀 줄 어이 알니오? 쳔만(千萬) 브라건디 부인(夫人)의 지셩(至誠)을
하눌이 감동(感動)ᄒ시믈 브라ᄂ이다."

위 시(氏) 투루(墮淚)662)ᄒ고 이의 궐하(闕下)의 ᄂ아가 등문고(登
聞鼓)룰 치니,

샹(上)이 이씨 편뎐(便殿)663)의셔 노긔(怒氣)룰 춤디 못ᄒ시더니
황휘(皇后ㅣ) 혈소(血疏)룰 올니샤 스스로 죽어 아븨 죽으믈 붓고와
지라 ᄒ니 셔ᄉ(書辭)의 간간지샹(懇懇之狀)664)이 추마 보지 못ᄒᆯ 거
시로디 샹(上)이 녀셩(厲聲)665) 즐칙(叱責)ᄒ야 믈니치시고,

시직(時刻)이 넘지 못ᄒ여셔 븍소리 뫼히 울니는 돗ᄒ니 심하(心
下)의 경노(驚怒)666)ᄒ샤 좌우(左右)로 줍아드리라 ᄒ시니 이윽고 녀
지(女子ㅣ) 머리룰 푸러 ᄂ출 가리고 담담(淡淡)667)한 쳥의(靑衣)668)
룰 쓰어 흔 댱(張) 쇼봉(疏封)669)을 붓

---

661) 흥진비릭(興盡悲來): 흥진비래. 흥겨운 일이 다하면 슬픈 일이 옴.
662) 투루(墮淚): 타루. 눈물을 흘림.
663) 편뎐(便殿): 편전. 임금이 평상시에 거처하는 궁전.
664) 간간지샹(懇懇之狀): 간간지상. 간절한 형상.
665) 녀셩(厲聲): 여성. 성이 나서 큰 소리를 지름.
666) 경노(驚怒): 놀라고 노함.
667) 담담(淡淡): 빛이 엷음.
668) 쳥의(靑衣): 청의. 푸른 빛깔의 옷을 이르는 말로 천한 사람을 비유적으로 이르는 말. 예전에
천한 사람이 푸른 옷을 입었던 데서 유래하며, 여기서는 이몽창이 대역죄인으로 잡혀간 상황
이므로 며느리인 위 씨가 신분이 낮은 사람들이 입던 청의를 입은 것임.
669) 쇼봉(疏封): 소봉. 임금에게 올리는 글. 주소(奏疏).

들고 예예(裔裔)[670]히 거러 뎐하(殿下)의 다두르니 옥(玉) マ툰 눛치
피눈믈 즈쵀 쳐량(凄涼)혼디 흑운(黑雲) マ툰 머리롤 푸러 가리와시
니 망월(望月)이 수운(岫雲)[671]의 빠인 둧 이원(哀怨)[672]호고 춤담
(慘憺)혼 거동(擧動)이 이목(耳目)을 놀니거눌 신댱(身長)이 표연(飄
然)[673]호고 봉익(鳳翼)[674]이 아아(峨峨)[675]호야 의심(疑心)컨디 샹인
(常人)이 아닌 둧호고 월뎐(月殿)[676] 항이(姮娥ㅣ) 인셰(人世)룰 희롱
(戲弄)호는 둧호니 심하(心下)의 크게 놀나 두시 보시미 안면(顔面)
이 의희(依稀)[677]혼 둧호시디 미쳐 씨둧지 못호야 그 녀지(女子ㅣ)
옥계(玉階)의 머리롤 두두려 옥셩(玉聲)을 놉혀 주왈(奏曰),

"신쳡(臣妾)은 죄인(罪人) 니몽챵의 추즈(次子) 디스마(大司馬) 광
능후(--侯) 경문의 체(妻ㅣ)라. 금일(今日) 시아븨 원통(冤痛)혼

죄샹(罪狀)을 무릅써 죽기룰 면(免)치 못호미 감히(敢-) 규듕(閨中)의
즈쵀룰 번거히 호야 샹언(上言)호느이다."

언미필(言未畢)의 니시(內侍) 쇼봉(疏封)을 부두 한님혹시(翰林學

---

670) 예예(裔裔): 걷는 모양. 걸음걸이가 가볍고 어여쁨.
671) 수운(岫雲): 골짜기의 바위 구멍에서 일어나는 것처럼 보이는 구름.
672) 이원(哀怨): 애원. 슬퍼하고 원망하는 듯함.
673) 표연(飄然): 가볍고 날랜 모양.
674) 봉익(鳳翼): 봉의 날개와 같은 두 팔.
675) 아아(峨峨): 위엄이 있고 성(盛)함.
676) 월뎐(月殿): 월전. 항아(姮娥)가 산다는 달 속의 궁전.
677) 의희(依稀): 어렴풋함.

土ㅣ) 브다 닐그미 샹(上)이 물을 미쳐 못 ㅎ시고 귀를 기우려 드르

실시, 기쇼(其疏)의 골와시다,

　'젼(前) 병부샹셔(兵部尙書) 디스마(大司馬) 복야(僕射) 튀즈튀부

(太子太傅) 니경문 쳐(妻) 위홍쇼는 죽으믈 잇고 셩황셩공(誠惶誠

恐)678) 돈수빅비(頓首百拜)679) ㅎ야 만셰황야(萬歲皇爺) 탑젼(榻前)의

주(奏)ㅎ옵ᄂᆞ니, 금일(今日) 국가(國家)의 디옥(大獄)을 당(當)ㅎ야

신(臣)의 시아비 모역(謀逆) 디죄(大罪)로 사스(賜死)ㅎ라 ㅎ신 명

(命)이 ᄂᆞ리시니 국법(國法)이 삼쳑(三尺)680)이 지

...

104면

엄(至嚴)ㅎ고 신(臣)이 역젹(逆賊)의 즈부(子婦)로 죄뉼(罪律)이 쏘흔

ᄀᆞᆺ튼지라 텬졍(天廷)을 쇼요(騷擾)681)ㅎ미 빅스무셕(百死無惜)682)이

나 초부지언(樵婦之言)683)도 셩인(聖人)이 용납(容納)ㅎ시니 신(臣)

이 엇지 원앙(冤怏)684)흔 소회(所懷) 이시미 흔번(-番) 텬디(天地) 부

모(父母)긔 고(告)ㅎ고 죽으믈 앗기리잇고.

　업드여 듯즈오미 폐히(陛下ㅣ) 신부(臣父)로뼈 디역지죄(大逆之罪)

로 무련ㅎ샤 지어(至於) 죽기를 ᄂᆞ리오시니 범스(凡事) 적은 일도 국

톄(國體)685)의ᄂᆞᆫ 증춤(證參)686)이 업디 못ᄒᆞᆯ 거시어ᄂᆞᆯ ᄒᆞ믈며 막듕

---

678) 셩황셩공(誠惶誠恐): 성황성공. 진실로 황공함.
679) 돈수빅비(頓首百拜): 돈수백배. 고개를 조아리고 백 번 절함.
680) 삼쳑(三尺): 삼척. 법률. 고대 중국에서 석 자 길이의 죽간(竹簡)에 법률을 썼던 데서 유래함.
681) 쇼요(騷擾): 소요. 어지럽게 함.
682) 빅스무셕(百死無惜): 백사무석. 백 번 죽어도 애석함이 없음.
683) 초부지언(樵婦之言): 나무하는 아낙네의 말.
684) 원앙(冤怏): 원통함.
685) 국톄(國體): 국체. 나라의 체면.
686) 증춤(證參): 증참. 참고가 될 만한 증거(證據).

(莫重)흔 디역(大逆)을 니르리오. 신(臣)의 싀아비 일죽 약년(弱
年)687)의 등제(登第)ᄒ야 션덕688)(宣德) 황뎨(皇帝)689)로붓허 경악
(經幄)690)의 출입(出入)ᄒ며 디임(大任)을 맛ᄒ미 흔두 번(番)이 아

..

105면

니로디 녈녈(烈烈)흔 튱심(忠心)이 송빅(松柏) ᄀ투야 입됴(入朝) 삼
십여(三十餘) 년(年)의 호불(毫髮)691)도 비례(非禮)룰 힝(行)치 아니
ᄆ 암실(闇室)의도 쇼심익익(小心翼翼)692)ᄒ미 곽광(霍光)693)의 지ᄂ
고 시시(時時)로 텬은(天恩)이 망극(罔極)ᄒᄆ 외람(猥濫)694)ᄒ야 ᄌ
손(子孫)을 경계(警戒)ᄒ미 튱효(忠孝)로 니ᄅᄆ 듀야(晝夜)로 폐(廢)
치 아니ᄒ더니 이제 듕도(中途)의 다ᄃ라 신ᄌ(臣子)의 ᄎ무 듯지 못
홀 누명(陋名)을 무릅뻐 몸이 닉옥(內獄)의 ᄀ쳐 사싱(死生)이 미급
(未及)695) ᄉ이의 이시니 이 엇지 하ᄂᆯ을 브ᄅ고 ᄯᅡ흘 두ᄃ려 통곡
(慟哭)ᄒᄆ 춤으리잇가.

---

687) 약년(弱年): 어린 나이. 스무 살을 이름. 약관.
688) 션덕: [교] 원문에는 '효션'으로 되어 있으나 명나라 황제 중에 이러한 황제는 없으므로 문맥
을 고려해 이와 같이 수정함. 전편 <쌍천기봉>에서 이몽창이 션덕 황제 때 과거에 급제한 일
이 있음.
689) 션덕(宣德) 황뎨(皇帝): 션덕 황제. 중국 명나라 제5대 황제인 선종(宣宗)의 연호(1425-1435).
선종의 시호는 순효(純孝)이고 이름은 주첨기(朱瞻基)임.
690) 경악(經幄): 어전에서 경서를 강론하게 하던 일. 또는 그 자리. 경연.
691) 호불(毫髮): 호발. 가늘고 짧은 털. 곧 아주 작은 물건을 이름.
692) 쇼심익익(小心翼翼): 소심익익. 더욱 조심스럽고 겸손함.
693) 곽광(霍光): 중국 전한(前漢)의 정치가(?-B.C. 68)로 자는 자맹(子孟)임. 한 무제(武帝)의 고명
(顧命)을 받아 소제(昭帝)를 보필하고, 소제가 죽은 후 창읍왕(昌邑王) 하(賀)를 옹립했는데,
창읍왕이 실덕(失德)하자 다시 폐하고 선제(宣帝)를 옹립함. 후에 황후 허씨(許氏)를 독살하고
자신의 딸을 황후로 만들어 권세를 강화했으나, 그가 죽은 후 선제는 그의 일족을 반역죄로
몰아 몰살함.
694) 외람(猥濫): 하는 행동이나 생각이 분수에 지나침.
695) 미급(未及): 미치지 않음. 도달하지 않음.

슬푸다! 신(臣)의 구개(舅家ㅣ) 텬은(天恩)을 디디(代代)로 일편도
이 입ᄉᆞ와 셩만(盛滿)ᄒᆞ미 당시(當時)의 결우리 업ᄉᆞ

. . .

106면

니 됴뎡(朝廷)의 믜이미 이시믄 아ᄅᆞᆫ 디 오리나 신(臣)의 싀아비 튱
심(忠心)과 위인(爲人)으로ᄡᅥ ᄒᆞᆫ 환ᄌᆞ(宦者)의 고변(告變)[696]ᄒᆞᆫ 비 되
어 쳔디미명(千代罵名)[697]을 시ᄅᆞᆯ 줄 알니잇고. 신(臣)의 싀아비 죄
(罪) 진짓 거시라도 졍통[698](正統) 황뎨(皇帝) 시(時)의 쳔(千) 니(里)
ᄅᆞᆯ 독ᄒᆡᆼ(獨行)ᄒᆞ야 듕흥(中興)ᄒᆞᆫ 공(功)이 역디(歷代)의 희한(稀罕)ᄒᆞ
고 단셔(丹書)[699] 텰권(鐵券)[700]이 이시니 폐ᄒᆡ(陛下ㅣ) 죽이시믈 간
디로[701] 못 ᄒᆞ실 거시어ᄂᆞᆯ 일신(一身)이 빅옥무하(白玉無瑕)ᄒᆞ미 신
명(神明)의 질졍(質正)[702]ᄒᆞ여도 붓그럽지 아닐 거시니 일됴(一朝)의
이미(曖昧)ᄒᆞ미 쇼연(昭然)[703]ᄒᆞᆫ 부로 죽으미 텬하(天下)의 원통(冤
痛)ᄒᆞᆫ 일이 아니리오.

신귀(臣舅ㅣ) 만일(萬一) 모역지심(謀逆之心)이 이실

---

696) 고변(告變): 반역 행위를 고발함.
697) 쳔디미명(千代罵名): 천대매명. 영원히 욕된 이름.
698) 졍통: [교] 원문에는 '효션'이라 되어 있으나 문맥을 고려해 이와 같이 수정함. 이몽창이 오이
    라트족의 에센에게 붙잡힌 정통 황제를 구한 일이 전편 <쌍천기봉>에 등장함.
699) 단셔(丹書): 단서. 공신을 표창하던 문권(文券).
700) 텰권(鐵券): 철권. 공신에게 수여하던 상훈 문서.
701) 간디로: 마음대로.
702) 질졍(質正): 질정. 묻거나 따져 바로잡음.
703) 쇼연(昭然): 소연. 밝은 모양.

진디 당초(當初) 정통704)(正統) 황뎨(皇帝)룰 븍노(北虜)705)의 영가
(迎駕)706)흘 제 디군(大軍)의 손의 주이여시니 그런 쉬온 조각의 능
히(能-) 아니흐고 기여(其餘) 동(東)으로 주빈을 파(破)흐미 수군(水
軍) 칠십(七十) 만(萬)이 댱악(掌握)707)의 이실 적 반(叛)치 아니며
강주(江州) 뉴적(流賊)708)을 쇼쳥(掃淸)709)흐고 그 군(軍)을 두로혀
모반(謀叛)을 못 흐며 거년(去年)의 형주(荊州) 초적(草賊)710)을 파
(破)흘 제 남방(南方) 제읍(諸邑) 군무(軍務) 싱슐(生殺)을 수듕(手中)
의 쳔즈(擅恣)711)흘 제 반(叛)치 아니코 이제 다드라 일홈이 옹셔(翁
婿)로 황후(皇后) 낭낭(娘娘)이 신부(臣父)의 쏠이어늘 추 무 역적(逆
賊)을 도모(圖謀)흐리오. 이는 신(臣)의 싀아비 미쳐셔도 아닐 부룰
폐히(陛下ㅣ) 혹(惑)히 고지드룰

샤 국톄(國體)의 덧덧흔 고쟈(告者)712)룰 뭇지 아니시고 일편도이 신
(臣)의 싀아비만 죽이고즈 흐시니 오회(嗚呼ㅣ)라! 신뷔(臣父ㅣ) 일

---

704) 졍통: [교] 원문에는 '효션'으로 되어 있으나 문맥을 고려해 이와 같이 수정함.
705) 븍노(北虜): 북로. 북쪽 오랑캐. 오이라트족의 에센을 말함.
706) 영가(迎駕): 천자의 수레를 영접함.
707) 댱악(掌握): 장악. 손안에 잡아 쥔다는 뜻으로, 무엇을 마음대로 할 수 있게 됨을 이르는 말.
708) 뉴적(流賊): 유적. 떠돌아다니며 사람을 해치고 재물을 빼앗는 도둑.
709) 쇼쳥(掃淸): 소청. 쓸어 없애 버림.
710) 초적(草賊): 통치자들이 주로 산간 지대에서 장기적으로 항거하며 투쟁하는 사람들을 낮잡아
    이르던 말.
711) 쳔즈(擅恣): 천자. 제 마음대로 하여 조금도 꺼림이 없음.
712) 고쟈(告者): 고자. 남의 비밀, 잘못을 일러바치는 사람.

즉 국가(國家)의 터럭 끝마치 저부리미 업고 흔 조각 적심(赤心)[713]
이 고인(古人)을 불워 아니커놀 폐하(陛下)의 절치(切齒)ᄒᆞ시미 이
디경(地境)의 니르럿ᄂᆞ니잇고.

ᄒᆞᆷ믈며 성모(聖母) 낭낭(娘娘)이 입궐(入闕)ᄒᆞ션 지 여러 춘ᄎᆔ(春
秋ㅣ) 뒤이ᄌᆞ디 꼿두온 덕홰(德化ㅣ) 이비(二妃)[714]ᄅᆞᆯ 효측(效則)[715]
ᄒᆞ시고 ᄐᆡᄌᆞ(太子)의 긔이(奇異)ᄒᆞ시미 텬하(天下)의 근본(根本)이시
어놀 폐희(陛下ㅣ) 조곰도 개렴(介念)치 아니시고 신구(臣舅) 일(一)
인(人)의 목숨을 샤(赦)치 아니시니 신쳡(臣妾)은 규듕(閨中) 녹녹(碌
碌)[716]ᄒᆞᆫ 쇼견(所見)이ᄂᆞ 그윽

···

109면

이 폐하(陛下)ᄅᆞᆯ 위(爲)ᄒᆞ야 ᄎᆔ(取)치 아니ᄒᆞᄂᆞ이다.

셕희(惜噫)라! 고금역디(古今歷代)ᄅᆞᆯ 혜아려 그 튱신(忠臣)이 흔치
아니ᄒᆞ거놀 신구(臣舅ㅣ) 쇼쇼(昭昭)[717] 문관(文官)으로 젼후(前後)
국가(國家) 디공(大功)이 녀샹(呂尙)[718]의 지나고 븍ᄉᆞ(北使)[719] 쳔
(千) 니(里)ᄅᆞᆯ 엄동샹텬(嚴冬霜天)의 독힝(獨行)ᄒᆞᆷ믄 텬디(天地) 이후
(以後)로 그 썅(雙)이 업ᄂᆞᆫ지라 도금(到今)ᄒᆞ야 모역(謀逆)이 진짓 거

---

713) 적심(赤心): 거짓 없는 참된 마음.
714) 이비(二妃): 순임금의 두 왕비로, 아황(娥皇)과 여영(女英)을 말함. 황영(皇英)이라고도 함. 두
    사람 모두 요임금의 딸로 함께 순임금의 아내가 되어 매우 사이좋게 지냈음.
715) 효측(效則): 효칙. 본받음.
716) 녹녹(碌碌): 녹록. 평범하고 보잘것없음.
717) 쇼쇼(昭昭): 소소. 사리가 밝고 또렷함.
718) 녀샹(呂尙): 여상. 주(周) 왕조의 제후국인 제(齊)나라의 시조 강태공(姜太公)을 이름. 성은 강
    (姜)이고 이름은 상(尙)임. 위수(渭水)에서 낚시를 하던 중, 훗날 주(周)나라 문왕(文王)이 되
    는 희창의 방문을 받아 등용되었음. 무왕(武王)을 도와 은(殷)나라 주왕(紂王)을 멸망시켜 천
    하를 평정하였으며, 그 공으로 제(齊)나라에 봉함을 받아 그 시조가 됨.
719) 븍ᄉᆞ(北使): 북사. 북쪽으로 사신으로 가는 것.

신들 관뎐(寬典)720)을 쓰시미 업수미 가(可)히 폐히(陛下ㅣ) 션뎨(先帝)의 쯧을 니으신다 ᄒ리잇가. 셩노(聖怒)721)의 엄(嚴)ᄒ시미 간관(諫官)을 다 파출(罷黜)722)ᄒ시고 뉵부(六部), 디리시(大理寺)723), 삼공뉵경(三公六卿)의 작위(爵位)를 두 신(臣)의 구개(舅家ㅣ) 가졋다가 옥듕(獄中)의 든 후(後) 됴졍(朝廷)의 그 사ᄅᆷ이 업고 신(臣)이

110면

그 사ᄅᆷ의 ᄌ식(子息)이 되여 춤아 엄구(嚴舅)의 원통(怨痛)이 죽으믈 목도(目睹)치 못ᄒ야 죽기를 무릅써 주(奏)ᄒ옵ᄂ니 원(願) 폐하(陛下)ᄂ 츄현을 엄(嚴)히 저주어 간졍(姦情)을 궁힉(窮覈)724)ᄒ실진디 신구(臣舅)의 이미ᄒ믈 버스리니 복망(伏望)725) 통곡(慟哭)ᄒ야 감히(敢-) 샹표(上表)726)ᄒᄂ이다.'

ᄒ엿더라.

샹(上)이 드ᄅ시기를 ᄆᆺᄎ미 그 믈솜이 뉼니ᄎ셰(率履次序ㅣ)727) 잇고 니히곡직(利害曲直)728)이 분명(分明)ᄒ야 일ᄌ일언(一字一言)이 구ᄎ(苟且)치 아니ᄒ디 고샹(高尙)ᄒ미 미ᄎ리 업스니 진실노(眞實-) 규듕(閨中) 쇼쇼(小小) 녀ᄌ(女子)의 쇼작(所作) ᄀᆺ지 아니커눌 빅(白)깁729)의 혈흔(血痕)이 낭ᄌ(狼藉)ᄒ얏ᄂ지라 심하(心下)의 저기 ᄭᅵ

---

720) 관뎐(寬典): 관전. 관대한 은전(恩典).
721) 셩노(聖怒): 성노. 천자나 황후 등의 분노.
722) 파출(罷黜): 파면함.
723) 디리시(大理寺): 대리시. 형옥(刑獄)을 맡아보던 관아.
724) 궁힉(窮覈): 궁핵. 원인을 속속들이 캐어 찾음.
725) 복망(伏望): 엎드려 윗사람의 처분을 삼가 바람.
726) 샹표(上表): 상표. 임금에게 글을 올림.
727) 뉼니ᄎ셰(率履次序ㅣ): 율리차서. 예법을 좇아 말을 하는 순서.
728) 니히곡직(利害曲直): 이해곡직. 이로움과 해로움과 그르고 옳음.

드르샤 이의 흔연(欣然)이 위유(慰諭)730)ᄒᆞ야 굴ᄋᆞ샤ᄃᆡ,

"경(卿)이 니ᄅᆞ지 아냐도 연경(-卿)의 튱셩(忠誠)과 희훈(稀罕)ᄒᆞᆫ 디공(大功)을 모ᄅᆞ지 아니ᄃᆡ 도금(到今)ᄒᆞ야 모역지심(謀逆之心)이 현누(顯漏)731)ᄒᆞ야 딤(朕)의 눈의 뵈연 지 오릭니 왕법(王法)은 사시(私事ㅣ) 업ᄂᆞᆫ 고(故)로 국법(國法)을 능히(能-) 샤(捨)치 못ᄒᆞ야 셰(勢) 부득이(不得已) 사ᄉᆞ(賜死)ᄒᆞᄂᆞᆫ 명(命)을 나리오믹 딤(朕)이 블평(不平)ᄒᆞᆷ믈 니긔지 못ᄒᆞ노라."

위 시(氏) 고두(叩頭) 왈(曰),

"신귀(臣舅ㅣ) 일즉 쳑촌(尺寸)732)도 넘남이 업ᄉᆞ니 모역지심(謀逆之心)이 잇ᄂᆞᆫ 줄 엇지 아ᄅᆞ시ᄂᆞ니잇가?"

샹(上)이 믄득 좌우(左右)로조ᄎᆞ 두 봉(封) 셔간(書柬)을 ᄂᆞ리와 굴ᄋᆞ샤ᄃᆡ,

"모일(某日)의 딤(朕)이 황후(皇后) 졍침(正寢)의셔 이 셔간(書柬)을 어드니 그씨 놀나

옴과 통히(痛駭)733)ᄒᆞᆷ믈 니긔지 못ᄒᆞᄃᆡ 진실노(眞實-) 틱ᄌᆞ(太子)의

---

729) 깁: 명주실로 바탕을 조금 거칠게 짠 비단.
730) 위유(慰諭): 위로하고 타일러 달램.
731) 현누(顯漏): 현루. 뚜렷이 드러남.
732) 쳑촌(尺寸): 척촌. 한 자 한 치. 얼마 되지 않는 조그마한 것.
733) 통히(痛駭): 통해. 몹시 이상스러워 놀람.

눗출 보와 뎨긔(提起)치 아녓더니 이제 쇼실(所實)이 크게 챵누(昌漏)⁷³⁴⁾혼 후(後) 엇지 샤(赦)ᄒ리오?"

위 시(氏) 보기를 뭇고 크게 흉춤(凶慘)⁷³⁵⁾이 너겨 한한(寒汗)이 쳠비(沾背)⁷³⁶⁾ᄒ니 두만 머리를 두두려 굴오디,

"신구(臣舅)의 일편(一片) 젹심(赤心)을 빅일(白日)이 비최고 황텬(皇天)이 믁우(黙祐)⁷³⁷⁾ᄒ시디 돈셔(丹書)⁷³⁸⁾의 증춤(證參)이 이럿톳 명명(明明)ᄒ니 셩샹(聖上)의 고지드르시미 올샤오디 그러나 녜브터 강튱(江充)의 져주시(咀呪事ㅣ)⁷³⁹⁾ 잇고 왕왕(往往)⁷⁴⁰⁾이 쇼인(小人)이 비밀(祕密)이 일을 지어 현인(賢人)을 모히(謀害)ᄒᄂ니 만亽온지라. 지금(只今)의 눅궁(六宮)이 셩만(盛滿)ᄒ야 긔틀과 됴각(彫刻)을 녀어 황후(皇后)

· · ·

113면

룰 히(害)ᄒ미 업지 아닐 거시니 일편도이 신구(臣舅)룰 의심(疑心)ᄒ시리오? 신(臣)의 집 가변(家變)이 셕년(昔年)의 희한(稀罕)홀 시졀(時節)의 공교(工巧)⁷⁴¹⁾ᄒ미 이도곤 더ᄒ야 광평후(--侯) 니흥문과 빅

---

734) 챵누(昌漏): 창루. 누설하여 퍼뜨림.
735) 흉춤(凶慘): 흉참. 흉악하고 참혹함.
736) 한한(寒汗)이 쳠비(沾背): 한한이 첨배. 식은땀이 등을 적심.
737) 믁우(黙祐): 묵우. 묵묵히 도움.
738) 돈셔(丹書): 단서. 예전에, 붉은색 붓으로 범인의 죄상을 기재한 문서.
739) 강튱(江充)의 져주시(咀呪事ㅣ): 강충의 저주사. 강충이 저주를 해 한(漢) 무제(武帝)와 여태자(戾太子)를 이간한 일. 강충은 원래 조(趙)나라 한단(邯鄲) 사람으로 참소로 조나라 태자를 죽게 하고 한나라에 들어가 무제의 총애를 받음. 강충이 여태자와 사이가 벌어졌는데, 태자가 황제가 되면 자신에게 불리할 것이라 생각해 태자를 저주하자 이에 분개한 태자가 강충을 죽이고 무제는 태자를 제압해 죽임. 이후에 무제가 태자의 억울함을 알게 되어 태자를 복권시킴.
740) 왕왕(往往): 이따금. 때때로.
741) 공교(工巧): 생각지 않았거나 뜻하지 않았던 사실이나 사건과 우연히 마주치는 것이 매우 기이함.

문의 쳐(妻) 화 시(氏) 다 위디(危地)[742]를 지넌 고(故)로 필경(畢竟)의 신셜(伸雪)[743]ᄒ미 이시니 간인(奸人)이 즉금(卽今) 현인(賢人)을 모해[744](謀害)ᄒ고 득디(得志)[745]ᄒᄆᆞᆯ 쟈랑ᄒ나 수숨(數三) 년(年) 니(內)의 졍젹(情迹)[746]이 현누(顯漏)ᄒ리니 폐하(陛下)ᄂᆞᆫ 다만 추현을 져주어 무ᄅᆞ소셔. 이 글시 비록 신구(臣舅)의 글시로 방블(髣髴)ᄒ나 그러나 ᄌᆞ시 보미 신구(臣舅)의 글은 굿셰기 산악(山嶽) 갓고 빗ᄂᆞ고 놉흐미 츄텬(秋天) 갓거ᄂᆞᆯ ᄎᆞ(此)ᄂᆞᆫ 극(極)히 용졸(庸拙)[747]ᄒ야 뵈옵ᄂᆞᆫ지라. 녯놀

· · ·

114면

쇼[748]왕(昭王) 궁듕(宮中)의 호빅구(狐白裘)[749] 도젹(盜賊)ᄃᆞᆫ 일[750]을 싱각지 못ᄒ시ᄂᆞ니잇가? 추현을 엄문(嚴問)ᄒ신즉 본젹(本跡)[751]을 아ᄅᆞ시리이다."

샹(上)이 텽파(聽罷)의 크게 씨ᄃᆞᄅᆞ샤 이의 표댱(表章)[752]ᄒ야 글

---

742) 위디(危地): 위지. 위험한 지경.
743) 신셜(伸雪): 신설. 가슴에 맺힌 원한을 풀어 버리고 창피스러운 일을 씻어 버림.
744) 모해: [교] 원문에는 '보미'로 되어 있으나 문맥을 고려해 규장각본(25:80)과 연세대본(25:120)을 따름.
745) 득디(得志): 득지. 뜻대로 일이 이루어짐.
746) 졍젹(情迹): 정적. 사정의 흔적.
747) 용졸(庸拙): 용렬하고 졸렬함.
748) 쇼: [교] 원문에는 '쵸'로 되어 있고 규장각본(25:81)과 연세대본(25:121)에는 '초'로 되어 있으나 문맥을 고려해 이와 같이 수정함.
749) 호빅구(狐白裘): 호백구. 여우 겨드랑이의 흰 털이 붙은 부분의 가죽으로 만든 갖옷.
750) 쇼왕(昭王)-일: 소왕 궁중의 호백구 도적던 일. 중국 전국시대 제(齊)나라의 맹상군(孟嘗君)과 관련한 고사. 맹상군이 진(秦)나라 소왕(昭王)의 부름을 받자 소왕에게 호백구를 선물하고 소왕은 그를 재상에 임명하려 하나 신하들의 반대로 오히려 맹상군을 옥에 가둠. 이에 맹상군이 소왕의 총희에게 자신을 빠져나가게 해 달라 부탁하자 총희가 호백구를 요구하니 개 흉내를 내 도둑질을 하는 사람이 호백구를 훔쳐 옴. 여기에서는 글씨 흉내 낸 것을 드러내기 위해 이 고사를 인용한 것임.
751) 본젹(本跡): 원래의 자취.

ᄋ샤ᄃᆡ,

"경(卿)의 긔특(奇特)ᄒᆞ믈 아ᄅᆞᆫ 지 오ᄅᆡᄃᆡ 이디도록 ᄒᆞᆷ 아지 못
ᄒᆞᆺ다. 당당(堂堂)이 경(卿)의 믈ᄃᆡ로 ᄒᆞ리니 안심(安心)ᄒᆞ야 믈너시
라. 선쳐(善處)ᄒᆞ미 이시리라."

위 시(氏) 고두(叩頭) 빅ᄇᆡ(百拜)ᄒᆞ고 믈너나미,

샹(上)이 크게 군무(軍武)753)를 베푸시고 츄현을 잡아 져죠실754) 시,

이ᄻᆡ 츄현은 제 집의 믈너가고 됴 귀비(貴妃) 연왕(-王) ᄉᆞᄉᆞ(賜死)
ᄒᆞ믈 크게 깃거ᄒᆞ야 홍영을 블너 만만사례(萬萬謝禮)ᄒᆞ더니 홀연(忽
然) 위 시(氏) 격고

. . .

115면

등문(擊鼓登聞)755)ᄒᆞ야 텬ᄌᆡ(天子ㅣ) 츄현을 ᄃᆞ시 저주려 ᄒᆞ시믈 듯
고 ᄃᆡ경(大驚)ᄒᆞ야 급(急)히 심복(心腹) 니시(內侍)로 여ᄎᆞ여ᄎᆞ(如此
如此)ᄒᆞ라 ᄒᆞ니,

츄현이 줍혀 궐문(闕門)의 다ᄃᆞᄅᆞ미 ᄐᆡ감(太監) 녀ᄐᆡ집이 일긔(一
器) 미죽(米粥)을 들고 와 니로ᄃᆡ,

"됴 낭낭(娘娘) 뎐(殿)의셔 그ᄃᆡ 여러 번(番) 수고ᄒᆞ믈 불샹이 너
기샤 일노ᄡᅥ 놀ᄂᆞᆫ 거슬 진정(鎮靜)ᄒᆞ고 ᄆᆞᄎᆞᆷ니 굿치 잇게 ᄒᆞ믈 ᄇᆞ라
노라 ᄒᆞ시더라."

츄현이 ᄇᆞ다 마시고 ᄉᆞᄇᆡ(四拜) 왈(曰),

---

752) 표댱(表章): 표장. 어떤 일에 좋은 성과를 내었거나 훌륭한 행실을 한 데 대하여 세상에 널리
  알려 칭찬함.
753) 군무(軍武): 군대를 무장시킴.
754) 져죠실: 신문하실.
755) 격고등문((擊鼓登聞): 북을 쳐서 중요한 사실이나 사건을 임금에게 알림.

"신(臣)이 간뇌도지(肝腦塗地)756)호나 낭낭(娘娘)의 디은(大恩)을 저부리지 아니호리이다."

믈을 믓고 뎐하(殿下)의 니룸미 샹(上)이 엄형(嚴刑)으로 친(親)히 저조와 굴ᄋ샤ᄃᆡ,

"연왕(-王)은 샤직지신(社稷之臣)757)이라 쳔(千) 인(人)이 권(勸)ᄒ여도 모역부도(謀逆不道)룰 아

..

116면

니ᄒ리니 뉘 쟝ᄎᆞᆺ(將次ㅅ) 너룰 ᄀ라쳐 더룰 히(害)ᄒ라 ᄒ더뇨? 당당(堂堂)이 부룬디로 직고(直告)ᄒ라."

추현이 고셩(高聲)ᄒ야 울고 주(奏)ᄒᄃᆡ,

"신(臣)이 ᄒᆞᆫ 환ᄌᆞ(宦者)의 몸으로 엇지 디신(大臣)을 빅디(白地)758) 구흠(構陷)759)ᄒ야 신명(神明)의 외오760) 너기시믈 봇즈오리오? 텬앙(天殃)이 즉금(卽今) 누리시ᄂ 신(臣)은 거즛믈노 폐하(陛下)긔 고(告)ᄒ미 업ᄉ오니 만일(萬一) 연왕(-王)을 즙으미 이실진ᄃᆡ 하놀이 신(臣)을 금시(今時)로셔 죽이시리이다."

언미필(言未畢)761)의 홀연(忽然) 칠규(七竅)762)로 피룰 흘니고 것구러져 즉샤(卽死)ᄒ니 그 말이 ᄆᆞ치 마ᄌᆞᆫ지라 엇지 우읍지 아니

---

756) 간뇌도지(肝腦塗地): 나라를 위하여 목숨을 돌보지 않고 애를 씀. 참혹한 죽임을 당하여 간장 (肝臟)과 뇌수(腦髓)가 땅에 널려 있다는 뜻에서 나온 말.
757) 샤직지신(社稷之臣): 사직지신. 나라의 안위(安危)와 존망(存亡)을 맡은 중신(重臣).
758) 빅디(白地): 백지. 아무 턱도 없이.
759) 구흠(構陷): 구함. 터무니없는 말로 남을 꾀어 죄에 빠지게 함.
760) 외오: 그릇.
761) 언미필(言未畢): 말이 끝나지 않음.
762) 칠규(七竅): 칠규. 사람의 얼굴에 있는 일곱 개의 구멍. 귀, 눈, 코 각 두 개와 입 하나를 이름.

리오. 디강(大綱) 앗가 먹은 거시 독약(毒藥) 셧근 미음(米飮)인 고
(故)로 시각(時刻)이 넘

지 못ᄒ야 죽은지라.

상(上)이 더옥 경희(驚駭)ᄒ샤 연왕(-王)의 무죄(無罪)ᄒᆞᆯ 혜아리
시미 통훈(痛恨)⁷⁶³⁾ᄒ미 깁흐신 고(故)로 두시 됴셔(詔書)를 나리와
ᄀᆞᄅᆞ샤ᄃᆡ,

'연왕(-王) 니몽챵의 죄(罪) 비록 듕(重)ᄒᄂᆞ 그 공(功)으로 인(因)
ᄒ야 샥툴관직(削奪官職)⁷⁶⁴⁾ᄒ야 뎐니(田里)⁷⁶⁵⁾로 니치라.'

ᄒ시니 됴얘(朝野ㅣ) 흔심(欣心)ᄒ고 니부(李府)의셔 장ᄎᆞᆺ(將次ㅅ)
하놀이 문허진 ᄃᆞᆺᄒ야 망극(罔極)ᄒᆞᆯ 니긔지 못ᄒ야 샹하(上下)의
우룸 비치러니 위 시(氏) 흔번(-番) 큰 ᄯᆞᆺ을 동(動)ᄒ야 궐듕(闕中)을
향(向)ᄒ미 더옥 사싱(死生)을 아지 못ᄒ야 일개(一家ㅣ) 통도(痛
悼)⁷⁶⁶⁾ᄒᆞᆯ 니긔지 못ᄒ더니 두ᄒᆡᆼ(多幸)이 은새(恩赦ㅣ) ᄂᆞ려 연왕(-
王)이 무ᄉᆞ(無事)히 술믈 어드니 일개(一家ㅣ) 환셩(歡聲)이

디진(大振)⁷⁶⁷⁾ᄒ야 도로혀 ᄭᅮᆷ인가 의심(疑心)ᄒ더니,

---

763) 통훈(痛恨): 통한. 몹시 한스러워함.
764) 샥툴관직(削奪官職): 삭탈관직. 죄를 지은 자의 벼슬과 품계를 빼앗고 벼슬아치의 명부에서
　　 그 이름을 지우던 일.
765) 뎐니(田里): 전리. 고향 마을. 향리.
766) 통도(痛悼): 마음이 몹시 아프도록 슬퍼함.

위 시(氏) 쇼거칙여(小車輜輿)768)의 도라오미 뎡 부인(夫人)이 붓 비 붓들고 실셩오열(失聲嗚咽)ᄒ야 우러 굴오디,

"현부(賢婦)의 셩덕(盛德)이 특츌(特出)ᄒᆞ믈 아룻시나 오ᄂᆞᆯ 나의 은인(恩人)이 될 줄 어이 알니오?"

위 시(氏) 졍금(整襟)769) 튜루(墮淚) 왈(曰),

"쇼텹(小妾)이 당당(堂堂)ᄒᆞᆫ 디졀(大節)을 잡아 엄군(嚴君)을 구(救)ᄒᆞ오미 존당(尊堂)이 엇지 치샤(致謝)ᄒᆞ실 비리잇가?"

언미필(言未畢)의 연왕(-王)과 하룹공(--公) 등(等)이 모든 ᄌᆞ뎨(子弟)로 일시(一時)의 드러와 뉴 부인(夫人)긔 뵈옵고 좌(座)ᄅᆞᆯ 일우미 뎡 부인(夫人)이 왕(王)의 오ᄉᆞᆯ 붓들고 실셩뉴톄(失聲流涕)770)ᄒᆞ고 하룹공(--公) 등(等)이 눈믈이 비 오ᄃᆞᆺ ᄒᆞ며 초후(-侯)

· · ·

등(等)이 오열(嗚咽) 비읍(悲泣)771)ᄒᆞ니 좌위(左右ㅣ) 뉘 눈믈을 아니 ᄂᆞ리오리오. 곡셩(哭聲)이 ᄌᆞ못 요란(搖亂)ᄒᆞ니 왕(王)이 ᄯᅩᄒᆞᆫ 심ᄉᆞ(心思ㅣ) 블호(不好)ᄒᆞ미 측냥(測量)업ᄉᆞ나 강잉(强仍)772)ᄒᆞ야 안식(顔色)을 화(和)히 ᄒᆞ고 위로(慰勞)ᄒᆞ야 굴오디,

"쇼ᄌᆞ(小子ㅣ) 블쵸(不肖)ᄒᆞ와 몸이 죽을 ᄯᅡ히 써러지니 술기를 ᄇᆞ라지 아냣ᄉᆞᆸ더니 텬ᄒᆡᆼ(天幸)으로 갱싱(更生)ᄒᆞ야 도라왓ᄉᆞᆸ거ᄂᆞᆯ ᄌᆞ당

---

767) 디진(大振): 대진. 크게 떨침.
768) 쇼거칙여(小車輜輿): 소거치여. 작은 가마.
769) 졍금(整襟): 옷깃을 여미어 모양을 바로잡음.
770) 실셩뉴톄(失聲流涕): 실성유체. 소리가 나지 않을 정도로 눈물을 흘림.
771) 비읍(悲泣): 슬피 욺.
772) 강잉(强仍): 억지로 참음.

(慈堂)773)이 엇지 이디도록 비이(悲哀)ᄒ시ᄂ니잇가?"

부인(夫人)이 디곡(大哭) 왈(曰),

"너의 튱의(忠義)로 일됴(一朝)의 더러온 일홈을 시러 죽을 곳의 ᄲᆞ지니 노모(老母)의 망극(罔極)ᄒᆞᆫ 졍니(情理) 너를 ᄯᅵ라 죽으려 ᄒᆞ더니 효부(孝婦)의 졍셩(精誠)을 힘닙어 겨유 사라ᄂᆞ니

120면

인비목셕(人非木石)774)이라 엇지 슬푸지 아니리오?"

승샹(丞相)이 졍식(正色)고 칙왈(責曰),

"돈이(豚兒ㅣ) 비록 사디(死地)의 버셔ᄂᆞ시나 우흐로 존당(尊堂)이 계시거ᄂᆞᆯ 이럿틋 톄면(體面) 업시 구나뇨?"

뎡 부인(夫人)이 ᄎ언(此言)을 듯고 강잉(强仍)ᄒᆞ야 눈믈을 거두믹 왕(王)이 부뎐(父前)의 기리 샤죄(謝罪)ᄒᆞ야 굴오디,

"히이(孩兒ㅣ) 야야(爺爺)의 ᄇᆞᆰ기 ᄀᆞ라치시믈 져ᄇᆞ려 국가(國家)의 죄(罪)를 어드미 일신(一身) 붓그러오미 욕ᄉᆞ무디(欲死無地)775)ᄒᆞᆫ 나라도 믈고 조션(祖先)의 욕(辱)이 비경(非輕)ᄒᆞ야 야야(爺爺)긔 블효(不孝)를 만히 기치오니 무ᄉᆞᆷ ᄆᆞᄋᆞᆷ으로 술고즈 ᄯᅳᆺ이 이시리잇가ᄆᆞᄂᆞᆫ 님군이 죽을죄(罪)를 샤(赦)ᄒᆞ시믹 부모(父母)긔 블효(不孝)를 두려 스스로

---

773) ᄌᆞ당(慈堂): 자당. 본래는 남의 어머니를 높여 이르는 말이나 여기서는 자신의 어머니를 높여 이르는 말로 쓰임.
774) 인비목셕(人非木石): 인비목석. 사람이 나무나 돌이 아님.
775) 욕ᄉᆞ무디(欲死無地): 욕사무지. 죽으려 해도 죽을 곳이 없음.

능히(能-) 결(決)치 못하니 가(可)히 용녈(庸劣)탄 하리로쇼이다."

승샹(丞相)이 탄왈(嘆曰),

"가문(家門)이 너모 셩만(盛滿)하고 금주옥디(金紫玉帶)776)로 누리 믈 너모 하엿시니 필경(畢竟)이 무춤니 갓기룰 어이 브라리오? 빅일(白日)이 간담(肝膽)을 비최니 타일(他日) 누명(陋名)을 신셜(伸雪)하미 이실지라, 아히(兒孩)눈 조급(躁急)한 물을 두시 몰지어다."

왕(王)이 지비(再拜) 수명(受命)하고 썅셩(雙星)을 드러 위 시(氏)룰 향(向)하야 읍샤(泣謝) 왈(曰),

"노뷔(老父ㅣ) 오놀놀 냥친(兩親)을 뵈오믄 젼혀(專-) 현부(賢婦)의 덕(德)이라 텬뉸(天倫)의 디읜(大義ㄴ)들 감격(感激)하미 업스리오?"

위 시(氏) 년망(連忙)이 복수(伏首) 읍디(泣對) 왈(曰),

"디인(大人)이 낙미지익(落眉之厄)777)을 블의(不意)의 만나샤 쇼댱지홰(蕭墻之禍ㅣ)778) 참혹(慘酷)

하니 쇼쳡(小妾)이 어린 의수(意思)로 등문고(登聞鼓)룰 울니미 이시나 셩샹(聖上) 홍은(鴻恩)779)이 듕(重)하시미어놀 하교(下敎)로죠추

---

776) 금주옥디(金紫玉帶): 금자옥대. 금자(金紫)는 금인(金印)과 자수(紫綬)로, 금인(金印)은 관직의 표시로 차고 다니던 금으로 된 조각물이고 자수는 고위 관료가 차던 호패(號牌)의 자줏빛 술임. 옥대(玉帶)는 임금이나 관리의 공복(公服)에 두르던, 옥으로 장식한 띠임.
777) 낙미지익(落眉之厄): 낙미지액. 눈앞에 닥친 재앙.
778) 쇼댱지홰(蕭墻之禍): 소장지화. 소장지변. 집안 내부나 한패 속에서 일어나는 변란을 뜻하는 말.

황공송늄(惶恐悚慄)780)흐믈 니긔지 못흘쇼이다."

말솜을 니어 하롬공(--公) 등(等)이 일제(一齊)히 칭숑(稱頌)흐고
졀긔(節槪) 녈녈(烈烈)흐믈 일쿠라 좌우(左右)로 칭찬(稱讚)흐고 은혜
(恩惠)롤 샤례(謝禮)흐니 위 시(氏) 진졍(眞情)으로 민망(憫惘)흐믈
니긔지 못흐야 좌(座)롤 퇴(退)흐니 좌위(左右ㅣ) 더옥 그 겸퇴(謙
退)781)흐믈 닐쿠라 요란(搖亂)흐니 승샹(丞相)이 탄왈(嘆曰),

"츠인(此人)의 졀(節)이 이릿툿 늠늠(凜凜)흐고 심디(心地) 굉원(宏
遠)782)흐야 크미 여추(如此)흐고 엇지 남이(男兒ㅣ) 되지 못흐뇨? 비
록 효의(孝義)로 등문고(登聞鼓)롤 울니

. . .

123면

나 쇼듕스어(疏中辭語)783)롤 줄 못흐엿더면 셩노(聖怒)롤 더옥 도돌
거시오, 유익(有益)흐미 업슬 거술 즈즈(字字)히 곡딕(曲直)을 분명
(分明)히 흐야 텬노(天怒)롤 느츄니 이 엇지 등흔(等閑)흔784) 뉴(類
ㅣ)리오?"

남공(-公)이 복수(伏首) 디왈(對曰),

"명괴(明敎ㅣ) 즈못 온당(穩當)흐신지라 쳔고(千古)의 반쇼(班
昭)785) 소혜(蘇蕙)786)롤 지녀(才女) 가인(佳人)으로 일쿠른 밧 진짓

---

779) 홍은(鴻恩): 넓고 큰 은혜.
780) 황공송늄(惶恐悚慄): 황공송률. 두려워하고 떪.
781) 겸퇴(謙退): 겸손히 물러남.
782) 굉원(宏遠): 크고 넓음.
783) 쇼듕스어(疏中辭語): 소중사어. 상소문 속의 말.
784) 흔: [교] 원문에는 이 글자가 없으나 문맥을 고려해 규장각본(25:87)과 연세대본(25:131)을 따
라 삽입함.
785) 반쇼(班昭): 반소. 중국 후한(後漢) 때 여인으로 자는 혜희(惠姬)임. 반고(班固)와 반초(班超)의
여동생으로, 남편이 죽은 후 궁정에 초청되어 황후와 귀인의 스승이 되었으며, 조대가(曹大

긔특(奇特)흔 녀직(女子ㅣ) 업더니 당금(當今) 몰셰(末世)의 이럿툿
특이(特異)흔 녀직(女子ㅣ) 이시니 엇지 쇼쇼(小小)룰 니루리잇고?"

국공(-公)이 츄연(惆然)787) 탄왈(嘆曰),

"위 시(氏) 진실노(眞實-) 죽인(作人)788)흐믈 그럿툿 흐고 셰샹(世
上) 亽변(事變)을 가초 지니니 텬되(天道ㅣ) 붉다 흐리잇가?"

모다 탄식(歎息)흐더라.

이윽고 초후(-侯) 등(等)이 몸을 니러

. . .

124면

숙현당(--堂)의 나아가 모부인(母夫人)긔 뵈오미 휘(后ㅣ) 몸을 침이
(枕厓)789)의 브려 형희(形骸)790) 환탈(換奪)791)흐고 긔식(氣色)이 엄
엄(奄奄)792)흐야 수일(數日) 亽이 흔 촉뇌(髑髏ㅣ)793) 되엿논지라 제
직(諸子ㅣ) 간댱(肝腸)이 버히눈 둧흐나 긔운을 느초고 나아가 문후
(問候)794)흐니 휘(后ㅣ) 기리 흔숨지고 왈(曰),

"여뫼(汝母ㅣ) 고당(高堂)의 반셕(盤石)굿치 이시나 굿투야 엇더흐

家)로 불림, 반고의 유지(遺志)를 이어 『한서』를 완성하였으며, 저서에 『조대가집』이 있음.
786) 소혜(蘇蕙): 중국 남북조시대 전진(前秦)의 시인. 자(字)는 약란(若蘭). 시를 빼어나게 잘 지은
    것으로 유명함. 남편인 장군(將軍) 두도(竇滔)가 양양으로 부임하면서 총희인 조양대를 데리
    고 가자, 상심하여 그를 그리워하는 시를 비단에 수놓았는데 두도는 이 시를 받고서 조양대
    를 돌려보내고 소약란을 다시 맞아들였다 함. 소약란이 쓴 시는 어느 방향으로 보아도 뜻이
    다 통하게 만든 것으로 이를 직금회문선기도(織錦回文璇璣圖)라 이르며, 가로 29자, 세로 29
    자이고 총 841자이며 가장 중앙인 421번째 글자는 '심(心)'임. 『진서(晉書)』, 「열녀전」.
787) 츄연(惆然): 추연. 슬퍼하는 모양.
788) 죽인(作人): 작인. 사람의 됨됨이나 생김새.
789) 침이(枕厓): 침애. 베갯머리.
790) 형희(形骸): 형해. 사람의 몸과 뼈.
791) 환탈(換奪): 사람의 모습이 전혀 다른 사람이 됨.
792) 엄엄(奄奄): 숨이 곧 끊어지려 하거나 매우 약한 상태를 의미함.
793) 촉뇌(髑髏ㅣ): 촉루. 해골.
794) 문후(問候): 웃어른의 안부를 물음.

리오? 수연(雖然)이나 여러 놀 옥니(獄裏)의 곤돈(困頓)795)ᄒ니 오즉
들 ᄒ랴."

초휘(-侯ㅣ) 비샤(拜謝) 왈(曰),

"구ᄐ야 디단치 아니ᄒ온지라 셩녀(盛慮)ᄅᆞᆯ 더으지 ᄆᆞᄅᆞ쇼셔."

드디여 좌(座)ᄅᆞᆯ 둘너보아 쵸휘(-侯ㅣ) ᄡᆼ톄(雙涕)ᄅᆞᆯ 드리고 위 시
(氏)ᄅᆞᆯ 향(向)ᄒ야 굴오디,

"망극(罔極)ᄒᆞᆫ 시절(時節)을 당(當)ᄒ야 쇼싱(小生) 등(等)이 몸이796)
옥니(獄裏)의797) 가치여 능히(能-) ᄌ

· ·

125면

식(子息)의 도리(道理)ᄅᆞᆯ 못 ᄒ고 ᄒᆞᆫ갓 속수(束手)798)ᄒ고 텬붕지변
(天崩之變)799)을 기ᄃᆞ리미 간댱(肝腸)이 일만(一萬) 죠각의 버히ᄂᆞᆫ
ᄃᆞ시ᄒ거ᄂᆞᆯ 수쉬(嫂嫂ㅣ) 규듕(閨中) 녀ᄌᆞ(女子)로 가연이800) 혐의(嫌
疑)ᄅᆞᆯ 피(避)치 아니시고 아등(我等)으로 텬일(天日)을 보게 ᄒ시니
이 은혜(恩惠)ᄅᆞᆯ 간뇌도디(肝腦塗地)801)ᄒ고 십싱구ᄉᆞ(十生九死)802)
ᄒᆞᆫ들 엇지 다 갑흐리잇고마ᄂᆞᆫ 능히(能-) ᄠᅳᆺ 굿지 못ᄒᆞᆫ지라 두어 됴

---

795) 곤돈(困頓): 아무것도 할 기력이 없을 만큼 지쳐 몹시 고단함.
796) 이: [교] 원문에는 이 글자가 없으나 문맥을 고려해 규장각본(25:88)과 연세대본(25:133)을 따라 삽입함.
797) 의: [교] 원문에는 이 글자가 없으나 문맥을 고려해 규장각본(25:88)과 연세대본(25:133)을 따라 삽입함.
798) 속수(束手): 손을 묶은 것처럼 어찌할 도리가 없어 꼼짝 못 함.
799) 텬붕지변(天崩之變): 천붕지변. 하늘이 무너지는 변.
800) 가연이: 선뜻.
801) 간뇌도디(肝腦塗地): 간뇌도지. 참혹한 죽임을 당하여 간장(肝臟)과 뇌수(腦髓)가 땅에 널려 있다는 뜻으로, 나라를 위하여 목숨을 돌보지 않고 애를 씀을 이르는 말.
802) 십싱구ᄉᆞ(十生九死): 십생구사. 열 번 살고 아홉 번 죽는다는 뜻으로, 위태로운 지경에서 겨우 벗어남을 이르는 말.

(條) 물숨이 구곡(九曲)의 감은(感恩)ᄒᆞᆷ믈 토셜(吐說)803)ᄒᆞᄂᆞ이다.”

셜파(說罷)의 숨(三) 인(人)이 옥(玉) ᄀᆞᆺ톤 안광(眼光)의 누쉬(淚水 ㅣ) 횡뉴(橫流)804)ᄒᆞ니 위 시(氏) 역시(亦是) 쳥뉘805)(淸淚ㅣ) 황논(荒亂)806)ᄒᆞ야 다만 디왈(對曰),

“왕ᄉᆞ(往事)ᄅᆞᆯ 거들녀 ᄒᆞ미 심담(心膽)이 것거지고 믜여지옵ᄂᆞᆫ지라 원(願)컨디 숙숙(叔叔)은 다시 일ᄏᆞᆯ지 ᄆᆞᆯ시믈 ᄇᆞ라ᄂᆞ

· ·

126면

이다. 쳡(妾)이 디인(大人)을 구(救)ᄒᆞ오믄 당당(堂堂)ᄒᆞᆫ 디졀(大節)과 눈긔(倫紀)ᄅᆞᆯ 븟드럿숨ᄂᆞᆫ지라 숙숙(叔叔)이 녜의(禮義)ᄅᆞᆯ 아르시므로 치샤(致謝)ᄒᆞ실 비리오?”

쵸휘(-侯ㅣ) 칭샤(稱謝) 왈(曰),

“쇼싱(小生)이 ᄯᅩᄒᆞᆫ 아ᄂᆞᆫ 비로디 ᄉᆞ졍(事情)의 텬디(天地) 뒤눕ᄂᆞᆫ 둣ᄒᆞ던 ᄇᆞ로 오ᄂᆞᆯ놀을 당(當)ᄒᆞ야 심담(心膽)이 여치여취(如痴如醉)807)ᄒᆞ니 능히(能-) ᄉᆞ리(事理)ᄅᆞᆯ 도라보지 못ᄒᆞᄂᆞ이다.”

위 시(氏) 답샤(答謝) 겸손(謙遜)ᄒᆞ더라.

외당(外堂)의 하긱(賀客)이 메여 연왕(-王)의 지싱(再生)ᄒᆞᆷ믈 치하(致賀)ᄒᆞᆯ 시 연왕(-王)이 위 승샹(丞相)을 디(對)ᄒᆞ야 샤례(謝禮)ᄒᆞ여 왈(曰),

---

803) 토셜(吐說): 토설. 숨겼던 사실을 비로소 밝히어 말함.
804) 횡뉴(橫流): 횡류. 눈물이 줄줄 흐름.
805) 뉘: [교] 원문에는 '뇌'로 되어 있으나 문맥을 고려해 규장각본(25:89)과 연세대본(25:134)을 따름.
806) 황논(荒亂): 황란. 섞여 어지러움.
807) 여치여취(如痴如醉): 여치여취. 너무 기쁘거나 감격하여 어리석은 듯도 하고 취한 듯도 함.

"흑싱(學生)이 블민무샹(不敏無狀)[808]ᄒ야 셩됴(聖朝)의 죄(罪)롤 어더 ᄒᆞᆫ 목숨이 일긔(一器) 독듀(毒酒)의 마출 거시어놀 현부(賢婦)의 큰 뜻과

...

127면

긔특(奇特)ᄒᆞᆫ 지혜(智慧)로 지싱(再生)ᄒ니 현형(賢兄)의게 치샤(致謝)홀 바롤 아지 못ᄒ노라."

위 공(公)이 황망(慌忙)[809]이 ᄉᆞ양(辭讓) 왈(曰),

"녀이(女兒ㅣ) 의법(依法)[810]ᄒᆞᆫ 디졀(大節)을 븟드러 그러ᄒᆞ미어니와 왕(王)이 엇지 샤례(謝禮)ᄒᆞ실 비리오?"

왕(王)이 줌쇼(暫笑) 왈(曰),

"흑싱(學生)이 ᄒᆞᆫ놋 죄수(罪囚)로 됴졍(朝廷)의셔 관죽(官爵)을 다 거두어시니 왕(王)으로 일ᄏᆞ르미 가(可)치 아닌지라 형(兄)은 다시 쓰지 말나."

위 공(公)이 묵연(默然)ᄒ고 녀 쇼ᄉᆞ(少師), 양 각노(閣老) 등(等)이 위 시(氏)의 긔특(奇特)ᄒᆞᆷ믈 일ᄏᆞ라 춤이 ᄆᆞ르고 혜 다롤 둣ᄒ니 위 공(公)이 기리 겸손(謙遜)ᄒ더라.

일개(一家ㅣ) 급(急)히 치ᄒᆡᆼ(治行)[811]ᄒ야 일시(一時)의 고향(故鄕)으로 도라갈 시 텰 흑ᄉᆞ(學士) 부인(夫人) 오(五) 형뎨(兄弟)와 뎡 흑ᄉᆞ(學士) 부인(夫人) 등(等)이 망극(罔極)ᄒ

---

808) 블민무샹(不敏無狀): 불민무상. 어리석고 도리를 알지 못함.
809) 황망(慌忙): 마음이 몹시 급하여 당황하고 허둥지둥함.
810) 의법(依法): 예법에 의거함.
811) 치ᄒᆡᆼ(治行): 치행. 길 떠날 여장을 준비함.

믈 니긔지 못ᄒᆞ야 일시(一時)의 부듕(府中)의 모다 원별(遠別)[812]을
하 셜워ᄒᆞ니 눈믈이 진(盡)ᄒᆞ야 피 되ᄂᆞᆫ지라. 남공(-公)과 연왕(-王)
이 디의(大義)로 경계(警戒)ᄒᆞ고 각각(各各) 모친(母親)이 쳥누(淸淚)
를 ᄲᅳ려 기유(開諭)[813]ᄒᆞ믹 니졍(離情)[814]의 년년(戀戀)ᄒᆞᆫ 졍(情)이
측냥(測量)업고,

　제뷔(諸婦ㅣ) 다 친졍(親庭)의 도라가 부모(父母)를 니별(離別)ᄒᆞ
믹 눈믈이 챵회(滄海) 쇼쇼(小小)ᄒᆞ고 셜워ᄒᆞᄂᆞᆫ 졍(情)이 텬지(天地)
의 질졍(質正)[815]홀지라. 일가(一家)의 번화부귀(繁華富貴) 츈몽(春
夢) ᄀᆞᆺ고 비식(悲色)[816]이 놀마다 가득이 니러나 샹하(上下)의 곳무
다 늦기ᄂᆞᆫ 쇼리와 슬픈 우룸이 연쇽(連屬)ᄒᆞ엿시니 흥진비릭(興盡悲
來)[817]를 이롤 니르미 아니리오. 녀 시(氏), 위 시(氏), 화 시(氏) 다
부모(父母)의 독녜(獨女ㅣ)라 녀

공(公), 위 공(公), 화 공(公)이 다 ᄉᆞ랑ᄒᆞ던 녀셔(女壻)와 쳔금(千金)
ᄀᆞᆺ치 너기던 ᄯᅡᆯ을 일됴(一朝)의 쳔(千) 니(里) 원별(遠別)ᄒᆞ야 만날
지속(遲速)[818]이 업ᄉᆞᆯ믈 각골이통(刻骨哀痛)[819]ᄒᆞ야 ᄎᆞ무 ᄯᅥᄂᆞ지 못

---

812) 원별(遠別): 서로 멀리 헤어짐.
813) 기유(開諭): 개유. 사리를 알아듣도록 잘 타이름.
814) 니졍(離情): 이정. 헤어지는 마음.
815) 질졍(質正): 질정. 묻거나 따져 바로잡음.
816) 비식(悲色): 비색. 슬퍼하는 빛.
817) 흥진비릭(興盡悲來): 흥진비래. 흥이 다하면 슬픔이 옴.

ᄒᆞ고 위 승샹(丞相)은 임의 샥딕(削職)[820]ᄒᆞ엿고 본디(本-) 일편된
ᄯᅳᆺ의 일(一) 녀(女)ᄅᆞᆯ 지속(遲速) 업시 ᄯᅥ나믈 ᄎᆞ마 못 ᄒᆞ야 믄득 가
연이 힝냥(行糧)[821]을 초쵸(草草)[822]히 출혀 부인(夫人)과 삼ᄌᆞ(三子)
로 뒤흘 ᄯᅡ로니 위 시(氏)ᄂᆞᆫ 이친(離親)ᄒᆞᄂᆞᆫ 근심이 업ᄉᆞ나 기여(其
餘) 뉘 셜워 아니리오.

승샹(丞相)과 제공(諸公)의 ᄯᅳᆺ이 후일(後日) 샹(上)이 ᄭᅢᄃᆞ르시나
다시 아니 올나올 ᄯᅳᆺ을 굿이 정(定)ᄒᆞ야 범ᄉᆞ(凡事)ᄅᆞᆯ 단단이 출혀
삼일(三日) 치힝(治行)ᄒᆞ야 일시(一時)의 제ᄌᆞ(諸子) 제부(諸婦)ᄅᆞᆯ 거
ᄂᆞ리고 존당(尊堂)

130면

과 가묘(家廟)[823]ᄅᆞᆯ 븟드러 길을 ᄂᆞ니 친붕고귀(親朋故舊ㅣ)[824] 다 십
(十) 니(里) 댱뎡(長亭)[825]의 가 송별(送別)ᄒᆞ미 양 각노(閣老), 임 샹
셔(尙書) 등(等)이 눈믈을 ᄲᅮ리며 남공(-公) 등(等) 손을 잡아 굴오디,
"셩샹(聖上)이 일시(一時) 춤녕(讒佞)[826]의 혹(惑)ᄒᆞ샤 현형(賢兄)
등(等)이 파쳔(播遷)[827]ᄒᆞ나 만일(萬一) ᄭᅢᄃᆞ르실진디 수이 샹봉(相

---

818) 지속(遲速): 일찍 돌아올지 늦게 돌아올지 알 수 없는 기약.
819) 각골이통(刻骨哀痛): 각골애통. 뼈에 사무치도록 슬퍼하고 가슴 아파함.
820) 샥딕(削職): 삭직. 죄를 지은 자의 벼슬과 품계를 빼앗고 벼슬아치의 명부에서 그 이름을 지
우던 일.
821) 힝냥(行糧): 행량. 이동할 때 먹을 양식.
822) 초쵸(草草): 초초. 갖출 것을 다 갖추지 못하여 초라한 형상을 나타내는 말.
823) 가묘(家廟): 한 집안의 사당.
824) 친붕고귀(親朋故舊ㅣ): 오랜 친구.
825) 댱뎡(長亭): 장정. 먼 길을 떠나는 사람을 전송하던 곳. 과거에 5리와 10리에 정자를 두어 행
인들이 쉴 수 있게 했는데, 5리에 있는 것을 '단정(短亭)'이라 하고 10리에 있는 것을 '장정'이
라 함.
826) 춤녕(讒佞): 참녕. 아첨하여 남을 모함함. 또는 그런 일.
827) 파쳔(播遷): 파천. 자리를 옮겨 감.

逢)ᄒ리로다."

남공(-公) 등(等)이 답샤(答謝) 왈(曰),

"쇼뎨(小弟) 등(等)이 본디(本-) 블민(不敏)ᄒ야 제형(諸兄) 등(等)의 지우(知遇)[828]를 갑지 못ᄒ고 이럿툿 훌훌이[829] ᄯ녹니 셕일(昔日)이 의연(依然)[830]ᄒ 춘몽(春夢)이로다. 쇼뎨(小弟) 등(等)은 이제 도라가 미 금쥬(錦州) 흙이 되리이다. 다시 도라오기를 어이 ᄇ라리오?"

양 공(公) 왈(曰),

"비록 그러나 타일(他日) 셩샹(聖上)이 징쇼(徵召)[831]ᄒ실진디 엇지 거

• • •

131면

ᄉ려 웃 ᄯ을 븟지 아니리오?"

연왕(-王)이 머리를 흔드러 왈(曰),

"쇼뎨(小弟) 어려셔 등뎨(登第)ᄒ야 환노(宦路)를 탐(貪)ᄒ다가 이런 일이 이시니 머리의 부월(斧鉞)[832]이 당뎐(當前)[833]ᄒ나 다시 경ᄉ(京師)의 오지 아니리라."

양 공(公)이 쇼왈(笑曰),

"타일(他日) 셩샹(聖上)이 ᄭ다ᄅ시고 황후(皇后)와 ᄐᄌ(太子ㅣ) 안거ᄉ마(安車駟馬)[834]로 ᄆᄌ실 적 오늘 형(兄)의 말이 꿈속 ᄀᄐ리

---

828) 지우(知遇): 남이 자신의 인격이나 재능을 알고 잘 대우함.
829) 훌훌이: 빨리.
830) 의연(依然): 옛일을 생각하고 느낌.
831) 징쇼(徵召): 징소. 부름. 특히 초야에 있는 선비를 벼슬자리에 불러서 쓰는 일을 말함.
832) 부월(斧鉞): 형구로 쓰던 작은 도끼와 큰 도끼.
833) 당뎐(當前): 당전. 앞에 이름.
834) 안거ᄉ마(安車駟馬): 안거사마. 네 마리의 말이 끄는 편안한 수레.

라."

드디여 피치(彼此ㅣ) 손을 눈호믹 셔로 눈믈을 뿌리더라.

일힝(一行)이 일노(一路)의 무亽(無事)히 힝(行)ᄒ야 금주(錦州) 녯
집의 두다라는 다시 일가(一家)를 안돈(安頓)835)ᄒ고 고퇵(故宅)836)을
수습(收拾)ᄒ야 문녀(門閭)837)를 졍졔(整齊)838)ᄒ나 당새(堂舍ㅣ)839)
좁아 제뷔(諸婦ㅣ) 곳곳이 거쳐(居處)ᄒᆯ 디 업ᄂ지라 쳐쳐(處處)

* *

132면

쵸샤(草舍)840)를 지어 녀주(女子)는 다 흔글ᄀ치 형추포군(荊釵布
裙)841)이오 남주(男子)는 다 굴건포의(葛巾布衣)842)로 존당(尊堂) 부
모(父母)를 뫼셔 훈가(閑暇)히 일월(日月)을 보니니 엇지 녯눌 화당금
누(華堂金樓)843)의 치의홍샹(彩衣紅裳)844)과 금주옥디(金紫玉帶)845)
로 부귀영낙(富貴榮樂)846)이 이시리오.

남공(-公) 등(等)이 부모(父母)를 븟드러 뫼시고 제주(諸子)를 거ᄂ
려 압닉에 고기를 낙고 뒤뫼히 줍기847)를 드러 믁은 밧틀 니ᄅ혀며

---

835) 안돈(安頓): 사물이나 주위를 잘 정돈함.
836) 고퇵(故宅): 고택. 예전에 살던 집.
837) 문녀(門閭): 문려. 동네 어귀에 세운 문.
838) 졍졔(整齊): 정제. 정돈하여 가지런히 함.
839) 당새(堂舍ㅣ): 당사. 집.
840) 쵸샤(草舍): 초사. 짚이나 갈대 따위로 지붕을 인 집.
841) 형추포군(荊釵布裙): 형차포군. 나무 비녀와 삼베 치마.
842) 굴건포의(葛巾布衣): 갈건포의. 거친 베로 만든 두건과 베옷.
843) 화당금누(華堂金樓): 화당금루. 화려하고 부귀한 집.
844) 치의홍샹(彩衣紅裳): 채의홍상. 문채 있는 옷과 붉은 치마.
845) 금주옥디(金紫玉帶): 금자옥대. 금자(金紫)는 금인(金印)과 자수(紫綬)로, 금인(金印)은 관직의
    표시로 차고 다니던 금으로 된 조각물이고 자수는 고위 관료가 차던 호패(號牌)의 자줏빛 술
    임. 옥대(玉帶)는 임금이나 관리의 공복(公服)에 두르던, 옥으로 장식한 띠임.
846) 부귀영낙(富貴榮樂): 부귀하고 영화로움.
847) 줍기: 쟁기.

시시(時時)로 듁[848]댱(竹杖)을 드러져 고봉준녕(高峰峻嶺)[849]의 올나
강산(江山)을 유람(遊覽)ᄒ고 녕녕(泠泠)[850] 칠현금(七絃琴)을 어로
만져 지긔(志氣)[851]를 쇼챵(消暢)[852]ᄒ니 이 진짓 셩디(聖代)의 혼가
(閑暇)ᄒᆫ 빅셩(百姓)이오, 강호(江湖)의 일 업ᄉᆞᆫ[853] 손이 되여 당일
(當日) 부귀(富貴) 환노(宦路)를

. . .

133면

쑴ᄀᆞᆺ치 너기고 제싱(諸生)의 ᄠᅳᆺ이 ᄯᅩᄒᆞᆫ 혼가지라.
  다 각각(各各) 치마를 안고 뜰의 ᄂᆞᄆᆞᆯ을 키야 븟ᄂᆞᆫ 밥을 파(罷)
ᄒᆞᆫ죽 부친(父親)을 뫼셔 막디와 신을 븟드러 드르[854] 경개(景槪)를
유람(遊覽)ᄒ니 본디(本-) 남녁(南-)흔 형초(荊楚)[855]의 ᄆᆰ은 긔운이
모도여 명승디(名勝地)오, 금주(錦州) 디별산(--山)과 쳥농강(--江)은
니ᄅᆞᆫ 곳이라 일죽 됴ᄉᆞ(朝事)[856]의 분주(奔走)ᄒ므로 이곳을 전연
(全然)이 ᄇᆞ렷드가 드시 아츰과 ᄂᆞ즈로 편람(遍覽)[857]ᄒ니 흉금(胸
襟)이 활연(豁然)[858]ᄒ고 긔운이 쇄락(灑落)[859]ᄒ야 엄ᄌᆞ릉(嚴子

---

848) 듁: [교] 원문에는 '듕'으로 되어 있으나 문맥을 고려해 규장각본(25:94)과 연세대본(25:141)을
    따름.
849) 고봉준녕(高峰峻嶺): 고봉준령. 높이 솟은 산봉우리와 험준한 산마루.
850) 녕녕(泠泠): 영영. 소리가 맑고 빼어남.
851) 지긔(志氣): 지기. 의지와 기개.
852) 쇼챵(消暢): 소창. 답답한 마음을 풂.
853) 손: [교] 원문에는 'ᄉ'로 되어 있으나 문맥을 고려해 규장각본(25:94)과 연세대본(25:142)을
    따름.
854) 드르: 두루.
855) 형초(荊楚): 중국 초나라 형주(荊州). 서주(西周) 때 초나라가 형산 일대에서 나라를 세웠으므
    로 이와 같이 불림.
856) 됴ᄉᆞ(朝事): 조사. 조정의 일.
857) 편람(遍覽): 두루 살핌.
858) 활연(豁然): 환하게 터져 시원한 모양.
859) 쇄락(灑落): 기분이나 몸이 상쾌하고 깨끗함.

陵)860)의 벽곡승뎐(辟穀昇天)861)호믈 효측(效則)862)홀 쓰지 나고 드
시 연곡(輦轂)863)의 느아가 금즈(金紫)864)롤 씌고 국ᄉ(國事)의

· ·

134면

분주(奔走)홀 의시(意思ㅣ) 업스니 이시(李詩)865)의 니른ᄇ '믈과 뫼
흘 보미 집을 잇논다.' 호미 올흔지라.
　위 공(公)이 남창(南昌)의 니르러 부모(父母) 션영(先塋)의 허비(虛
拜)866)호미 숙부(叔父)롤 비견867)(拜見)868)호야 수일(數日)을 믁어
이의 니르미 연왕(-王)이 별쳐(別處)롤 즙아 머무르고 광능휘(--侯ㅣ)
일편(一片) 효심(孝心)으로 부친(父親)이 죽는 눌은 즈긔(自己) 당당
(堂堂)이 ᄯ로려 호던 뜻으로 지싱(再生)호시미 위 시(氏)의 덕(德)이
라 입으로 몰호야 치샤(致謝)호미 업스나 심하(心下)의 각골감은(刻
骨感恩)869)호미 측냥(測量)업셔 호미 즈연(自然) 그 뜻을 영홉(迎
合)870)고즈 호미 인정(人情)의 마지못호야 위 공(公)을 극진(極盡)이

---

860) 엄즈릉(嚴子陵): 엄자릉. 중국 후한(後漢) 광무제(光武帝) 때의 인물로, 본명은 엄광(嚴光)이고
자릉은 그의 자(字). 광무제는 어릴 적에 엄자릉과 친구였는데 황제가 된 후 은거하던 엄자릉
을 불러 간의대부(諫議大夫)라는 벼슬을 주었으나 엄자릉이 사양하고 다시 산에 돌아가 은거
하였다 함.
861) 벽곡승뎐(辟穀昇天): 벽곡승천. 곡식을 안 먹고 솔잎, 대추, 밤 따위만 날로 조금씩 먹다가 하
늘로 오름.
862) 효측(效則): 효칙. 본받음.
863) 연곡(輦轂): 임금이 타는 수레라는 뜻으로 임금이 있는 서울이나 임금의 자리를 비유하기도 함.
864) 금즈(金紫): 금인. 금인(金印)과 자수(紫綬)로, 금인은 관직의 표시로 차고 다니던 금으로 된
조각물이고 자수는 고위 관료가 차던 호패(號牌)의 자줏빛 술임.
865) 이시(李詩): 이백(李白)의 시.
866) 허비(虛拜): 허배. 신위에 절함.
867) 견: [교] 원문과 연세대본(25:143)에는 '션'으로 되어 있으나 문맥을 고려해 규장각본(25:95)을
따름.
868) 비견(拜見): 배현. 삼가 뵘.
869) 각골감은(刻骨感恩): 은혜를 고맙게 여겨 뼈에 새김.
870) 영홉(迎合): 영합. 서로 뜻이 맞음.

디졉(待接)ᄒ며 식믈(食物)을 공급(供給)ᄒ

야 ᄌ로 뫼셔 친친(親親)871)ᄒ고 공경(恭敬)ᄒ미 이젼(以前)으로 현수(懸殊)872)ᄒ니 디기(大槪) 텬(千) 니(里)의 ᄌ가(自家) 부쳐(夫妻)ᄅᆞᆯ 쓸와온 졍니(情理)ᄅᆞᆯ 측연(惻然)ᄒ미라. 위 공(公)이 혹(惑)히 ᄉᆞ랑ᄒ야 만ᄉ(萬事ㅣ) 여의(如意)ᄒ고 위 시(氏) 부야흐로 걸닌 유한(幽恨)873)이 업셔 눈셥을 썰쳐 즐기미 춘풍(春風) ᄀᆞᆺ더라.

이ᄊᆡ 경ᄉᆞ(京師)의셔 니문(李門) 일가(一家)ᄅᆞᆯ 다 니치시미 황후(皇后)ᄅᆞᆯ 위(位)의 두지 못ᄒᆞᆯ 일노 혜아리샤 명(命)ᄒ샤 본가(本家)의 우리안치(圍籬安置)874)ᄒ시니 휘(后ㅣ) 비실(卑室)875)의 디죄(待罪)876)ᄒ야 부친(父親)의 ᄉᆞ싱(死生)이 판단(判斷)877)ᄒ시믈 망극(罔極)ᄒ야 ᄒ시더니 요힝(僥倖) 무ᄉ(無事)ᄒ야 젼니(田里)로 도라가니 다힝(多幸)ᄒ믈 니긔지 못ᄒᆞᆷᄆᆡ 타ᄉ(他事)ᄂᆞᆫ ᄆᆞᄋᆞᆷ의 두지 아냐 공순(恭順)878)이

---

871) 친친(親親): 마땅히 친해야 할 사람과 친함.
872) 현수(懸殊): 현격하게 다름.
873) 유한(幽恨): 그윽한 한.
874) 우리안치(圍籬安置): 위리안치. 유배된 죄인이 거처하는 집 둘레에 가시로 울타리를 치고 그 안에 가두어 두던 일.
875) 비실(卑室): 누추하고 작은 집.
876) 디죄(待罪): 대죄. 죄인이 처벌을 기다림.
877) 판단(判斷): 완전히 끊김.
878) 공순(恭順): 공손히 따름.

죠명(詔命)[879]을 벗즈와 믈너놀 시,

됴뎡(朝廷)이 디경(大驚)ᄒ야 일시(一時)의 간소(諫疏)[880]를 올니되 샹(上)이 듯지 아니시니 한림흑ᄉ(翰林學士) 왕션이 격분(激憤)ᄒ믈 니긔지 못ᄒ야 궐하(闕下)의 나아가 샹쇼(上疏)ᄒ야 굴오디,

'ᄌ고(自古)로 국가(國家)의 폐후(廢后)[881]ᄒ미 비샹(非常)ᄒᆫ 변괴(變故ㅣ)라. 한(漢) 젹 광뮈(光武ㅣ) 곽후(郭后)를 폐(廢)ᄒ미[882] 디악지죄(大惡之罪) 현누(顯漏)[883]ᄒᆫ 후(後) 폐(廢)ᄒ고 한(漢) 션뎨(宣帝) 곽현후(霍顯后)의 모역지죄(謀逆之罪)를 인(因)ᄒ야 황후(皇后)를 폐(廢)ᄒ미 잇거놀[884] 이제 폐히(陛下ㅣ) 니모(李某)를 승복(承服)[885]지 아닌 뎐(前) 엇지 황후(皇后)를 폐(廢)ᄒ시리오. 이ᄂᆞᆫ 녯놀 혼군(昏君)[886]의 쇼실(所實)[887]이라 신(臣)이 하눌을 우러러 통곡(慟哭)ᄒ야 국가존망(國家存亡)이 됴셕(朝夕)[888]의 잇실

---

879) 죠명(詔命): 조명. 임금의 명령을 일반에게 알릴 목적으로 적은 문서.

880) 간소(諫疏): 간하여 상소하는 글.

881) 폐후(廢后): 황후를 폐위함.

882) 광뮈(光武ㅣ) 곽후(郭后)를 폐(廢)ᄒ미: 광무가 곽후를 폐함이. 중국 후한(後漢) 광무제가 황후인 곽후를 폐위시키고 귀인(貴人)이었던 음여화(陰麗華)를 황후의 자리에 올린 일을 말함.

883) 현누(顯漏): 현루. 드러남.

884) 한(漢) 션뎨(宣帝)-잇거놀: 한 선제 곽현후의 모역지죄를 인하여 황후를 폐함이 있거늘. 곽현후는 한 선제의 계후(繼后) 곽 씨를 이르며 이름은 현(顯)임. 그 아버지 곽광(霍光)이 실권을 쥐고 선제(宣帝)를 옹립했는데 당시 황후 허씨(許氏)를 독살하고 자신의 딸을 황후로 만들었으나, 선제는 곽광이 죽은 후 그의 일족을 반역죄로 몰아 모두 죽이고 곽후는 폐위함.

885) 승복(承服): 죄를 스스로 고백함.

886) 혼군(昏君): 어리석은 임금.

887) 쇼실(所實): 소실. 행한 일.

888) 됴셕(朝夕): 조석. 썩 가까운 앞날. 또는 어떤 일이 곧 결판나거나 끝장날 상황.

가 셜워ᄒᆞᄂ이다. 주궁(紫宮)[889] 낭낭(娘娘)이 일즉 션뎨(先帝)의 간션(揀選)[890]ᄒᆞ신 ᄇᆞ로 폐하(陛下) 죠강결발(糟糠結髮)[891]이오 더옥 티ᄌᆞ(太子)와 냥(兩) 디왕(大王)이 계시거늘 니뫼(李某ㅣ) 디역지죄(大逆之罪) 잇셔 듕뉼(重律)노 다사리실지라도 곤위(坤位)[892]ᄅᆞᆯ 뷔오지 못ᄒᆞ려든 ᄒᆞᆯ믈며 뎐니(田里)로 니치시미잇가? 원(願) 폐하(陛下)ᄂᆞᆫ 듕도(中道)ᄅᆞᆯ 싱각ᄒᆞ샤 황후(皇后)의 위(位)ᄅᆞᆯ 요동(搖動)치 ᄆᆞᆯ쇼셔.'

샹(上)이 보시고 유예(猶豫)[893]ᄒᆞ야 결(決)치 못ᄒᆞ시더니 됴 티휘(太后ㅣ) 승시(乘時)[894]ᄒᆞ야 샹(上)을 칙(責)ᄒᆞ야 골ᄋᆞ샤ᄃᆡ,

"샤딕(社稷) 안위(安危)ᄂᆞᆫ 극(極)히 막듕(莫重)ᄒᆞᆫ지라 샹(上)이 엇지 일편된 사졍(私情)을 인(因)ᄒᆞ야 모역지신(謀逆之臣)의 녀(女)ᄅᆞᆯ 국모(國母)의 두려 ᄒᆞ나뇨? 섈니 폐(廢)

ᄒᆞ고 후궁(後宮)의 덕(德)이 가ᄌᆞ니로 셰오게 ᄒᆞ라. 왕션은 니녀(李女)의 ᄉᆞ촌뷔(四寸夫ㅣ)[895]라 ᄉᆞ졍(私情)으로 인(因)ᄒᆞ야 텬위(天

---

889) 주궁(紫宮): 자궁. 대궐.
890) 간션(揀選): 간선. 가려서 뽑음.
891) 죠강결발(糟糠結髮): 조강결발. 원래 가난한 시절에 혼인한 것을 이르나 여기에서는 이른 나이에 혼인함을 이름.
892) 곤위(坤位): 황후의 자리.
893) 유예(猶豫): 망설여 결정하지 않음.
894) 승시(乘時): 적당한 때를 타거나 기회를 얻음.
895) 니녀(李女)의 ᄉᆞ촌뷔(四寸夫ㅣ): 이녀의 사촌부. 이 씨 여자 사촌의 남편. 왕선은 이필주의 남

威)896)롤 간범(干犯)897)하니 극(極)히 통히(痛駭)하도다."

샹(上)이 과연(果然)하샤 왕 훈림(翰林)을 졀도(絶島) 원찬(遠
竄)898)하라 하시고 듯지 아니시니 기여(其餘) 디간(臺諫)이 뉘 닙을
열니오. 젼임(前任) 티훅ᄉ(太學士) 양셰졍이 격899)분(激憤)하믈 니
긔지 못하야 친(親)히 만언쇼(萬言疏)900)롤 일워 궐하(闕下)의 느아
가 역간(力諫)901)하니 쇼듕ᄉ에(疏中辭語ㅣ)902) 강개(慷慨)903)하야
헐쭈리미904) 만흐니 텬뇌(天怒ㅣ) 진텹(震疊)905)하미 경긱(頃刻)의
불(發)하샤 하교(下敎)하야 굴ᄋ샤디,

"국됴(國祖) 이리(以來)로 폐후(廢后) 닙후(立后)하믄 ᄌ고(自古)로
썻덧ᄒᆫ 법녜(法禮)906)오 이제 죄인(罪人)

· · ·

139면

니몽창이 모역부도(謀逆不道)하니 법(法)이 삼족(三族)을 이(理)하미
올흐디 젼일(前日)의 공(功)이 티듕(泰重)ᄒᆫ 고(故)로 특별(特別)이
관뎐(寬典)907)을 드리워시나 임의 역뫼(逆謀ㅣ) 현뎌(顯著)하엿거늘

편으로서, 이필주는 이몽현의 셋째딸이고 황후 이일주는 이몽창의 첫째딸이라 서로 사촌지간
이므로 이렇게 칭한 것임.
896) 텬위(天威): 천위. 천자의 위엄.
897) 간범(干犯): 간섭하여 남의 권리를 침범함.
898) 원찬(遠竄): 먼 곳으로 귀양보냄.
899) 격: [교] 원문에는 '젹'으로 되어 있으나 문맥을 고려해 규장각본(25:98)과 연세대본(25:147)을
    따름.
900) 만언쇼(萬言疏): 만언소. 장문의 상소.
901) 역간(力諫): 힘써 간함.
902) 쇼듕ᄉ에(疏中辭語ㅣ): 소중사어. 상소문 속의 말.
903) 강개(慷慨): 의롭지 못한 것을 보고 의기가 북받쳐 원통하고 슬픔.
904) 헐쑤리미: 헐뜯음이.
905) 진텹(震疊): 진첩. 존귀한 사람이 성을 내어 그치지 아니함.
906) 법녜(法禮): 법례. 예의로써 지켜야 할 규범.
907) 관뎐(寬典): 관전. 너그러운 은전.

그 쯀노 엇지 만민(萬民)의 머리롤 삼으리오? 추고(此故)로 폐(廢)ᄒ
미 의법(依法)거놀 각노(閣老) 양세뎡이 감히(敢-) 스톄(事體)롤 모로
고 딤(朕)을 능만(凌漫)908)ᄒ니 극(極)히 통히(痛駭)ᄒ지라 극변(極
邊)909) 원찬(遠竄)ᄒ라."

ᄒ시니 기여(其餘) 됴신(朝臣)이야 뉘 입을 열니오.

성화(成化)910) 삼년(三年) 추칠월(秋七月)의 황후(皇后) 니(李) 시
(氏) 폐위셔인(廢爲庶人)911)ᄒ야 본가(本家)의 우리안치(圍籬安置)홀
시 교주(轎子) 메여 현무문(--門)으로 나시니 죠춘 궁인(宮人)이 겨유
셔너흔 ᄒ고 경식(景色)이 수춤(愁慘)912)ᄒ지라 도

. . .

140면

셩(都城) 인민(人民)이 뉘 아니 셜워ᄒ리오.

본가(本家)의 니르시미 ᄂ즌 당(堂)을 굴히여 거쳐(居處)ᄒ시니 무
ᄉ(武士)와 쟝졸(將卒)이 좌우(左右) 문호(門戶)913)의 텹914) 박아 엄
(嚴)히 직희엿더라.

휘(后ㅣ) 잇흔놀 강잉(强仍)915)ᄒ야 집을 둘너보시미 셕일(昔日)
존당(尊堂) 부모(父母)롤 뫼셔 치의(彩衣)로 춤추던 일이 의연(依然)
ᄒ디 념뎐(簾前)916)의 꽃다온 춘초(春草)917)ᄂ 푸르러 슬푸믈 돕고

---

908) 능만(凌漫): 업신여겨 만만하게 봄.
909) 극변(極邊): 중심지에서 매우 멀리 떨어진 변두리.
910) 셩화(成化): 성화. 중국 명(明)나라 제8대 황제인 헌종(憲宗) 때의 연호(1465-1487). 헌종의
   이름은 주견심(朱見深)임.
911) 폐위셔인(廢爲庶人): 폐위서인. 폐위되어 서인이 됨.
912) 수춤(愁慘): 수참. 을씨년스럽고 구슬픔. 또는 매우 비참함.
913) 문호(門戶): 집으로 드나드는 문.
914) 텹: 첩. 드나들지 못하도록 문에 나무를 걸쳐 대고 못을 박아 못 열게 하는 일.
915) 강잉(强仍): 억지로 참음.

제2부 | 주석 및 교감 247

님주 업순 잉모(鸚鵡)는 슬피 우러 녯 주인(主人)을 반기는 둣 님목 (林木) 스이에 쇠고리 낭낭(朗朗)이 쇼릐호니 곳곳이 비회(悲懷)를 돕는디라. 휘(后ㅣ) 스스로 감회(感懷)호샤 슬픈 심시(心思ㅣ) 요동 (搖動)호시니 눈믈이 비 굿투야 남(南)을 부라고 실셩통

· · ·

141면

곡(失聲慟哭)918)호야 굴ㅇ샤디,

"슬프다! 뎐셰(前世)의 무숨 죄(罪)로 부모(父母)의 싱휵디은(生慉 大恩)919)을 갑지 못호고 어려셔 슬하(膝下)를 써나 일신(一身)이 심 궁(深宮)의 줍기여 듀야(晝夜) 부모(父母)를 그려920) 병(病)이 되다가 엇지 필경(畢竟) 쳔디(千代)의 미명(罵名)921)을 시루시게 홀 줄 알니 오. 하놀이 붉히 슬피실진디 엇지 앙화(殃禍ㅣ)922) 업스리오?"

호샤 죵일(終日)토록 호곡운졀(號哭殞絕)923)호시고 식음(食飮)을 느오지 아니시니 좌우(左右) 궁인(宮人)이 다 뉴톄(流涕)호더라.

황후뎐(皇后殿) 궁녜(宮女ㅣ) 수(數)업스디 샹(上)이 명(命)호샤 본 부(本府)의셔 쌔드려924) 가신 시녀(侍女) 수삼(數三) 인(人)만 주어 보니시니 적적(寂寂)혼 고(故)로 휘(后ㅣ) 더옥 심亽(心思)를 졍(定)

---

916) 념뎐(簾前): 염젼. 드리운 발의 앞.
917) 춘초(春草): 봄철에 새로 돋는 부드러운 풀.
918) 실셩통곡(失聲慟哭): 실셩통곡. 목이 쉬도록 통곡함.
919) 싱휵디은(生慉大恩): 생휵대은. 낳고 길러 준 큰 은혜.
920) 그려: [교] 원문에는 '듀리여'로 되어 있으나 문맥을 고려해 규장각본(25:100)과 연세대본 (25:150)을 따름.
921) 미명(罵名): 매명. 치욕스러운 이름.
922) 앙화(殃禍ㅣ): 어떤 일로 인하여 생기는 재앙.
923) 호곡운졀(號哭殞絕): 목 놓아 슬피 울어 기운이 다함.
924) 쌔드려: 뽑아.

치 못ᄒ시더니,

　수

　　⋯

삼(數三) 일(日) 후(後) 뎡 혹ᄉ(學士) 부인(夫人)이 ᄀ마니 드러와 후(后)를 보올 시 형뎨(兄弟) 만나 춤담(慘憺)ᄒ 뜻이 흉격(胸膈)의 편식(遍塞)925)ᄒ야 셔로 붓들고 일댱(一場)을 통곡(慟哭)ᄒ 후(後) 뎡 부인(夫人)이 톄읍(涕泣)ᄒ여 굴오디,

　"시운(時運)이 블힝(不幸)ᄒ고 조믈(造物)이 다 싀긔(猜忌)ᄒ야 낭낭(娘娘)이 이 디경(地境)의 니르시고 부뫼(父母ㅣ) 쳔(千) 니(里)의 도라ᄀ시니 이 셜운 혼(恨)을 댱ᄎᆞ(將次ㅅ) 어디 고(告)ᄒ리오? 야야(爺爺)의 망극(罔極)ᄒ 환난(患亂)은 거들고ᄌᆞ ᄒ미 구곡(九曲)이 몬져 폐식(閉塞)926)ᄒ니 ᄎᆞ무 엇지 다시 니르리잇가? 위 형(兄)의 디졀(大節)을 힘닙어 회싱(回生)ᄒ시나 눔녁(南) 혼 ᄀᆡ의 도라ᄀ시미 뵈올 지속(遲速)이 업ᄉ니 이 심ᄉᆞ(心思)를 쟝ᄎᆞ(將次ㅅ) 어디 붓치리

　　⋯

잇고? 불셔 와 뵈올 거시로디 수문댱(守門將)이 딕히기를 엄(嚴)히 ᄒ니 능히(能-) 드러오지 못ᄒ엿더니이다."

　휘(后ㅣ) 디곡(大哭) 왈(曰),

---

925) 편식(遍塞): 편색. 두루 막힘.
926) 폐식(閉塞): 폐색. 닫혀서 막힘.

"인지(人子ㅣ) 되야 효(孝)를 ᄒ지ᄂ 못훈들 우형(愚兄) ᄀ투니 어디 이시리오? 야야(爺爺)의 반싱(半生) 튱의(忠義)로 블쵸녀(不肖女)를 인(因)ᄒ야 신ᄌ(臣子)의 ᄎᄆ 듯지 못홀 미명(罵名)을 시ᄅ샤 년곡(輦穀)을 ᄶᄂ시니 도시(都是)927) 나의 죄(罪)라 하(何) 면목(面目)으로 타일(他日) 부모(父母)를 뵈오리오?"

명 부인(夫人)이 오열(嗚咽) 왈(曰),

"야야(爺爺)의 익환(厄患)928)도 슬프미 ᄀ히 업거니와 낭낭(娘娘)이 셩덕(盛德)으로 일됴(一朝)의 댱문(長門) 환션(紈扇)을 비(配)ᄒ고929) 추풍(秋風)을 슬허ᄒ시미 이제 의연(依戀)930)ᄒ시니 텬되(天道ㅣ) 엇지 이디도록 미몰ᄒ시리오? 아지

· · ·

144면

못게라. 금번(今番) 화른(禍亂)을 비저넌 재(者ㅣ) 하인(何人)이니잇고?"

휘(后ㅣ) 탄식(歎息) 왈(曰),

"ᄋ시(兒時)의 부모(父母)를 ᄶ나 일됴(一朝)의 곤위(坤位)의 오ᄅ니 뉵궁(六宮)931)의 싀긔(猜忌)ᄒᄂ 비출 듀야(晝夜) 디(對)ᄒ미 괴로

---

927) 도시(都是): 모두.

928) 익환(厄患): 액환. 재앙과 환난.

929) 댱문(長門) 환션(紈扇)을 비(配)ᄒ고: 장문 환선을 배하고. 장신궁(長信宮)에서 비단부채를 벗하고. 황제의 총애를 잃은 황후나 후궁을 비유하는 말. 중국 한나라 성제(成帝)의 후궁 반첩여(班婕妤)가 성제의 총애를 잃은 후 <원가행(怨歌行)>을 짓는데 그 내용 중에 자신이 흰 비단을 마름질해 부채 합환선을 만드는 내용이 나옴. 자신의 처지를 가을이 되면 쓸모없게 되는 부채에 빗댐. 합환선이 나오는 원문의 부분은 다음과 같음. "제나라 흰 비단을 새로 잘라 내니 희고 깨끗하기가 서리와 눈 같구나. 마름질해 합환선을 만든다. 新裂齊紈素, 皎潔如霜雪, 裁爲合歡扇." 『문선(文選)』.

930) 의연(依戀): 연연해 함.

931) 뉵궁(六宮): 육궁. 옛 중국의 궁중에 있었던 황후의 궁전과 부인 이하의 다섯 궁실.

오믄 니른도 믈고 번화부귀(繁華富貴) 만인지샹(萬人之上)이 되니 듀야(晝夜) 긍긍업업(兢兢業業)932)ㅎ미 ᄆᆞ음을 노치 못ᄒᆞ더니 도금(到今)ᄒᆞ야 일홈이 죄인(罪人)이나 녯집으로 도라와 부모(父母)의 고젹(古跡)933)을 보고 일신(一身)이 안졍(安靜)934)ᄒᆞ미 셰샹(世上) 믈욕(物慾)을 버셔ᄂᆞ니 깃브미 극(極)ᄒᆞᆫ지라 다시 구듕금궐(九重禁闕)935)을 뉴렴(留念)ᄒᆞ리오? 튀일(他日) 셩샹(聖上)이 ᄭᆡ다르샤 ᄎᆞᄌᆞ셔도 결연(決然)이 우형(愚兄)이 다시 ᄌᆞ최롤 번거히 아니ᄒᆞ리니 아ᄋᆞᆫ 고이(怪異)

· · ·

145면

히 너기지 믈나. 수연(雖然)이나 죽희쟈(作害者)936)룰 니 엇지 알니오?"

뎡 부인(夫人)이 읍왈(泣曰),

"낭낭(娘娘)이 이 엇진 믈슴이뇨? 부운(浮雲)이 폐광(廢光)937)ᄒᆞᄂᆞᆫ 놀은 낭낭(娘娘)이 다시 위(位)롤 니으실지라 무익(無益)ᄒᆞᆫ ᄉᆞ양(辭讓)이 부졀업지 아니리오? 죽희쟈(作害者)롤 아지 못ᄒᆞ노라 믈슴은 신(臣)을 외디(外待)938)ᄒᆞ시미라 다시 하교(下敎)롤 듯ᄌᆞᆸ고ᄌᆞ ᄒᆞ옵ᄂᆞ니이다."

휘(后ㅣ) 위연(喟然)939) 튼왈(嘆曰),

---

932) 긍긍업업(兢兢業業): 항상 조심하여 삼감. 또는 그런 모양.
933) 고적(古跡): 남아 있는 옛 자취.
934) 안정(安靜): 육체적 또는 정신적으로 편안하고 고요함.
935) 구듕금궐(九重禁闕): 구중금궐. 겹겹이 문으로 막은 깊은 궁궐이라는 뜻으로, 임금이 있는 대궐 안을 이르는 말. 구중궁궐.
936) 죽희쟈(作害者): 작해자. 해로운 짓을 한 자.
937) 폐광(廢光): 빛에 가려짐.
938) 외디(外待): 외대. 푸대접.
939) 위연(喟然): 한숨 쉬는 모양.

"셜수(設使) 의심(疑心)된 사룸이 이시나 눈으로 보지 못혼 일을 지목(指目)ᄒ리오? 현뎨(賢弟) 거의 우형(愚兄)의 뜻을 짐쟉(斟酌)ᄒ리니 번거히 닐너 무엇 ᄒ리오? 스스로 몰솜을 딕희믄 우형(愚兄)의 평칭(平生) 졍심(貞心)940)이라 뎌 챵텬(蒼天)이 술피신 밧

· ·

146면

구외블출(口外不出)941)ᄒ미 가(可)ᄒ니라."

부인(夫人)이 년망(連忙)이 비사(拜謝) 왈(曰),

"신(臣)이 블쵸(不肖)ᄒ야 혜아리지 못ᄒ엿더니 하괴(下敎ㅣ) 지극(至極)ᄒ신지라 엇지 봉힝(奉行)치 아니리오?"

휘(后ㅣ) 툰식(歎息)ᄒ시니 부인(夫人)이 쏘혼 탄식(歎息)ᄒ고 형뎨(兄弟) 셔로 의지(依支)ᄒ야 일월(日月)을 디니미 텰 혹ᄉ(學士) 부인(夫人) 등(等)이 쏘혼 ᄀ마니 드러와 뵈오미 피치(彼此ㅣ) 흉금(胸襟)이 막혀 셔로 붓들고 비읍(悲泣)ᄒ기를 오리 ᄒ미 휘(后ㅣ) 텰 부인(夫人)942)을 향(向)ᄒ야 녜(禮)ᄒ시고 샤례(謝禮)ᄒ야 굴오디,

"죄인(罪人)이 블쵸(不肖)ᄒ야 부모(父母)긔 욕(辱)을 닐위믄 니ᄅ도 몰고 숙부모(叔父母)긔 연좌(連坐ㅣ) 되니 현형(賢兄)의 이친지회(離親之懷)943)는 쇼뎨(小弟)의 죄(罪)라 엇지 황괴(惶愧)944)

---

940) 졍심(貞心): 정심. 굳센 마음.
941) 구외블출(口外不出): 구외불출. 입밖으로 내지 않음.
942) 텰 부인(夫人): 철 부인. 이몽현의 첫째딸, 철수의 아내인 이미주를 이름.
943) 이친지회(離親之懷): 헤어진 부모를 그리워하는 마음.
944) 황괴(惶愧): 두렵고 부끄러움.

치 아니리오?"

텰 부인(夫人)이 울고 주(奏)ᄒ디,

"낭낭(娘娘)이 이 엇진 말숨이뇨? 부뫼(父母ㅣ) 련(千) 니(里)로 도라ᄀ시믄 쇼ᄉ(小事)오 낭낭(娘娘)이 폐출(廢黜)945)ᄒ시믄 디블힝(大不幸)이라 하ᄂᆯ을 우러러 신민(臣民)의 망극(罔極)ᄒ믈 훌고ᄌ946) ᄒᆫᄃᆯ 미ᄎ리잇가?"

휘(后ㅣ) 탄식(歎息) 디왈(對曰),

"쇼뎨(小弟) 블쵸(不肖)ᄒ야 디위(大位)ᄅᆞᆯ 승당(承當)947)치 못ᄒ미 일의 올흔지라 엇지 흔(恨)ᄒ리잇가? 왕ᄉ(往事)ᄂᆞᆫ 일너 쓸디업고 이리 나와 형뎨(兄弟) 셔로 만나미 다힝(多幸)ᄒ지라 형댱(兄丈)은 일ᄏ지 ᄆᆞᆯᄋ쇼셔."

텰 부인(夫人)이 그 관홍(寬弘)948)ᄒ시믈 툰복(歎服) 칭ᄉ(稱謝)ᄒ며 종용(從容)이 머무러 수ᄉ(數三) 일(日) 셔로 회포(懷抱)ᄅᆞᆯ 널미 감샹(感傷)949)ᄒᆫ ᄯᅳᆺ이 뉴동(流動)950)ᄒ더라.

샹(上)이 황

---

945) 폐출(廢黜): 작위나 관직을 떼고 내침.
946) 훌고ᄌ: 하소연하려.
947) 승당(承當): 받아들여 감당함.
948) 관홍(寬弘): 마음이 너그럽고 큼.
949) 감샹(感傷): 감상. 쓸쓸하고 슬퍼져서 마음이 상함.
950) 뉴동(流動): 유동. 흘러넘침.

후(皇后)롤 폐(廢)ᄒ시고 귀비(貴妃) 만 시(氏)롤 세우려 ᄒ더니 됴 티휘(太后ㅣ) 용ᄉ(用私)951)ᄒ야 굴오ᄃᆡ,

"만 시(氏)ᄂ 후(後)의 드러온 사ᄅᆞᆷ이오, 됴 시(氏)ᄂ 션뎨(先帝) 니녀(李女)와 ᄒᆞᆫ가지로 간션(揀選)ᄒ신 비니 엇지 ᄎᆞ례(次例)롤 건네리오?"

ᄒ시니 샹(上)이 거역(拒逆)지 못ᄒ샤 여혜롤 칙봉(册封)ᄒ야 황후(皇后)롤 숨으시니 됴 시(氏) 흔흔쾌락(欣欣快樂)952)ᄒ야 금은(金銀)을 만히 드려 보응953)ᄉ(--寺)롤 수댱(修粧)954)ᄒ고 홍영을 금빅치단(金帛綵緞)955)으로 크게 후샹(厚賞)956)ᄒ며 다시 디찰(大刹)957)을 지어 머무ᄅᆞ려 ᄒ니 홍영이 니문(李門)을 멸(滅)치 못ᄒ고 앙앙(怏怏)958)ᄒᆞᆫ ᄯᅳᆺ이 만복(滿腹)ᄒ야 절의 가기롤 ᄉᆞ양(辭讓)ᄒ고 궁듕(宮中)의 잇기롤 원(願)ᄒ니 됴 시(氏) 흔연(欣然) 쾌

허(快許)ᄒ고 디위(大位)의 올나 궁듕(宮中) 디쇼ᄉ(大小事)롤 춍녕(總領)959)ᄒᄆᆡ 호령(號令)이 싱풍(生風)960)ᄒ야 싱ᄉ(生死)롤 임의

---

951) 용ᄉ(用私): 용사. 일을 처리하는 데 개인적인 감정을 둠.
952) 흔흔쾌락(欣欣快樂): 기뻐하고 즐거워함.
953) 응: [교] 원문에는 '은'으로 되어 있으나 앞의 예를 따라 이와 같이 수정함.
954) 수댱(修粧): 수장. 집이나 기구 따위를 손질하고 꾸밈.
955) 금빅치단(金帛綵緞): 금백채단. 금과 온갖 비단.
956) 후샹(厚賞): 후상. 두둑하게 상을 줌.
957) 디찰(大刹): 대찰. 규모가 아주 큰 절.
958) 앙앙(怏怏): 매우 마음에 차지 아니하거나 야속함.

(任意)로 쳐단(處斷)ᄒ니 져마다 원심(怨心)을 품어시디 감히(敢-) ᄉ
식(辭色)지 못ᄒ고,

틱지(太子ㅣ) 동궁(東宮)의 계ᄉ 모후(母后)긔 문안(問安)을 못 ᄒ
시고 심시(心思ㅣ) 울울(鬱鬱)ᄒ시더니 홀연(忽然) 연왕(-王)이 죽게
되엿다가 뎐니(田里)로 도라가고 모휘(母后ㅣ) 폐출(廢黜)ᄒ시미 망
극(罔極)ᄒ믈 니기지 못ᄒ샤 금의(錦衣)⁹⁶¹⁾를 버스시고 듀야(晝夜)로
통곡(慟哭)ᄒ시니 늉⁹⁶²⁾준(隆準)⁹⁶³⁾이 쇼숙(蕭索)⁹⁶⁴⁾ᄒ시고 형히(形
骸) 환탈(換奪)ᄒ샤 긔식(氣色)이 엄엄(奄奄)⁹⁶⁵⁾ᄒ시니 동궁(東宮) 쇼
속(所屬)이 크게 우려(憂慮)ᄒ야 년망(連忙)이 뎨(帝)긔 고(告)ᄒ니
뎨(帝) 가댱 미온(未穩)⁹⁶⁶⁾ᄒ샤 니시(內侍)로 틱ᄌ(太子)를 명쵸(命
招)⁹⁶⁷⁾ᄒ

· ·

150면

시니 틱지(太子ㅣ) 샹쇼(上疏)ᄒ야 디죄(待罪)ᄒ시고 입됴(入朝)치 아
니시다.

---

959) 춍녕(總領): 총령. 모든 것을 통틀어 거느림.
960) ᄉᆡᆼ픙(生風): 생풍. 드날림.
961) 금의(錦衣): 비단옷.
962) 늉: [교] 원문과 규장각본(25:106), 연세대본(25:159)에 모두 '눙'으로 되어 있으나 문맥을 고
  려하여 이와 같이 수정함.
963) 늉준(隆準): 융준. 우뚝 솟은 모양. 융준일각은 우뚝 솟은 왼쪽 이마라는 뜻으로 왕자나 귀인
  의 상을 일컬음.
964) 쇼숙(蕭索): 소삭. 생기가 사라짐.
965) 엄엄(奄奄): 숨이 곧 끊어지려 하거나 매우 약한 상태에 있음.
966) 미온(未穩): 평온하지 않음.
967) 명쵸(命招): 명초. 임금의 명령으로 신하를 부름.

니시셰디록(李氏世代錄) 권지이십뉵(卷之二十六)

...

1면

시시(是時)의 됴 귀비(貴妃), 홍영으로 더브러 꾀ᄒ야 황후(皇后)
를 폐(廢)ᄒ며 연왕(-王)을 젼니(田里)[1]로 니치고 튀후(太后)의 힘으
로 곤위(坤位)[2]에 오르ᄆ미 ᄆ음이 더옥 방ᄌ(放恣)ᄒ여 튀ᄌ(太子)와
황ᄌ(皇子)를 도모(圖謀)ᄒ홀 ᄆ음이 급(急)ᄒ여 홍영을 디(對)ᄒ여 굴
오디,

"ᄉ부(師傅)의 디은(大恩)으로 이의 니르니 은혜(恩惠)ᄂ 싱젼(生
前)의 다 갑기 어렵도다. 샹담(常談)[3]의 '플흘 버히미 블희롤 업시
ᄒ라.' ᄒ니 튀ᄌ(太子)와 두 황ᄌ(皇子ㅣ) 이시니 타일(他日) 큰 화근
(禍根)이 되리라. ᄉ부(師傅)ᄂ 모계(謀計)[4]를 샹냥(商量)[5]ᄒ야 일즉
업시 ᄒ게 ᄒ라."

홍영이 웃고 귀의 다혀 공교(工巧)흔 꾀로 가라치니 귀비(貴妃) 손
등 타 디

---

1) 젼니(田里): 전리. 향리(鄕里).
2) 곤위(坤位): 황후의 자리.
3) 샹담(常談): 상담. 속담.
4) 모계(謀計): 계교를 꾸밈. 또는 그 계교.
5) 샹냥(商量): 상량. 헤아려 생각함.

2면

쇼(大笑) 왈(曰),

"나의 공명(孔明)[6]이 이시니 무슨 근심이 이시리오?"

호고 긔회(機會)를 등디(等待)[7]ㅎ더니,

일일(一日)은 샹(上)이 님(臨)ㅎ샤 슉침(宿寢)코져 ㅎ시다가 니후(李后)를 싱각ㅎ시고 심시(心思ㅣ) 블안(不安)ㅎ샤 슐을 가져오라 ㅎ샤 삼수(三四) 비(盃)나 거우루시고[8] 안식(案息)[9]의 비겻더니[10] 홍영이 외면단(外面丹)[11]을 숨겨 틱지(太子ㅣ) 되여 비슈(匕首)를 들고 침뎐(寢殿) 문(門)의셔 고셩즐미(高聲叱罵)[12] 왈(曰),

"샤특(邪慝)[13]훈 귀비(貴妃)는 드르라. 곤위(坤位)를 춘툴(簒奪)[14]코자 ㅎ여 흉계(凶計)[15]로 나의 외죠(外祖)를 수디(死地)의 너코 모낭낭(母娘娘)을 폐츌(廢黜)[16]코져 ㅎ니 너 요녀(妖女)를 이 칼노 죽이고 버거[17] 혼군(昏君)[18]을 도모(圖謀)ㅎ리라."

호고 두라드는 체ㅎ니 됴 시(氏) 크게 쇼리ㅎ고 샹(上)의 앏흐로

---

6) 공명(孔明): 중국 삼국시대 촉한 유비의 책사 제갈량(諸葛亮, 181-234)의 자(字). 별호는 와룡(臥龍)임. 유비를 도와 오(吳)나라와 연합하여 조조(曹操)의 위(魏)나라 군사를 대파하고 파촉(巴蜀)을 얻어 촉한을 세웠음. 유비가 죽은 후에 무향후(武鄕侯)로서 남방의 만족(蠻族)을 정벌하고, 위나라 사마의와 대전 중에 오장원(五丈原)에서 병사함.

7) 등디(等待): 등대. 미리 준비하고 기다림.

8) 거우루시고: 기울이시고.

9) 안식(案息): 벽에 세워 놓고 앉을 때 몸을 기대는 방석. 안석(案席)

10) 비겻더니: 비스듬히 앉아 있더니.

11) 외면단(外面丹): 먹으면 다른 사람의 얼굴이 되도록 하는 약.

12) 고셩즐미(高聲叱罵): 고성질매. 큰 소리로 꾸짖고 욕함.

13) 샤특(邪慝): 사특. 간사함.

14) 춘툴(簒奪): 찬탈. 왕위, 국가, 주권 따위를 빼앗음.

15) 흉계(凶計): 흉악한 계교.

16) 폐츌(廢黜): 폐출. 작위나 관직을 떼고 내침.

17) 버거: 다음으로.

18) 혼군(昏君): 사리에 어둡고 어리석은 임금.

드리드라

니 홍영이 틱즈(太子)의 얼골을 샹(上)이 보시게 ᄒ려 ᄒ여 ᄯᅡ 드러가니 샹(上)이 의외(意外)의 디변(大變)을 보시고 디로(大怒) 왈(曰),

"블쵸(不肖) 역즈(逆子)19)를 밧비 줍으라."

ᄒ신디, 영이 급(急)히 드라ᄂ 숨으니 뉘 진가(眞假)를 알니오. 귀비(貴妃) 거즛 경황(驚惶)20)ᄒ여 썰며 눈믈을 흘녀 굴오디,

"신쳡(臣妾)이 일즉 폐하(陛下)의 폐후(廢后)의 말 알외온 일이 업습더니 금일(今日) 틱즈(太子)의 말숨이 신쳡(臣妾)으로 폐후(廢后)ᄒ줄노 아르시고 죽이려 ᄒ시니 신쳡(臣妾)이 만일(萬一) 곤위(坤位)의 거(居)ᄒ와ᄂ 긴 명(命)이 검하경혼(劍下驚魂)21)이 되올 분 아니오라 그 히(害) 폐하(陛下)긔 밋게 되여ᄉ오니 복망(伏望)22) 폐하(陛下)ᄂ 니후(李后)를 도로 곤위(坤位)의 올니시고 신쳡(臣妾)은 셔궁(西宮)의

편(便)히 잇게 ᄒ시믈 부라ᄂ이다."

뎨(帝) 위로(慰勞) 왈(曰),

"현후(賢后)ᄂ ᄆ음을 진졍(鎭靜)ᄒ야 딤(朕)의 쳐치(處置)ᄒ믈 보

---

19) 역즈(逆子): 역자. 반역한 자식.
20) 경황(驚惶): 놀랍고 두려워 당황함.
21) 검하경혼(劍下驚魂): 칼 아래 놀란 넋.
22) 복망(伏望): 엎드려 웃어른의 처분 따위를 삼가 바람.

라."

ᄒ시고 즉시(卽時) 외뎐(外殿)의 나와 시위(侍衛)[23] 니관(內官)으로 틱ᄌᆞ(太子)ᄅᆞᆯ 잡아 오라 ᄒ시니 니관(內官)이 봉명(奉命)[24]ᄒᆞ야 동궁(東宮)의 니ᄅᆞ니,

이ᄯᅢ 틱ᄌᆞ(太子ㅣ) 쇼당(小堂)의 ᄃᆡ죄(待罪)[25]ᄒᆞ야 듀야(晝夜) 울고 계시더니 ᄃᆡ뎐(大殿) 니관(內官)이 니ᄅᆞ러 됴명(詔命)[26]을 뎐(傳)ᄒ고 밧비 가시믈 고(告)ᄒᆞᆫᄃᆡ 틱ᄌᆞ(太子ㅣ) ᄃᆞᆺ고 놀ᄂᆞ샤 즉시(卽時) 니시(內侍)ᄅᆞᆯ 죠ᄎᆞ 외뎐(外殿)의 다ᄃᆞ라 계하(階下)의 업ᄃᆡ여 ᄃᆡ죄(待罪)ᄒᆞ온ᄃᆡ 샹(上)이 틱ᄌᆞ(太子)ᄅᆞᆯ 보시고 더옥 노(怒)ᄒᆞ샤 ᄭᅮ지져 골ᄋᆞ샤ᄃᆡ,

"여뫼(汝母ㅣ) 황댱(皇丈) 니몽챵으로 동심모역(同心謀逆)[27]ᄒᆞ미 니몽챵을 쇼당사ᄉᆞ(所當賜死)[28]ᄒᆞᆯ 거시로ᄃᆡ 뎐공(前功)[29]이 가셕(可惜)[30]ᄒᆞ미 감ᄉᆞ(減死)[31]

⋯

5면

ᄒᆞ여 뎐니(田里)로 니치고 여모(汝母)ᄅᆞᆯ 폐츌(廢黜)[32]ᄒᆞ엿거ᄂᆞᆯ 네 감은(感恩)ᄒᆞᆫ ᄆᆞ음이 업셔 도로혀 딤(朕)을 혼군(昏君)이라 ᄒ고 뎡궁

---

23) 시위(侍衛): 임금이나 어떤 모임의 우두머리를 모시어 호위함. 또는 그런 사람.
24) 봉명(奉命): 임금이나 윗사람의 명령을 받듦.
25) ᄃᆡ죄(待罪): 대죄. 죄인이 처벌을 기다림.
26) 됴명(詔命): 조명. 임금의 명령을 일반에게 알릴 목적으로 적은 문서.
27) 동심모역(同心謀逆): 마음을 함께해 반역을 꾀함.
28) 쇼당사ᄉᆞ(所當賜死): 소당사사. 마땅히 사사할 바. 사사(賜死)는 죽일 죄인을 대우하여 사약을 내려 스스로 죽게 하던 일을 이름.
29) 뎐공(前功): 전공. 이전에 세운 공로.
30) 가셕(可惜): 가석. 몹시 아까움.
31) 감ᄉᆞ(減死): 감사. 사형을 면하게 형벌을 감하여 주던 일.
32) 폐츌(廢黜): 폐출. 작위나 관직을 떼고 내침.

(正宮)을 발검슐히(拔劍殺害)[33] ㅎ려 ㅎ니 만고일죄(萬古一罪)[34]로
시군시모(弑君弑母)[35]ㅎ려ᄂ 젹ᄌ(賊子)[36] 너 일(一) 인(人) 밧, 너 갓
ᄐᆞ니 잇더뇨? 명일(明日) 됴회(朝會)에 졔신(諸臣)의게 반포(頒布)[37]
후(後) 사ᄉ(賜死)ᄒᆞᆯ 거시니 닉옥(內獄)의 가도라."

ᄒᆞ시니 티ᄌ(太子ㅣ) 울며 ᄀᆞᆯ오디,

"외죠(外祖)와 모휘(母后ㅣ) 모역(謀逆) 죄슈(罪囚) 듕(中) 잇ᄉᆞ와
신빅(申白)[38]디 못호 젼(前) 신(臣) 역(亦) 죄슈(罪囚) 듕(中) 잇ᄉᆞ오
미 일쥭 됴회(朝會)치 못ᄒᆞ옵고 디죄(待罪) 듕(中) 잇ᄉᆞᆸ거ᄂᆞᆯ 엇디 그
런 퓌역디죄(悖逆之罪)[39]를 범(犯)ㅎ리잇고?"

샹(上)이 셔안(書案)을 박추 디즐(大叱) 왈(曰),

"딤(朕)이 친(親)히 목견(目見)[40]호 일을 네 엇지

. . .

6면

발명(發明)[41]코ᄌ ㅎᄂ다?"

티ᄌ(太子ㅣ) 읍혈고두(泣血叩頭)[42] 왈(曰),

"폐히(陛下ㅣ) 친견(親見)[43]ㅎ시다 ᄒᆞ오니 이ᄂ 하ᄂᆞᆯ이 신(臣)을
망(亡)케 ᄒᆞ오미니 일쥭 죽기를 원(願)ㅎᄂ이다."

---

33) 발검슐히(拔劍殺害): 발검살해. 칼을 빼 죽임.
34) 만고일죄(萬古一罪): 만고에 으뜸가는 죄.
35) 시군시모(弑君弑母): 섬기던 임금과 어머니를 죽임.
36) 젹ᄌ(賊子): 적자. 불충하거나 불효한 사람.
37) 반포(頒布): 세상에 널리 퍼뜨려 모두 알게 함.
38) 신빅(申白): 신백. 윗사람에게 사실을 자세히 아룀.
39) 퓌역디죄(悖逆之罪): 패역지죄. 도리에 어긋나고 순리(順理)를 거스르는 죄.
40) 목견(目見): 눈으로 직접 봄.
41) 발명(發明): 죄나 잘못이 없음을 말하여 밝힘.
42) 읍혈고두(泣血叩頭): 피눈물을 흘리고 머리를 조아림.
43) 친견(親見): 친히 봄.

샹(上)이 티감(太監)[44]을 명(命)ᄒ야 ᄂᆡ옥(內獄)의 엄슈(嚴囚)[45]ᄒ라 ᄒ시니 뉘 이셔 구(救)ᄒ리오. 옥(獄)의 ᄂᆡ르러 거적을 잇그러 업디여 호곡(號哭)[46]ᄒ니 동궁(東宮) 뇨쇽(僚屬)[47]들이 실셩톄읍(失聲涕泣)[48]ᄒ야 텬되(天道ㅣ) 살피심만 ᄇᆞ라더라.

명됴(明朝)의 샹(上)이 건극뎐(建極殿)의 뎐좌(殿座)[49]ᄒ시고 제신(諸臣)의 됴회(朝會)를 바드신 후(後) 죽야(昨夜) 티ᄌᆞ(太子)의 죽변지ᄉᆞ(作變之事)[50]를 ᄂᆡᄅᆞ시고 일변(一邊)[51] 티ᄌᆞ(太子)를 폐(廢)ᄒ야 ᄉᆞᄉᆞ(賜死)ᄒᆞᆯ 줄노 반포(頒布)ᄒ시니 제신(諸臣)이 대경(大驚) 읍쥬(泣奏)[52] ᄋᆞᆯ(曰),

"티ᄌᆞ(太子) 뎐하(殿下ㅣ) 셩덕(聖德) 대효(大孝)ᄂᆞᆫ 증삼(曾參)[53]을 효측(效則)[54]ᄒ옵거ᄂᆞᆯ 엇디 여

- - -

7면

ᄎᆞ(如此) 픠악지ᄉᆞ(悖惡之事)[55]를 ᄒ리잇고? 이ᄂᆞᆫ 필연(必然) 티ᄌᆞ(太子)를 ᄒᆡ(害)ᄒ려 ᄒᆞᄂᆞᆫ 뉴(類ㅣ) 티ᄌᆞ(太子)의 셩모(聖貌)[56]를 도적

---

44) 티감(太監): 태감. 중국 명나라·청나라 때, 환관의 우두머리. 내시를 달리 이르는 말.
45) 엄슈(嚴囚): 엄수. 엄히 가둠.
46) 호곡(號哭): 목 놓아 슬피 욺. 또는 그런 울음.
47) 뇨쇽(僚屬): 요속. 계급적으로 보아 아래에 딸린 동료.
48) 실셩톄읍(失聲涕泣): 실성체읍. 목이 쉬도록 눈물을 흘리며 슬피 욺.
49) 뎐좌(殿座): 전좌. 임금 등이 정사를 보거나 조하를 받으려고 정전(正殿)이나 편전(便殿)에 나와 앉던 일. 또는 그 자리.
50) 죽변지ᄉᆞ(作變之事): 작변지사. 변란을 일으킨 일.
51) 일변(一邊): 어느 한편.
52) 읍쥬(泣奏): 읍주. 울며 아룀.
53) 증삼(曾參): 중국 춘추시대 노(魯)나라의 유학자. 자는 자여(子輿). 공자의 덕행과 사상을 조술(祖述)하여 공자의 손자인 자사(子思)에게 전함. 효성이 깊은 인물로 유명함.
54) 효측(效則): 효칙. 본받음.
55) 픠악지ᄉᆞ(悖惡之事): 패악지사. 도리에 어그러지고 흉악한 일.
56) 셩모(聖貌): 성모. 성스러운 용모.

(盜賊)호야 셩춍(聖聰)57)을 가리오미니 복망(伏望) 폐하(陛下)는 술
피쇼셔."

샹(上)이 뎡식(正色) 왈(曰),

"딤(朕)이 친(親)히 보미여눌 티즈(太子)룰 붓들고 딤(朕)을 허망
(虛妄)훈 디로 도라보니리오?"

호시고 됴회(朝會)룰 파(罷)호시미, 니뎐(內殿)으로 드루시고 뎐교
(傳敎)호시디,

'제신(諸臣)들이 티즈(太子)룰 붓드리 이시면 역뉼(逆律)58)로 드스
릴 거시니 듕셔칭(中書省)59)의 샹쇼(上疏) 밧는 신뇨(臣僚)는 일체
(一切) 시힝(施行)호리라.'

호시니 됴얘(朝野ㅣ)60) 흉흉61)호야 제(諸) 디신(大臣)이 빅관(百
官)을 거느려 궐하(闕下)의 디후(待候)62)호야 티즈(太子)룰 구(救)호
려 호더라.

이씨 티쥬(泰州) 은스(隱士) 익진관이 일일(一日)은 우러러 건샹
(乾象)63)을 술피더니 술긔(殺氣) 금궐(禁闕)64)의 덥

...

8면

혯는 ㄱ온디 익셩(翼星)이 황황(遑遑)65)호여 검은 긔운이 둘너 거의

---

57) 셩춍(聖聰): 성총. 황제의 총명.
58) 역뉼(逆律): 역률. 역적을 처벌하는 법률.
59) 듕셔칭(中書省): 중서성. 중국 수나라·당나라·송나라·원나라 때에, 일반 행정을 심의하던 중
   앙 관아.
60) 됴얘(朝野ㅣ): 조야. 조정과 민간.
61) 흉흉: 흉흉.
62) 디후(待候): 대후. 웃어른의 명령을 기다림.
63) 건샹(乾象): 건상. 하늘의 현상이나 일월성신이 돌아가는 이치.
64) 금궐(禁闕): 궁궐.

써러질 둣ᄒ엿거ᄂᆞᆯ 크게 놀나 골오ᄃᆡ,

"익셩(翼星)이 죽변(作變)⁶⁶⁾ᄒᆞ야 ᄐᆡᄌᆞ(太子)ᄅᆞᆯ 희(害)ᄒᆞ려 ᄒᆞ니 니 아니 가면 요승(妖僧)을 줍디 못ᄒᆞᆯ 거시오, ᄐᆡᄌᆞ(太子)ᄅᆞᆯ 구(救)치 못 ᄒᆞᆯ라."

ᄒᆞ고 가연이⁶⁷⁾ 도복(道服)을 닙고 연경(燕京)⁶⁸⁾을 향(向)ᄒᆞ야 은신 법(隱身法)⁶⁹⁾을 ᄒᆞ여 드러와 명일(明日) 됴회(朝會)ᄒᆞ기ᄅᆞᆯ 기ᄃᆞ리더라.

명됴(明朝)의 샹(上)이 건극뎐(建極殿)의 뎐좌(殿座)ᄒᆞ시고 됴회 (朝會)ᄅᆞᆯ 바ᄃᆞ신 후(後) ᄐᆡᄌᆞ(太子)의 죄뉼(罪律)을 붉혀 사ᄉᆞ(賜死)ᄒᆞ 려 ᄒᆞ시더니 황문(黃門)⁷⁰⁾ 시랑(侍郎)이 드러와 고(告)하ᄃᆡ,

"됴문(朝門) 밧긔 ᄒᆞᆫ 도인(道人)이 와 폐하(陛下)긔 됴회(朝會)ᄒᆞᆷ믈 쳥(請)ᄒᆞᄂᆞ이다."

뎨(帝) 드ᄅᆞ시고 고이(怪異)히 넉여 드러오

- - -

9면

라 ᄒᆞ시니 익진관이 도복(道服)을 졍(正)히 ᄒᆞ고 드러와 산호ᄇᆡ무(山 呼背舞)⁷¹⁾ᄒᆞ니 샹(上)이 보시ᄆᆡ 골격(骨格)이 비범(非凡)ᄒᆞ야 속셰인 (俗世人)이 아니러라.

---

65) 황황(遑遑): 갈팡질팡 어쩔 줄 모르게 급함.
66) 죽변(作變): 작변. 변란을 일으킴.
67) 가연이: 선뜻.
68) 연경(燕京): 중국 북경(北京)의 옛 이름. 옛날 연(燕)나라의 도읍이었던 데서 이렇게 부름.
69) 은신법(隱身法): 몸을 숨기는 법.
70) 황문(黃門): 내시.
71) 산호ᄇᆡ무(山呼背舞): 산호만세(山呼萬歲)와 배무. 산호만세는 나라의 중요 의식에서 신하들이 임금의 만수무강을 축원하여 두 손을 치켜들고 만세를 부르던 일. 중국 한나라 무제가 숭산(嵩 山)에서 제사 지낼 때 신민(臣民)들이 만세를 삼창한 데서 유래함. 배무는 엎드려 절하고 춤을 추는 행위로서 조정에서 절을 하는 예식임.

굴으샤디,

"경(卿)을 일쥭 본 일이 업시 드러와 보니 무숨 가르칠 일이 잇ᄂ
뇨? 듯고ᄌ ᄒ노라."

익진관이 지비(再拜) 디왈(對曰),

"빈도(貧道)[72]ᄂ 티쥬(泰州) 익진관이옵더니, 신(臣)이 역(亦) 폐하
(陛下)의 신ᄌ(臣子ㅣ)라 국변(國變)[73]을 만나 괄시(恝視)[74]치 못ᄒ
와 잠간(暫間) 드러와 폐하(陛下) 의심(疑心)을 히셕(解析)[75]고ᄌ ᄒ
ᄂ이다. 이제 티ᄌ(太子ㅣ) 강샹(綱常)[76] 디죄(大罪)의 걸녀 ᄉ싱(死
生)이 미분(未分)[77] 듕(中) 계시니, 티ᄌ(太子)ᄂ 텬하(天下) 디본(大
本)이라 폐하(陛下) 셩툥(聖寵)[78]을 가리와 ᄒᆫ 요쳡(妖妾)이 궁모(窮
謀)[79]를 지어 튱신(忠臣)을 모히(謀害)[80]ᄒ며 황후(皇后)를 폐츌(廢
黜)케 ᄒ고 ᄂ죵은 근본(根本)

. . .

10면

을 업시 ᄒ려 티ᄌ(太子)를 강샹(綱常) 디죄(大罪)의 너허ᄉ오니 엇지
텬앙(天殃)[81]이 업ᄉ리잇가? 폐히(陛下ㅣ) 이의 됴 황후(皇后) 침뎐
(寢殿)의 두로 뒤여 요승(妖僧) 곳 어더 니오면 옥셕(玉石)을 분간(分

---

72) 빈도(貧道): 승려나 도사(道士)가 자기를 낮추어 일컫는 말.
73) 국변(國變): 나라의 변란.
74) 괄시(恝視): 업신여겨 하찮게 대함.
75) 히셕(解析): 해석. 풀어서 밝힘.
76) 강샹(綱常): 강상. 삼강(三綱)과 오상(五常). 곧, 사람이 지켜야 할 도리.
77) 미분(未分): 아직 나뉘지 않음.
78) 셩툥(聖寵): 성총. 임금의 은총.
79) 궁모(窮謀): 아주 흉악한 모략.
80) 모히(謀害): 모해. 모략을 써서 남을 해침.
81) 텬앙(天殃): 천앙. 하늘에서 벌로 내리는 재앙.

揀)ᄒᆞ리이다."

뎨(帝) 드ᄅᆞ시고 장신장의(將信將疑)[82]ᄒᆞ샤 뎨(帝) 친(親)히 니뎐(內殿)의 드ᄅᆞ샤 좌우(左右) 시녀(侍女)로 뎡궁(正宮)[83] 침뎐(寢殿)과 협실(夾室)[84]을 뒤라 ᄒᆞ시니,

이씨 됴 시(氏), 홍영으로 더브러 티ᄌᆞ(太子) ᄉᆞᄉᆞ(賜死)ᄒᆞ기를 죠이더니 뎨(帝) 니뎐(內殿)의 드ᄅᆞ시믈 듣고 홍영을 협실(夾室)의 피(避)ᄒᆞ라 ᄒᆞ엿더니 쳔만(千萬) 싱각 밧게 침뎐(寢殿) 뒤란 말ᄉᆞᆷ을 듣고 벽녁(霹靂)[85]이 임(臨)ᄒᆞᆫ 듯 놀납기를 어이 측냥(測量)ᄒᆞ리오. 시녜(侍女ㅣ) 뎡침(正寢)[86]으로 드러 협실(夾室)을 뒤려 ᄒᆞ니 됴 시(氏) 막아 갈오디,

"협실(夾室)은 뎨셕(帝釋)[87]을 위(爲)ᄒᆞᆫ 디니 감히(敢-) 여지 못ᄒᆞ

· ·

11면

리라."

샹(上)이 드ᄅᆞ시고 더옥 의심(疑心)ᄒᆞ샤 궁인(宮人)을 거ᄂᆞ려 됴 시(氏)를 믈니치고 협실(夾室)을 친(親)히 여러 보시니 의댱(衣欌)[88] 뒤히 ᄒᆞᆫ 져믄 녀승(女僧)이 셧거ᄂᆞᆯ 이의 줍아니여 결박(結縛)ᄒᆞ니 됴 시(氏) 울며 굴오디,

"쳡(妾)이 일즉 니고(尼姑)[89]로 무ᄉᆞᆷ 긔도(祈禱)ᄒᆞᆯ 일을 의논(議論)

---

82) 장신장의(將信將疑): 믿기도 하고 의심하기도 함.
83) 뎡궁(正宮): 정궁. 왕비나 황후를 후궁에 상대해 일컫던 말.
84) 협실(夾室): 안방에 딸리어 붙은 방. 곁방.
85) 벽녁(霹靂): 벽력. 벼락.
86) 뎡침(正寢): 정침. 집의 몸체가 되는 방. 정실의 처소를 이름.
87) 뎨셕(帝釋): 제석. 무당이 모시는 신의 하나. 제석신(帝釋神).
88) 의댱(衣欌): 의장. 옷장.

코즈 쳥(請)ᄒ여 왓습더니 하고(何故)[90]로 이럿트시 구박(驅迫)[91]ᄒ시ᄂ니잇가?"

샹(上)이 드ᄅᆫ 톄 아니ᄒ시고 외뎐(外殿)으로 좁아ᄂ녀 형위(刑威)[92]를 비셜(排設)[93]ᄒ고 올녀 무르실ᄉ,

"너 요승(妖僧)이 감히(敢-) 금궐(禁闕)의 드러와 즉변(作變)ᄒ기를 낭ᄌ(狼藉)[94]히 ᄒ야 지어(至於) 황후(皇后)와 황쟝(皇丈)을 ᄉ지(死地)의 너코 쏘 틱ᄌ(太子)를 도모(圖謀)ᄒ디 딤(朕)이 블명(不明)ᄒ야 하마[95] 인뉸(人倫)을 ᄂ(亂)홀 번ᄒ니 엇지 추악(嗟愕)[96]지 아

· · ·

12면

니리오? 듕형(重刑)을 더으지 아냐 딕고(直告)ᄒ라."

홍영이 블의(不意)에 변(變)을 만나 머리의 벽녁(霹靂)이 님(臨)ᄒᆫ 듯 망망딕히[97](茫茫大海)[98]의 디풍(大風)을 만ᄂᆫ 듯ᄒ디 홍영 요인(妖人)은 도시담(都是膽)[99]이라 블변안식(不變顔色)ᄒ고 글오디,

"신쳡(臣妾)은 보응[100]암(--庵) 니괴(尼姑ㅣ)옵더니 년년(年年)이 됴 낭낭(娘娘)이 폐암(弊庵)의 님공(臨供)[101] 긔도(祈禱)ᄒ시기로 금

---

89) 니고(尼姑): 이고. 여승.
90) 하고(何故): 무슨 까닭.
91) 구박(驅迫): 못 견디게 괴롭힘.
92) 형위(刑威): 형벌을 가하는 위엄.
93) 비셜(排設): 배설. 연회나 의식(儀式)에 쓰는 물건을 차려 놓음.
94) 낭ᄌ(狼藉): 낭자. 여기저기 흩어져 어지러움.
95) 하마: 하마터면.
96) 추악(嗟愕): 차악. 한탄하고 놀람.
97) 히: [교] 원문에는 '하'로 되어 있으나 문맥을 고려해 규장각본(26:9)과 연세대본(26:12)을 따름.
98) 망망딕히(茫茫大海): 망망대해. 한없이 크고 넓은 바다.
99) 도시담(都是膽): 모두 담으로 채워져 있음. 담력이 있고 배짱이 있다는 말.
100) 보응: [교] 원문에는 '봉은'으로 되어 있으나 앞의 예를 따라 이와 같이 수정함.
101) 님공(臨供): 임공. 공양을 드림.

년(今年)도 틱일(擇日)ᄒ려 신승(臣僧)을 블너 입궁(入宮)ᄒ라시기로 드러왓ᅟ삽더니 ᄌ변(作變)ᄒ다 ᄒ시믄 쳔만이미(千萬--)[102]ᄒ여이다."

뎨(帝) 디로(大怒)ᄒ샤 형중(刑杖)을 지쵹ᄒ시니 집금외(執金吾 ㅣ)[103] 미이 치기를 외ᄂ지라 건쟝(健壯)ᄒᆫ 수예(使隷)[104] 힘을 다ᄒ여 블하일댱(不下一杖)[105]의 피육(皮肉)이 후란(朽爛)[106]ᄒ고 쪠 부아지ᄂ지라. 좌우(左右) 아졸(衙卒)[107]이 부ᄅ 알

· ·

13면

외라 좌우(左右)로 엽흘 지ᄅ디 종시(終是) 이미ᄒ여라 발명(發明)ᄒᄂ디라 뎨(帝) 익노(益怒) 왈(曰),

"네 ᄌ변지ᄉ(作變之事)를 명빅(明白)히 알고 뭇거놀 종시(終是) 알외디 아니ᄒ니 화형(火刑)을 ᄂ오라."

좌위(左右ㅣ) 슛블을 픠오고 쇠를 달화 화형(火刑)홀 시 아모리 악종(惡種)인들 엇지 줄 견디리오. 쇼릐를 놉혀 웨여 왈(曰),

"화형(火刑)을 날회시면[108] 바로 알외리이다."

ᄒ니, 요승(妖僧)의 쵸ᄉ(招辭)[109] 엇디 되고 하회셩남(下回省覽)[110]ᄒ라.

샹(上)이 명(命)ᄒ샤,

---

102) 쳔만이미(千萬--): 쳔만애매. 참으로 억울함.
103) 집금외(執金吾ㅣ): 대궐 문을 지켜 비상사(非常事)를 막는 일을 맡아보던 벼슬.
104) 수예(使隷): 사예. 부리는 종.
105) 블하일댱(不下一杖): 불하일장. 한 대를 때리지 않음.
106) 후란(朽爛): 썩고 문드러짐.
107) 아졸(衙卒): 관아의 병졸.
108) 날회시면: 늦추시면.
109) 쵸ᄉ(招辭): 초사. 죄인이 자기의 범죄 사실을 진술하던 말.
110) 하회셩남(下回省覽): 하회성람. 아래 내용을 살펴 봄.

"형벌(刑罰)을 아직 날회라."

ᄒ시고 쵸ᄉ(招辭)ᄅ 브드실 시,

'제 당초(當初) 보응111)암(--庵)의 이실 제 샹궁(尙宮) 슉경이 암ᄌ(庵子)의 니ᄅ러 진향(進香)112)ᄒ고 도라올 씨 위연(偶然)이 쇼승(小僧)을 보고 졍담(情談)113)ᄒ올

...

14면

시 됴 귀비(貴妃) 일ᄉᆡᆼ(一生) 션ᄉ(禪師) 갓ᄒ니ᄅ 구(求)ᄒ신다 ᄒ고 ᄒᆫ가지로 금듕(禁中)114)의 드러가믈 간쳥(懇請)ᄒ오니 믈니치지 못ᄒ와 ᄒᆫ가지로 드러와 됴 낭낭(娘娘)긔 뵈오미 관곡(款曲)115)히 딕졉(待接)ᄒ시고 곤위(坤位)ᄅ 춘툴(簒奪)홀 ᄭᅬᄅ 무ᄅ시미 은혜(恩惠)ᄅ 져ᄇ리지 못ᄒ와 황후(皇后) 낭낭(娘娘) 필젹(筆跡)을 광구(廣求)116)ᄒ여 글시ᄅ 모ᄣᅥ117) 모역지ᄉ(謀逆之事)118)로 셔쳡(書帖)을 ᄆᆫ두러 황후뎐(皇后殿) 시아(侍兒)ᄅ 다리여 황휘(皇后 l) 미양뎐(未央殿)의 문안(問安)ᄒ라 가신 씨ᄅ 타 연갑(硯匣)119)의 너허 황샹(皇上)이 보시게 ᄒᆷ과, 니관(內官) 츄현120)을 져쥬려 ᄒ시미 샹궁(尙宮)을 보니여 쥭(粥)의 독약(毒藥)을 너허 먹여 즉시(卽時) 죽게 ᄒᆷ과, 됴 귀비

---

111) 응: [교] 원문에는 '은'으로 되어 있으나 앞의 예를 따라 이와 같이 수정함.
112) 진향(進香). 향을 올림.
113) 졍담(情談): 정담. 정답게 이야기함.
114) 금듕(禁中): 금중. 궁궐의 안.
115) 관곡(款曲): 매우 정답고 친절함.
116) 광구(廣求): 널리 구함.
117) 모ᄣᅥ: 본떠.
118) 모역지ᄉ(謀逆之事): 모역지사. 반역을 꾀하는 일.
119) 연갑(硯匣): 벼루, 먹, 붓, 연적 따위를 넣어 두는 납작한 상자.
120) 현: [교] 원문에는 '연'으로 되어 있으나 앞의 예를 따라 이와 같이 수정함.

(貴妃) 황후(皇后) 된 후(後) 후환(後患)

15면

을 두려 틴즈(太子)와 냥(兩) 황즈(皇子)를 ᄆ즈 업시 ᄒ려 거야(去
夜)[121]의 성샹(聖上)이 뎡침(正寢)의 드르신 찌 신첩(臣妾)이 외면단
(外面亶)을 먹고 틴지(太子ㅣ) 되여 발검돌입(拔劍突入)[122] ᄒ엿ᄂ이
다.'

ᄒ며[123] 일ᄁ히(一一) 직쵸(直招)[124] ᄒ니 좌우(左右) 제신(諸臣)
이 막블경히(莫不驚駭)[125] ᄒ고 샹(上)이 블승통히(不勝痛駭)[126] ᄒ샤
제신(諸臣)을 도라보아 굴오샤디,

"딤(朕)이 블명(不明) ᄒ야 간샤(奸詐)ᄒ 후궁(後宮)의 즉변(作變) ᄒ
믈 ᄁ 쌔듯지 못ᄒ고 황후(皇后)의 성심슉덕(誠心淑德)[127]과 황댱(皇丈)
의 뎡튱디졀(精忠大節)[128]을 모로고 의심(疑心) ᄒ야 폐츌안치(廢黜安
置)[129]가지 ᄒ고 어린 틴즈(太子)를 의심(疑心) ᄒ야 사ᄉ(賜死) ᄒ려
ᄒ던 일을 싱각ᄒ니 엇지 ᄒ심(閑心)치 아니리오? 만일(萬一) 익진관
곳 아니면 엇지 금일(今日) 발각(發覺) ᄒ며 틴즈(太子)를 엇지 구(救)

---

121) 거야(去夜): 지난밤.
122) 발검돌입(拔劍突入): 칼을 빼어 마구 들어감.
123) ᄂ이다 ᄒ며: [교] 원문과 규장각본(26:11), 연세대본(26:15)에 모두 '던 일을'로 되어 있으나
　　 홍영의 말이 끝나는 부분이 없으므로 이와 같이 수정함.
124) 직쵸(直招): 직초. 바른대로 고함.
125) 막블경히(莫不驚駭): 막불경해. 놀라지 않는 이가 없음.
126) 블승통히(不勝痛駭): 불승통해. 놀라움을 이기지 못함.
127) 성심슉덕(誠心淑德): 성심숙덕. 정성스러운 마음과 착한 덕.
128) 뎡튱디졀(精忠大節): 정충대절. 사사로운 감정이 없는 순수하고 한결같은 충성과, 대의를 위하여
　　 목숨을 바쳐 지키는 절개.
129) 폐츌안치(廢黜安置): 폐출안치. 작위를 떼고 내쳐 위리안치(圍籬安置)함. 위리안치는 유배된
　　 죄인이 거처하는 집 둘레에 가시로 울타리를 치고 그 안에 가두어 두던 일임.

ᄒ여시리

16면

오?"

익진관의게 만만샤례(萬萬謝禮)ᄒ시니 익진관이 경양(敬讓)130) 비
샤(拜謝) 왈(曰),

"이거시 다 텬슈(天數ㅣ)라 폐하(陛下)의 블명(不明)ᄒ시미 아니오,
오늘놀 발각(發覺)ᄒ믄 폐하(陛下)의 홍복(洪福)131)이로쇼이다. 요승
(妖僧) 홍영을 엄슈(嚴囚)132)ᄒ엿다가 연왕(-王)의 숨ᄌ(三子) 니빅문
이 오거든 뵈시면 근본(根本)을 ᄌ시 아ᄅ시리이다. 신(臣)의 길이
밧브니 하딕(下直)ᄒᄂ이다."

ᄒ고 믄득 두어 거롬을 옴기며 간 디 업ᄉ니 좌위(左右ㅣ) 다 긔특
(奇特)이 너기더라.

샹(上)이 좌우(左右)로 틱ᄌ(太子)를 브르라 ᄒ시고 홍영과 슉경
등(等) 죄인(罪人)을 옥(獄)의 엄슈(嚴囚)ᄒ라 ᄒ시다.

이씨 틱ᄌ(太子ㅣ) 의외지익(意外之厄)133)을 만나 발명무로(發明
無路)134)ᄒ야 니옥(內獄)의 거젹을 ᄭ라고 업디여 듀야(晝夜) 호

---

130) 경양(敬讓): 공경하여 삼가 사양함.
131) 홍복(洪福): 큰 복.
132) 엄슈(嚴囚): 엄수. 엄히 가둠.
133) 의외지익(意外之厄): 의외지액. 뜻밖의 재앙.
134) 발명무로(發明無路): 해명할 방법이 없음.

곡(號哭)[135]ᄒ니 경식(景色)이 춤담비졀(慘憺悲絕)[136]혼지라. 듁기를 등디(等待)[137]ᄒ고 모후(母后)를 다시 만나 니별(離別)치 못ᄒ고 원혼(冤魂)될 바룰 각골비통(刻骨悲痛)[138]ᄒ더니,

홀연(忽然) 옥문(獄門)을 열며 ᄉ명(赦命)[139]이 니르러시믈 고(告)혼디 티ᄌ(太子ㅣ) 더옥 놀나샤 긔운을 슈습(收拾)[140]지 못ᄒ시ᄂ지라 니관(內官)이 홍영이 초ᄉ(招辭)를 일일히(——) 알외니 티ᄌ(太子ㅣ) 더옥 놀ᄂ시더니 이윽고 졍신(精神)을 졍(定)ᄒ여 믄득 탄왈(嘆曰),

"텬하시(天下事ㅣ) 엇지 이러ᄐᆺ 공교(工巧)로오리오?"

ᄒ시며 니관(內官)을 ᄯ라 건극뎐(建極殿)의 니르시니 됴회(朝會)를 파(罷)치 아냣더라. 티ᄌ(太子ㅣ) 계하(階下)의 업디여 죄(罪)를 쳥(請)ᄒ시니 둘 갓흔 얼골의 수식(愁色)[141]을 ᄯ여시니 망월(望月)[142]이 운니(雲裏)[143]의 ᄲ엿ᄂ 듯 녹발(綠髮)[144]이 헛트

러시니 짓[145] 거스린[146] 봉(鳳) 갓흔지라, 제(帝) 기리 툔식(歎息) 왈(曰).

---

135) 호곡(號哭): 목 놓아 슬피 욺. 또는 그런 울음.
136) 춤담비졀(慘憺悲絕): 참담비절. 참담하고 매우 슬픔.
137) 등디(等待): 등대. 미리 준비하고 기다림.
138) 각골비통(刻骨悲痛): 뼈에 새겨질 정도로 몹시 슬퍼서 마음이 아픔.
139) ᄉ명(赦命): 사명. 임금이 죄인을 용서한다는 명령.
140) 슈습(收拾): 수습. 어지러운 마음이나 사태 따위를 거두어 바로잡음.
141) 수식(愁色): 수색. 근심스러운 기색.
142) 망월(望月): 보름달.
143) 운니(雲裏): 운리. 구름 속.
144) 녹발(綠髮): 검고 윤이 나는 아름다운 머리.

"제신(諸臣)의 튱언(忠言)을 듯지 아니코 만일(萬一) 사ᄉ(賜死)ᄒ엿더면 엇지 국가(國家) 무ᄉ(無事)ᄒ믈 ᄇᆞ라리오?"

ᄒ시고 밧비 붓드러 올니라 ᄒᆞ샤 그 손을 줍고 츄연(惆然)147) ᄐᆞ루(墮淚) 왈(曰),

"딤(朕)이 블명(不明)ᄒᆞ야 눈긔(倫紀)148)롤 문허ᄇᆞ리일 번ᄒᆞ니 후회(後悔)ᄒᆞᆫ들 밋ᄎᆞ리오? 슈연(雖然)이ᄂᆞ 간녀(奸女)149)의게 속으미니 ᄒᆞᆫ(恨)치 말나."

ᄐᆡᄌᆞ(太子ㅣ) 니러 ᄌᆡᄇᆡ(再拜) 왈(曰),

"요얼(妖孽)150)이 셩춍(聖聰)을 가리와 그러ᄒᆞ오시니 엇지 황야(皇爺)151)의 그릇ᄒᆞ시미리잇고? 발각(發覺)기를 슈이 ᄒᆞ엿ᄉᆞ오니 이ᄂᆞᆫ 폐하(陛下)의 홍복(洪福)이로쇼이다."

뎨(帝) 이의 제신(諸臣)을152) 보아 ᄀᆞᆯᄋᆞ샤ᄃᆡ,

"딤(朕)이 블명(不明)ᄒᆞ야 후비(后妃)의 ᄌᆞᆨ얼(作孽)153)을 ᄭᆡᄃᆞᆺ지 못ᄒᆞ고 황

- - -

19면

댱(皇丈)을 져ᄇᆞ리고 부ᄌᆞ지간(父子之間) 춤변(慘變)154)을 싱각ᄒᆞ니

---

145) 짓: 깃.
146) 거ᄉᆞ린: 거스른.
147) 츄연(惆然): 추연. 슬퍼하는 모양.
148) 눈긔(倫紀): 윤기. 윤리와 기강.
149) 간녀(奸女): 간악한 여자.
150) 요얼(妖孽): 요망스러운 사람.
151) 황야(皇爺): 황제.
152) 을: [교] 원문과 연세대본(26:18)에는 '으로'로 되어 있으나 문맥을 고려해 규장각본(26:14)을 따름.
153) ᄌᆞᆨ얼(作孽): 작얼. 훼방을 놓음.
154) 춤변(慘變): 참변. 참혹한 변란.

엇지 붓그럽지 아니리오? 이제 녜부샹셔(禮部尚書) 녀박155)으로 샤
명(赦命)과 절월(節鉞)156)을 가져 금쥬(錦州)의 가 승샹(丞相)과 연왕
(-王) 부즈(父子)를 호송(護送)ᄒ여 오라."

ᄒ시고 팅즈(太子)로 어림군(御臨軍)157)을 거느려 연왕부(-王府)의
가 황후(皇后)를 므즈오라 ᄒ시니 졔신(諸臣)이 만셰(萬歲)를 블너
하례(賀禮)158)ᄒ고 동궁(東宮)을 뫼셔 연부(-府)로 힝(行)ᄒ다.

ᄎ셜(且說). 폐황후(廢皇后) 니(李) 시(氏) 본부(本府)의 폐츌(廢黜)
ᄒ야 뎡 혹ᄉ(學士) 부인(夫人)과 텰 샹셔(尚書) 부인(夫人)으로 흔가
(閑暇)히 일월(日月)을 보ᄂᆞᄂ 경경(耿耿)159) 일념(一念)이 팅즈(太
子)와 두 황즈(皇子)를 호혈(虎穴)160)의 더져시니 나죵이 무ᄉ(無事)
치 못ᄒᆯ 줄 지긔(知機)161)ᄒ미 옥뉘(玉淚ㅣ) 숨ㅅㅅ(森森)162)ᄒ여 탄셩
(歎聲)163)이 긋지

• •

20면

아니니 뎡 부인(夫人)이 위로(慰勞) 왈(曰),

"낭낭(娘娘) 셩심(誠心)은 하ᄂᆞᆯ과 귀신(鬼神)이 질졍(質定)164)ᄒ리

---

155) 박: [교] 원문에는 '빅'으로 되어 있으나 앞의 예를 따라 이와 같이 수정함.
156) 절월(節鉞): 절부월(節斧鉞). 관리가 지방에 부임할 때에 임금이 내어 주던 물건. 절은 수기(手
    旗)와 같이 만들고 부월은 도끼와 같이 만든 것으로, 군령을 어긴 자에 대한 생살권(生殺權)
    을 상징함.
157) 어림군(御臨軍): 황제의 호위 군대.
158) 하례(賀禮): 축하하며 예를 차림.
159) 경경(耿耿): 마음에서 사라지지 않고 염려가 됨.
160) 호혈(虎穴): 호랑이 굴.
161) 지긔(知機): 지기. 낌새를 알아차림.
162) 숨숨(森森): 삼삼. 가득함.
163) 탄셩(歎聲): 탄성. 탄식하는 소리.
164) 질졍(質定): 질정. 갈피를 잡아서 분명하게 정함.

니 언마165) ᄒᆞ여 부운(浮雲)166)이 거드며 쳥텬(晴天)167)을 보시리잇가? 옥결빙심(玉潔氷心)168)을 샹(傷)히오지 무르쇼셔.”

휘(后ㅣ) 툰식(歎息) 브답(不答)이러니 시녜(侍女ㅣ) 밧비 드러와 고(告)ᄒᆞ디,

“동궁(東宮) 뎐하(殿下ㅣ) 문(門)의 님(臨)ᄒᆞ여 계시니이다.”

휘(后ㅣ) 동궁(東宮) 일(一) 쯧(字)룰 드르미 안싴(顏色)의 반기는 빗치 현츌(顯出)169)ᄒᆞ샤 듕당(中堂)의 ᄂᆞ아오시니 틱지(太子ㅣ) 볼셔 듕계(中階)의 님(臨)ᄒᆞ샤 모후(母后)룰 뵈옵고 반김과 슬프미 밍얼(萌蘖)170)ᄒᆞ야 밧비 당(堂)의 올ᄂᆞ 무릅 아러 ᄉᆞ비(四拜)ᄒᆞ시고 실셩비읍(失聲悲泣)171)ᄒᆞ시니 휘(后ㅣ) 밧비 옥슈(玉手)룰 줍고 누쉬(淚水ㅣ) 죵힝(縱行)172)ᄒᆞ여 굴오디,

“네 엇지 황샹(皇上) 좌측(座側)을 ᄯᅥᄂᆞ 이의

니룬다?”

틱지(太子ㅣ) 슬프믈 진졍(鎭靜)ᄒᆞ야 젼후슈말(前後首末)을 다 고(告)ᄒᆞ고 홍영의 쵸ᄉᆞ(招辭)173)룰 밧드러 드리니 휘(后ㅣ) 보시미 몬져 일은 임의 짐죽(斟酌)ᄒᆞ신 부어니와 틱ᄌᆞ(太子)의 명지위급(命在

---

165) 언마: 얼마.
166) 부운(浮雲): 뜬구름.
167) 쳥텬(晴天): 청천. 맑게 갠 하늘.
168) 옥결빙심(玉潔氷心): 옥과 얼음같이 맑고 깨끗한 마음.
169) 현츌(顯出): 현출. 뚜렷이 드러남.
170) 밍얼(萌蘖): 맹얼. 싹틈. 생겨남.
171) 실셩비읍(失聲悲泣): 실셩비읍. 목이 쉴 정도로 슬피 욺.
172) 죵힝(縱行): 종행. 눈물이 줄줄 흐름.
173) 쵸ᄉᆞ(招辭): 초사. 죄인이 자기의 범죄 사실을 진술하던 말.

危急)174)ᄒᆞ던 ᄇᆞ롤 드르시미 옥뉘(玉淚ㅣ) 니음ᄎᆞ175) 굴ᄋᆞ샤디,

"만일(萬一) 익진관곳 아니면 엇지 너롤 오놀놀 ᄯᅩ다시 보를 어드리오?"

ᄒᆞ시고 슬프믈 니긔지 못ᄒᆞ시니 뎡 부인(夫人)이 역시(亦是) 비읍(悲泣)ᄒᆞ여 굴오디,

"이 다 텬쉬(天數ㅣ)라 튀ᄌᆞ(太子ㅣ) 무ᄉᆞ(無事)ᄒᆞ시고 누명(陋名)을 옥(玉)가치 신셜(伸雪)176)ᄒᆞ시니 이만 깃부미 업ᄂᆞ이다."

튀ᄌᆞ(太子ㅣ) 니러 뎡 부인(夫人)긔 졀ᄒᆞ시니 부인(夫人)이 답비(答拜)ᄒᆞ며 깃브믈 치하(致賀)ᄒᆞ고 튀ᄌᆞ(太子)의 슉셩(夙成)ᄒᆞ미 그ᄉᆞ이 댱ᄌᆞ지풍(長子之風)177)

* * *

22면

이 니러믈 크게 깃거ᄒᆞ더라.

튀ᄌᆞ(太子ㅣ) 무러 모후(母后)긔 환궁(還宮)ᄒᆞ시믈 쳥(請)ᄒᆞ온디 휘(后ㅣ) 뎡ᄉᆡᆨ(正色) 왈(曰),

"여모(汝母)의 누명(陋名)을 신셜(伸雪)ᄒᆞ미 무어시 쾌(快)ᄒᆞ며 니 덕(德)이 박(薄)ᄒᆞ미 이의 미쳣거눌 두시 만민(萬民)의 어미 될 념위(廉隅ㅣ)178) 이시리오? 니 두시 곤위(坤位)179)룰 모림(母臨)180)ᄒᆞ미 진실노(眞實-) 붓그러온지라. 이러므로 니 이후(以後)눈 부모(父母)

---

174) 명ᄌᆡ위급(命在危急): 명재위급. 목숨이 위급함.
175) 니음ᄎᆞ: 잇달아.
176) 신셜(伸雪): 신설. 가슴에 맺힌 원한을 풀어 버리고 창피스러운 일을 씻어 버림.
177) 댱ᄌᆞ지풍(長子之風): 장자지풍. 어른의 풍모.
178) 념위(廉隅ㅣ): 염우. 체면을 차릴 줄 알며 부끄러움을 아는 마음. 염치.
179) 곤위(坤位): 황후의 자리.
180) 모림(母臨): 후비가 국모로서 백성들에게 임함.

좌측(座側)을 쩌누지 말고 혼가(閑暇)히 셰월(歲月)을 보니여 여년
(餘年)을 뭇고즈 ᄒᆞᄂᆞ니 너는 다시 니ᄅᆞ지 말고 일즉 도라가라.”

ᄐᆡ지(太子ㅣ) 두시 니러 지비(再拜) 왈(曰),

“국톄(國體)의 ᄒᆞ로도 곤위(坤位)를 뷔오지 못ᄒᆞᆯ 거시니 일즉 환궁
(還宮)ᄒᆞ샤 번폐(煩弊)[181]룰 더으디 ᄆᆞᄅᆞ쇼셔.”

휘(后ㅣ) 졍식(正色) 왈(曰),

“니 임의 닐너거ᄂᆞᆯ 감히(敢-) 두시 쳥(請)

23면

ᄒᆞ리오? 봇비 믈너가라.”

ᄒᆞ시고 안식(顔色)이 츄상(秋霜)[182] 굿[183]ᄒᆞ시니 ᄐᆡ지(太子ㅣ) ᄒᆞᆯ일
업셔 지비(再拜) 하직(下直) 환궁(還宮)ᄒᆞ시니 샹(上)이 ᄐᆡ지(太子ㅣ)
홀노 도라오믈 무ᄅᆞ시니 ᄐᆡ지(太子ㅣ) ᄭᅮ러 모후(母后)의 젼후(前後)
문답(問答)을 알외니 샹(上)이 ᄆᆞᆨ연[184](黙然) 냥구(良久)의 글ᄋᆞ샤ᄃᆡ,

“딤(朕)의 젼후ᄉᆡ(前後事ㅣ) 후회막급(後悔莫及)[185]이라 후(后)의
ᄯᅳᆺ이 엇지 그러치 아니리오? 딤(朕)이 친(親)히 가리라.”

ᄒᆞ시고 녕(令)을 ᄂᆞ리오시다.

휘(后ㅣ) ᄐᆡ즈(太子)를 보니시고 심(甚)히 셔운ᄒᆞ여 ᄒᆞ시니 뎡 부
인(夫人)이 위로(慰勞) 왈(曰),

---

181) 번폐(煩弊): 번거로운 폐단.
182) 츄상(秋霜): 추상. 가을의 찬 서리.
183) 굿: [교] 원문에는 '가'로 되어 있으나 문맥을 고려해 규장각본(26:17)과 연세대본(26:23)을 따름.
184) 연: [교] 원문에는 '역'으로 되어 있으나 문맥을 고려해 규장각본(26:18)과 연세대본(26:23)을
    따름.
185) 후회막급(後悔莫及): 뒤에 뉘우쳐도 미치지 못함.

"누명(陋名)을 신셜(伸雪)흔 후(後)는 국톄(國體)의 플너 잇지 못흐시리니 명일(明日) 환궁(還宮)치 아니시면 제신(諸臣)이 엇지 그저 이시리잇고? 이러흐올 씨 번폐(煩弊)흐미 젹지 아니흐오리

...

24면

니 엇지 일쪽 싱각지 못흐시느니잇고?"

휘(后]) 묵연(黙然) 브답(不答)흐시니 그 듀의(主義)룰 툭냥(度量)186) 치 못흘너라.

아이(俄而)오187) 시녜(侍女]) 급보(急報)188) 왈(曰),

"황샹(皇上)이 친님(親臨)189)흐신다 흐느이다."

휘(后]) 냥미(兩眉)룰 찡긔여 스식(辭色)190)이 블호(不好)흐시니 뎡 부인(夫人)이 위로(慰勞)흐고 듕당(中堂)의 포진(鋪陳)191)을 비셜(排設)흔 후(後) 협실(夾室)의 피(避)흐니.

아이(俄而)오, 싱쇼고악(笙簫鼓樂)192)이 훤텬(喧天)193)흐며 봉년(鳳輦)194)이 듕문(中門)의 님(臨)흐여 샹(上)이 년(輦)의 느리시니 스지시녜(事知侍女])195) 인도(引導)흐여 듕당(中堂)의 오르시니 휘(后]) 톄면(體面)의 안줏지 못흐여 듕계(中階)의 느려 딕죄(待罪)흐시니

---

186) 툭냥(度量): 탁량. 헤아림.
187) 아이(俄而)오: 이윽고.
188) 급보(急報): 급히 알림. 또는 그런 소식.
189) 친님(親臨): 친림. 임금이 몸소 나옴.
190) 스식(辭色): 사색. 안색.
191) 포진(鋪陳): 바닥에 깔아 놓는 방석·요·돗자리 등의 총칭.
192) 싱쇼고악(笙簫鼓樂): 생소고악. 생황과 퉁소, 북 등의 음악 소리.
193) 훤텬(喧天): 훤천. 소리가 몹시 커서 하늘까지 울려 퍼짐.
194) 봉년(鳳輦): 봉연. 임금이나 왕비 등이 타는 가마. 봉여(鳳轝)라고도 함.
195) 스지시녜(事知侍女]): 사지시녀. 일을 맡은 시녀.

샹(上)이 샹궁(尚宮)으로 붓드러 오른시게 ᄒ라 ᄒ시니 휘(后ㅣ) 마
지못ᄒ여 당(堂)의 올나 ᄉ비(四拜)ᄒ시니 샹(上)이 보시미 슈년(數
年) ᄉ이의 후(后)의 옥

25면

안(玉顏)이 더옥 풍영(豐盈)[196]ᄒ야 금분(金盆)[197]의 모른(牡丹) ᄀᆺ[198]
ᄒ시니 반기시고 일변(一邊) ᄎᆷ연(慘然)[199]ᄒ야 위로(慰勞)ᄒ여 ᄀᆞᆯ으
샤ᄃᆡ,

"딤(朕)이 블명(不明)ᄒ여 현후(賢后)의 슉덕명ᄒᆡᆼ(淑德明行)[200]과
황댱(皇丈)의 졍튱ᄃᆡ절(精忠大節)[201]을 의심(疑心)ᄒ야 슈년(數年)
고쵸(苦楚)를 격게 ᄒ여 금일(今日) 현후(賢后)를 보미 엇지 참괴(慚
愧)[202]치 아니리오? 슈연(雖然)이나 요쳡승(妖妾僧)의 변ᄒᆡ(變化ㅣ)
블측(不測)[203]ᄒ야 속으미니 일시(一時) 익운(厄運)이 퇴심(太甚)ᄒ
미라 혼갓 딤(朕)을 혼(恨)치 말나."

휘(后ㅣ) 피셕(避席)[204] 샤왈(謝曰),

"신쳡(臣妾)의 덕(德)이 박(薄)ᄒ야 고이(怪異)혼 누명(陋名)을 듯
ᄉ오미니 엇지 눔을 원(怨)ᄒ며 폐하(陛下)를 혼(恨)ᄒ리잇고? 복망

---

196) 풍영(豐盈): 풍성하여 그득함.
197) 금분(金盆): 금 화분.
198) ᄀᆺ: [교] 원문에는 'ᄀᆞ'로 되어 있으나 문맥을 고려해 규장각본(26:19)과 연세대본(26:25)을 따름.
199) ᄎᆷ연(慘然): 참연. 슬퍼하는 모양.
200) 슉덕명ᄒᆡᆼ(淑德明行): 숙덕명행. 착한 덕과 현명한 행실.
201) 졍튱ᄃᆡ절(精忠大節): 정충대절. 자기를 돌보지 않는 순수한 충성과, 대의를 위하여 목숨을 바
쳐 지키는 절개.
202) 참괴(慚愧): 몹시 부끄러움.
203) 블측(不測): 불측. 미루어 생각하기 어려움.
204) 피셕(避席): 피석. 웃어른에게 공경을 표시하기 위해 앉았던 자리에서 일어남.

(伏望) 뎐하(殿下)는 신쳡(臣妾)으로 ᄒᆞ여곰 부모(父母)의 측(側)을 의지(依支)ᄒᆞ여 여년(餘年)을 ᄆᆞᆺ게 ᄒᆞ시면 금일(今日) 듁어

. . .

26면

도 훈(恨)이 업술가 ᄒᆞ노이다."

뎨(帝) 우으시고 ᄀᆞᆯᄋᆞ샤ᄃᆡ,

"딤(朕)이 현후(賢后)의 ᄠᅳᆺ을 밧고져 ᄒᆞᆫ들 제신(諸臣)이 엇디 드ᄅᆞ리오? 되지 못ᄒᆞᆯ 말ᄉᆞᆷ을 므르시고 일죽이 환궁(還宮)ᄒᆞ쇼셔."

ᄒᆞ고 ᄉᆞ지샹궁(事知尙宮)을 명(命)ᄒᆞ여 황후(皇后) 댱복(章服)205)을 가초시게 ᄒᆞᆫ 후(後) 봉년(鳳輦)을 듕계(中階)의 노흐니 휘(后ㅣ) ᄉᆞ양(辭讓)ᄒᆞ야 되지 못ᄒᆞᆯ 둘 아ᄅᆞ시고 뎡 부인(夫人)으로 셔로 니별(離別)ᄒᆞ실 시 피ᄎᆞ(彼此) 눈믈을 흘녀 년년(戀戀)ᄒᆞᆷ믈 이긔지 못ᄒᆞ시고 년(輦)의 오ᄅᆞ시니 휘(后ㅣ) 년(輦)의 드ᄅᆞ신 후(後) 샹(上)이 친(親)히 황금쇄약(黃金鎖鑰)206)으로 가져 봉쇄(封鎖)ᄒᆞ신 후(後) 환궁(還宮)ᄒᆞ실 시 뒤히 싱쇼고악(笙簫鼓樂)이 훤텬(喧天)ᄒᆞ니 황샹(皇上)이 친(親)히 비ᄒᆡᆼ(陪行)207)ᄒᆞ야 도라가시니 그 위의(威儀) 거록ᄒᆞᆷ믈 가(可)히

. . .

27면

알니러라.

---

205) 댱복(章服): 장복. 옛날 벼슬아치들의 공복(公服).
206) 황금쇄약(黃金鎖鑰): 황금으로 만든 자물쇠.
207) 비ᄒᆡᆼ(陪行): 배행. 윗사람을 모시고 따라감.

환궁(還宮)ᄒ신 후(後) 티후(太后)긔 문안(問安)ᄒ고 진하(進賀)[208]
롤 브드시니라.

어시(於時)의 연왕(-王)이 승상(丞相)을 뫼셔 형뎨(兄弟) 주질(子姪)[209]노 더브러 화됴월셕(花朝月夕)[210]의 한가(閑暇)히 즐기더니, 일일(一日)은 춘경(春景)이 화려(華麗)ᄒ믈 완경(玩景)[211]코주 쥬효(酒肴)[212]를 잇그러 뒤뫼히 올나 원근(遠近) 춘식(春色)을 구경ᄒ며 위 승상(丞相)으로 더브러 셔로 죽시(作詩)ᄒ더니 위연(偶然)이 디로(大路)를 브라보니 틧글이 주옥ᄒ 가온디 졀월(節鉞)[213]이 나붓기며 일위(一位) 디관(大官)이 빅마금편(白馬金鞭)[214]으로 ᄂ오ᄂᆞᆫ지라. 고이(怪異)히 너겨 이시(移時)히[215] 보니 그 디관(大官)이 졀[216] 갓가이 집을 향(向)ᄒ고 오ᄂᆞᆫ지라 무옴의 경동(驚動)[217]ᄒ야 쥬효(酒肴)를 믈니고 ᄂᆞ려오니 졀월(節鉞)이 볼셔 문(間)의 님(臨)ᄒ엿더라.

. . .

28면

셔헌(書軒)의 드러가 향안(香案)[218]을 비셜(排設)[219]ᄒ고 관복(官

---

208) 진하(進賀): 나라에 경사가 있을 때, 백관(百官)이 임금에게 축하를 올리던 일.
209) 주질(子姪): 자질. 아들과 조카.
210) 화됴월셕(花朝月夕): 화조월석. 원래 꽃 피는 아침과 달 밝은 밤이라는 뜻으로, 경치가 좋은 시절을 이르는 말이나 여기에서는 아침과 저녁의 뜻으로 쓰임.
211) 완경(玩景): 풍경 따위를 즐김.
212) 쥬효(酒肴): 주효. 술과 안주.
213) 졀월(節鉞): 절부월(節斧鉞). 임금이 장수에게 내어 주던 물건. 절은 수기(手旗)와 같이 만들고 부월은 도끼와 같이 만든 것으로, 군령을 어긴 자에 대한 생살권(生殺權)을 상징함.
214) 빅마금편(白馬金鞭): 백마금편. 백마에 금으로 만든 채찍.
215) 이시(移時)히: 한참 동안.
216) 졀: 길.
217) 경동(驚動): 놀라서 움직임.
218) 향안(香案): 향로나 향합(香盒)을 올려놓는 상.
219) 비셜(排設): 배설. 연회나 의식(儀式)에 쓰는 물건을 차려 놓음.

服)을 닙고 셔시니 예부샹셔(禮部尙書) 녀박220)이 셔헌(書軒)의 올ᄂᆞ와 샤문(赦文)221)을 향안(香案)의 뫼신 후(後) 됴셔(詔書)ᄅᆞᆯ 넑을 시 연왕(-王)이 ᄭᅮ러 듯ᄌᆞ오니 됴셔(詔書)의 ᄀᆞᆯ와시ᄃᆡ,

'딤(朕)이 브지박덕(不才薄德)222)으로 디위(大位)의 거(居)ᄒᆞᆫ 후(後) 긍긍업업(兢兢業業)223)ᄒᆞ여 덕(德)이 ᄉᆞ히(四海)224)의 힝(行)치 못ᄒᆞ다, 제경(諸卿)이 어디리 도으믈 힘닙어 군신(君臣)이 기리 어슈지낙(魚水之樂)225)을 홀가 ᄒᆞ엿더니 뉘 도로혀 경(卿)을 모라ᄂᆞᆯ 둘 알니오. 딤(朕)이 불명(不明)ᄒᆞ여 경(卿)의 관일지튱(貫日之忠)226)을 씨ᄃᆞᆺ디227) 못ᄒᆞ고 경(卿)을 져ᄇᆞ리미 만터니 텬우신됴(天佑神助)ᄒᆞ야 요인(妖人)을 줍아 쵸ᄉᆞ(招辭)ᄅᆞᆯ ᄇᆞᆮ든즉 경(卿) 등(等)의 이미ᄒᆞ미 옥(玉) ᄀᆞᄐᆞᆫ지라. 경(卿)은228) 딤(朕)의 블명(不明)ᄒᆞᆯ믈 허

· ·

29면

플치 말고 셔셔 기ᄃᆞ리믈 져ᄇᆞ리지 말믈 ᄇᆞ라ᄂᆞ니 금일(今日) 니ᄉᆞ(來使)229)ᄅᆞᆯ ᄠᅩᆯ와 뎡(征)230)ᄒᆞ여 딤(朕)의 회과ᄌᆞ칙(悔過自責)231)ᄒᆞᆷ믈

---

220) 박: [교] 원문에는 '빅'으로 되어 있으나 앞의 예를 따라 이와 같이 수정함.
221) 샤문(赦文): 사문. 나라의 기쁜 일을 맞아 죄수를 석방할 때에, 임금이 내리던 글.
222) 브지박덕(不才薄德): 부재박덕. 재주가 없고 덕이 부족함.
223) 긍긍업업(兢兢業業): 항상 조심하여 삼감.
224) ᄉᆞ히(四海): 사해. 온 천하. 세계.
225) 어슈지낙(魚水之樂): 어수지락. 물고기와 물의 즐거움. 물고기와 물의 관계처럼 신하와 어진 임금이 서로 이해하고 돕는 즐거움을 비유한 말. <삼국지연의>에서 유비가 자신과 제갈량을 두고 한 말에서 비롯됨.
226) 관일지튱(貫日之忠): 관일지충. 해를 꿰뚫을 만한 충성.
227) 디: [교] 원문에는 'ᄆᆞ'로 되어 있으나 문맥을 고려해 규장각본(26:22)과 연세대본(26:28)을 따름.
228) 은: [교] 원문에는 '의'로 되어 있으나 문맥을 고려해 규장각본(26:22)과 연세대본(26:28)을 따름.
229) 니ᄉᆞ(來使): 내사. 온 사자(使者)
230) 뎡(征): 정. 길을 감.
231) 회과ᄌᆞ칙(悔過自責): 회과자책. 자신의 잘못을 뉘우치고 스스로 꾸짖음.

지실(知悉)232)호라.'

호엿더라.

쏘 글와시디,

'요녀(妖女) 홍영의 쵸스(招辭)룰 보니ᄂ니 지실(知悉)호라.'

호엿더라.

연왕(-王)이 북향ᄉ비(北向四拜)233) 후(後) 승샹(丞相)긔 드러가 됴셔(詔書)와 홍영의 쵸스(招辭)룰 다 알외니 승샹(丞相)이 바다본 후(後) 글오디,

"너의 신빅(伸白)234)호믄 깃부다 호려니와 틱즈(太子)의 봉변(逢變)235)호엿던 일을 싱각호니 므움이 셔눌호도다. 됴지236)(詔旨)237)여ᄎ(如此)호시니 신지(臣子ㅣ) 되여 엇지 황숑(惶悚)치 아니리오? 일즉이 힝니(行李)238)룰 츌혀 ᄯ나게 호라. 엇지 거역(拒逆)호야 ᄉ(使)룰 번거롭게 흐리오?"

왕(王)이 지비(再拜) 슈명(受命)239)호

. . .

30면

고 외헌(外軒)240)의 나와 녀 샹셔(尙書)룰 볼 시, 녀 샹셰(尙書ㅣ) 쑤

---

232) 지실(知悉): 모든 형편이나 사정을 자세히 앎. 또는 죄다 앎.
233) 북향ᄉ비(北向四拜): 북향사배. 임금이 있는 북쪽을 향해 네 번 절함.
234) 신빅(伸白): 신백. 원통한 일을 풀어 밝힘.
235) 봉변(逢變): 변을 만남.
236) 지: [교] 원문에는 '시'로 되어 있으나 문맥을 고려해 규장각본(26:23)과 연세대본(26:29)을 따름.
237) 됴지(詔旨): 조지. 임금의 명령.
238) 힝니(行李): 행리. 여행할 때 쓰는 물건과 차림.
239) 슈명(受命): 수명. 명령을 받듦.
240) 외헌(外軒): 집의 안채와 떨어져 있는, 바깥주인이 거처하며 손님을 접대하는 곳으로 사랑(舍廊)이라고도 함.

러 그슨이 존후(尊候)241)를 뭇즈온 후(後) 됴명(詔命)242)을 뎐(傳)홀
시 이번(-番) 응됴(應詔)243)치 아니시면 황샹(皇上)이 친님(親臨)ᄒ려
ᄒ시는 ᄉ연(事緣)을 젼(傳)ᄒ니 왕(王)이 탄왈(歎曰),

"과인(寡人)이 비록 누명(陋名)을 신셜(伸雪)ᄒ나 다시 환노(宦路)
의 분쥬(奔走)244)홀 ᄯᆺ이 업더니 ᄉ셰(事勢) 여ᄎᆞ(如此)ᄒ니 무가ᄂᆞ
히(無可奈何丨)245)로다."

ᄒ고 힝니(行李)를 슈습(收拾)ᄒ여 거개(擧家丨)246) 일제(一齊)히
길을 놀 시 당쵸(當初) 누려올 ᄻᅵ 힝식(行色)과 도금(到今) 부셩(富
盛)247)흔 위의(威儀) 텬디현격(天地懸隔)248)ᄒ더라.

힝(行)흔 월여(月餘)249)의 무ᄉ(無事)이 경ᄉ(京師)의 니르는 션셩
(先聲)250)이 들니니 고구(故舊)251) 친쳑(親戚)이 십(十) 니(里) 댱졍
(長亭)252)의 슐을 가져 맛는 쟤(者丨) 그 수(數)를 혜지 못홀디라. 니
힝(內行)253)은 몬져 본부(本府)로 가고 승샹(丞相)이 제

---

241) 존후(尊候): 안부. 남의 건강 상태를 높여 이르는 말.
242) 됴명(詔命): 조명. 임금의 명령을 일반에게 알릴 목적으로 적은 문서.
243) 응됴(應詔): 응조. 조명에 응함.
244) 분쥬(奔走): 분주. 떠돌아다님.
245) 무가ᄂᆞ히(無可奈何丨): 무가내하. 어찌할 수가 없음.
246) 거개(擧家丨): 온 집안.
247) 부셩(富盛): 부성. 넉넉하고 풍성함.
248) 텬디현격(天地懸隔): 천지현격. 하늘과 땅처럼 차이가 많이 남.
249) 월여(月餘): '달포'와 같은 말로 한 달이 조금 넘는 기간을 말함.
250) 션셩(先聲): 선성. 미리 보내는 기별.
251) 고구(故舊): 오래된 벗.
252) 댱졍(長亭): 장정. 먼 길을 떠나는 사람을 전송하던 곳. 과거에 5리와 10리에 정자를 두어 행
　　인들이 쉴 수 있게 했는데, 5리에 있는 것을 '단정(短亭)'이라 하고 10리에 있는 것을 '장정'이
　　라 함.
253) 니힝(內行): 내행. 부녀자가 여행길에 오름. 또는 그 부녀자.

ᄌ제손(諸子諸孫)을 거ᄂ려 궐하(闕下)의 디죄(待罪)ᄒ온디 샹(上)이 듕ᄉ(中使)²⁵⁴⁾룰 년(連)ᄒ여 보ᄂ여 밧비 입됴(入朝)²⁵⁵⁾ᄒ라 ᄒ시니 승샹(丞相)과 연왕(-王)이 마지못ᄒ야 건극뎐(建極殿)의 드러가 머리를 두두려 죄(罪)룰 쳥(請)ᄒᆫ디 샹(上)이 밧비 고력ᄉ(高力士)²⁵⁶⁾로 븟드러 뎐(殿)의 올닌 후(後) 슈돈(繡墩)²⁵⁷⁾을 미러 안ᄌᆯ 쳥(請)ᄒ신 후(後) 글ᄋ샤디,

"딤(朕)이 블명(不明)ᄒ여 요쳡(妖妾)의 죽변(作變)을 ᄭ쌔ᄃ지 못ᄒ고 경(卿)을 의심(疑心)ᄒ여 슈년(數年) 고초(苦楚)룰 겻게 ᄒ니 후회막급(後悔莫及)이라. 오눌놀 경(卿)을 보미 엇지 붓그럽지 아니리오? 경(卿) 등(等)은 딤(朕)을 원(怨)치 말고 안심출직(安心察職)²⁵⁸⁾ᄒ라."

연왕(-王)이 돈슈(頓首) 샤왈(謝曰),

"이 도시(都是) 신(臣)의 익운(厄運)이 듕(重)ᄒ오미라 엇지 폐하(陛下)의 블명(不明)ᄒ시미리잇고? 신(臣)이 일

ᄌ죽 벼슬이 인신(人臣) 분의(分義)²⁵⁹⁾에 과(過)ᄒ와 조믈(造物)의 ᄭ쩌리믈 만ᄂᆺᄉ오니 복망(伏望) 폐하(陛下)ᄂᆫ 신(臣)의 벼슬을 가라 쥬시

---

254) 듕ᄉ(中使): 중사. 궁중에서 왕명을 전하던 내시(內侍).
255) 입됴(入朝): 입조. 벼슬아치가 조정의 조회에 들어감.
256) 고력ᄉ(高力士): 고력사. 원래 당 현종 때 환관 이름이나 여기에서는 일반적인 환관을 이름.
257) 슈돈(繡墩): 수돈. 수놓은 돈대. 임금이 앉은 자리에 신하가 앉도록 바닥에서 조금 돋운 의자.
258) 안심출직(安心察職): 안심찰직. 안심하고 직무를 두루 살핌.
259) 분의(分義): 분수와 의리.

면 년곡지하(輦轂之下)²⁶⁰⁾의 흔가(閑暇)히 잇스와 노년(老年) 부모
(父母)룰 봉양(奉養)ᄒ올가 ᄒᄂ이다."

샹(上)이 츄연(惆然)²⁶¹⁾ 왈(曰),

"경(卿)의 쥬시(奏辭ㅣ)²⁶²⁾ 딤(朕)을 깁히 흔(恨)ᄒ미라 딤(朕)이
엇지 슈괴(羞愧)²⁶³⁾치 아니리오? 경(卿)은 너모 고집(固執) 말고 부
모(父母) 봉양(奉養)ᄒᆫ 여가(餘暇)의 딤(朕)을 싱각ᄒ라."

ᄒ시고 ᄉ쥬(賜酒)²⁶⁴⁾ᄒ시니 왕(王)이 감은(感恩)ᄒᆫ 눈물을 먹음어
지비(再拜) 샤은(謝恩)ᄒᆫ 후(後) 퇴(退)ᄒ여 부듕(府中)의 도라오디
황후(皇后)룰 ᄎᄌ보지 아니ᄒ니라.

이젹의 샤문(赦文)이 팔방(八方)의 퍼지미 폐모(廢母) 시(時) 적 샹
쇼(上疏)ᄒᆫ 튱신(忠臣) 녈시(烈士ㅣ) 다 원젹(遠謫)²⁶⁵⁾을 플러 도라오
니 양 각노(閣老),

- - -

33면

위 승샹(丞相) 등(等)이 다 복직(復職)ᄒ여 도라오고 왕 한님(翰林)이
니부시랑(吏部侍朗)²⁶⁶⁾으로 승치(陞差ㅣ)²⁶⁷⁾ᄒ야 도라와 부모(父母)
긔 뵈고 부뷔(夫婦ㅣ) 샹봉(相逢)ᄒ야 즐기미 츈풍(春風) 가ᄐ니 왕

260) 년곡지하(輦轂之下): 연곡지하. 연곡(輦轂)은 임금이 타시는 수레나 궁궐. 연곡지하(輦轂之下)
　　는 임금이 계시는 도읍 안이라는 뜻.
261) 츄연(惆然): 추연. 슬퍼하는 모양.
262) 쥬시(奏辭ㅣ): 주사. 임금께 아뢰는 말.
263) 슈괴(羞愧): 수괴. 부끄러움.
264) ᄉ쥬(賜酒): 사주. 임금이 신하에게 술을 내려 줌.
265) 원젹(遠謫): 멀리 귀양을 감.
266) 니부시랑(吏部侍朗): 이부시랑. 이부(吏部)의 차관(次官)을 말함. 이부의 장관은 이부상서(吏部
　　尙書)이며 그 밑이 바로 이부시랑임.
267) 승치(陞差ㅣ): 승차. 윗자리의 벼슬로 오름.

니(往來) 의의(猗猗)268)호야 꿈인 둧호야 호더라.

샹(上)이 제신(諸臣)을 관쟉(官爵)을 더으시고 위유(慰諭)269)를 두터이 호시며 니빅문으로 디리시(大理寺)270) 샹관(上官)을 호이샤 모든 옥ᄉ(獄事)를 션치(善治)271)호라 호시고 닐너 굴ᄋ샤디,

"티쥬(泰州) 익진관이 호디 요리(妖尼) 홍영의 근본(根本)을 경(卿)이 알나라 호니 극(極)히 고이(怪異)호도다."

춤졍(參政)이 의아(疑訝)호야 이튼날 좌긔(坐起)272)를 베프고 모든 죄인(罪人)을 올니라 호야 보미 이 곳 노 시(氏)의 시비(侍婢) 홍영이라 막블디경(莫不大驚)273)호야 무러 굴오디,

"네 어디 가 은닉(隱匿)호엿다가 궁듕(宮中)의 드

. . .

34면

러가 디화(大禍)274)를 지은다?"

홍영이 춤졍(參政)을 만나 능히(能-) 젼(前) 일을 슘길 길히 업셔 낫낫치 복쵸(服招)275)호니 춤졍(參政)이 시로이 분훈(忿恨)276)호믈 이긔지 못호야 즉시 계ᄉ(啓辭)277)호디,

"요리(妖尼) 홍영을 보온죽 디악(大惡) 출녀(刹女)278) 강샹(綱常)

---

268) 의의(猗猗): 활발한 모양.
269) 위유(慰諭): 위로하고 타일러 달램.
270) 디리시(大理寺): 대리시. 형옥(刑獄)을 맡아보던 관아.
271) 션치(善治): 선치. 잘 다스림.
272) 좌긔(坐起): 좌기. 관아의 으뜸 벼슬에 있던 이가 출근하여 일을 시작함.
273) 막블디경(莫不大驚): 막불대경. 크게 놀라지 않음이 없음.
274) 디화(大禍): 대화. 큰 재앙.
275) 복쵸(服招): 복초. 문초를 받고 순순히 죄상을 털어놓음.
276) 분훈(忿恨): 분한. 성내고 한스러워함.
277) 계ᄉ(啓辭): 계사. 논죄(論罪)에 관하여 임금에게 올리던 글.
278) 출녀(刹女): 찰녀. 여자 나찰. 나찰(羅刹)은 푸른 눈과 검은 몸, 붉은 머리털을 하고서 사람을

죄인(罪人) 노몽화의 시비(侍婢)라. 신(臣)이 경히(驚駭)²⁷⁹⁾흐믈 이긔
지 못흐고 시로이 전죄(前罪)룰 싱각흐야 디죄(待罪)흐ᄂ이다."

샹(上)이 디경(大驚)흐샤 남후²⁸⁰⁾(-侯)의 말ᄉ믈 긔특(奇特)이 너겨
하교(下敎)흐야 굴ᄋ샤디,

"슬프다. 녜브터 악쟈(惡者)의 쟉히(作害)흐미 간간(間間)이 이시
나 노녀(-女) 가튼니 어디 이시리오? 딤(朕)의 속으믈 보니 당일(當
日) 빅문 속으미 그릇지 아닌지라 엇지 죄(罪)룰 쳥(請)흐리오? 귀비
(貴妃) 됴 시(氏) 음흉(陰凶)흔 계교(計巧)로

· · ·

35면

요승(妖僧)을 쳥(請)흐야 황후(皇后)룰 히(害)흐고 딤(朕)을 그른 곳의
ᄲᆞ지게 흐니 그 죄(罪) 역신(逆臣)²⁸¹⁾과 흔가지라 가(可)히 춤(斬)흐
미 올흐디 틱후(太后) 딜녜(姪女ㅣ)룰 개의(介意)²⁸²⁾흐야 익뎡(掖
庭)²⁸³⁾의 ᄂ리와 사ᄉ(賜死)흐고 홍영 등(等) 모든 죄인(罪人)을 법
(法)디로 졍형(正刑)²⁸⁴⁾흐라."

흐시니 됴 틱휘(太后ㅣ) 사졍(私情)의 춤혹(慘酷)흐믈 니긔지 못흐
나 감히(敢-) 말을 못 흐시고 흔갓 분망(奔忙)²⁸⁵⁾흐야 흐실 분이니

잡아먹으며, 지옥에서 죄인을 못살게 군다고 함.
279) 경히(驚駭): 경해. 뜻밖의 일로 몹시 놀람.
280) 남후: [교] 원문과 규장각본(26:28), 연세대본(28:34)에 모두 '진왕'으로 되어 있으나 이백문이
    앞에 진왕으로 봉해진 일이 없고 제남후에 봉해진 일은 있으므로 이와 같이 수정함.
281) 역신(逆臣): 임금을 반역한 신하.
282) 개의(介意): 마음에 두고 생각함.
283) 익뎡(掖庭): 액정. 궁궐의 옥. 액정옥(掖庭獄)을 이르는 말임. 액정옥은 한나라 때 궁궐 안에
    있던 비밀 옥임.
284) 졍형(正刑): 정형. 죄인을 사형에 처하던 형벌.
285) 분망(奔忙): 몹시 바쁨.

황휘(皇后ㅣ) 더옥 블안(不安)ᄒ야 샹(上)을 용납(容納)디 아니시니 샹(上)이 심(甚)히 민망(憫惘)ᄒ샤 빅단(百端)286) 이걸(哀乞)287)ᄒ시고 좝시(暫時)도 졍궁(正宮)을 ᄯ러ᄂ지 아니샤 공듀(公主)와 졔(諸) 황ᄌ(皇子)를 슬샹(膝上)288)의 두샤 교무(嬌撫)289)ᄒ시ᄂ 스랑이 지극(至極)ᄒ시니 ᄌ연(自然) 구구(區區)290)키를 버셔나지 못ᄒ시ᄂ지라.

연왕(-王)이 이 쇼식(消息)을 듯고 즉시(卽時)

. .

36면

글을 듯가 후(后)를 크게 칙(責)ᄒ야 샹(上)의 실덕(失德)ᄒ시믈 탄(嘆)ᄒ니,

휘(后ㅣ) 능히(能-) 거역(拒逆)지 못ᄒ야 젼(前)가치 온슌(溫順)ᄒ믈 힘쓰니 샹(上)이 디열(大悅)ᄒ샤 왕스(往事)를 지삼(再三) 샤죄(謝罪)ᄒ시고 ᄎ후(此後) 슈유블니(須臾不離)291)ᄒ시며 니부(李府)의 ᄉ송(賜送)292)ᄒ시ᄂ 은영(恩榮)293)이 도로(道路)의 니어시니,

승샹(丞相)이 노년(老年) 치ᄉ(致仕)294)ᄒ미 샹(上)이 ᄉ직(辭職)을 허(許)ᄒ시고 특지(特旨)295)로 광평후(--侯) 니흥문을 승샹(丞相) 츄밀ᄉ(樞密使)를 도도시고 쵸후(-侯) 니셩문으로 각노(閣老) 쵸국공(--

---

286) 빅단(百端): 백단. 여러 가지 방법. 백방(百方).
287) 이걸(哀乞): 애걸. 애처롭게 하소연함.
288) 슬샹(膝上): 슬상. 무릎 위.
289) 교무(嬌撫): 어여삐 여기고 어루만짐.
290) 구구(區區): 잘고 많아서 일일이 언급하기가 구차스러움.
291) 슈유블니(須臾不離): 수유불리. 잠시도 떨어지지 않음.
292) ᄉ송(賜送): 사송. 임금이 신하에게 물건을 내려 보내던 일.
293) 은영(恩榮): 임금의 은덕을 입은 영광.
294) 치ᄉ(致仕): 치사. 나이가 많아 벼슬을 사양하고 물러남.
295) 특지(特旨): 임금의 특별한 명령.

公)을 쩌으시고 광능후(--侯) 니경문으로 승샹(丞相) 진국공(--公) 병부샹셔(兵部尙書) 디스마(大司馬)룰 ᄒ이샤 황월(黃鉞)²⁹⁶⁾ 빅모(白旄)²⁹⁷⁾룰 거ᄂ려 군무(軍務)²⁹⁸⁾룰 총독(總督)²⁹⁹⁾게 ᄒ시니 삼(三) 인(人)이 죽녹(爵祿)이 과(過)ᄒ믈 크게 블안(不安)ᄒ야 샹쇼(上疏)ᄒ야 굿이 ᄉ양(辭讓)ᄒ

...

37면

나 득(得)지 못ᄒ니 무지못ᄒ야 나아가 공직(公職)의 거(居)ᄒ니 삼(三) 인(人)이 다 쳥츈(靑春)이 저무지 아녓고 옥안(玉顔)이 도화(桃花) 가트여 졍(正)히 디샹신션(地上神仙)이어ᄂᆯ 군국(君國) 디스(大事)룰 즙으미 샹명(爽明)³⁰⁰⁾ᄒ미 한(漢) 적 곽광(霍光)³⁰¹⁾과 당시(唐時) 위징(魏徵)³⁰²⁾의 승(勝)ᄒ미 이시니 됴얘(朝野ㅣ) 심복(心服)ᄒ고 공경(恭敬)ᄒ야 적지(赤子ㅣ)³⁰³⁾ 부모(父母) 부라듯 ᄒ고 부뫼(父母ㅣ) 두긋기나 영총(榮寵)³⁰⁴⁾이 과(過)ᄒ믈 블안(不安)ᄒ야 ᄒ더라.

---

296) 황월(黃鉞): 황금으로 장식한 도끼. 보통 천자가 정벌할 때 지님.
297) 빅모(白旄): 백모. 털이 긴 쇠꼬리를 장대 끝에 매달아 놓은 기(旗).
298) 군무(軍務): 군사에 관한 사무.
299) 총독(總督): 다 감독함.
300) 샹명(爽明): 상명. 분명함.
301) 곽광(霍光): 중국 전한(前漢)의 정치가(?-B.C. 68)로 자는 자맹(子孟)임. 한 무제(武帝)의 고명(顧命)을 받아 소제(昭帝)를 보필하고, 소제가 죽은 후 창읍왕(昌邑王) 하(賀)를 옹립했는데, 창읍왕이 실덕(失德)하자 다시 폐하고 선제(宣帝)를 옹립함. 후에 황후 허씨(許氏)를 독살하고 자신의 딸을 황후로 만들어 권세를 강화했으나, 그가 죽은 후 선제는 그의 일족을 반역죄로 몰아 몰살함.
302) 위징(魏徵): 당나라 태종 때의 재상. 수(隋)나라 말기 혼란기에 이밀(李密)의 군대에 참가하였으나 곧 당고조(唐高祖)에게 귀순하여 고조의 장자를 도움. 황태자 건성이 아우 세민(世民, 후의 太宗)과의 경쟁에서 패하였으나 위징의 인격에 끌린 태종의 부름을 받아 후에 재상이 됨. 직간(直諫)한 신하로 유명함.
303) 적지(赤子ㅣ): 적자. 갓난아이.
304) 영총(榮寵): 임금의 은총.

샹(上)이 뎡 혹亽(學士) 부인(夫人)이 황후(皇后)를 뫼셔 삼(三) 년
(年)을 누실(陋室)305)의셔 고쵸(苦楚)를 격다 ᄒᆞ샤 뎡희로 각노(閣老)
광셔후(--侯)를 도도시니 뎡희 쇼년(少年)의 영통(榮寵) 부귀(富貴)
사름의 미츨 비 아니라 인인(人人)이 연왕(-王)의 디감(知鑑)306)을 아
니 탄복(歎服)ᄒᆞ리 업고 니부(李府) 졔싱(諸生)이 모다 뎡

38면

싱(-生)을 디(對)ᄒᆞ야 치하(致賀)ᄒᆞ고 긔롱(譏弄)ᄒᆞ야 골오디,

"금(今)의 쳐주(妻子)의 덕(德) 닙으니 샹유307) 가튼니 어디 이시
리오? 녀지(女子ㅣ) 비록 샤도온308)(謝道蘊)309) 영셜(詠雪)310) 가튼들
가부(家夫)로뻐 샹위(相位)311)의 오르기가지 민두니 그거시 좀공(-
功)312)이냐? 안히 줄 엇기도 됴흔 일이어니와 사름의 닙신양명(立身
揚名)ᄒᆞᆫ 길히 그리 구챠(苟且)롭고 폐(弊)로오뇨?"

뎡싱(-生)이 쇼왈(笑曰),

"니 녕미(令妹)의게 쳥(請)ᄒᆞ야 각노(閣老)ᄒᆞ여지라 ᄒᆞᆫ 거시 아냐
亽셰(事勢) 이러킈 되여시니 쟝ᄎᆞ(將次ㅅ) 엇지ᄒᆞ리오?"

---

305) 누실(陋室): 누추한 방.
306) 디감(知鑑): 지감. 사람을 잘 알아보는 능력.
307) 샹유: 상유. 정희의 자(字).
308) 도온: [교] 원문과 규장각본(26:31), 연세대본(26:38)에 모두 '두운'으로 되어 있으나 문맥을 고
려해 이와 같이 수정함.
309) 샤도온(謝道蘊): 사도온. 중국 위진남북조 시기 동진(東晉) 때의 여류 시인. 재상 사안(謝安)의
조카딸이자 왕희지(王羲之) 아들 왕응지(王凝之)의 아내.
310) 영셜(詠雪): 영설. 눈을 읊는 재주라는 뜻으로 여자의 글재주를 이름. 사도온이 어렸을 때 숙
부 사안이 눈이 내리는 것이 무엇을 닮았는가 묻자, 버들개지가 바람에 흩날리는 것 같다고
답해 사람들을 탄복시켰다 함. 『진서(晉書)』, <왕응지처사씨전(王凝之妻謝氏傳)>.
311) 샹위(相位): 상위. 재상의 자리.
312) 좀공(-功): 자잘한 공로.

춤졍(參政)이 쇼왈(笑曰),

"글 비호기도 쳥(請)치 아닌다? 텬하(天下)의 뎌런 용녈(庸劣)혼 토귀(土狗ㅣ)313)의 거시 어디 잇다가 우리 옥(玉) 가튼 미주(妹子)롤 무주 금주옥디(金紫玉帶)314)롤 헌 신가치 너기니 져리 어슨315)

     ˙˙

39면

톄후고 것 위의(威儀)에는 좃커니와 하 구추(苟且)코 가쇼(可笑)로오니 가마니 드러 이시라."

제인(諸人)이 디쇼(大笑)후고 광평휘(--侯ㅣ) 쇼왈(笑曰),

"샹유는 운보의게 다시 술노 샤례(謝禮)후미 엇더후뇨?"

뎡칭(-生)이 쇼왈(笑曰),

"운보 형(兄)이 또 먹고주 후면 무어시 어려오리오?"

춤졍(參政)이 부체로 등을 쳐 왈(曰),

"혼 번(番) 밧기도 너롤 통악(痛愕)316)이 너겻거늘 또 히연(駭然)혼 거동(擧動)을 보리오? 쌜니 네 집으로 도라가라."

승샹(丞相)이 미쇼(微笑) 왈(曰),

"너의 겸숀(謙遜)후미 올흐느 네 본디(本-) 무지조(無才操)317)후야 놈318) 가르칠 슈단(手段)이 업거늘 운(運)이 통(通)후야 슈고 아니 드

---

313) 토귀(土狗ㅣ): 전설 속에 나오는, 땅에 사는 괴물.
314) 금주옥디(金紫玉帶): 금자옥대. 금자(金紫)는 금인(金印)과 자수(紫綬)로, 금인은 관직의 표시로 차고 다니던 금으로 된 조각물이고 자수는 고위 관료가 차던 호패(號牌)의 자줏빛 술임. 옥대는 임금이나 관리의 공복(公服)에 두르던, 옥으로 장식한 띠임.
315) 어슨: 잘난.
316) 통악(痛愕): 몹시 괴로워함.
317) 무지조(無才操): 무재조. 재주가 없음.
318) 놈: [교] 원문에는 '감'으로 되어 있으나 문맥을 고려해 규장각본(26:32)과 연세대본(26:39)을 따름.

리고 디샹(大相)의게 하쥬(賀酒)[319]를 브드니 죽흔 영광(榮光)이냐?"

춤졍(參政)이 쇼이디왈(笑而對曰),

"형댱(兄丈)이 브졀업순 일을 쇼뎨(小弟)의게 밀우고 뎌

럿툿 물숨을 쾌(快)히 ᄒ시니 만일(萬一) 형댱(兄丈)긔 당(當)ᄒ엿던 면 뎌리 아니ᄒ시리이다."

광평휘(--侯ㅣ) 왈(曰),

"이보[320]는 본디(本-) 간사(奸詐)코 녁기[321] 뉴(類) ᄃ론지라 브디 놈으란 못되고즈 ᄒ고 져는 조흔 디로 가 측흔 톄ᄒ고 놈을 조롱(嘲弄)ᄒ니 무샹(無狀)[322]흔 위인(爲人)이니라."

승샹(丞相)이 미쇼(微笑) 왈(曰),

"형(兄)은 평싱(平生)의 쇼뎨(小弟)를 일일무다 사름 아닌 거스로 아르시니 유감(遺憾)ᄒ미 업지 아니ᄒ이다."

언필(言畢)의 좌위(左右ㅣ) 뉴 튜밀(樞密)의 니르러시믈 고(告)ᄒ니 모다 크게 반겨 ᄆ즈 한훤(寒暄)ᄒ니, 이 튜밀(樞密)의 ᄌ(字)[323]는 젼일(前日) 뉴듀 ᄌᄉ(刺史) 뉴흥이라. 위인(爲人)이 현명(賢明)ᄒ고 명달(明達)ᄒ니 광평후(--侯) 등(等)이 문경(刎頸)의 교(交)[324]를

---

319) 하쥬(賀酒): 축하주.
320) 이보: 이경문의 자(字).
321) 녁기: 편협하기. '녁'은 '편'의 의미.
322) 무샹(無狀): 무상. 사리에 밝지 못함.
323) ᄌ(字): 자. 이름.
324) 문경(刎頸)의 교(交): 친구를 위해 목을 베어 줄 정도의 친한 사귐. 중국 전국(戰國)시대 조(趙)나라 염파(廉頗)와 인상여(藺相如)의 고사. 인상여(藺相如)가 진(秦)나라에 가 화씨벽(和氏璧) 문제를 잘 처리하고 돌아와 상경(上卿)이 되자, 장군 염파(廉頗)는 자신이 인상여보다 오랫동안 큰 공을 세웠으나 인상여가 자기보다 높은 지위에 앉았다 하며 인상여를 욕하고 다

주허(自許)흐는 듕(中) 승샹(丞相)은 본디(本-) 뎌의게

슈은(受恩)을 만히 흐엿는 고(故)로 지심붕우(知心朋友)325)로 교계
(交契) 딘번(陳蕃)326)을 효측(效則)흐디 츄밀(樞密) 부인(夫人)가 시
(氏) 투긔(妬忌) 텬하(天下)의 유명(有名)흐야 츄밀(樞密)이 본디(本-)
가외(家外) 범식(犯色)327)이 업스디 죠곰 미안(未安)흔즉 호령(號令)
흐믈 노예(奴隸)가치 흐니 츠고(此故)로 츄밀(樞密)이 방외(房外)의
노지 못흐는 고(故)로 승샹(丞相)이 샹경(上京)흐연 디 오리되 금일
(今日)이야 니르럿는지라. 승샹(丞相) 등(等)은 다 짐쥭(斟酌)흐고 흔
갓 별후(別後)를 니를 뜨롬이러니 기듕(其中) 셰문이 더옥 가 시(氏)
의 쇼실(所實)을 주시 아는 고(故)로 추밀(樞密)을 약(弱)히 너겨 이
의 무러 글오디,

"우리 등(等)이 완 디 돌이나 된 후(後) 형(兄)이 오늘이야 와 보믄
무슴 뜻이뇨? 젼일(前日) 지심붕위(知心朋友ㅣ) 아니토다."

추밀(樞密)이 쇼왈(笑曰),

님. 인상여가 이에 대해 대응하지 않자 제자들이 그 까닭을 물으니, 두 사람이 다투면 국가가
위태로워지고 진(秦)나라에만 유리하게 되므로 대응하지 않은 것이었다 하니 염파가 그 말을
전해 듣고 가시나무로 만든 매를 지고 인상여의 집에 찾아가 사과하고 문경지교를 맺음. 사
마천, 『사기(史記)』, <염파인상여열전(廉頗藺相如列傳)>.

325) 지심붕우(知心朋友): 서로의 마음을 알아주는 친구.

326) 딘번(陳蕃): 진번. 중국 후한(後漢) 때의 인물. 진번이 예장(豫章) 태수(太守)로 있을 적에 다른
빈객은 맞지 않고 오직 서치(徐稚)만을 위해서 걸상 하나를 준비하여 서치가 와 담소를 하고
떠나면 걸상을 다시 위에 올려놓았다는 고사가 전함. 『후한서(後漢書)』, <서치열전(徐稚列傳)>.

327) 범식(犯色): 범색. 색을 범함.

"일신(一身)의 병(病)이 쩌누지 아니미 출입(出入)을 능히(能) 못
ᄒ야 즉시(卽時) 니르지 못ᄒ니 형(兄) 등(等)의 칙(責)ᄒᆯ 줄 아룻노
라."

쳥휘(-侯ㅣ)328) 박댱디쇼(拍掌大笑) 왈(曰),

"니 볼셔 아룻노라. 십여(十餘) 일(日) 젼(前)의 그디 셔당(書堂)의
셔 ᄎᆞ(茶)를 가져오라 ᄒ니 ᄎᆞ환(叉鬟)329)이 가져가 더디 온 죄(罪)로
가쉬(-嫂ㅣ) 디로(大怒)ᄒ샤 일댱(一場) 디젼(大戰)ᄒ고 방(房)의 가도
와 못 나가게 ᄒ기로 출입(出入)을 못 ᄒ다 ᄒ더라."

모다 우음을 먹음으니 추밀(樞密)이 쇼왈(笑曰),

"그디 쇼미(小妹)의 허언(虛言)을 듯고 뎌럿툿 죠언(造言)ᄒ니 뉘
고지드라리오?"

광평휘(--侯ㅣ) 쇼왈(笑曰),

"아등(我等)은 본디(本-) 거줏말ᄒ기를 비호지 아냣고 더옥 ᄎᆞ뎨
(次弟)ᄂᆞᆫ 부언(浮言)330)을 아냐 평싱(平生) 놈의 실톄(失體)331)ᄒ믈
니르니 엇지 허언(虛言)

을 ᄒ리오?"

---

328) 쳥휘(-侯ㅣ): 쳥후. 이세문을 말함.
329) ᄎᆞ환(叉鬟): 차환. 주인을 가까이에서 모시는 젊은 계집종.
330) 부언(浮言): 아무 근거 없이 널리 퍼진 소문.
331) 실톄(失體): 실체. 체면을 잃음.

추밀(樞密)이 미쇼(微笑) 브답(不答)ᄒᆞᆫ디 텰 샹셔(尙書) 쉬 골오디,

"그디의 제가(齊家)ᄅᆞᆯ 아등(我等)은 아지 못ᄒᆞ거니와 그린들 녀ᄌᆞ (女子)의게 그디도록 용녈(庸劣)키의 갓가오뇨? 쇼견(所見)이 고이 (怪異)ᄒᆞ니 ᄎᆞ후(此後) 가두드무미 엇더ᄒᆞ뇨?"

튜밀(樞密)이 쇼이디왈(笑而對曰),

"존형(尊兄)의 말ᄉᆞᆷ이 올ᄒᆞ시나 형푀(荊布ㅣ)332) 부모(父母)의 맛 지신 부로 조강결발(糟糠結髮)333)이오, 투긔(妬忌)ᄂᆞᆫ 녀ᄌᆞ(女子)의 덧덧ᄒᆞᆫ 규귀(規規ㅣ)334)니 죡335)슈(足數)336)ᄒᆞ야 므엇 ᄒᆞ리오? 당 (唐) 승샹(丞相) 위딩(魏徵)337)의 부인(夫人)이 ᄂᆞᆺ츨 샹(傷)히와시디 어리다 아냐시니 쇼뎨(小弟)ᄂᆞᆫ 그런 일이 업ᄂᆞ이다."

좌위(左右ㅣ) 박중디쇼(拍掌大笑)ᄒᆞ고 텰 샹셰(尙書ㅣ) 쇼왈(笑曰),

"그디 말을 드르니 가(可)히 녕쉬(令嫂ㅣ)338) 긔특(奇特)ᄒᆞ시도다. 아직 ᄂᆞᆺ츨 샹(傷)히오지 아냐시니 고인(古人)만 못ᄒᆞ시

· · ·

44면

믈 가연(慨然)ᄒᆞ여 ᄒᆞ노라."

---

332) 형푀(荊布ㅣ): 가시나무 비녀와 베치마라는 뜻으로 아내를 이름. 형차포군(荊釵布裙). 중국 한 (漢)나라 때 은사인 양홍(梁鴻)의 아내 맹광(孟光)이 남편의 뜻을 받들어 이처럼 검소하게 착 용한 데서 유래함. 『후한서(後漢書)』, <양홍열전(梁鴻列傳)>.

333) 조강결발(糟糠結髮): 가난한 시절에 혼인했다는 뜻이나 여기에서는 어린 시절에 혼인한 것을 이름.

334) 규귀(規規ㅣ): 천박하고 비루한 일.

335) 죡: [교] 원문에는 '록'으로 되어 있으나 문맥을 고려해 규장각본(26:35)과 연세대본(26:43)을 따름.

336) 죡슈(足數): 족수. 족히 따짐.

337) 위딩(魏徵): 위징. 당나라 태종 때의 재상. 수(隋)나라 말기 혼란기에 이밀(李密)의 군대에 참 가하였으나 곧 당고조(唐高祖)에게 귀순하여 고조의 장자를 도움. 황태자 건성이 아우 세민 (世民, 후의 太宗)과의 경쟁에서 패하였으나 위징의 인격에 끌린 태종의 부름을 받아 후에 재 상이 됨. 직간(直諫)한 신하로 유명함.

338) 녕쉬(令嫂ㅣ): 영수. 남의 아내를 높여 이르는 말.

츄밀(樞密)이 웃고 답(答)지 아니ᄒ더니,

홀연(忽然) 안흐로 일위(一位) 동ᄌ(童子ㅣ) 나오니 흑운(黑雲) 가튼 머리ᄅᆞᆯ 지으고 몸의 쳥나포(靑羅袍)339)ᄅᆞᆯ 가(加)ᄒ며 허리의 홍ᄉ디(紅絲帶)340)ᄅᆞᆯ 두르고『소ᄒᆨ(小學)』을 녑히 씨고 승샹(丞相) 앏히 와 글 비호믈 쳥(請)ᄒ디 얼골의 동탕(動蕩)341)ᄒ미 금옥(金玉)이 빗치 업고 일월(日月)이 무식(無色)ᄒ야 다만 형산(荊山)의 조흔 옥(玉)342)을 단연(鍛鍊)ᄒ야 공교(工巧)이 다드믄 돗ᄒᆞᆫ지라. 츄밀(樞密)이 디경(大驚) 문왈(問曰),

"ᄎ이(此兒ㅣ) 어늬 형(兄)의 공ᄌ(公子ㅣ)뇨?"

승샹(丞相)이 안셔(安舒)343)히 답왈(答曰),

"쇼뎨(小弟)의 쳔(賤)ᄒ 주식(子息)이라."

츄밀(樞密)이 고개 좃고 나아오라 ᄒ야 집슈(執手) 왈(曰),

"가(可)히 범의 삿기 개 되디 아닛ᄂ다 ᄒ미 올흔지라. 이보의 긔이(奇異)ᄒ믈 더

...

45면

옥 ᄶᆡ둣ᄂ니 니론ᄇ 승어뷔(勝於父ㅣ)344)로다. 년긔(年紀) 언마ᄂ ᄒ

---

339) 쳥나포(靑羅袍): 청라포. 푸른 비단 도포.

340) 홍ᄉ디(紅絲帶): 홍사대. 원래 삼품 이상의 벼슬아치가 사복에 매던 붉은 실로 만든 띠를 뜻하나 여기에서는 붉은 실로 만든 띠를 이름.

341) 동탕(動蕩): 얼굴이 잘생기고 살집이 있음.

342) 형산(荊山)의 조흔 옥(玉): 형산의 좋은 옥. 중국 춘추시대 초(楚)나라 형산(荊山)에서 난 화씨벽(和氏璧)을 이름. 초나라의 변화(卞和)라는 이가 박옥(璞玉)을 발견하여 초나라 왕인 여왕(厲王)과 무왕(武王)에게 바쳤으나 왕들이 그것을 돌멩이로 간주하여 각각 변화의 왼쪽 발과 오른쪽 발을 자름. 이후 문왕(文王)이 즉위하자 변화는 왕에게 갈 수 없어 통곡하니, 문왕이 그 소문을 듣고 옥공(玉工)을 시켜 박옥을 반으로 가르게 해 진귀한 옥을 얻고 이를 화씨벽(和氏璧)이라 칭함. 『한비자(韓非子)』에 이 이야기가 실려 있음.

343) 안셔(安舒): 안서. 편안하고 조용함.

뇨?"

웅닌이 공경(恭敬) 디왈(對曰),

"팔(八) 셰(歲)로쇼이다."

츄밀(樞密)이 더옥 흠이(欽愛)[345]ᄒᆞ야 믄득 칙(冊)을 펴고 골오디,

"금일(今日)은 니게 비호라."

ᄒᆞ고 혼 번(番)을 ᄂᆞ리 가라치니 공지(公子ㅣ) 믈 솟ᄃᆞ시 넑어 다시 가ᄅᆞ칠 거시 업ᄉᆞᆫ지라 츄밀(樞密)이 칭춘(稱讚)ᄒᆞ야 골오디,

"긔지(奇哉)[346]며 긔지(奇哉)라. 엇지 이러틋 총명슈불(聰明秀拔)[347]ᄒᆞ뇨?"

광평휘(--侯ㅣ) 쇼왈(笑曰),

"형(兄)이 글은 가ᄅᆞ칠지라도 그 약(弱)ᄒᆞ믄 가ᄅᆞ치지 몰ᄂᆞ."

츄밀(樞密)이 쇼왈(笑曰),

"두 각각(各各) 쇼댱(所長)[348]이 드르니 ᄎᆞ이(此兒ㅣ) 니가(李家) 쇼주(少子)로 엇지 니 셩품(性品)을 비호리오?"

드디여 승샹(丞相)을 디(對)ᄒᆞ야 골오디,

"쇼데(小弟) 본디(本-) 형(兄)으로 더브러 문경(刎頸)의 괴(交ㅣ) 심샹(尋常)치

· · ·

46면

아닌지라. 피ᄎᆞ(彼此ㅣ) 심곡(心曲)[349]을 비최니 호발(毫髮)도 쇼기

---

344) 승어뷔(勝於父ㅣ): 아들이 아버지보다 나음.
345) 흠이(欽愛): 흠애. 기쁜 마음으로 흠모하며 사랑함.
346) 긔지(奇哉): 기재. 기이하도다.
347) 총명슈불(聰明秀拔): 총명수발. 총명하고 재주가 빼어남.
348) 쇼댱(所長): 소장. 잘하는 것.

미 업스리니 이제 쇼뎨(小弟) 훈 말을 쳥(請)코즈 ᄒ디 티의(台意)350)
룰 아지 못ᄒ야 불셜(發說)치 못ᄒ노라."

승샹(丞相)이 공슈(拱手)351) 왈(曰),

"쇼제(小弟) 일즉 형(兄)의 지긔(知己)로 허(許)ᄒ믈 닙어 붕비(朋
輩)352)의 모텸(冒添)353)ᄒ연 지 셰지(歲載) 오리니 훈 ᄆᆞ임이 동긔(同
氣)354)의 지디 아닌지라 무슴 말을 ᄒ려 ᄒ시ᄂᆞ뇨? 당당(堂堂)이 명
심(銘心)ᄒ야 븟들니이다."

츄밀(樞密)이 쇼왈(笑曰),

"ᄂᆞ의 쳥(請)ᄒᄂᆞᆫ 부ᄂᆞᆫ 다른 일이 아니라. 니게 일(一) 녜(女ㅣ) 이
셔 방년(芳年)이 칠(七) 셰(歲)오 용모(容貌) 긔질(氣質)이 만히 슉녀
(淑女)의 습(襲)355)이 이시니 ᄉᆞ랑ᄒ믈 쟝듕보옥(掌中寶玉)356)가치
ᄒᄂᆞᆫ지라. 오늘눌 녕낭(令郞)을 보니 그 쌍(雙)이 아니라 못홀지라 동
샹(東床)357)의 결승(結繩)358)을 ᄆᆡ즐 ᄯᅳᆺ이 밍동(萌動)359)

----

349) 심곡(心曲): 여러 가지로 생각하는 마음의 깊은 속.
350) 티의(台意): 태의. 상대의 뜻을 높여 이르는 말.
351) 공슈(拱手): 공수. 왼손을 오른손 위에 놓고 두 손을 마주 잡아 공경의 뜻을 나타냄.
352) 붕비(朋輩): 붕배. 벗의 무리.
353) 모텸(冒添): 모첨. 외람되게 은혜를 입음.
354) 동긔(同氣): 동기. 형제.
355) 습(襲): 모습.
356) 쟝듕보옥(掌中寶玉): 장중보옥. 손바닥 안의 보물와 옥.
357) 동샹(東床): 동상. 동쪽 평상이라는 뜻으로 사위를 이르는 말. 중국 진(晉)나라의 태위 극감이
     사윗감을 고르는데 왕도(王導)의 집 동쪽 평상 위에 엎드려 음식을 먹고 있는 왕희지(王羲之)
     를 골랐다는 고사에서 온 말.
358) 결승(結繩): 끈을 묶는다는 뜻으로 남녀의 혼인을 이르는 말. 월하노인(月下老人)이 혼인할 운
     명인 남녀의 발에 붉은 끈을 묶으면, 남녀는 후에 반드시 혼인하게 된다고 하는 데서 유래함.
     『속유괴록(續幽怪錄)』에 이야기가 실려 있음.
359) 밍동(萌動): 맹동. 어떤 생각이나 일이 일어나기 시작함.

47면

ᄒᆞ니 이보ᄂᆞᆫ 뼈 곰 엇덧타 ᄒᆞᄂᆞ뇨?"

승샹(丞相)이 미쳐 답(答)지 못ᄒᆞ여셔 광평휘(--侯ㅣ) 말ᄉᆞᆷ을 막아 ᄀᆞᆯ오ᄃᆡ,

"형(兄)은 이런 의ᄉᆞ(意思) 업슨 말을 ᄒᆞ야 브라도 말나. 웅닌은 셰샹(世上) 긔남(奇男)이니 그 ᄡᅡᆼ(雙)이 임ᄉᆞ(姙姒)360)의 덕냥(德量)361) 과 번월(樊越)362)의 덕(德)이 잇ᄂᆞ니야 가(可)히 질ᄋᆞ(姪兒)의 비위(配偶ㅣ) 되리니 녕ᄋᆡ(令愛) 가 부인(夫人) 교ᄋᆞ(嬌兒ㅣ)363)로 투긔(妬忌) 텬하뎨일(天下第一)이라 엇지 ᄂᆞᆷ의 옥동(玉童)의 못ᄒᆞᆯ 일을 ᄒᆞ려 ᄒᆞᄂᆞ뇨?"

일좌(一座ㅣ) 디쇼(大笑)ᄒᆞ고 츄밀(樞密)이364) 쇼왈(笑曰),

"형(兄)은 쇼뎨(小弟)를 과도(過度)히 조롱(操弄)치 말나. 녀ᄋᆡ(女兒ㅣ) 비록 나히 어리ᄂᆞ 셩질(性質)이 유슌(柔順)365)ᄒᆞ야 어미 블쵸(不肖)ᄒᆞᆷ을 담지 아냣고 쇼졔(小弟) 비록 약(弱)ᄒᆞ야 쇼녀(小女)를 가

---

360) 임ᄉᆞ(姙姒): 임사. 중국 고대 주(周)나라 문왕(文王)의 어머니 태임(太姙)과, 문왕의 아내이자 무왕(武王)의 어머니인 태사(太姒)를 아울러 이르는 말로 이들은 현모양처로 유명함.
361) 덕냥(德量): 덕량. 덕과 도량.
362) 번월(樊越): 번희(樊姬)와 월희(越姬). 번희는 중국 춘추시대 초(楚)나라 장왕(莊王)의 비(妃)임. 장왕이 사냥을 즐기자 간하였으나 듣지 않자 고기를 먹지 않으니 왕이 잘못을 바로잡아 정사에 힘씀. 왕을 위해 첩들을 모아 주고 왕이 현인(賢人)으로 일컬은 우구자(虞丘子)가 현인의 진로를 막는다고 간함. 초 장왕이 이 말을 우구자에게 전하자 우구자가 부끄러워하고 손숙오(孫叔敖)를 추천하니 손숙오가 영윤(令尹)이 되어 삼 년 만에 장왕을 패왕(霸王)으로 만듦. 유향, 『열녀전(列女傳)』, <초장번희(楚莊樊姬)>. 월희는 중국 춘추시대 초(楚)나라 소왕(昭王)의 첩으로 월왕(越王) 구천(句踐)의 딸임. 소왕이 연회를 즐기자 선군인 장왕(莊王)의 예를 들면서 좋은 정치를 펴라 조언하고, 소왕이 전쟁터에서 병에 걸리자 대신 죽겠다며 자결함. 소왕의 아우들이 왕위 계승자를 정할 적에 어머니가 어질면 자식도 어질 것이라 하여 월희의 아들을 후왕으로 세우니 이가 혜왕(惠王)임. 유향, 『열녀전(列女傳)』, <초소월희(楚昭越姬)>.
363) 교ᄋᆞ(嬌兒ㅣ): 교아. 사랑받는 아이.
364) 밀이: [교] 원문에는 '미'로 되어 있으나 문맥을 고려해 규장각본(26:38)과 연세대본(26:47)을 따름.
365) 유슌(柔順): 유순. 성질이나 태도, 표정 따위가 부드럽고 순함.

르치지 못ᄒᆞᄂᆞ 존문(尊門)의 쇽현(續絃)366)ᄒᆞᆫ 후(後) 녀ᄋᆞ(女兒 l) 스
스로 구가(舅家) 문풍(門風)367)을 쫄오면 엇지 슉

• • •

48면

녜(淑女 l) 못 될가 근심ᄒᆞ리오? 웅닌은 옥동(玉童)이라 니ᄅᆞ지 아니
ᄐᆞ 쇼제(小弟) 모로리오?"

평휘(-侯 l) 쇼왈(笑曰),

"옥동(玉童)이라 ᄒᆞᆷᄋᆞᆫ 본ᄃᆡ(本-) 이보의 지은 일홈이니 옥동(玉童)
의 비우(配偶)를 그리 쵸솔(草率)368)이 뎡(定)ᄒᆞᆯ 거시라 형(兄)이 안
즌 그 녀ᄋᆞ(女兒)를 스스로 기린들 뉘 고지드ᄅᆞ리오? 녀ᄌᆡ(女子 l)
넘난즉 남ᄌᆡ(男子 l) 아모리 축ᄒᆞ야도 능히(能-) 제어(制御)치 못ᄒᆞᄂᆞ
니라."

일좨(一座 l) 후369)(侯)의 말을 박쇼(拍笑)ᄒᆞ고 승샹(丞相)을 보니
승샹(丞相)이 다만 홈쇼(含笑)370)ᄒᆞ야 말을 아니ᄒᆞ니 텰 샹셰(尙書
l) 웃고 왈(曰),

"이뵈야, 옥동(玉童)이 ᄌᆞ라 어ᄂᆞ ᄉᆞ이 구혼(求婚)ᄒᆞ리 구름 못둧
ᄒᆞ니 두굿거오믈 닐너 알 비 아니라. 어셔 쾌허(快許)371)ᄒᆞ야 뉴 츄
밀(樞密)의 급(急)ᄒᆞᆫ 심댱(心腸)을 터 노흐라."

---

366) 쇽현(續絃): 속현. 거문고와 비파의 끊어진 줄을 다시 잇는다는 뜻으로, 아내를 여읜 뒤에 다
  시 새 아내를 맞는 일을 비유적으로 이르는 말. 여기에서는 아내를 맞아들임을 뜻함.
367) 문풍(門風): 한 집안의 범절이나 풍습.
368) 쵸솔(草率): 초솔. 거칠고 엉성하여 볼품이 없음.
369) 후: [교] 원문에는 '박'으로 되어 있으나 문맥을 고려해 규장각본(26:39)과 연세대본(26:48)을
  따름.
370) 홈쇼(含笑): 함소. 웃음을 머금음.
371) 쾌허(快許): 시원하게 허락함.

승샹(丞相)이 미쇼(微笑) 왈(曰),

"돈이(豚兒丨)[372] 본디(本-) 용

. . .

49면

녈(庸劣)ᄒ거눌 뉴 형(兄)이 일안(一眼)의 드려 구혼(求婚)ᄒ시니 은혜눈망(恩惠難忘)[373]이라 엇지 타의(他意) 이시리오? 당당(堂堂)이 뎡혼(定婚)ᄒ야 냥이(兩兒丨) ᄌ른 후(後) 셩녜(成禮)를 일우리라."

셜파(說罷)의 츄밀(樞密)이 디룩(大樂)[374]ᄒ야 년망(連忙)이 칭샤(稱謝) 왈(曰),

"형(兄)이 져 가튼 긔ᄌ(奇子)를 두고 쇼졔(小弟)의 혼 말의 허(許)ᄒ믈 슈이 ᄒ미 졍(正)히 디긔(知己)라 ᄒ미 이룰 니ᄅ미로다."

좌위(左右丨) 일시(一時)의 승샹(丞相)을 그ᄅ두 ᄒ야 굴오디,

"뉴 형(兄)의 녀♀(女兒)의 과투과악(過妬過惡)[375]을 보지 아냐 알니니 툥부(冢婦)[376]룰 블쵸(不肖)ᄒ니룰 어더 일싱(一生) 괴로오믈 엇지 보려 ᄒ느뇨?"

승샹(丞相)이 쇼왈(笑曰),

"녀ᄌ(女子丨) 비록 투긔(妬忌)ᄒ나 남ᄌ(男子丨) 뉴하혜(柳下惠)[377]룰 법밧들진디 엇지 투긔(妬忌)ᄒ리오? 당당(堂堂)이 ♀ᄌ(兒子)룰 금

---

372) 돈이(豚兒丨): 돈아. 자기 아들을 낮춰 부르는 말.
373) 은혜눈망(恩惠難忘): 은혜난망. 은혜를 잊기 어려움.
374) 디룩(大樂): 대락. 크게 즐거워함.
375) 과투과악(過妬過惡): 지나친 투기와 악함.
376) 툥부(冢婦): 총부. 종자(宗子)나 종손(宗孫)의 아내. 곧 종가(宗家)의 맏며느리.
377) 뉴하혜(柳下惠): 유하혜. 중국 춘추시대 노나라의 대부로 성은 전(展)이고 이름은 획(獲). 식읍(食邑)인 유하(柳下)와 시호인 혜(惠)를 붙여 쓴 이름으로 더 유명함. 공자는 그가 예절에 밝다며 칭송하였고, 맹자는 더러운 임금을 섬기면서도 화해를 이룬 성인으로 평가하였음.

(禁)ᄒ야 졍낭(貞郎)378)이 되게 ᄒ리

. . .

50면

니 이제 미리 념녀(念慮)ᄒ미 브졀업도다."

평휘(-侯ㅣ) 디쇼(大笑) 왈(曰),

"이뵈 옥동(玉童)의 긔특(奇特)ᄒᆞᆷ믈 밋고 뎌럿툿 쾌(快)ᄒᆞᆫ 믈을 ᄒ
ᄂᆞ ᄌᆞ쇼(自少)로 두고 보니 녀ᄌᆞ(女子)의 투긔(妬忌) 괴롭더라. 규ᄂᆡ
(閨內) 죽ᄂᆞᆫ(作亂)379)이 편만(遍滿)380)ᄒ고 가부(家夫)의 오시 남지
아니ᄒᄂᆞ니 무셔워 보왓노라."

츄밀(樞密)이 우어 왈(曰),

"형(兄)은 고이(怪異)히 구지 말ᄂᆞ. 쇼졔(小弟) 비록 블민(不敏)ᄒᄂ
녀이(女兒ㅣ) 만일(萬一) 블쵸(不肖)홀진디 추ᄆ 이보의 종사(宗嗣)ᄅᆞ
그르게 ᄒ리오? 이보는 나의 지심이위(知心愛友ㅣ)381)라 붉히 니 ᄠ
을 알고 ᄒᆞᆫ 말도 아니코 허록(許諾)ᄒᆞ니 신명(神明)ᄒᆞᆷ믈 칭하(稱賀)ᄒᆞᆫ
들 밋ᄎ리잇가?"

평휘(-侯ㅣ) 눌ᄒ오여 쇼이문왈(笑而問曰),

"뉴 형(兄)의 녀ᄋ(女兒)ᄂᆞ 니 ᄌᆞ쇼(自少)로 니기 아ᄂᆞ니 외모(外
貌) 거동(擧動)이 미ᄎ리 업ᄉ니 진짓 웅닌의 ᄡᅡᆼ(雙)이

---

378) 졍낭(貞郎): 졍랑. 굳센 남자.
379) 죽ᄂᆞᆫ(作亂): 작란. 난리를 일으킴.
380) 편만(遍滿): 두루 가득함.
381) 지심이위(知心愛友ㅣ): 지심애우. 서로의 마음을 잘 아는 사랑하는 벗.

어니와 져기 주른 후(後) 가슈(-嫂)의 쇼임(所任)을 비홀진디 이뵈 아
모리 웅닌을 졍남(貞男)으로 가르치나 어려올가 호노라. 나는 잇다감
보와도 가슈(-嫂)의 거동(擧動)을 무셔이 보와시니 싱각홀 만하여도
썰니믈 면(免)치 못호노라. 뉴 형(兄)의 거동(擧動)을 니르기 졀도(絶
倒)홀 거시니 그려 두고 긔관(奇觀)382)을 만디(萬代)의 뉴뎐(流傳)하
미 묘(妙)치 아니호리오? 가 부인(夫人)은 주머괴를 쥐고 니드라 오
슬 잡아 쓰주며 호령(號令)을 산악(山岳)가치 흐죽 뉴 형(兄)은 두 눈
이 둥그러호야 입을 벙웃지 못하고 쏘치여 노올 적 경상(景狀)이 일
구논셜(一口亂說)383)이니 측냥(測量)호야 니르리오?"

승샹(丞相)은 미쇼(微笑) 브답(不答)하고 일좌(一座ㅣ) 뉴 츄밀(樞
密)을 용녈(庸劣)트

쑤짓기를 무지아니하디 츄밀(樞密)이 다만 웃고 웅닌을 쓰두드며 스
랑하믈 무지아니하두가 오리게야 도라가니 쵸공(-公)이 쳥후(-侯)를
디(對)호야 문왈(問曰),
"뉴가(-家) 녀지(女子ㅣ) 진실노(眞實-) 엇더호니잇고?"
쳥휘(-侯ㅣ) 왈(曰),
"니 쏘 열인(閱人)384)호미 젹지 아니호니 사룸의 우렬(優劣)을 모

---

382) 긔관(奇觀): 기관. 기이한 광경.
383) 일구논셜(一口亂說): 일구난설. 한 입으로 말하기 어려움.

로리오? 얼골은 웅닌의 치를 줍을 거시오, 셩졍(性情)이 어위츠[385] 희로(喜怒)를 간디로[386] 아니니 일노 보건디 그 모친(母親)을 담지 아냣는가 ᄒ노라."

평휘(-侯ㅣ) 왈(曰),

"이보는 진실노(眞實-) 아지 못ᄒ올 인믈(人物)이라. 뉴이(-兒ㅣ) 실노(實-) 슉녜(淑女ㅣ)라 ᄒᆞᆫ들 셰문두려 믓도 아니코 가 시(氏)의 쇼힝(所行)을 알며 그리 수이 쾌허(快許)ᄒ리오?"

승샹(丞相)이 디왈(對曰),

"형댱(兄丈) 말숨이 올흐시ᄂ 뉴

53면

츄밀(樞密)은 쇼뎨(小弟)의 지싱(再生)ᄒᆞᆫ 은인(恩人)이라 ᄉᆞ지(死地)라도 그 말을 거술미 비은(背恩)ᄒᆞ미니 ᄒᆞᆷ믈며 현명(賢明)ᄒᆞ야 하비(下輩)[387]라도 쇽기디 아닛는 위인(爲人)으로 블쵸ᄌᆞ(不肖子)를 보고 구혼(求婚)ᄒ거놀 소제(小弟) 엇지 거절(拒絕)ᄒᆞ야 뎌의 디우(知遇)[388]를 져부리리오? 원간(元間) 남지(男子ㅣ) 단졍(端正)ᄒ미 부인(夫人)의 투긔(妬忌)를 용납(容納)ᄒᆞ니 그윽이 올흔 일이라 구ᄐᆞ야 번오(煩敖)[389]를 모화 녀ᄌᆞ(女子)의 취졸(醜拙)[390]을 나ᄐᆞ니리오? 웅닌이 만일(萬一) 줍ᄆᆞ음(雜--)을 먹을진디 쇼뎨(小弟) 당당(堂堂)이 부ᄌᆞ(父

---

384) 열인(閱人): 사람을 봄.
385) 어위츠: 도량이 넓고 커.
386) 간디로: 마음대로.
387) 하비(下輩): 하배. 아랫사람들.
388) 디우(知遇): 지우. 남이 자신의 인격이나 재능을 알고 잘 대우함.
389) 번오(煩敖): 번거롭고 요란스러운 일.
390) 취졸(醜拙): 추졸. 비루하고 졸렬함.

子)의 의(義)롤 굿쳐 경계(警戒)홀 거시니 제 만일(萬一) 블효패지(不肖悖子ㅣ)[391] 아닐진디 아븨 말을 거역(拒逆)디 아니리니다."

평휘(-侯ㅣ) 칭션(稱善) 왈(曰),

"이보의 금셕(金石) 가툰 의논(議論)이 아둥비(我等輩) 밋

．．

54면

지 못홀 거시오, 신의(信義) 구드믈 감탄(感歎)ㅎ노라."

쳥휘(-侯ㅣ) 왈(曰),

"가 부인(夫人)의 얼골 힝시(行使ㅣ) 고금(古今)의 뛰여ㄴ시니 뉴공(公)이 비록 혼일(渾一)[392]ㅎ는 긔샹(氣像)이나 쥐이미 마지못흘너이다. 뉴ᄋ(-兒)는 그 모시(母氏)의 빅승(百勝)[393]ㅎ니 웅닌이 주라 ᄆᆞᆷ이 구드면 져기 긔승(氣勝)[394]홀가 모로거니와 만일(萬一) 이보ᄂᆞ 가툴진디 쥐이미 반둧ㅎ리라."

승샹(丞相)이 쇼왈(笑曰),

"쇼제(小弟)는 쳐즈(妻子)의게 쥐이미 업스니 가(可)히 아지 못홀쇼이다."

평휘(-侯ㅣ) 쇼왈(笑曰),

"네 더리 니ᄅᆞ지 말나. 위쉬(-嫂ㅣ) ᄆᆞ춤 온슌유열[395](溫順柔悅)[396]ㅎ미 뉴(類)다ᄅᆞ시미 네 축훈 톄ㅎ야 호령(號令)을 못 미츌 두시 ㅎ거

---

391) 블효패지(不肖悖子ㅣ): 불초패자. 어리석은 패륜의 자식.
392) 혼일(渾一): 웅혼함.
393) 빅승(百勝): 백승. 모든 면에서 다 나음.
394) 긔승(氣勝): 기승. 기운이 호방함.
395) 열: [교] 원문에는 '얼'로 되어 있으나 문맥을 고려해 규장각본(26:42)와 연세대본(26:54)을 따름.
396) 온슌유열(溫順柔悅): 온순유열. 온순하고 부드러움.

니와 만일(萬一) 위쉬(-嫂ㅣ)가 부인(夫人) 가툴딘디 니로 제어(制御)치 못ᄒ고 그 졍(情)을 가지고 능히(能-) 춤을가

• • •

55면

시브냐? 부부(夫婦)ᄂᆞᆫ 일신(一身) 가투니 미안(未安)ᄒᆞᆫ 일이 이신들 미양 칙(責)ᄒᆞᄂᆞ냐?"

승샹(丞相)이 줍쇼(暫笑) 왈(曰),

"쇼뎨(小弟)룰 더리 용녈(庸劣)이 보시나 쇼뎨(小弟) 쳐ᄌᆞ(妻子)의게 쥐일 재(者ㅣ) 아닌 줄 ᄒᆞᄆ 아니 아ᄅᆞ시리잇가?"

평휘(-侯ㅣ) 왈(曰),

"쳐ᄌᆞ(妻子)의 투긔(妬忌)ᄂᆞᆫ 막지 아니ᄒᆞ려니와 며ᄂᆞ리ᄂᆞᆫ 엇지ᄒᆞ려 ᄒᆞᄂᆞᆫ다?"

승샹(丞相) 왈(曰),

"니 알 비 아녀 저의게 돌녀시니 만일(萬一) 마댱(魔障)[397]이 업술 진디 ᄌᆞ연(自然) 아니 줄 슐니잇가?"

모다 크게 웃고 왈(曰),

"그디 니ᄅᆞ지 아냐도 옥동(玉童)이 줄 ᄉᆞ지 못 슐냐?"

승샹(丞相)이 웃고 니당(內堂)의 드러가 모든 디 뉴 츄밀(樞密)의 물숨을 고(告)ᄒᆞ니 연왕(-王)과 쇼휘(-后ㅣ) 맛당이 너겨 두긋기믈 마지아니ᄒᆞ더라.

원리(元來) 뉴 츄밀(樞密)의 ᄌᆞ(字)ᄂᆞᆫ ᄌᆞ현이니 그 부

---

397) 마댱(魔障): 마장. 귀신의 장난이라는 뜻으로, 일의 진행에 나타나는 뜻밖의 방해나 헤살을 이르는 말.

56면

친(父親) 뉴 틱샹(太常)이 본딕(本-) 츌셰(出世)³⁹⁸⁾흔 인믈(人物)로 가
셰(家勢)룰 베퍼 텬슌(天順)³⁹⁹⁾ 복위(復位)ᄒ미 벼슬이 경샹(卿相)의
니릭고 복녹(福祿)이 거록ᄒ딕 ᄌ녜(子女ㅣ) 희쇼(稀少)ᄒ야 일ᄌ일
녜(一子一女ㅣ) 이셔 녀ᄋ(女兒)ᄂ 니(李) 쳥후(-侯) 부⁴⁰⁰⁾인(夫人)이
오 남ᄋ(男兒)ᄂ 츄밀(樞密)이라. 이듕(愛重)ᄒ믈 댱샹보옥(掌上寶
玉)⁴⁰¹⁾가치 ᄒ더니 듕간(中間)의 틱샹(太常)이 졸(卒)흔 후(後) 츄밀
(樞密)이 이샹(哀傷)ᄒ기룰 과도(過度)히 ᄒ고 남미(男妹) 우이(友愛)
룰 더옥 두터이 ᄒ야 투류(他類)와 ᄃ른 고(故)로 쳥후(-侯)도 동긔
(同氣)의 감(減)치 아니ᄒ더라.

그 부인(夫人) 가 시(氏)ᄂ 틱흑ᄉ(太學士) 가홍의 댱녜(長女ㅣ)니
얼골이 셔ᄌ(西子)⁴⁰²⁾, 옥진(玉眞)⁴⁰³⁾을 웃고 힝시(行使ㅣ) 쇼샤(蘇
謝)⁴⁰⁴⁾의 우히 이시니 츄밀(樞密)이 ᄋ시(兒時)의 만ᄂ 과도(過度)히
이듕(愛重)ᄒ야 슈유블니(須臾不離)⁴⁰⁵⁾ᄒ고 말인즉 ᄉ디(死地)라도

---

398) 츌셰(出世): 출세. 세상에서 빼어남.
399) 텬슌(天順): 천순. 중국 명(明)나라 제6대 황제인 영종(英宗)이 복위한 후의 연호(1457-1464). 영종의 이름은 주기진(朱祁鎭, 1427-1464)으로, 복위 전의 연호는 정통(正統, 1435-1449)임.
400) 부: [교] 원문에는 '분'으로 되어 있으나 문맥을 고려해 규장각본(26:45)과 연세대본(26:56)을 따름.
401) 댱샹보옥(掌上寶玉): 장상보옥. 손바닥 위의 보물과 옥.
402) 셔ᄌ(西子): 서자. 중국 춘추시대 월(越)나라의 미인 서시(西施)를 가리킴. 완사녀(浣紗女)로도 불림. 월왕 구천(句踐)이 오(吳)나라 부차(夫差)에게 패하자 미녀로써 오나라 정치를 혼란하게 하기 위해 범려(范蠡)를 시켜 서시를 오나라에 바침. 오왕 부차(夫差)가 서시를 좋아해 정사에 소홀하자 구천이 전쟁을 벌여 부차에게 승리하고 부차는 이에 자결함.
403) 옥진(玉眞): 중국 당(唐) 현종(玄宗)의 후궁인 양귀비(楊貴妃)를 말함. 백거이(白居易)의 <장한가(長恨歌)>에 양귀비가 죽어 옥진(玉眞)이라는 선녀가 되었다고 하는 내용이 등장함.
404) 쇼샤(蘇謝): 소사. 소혜(蘇蕙)와 사도온(謝道蘊). 모두 중국 위진남북조 시기 동진(東晉) 때의 여류 시인. 소혜는 자(字)인 약란(若蘭)으로 더 잘 알려져 있는데, 남편 두도(竇滔)에게 보낸 회문시(回文詩)인 <직금시(織錦詩)>로 유명함. 사도온은 재상 사안(謝安)의 조카딸로, 문장으로 유명함.
405) 슈유블니(須臾不離): 수유불리. 잠시도 떨어지지 않음.

제2부 | 주석 및 교감 307

거스리지 아니ᄒᆞ니 가 시(氏) 드디여 방

···

57면

종(放縱)406)ᄒᆞ야 츄밀(樞密)을 낭듕(囊中)의 것ᄂᆞᆺ ᄒᆞ고 호령(號令)
이 ᄂᆡ외(內外)를 업누르니 비복(婢僕)들이 부인(夫人) 이시믈 알고
노야(老爺) 이시믈 모로니 믈웃 디쇼(大小) 츌납(出納)이 부인(夫人)
손의 잇더라.

이ᄌᆞ일녀(二子一女)를 두니 댱ᄌᆞ(長子)의 명(名)은 셰댱이오 ᄎᆞᄌᆞ
(次子)ᄂᆞᆫ 셰강이오, 녀ᄋᆞ(女兒)ᄂᆞᆫ 현옥이니 셰 아히(兒孩) 다 공산(空
山) 구슬 갓ᄒᆞ디 현옥이 홀노 기듕(其中)의 ᄲᅱ여나 얼골은 쵸산(楚
山) 형옥(荊玉)407)을 ᄃᆞ듬은 ᄃᆞᆺᄒᆞ고 맑은 눈씨의 어리로온408) 거동
(擧動)이 텬하(天下)의 경국식(傾國色)이오 비록 ᄂᆞ히 어리ᄂᆞ 셩졍
(性情)이 돈엄졍직(端嚴正直)409)ᄒᆞ고 총명슈발(聰明秀拔)410)ᄒᆞ야 희
로(喜怒)를 간디로 아니ᄒᆞ며 그 모친(母親)의 경도조협(輕跳躁狹)411)
흠과 과투과악(過妬過惡)을 개툰(慨嘆)ᄒᆞ야 슈심셥ᄒᆡᆼ(修心攝行)412)ᄒᆞ
믈 빙쳥

---

406) 방종(放縱): 제멋대로 행동하여 거리낌이 없음.
407) 쵸산(楚山) 형옥(荊玉): 초산 형옥. 중국 춘추시대 초(楚)나라 형산(荊山)에서 난 화씨벽(和氏
璧)을 이름. 초나라의 변화(卞和)라는 이가 박옥(璞玉)을 발견하여 초나라 왕인 여왕(厲王)과
무왕(武王)에게 바쳤으나 왕들이 그것을 돌멩이로 간주하여 각각 변화의 왼쪽 발과 오른쪽
발을 자름. 이후 문왕(文王)이 즉위하자 변화가 왕에게 갈 수 없어 통곡하니, 문왕이 그 소문
을 듣고 옥공(玉工)을 시켜 박옥을 반으로 가르게 해 진귀한 옥을 얻고 이를 화씨벽(和氏璧)
이라 칭함. 『한비자(韓非子)』에 이 이야기가 실려 있음.
408) 어리로온: 아리따운.
409) 돈엄졍직(端嚴正直): 단엄정직. 단정하고 엄격하며 정직함.
410) 총명슈발(聰明秀拔): 총명수발. 총명하고 빼어남.
411) 경도조협(輕跳躁狹): 성미가 경박하고 너그럽지 못함.
412) 슈심셥ᄒᆡᆼ(修心攝行): 수심섭행. 마음을 닦고 행동을 가다듬음.

옥결(氷淸玉潔)[413]가치 ㅎ니 ㄱ닉(家內) 비복[414](婢僕)이 그 얼골을
보니 이시나 말쇼릭 드르니 드무니 과연(果然) 쳔진(千載)[415]의 엇기
어려온 슉녜(淑女ㅣ)라. 뉴 공(公)이 미양 일ㅋ라 닐오딕,

"츠이(此兒ㅣ) 제 어믜게 빅승(百勝)ㅎ니 즈식(子息)이라 ㅎ미 앗
갑도다. 연(然)이나 너의 ㅆ(雙)을 어딕 가 어드리오?"

혼즉 부인(夫人)이 닐오딕,

"니 사회논 반드시 위(魏) 승상(丞相)[416], 샤(謝) 승상(丞相)[417] 가
트니룰 어드리라."

ㅎ니 츄밀(樞密) 왈(曰),

"쳔고(千古)의 위샤(魏謝) 두 사름이 쉽지 아니ㅎ거늘 금셰(今世)
의 엇지 쉬오리오? 부인(夫人)이 요힝(僥倖) 혹싱(學生) 가트니룰 어
더시나 츠ᄋ(此兒)조츠 쉬오리오?"

ㅎ더니 이놀 희련[418]을 보고 도라가 크게 깃거 부인(夫人)을 딕

---

413) 빙쳥옥결(氷淸玉潔): 빙청옥결. 얼음처럼 맑고 옥처럼 깨끗함.
414) 복: [교] 원문에는 '록'으로 되어 있으나 문맥을 고려해 규장각본(26:46)과 연세대본(26:58)을 따름.
415) 쳔진(千載): 천재. 천 년.
416) 위(魏) 승상(丞相): 위 승상. 중국 당나라 태종 때의 재상이자 학자인 위징(魏徵, 580-643)을 이름. 자는 현성(玄成). 수(隋)나라 말기 혼란기에 이밀(李密)의 군대에 참가하였으나 곧 당고조(唐高祖)에게 귀순하여 고조의 장자를 도움. 황태자 건성이 아우 세민(世民, 후의 太宗)과의 경쟁에서 패하였으나 위징의 인격에 끌린 태종의 부름을 받아 후에 재상이 됨. 직간(直諫)한 신하로 유명함.
417) 샤(謝) 승상(丞相): 사 승상. 중국 동진(東晉) 효무제(孝武帝) 때의 재상(宰相)인 사안(謝安, 320-385)을 이름. 자(字)는 안석(安石). 전진(前秦) 부견(苻堅)의 백만 군을 격파해 평정하였고, 또 진나라 왕실을 찬탈하려던 대사마(大司馬) 환온(桓溫)의 음모를 깨뜨려 이루지 못하게 함으로써 진나라를 보호함. 사안이 권세와 자리에 연연하지 않아 후세 사람들이 어진 재상의 대명사로 듦.『진서(晉書)』, <사안열전(謝安列傳)>.
418) 희련: [교] 앞에서는 '웅린'으로 나와 있으나 뒤에서도 계속 이와 같이 나오고 사촌들의 항렬자도 '희'로 나오므로 그대로 둠.

(對)ᄒᆞ야 뎡혼(定婚) 일ᄉᆞ(一事)ᄅᆞᆯ 니ᄅᆞ니 부인(夫人)이 블열(不悅)
왈(曰),

"니개(李家ㅣ) 셩만(盛滿)[419]ᄒᆞᆫ

. .

59면

니 녀ᄋᆞᆨ(女兒ㅣ) 드러가 엇지 줄 견디리오?"

츄밀(樞密) 왈(曰),

"니개(李家ㅣ) 셩만(盛滿)ᄒᆞ나 니경문은 ᄒᆞᆫ 놋 고ᄉᆞ(高士ㅣ)라 일
ᄉᆡᆼ(一生) 부인(夫人)을 툥이(寵愛)ᄒᆞ미 유명(有名)ᄒᆞ고 ᄒᆞᆫ 놋 희쳡(姬
妾)[420]이 업ᄉᆞ믄 니ᄅᆞ도 몰고 그 ᄌᆡ실(再室) 부인(夫人) 됴 시(氏)ᄅᆞᆯ
죵시(終始) 소디[421](疏待)[422]ᄒᆞ다가 죽은 후(後) 가외(家外) 범ᄉᆡᆨ(犯
色)[423]이 업ᄉᆞ니 그 두 아ᄃᆞᆯ을 가ᄅᆞ치미 극진(極盡)ᄒᆞᆯ 거시오, 니ᄌᆞ
(李子)의 풍치(風采) 긔특(奇特)ᄒᆞ니 녀ᄋᆞ(女兒)로 일ᄃᆡ냥필(一代良
匹)[424]이라 그ᄃᆡ 엇지 이런 브졀업슨 념녀(念慮)ᄅᆞᆯ ᄒᆞᄂᆞ뇨?"

부인(夫人)이 무언브답(無言不答)이러라.

일일(一日)은 츄밀(樞密)이 친우(親友) 녀박의 부듕(府中)의 잔치
의 갓더니 셕양(夕陽)의 취(醉)ᄒᆞ야 도라오니 녀박이 녜부샹셔(禮部
尙書)의 올ᄂᆞ 쇼ᄉᆞ(少師) 부부(夫婦)긔 슈연(壽宴)[425]ᄒᆞ미러라. 가 부

---

419) 셩만(盛滿): 성만. 집안이 번성함.
420) 희쳡(姬妾): 희첩. 정식 아내 외에 데리고 사는 여자.
421) 소디: [교] 원문에는 '롤'로 되어 있으나 문맥을 고려해 규장각본(26:47)과 연세대본(26:59)을
따름.
422) 소디(疏待): 소대. 푸대접을 함.
423) 범ᄉᆡᆨ(犯色): 범색. 색을 범함.
424) 일ᄃᆡ냥필(一代良匹): 일대양필. 당대의 좋은 짝.
425) 슈연(壽宴): 수연. 장수(長壽)를 축하하는 잔치.

인(夫人) 투긔(妬忌)ᄅᆞᆯ 알ᄆᆡ 짐ᄌᆞᆺ 보ᄎᆡ고ᄌᆞ ᄒᆞ

...

60면

야 일등(一等) 챵녀(娼女) 일(一) 인(人)을 이튼ᄂᆞᆯ 보ᄂᆡ여 ᄀᆞᆯ오ᄃᆡ,

"형(兄)의 ᄌᆞᆨ일(昨日) 가ᄉᆞ(歌詞) 지어 듀고 유정(有情)ᄒᆞᆫ 재(者ㅣ)라. 가(可)히 보ᄂᆡᄂᆞ니 ᄂᆞ의 덕(德)을 삭겨 잇지 말나."

ᄒᆞ니 ᄆᆞᄎᆞᆷ 츄밀(樞密)이 됴회(朝會)의 가고 업ᄂᆞᆫ 고(故)로 창뒤(蒼頭ㅣ)[426] 부인(夫人)긔 품(稟)ᄒᆞ니 가 부인(夫人)이 ᄎᆞ경(此景)을 보고 ᄃᆡ로(大怒)ᄒᆞ야 분긔(憤氣) 녈화(熱火) 가ᄐᆞ니 밋쳐 ᄉᆞ톄(事體)ᄅᆞᆯ 도라보지 못ᄒᆞ고 무슈지노(無數之奴)[427]로 ᄒᆞ야금 녀부(-府) 가인(家人)과 챵녀(娼女)ᄅᆞᆯ 큰 ᄆᆡ로 듕(重)히 텨 ᄧᅩᆺ고 노긔(怒氣) 분분(紛紛)ᄒᆞ야 안ᄌᆞᆺ더니,

츄밀(樞密)이 쳥후(-侯)로 더브러 부듕(府中)의 니ᄅᆞ러 됴복(朝服)을 버스라 ᄂᆡ당(內堂)의 드러가니 가 시(氏) ᄒᆞᆫ번(-番) 츄밀(樞密)을 보ᄆᆡ ᄃᆡ로ᄃᆡ분(大怒大憤)[428]ᄒᆞ야 브지블각(不知不覺)[429]의 ᄂᆡᄃᆞ라 오ᄉᆞᆯ 븟들고 발악(發惡) 왈(曰),

"그ᄃᆡ ᄌᆞᆨ일(昨日) 녀박의 집의

---

426) 창뒤(蒼頭ㅣ): 종살이를 하는 남자.
427) 무슈지노(無數之奴): 무수지노. 무수한 종.
428) ᄃᆡ로ᄃᆡ분(大怒大憤): 대로대분. 크게 화를 냄.
429) 브지블각(不知不覺): 부지불각. 알지 못하고 깨닫지 못하는 사이.

가 의구(依舊)히 챵녀(娼女) 요믈(妖物)을 거쳔(擧薦)430)ᄒᆞ야 날노 ᄒᆞ여곰 통히(痛駭)431)ᄒᆞᆫ 경샹(景狀)을 보게 ᄒᆞ니 니 ᄎᆞᆯ하리 죽어 그디 ᄠᅳᆺ을 쾌(快)케 ᄒᆞ리라."

하니 츄밀(樞密)이 무심듕(無心中) 이 경샹(景狀)을 보고 어히업셔 두만 닐오ᄃᆡ,

"그디 비록 분노(憤怒) 듕(中)이ᄂᆞ 이 무슴 거죄(擧措 ㅣ)뇨? 내 녀복의 집의 가 쟉쳡(作妾)432)ᄒᆞᆫ 일이 업ᄂᆞ니 뉘 즁ᄎᆞ(將次ㅅ) 이 말을 ᄒᆞ더뇨?"

부인(夫人)이 녀셩(厲聲)433) 왈(曰),

"그디 놀을 긔이나 니 엇디 모로리오?"

셜파(說罷)의 오슬 ᄠᅳᆺ고져 ᄒᆞ더니 현옥 쇼제(小姐 ㅣ) 녑ᄒᆞ로조ᄎᆞ ᄂᆞ와 손을 줍고 간(諫)ᄒᆞ야 글오ᄃᆡ,

"『녜긔(禮記)』의 닐너시ᄃᆡ, '녀ᄌᆞ(女子)ᄂᆞᆫ 온슌(溫順)ᄒᆞ미 귀(貴)타.' ᄒᆞ여시니 야애(爺爺ㅣ) 유쳡(有妾)ᄒᆞ야 계실디라도 모친(母親) 도리(道理) 이러ᄒᆞ시미 가(可)치 아니실디 ᄒᆞ믈

며 졍디(正大)ᄒᆞ시미 금셕(金石) 가ᄐᆞ시니 엇디 녀부(-府) 즌치ᄯᅴ려

---

430) 거쳔(擧薦): 거천. 어떤 일을 맡아 할 수 있는 사람을 그 자리에 쓰도록 소개하거나 추천함.
431) 통히(痛駭): 통해. 몹시 놀람.
432) 쟉쳡(作妾): 작첩. 첩을 삼거나 둠.
433) 녀셩(厲聲): 여성. 소리를 사납게 함.

천쳥(賤娼)을 개렴(介念)[434]ᄒ시리오? 일시(一時) 모친(母親)의 과도
(過度)ᄒ시미 만셩(滿城)의 모르리 업셔 녀 샹셰(尙書ㅣ) 부친(父親)
을 보치고ᄌ 짐즛 그리ᄒ시민가 시브거눌 모친(母親)이 부히[435] 스
톄(事體)를 싱각디 아니시니 만일(萬一) 이런 쇼문(所聞)이 퍼질딘더
쇼녀(小女) 등(等)이 무슴 ᄂ᷆ᄎ로 힝셰(行世)ᄒ리잇가? 모친(母親)이
ᄌ쇼(自少)로 고ᄉ(古事)를 너비 아르시니 틱임(太姙) 틱ᄉ(太姒)[436]
의 삼쳔(三千) 후궁(後宮)을 관졉[437](款接)[438]ᄒ시던 디덕(大德)을 본
(本)밧지 못ᄒ신들 오놀ᄂ᷆ᆯ 광경(光景)이 블가ᄉ문어투인(不可使聞於
他人)[439]이라. 쳥후(-侯) 부인(夫人)이 드르신즉 무어시라 ᄒ시며 히
ᄋ(孩兒) 등(等)이 하(何) 면목(面目)으로 사ᄅᆷ을 디(對)ᄒ리잇가? 원
(願)컨디 너비 샹냥(商量)ᄒ시믈 ᄇᆞ라ᄂ

...

63면

이다."

셜파(說罷)의 부인(夫人)이 디로(大怒)ᄒ야 바로 밀치고 즐왈(叱曰),
"너 강보이(襁褓兒ㅣ) 어디 가 뎌럿툿 언변(言辯)이 죠흐믈 비홧ᄂ
뇨? 네나 ᄌ라 지아비를 미희(美姬) 어디 쥬고 범남(汎濫)ᄒ 쇼리를
어미ᄃ려 몰나."

---

434) 개렴(介念): 개념. 마음에 둠.
435) 부히: 아주 전혀.
436) 틱임(太姙) 틱ᄉ(太姒): 태임 태사. 태임은 중국 고대 주(周)나라 문왕(文王)의 어머니이고, 태
    사는 문왕의 아내이자 무왕(武王)의 어머니로서 이들은 현모양처로 유명함.
437) 졉: [교] 원문에는 '쳡'으로 되어 있으나 문맥을 고려해 규장각본(26:50)과 연세대본(26:62)을
    따름.
438) 관졉(款接): 관접. 너그럽게 대접함.
439) 블가ᄉ문어투인(不可使聞於他人): 불가사문어타인. 다른 사람들에게 들리게 할 만하지 않음.

츄밀(樞密)이 부야흐로 녀 샹셔(尚書)의 희롱(戱弄)인 줄 알고 부
인(夫人) 손을 잡고 왈(曰),

"니 녀부(-府)의 가 그리흔 비 업스니 고디듯디 몰나."

부인(夫人)이 부야흐로 튜밀(樞密)을 노코 믈너안즈니 공(公)이 강
잉(强仍)ᄒ야 밧그로 ᄂ오니,

청휘(-侯ㅣ) 니당(內堂)이 요론(擾亂)ᄒᄆ를 듯고 드러와 댱(帳) 븟게
셔 젼후(前後) 경샹(景狀)을 ᄃ 보고 극(極)히 히연(駭然)440)ᄒ야 뉴
공(公)의 약(弱)ᄒᄆ를 개툰(慨嘆)ᄒ더니 츄밀(樞密)이 청후(-侯)를 보고
놀ᄂ 왈(曰),

"형(兄)이 엇디 여기 왓ᄂ뇨?"

청

휘(-侯ㅣ) 미쇼(微笑) 왈(曰),

"그ᄃ의 긔관(奇觀)441)이 보왐 죽디 아니면 엇지 드러오리오?"

츄밀(樞密)이 말을 아니코 청후(-侯)의 ᄉ미를 잇그러 밧긔 ᄂ오미
청휘(-侯ㅣ) 왈(曰),

"그ᄃ 오늘 무슴 ᄉ룸이 되엿ᄂ뇨?"

츄밀(樞密)이 좀쇼(暫笑) 왈(曰),

"뎨 강악(强惡)ᄒ니 시로이 족슈(足數)442)ᄒ야 무엇 ᄒ며 나흔 바
ᄌ여(子女)ᄂ 니 ᄌ식(子息)이라 ᄃ 히뎌443)룰 면(免)치 못ᄒ여시니

---

440) 히연(駭然): 해연. 몹시 이상스러워 놀람.
441) 긔관(奇觀): 기관. 기이한 광경.
442) 족슈(足數): 족수. 족히 따짐.

그 어미를 칙망(責望)ᄒᆞ야 울적(鬱寂)444)케 홀진디 ᄌᆞ식(子息)이 아니 샹(傷)ᄒᆞᄂᆞ냐?"

쳥휘(-侯ㅣ) 어히업셔 웃고 왈(曰),

"그디는 과연(果然) 비위(脾胃) 됴흔 남ᄌᆡ(男子ㅣ)로다. 말ᄒᆞ기 눅눅445)ᄒᆞ니 가노라."

ᄒᆞ고 셜파(說罷)의 도라가 니당(內堂)의 드러가니, 제슉(諸叔) 제(諸) 형뎨(兄弟) 셩녈(成列)446)ᄒᆞ엿거ᄂᆞᆯ 쳥휘(-侯ㅣ) 좌(座)의 나아가 승샹(丞相)을 향(向)ᄒᆞ야 ᄀᆞᆯ오디,

· ·

65면

"이뵈야, 웅닌을 오ᄂᆞᆯ노붓허 단ᄉᆞ(端士)447)를 밍글나."

승샹(丞相)이 답왈(曰),

"ᄎᆞ언(此言)이 무슴 연괴(緣故ㅣ)니잇고?"

쳥휘(-侯ㅣ) 가 부448)인(夫人) 형샹(形狀)을 ᄌᆞ시 니ᄅᆞ니 만좌(滿座ㅣ) 막블경히(莫不驚駭)449)ᄒᆞ고 승샹(丞相)은 줍쇼무언(暫笑無言)450)이어ᄂᆞᆯ 쇼뷔(少傅ㅣ) ᄀᆞᆯ오디,

"경문아, 네 ᄃᆞ만 두 ᄌᆞ식(子息)을 두고 뎌런 고이(怪異)ᄒᆞᆫ 집과 결혼(結婚)코ᄌᆞ ᄒᆞᆫ다?"

---

443) ᄒᆡ뎌: 해저. '어린아이'의 뜻으로 보이나 미상임.
444) 울적(鬱寂): 마음이 답답하고 쓸쓸함.
445) 눅눅: 속이 좋지 않음.
446) 셩녈(成列): 성렬. 열을 이룸.
447) 단ᄉᆞ(端士): 단사. 단정한 선비.
448) 부: [교] 원문에는 '분'으로 되어 있으나 문맥을 고려해 규장각본(26:52)과 연세대본(26:65)을 따름.
449) 막블경히(莫不驚駭): 막불경해. 놀라지 않는 이가 없음.
450) 줍쇼무언(暫笑無言): 잠소무언. 잠시 웃고 말이 없음.

승상(丞相)이 공슈(拱手) 디왈(對曰),

"만권셔(萬卷書)를 돌통(達通)ᄒᄂᆫ 남ᄌᆞ(男子)도 공명(功名) 권셰(權勢)를 ᄃᆞ토거든 ᄒᆞ믈며 녀ᄌᆞ(女子)ᄂᆞᆫ 가부(家夫) 일(一) 인(人)이라 엇지 타인(他人)을 용납(容納)고져 ᄒᆞ리잇가? 이ᄂᆞᆫ 가(可)히 칙망(責望)ᄒᆞᆯ 비 아니니이다."

만좌(滿座ㅣ) 디쇼(大笑)ᄒᆞ고 쇼뷔(少傅ㅣ) 역쇼(亦笑) 왈(曰),

"네 진실노(眞實-) 고이(怪異)ᄒᆞᆫ 셩품(性品) 되믈 면(免)치 못ᄒᆞ리로다. 만일(萬一) 며ᄂᆞ리 가 시(氏) 가톨던디 네 능히(能-)

· · ·

66면

견딜다?"

승상(丞相)이 쇼이왈(笑而曰),

"며ᄂᆞ리 그러ᄒᆞ면 졍(正)히 깃부올지라. 녀ᄌᆞ(女子)의 투긔(妬忌) 젼혀(專-) 가부(家夫)를 앗기미 등훈(等閑)치 아니미니이다."

노승샹(老丞相) 왈(曰),

"경문의 말이 올ᄒᆞ니 ᄂᆞᆷ의 부녀(婦女)의 투긔(妬忌)를 시비(是非)ᄒᆞ미 가(可)치 아닌가 ᄒᆞ노라."

쇼뷔(少傅ㅣ) 공슈(拱手) 슈명(受命)ᄒᆞ며 쳥휘(-侯ㅣ) 현옥의 말을 옴기고 칭춘(稱讚) 왈(曰),

"이ᄂᆞᆫ 어룬도 싱각디 못ᄒᆞᆯ 말을 강보아(襁褓兒ㅣ) 능히(能-) ᄒᆞ니 엇지 긔특(奇特)지 아니ᄒᆞ리오? 이ᄂᆞᆫ 경문의 복(福)이로다."

좌위(左右ㅣ) 제셩칭춘(齊聲稱讚)451)ᄒᆞ고 광능휘(--侯ㅣ) 옥면(玉

---

451) 제셩칭춘(齊聲稱讚): 제성칭찬. 소리를 모아 칭찬함.

面)의 희긔(喜氣)를 씌이고 둔亽(丹沙) 가튼 주슌(朱脣)452)의 옥치(玉
齒)를 비최여 골오디,

"형댱(兄丈) 말솜이 만일(萬一) 헛되미 업술진디 이 곳 쇼뎨(小弟)
의 만힝(萬幸)이라 듕미(仲媒) 공(功)을

. . .

67면

샤례(謝禮)치 아니리잇고?"

청휘(-侯 l) 쇼왈(笑曰),

"나는 구투야 희련을 위(爲)호야 듕미(仲媒)혼 일이 업스니 네게
하샹(賀觴)453) 부들 일도 업거니와 젼두(前頭)의 죠흔 쇼러ᄂ 니 귀
의 들니면 깃블 거시로디 혹쟈(或者) 괴로온 경식(景色)454)이 이실가
두리노라."

능휘(-侯 l) 쇼왈(笑曰),

"젼두(前頭)의 형(兄)의게 므슴 괴로온 경식(景色)이 이시리잇가?"

쳥휘(-侯 l) 왈(曰),

"가 시(氏)ᄂ 亽톄(事體)를 블분(不分)455)호ᄂ 녀쥐(女子 l)니 희련
이 만일(萬一) 너의 단졍(端正)혼 일이 업셔 녀관(女官)을 모흘진디
필연(必然) 눌드려 亽연(事緣)이 이실 거시니 그씨 괴롭지 아니랴?"

능휘(-侯 l) 디왈(對曰),

"희련이 만일(萬一) 그런 뜻이 이실진디 쇼뎨(小弟) 비록 졀亽(絕

---

452) 주슌(朱脣): 주순. 붉은 입술.
453) 하샹(賀觴): 하상. 축하하는 술잔.
454) 경식(景色): 경색. 정경이나 광경.
455) 블분(不分): 불분. 분간하지 못함.

嗣)456)호나 용샤(容赦)치 아닐쇼이다."

쵸휘(-侯ㅣ) 미쇼(微笑) 왈(曰),

"희텬이

· ·

68면

긔샹(氣像)이 발호(拔豪)457)호니 이제브터458) 졔우(諸兒) 등(等)과 가
리고459) 놀 제 언돈(言端)460)의 닐오디, '남이(男兒ㅣ) 되여 번월(樊
越)461) 가툰 녀즈(女子)롤 어더 일싱동낙(一生同樂)462)을 흐뭇거이 호
고 초아(楚娥)463) 가툰 녀지(女子ㅣ) 이셔도 거쳔(擧薦)호누니는 인
면슈심(人面獸心)이라.'"

호니 일개(一家ㅣ) 개쇼(皆笑)호더라.

이럿툿 무궁(無窮)이 열낙(悅樂)호야 일월(日月)을 보니니 노승샹
(老丞相)의 복녹(福祿)은 만셕군(萬石君)464)과 곽즈의(郭子儀)465)게

---

456) 절수(絶嗣): 절사. 대가 끊어짐.
457) 발호(拔豪): 뛰어나고 호탕함.
458) 이제브터: '어려서부터'의 의미로 보이나 미상임.
459) 가리고: 장난치고.
460) 언돈(言端): 언단. 말끝.
461) 번월(樊越): 번희(樊姬)와 월희(越姬). 번희는 중국 춘추시대 초(楚)나라 장왕(莊王)의 비(妃)임.
장왕이 사냥을 즐기자 간하였으나 듣지 않자 고기를 먹지 않으니 왕이 잘못을 바로잡아 정사
에 힘씀. 왕을 위해 첩들을 모아 주고 왕이 현인(賢人)으로 일컬은 우구자(虞丘子)가 현인의
진로를 막는다고 간함. 초 장왕이 이 말을 우구자에게 전하자 우구자가 부끄러워하고 손숙오
(孫叔敖)를 추천하니 손숙오가 영윤(令尹)이 되어 삼 년 만에 장왕을 패왕(霸王)으로 만듦.
월희는 중국 춘추시대 초(楚)나라 소왕(昭王)의 첩으로 월왕(越王) 구천(句踐)의 딸임. 소왕이
연회를 즐기자 선군인 장왕(莊王)의 예를 들면서 좋은 정치를 펴라 조언하고, 소왕이 전쟁터
에서 병에 걸리자 대신 죽겠다며 자결함. 소왕의 아우들이 왕위 계승자를 정할 적에 어머니
가 어질면 자식도 어질 것이라 하여 월희의 아들을 후왕으로 세우니 이가 혜왕(惠王)임.
462) 일싱동낙(一生同樂): 일생동락. 일생을 함께 즐김.
463) 초아(楚娥): 초나라의 미인이라는 뜻으로 무산(巫山) 신녀(神女)를 이름. 중국 초나라의 회왕
(懷王)이 꿈속에서 만나 잠자리를 같이 한 여자로서, 그 여인이 떠나면서 아침에는 구름이 되
고 저녁에는 비가 되어 양대(陽臺) 아래에 있겠다고 한 고사가 있음.『문선(文選)』에 실린 송
옥(宋玉)의 <고당부(高唐賦)>에 나오는 이야기임.

더어 빅ᄌ쳔손(百子千孫)이 당(堂)의 메고 금ᄌ옥ᄃᆡ(金紫玉帶)⁴⁶⁶⁾ 부
듕(府中)의 가득ᄒ야 번화(繁華)코 거록ᄒᆞ미 만고(萬古)의 비(比)ᄒ리
업ᄉᆞ니 황뎨(皇帝) 특별(特別)이 어필(御筆)노 그 문(門)의 현판(懸
板)ᄒ샤 '튱녈복덕지개⁴⁶⁷⁾(忠烈福德之家 ㅣ)'라 ᄒ시니 영튱(榮寵) 부
귀(富貴) 일셰(一世)의 읏듬이러라.
　이ᄊᆡ 뉴 부인(夫人)이 홀연(忽然) 유병(有病)ᄒ야 샹셕(牀席)의 위
돈(萎頓)⁴⁶⁸⁾ᄒᆞ미 승샹(丞相) 부체(夫妻 ㅣ)

· · ·

69면

듀야(晝夜) ᄢᅵᄅᆞᆯ 그ᄅᆞᄃᆡ 아니코 구호(救護)ᄒᄆᆞᆯ 졍셩(精誠)으로 ᄒᄃᆡ
촌회⁴⁶⁹⁾(寸效 ㅣ)⁴⁷⁰⁾ 업셔 졈졈(漸漸) 극듕(極重)ᄒ니 승샹(丞相)과
쇼부(少傅 ㅣ) 망극(罔極)ᄒ야 아모리 ᄒᆞᆯ 줄 모로더니, 뉴 부인(夫人)
이 스ᄉᆞ로 사지 못ᄒᆞᆯ 줄 알고 졍신(精神)을 강작(强作)⁴⁷¹⁾ᄒ야 졔손
(諸孫)을 모흐고 승샹(丞相)을 나아오라 ᄒ야 손을 잡고 골오ᄃᆡ,
　"니 본ᄃᆡ(本-) 초모(草茅)⁴⁷²⁾의 미쳔(微賤)ᄒᆞᆫ 몸으로 네 부친(父親)

---

464) 만셕군(萬石君): 만석군. 유방(劉邦)을 도와 한나라 건국에 이바지한 석분(石奮)을 이름. 석분
　　의 장자 건(建), 차자 갑(甲), 삼자 을(乙), 사자 경(慶)이 모두 효성스럽고 행실을 삼갔는데 녹
　　봉이 이천 석에 이름. 이에 경제(景帝)가 석군(石君)과 네 아들의 녹봉이 모두 이천 석씩 있으
　　니 석분을 만석군이라 부르겠다 한 데서 유래함.
465) 곽주의(郭子儀): 곽자의. 중국 당(唐)나라 현종(玄宗), 숙종(肅宗) 때의 명장(697-781). 안록산
　　(安祿山)의 난을 평정하고 분양왕(汾陽王)에 봉해져 이름 대신 곽분양으로 더 유명함. 당나라
　　최대의 공신으로 평가받으며, 장수하고 부귀하며 자손들을 많이 두었음.
466) 금ᄌ옥ᄃᆡ(金紫玉帶): 금자옥대. 금자(金紫)는 금인(金印)과 자수(紫綬)로, 금인(金印)은 관직의
　　표시로 차고 다니던 금으로 된 조각물이고 자수는 고위 관료가 차던 호패(號牌)의 자줏빛 술
　　임. 옥대(玉帶)는 임금이나 관리의 공복(公服)에 두르던, 옥으로 장식한 띠임.
467) 개: [교] 원문에는 '내'로 되어 있으나 문맥을 고려해 규장각본(26:55)과 연세대본(26:68)을 따름.
468) 위돈(萎頓): 앓아서 정신이 없음.
469) 회: [교] 원문에는 '회'라 되어 있으나 문맥을 고려해 규장각본(26:55)과 연세대본(26:69)을 따름.
470) 촌회(寸效 ㅣ): 조금의 효과.
471) 강작(强作): 강작. 억지로 차림.

을 십삼(十三)의 만나 허두(許多) 역경(逆境)을 가초 지니고 두시 존고(尊姑)와 가군(家君)을 셤겨 수십여(四十餘) 년(年) 부귀(富貴)를 누리며 수다(數多) 주손(子孫)의 영화(榮華)를 부드니 스스로 복(福)되오미 비기리 업논 고(故)로 죠믈(造物)의 써리믈 만나 존고(尊姑)와 션군(先君)을 여희온 후(後) 괴로이 셰샹(世上)의 투싱(偸生)⁴⁷³⁾ㅎ나 흥미(興味) 수연(捨然)⁴⁷⁴⁾ㅎ디 삼(三) 개(個) 주녀(子女)의 놏

• • •

70면

출 고렴(顧念)⁴⁷⁵⁾ㅎ야 스스로 절(絶)치 못ㅎ엿더니 한성⁴⁷⁶⁾을 참혹(慘酷)히 죽여 호텬지통(呼天之痛)⁴⁷⁷⁾의 셔하지탄(西河之歎)⁴⁷⁸⁾을 겸(兼)ㅎ니 인비셕목(人非石木)⁴⁷⁹⁾이라 추무 인셰(人世)를 뉴렴(留念)홀 쯧이 업스나 당쵸(當初) 텬붕지통(天崩之痛)의 결(決)치 못ㅎ여시니 셔하지톤(西河之嘆)의 주결(自決)ㅎ미 도리(道理)와 경듕(輕重)이 두른 고(故)로 쇠로존쳔(衰老殘喘)⁴⁸⁰⁾이 겨유 지팅(支撑)ㅎㄴ 설 시

---

472) 초모(草茅): 잡초라는 뜻으로 비루하고 미천함을 비유함.
473) 투싱(偸生): 투생. 구차하게 산다는 뜻으로, 죽어야 마땅할 때에 죽지 아니하고 욕되게 살기를 꾀함을 이르는 말.
474) 수연(捨然): 사연. 없어짐.
475) 고렴(顧念): 옛일을 뒤돌아보아 생각함.
476) 한셩: 한성. 유 부인의 둘째아들 이한성을 이름. 이한성은 전편 <쌍천기봉>에서 전쟁터에 나갔다가 죽는 인물로 등장한 바 있음.
477) 호텬지통(呼天之痛): 호천지통. 하늘을 향해 부르짖는 고통이라는 뜻으로 남편이 죽었을 때 아내가 이르는 말임.
478) 셔하지탄(西河之歎): 서하지탄. 서하(西河)에서의 탄식이라는 뜻으로 부모가 자식을 잃고 하는 탄식을 이름. 서하(西河)는 지금의 섬서성(陝西省) 한성현(韓城縣)에서 화음현(華陰縣) 일대. 중국 춘추시대 공자의 제자 자하(子夏, B.C.508?-B.C.425?)가 공자가 죽은 후 서하(西河)에 은거하고 있었는데 그 자식이 죽자 슬피 울어 눈이 멀었다는 데서 유래함. 『예기(禮記)』, 「단궁(檀弓)」.
479) 인비셕목(人非石木): 인비석목. 사람이 돌이나 나무가 아님.
480) 쇠로존쳔(衰老殘喘): 쇠로잔천. 늙고 쇠약해 겨우 붙어 있는 숨.

(氏)481)롤 볼 적이면 시시(時時)로 간댱(肝腸)이 이울고482) 골졀(骨節)이 녹는 돗ᄒ니 너의 효의(孝義) 츌텬(出天)ᄒᄆᆯ 보고 삼츈화시(三春花時)483)의 경(景)을 디(對)ᄒ나 즐거오믈 모로고 가슴 가온디 ᄒᆫ 뭉치 녈해(熱火ㅣ) 되엿는 줄 일즉 너ᄃ려 니ᄅ미 업더니 오ᄂᆞᄂᆞᆯ 쟝ᄎᆞᆺ(將次ㅅ) 니 명(命)이 진(盡)ᄒ야 디하(地下)로 도라가니 가(可)히 션군(先君)과 ᄋᆞ주(兒子)를 만늘디라

· · ·

71면

슬프미 업고 빅ᄌᆞ쳔손(百子千孫)을 두어 사롬의 엇지 못훌 영복(榮福)을 누려시니 늣브미 업고 ᄯᅩᄒ 사롬의 격484)지 못훌 환난(患難)과 엇지 못훌 영화(榮華)롤 가초 보와시니 ᄯᅩᄒ 희한(稀罕)치 아니랴? 네 ᄯᅩᄒ 쇠년(衰年)이니 언마 ᄒ야 셰간(世間)을 ᄶᅥ느리오? 가(可)히 몸을 도라보와 어믜 즐거이 도라가는 녕혼(靈魂)을 슬프게 말나."

셜파(說罷)의 쇼부(少傅)와 뎡 부인(夫人), 셜 시(氏)를 블너 허다(許多) 유언(遺言)을 ᄆᆞᆺ고 망(亡)ᄒ니 츈취(春秋ㅣ) 팔십칠(八十七)셰(歲)라. 승샹(丞相) 형뎨(兄弟) 모친(母親)의 망(亡)ᄒ믈 보고 년망(連忙)이 손을 븟들고 실셩댱통(失聲長痛)485)의 피룰 토(吐)하고 인ᄉ(人事)룰 모로니 하롬공(--公) 등(等)이 일시(一時)의 관(冠)을 벗고 부모(父母)룰 붓드러 구호(救護)ᄒ며

---

481) 셜 시(氏): 셜 씨. 유 부인의 둘째아들로서 전쟁터에서 죽은 이한성의 아내를 이름.
482) 이울고: 시들고.
483) 삼츈화시(三春花時): 삼춘화시. 봄에 꽃이 필 때.
484) 격: [교] 원문에는 '걱'으로 되어 있으나 문맥을 고려해 규장각본(26:57)과 연세대본(26:71)을 따름.
485) 실셩댱통(失聲長痛): 실성장통. 목이 쉬도록 길이 통곡함.

불샹(發喪)486)ᄒ니 일가(一家) 노쇼(老少)의 곡셩(哭聲)이 텬디(天地)
움죽이ᄂᆞᆫ 둣ᄒ고 승샹(丞相) 형뎨(兄弟) 과도(過度)히 이통(哀痛)487)
ᄒ야 미음(米飮)을 나오지 아니코 운졀비읍(殞絕悲泣)488)ᄒ야 망망
(茫茫)이 ᄯᅩᆯ오고ᄌ ᄒ고 고고(孤高)489)히 눌 ᄯᅳᆺ이 이시니 연왕(-王)
등(等)이 블승우민(不勝憂悶)490)ᄒ고 디의(大義)로 간(諫)ᄒ야 숭듕
(喪中) 졔구(諸具)ᄅᆞᆯ 출히ᄆᆡ 승샹(丞相)이 졍신(精神)을 졍(正)히 ᄒ
야 모친(母親)을 념습(殮襲)491)ᄒ야 임의 입관(入棺)ᄒ니 더옥 죵텬
지통(終天之痛)492)이 인셰(人世)의 머믈 ᄯᅳᆺ이 업ᄉᆞ나 만됴쳔관(滿朝
千官)493)이 부문(府門)의 드레여 됴샹(弔喪)ᄒᆞᄆᆡ 그 쉬(數ㅣ) 몃 쳔
(千) 인(人) 둥 알니오. 장(壯)ᄒ고 거록ᄒᆞᄆᆡ 쳔지일시(千載一時)494)
러라.
　텬지(天子ㅣ) 뉴 부인(夫人) 망(亡)ᄒᆞ믈 드ᄅᆞ시고 녜관(禮官)으로
티샹(治喪)495)ᄒ시며 니시(內侍)로 승샹(丞相)을 권듁(勸粥)496)ᄒ시
고 황휘(皇后ㅣ) 샹궁(尚宮)으로 조모(祖母)긔 권

---

486) 불샹(發喪): 발상. 상례에서, 죽은 사람의 혼을 부르고 나서 상제가 머리를 풀고 슬피 울어 초
　　상난 것을 알림. 또는 그런 절차.
487) 이통(哀痛): 애통. 몹시 슬퍼함.
488) 운절비읍(殞絕悲泣): 슬피 울어 기운이 끊어질 듯함.
489) 고고(孤高): 외로이 높이 솟음.
490) 블승우민(不勝憂悶): 불승우민. 근심을 이기지 못함.
491) 념습(殮襲): 염습. 시신을 씻긴 뒤 수의를 갈아입히고 염포로 묶는 일.
492) 종텬지통(終天之痛): 종천지통. 하늘이 끝나는 듯한 고통이라는 뜻으로 부모의 죽음을 이름.
493) 만됴쳔관(滿朝千官): 만조천관. 온 조정의 관리들.
494) 쳔지일시(千載一時): 천재일시. 천 년에 한 번 있음.
495) 티샹(治喪): 치상. 초상을 치름.
496) 권듁(勸粥): 권죽. 죽을 먹도록 권함.

듁(勗糖)ㅎ시니 영광(榮光)의 호호(浩浩)ㅎ미 진실노(眞實-) 손복(損福)⁴⁹⁷⁾ㅎ미 갓갑고 일시(一時) 손(孫) 등(等)이 다 금듸(金帶)를 가(加)ㅎ야 뉵부(六部) 권(權)을 슈듕(手中)의 쥐여시니 호상(護喪)⁴⁹⁸⁾의 쟝녀⁴⁹⁹⁾(壯麗)⁵⁰⁰⁾ㅎ미 비길 곳 업더라.

임의 성복(成服)⁵⁰¹⁾을 뭇고 관(棺)을 붓드러 졍침(正寢)의 빙쇼(殯所)ㅎ니 쥬비(朱妃), 쇼후(-后) 등(等)이 금댱(錦帳)⁵⁰²⁾으로 더브러 명부인(夫人)을 뫼셔 됴셕(朝夕) 제수(祭祀)를 붓들고 듀야(晝夜) 시측(侍側)ㅎ야 위로(慰勞)ㅎ며 연왕(-王) 등(等)이 부친(父親)을 뫼셔 일시(一時)도 떠느지 아니ㅎ니 승상(丞相)이 각골지훈(刻骨之恨)⁵⁰³⁾이 죽지 못ㅎ믈 훈(恨)ㅎ나 쏘훈 녜의(禮義)를 아느 고(故)로 스시(四時) 곡읍(哭泣)을 그치지 아니ㅎ야 혈뉘(血淚 ㅣ) 샹복(喪服)을 모츠나 플너온즉 제즈(諸子)의 지셩(至誠)을 감동(感動)ㅎ야 쇼스(蔬食)⁵⁰⁴⁾와 치음(菜飮)⁵⁰⁵⁾으로 긔갈(飢渴)을 구(救)ㅎ고 쇼부(少傅)로 더

브러 관회(寬懷)⁵⁰⁶⁾ㅎ야 디니더니,

---

497) 손복(損福): 복이 없어짐.
498) 호상(護喪): 호상. 초상 치르는 데에 관한 온갖 일을 책임지고 맡아 보살핌.
499) 녀: [교] 원문과 연세대본(26:73)에는 '녜'로 되어 있으나 문맥을 고려해 규장각본(26:58)을 따름.
500) 쟝녀(壯麗): 장려. 웅장하고 화려함.
501) 성복(成服): 성복. 초상이 나서 처음으로 상복을 입음. 보통 초상난 지 나흘 되는 날부터 입음.
502) 금댱(錦帳): 금장. 동서들.
503) 각골지훈(刻骨之恨): 각골지한. 뼈에 사무치는 한.
504) 쇼스(蔬食): 소사. 채소 반찬만 있는 밥.
505) 치음(菜飮): 채음. 채소국.

이의 틱일(擇日)ᄒ야 금쥬(錦州)로 갈 시 연왕(-王) 등(等)이 샹쇼(上疏)ᄒ야 아븨 노년(老年)을 위로(慰勞)ᄒ여지라 ᄒ고 광평후(--侯) 등(等)이 회댱(會葬)507) 말미를 쳥(請)ᄒ니 샹(上)이 허(許)ᄒ시고 강남(江南) 亽십(四十) 쥬군(州郡)으로 영장(永葬)508)을 도으라 ᄒ시며 디ᄂᆞᆫ 바 각관(各官)의 호송(護送)ᄒ라 ᄒ시고 뉴 부인(夫人)을 현슉부인(賢淑夫人)을 츄증(追贈)ᄒ시니 싱亽(生死)의 영광(榮光)이 거룩ᄒ더라.

남공(-公) 등(等)이 망궐샤은(望闕謝恩)ᄒ고 각각(各各) 부인(夫人)을 거ᄂᆞ려 힝도(行途)를 츌히니 공쥬(公主ㅣ) 양 시(氏)와 제부(諸婦)를 머므러 가亽(家事)를 맛지고 쇼후(-后ㅣ) 녀 시(氏) 등(等) 주부(子婦)를 머믈어 궁듕(宮中) 디쇼亽(大小事)를 맛지니 ᄯᅥᄂᆞᆫ 정(情)히 피ᄎᆞ(彼此)의 ᄎᆞ아(嗟訝)509)ᄒ미 가이업더라.

눌이 임의 다ᄃᆞᄅᆞ미 승샹(丞相) 형제(兄弟) 녕구(靈柩)를

. .

75면

븟드러 압셔고 연왕(-王) 등(等) 오(五) 인(人)과 광평후(--侯) 등(等) 제싱(諸生)이 복의쇼ᄃᆡ(服衣素帶)510)로 뒤흘 ᄯᅩᆯ오니 위의(威儀) 장녀(壯麗)ᄒ고 거마(車馬) 츄종(騶從)511)이 슴십(三十) 니(里)의 버럿ᄂᆞᆫ지라 도로(道路) 인인(人人)이 거름을 머츄워 완경(玩景)ᄒ고 칙칙

---

506) 관회(寬懷): 슬픈 마음을 누그러뜨림.
507) 회댱(會葬): 회장. 장례를 지내는 자리에 참여함.
508) 영장(永葬): 시신이나 유골을 편안하게 모시기 위하여 예를 갖추어 장례를 치름. 안장.
509) ᄎᆞ아(嗟訝): 차아. 슬프고 놀라움.
510) 복의쇼ᄃᆡ(服衣素帶): 복의소대. 상복에 흰 띠.
511) 츄종(騶從): 추종. 윗사람을 따라다니는 종.

(喞喞)이512) 뉴 부인(夫人) 복녹(福祿)을 아니 일크르리 업더라.

승샹(丞相)이 일노(一路)의 무亽(無事)이 힝(行)ᄒ야 금쥬(錦州)의 니르러 션산(先山)의 틱亽(太師)와 뉴 부인(夫人)을 합장(合葬)ᄒ니 승샹(丞相) 형뎨(兄弟) 더옥 종텬지통(終天之痛)이 극(極)ᄒ야 듀야(晝夜)로 통곡(慟哭)을 그치지 아니코 묘하(墓下)의 쵸옥(草屋)을 짓고 됴셕(朝夕)으로 늉동샹셜(隆冬霜雪)513)을 폐(廢)치 아냐 亽비(四拜)ᄒ니 일향(一鄕) 인인(人人)이 그 셩효(誠孝)514)룰 아니 툰복(歎服)ᄒ리 업더라.

광평후(--侯) 등(等)이 부모(父母)룰 亽비(四拜)ᄒ고 경亽(京師)로 도라올 시 제싱(諸生)이 처음으

· · ·

76면

로 이친(離親)515)ᄒ는 졍셩(精誠)이 추우(嗟訏)516)ᄒ야 각각(各各) 눈믈이 여우(如雨)ᄒ니 남공(-公) 등(等)이 디의(大義)로 경계(警戒)ᄒ며 가亽(家事)룰 부툭(付託)ᄒ니 제인(諸人)이 슈명(受命)ᄒ야 겨우 손을 논화,

경亽(京師)로 도라와 궐하(闕下)의 슉비(肅拜)517)ᄒ고 부듕(府中)의 도라와 각각(各各) 직임(職任)의 나아가니 제인(諸人)의 쳥명(淸明)518)이 그 부친(父親)긔 지지 아니ᄒ고 군종(群從)519) 삼십여(三十

---

512) 칙칙(喞喞)이: 책책히. 떠들썩하게.
513) 늉동샹셜(隆冬霜雪): 융동상설. 한겨울에 내리는 서리와 눈.
514) 셩효(誠孝): 성효. 지극한 효성.
515) 이친(離親): 어버이와 헤어짐.
516) 추우(嗟訏): 차아. 슬프고 놀라움.
517) 슉비(肅拜): 숙배. 백성들이 왕이나 왕족에게 절을 하던 일. 또는 그 절.
518) 쳥명(淸明): 청명. 맑은 명망.

餘) 인(人)이 화우돈목(和友敦睦)[520]기룰 힘쓰며 주로 남녁(南-)흘 ᄇ라보와 ᄉ친(思親)[521]ᄒᄂᆫ 눈믈이 됴양셕월(朝陽夕月)[522]의 긋지 아니터니,

광음(光陰)이 임염(荏苒)[523]ᄒ야 삼긔(三朞) 얼프시 지ᄂ니 텬지(天子ㅣ) 듕ᄉ(中使)룰 금쥬(錦州)의 보니샤 승샹(丞相)을 징쇼(徵召)[524]ᄒ시ᄂᆫ 명(命)이 셩화(星火)가ᄐ니 승샹(丞相)이 모친(母親) 삼지(三載)[525]룰 덧업시 디니고 각골통샹(刻骨痛傷)[526]ᄒᄂᆫ 셜우미

. . .

77면

측냥(測量)업셔 다시 경ᄉ(京師)의 나아갈 ᄯ시 업셔 향니(鄕里)의 고요히 잇고져 ᄒ나 텬주(天子)의 은명(恩命)이 지극(至極)ᄒ시고 제지(諸子ㅣ) 다 됴뎡(朝廷) 디신(大臣)으로 오리 직ᄉ(職事)룰 ᄇ리고 향니(鄕里)의 이시미 미안(未安)ᄒ고 주긔(自己) 아니 갈진디 제지(諸子ㅣ) 아니 갈 거신 고(故)로 ᄆ지못ᄒ야 츄연(惆然)이 눈믈을 ᄂ리와 굴오디,

"튱즉진명(忠則盡命)[527]이오 효당갈녁(孝當竭力)[528]이니 임의 부뫼(父母ㅣ) 아니 계시니 님군의 명(命)을 거ᄉ리리오?"

---

519) 군종(群從): 사촌 무리.
520) 화우돈목(和友敦睦): 우애가 두텁고 화목함.
521) ᄉ친(思親): 사친. 어버이를 그리워함.
522) 됴양셕월(朝陽夕月): 조양석월. 아침 볕과 저녁달.
523) 임염(荏苒): 차츰차츰 세월이 지남.
524) 징쇼(徵召): 징소. 부름.
525) 삼지(三載): 삼재. 삼년상.
526) 각골통샹(刻骨痛傷): 각골통상. 뼈에 사무치도록 몹시 슬퍼함.
527) 튱즉진명(忠則盡命): 충즉진명. 충성하려면 곧 목숨을 바쳐야 함.
528) 효당갈녁(孝當竭力): 효당갈력. 효도하려면 마땅히 힘을 다해야 함.

제주(諸子)룰 거느려 길을 눌 시 부모(父母) 분묘(墳墓)의 나아가 머리룰 두드려 통곡(慟哭)ᄒ니 눈믈이 진(盡)ᄒ야 피 나고 쇼릭 주로 그쳐뎌 이셩(哀聲)529)이 간졀(懇切)ᄒ니 좌우(左右) 비금쥬쉬(飛禽走獸ㅣ)530) 슬허ᄒᄂᆫ 둣 산쳔초목(山川草木)이 동(動)홀 둣ᄒ더라.

연왕(-王) 등(等)이 각각(各各) 슬허

...

78면

상연(傷然)531)이 누슈(淚水)룰 ᄲ리고 부모(父母)룰 권위(勸慰)532)ᄒ야 경ᄉ(京師)의 도라오미 샹(上)이 삼샹(三喪) 무ᄉ(無事)히 디닉믈 치위(致慰)533)ᄒ시고 두시 본부(本府)의셔 양노(養老)534)ᄒ믈 허(許)ᄒ시니 승샹(丞相)이 샤은(謝恩)ᄒ고,

고퇵(故宅)의 도라오미 모친(母親) 거쳐(居處)ᄒ시던 곳을 보니 더옥 비회(悲懷) 간졀(懇切)ᄒ야 튜쳐(追處)535) 슬프미 갱가일층(更加一層)536)ᄒ니 만ᄉ(萬事)의 흥황(興況)537)이 업셔 다만 쇼부(少傅)로 더브러 셰월(歲月)을 보닉고 부538)인으로 더브러 남은 일월(日月)을 보닐 시,

년(連)ᄒ야 금동옥녜(金童玉女ㅣ) 댱셩(長成)ᄒ니 ᄒᆞᆫ갈가치 공산미

---

529) 이셩(哀聲): 애성. 슬피 우는 소리.
530) 비금쥬쉬(飛禽走獸ㅣ): 비금주수. 날짐승과 길짐승.
531) 상연(傷然): 슬퍼하는 모양.
532) 권위(勸慰): 권하고 위로함.
533) 치위(致慰): 위로함.
534) 양노(養老): 양로. 늙은 몸을 돌봄.
535) 튜쳐(追處): 추처. 가는 곳마다.
536) 갱가일층(更加一層): 다시 한층 더함.
537) 흥황(興況): 흥미 있는 상황.
538) 부: [교] 원문에는 '분'으로 되어 있으나 문맥을 고려해 규장각본(26:63)과 연세대본(26:78)을 따름.

옥(空山美玉)539) 가트나 기듕(其中) 긔이(奇異)ᄒᆞᆫ 광평후(--侯), 광
능후(--侯), 쵸후(-侯) ᄌᆞ540)녜(子女ㅣ)라.

좌승샹(左丞相) 츄밀ᄉᆞ(樞密使) 곤계(昆季) 광평후(--侯) 니흥문의
ᄌᆞ(字)ᄂᆞᆫ 셩뵈니 부인(夫人) 양 시(氏)긔 ᄉᆞᄌᆞ삼녜(四子三女ㅣ)오, 쇼
실(小室) 홍션이 일ᄌᆞ일녀(一子一女)

· · ·

79면

를 두엇고, 좌춤졍(左參政) 쳥양후(--侯) 니셰문의 ᄌᆞ(字)ᄂᆞᆫ 츄541)뵈
니 부인(夫人) 뉴 시(氏)긔 이ᄌᆞ일녀(二子一女)를 두엇고, 녜부샹셔
(禮部尙書) 도어ᄉᆞ(都御史) 긔문의 ᄌᆞ(字)ᄂᆞᆫ 경뵈니 부인(夫人) 교 시
(氏)긔 삼ᄌᆞ이녀(三子二女)를 두엇고, 니부시랑(吏部侍郎) 듕문의 ᄌᆞ
(字)ᄂᆞᆫ 슌뵈니 부인(夫人) 듀 시(氏)긔 일ᄌᆞ일녀(一子一女)를 두엇고,
남경(南京) 병부시랑(兵部侍郎) 유문의 ᄌᆞ(字)ᄂᆞᆫ 홍뵈니 부인(夫人)
오 시(氏)긔 삼ᄌᆞ(三子)를 두엇고, 동궁직ᄉᆞ(東宮直司) 진문의 ᄌᆞ(字)
ᄂᆞᆫ 계뵈니 부인(夫人) 조 시(氏)긔 삼녀(三女)를 두고 무ᄌᆞ(無子)ᄒᆞ니
도어사(都御使) 긔문의 ᄎᆞᄌᆞ(次子)를 양ᄌᆞ(養子)ᄒᆞ고, 듕셔시랑(中書
侍郎) 관문의 ᄌᆞ(字)ᄂᆞᆫ 연뵈니 부인(夫人) 디 시(氏)긔 일ᄌᆞ(一子)오,
시어ᄉᆞ(侍御史) 형문의 ᄌᆞ(字)ᄂᆞᆫ ᄌᆞ뵈니 부인(夫人) 왕 시(氏)긔 오ᄌᆞ
일녀(五子一女)를 두엇고, 한님혹ᄉᆞ(翰林學士) 슈문의 ᄌᆞ(字)ᄂᆞᆫ 녕뵈
니 부인(夫人) 뇨 시(氏)긔 ᄉᆞᄌᆞ(四子)오,

---

539) 공산미옥(空山美玉): 주인 없는 산의 아름다운 옥.
540) ᄌᆞ: [교] 원문에는 'ᄉᆞ'로 되어 있으나 문맥을 고려해 규장각본(26:63)과 연세대본(26:78)을 따름.
541) 츄: [교] 원문과 규장각본(26:63), 연세대본(26:79)에 모두 'ᄌᆞ'로 되어 있으나 앞의 예(권2)를
따라 이와 같이 수정함.

동궁시독(東宮侍讀) 쥬문의 ᄌ(字)ᄂ 필뵈니 부인(夫人) 위 시(氏)긔
일ᄌ일녀(一子一女)오, 텰 샹셔(尙書) 부인(夫人) 미쥐 ᄉᄌ삼녜(四子
三女ㅣ)오, 남 혹ᄉ(學士) 부인(夫人) 초쥐 삼ᄌ일녀(三子一女)오, 명
쥐 일ᄌ일녀(一子一女)오, 왕 승샹(丞相) 부인(夫人) 필듀 뉵ᄌᄉ네
(六子四女ㅣ)니 하룸공(--公)의 ᄂ외손(內外孫)이 오십(五十)이 눔은
지라 그 복녹(福祿)이 만고(萬古)의 결오리 업더라.

  각노(閣老) 초국공(--公) ᄂ성문이 샹원부인(上元夫人) 녀 시(氏)긔
삼ᄌ일녜(三子一女ㅣ)오, 츠비(次妃) 임 시(氏)긔 이ᄌ일녀(二子一女)
오, 좌승샹(丞相) 겸(兼) 구셕(九錫) 참지졍ᄉ(參知政事) 광능후 니경
문의 ᄌ(字)ᄂ 이뵈니 부인(夫人) 위 시(氏)긔 이ᄌ일녀(二子一女)오
망실(亡室) 됴 시(氏)긔 일ᄌ(一子)오, 샹셔(尙書) 츄밀ᄉ(樞密使) 제룸
후(--侯) 신국공(--公) 빅문의 ᄌ(字)ᄂ 운뵈니 부인(夫人) 화 시(氏)긔
ᄉᄌ이녀(四子二女)오, 병부샹셔(兵部尙書) 챵문의 ᄌ(字)ᄂ 유뵈니

부인(夫人) 댱 시(氏)긔 삼ᄌ일녀(三子一女)오, 좌복야(左僕射) 츄밀
ᄉ(樞密使) 필문의 ᄌ(字)ᄂ 희뵈니 부인(夫人) 한 시(氏)긔 십ᄌ이녀
(十子二女)를 두엇고, 황휘(皇后ㅣ) 삼ᄌ이녀(三子二女)를 두엇시며,
녕 승샹(丞相) 부인(夫人)이 팔ᄌ칠녀(八子七女)를 두니 연왕(-王)이
쇼후(-后) 혼 사룸으로 동듀(同住)ᄒ야 이러툿 번셩(蕃盛)ᄒ니 엇지
긔특(奇特)지 아니리오.

님 시(氏) 댱즈(長子) 췸문이 칠즈오녀(七子五女)룰 느코 추즈(次子) 셔문이 오즈(五子)룰 느코 빙뒤 스즈(四子)룰 느흐디, 됴 시(氏) 일즈(一子) 낭문이 공부샹셔(工部尙書)로디 즈식(子息)이 업셔 늣게야 일녀(一女)룰 느코 무즈(無子)ㅎ니 일개(一家ㅣ) 추셕(嗟惜)542)ㅎ믈 무지아니코 낭문이 더옥 슬허ㅎ나 홀일업셔 됴 시(氏) 오즈(兒子) 희셩을 양즈(養子)ㅎ니 원러(元來) 낭문이 허두(許多) 제아(諸兒) 듕(中) 희셩을 양즈(養子)ㅎ믄

82면

그 모시(母氏) 뜻을 븟고 그 표미(表妹) 쳥년이543)수(靑年而死)544)ㅎ믈 감동(感動)ㅎ고 즈녀(子女) 업스므로 오 시(氏)의게 졍(情)이 오롯게 ㅎ미라. 승샹(丞相)이 됴 시(氏) 망인(亡人)으로 흔 놋 골육(骨肉)을 기치고 죽으믈 미양 추셕(嗟惜)ㅎ야 스랑이 제ᄋ(諸兒)의 넘으니 쏘 동긔(同氣)라도 양즈(養子)룰 두미 졀박(切迫)ㅎ디 대됴(大-) 시(氏) 간권(懇勸)545)ㅎ니 거역(拒逆)지 못ㅎ야 희셩을 낭문을 주어 허다(許多) 곡경(曲境)의 스연(事緣)이 잇ᄂ니라. 최 샹셔(尙書) 빅만의 부인(夫人) 벽뒤 이즈삼녀(二子三女)룰 나흐니 디강(大綱) 됴 시(氏) 하 사오나오미 졀스(絶嗣)546)하디 벽듀는 최싱(-生)의 음덕(陰德)547)으로 즈녀(子女)룰 두니라.

---

542) 추셕(嗟惜): 차석. 애달프고 안타까워함.
543) 이: [교] 원문과 규장각본(26:65), 연세대본(26:82)에 모두 '아'로 되어 있으나 실제 내용과 맞지 않으므로 이와 같이 수정함.
544) 쳥년이수(靑年而死): 청년이사. 젊은 나이에 죽음.
545) 간권(懇勸): 간절히 권함.
546) 졀스(絶嗣): 절사. 후손이 끊김.
547) 음덕(陰德): 조상의 덕.

개국공(--公)548) 댱ᄌ(長子) 형부샹셔(刑部尙書) 원문의 ᄌ(字)ᄂᆞ 닌뵈라 부인(夫人) 김 시(氏)긔 오ᄌ일녀(五子一女)오, 병부샹셔(兵部 尙書) 녕양후(--侯) 펑문의 ᄌ(字)ᄂᆞ 희뵈

· · ·

83면

니 부인(夫人) 쇼 시(氏)긔 팔ᄌ일녀(八子一女)오, 뎨슴ᄌ(第三子) 쳥 문의 ᄌ(字)ᄂᆞ 은뵈니 부인(夫人) 슌 시(氏)긔 일ᄌ(一子)오, 댱녀(長 女) 영듀ᄂᆞ 요싱(-生)의 쳬(妻ㅣ)니 일ᄌ(一子)ᄅᆞᆯ 두고 ᄎᆞ녀(次女) 경 시랑(侍郞) 부인(夫人)이 뉵ᄌ(六子)ᄅᆞᆯ 두고 개국공(--公)이 최 부인 (夫人)으로 더브러 심상(尋常)ᄒᆞᆫ 부부(夫婦) ᄉᆞ이 아니러니 ᄯᅩ ᄌᆞ손 (子孫)이 이러틋 번셩(繁盛)ᄒᆞ니 가(可)히 긔특(奇特)ᄒᆞᆫ 일이러라.

안두후(--侯)549) 댱ᄌ(長子) 최운의 ᄌ(字)ᄂᆞ550) 녕뵈니 부인(夫人) 댱 시(氏) ᄉᆞᄌ(四子)ᄅᆞᆯ 누코, ᄎᆞᄌ(次子) 닌문의 ᄌ(字)ᄂᆞ 우뵈니 벼 슬이 간의ᄐᆡ위(諫議大夫ㅣ)니 부인(夫人) 두 시(氏)긔 이ᄌ이녀(二子 二女)ᄅᆞᆯ 두고, 삼ᄌ(三子) 츈방혹ᄉᆞ(春坊學士) 쳔문의 ᄌ(字)ᄂᆞ 안뵈 니 부인(夫人) 녀 시(氏)긔 일ᄌ이녀(一子二女)ᄅᆞᆯ 두고, ᄉᆞᄌ(四子) 종문은 유싱(儒生)이라 쳐(妻) 셜 시(氏)긔 삼ᄌ(三子)ᄅᆞᆯ 두어시니 개 개(箇箇)히 옥슈경지(玉樹瓊枝)551) ᄀᆞᆺᄐᆞ552)야 인뉴(人類)의 쇼ᄉᆞᄂ

---

548) 개국공(--公): 승샹 이관셩의 셋째아들 이몽원을 이름.
549) 안두후(--侯): 승샹 이관셩의 넷째아들 이몽샹을 이름.
550) ᄌ(字)ᄂᆞ: [교] 원문과 연세대본(26:83)에는 없으나 문맥을 고려해 규장각본(26:67)을 따라 삽입함.
551) 옥슈경지(玉樹瓊枝): 옥수경지. 옥나무와 옥가지라는 뜻으로 아름다운 자손을 이름.
552) ᄀᆞᆺᄐᆞ: [교] 원문에는 '가ᄒᆞ'로 되어 있으나 문맥을 고려해 규장각본(26:67)과 연세대본(26:83) 을 따름.

더라.

강음후(--侯)[553] 댱즈(長子) 츄밀부[554]ᄉ(樞密副使) 협문의 즈(字)
는 슝뵈니 부인(夫人) 밍 시(氏)긔 칠즈일녀(七子一女)오, 추즈(次子)
급ᄉ(給事) 쟝문의 즈(字)는 구뵈니 부인(夫人) 뉴 시(氏)긔 이즈(二
子)오, 삼즈(三子) 한문의 즈(字)는 미뵈니 벼슬이 동궁시독(東宮侍讀)
이라 부인(夫人) 계 시(氏)긔 일즈ᄉ녀(一子四女)오, ᄉ즈(四子) 형부
샹셔(刑部尙書) 현문의 즈(字)는 샹뵈니 즈쇼(自少)로 과거(科擧)를[555]
아니 보고 도연명(陶淵明)[556]의 ᄉ적(事跡)을 쫄와 님하(林下)[557]의
한가(閑暇)ᄒ고 쳐(妻) 홍 시(氏)긔 이즈일녀(二子一女)오, 오즈(五子)
동궁뎌죽(東宮著作) 희문의 즈(字)는 듕뵈니 부인(夫人) 고 시(氏)긔
일즈(一子)오, 뉵즈(六子) 금문박ᄉ(今文博士) 오문의 즈(字)는 빙뵈
니 부인(夫人) 쇼 시(氏)긔 일즈일녀(一子一女)오, 칠즈(七子) 삼문의
즈(字)는 쟝뵈니 부인 강 시(氏)긔 일즈일녀(一子一女)오, 팔즈(八子)
ᄉ문의 즈(字)는 원뵈니 쳐(妻) 오 시(氏)긔 ᄉ즈

---

553) 강음후(--侯): 승상 이관성의 다섯째아들 이몽필을 이름.
554) 부: [교] 원문에는 '후'로 되어 있으나 문맥을 고려해 규장각본(26:67)과 연세대본(26:84)을 따름.
555) 롤: [교] 원문과 연세대본에는 '눌'로 되어 있으나 문맥을 고려해 규장각본(26:67)을 따름.
556) 도연명(陶淵明): 중국 동진의 시인(365~427). 이름은 잠(潛)이고, 호는 오류선생(五柳先生)이
며 연명은 그의 자(字)임. 405년에 팽택현(彭澤縣)의 현령이 되었으나, 80여 일 뒤에 <귀거래
사>를 남기고 관직에서 물러나 귀향함. 자연을 노래한 시가 많으며, 당나라 이후 육조(六朝)
최고의 시인이라 불림.
557) 님하(林下): 임하. 숲속이라는 뜻으로, 그윽하고 고요한 곳, 즉 벼슬을 그만두고 은퇴한 곳을
비유적으로 이르는 말.

일녀(四子一女)오, 댱녀(長女) 경듀는 듕셔시랑(中書侍郎) 위한의 쳬
(妻ㅣ)니 삼주(三子)롤 두엇고, 추녀(次女) 위쥬는 쳐수(處士) 쇼겸의
쳬(妻ㅣ) 되야 오주이녀(五子二女)롤 두어시니 승샹(丞相)의 주손(子
孫)이 이러틋 수다(數多)ᄒ디 개개(箇箇)히 긔특(奇特)ᄒ야 ᄒᆞᆫ갈가치
남의셔 ᄲᅢ혀는 듕(中),

  광평후(--侯) 제주(諸子) 희원 등(等)과 초후(-侯) 제주(諸子) 희연
등(等)과 광능후(--侯) 제주(諸子) 희텬 등(等)이 승샹(丞相)의 신출귀
몰(神出鬼沒)ᄒᆞᆫ 지조(才操)롤 니어 쇼년등과(少年登科)ᄒ야 크게 현
돌(顯達)558)ᄒ야 츌댱입샹(出將入相)559)ᄒ고 공녈(功烈)이 수히(四海)
의 표표(表表)560)ᄒ니, 이 곳 광평휘(--侯ㅣ) 빅옥(白玉) 가튼 몸으로
듕간(中間) 춤익(慘厄)561)을 겻금과 녀 시(氏) 규리(閨裏) 녀주(女子)
로 허다(許多) 간고(艱苦)롤 격고 광능후(--侯) 부뷔(夫婦ㅣ) 사룸의
격지 못ᄒᆞᆯ 역경(逆境)을 가쵸 디니여시미 하ᄂᆞᆯ이 어엿비 너기샤 복

녹(福祿)을 특별(特別)이 점지(點指)ᄒ시미라 텬되(天道ㅣ) 놉흐나
엇지 슬피미 쇼쇼(昭昭)562)치 아니리오. 희원 등(等)의 수젹(事跡)이

---

558) 현돌(顯達): 현달. 벼슬, 명성, 덕망이 높아서 이름이 세상에 드러남.
559) 츌댱입샹(出將入相): 출장입상. 나가면 장수가 되고 조정에 들어오면 재상이 됨.
560) 표표(表表): 뚜렷이 나타남.
561) 춤익(慘厄): 참액. 참혹한 액운.
562) 쇼쇼(昭昭): 소소. 밝고 또렷함.

만흐디 이 뎐(傳)이 너모 지리(支離)563)훈 고(故)로 다시 닛지 못흐 고 또로 뎐(傳)을 무어 니니 명왈564)(名曰) 니시후디닌봉쌍계록(李氏 後代麟鳳雙系錄)이라 흐니,

희(噫)라! 주고(自古)로 사룸이 주손(子孫)이 만코 현달(顯達)흐누 니 니(李) 승샹(丞相) 뎡국공(--公) 가듕(家中) 가트니 업술지라 쳔튜 (千秋)의 긔이(奇異)훈 일이 아니리오. 원니(元來) 사룸이 아직 니 됴 키룰 위(爲)흐야 주비지심(慈悲之心)이 바히565) 업수니눈 무후절수 (無後絕嗣)566)흐미 벅벅흐디567) 뎡국공(--公)과 니(李) 틴수(太師) 튱 무공(忠武公)의 나라 위(爲)훈 일편튱심(一片忠心)568)은 니르도 말고 전후(前後) 주가(自家) 디공(大功)이 희훈(稀罕)흐며 주비(慈悲) 일념 (一念)이 의의(依依)히569) 인뉴(人類)의 쇼샤나 전후(前後) 혼

· ·

87면

샹(婚喪)570) 못 흐야 흐누니 도으니와 적션지덕(積善之德)이 쉬(數 ㅣ) 업수미 주연(自然) 샹571)텬(上天)이 감응(感應)572)흐샤 무궁(無 窮)훈 복(福)을 누리와 디디(代代)로 관면(冠冕)573)이 긋지 아니흐니

---

563) 지리(支離): 분량이 많음.
564) 왈: [교] 원문과 규장각본(26:69), 연세대본(26:86)에 모두 '월'로 되어 있으나 문맥을 고려해 이와 같이 수정함.
565) 바히: 전혀.
566) 무후절수(無後絕嗣): 무후절사. 후손이 없고 후사가 끊김.
567) 벅벅흐디: 반드시 그러하되.
568) 일편튱심(一片忠心): 일편충심. 한 조각 충성스러운 마음.
569) 의의(依依)히: 무성하고 성하게.
570) 혼샹(婚喪): 혼상. 혼인과 초상에 관한 일.
571) 샹: [교] 원문에는 '쟝'으로 되어 있으나 문맥을 고려해 규장각본(26:69)과 연세대본(26:87)을 따름.
572) 감응(感應): 감동해 응함.
573) 관면(冠冕): 갓과 면류관이라는 뜻으로, 벼슬아치를 비유적으로 이르는 말.

당시(唐時) 곽녕공(郭令公)574)의 복녹(福祿)이 거록ㅎ나 니(李) 승샹
(丞相)긔는 밋디 못홀 거시오,

슈다(數多) 조손(子孫)이 개개(箇箇)히 인진(人材) 출뉴(出類)ᄒᆞᆫ 듕
(中) 광평후(--侯) 니흥문이 빅문의 호방(豪放)ᄒᆞ기로 비로서 디환(大
患)을 보와 일명(一命)을 투싱(偸生)575)치 못홀 번ᄒᆞ디 종시(終始) ᄒᆞᆫ
번(番) 희롱(戲弄)으로도 견집(堅執)576)ᄒᆞᆫ 말을 아니니 그 우인(爲人)
의 쳑577)탕(滌蕩)578)ᄒᆞ미 만고(萬古)를 기우려 의논(議論)ᄒᆞ여도 방
블(髣髴)579)ᄒᆞ니 업고 광능후(--侯) 니경문은 블힝(不幸)ᄒᆞ야 뉴영걸
의게 길녀 허다(許多) 간초(艱楚)580)를 겻근 후(後) 본부모(本父母)를
ᄎᆞᄌᆞ나 종시(終始) 치원(置怨)581)ᄒᆞ미 업셔 일싱(一生)

• • •

88면

냥친(養親)582)ᄒᆞ믈 효ᄌᆞ(孝子)의 도리(道理)를 극진(極盡)이 ᄒᆞ며 현
이를 ᄆᆞᄎᆞ니 닛지 아냐 죽은 후(後) 슬허ᄒᆞ기를 지셩(至誠)으로 ᄒᆞ고
위 부인(夫人)을 ᄋᆞ시(兒時)의 만나 셩덕(盛德)이 일셰(一世)의 툐출

---

574) 곽녕공(郭令公): 곽영공. 곽자의(郭子儀, 697-781)를 높여 부른 이름. 곽자의는 중국 당(唐)나
　　라 현종(玄宗), 숙종(肅宗) 때의 명장(名將). 안록산(安祿山)의 난을 평정하고 분양왕(汾陽王)
　　에 봉해졌으므로 흔히 곽분양(郭汾陽)이라고 불림. 당나라 최대의 공신으로 평가받으며, 장수
　　하고 부귀하며 자손들을 많이 두었음.
575) 투싱(偸生): 투생. 구차하게 산다는 뜻으로, 죽어야 마땅할 때에 죽지 아니하고 욕되게 살기를
　　꾀함을 이르는 말.
576) 견집(堅執): 자신의 의견을 바꾸거나 고치지 않고 버팀.
577) 쳑: [교] 원문에는 ‘젹’으로, 규장각본(26:70)과 연세대본(26:87)에는 ‘쟉’으로 되어 있으나 문
　　맥을 고려해 이와 같이 수정함.
578) 쳑탕(滌蕩): 깨끗이 씻은 듯해 맑음.
579) 방블(髣髴): 방불. 비슷함.
580) 간초(艱楚): 어려운 일과 고초.
581) 치원(置怨): 원망하는 마음을 둠.
582) 냥친(養親): 양친. 어버이를 봉양함.

(超出)583) 홀 분 아냐 주가(自家)로 인(因)ᄒ야 간고험난(艱苦險難)584)
을 가초 격그믈 심니(心裏)의 추셕(嗟惜)585)ᄒ야 그리 졸(拙)치 아닌
위인(爲人)이로디 일싱(一生) 가외(家外) 범식(犯色)586)이 업셔 오로
지 동587)듀(同住)ᄒ나,

슬프두! 듕원(中原) 사름이 본디(本-) 갑 븟기룰 위(爲)ᄒ야 아죠
근본(根本) 업슨 말노 칙(册)을 무어588) 후릭(後來) 무식(無識) 녀류
(女類)의 눈을 붉히니 니(李) 시(氏) 제인(諸人)의 힝적(行蹟)이589) 수
칙(史册)의 오룰진디 텬츄(千秋)의 아롬답지 아니리오무는 간신(奸
臣)이 수혐(私嫌)590)으로 인(因)ᄒ야 농술(弄術)591)ᄒ미 반592)계곡경
(盤溪曲徑)593)을 이릿틋 긔록(記錄)흔 수연(事緣)

. .

89면

이 민멸(泯滅)594)ᄒ믈 앗겨 모년(某年) 모월(某月)의 나 뉴문댱은 근
셔(謹書)595)ᄒ노라.

희원이 한미 만난 수연과 희텬이 뉴홍의 녀(女) 현옥을 취(娶)ᄒ야

---

583) 툐출(超出): 초출. 다른 사람에 비하여 두드러지게 뛰어남.
584) 간고험난(艱苦險難): 어렵고 힘든 일.
585) 추셕(嗟惜): 차석. 애달프고 아까움.
586) 범식(犯色): 범색. 색을 범함.
587) 동: [교] 원문에는 '됴'로 되어 있으나 문맥을 고려해 규장각본(26:71)과 연세대본(26:88)을 따름.
588) 무어: 엮어.
589) 이: [교] 원문과 연세대본에는 이 글자가 없으나 문맥을 고려해 규장각본(26:71)을 따라 삽입함.
590) 수혐(私嫌): 사혐. 사사로운 미움.
591) 농술(弄術): 술수를 부림.
592) 반: [교] 원문과 규장각본(26:71)과 연세대본(26:88)에 모두 '방'으로 되어 있으나 문맥을 고려
해 이와 같이 수정함.
593) 반계곡경(盤溪曲徑): 서려 있는 계곡과 구불구불한 길이라는 뜻으로, 일을 순서대로 정당하게
하지 아니하고 그릇된 수단을 써서 억지로 함을 이르는 말.
594) 민멸(泯滅): 자취나 흔적이 아주 없어짐.
595) 근셔(謹書): 근서. 삼가 씀.

곡경(曲徑)596)의 ᄾ연(事緣)이며 그 누의 옥쇼의 ᄾ젹(事跡)이 닌봉ᅘᄬ계록(麟鳳雙系錄)의 잇ᄂ니라.

596) 곡경(曲徑): 개인의 이익을 위하여 취하는 바르지 못한 방법.

주요 인물

가 씨: 가흥의 첫째딸. 추밀 유흥의 아내.

남관: 이몽현의 둘째딸 이초주의 남편. 학사. 그 아버지 남한이 죽을
　　　때 이몽현에게 남관을 부탁하여 이몽현이 어려서 데려다 기름.

노강: 노몽화의 아버지. 추밀부사.

노몽화: 원래 이흥문의 아내였다가 쫓겨나 비구니 혜선 밑에 있다가
　　　　모습을 바꿔 이백문의 첩이 됨. 유현아의 아내가 되어 반란
　　　　을 일으켰다가 이백문에게 잡혀 능지처참을 당함.

소령: 소형의 셋째아들. 낭중.

소문: 소형과 소월혜의 아버지. 소운의 할아버지. 상서.

소염: 소형의 첫째아들. 시랑.

소옥주: 소형의 막내딸. 이팽문의 재종(再從)이자 아내.

소운: 소형의 넷째아들. 이팽문의 친구.

소천: 소형의 둘째아들. 한림.

소형: 참정. 사자삼녀를 둠. 소월혜의 오빠.

안성: 왕맹의 종. 이필주를 어려서부터 길러 줌.

양난화: 이흥문의 정실.

여박: 여빙란의 오빠. 이성문의 손위처남. 한림학사. 예부상서.

여빙란: 이성문의 정실.

여숙경: 조 귀비의 으뜸상궁. 보응사에서 비구니로 있던 홍영을 조

귀비에게 소개함.

왕선: 참정 왕맹의 아들. 이필주의 남편. 왕 소저의 남동생. 자는 자유.

왕맹: 참정. 왕선의 아버지. 이필주의 시아버지.

왕기: 참정 왕맹의 조카.

왕 소저: 참정 왕맹의 큰딸. 왕선의 누나.

원 부인: 소형의 아내. 소옥주의 어머니.

위공부: 위홍소의 아버지. 이경문의 장인.

위중량: 위공부의 둘째아들. 위홍소의 오빠. 어사.

위최량: 위공부의 첫째아들. 위홍소의 오빠. 시랑.

위후량: 위공부의 셋째아들. 위홍소의 오빠. 학사.

위홍소: 이경문의 정실.

유세강: 추밀 유홍의 둘째아들. 어머니는 가 씨.

유세장: 추밀 유홍의 첫째아들. 어머니는 가 씨.

유영희: 이몽현의 셋째딸 이효주의 남편. 자는 운석.

유현아: 이경문의 배다른 형제. 노몽화를 만나 반란을 일으켰다가 이백문에게 잡혀 죽음.

유홍: 추밀. 자는 자현. 유 태상의 아들. 이세문의 매부.

유현옥: 추밀 유홍의 외동딸. 어머니는 가 씨.

윤파: 안성의 아내. 이필주를 어려서부터 길러 줌.

이경문: 이몽창의 둘째아들. 소월혜 소생. 위홍소의 남편. 한림학사 중서사인. 병부상서 대사마 태자태부. 광릉후.

이관문: 이몽현의 일곱째아들. 계양 공주 소생. 자는 연보. 아내는 급 사중승 대열의 첫째딸.

이관성: 승상. 이현과 유 태부인의 첫째아들. 정몽홍의 남편. 이연성 의 형. 이몽현 오 형제의 아버지.

이기문: 이몽현의 셋째아들. 계양 공주 소생. 자는 경보. 아내는 교 씨. 도어사.

이낭문: 이몽창의 재실 조제염이 낳은 쌍둥이 중 오빠. 어렸을 때 이름은 최현이었는데 이경문이 찾아서 낭문으로 고침. 어머니 조제염과 함께 산동으로 가다가 도적을 만나 고옹 집에서 종살이하다가 이경문이 찾음.

이명주: 이몽현의 딸. 장 부인 소생. 장 부인 소생으로서는 둘째딸.

이몽상: 이관성과 정몽홍의 넷째아들. 안두후 태상경. 자는 백안. 별호는 유청. 아내는 화 씨.

이몽원: 이관성과 정몽홍의 셋째아들. 개국공. 자는 백운. 별호는 이청. 아내는 최 씨.

이몽창: 이관성과 정몽홍의 둘째아들. 연왕. 자는 백달. 별호는 죽청. 아내는 소월혜.

이몽필: 이관성과 정몽홍의 다섯째아들. 강음후 추밀사. 자는 백명. 별호는 송청. 아내는 김 씨.

이몽현: 이관성과 정몽홍의 첫째아들. 하남공. 일천 선생. 자는 백균. 정실은 계양 공주. 재실은 장 씨.

이미주: 이몽현의 첫째딸. 장옥경 소생. 자는 화벽. 철수의 아내.

이백문: 이몽창의 셋째아들. 소월혜 소생. 자는 운보. 화채옥의 남편. 호부상서 좌참정 추밀사 제남후.

이벽주: 이몽창의 재실 조제염이 낳은 쌍둥이 중 여동생. 어렸을 때 이름은 난심이었는데 이경문이 찾아서 벽주로 고침.

이봉린: 이성문의 첫째아들. 정실 여빙란 소생.

이상린: 이경문의 둘째아들. 재실 조 씨 소생.

이성문: 이몽창의 첫째아들. 소월혜 소생. 여빙란의 남편. 자는 현보.

이부총재 겸 문연각 태학사. 초국후.

이세문: 이몽현의 둘째아들. 장옥경 소생. 자는 차보. 태상경 유잠의
딸과 혼인함. 좌참정 청양후.

이연성: 이관성의 막내동생. 태자소부 북주백. 자는 자경.

이영린: 이백문과 화채옥의 첫째아들.

이웅린: 이경문의 첫째아들. 정실 위홍소 소생.

이원문: 이몽원의 첫째아들. 자는 인보. 아내는 김 씨.

이월주: 이몽창의 셋째딸. 남편은 정희. 남편 정희를 가르쳐 과거에
급제하게 함.

이인문: 이몽상의 둘째아들. 아내는 어사 두청의 딸.

이일주: 이몽창의 첫째딸. 자는 초벽. 태자비. 황후.

이중문: 이몽현의 넷째아들. 자는 순보. 아내는 하간왕의 딸 주 씨.

이창린: 이홍문의 첫째아들.

이창문: 이몽창의 넷째아들. 자는 옥보. 정실 소월혜 소생. 아내는 장 씨.

이최문: 이몽상의 첫째아들. 자는 영보. 아내는 형부상서 장옥계의 딸.

이팽문: 이몽원의 둘째아들. 자는 희보. 아내는 소옥주. 영양후.

이필주: 이몽현의 셋째딸. 장 부인 소생. 장 부인 소생으로서는 첫째
딸. 왕선의 아내. 어려서 부모와 헤어져 안 씨 노부부에게서
길러지다가 부모를 찾기 전에 왕선의 마음에 들어 부모를
찾은 후 왕선과 혼인함. 안 씨 노인이 바꿔 준 이름은 천영.

이협문: 이몽필의 첫째아들. 자는 숭보. 아내는 공부낭중 맹경의 딸.

이형문: 이몽현의 여덟째아들. 아내는 참정 왕맹의 큰딸.

이효주: 이몽현의 셋째딸. 남편은 유영희.

이홍문: 하남공 이몽현의 첫째아들. 광평후.

임 씨: 이성문의 재실.

장 부인: 소문의 아내. 소옥주의 할머니.

정광: 하남 사람. 자는 사희. 아내는 요 씨. 네 명의 아들을 둠. 이몽창의 친구.

정천: 정광과 요 씨의 맏아들. 한림.

정연: 정광과 요 씨의 둘째아들.

정의: 정광과 요 씨의 셋째아들.

정희: 정광과 요 씨의 넷째아들. 이월주의 남편. 자는 상유.

조여구: 조 황후의 조카. 이경문의 재실. 이경문을 보고 반해 사혼으로 이경문의 아내가 됨.

조여혜: 태자비. 조 황후의 조카. 홍영과 결탁해 이씨 집안을 몰살시키려다 발각됨.

조제염: 이낭문과 이벽주의 어머니. 이몽창의 재실.

철수: 철연수의 첫째아들. 자는 창징. 이미주의 남편.

최연: 유영걸이 강간해 자결한 노 씨의 남편. 최백만의 아버지.

최백만: 최연의 아들. 이벽주의 남편. 자는 인석.

최 숙인: 유 태부인의 양녀. 이관성의 동생.

추현: 내시. 조 귀비, 홍영과 결탁해 이씨 집안 사람들을 역모로 얽음.

한성: 이홍문이 서촉으로 귀양 가다가 병이 났을 때 이홍문의 아들 이창린에게 환약을 주어 병을 낫게 한 인물.

홍영: 노몽화의 시비. 비구니가 되어 조 귀비와 결탁해 이씨 집안에 복수하려다 잡혀 처형당함.

화숙: 화진의 아들. 홍문수찬. 자는 영무.

화연: 화숙의 아들. 화채옥의 조카.

화진: 화채옥의 아버지. 이부시랑.

화채옥: 화진의 딸. 자는 홍설. 이백문의 아내.

역자 해제

1. 머리말

<이씨세대록>은 18세기에 창작된 것으로 추정되는 작가 미상의 국문 대하소설로, <쌍천기봉>[1]의 후편에 해당하는 연작형 소설이다. '이씨세대록(李氏世代錄)'이라는 제목은 '이씨 가문 사람들의 세대별 기록'이라는 뜻인데, 실제로는 이관성의 손자 세대, 즉 이씨 집안의 4대째 인물들인 이흥문·이성문·이경문·이백문 등과 그 배우자의 이야기에 서사가 집중되어 있다. 이는 전편인 <쌍천기봉>에서 이현[2](이관성의 아버지), 이관성, 이관성의 자식들인 이몽현과 이몽창 등 1대에서 3대에 걸쳐 서사가 고루 분포된 것과 대비되는 모습이다. 또한 <쌍천기봉>에서는 중국 명나라 초기의 역사적 사건, 예컨대 정난지변(靖難之變)[3] 등이 비중 있게 서술되고 <삼국지연의>의 영향을 받은 군담이 흥미롭게 묘사되는 가운데 가문 내적으로 혼인담, 부부 갈등, 처첩 갈등 등이 배치되어 있다면, <이씨세대록>에서는 역사적 사건과 군담이 대폭 축소되고 가문 내적인 갈등 위주로 서사가 전개된다는 점에서 큰 차이가 있다.

---

1) 필자가 18권 18책의 장서각본을 대상으로 번역 출간한 바 있다. 장시광 옮김, 『팔찌의 인연, 쌍천기봉』 1-9, 이담북스, 2017-2020.
2) <쌍천기봉>에서 이현의 아버지로 이명이 설정되어 있으나 실체적 인물이 등장하지 않고 서술자의 요약 서술로 짧게 언급되어 있으므로 필자는 이현을 1대로 설정하였다.
3) 중국 명나라의 연왕 주체가 제위를 건문제(재위 1399-1402)로부터 탈취해 영락제(재위 1402-1424)에 오른 사건을 이른다. 1399년부터 1402년까지 지속되었다.

2. 창작 시기 및 작가, 이본

<이씨세대록>의 정확한 창작 연도는 알 수 없고, 다만 18세기의 초중반에 창작되었을 것으로 추정된다. 온양 정씨가 정조 10년 (1786)부터 정조 14년(1790) 사이에 필사한 것으로 추정되는 규장각 소장 <옥원재합기연>의 권14 표지 안쪽에 온양 정씨와 그 시가인 전주 이씨 집안에서 읽었을 것으로 보이는 소설의 목록이 적혀 있다. 그중에 <이씨세대록>의 제명이 보인다.4) 이 기록을 토대로 보면 <이씨세대록>은 적어도 1786년 이전에 창작된 것으로 추측할 수 있다. 또, 대하소설 가운데 초기본인 <소현성록> 연작(15권 15책, 이화여대 소장본)이 17세기 말 이전에 창작된바,5) 그보다 분량과 등장인물의 수가 훨씬 많은 <이씨세대록>은 <소현성록> 연작보다는 후대의 작품일 가능성이 높다. 요컨대 <이씨세대록>은 18세기 초중반에 창작된 작품으로, 대하소설 중에서는 비교적 이른 시기의 창작물이다.

<이씨세대록>의 작가는 알려져 있지 않다. 다만 작품의 문체와 서술시각을 고려하면 전편인 <쌍천기봉>과 마찬가지로 경서와 역사서, 소설을 두루 섭렵한 지식인이며, 신분의식이 강한 사대부가의 일원으로 추정할 수 있다. <이씨세대록>은 여느 대하소설과 마찬가지로 국문으로 표기되어 있으나 문장이 조사나 어미를 제외하면 대개 한자어로 구성되어 있고, 전고(典故)의 인용이 빈번하다. 비록 대하소설 <완월회맹연>(180권 180책)의 수준에는 미치지 못하지만, 다른 유형의 고전소설에 비하면 작가의 지식 수준이 매우 높은 편이다.

---

4) 심경호, 「樂善齋本 小說의 先行本에 관한 一考察 -온양정씨 필사본 <옥원재합기연>과 낙선재본 <옥원중회연>의 관계를 중심으로-」, 『정신문화연구』 38, 한국정신문화연구원, 1990.
5) 박영희, 「소현성록 연작 연구」, 이화여대 박사논문, 1994 참조.

<이씨세대록>에는 또한 강한 신분의식이 드러나 있다. 집안에서 주인과 종의 차이가 부각되어 있고 사대부와 비사대부의 구별짓기가 매우 강하다. 이처럼 <이씨세대록>의 작가는 학문적 소양을 갖추고 강한 신분의식을 지닌 사대부가의 남성 혹은 여성으로 추정되며, 온양 정씨의 필사본 기록을 통해 유추할 수 있듯이 사대부가에서 주로 향유된 것으로 보인다.

<이씨세대록>의 이본은 현재 3종이 알려져 있다. 한국학중앙연구원의 장서각에 소장된 26권 26책본과 서울대학교 규장각에 소장된 26권 26책본, 연세대학교 도서관에 소장된 26권 26책본6)이 그것이다. 세 이본 모두 표제는 '李氏世代錄', 내제는 '니시셰딕록'으로 되어 있고 분량도 대동소이하고 문장이나 어휘 단위에서도 매우 흡사한 면을 보인다. 특히 장서각본과 연세대본의 친연성이 강한데, 두 이본은 각 권의 장수는 물론 장별 행수, 행별 글자수까지 거의 같다. 다만 장서각본에 있는 오류가 연세대본에는 수정되어 있는 경우가 적지 않아 적어도 두 이본에 한해 본다면 연세대본이 선본(善本)이라 말할 수 있다. 연세대본·장서각본 계열과 규장각본을 비교해 보면 오탈자(誤脫字)가 이본마다 고루 있어 연세대본·장서각본 계열과 규장각본 중 어느 것이 선본(善本) 혹은 선본(先本)인지 단언할 수는 없다.

---

6) 연세대학교 도서관에 소장된 26권 26책본: <이씨세대록> 해제를 작성해 출간할 당시에는 역자의 불찰로 연세대 소장본의 존재를 알지 못했다가 최근에 알게 되어 5권의 교감 및 해제부터 이를 반영하게 되었음을 밝힌다.

3. 서사의 특징

<이씨세대록>에는 가문의 마지막 세대로 등장하는 4대째의 여러 인물이 병렬적으로 구성되어 있다는 서사적 특징이 있다. 인물과 그 사건이 대개 순차적으로 등장하지만 여러 인물의 사건이 교직되어 설정되기도 하여 서사에 다채로움을 더하고 있다. 이에 비해 <쌍천기봉>에서는 1대부터 3대까지 1명, 3명, 5명으로 남성주동인물의 수가 점차 확대되어 가고 서사의 양도 그에 비례해 세대가 내려갈수록 확장되어 있다. 곧, <쌍천기봉>에서는 1대인 이현, 2대인 이관성·이한성·이연성, 3대인 이몽현·이몽창·이몽원·이몽상·이몽필 서사가 고루 등장한다는 점에서 <이씨세대록>과 차이가 난다. <이씨세대록>에도 물론 2대와 3대의 인물이 등장하기는 하나 그들은 집안의 어른 역할을 수행할 뿐이고 서사는 4대의 인물 중심으로 전개된다. 이를 보면, '세대록'은 인물의 서사적 비중과는 무관하게 2대에서 4대까지의 인물을 등장시켰다는 점에서 붙인 제목으로 이해할 필요가 있다.

이처럼 <이씨세대록>에 가문의 마지막 세대 인물이 주로 활약한다는 설정은 초기 대하소설로 분류되는 삼대록계 소설 연작[7]과 유사한 면이다. <소씨삼대록>에서는 소씨 집안의 3대째[8] 인물인 소운성 형제 위주로, <임씨삼대록>에서는 임씨 집안의 3대째 인물인 임창흥 형제 위주로, <유씨삼대록>에서는 유씨 집안의 4대째 인물인 유세형 형제 위주로 서사가 전개된다.[9] <이씨세대록>이 18세기 초

---

7) 후편의 제목이 '삼대록'으로 끝나는 일군의 소설을 지칭한다. <소현성록>·<소씨삼대록> 연작, <현몽쌍룡기>·<조씨삼대록> 연작, <성현공숙렬기>·<임씨삼대록> 연작, <유효공선행록>·<유씨삼대록> 연작이 이에 해당한다.
8) 소운성의 할아버지인 소광이 전편 <소현성록>의 권1에서 바로 죽는 것으로 설정되어 있어 1대로 보기 어려운 면이 있으나 제명을 존중해 1대로 보았다.

중반에 창작된 초기 대하소설임을 감안하면 인물 배치가 이처럼 삼대록계 소설과 유사한 것은 이상하지 않다.

한편, <쌍천기봉>에서는 군담, 토목(土木)의 변(變)과 같은 역사적 사건, 인물 갈등 등이 고루 배치되어 있다. 구체적으로, 작품의 앞과 뒤에 역사적 사건을 배치하고 중간에 부부 갈등, 부자 갈등, 처첩(처처) 갈등 등 가문에서 벌어질 수 있는 다양한 갈등을 배치하였다. 이에 반해 <이씨세대록>에는 군담 장면과 역사적 사건이 거의 보이지 않는다. 군담은 전편 <쌍천기봉>에 이미 등장했던 장면을 요약 서술하는 데 그쳤고, 역사적 사건도 <쌍천기봉>에 설정된 사건을 환기하는 정도이고 새로운 사건은 보이지 않는다. <쌍천기봉>이 역사적 사실에 허구를 가미한 전형적인 연의류 작품인 반면, <이씨세대록>은 가문에서 발생할 수 있는 다양한 갈등, 예컨대 처처(처첩) 갈등, 부부 갈등, 부자 갈등 위주로 서사를 구성한 작품으로, <이씨세대록>은 <쌍천기봉>과는 다른 측면에서 대중에게 흥미를 유발할 만한 요소로 구성되어 있음을 알 수 있다.

여느 대하소설과 마찬가지로 <이씨세대록>에도 혼사장애 모티프, 요약 모티프 등 다양한 모티프가 등장해 서사 구성의 한 축을 이루고 있다. 이 가운데 가장 눈에 띄는 것은 기아(棄兒) 모티프이다. 대표적으로는 이경문의 경우를 들 수 있는데 기아 모티프가 매우 길게 서술되어 있다. <쌍천기봉>의 서사를 이은 것으로 <쌍천기봉>에서 간간이 등장했던 이경문의 기아 모티프를 본격적으로 다루고 있다. 즉, <쌍천기봉>에서 유영걸의 아내 김 씨가 어린 이경문을 사서 자기 아들인 것처럼 꾸미는 장면, 이관성과 이몽현, 이몽창이 우연히

---

9) 다만 <조씨삼대록>에서는 3대와 4대의 인물인 조기현, 조명윤 등이 활약한다는 점에서 차이가 난다.

이경문을 만나는 장면, 이경문이 등문고를 쳐 양부 유영걸을 구하는 장면이 나오는데, <이씨세대록>에서는 그 장면들을 모두 보여주면서 여기에 덧붙여 이경문이 유영걸과 그 첩 각정에게 박대당하지만 유영걸을 효성으로써 섬기는 모습이 강렬하게 나타나 있다. 이경문이 등문고를 쳐 유영걸을 구하는 장면은 효성의 정점에 해당한다. 이경문은 후에 친형인 이성문에 의해 발견돼 이씨 가문에 편입된다. 이때 이경문과 가족들과의 만남 장면은 매우 감동적으로 그려져 있다. 이처럼 이경문이 가족과 헤어졌다가 만나는 과정은 연작의 전후편에 걸쳐 등장하며 연작의 핵심적인 모티프 중의 하나로 기능하고 있고, 특히 <이씨세대록>에서는 결합에 초점이 맞춰져 있어 그 감동이 배가되어 있다.

4. 인물의 갈등

<이씨세대록>에는 다양한 갈등이 등장하는데 이 가운데 핵심은 부부 갈등이다. 대표적으로 이몽창의 장자인 이성문과 임옥형, 차자인 이경문과 위홍소, 삼자인 이백문과 화채옥의 갈등을 들 수 있다. 이성문과 이경문 부부의 경우는 반동인물이 개입되지 않은, 주동인물 사이의 갈등이라는 공통점이 있다. 이성문의 아내 임옥형은 투기 때문에 이성문의 옷을 불지르기까지 하는 인물이다. 이성문이 때로는 온화하게 때로는 엄격하게 대하나 임옥형의 투기가 가시지 않자, 그 시어머니 소월혜가 나서서 임옥형을 타이르니 비로소 그 투기가 사라진다. 이경문과 위홍소는 모두 효를 중시하는 인물인데 바로 그러한 이념 때문에 혹독한 부부 갈등을 벌인다. 이경문은 어려서 부모와 헤어져 양부(養父) 유영걸에게 길러지는데 이 유영걸은 벼슬은

높으나 품행이 바르지 못해 쫓겨나 수자리를 사는데 위홍소의 아버지인 위공부가 상관일 때 유영걸을 매우 치는 일이 발생한다. 이 때문에 이경문은 위공부를 원수로 치부하는데 아내로 맞은 위홍소가 위공부의 딸인 줄을 알고는 위홍소를 박대한다. 위홍소 역시 이경문이 자신의 아버지를 욕하자 이경문과 심각한 갈등을 벌인다. 효라는 이념이 두 사람의 갈등을 촉발시킨 원인이 된 것이다. 두 사람은 비록 주동인물로 설정되어 있지만, 이들을 통해 경직된 이념이 주는 부작용이 만만치 않음을 보여준다.

이백문 부부의 경우에는 변신한 노몽화(이흥문의 아내였던 여자)가 반동인물의 역할을 해 갈등을 벌인다는 특징이 있다. 이백문은 반동인물의 계략으로 정실인 화채옥을 박대하고 죽이려 한다. 애초에 이백문은 화채옥을 마음에 들어하지 않았는데 이유는 화채옥이 자신을 단명하게 할 상(相)이라는 것 때문이었다. 화채옥에게는 잘못이 없는데 남편으로부터 박대를 받는다는 설정은 가부장제의 질곡을 드러내 보이는 장면이다. 여기에 이흥문의 아내였다가 쫓겨난 노몽화가 화채옥의 시녀가 되어 이백문에게 화채옥을 모함하고 이백문이 곧이들어 화채옥을 끝내 죽이려고까지 하는 데 이른다. 이러한 이백문의 모습은 이몽현의 장자 이흥문과 대비된다. 이흥문은 양난화와 혼인하는데 재실인 반동인물 노몽화가 양난화를 모함한다. 이런 경우 대개 이백문처럼 남성이 반동인물의 계략에 속아 부부 갈등이 벌어지지만 이흥문은 노몽화의 계교에 속지 않고 오히려 노몽화의 술수를 발각함으로써 정실을 보호한다. <이씨세대록>에는 이처럼 상반되는 사례를 설정함으로써 흥미를 배가하는 동시에 가부장제의 문제점을 드러내고 있다.

5. 서술자의 의식

<이씨세대록>의 신분의식은 이중적이다. 사대부와 비사대부 사이의 구별짓기는 여느 대하소설과 마찬가지지만 사대부 내에서 장자와 차자의 구분은 표면적으로는 존재하나 서술의 실상은 그렇지 않다. 사대부로서 그렇지 않은 신분의 사람을 차별하는 모습은 경직된 효의 구현자인 이경문의 일화에서 두드러진다. 예컨대, 이경문은 자기 친구 왕기가 적적하게 있자 아내 위홍소의 시비인 난섬을 주어 정을 맺도록 하는데(권11) 천한 신분의 여성에게는 정절을 전혀 배려하지 않는 것을 엿볼 수 있다. 또한 이경문이 양부 유영걸의 첩 각정의 조카 각 씨와 혼인하게 되자 천한 집안과 혼인한 것을 분하게 여겨 각 씨에게 매정하게 구는 것(권8)도 그러한 신분의식이 여실히 드러나는 장면이다. 기실 이는 <이씨세대록>이 창작되던 당시의 사회적 모습이 반영된 것이라 추측할 수 있는 장면들이다.

사대부와 비사대부 사이의 구별짓기는 이처럼 엄격하나 사대부 내에서의 구분은 꼭 그렇지만은 않다. 서사적으로 등장인물들은 장자와 비장자의 구분을 하고 있고, 서술의 순서도 그러한 구분을 따르려 하고 있다. 서술의 순서를 예로 들면, <이씨세대록>은 이관성의 장손녀, 즉 이몽현 장녀 이미주의 서사부터 시작된다. 이미주가 서사적 비중이 그리 크지 않음에도 이미주부터 이야기가 시작되는 것은 그만큼 자식들 사이의 차례를 중시한다는 점을 의미한다. 다만, 특기할 만한 것은 남자부터 먼저 시작하지 않았다는 점이다. 여자든 남자든 순서대로 서술했다는 점이 중요하다. 이미주의 뒤로는 이몽현의 장자 이흥문, 이몽창의 장자인 이성문, 이몽창의 차자 이경문, 이몽창의 장녀 이일주, 이몽원의 장자 이원문, 이몽창의 삼자 이백

문, 이몽현의 삼녀 이효주 등의 서사가 이어진다. 자식들의 순서대로 서술하려 하는 강박증이 있다고 생각될 정도로 서술자는 순서에 집착한다. 이원문이나 이효주 같은 인물은 서사적 비중이 매우 미미하지만 혼인했다는 사실을 서술하고 있는 것이다. 그런데 이러한 순서 집착에도 불구하고 서사 내에서의 비중을 보면 장자 위주로 서술되어 있지 않음을 알 수 있다. 전편 <쌍천기봉>의 주인공이 이관성의 차자 이몽창이었던 것과 마찬가지로 후편에서도 주인공은 이성문, 이경문, 이백문 등 이몽창의 자식들로 설정되어 있다. 이몽현의 자식들인 이미주와 이흥문의 서사는 그들에 비하면 미미한 편이다. 이처럼 가문의 인물에 대한 서술 순서와 서사적 비중의 괴리는 <이씨세대록>을 특징짓는 한 단면이다.

<이씨세대록>에는 꿈이나 도사 등 초월계가 빈번하게 등장해 사건을 진행시키고 해결한다. 특히 사건이나 갈등의 해소 단계에 초월계가 유독 많이 보인다. 예를 들어 이경문이 부모와 만나기 전에 그 죽은 양모 김 씨가 꿈에 나타나 이경문의 정체를 말하고 그 직후에 이경문이 부모를 찾게 되는 장면(권9), 형부상서 장옥지의 꿈에 현아(이경문의 서제)에게 죽은 자객들이 나타나 현아의 죄를 말하고 이성문과 이경문의 누명을 벗겨 주는 장면(권9-10), 화채옥이 강물에 빠졌을 때 화채옥을 호위해 가던 이몽평의 꿈에 법사가 나타나 화채옥의 운명에 대해 말해 주는 장면(권17) 등이 있다. 이러한 초월계의 빈번한 등장은 이 세계의 질서가 현실적 국면으로는 해결할 수 없을 정도로 질곡에 빠져 있음을 의미한다. 현실계의 인물들은 얽히고설킨 사건들을 해결할 능력이 되지 않고 이는 오로지 초월계가 개입되어야만 해소될 수 있는 성질의 것임을 보여주고 있는 것이다.

6. 맺음말

<이씨세대록>은 조선 후기의 역동적인 사회에서 산생된 소설이다. 양반을 돈으로 살 수 있을 정도로 양반에 대한 권위가 땅에 떨어지고 양반과 중인 이하의 신분 이동이 이루어지던 때에 생겨났다. 설화 등 민중이 향유하던 문학에 그러한 면이 잘 드러나 있다. 그러나 이 작품에는 그러한 시대적 변동에 맞서 기득권을 유지하려는 사대부 계층의 의식이 강하게 드러나 있다. 사대부와 사대부 이하의 계층을 구별짓는 강고한 신분의식은 그 한 단면이다.

그렇지만 한편으로는 가부장제의 질곡에 신음하는 여성들의 목소리가 드러나 있기도 하다. 까닭 없이 남편에게 박대당하는 여성, 효라는 이데올로기 때문에 남편과 갈등하는 여성들을 통해 유교적 가부장제가 여성에게 가하는 억압적 모습이 서술의 이면에 흐르고 있다. <이씨세대록>이 주는 흥미와 그 서사적 의미는 바로 이러한 데에서 찾을 수 있지 않을까 한다.

장시광

서울대 강사, 아주대 강의교수 등을 거쳐 현재 경상국립대학교 국어국문학과 교수로 재직 중이다. 논문으로 「대하소설의 여성반동인물 연구」(박사학위논문), 「여성영웅소설에 나타난 여화위남의 의미」, 「대하소설 갈등담의 구조 시론」, 「운명과 초월의 서사」 등이 있고, 저서로 『한국 고전소설과 여성인물』이 있으며, 번역서로 『조선시대 농성혼 이야기 방한림전』, 『여성영웅소설 홍계월전』, 『심청전: 눈먼 아비 홀로 두고 어딜 간단 말이냐』, 『팔찌의 인연: 쌍천기봉 1-9』 등이 있다.

(이씨 집안 이야기) 이씨세대록 13

초판인쇄 2024년 9월 20일
초판발행 2024년 9월 20일

지은이 장시광
펴낸이 채종준
펴낸곳 한국학술정보㈜
주   소 경기도 파주시 회동길 230(문발동)
전   화 031) 908-3181(대표)
팩   스 031) 908-3189
홈페이지 http://ebook.kstudy.com
E-mail 출판사업부 publish@kstudy.com
등   록 2003년 9월 25일 제406-2003-000012호

ISBN 979-11-7217-547-4 04810
        979-11-6801-227-1 (전 13권)

이담북스는 한국학술정보㈜의 학술/학습도서 출판 브랜드입니다.
이 시대 꼭 필요한 것만 담아 독자와 함께 공유한다는 의미를 나타냈습니다.
다양한 분야 전문가의 지식과 경험을 고스란히 전해 배움의 즐거움을 선물하는 책을 만들고자 합니다.